光文社文庫

長編小説

狼の血

鳴《なる》海《み》　章《しょう》

光　文　社

目次——狼の血

真夜中の電話

まず、1、8、4だ。発信音が途絶え、耳に押し当てた受話器から電子音が聞こえる。い、や、よ、と読むらしい。肩の力が抜け、思わず苦笑いが浮かんでしまうような駄洒落《だじやれ》だ。それから先は、でたらめに指を動かし、八桁の番号を打ち込む。ボタンに呼応した電子音があとを追ってくる。ぶつ、ぶつと音が切れ、わずかの間、無音、それからコンピューターが合成した女性の声が流れてくる。

アナタガオカケニナッタバンゴウハゲンザイツカワレテオリマセン。モウイチドバンゴウヲオタシカメノウエ、オカケナオシクダサイ。

ふたたびひっそりと苦笑をもらす。あわてることはない。眠れない夜はいつでも長い。受話器を右肩と耳ではさみ、左手の人さし指で電話機のフックを押したまま、右手でグラスにウィスキーを注ぐ。グラスは四角くて、底が厚い。グラスのわきには直径が二十センチほどあるガラスの灰皿が置いてあり、ねじくれ、細かい灰にまみれた吸殻《すいがら》が堆積《たいせき》している。グラスを持ちあげ、ウィスキーをひと口飲む。ほんのひと啜《すす》り。笑いがこみ上げてくる。咽《のど》の奥から、くっくっく、と。すでにツーフィンガー分のウィスキーを二杯飲んでいるので、ひんやりとした液体が口中や咽を焼くことはない。グラスを置いた。たん、と乾いた音がする。

ベッドのヘッドボードに取りつけた電気スタンドの黄色い光が、灰皿と、タバコと、紫色の百円ライターと、ウィスキーのボトルと、四角いグラスと、電話機が置いてあるテーブルの上を照らしている。グラスの底に黄色味を帯びた光が宿っている。光の周辺は虹色にぼやけていた。つぶれかけたタバコのパッケージに手を伸ばす。一本、抜き出し、唇の先端ではさんで、ライターを取りあげた。

ライターのヤスリを親指で強く押す。指先が白っぽくなり、鈍い痛みを感じる。細かい縦筋の入った爪の中まで白っぽくなっている。指をすべらせた。小さく、尖った火花が飛び、着火。ガスの噴射口付近では蒼い炎が途中からオレンジに変わり、炎の内側はぽっかり空洞になっている。

炎が揺らめいているのは、指が震えているからだろうか。

炎の周辺は空気が熱せられてゆがみ、オレンジ色の弱々しい光が目の中で、ぼやけている。タバコに火を移し、ライターを消した。フィルターを前歯で噛《か》んでいた。灰皿の中でねじくれているタバコには、どれも歯形がついている。フィルターを噛む癖は、欲求不満のあらわれといわれる。深々と吸い、大量の煙を吐く。中学生のころから吸いつづけているタバコはもはや何の味もしない。

電話機のフックを解放する。発信音が聞こえる。まずは1、8、4、それから八桁の番号をでたらめに打つ。指の動きに合わせて軽快に電子音が響き、一瞬の無音の後、接続される。呼び出し音が聞こえるようになると、半ば無意識のうちに数えている。

一回、二回、三回、四回、五回。

灰が長くなりかけたタバコを取ろうとした。フィルターが乾いた唇に張りつき、引っかかる。強引に引きはがすと、タバコが大きく震え、灰が落ち、腹の上を転がった。舌を鳴らした。Tシャツについた灰を、タバコをもった手で払う。毛足の短いカーペットの上に落ちた灰は押しつぶし、なすりつけた。

フィルターを噛んで、タバコをくわえる。

七回目の呼び出し音は途中で切れ、だらしなくベッドによりかかっていた姿勢から上体を起こし、受話器を持ち直す。が、聞こえてきたのは、留守番電話の合成音だった。

『ただ今、出かけております。ご用のある方は、ピーッという発信音のあとに、お名前、お電話番号、ご用件を録音して下さい』

かすかにざらざらという音が聞こえ、発信音が耳を打つ。声を吹きこんだ。

「えー、田中です。夜分遅くに申し訳ありません。ニューヨークの証券取引所で、十二万ドルの売りがオファーされています。このメッセージを聞かれたら、すぐにご連絡下さい。こちらの番号は」

といったところで、受話器を置く。

たまらず笑った。電話機を見つめたまま、声を殺して笑う。ちらりとベッドのヘッドボードに目をやった。目覚まし時計を兼ねている電気時計の淡い緑色の文字が浮かびあがっている。午前二時三十七分。まだ、眠くならない。火のついたタバコを灰皿に置くと、グラスを取りあげて中身を半分ほど咽の奥に放りこんだ。今度は、かっと来た。奥歯を食いしばり、咽が焼けるのに耐えていたが、こらえきれずに咳《せ》き込んでしまった。咳き込みながら、それでも笑っていた。涙があふれ、頬を伝い落ちる。咳がおさまったときには、躰《からだ》はうっすらと汗ばみ、肩を大きく上下させていた。

ため息を吐《つ》き、タバコを喫う。笑いの衝動もおさまり、中途半端に白けた気分になった。もう一度時計を見る。二時三十八分になっていた。

眠れるのなら、夜は楽しい。眠らなければならないと思うから、つらくなる。苦痛が始まる。眠りたい、眠りたいと思うほどに、陰嚢《いんのう》の裏側を羽毛でさわさわ撫でられている気分になる。昼間、躰を動かすにしても、頭を使うにしても、精一杯という実感がなく、不完全燃焼の燃《も》え滓《かす》が血中に浮かんでいるようで、それが気になって眠れない。ウィスキーの力を借りて体温を上昇させることで、血中の浮遊物を燃焼させている。

もう一度、1、8、4、それから八桁。コノバンゴウハゲンザイツカワレテ、と始まっても、すぐに電話を切るようなことはしない。もう一度、電話番号を確かめてかけ直せといわれるのにじっと耳をかたむける。そうした、ただ無駄に流れていく時間も着実に死に向かっている。誰もが死ぬ。いつかは死ぬ。死ぬという一点において、奴隷も王様も区別はない。

深夜の電話は、一つの賭け、でもあった。誰かが受話器を取り、眠れない夜の相手をしてくれれば勝ち、空振りなら負けで、その負け分はコンピューターの合成音に耳をかたむけている時間を空費することで支払う。

次は留守番電話につながった。BGMを入れ、気取った男の声でメッセージをどうぞ、といわれたので、警察を名乗り、あなたの母親が交通事故で重傷を負い、危篤状態に、と吹きこんだところでフックを指で押した。

ウィスキーを飲み、タバコを喫う。こめかみがふくれ上がり、顔が何倍にも腫れ上がっているような気がする。肥大した躰の内側で、本当の自分は縮み、闇の中で小さな点になって浮かんでいるようだった。

すでに何度目の電話になるのか、まるでおぼえていなかった。気がついたら、ぼんやりと呼び出し音を聞いていた。受話器を持ちあげたことも、電話番号を打ち込んだことも意識にない。それでも呼び出し音の数だけは律儀に数えていた。十七回目で、受話器が持ちあげられる音がし、かすれた、眠そうな女の声がした。

「もしもし」

「ようやく見つけたぞ」

とっさに口を突いたのは、かなり本音に近い言葉で、自分でいっておきながら心臓がひくりと反応してしまった。おかげでくすくす笑わずに済み、暗い声にリアリティがこもっていたかも知れない。ふくれ上がったこめかみに汗が噴きだし、頰から首へ伝い落ちていく。

「はい？」女は語尾を持ちあげ、訊《き》き返した。

わざと何も答えず、受話器から流れる低いノイズに耳を澄ませる。相手の荒い息づかいに読みとれるのは、困惑、疲労、不機嫌だった。耳のすぐそばに呼吸している唇を感じるだけで、胸が甘酸っぱく締めつけられるような気がする。

やがて女が口を開いた。

「もしもし、どちらへおかけですか」

ストレートのウィスキーを口にふくみ、舌の上で回していた。ウィスキーと唾液《だえき》が混じっていくうちに、段々と水っぽくなる。音を立てないように注意しながら嚥《の》み、言葉を継いだ。

「今夜もTシャツにパンティか。相変わらずひざの裏側をなめられると感じるのかい」

「はい？」

かまわずにつづける。

「シャワーを浴びたあとだから、もうブラジャーはしていないだろうな。今夜のTシャツは白か。霜降りになったグレーの方が似合うのにな。惜しいよ」

「もしもし、どちらに……」

女の声をさえぎり、語気を強めて言葉を継ぐ。

「しらばっくれるな。お前を捜すのにどれだけ苦労したと思っているんだ。ようやく見つけたからな。今度こそ見つけたからな。昔みたいにひざの裏をなめて、いかせてやるよ。それとも太腿の内側がいいのかな。付け根に近いところだ。お前の肉の中で一番柔らかい部分だ。また、お前はすすり泣いて、おれにすがりついてくるんだろうな」

女は黙りこんだ。受話器の向こう側で圧し殺した話し声が聞こえた。何をいっているのかまではわからなかったが、受話器を受け渡す音はしっかりと聞いた。

いきなり男の声が響く。

「誰だ、お前は」

「お前の女房のマンコは臭い」

受話器を叩きつけた。


電気カミソリの首振りヘッドがノドボトケあたりに密着し、ロータリーの七枚刃が髭をとらえ、肌から引きずり出し、カットする。モーターのうなりを聞きながら思い浮かべるのは、コマーシャルで見たアニメーション画像だ。肌を荒らさずに深剃《ふかぞ》りが利き、しかもヘッドカバーを開けば流水で簡単に洗い流せる。

頭蓋骨の内側にはもやがただよっていた。午前六時三十分にセットした目覚まし時計が鳴りだす前に目覚め、アラームを解除してからベッドを抜け出していた。眠りから無理矢理引きずり出されたわけでもないのに、すっきりとした目覚めにはほど遠い。夕べもウィスキーの濃密な酔いの力を借り、息をあえがせてベッドにもぐり込んだ。眠りに落ちるというより失神に近い。

いつものことだった。

左手で頰を引っぱってぴんと張り、電動式のカミソリをあてていく。毎朝、決まってコマーシャルを思い浮かべ、その度に条件反射のようだと思い、条件反射という言葉から梅干しと、ベルを鳴らしただけでよだれを垂らす犬を連想する。毎朝、毎朝、同じことをくり返していて、いい加減うんざりしているはずなのに、それでも電気カミソリの震動があごの骨に伝わると同じ絵が脳裏に浮かんでしまう。

鏡の中で、赤くにごった目が見返している。広がりかけた額には横じわが波を描き、頭頂部で乱れた髪はコシがなく、光を透かして、少し赤い。眉と眉の間隔が広がっていて、間のぬけた顔つきに見えた。眉自体は薄く、両端がたれ下がっている。一度、眉の間に電気カミソリをあて、右の眉を三分の一ほど剃り落としたことがあった。いやぁ、手がすべっちゃってという言い訳まで用意していたのに、周囲にいる誰も気づかなかった。あるいは気づいていて、何もいわなかったのかも知れない。

顔の中央に突き出ている鼻は十人並みよりやや大きい方で、先端がたれ下がっている。自分では決して鷲鼻《わしばな》だと思っていなかったが、小学生のころにはおとぎ話に出てくる魔女のようだとからかわれた。

鼻の下を伸ばし、唇の上で丹念に電気カミソリを動かす。あまりしつこくカミソリをあてると、皮膚は赤らみ、じんと痺《しび》れたようになる。日によってはうっすら痛みを感じることもあったが、丹念にカミソリをあてないと気が済まない。左頬からはじめて、あごの下、右の頬と剃っていき、最後に鼻の下を仕上げる。現在使っている電気カミソリは二台目だった。一台目は五年使ったところでモーターの力が弱まり、ある朝、ついに力尽きた。スイッチを入れるとかすかにボディが震動するだけで、モーターには刃を回転させるだけの力がなかった。一台目の電気カミソリは、整理ダンスの一番上にある引出しの中で永遠の眠りについていた。そんなものを残しておいたところで、二度と使うはずもないのだが、古い電気カミソリにしみついた五年という時間を捨てられずにいた。

すっかり剃り終えたところで、顔をひとわたり撫でまわし、剃り残しがないのを確かめる。それから蛇口からほとばしる水で電気カミソリを洗った。蛇口からほとばしるぬるい湯に流される髭の破片が渦をまいて排水口に吸いこまれていくのをながめているのが好きだった。

ひげ剃りのあとは歯を磨く。電動歯ブラシに練り歯磨きを控えめにつける。朝の歯磨きが面倒で、ついつい磨かずに出勤してしまうことがあった。それで電動にしたのだった。

練り歯磨きの中には、磨き粉のような成分が含まれていて、歯の表面を削るらしい。それで歯を白くするということだったが、あまり磨きすぎると歯が痩《や》せてしまうので、注意が必要だ。歯は右下の奥歯から磨いていく。電動歯ブラシを小刻みに動かしながら、胸のうちでゆっくりと三十まで数える。次いで右上、左下、左上と同じように磨いていく。

前歯を食いしばったまま、中央付近を三十、唇を開いて、上の歯の歯茎付近で三十、下の歯の歯茎付近で同じように三十数える。歯ブラシを濯《すす》ぎ、それからコップにくんだぬるま湯で口の中を何度も濯ぐ。洗面台に吐きだした湯に、細かい唾《つば》の泡が浮かんでいるのを目にすると、かすかに吐き気を感じた。

充電器を兼ねたホルダーに歯ブラシを差し、洗面台に湯を張って洗顔にかかる。細かい粒子をふくんだ、脂性用《あぶらしようよう》の洗顔クリームを使う。顔をこすっていると、柔らかく泡立てた中に砂の破片が混じっているような感触がてのひらに伝わった。額を五十、眼窩《がんか》にそって五十、こめかみ、口許《くちもと》、あごにかけて五十と数えながら手を動かす。歯磨きにしても洗顔にしても数えながらするのは、どちらもひどく面倒くさい作業に思えるからだ。数えなければ数回手を動かしただけで、顔を洗うのをやめてしまうのがわかっている。

洗面台にためた湯の中に顔を突っ込み、両手を使って素早く石鹼を洗い流す。栓を抜いて洗面台の湯を流しながら、給湯用の蛇口だけを締め、冷水に切り替える。冷水といっても春を過ぎれば指がしびれるほど冷たくはならない。冷水で顔を洗うのは、十回と決めていた。夏でも冬でもその回数は変わらない。冷たい水のおかげで、幾分、気分がしゃんとするが、脳にからみついているもやを払うまでにはいたらない。

洗面台に顔を伏せた格好のまま、ハンガーに引っかけてあるタオルを抜く。鼻先に持ってくると、何日もつづけて使っているタオルは生臭く、古くなった金魚鉢の水のように臭った。顔をこすっている間は洗濯しなければと思うのだが、洗濯するときにはなぜかきれいに忘れてしまい、臭いままのタオルを、ときには数週間にわたって使いつづける羽目に陥る。

何度も拭いたあと、顔を上げる。鏡に映っているのは、白っぽい顔だ。冷水を使ったので目の充血はおさまっていたが、目の下には紫がかった隈《くま》が浮き出ている。皮膚全体に張りがなく、目尻や、目の下にしわができている。

ため息、一つ。

ハンガーにタオルをかけたあと、くしを濡らし、乱れた頭髪を整える。髪の毛が細く、柔らかくなったのは、二十五歳を過ぎてからだった。歳を取るのは、肉体や、歯ばかりではない。髪の毛も、だ。

鏡に向かって唇の両端を持ちあげてみせる。目を細め、目尻のしわを深くする。思いきり笑顔を作り、脱力する。ふたたび力いっぱい笑顔を作る。顔面の筋肉に運動させることで、白っぽい顔に血の気が戻り、頰に赤みが差してくる。笑顔を作るのは、数回だ。だらけきり、まるで表情を失っていた顔のウォームアップだ。無表情でいられるのは、息がつまりそうなほどに体臭がしみついた狭いマンションの中だけだ。ワイシャツを着、背広を羽織る躰は隠せても、顔だけはいつもむき出しだ。笑顔は弱々しい防護膜にすぎないかも知れないが、それでも何にもまとわないよりはましだった。

バスルームを出、ベッドサイドにあるテーブルの上に視線がいく。四角いグラス、吸殻が盛り上がった灰皿、ひねりつぶしたタバコのパッケージ、紫色の百円ライターが乱雑に置かれ、タバコの灰が散らばっていた。一瞬、テーブルの上を片づけようかと考えたが、今夜もどうせウィスキーを飲み、タバコを喫うことがわかっているから、結局、何もしないままに放置しておくことにした。それにしてもグラスを洗わずに何日使いつづけているものか。三日か、四日か、あるいはそれ以上なのか、まるで思い出せない。

点けっぱなしにしたテレビからニュースが流れていた。世田谷《せたがや》区の住宅街で一晩のうち、それも一時間ほどの間に三件の不審火があり、警察は同一犯による放火と見て捜査を進めている、といっていた。東京における出火原因の第一位は放火、第二位はタバコとアナウンサーはつづけたが、今まで何度も耳にしていた。出火原因をくり返すことに、いったい、どんな意味があるというのだろうか。

洋服ダンスの下段にある引出しからワイシャツを取りだす。ブルーのインクでクリーニング店の名前が記された薄いビニールの袋を破った。カラーにはさんである、厚紙を抜き、襟のボタンを外して羽織る。ボタンを一つひとつきちんと留め、カラーを立てる。袖のボタンもきちんと留める。

洋服ダンスの扉を開けた。防虫剤のかすかな匂いと、背広から立ちのぼる汗や脂の臭いとが渾然《こんぜん》となって鼻をつく。背広はすべて紺、無地だった。夏用の薄手が三着、冬用が二着かかっている。冬用の背広と、コートはクリーニング店の包装を取らずにかけてある。扉の内側に取りつけられたハンガーに並ぶネクタイを適当に取り、首に回した。背広がすべて紺なら、ワイシャツは全部白、おかげでスーツに合わせてネクタイを選ぶ必要はない。

ネクタイを結ぶ間、扉の内側に貼りつけてある鏡を見つめていた。

もう一度、笑顔を作る。ゆるめる。さらにもう一度笑顔を作る。笑顔なのか泣き顔なのか、よくわからない顔だった。

笑顔の練習をしながらも、両手は黙々とネクタイを結び、最後にきゅっと締めていた。カラーを倒し、ワイシャツの裾を引っぱり、ネクタイの結び目を小さく左右に動かして位置を決める。

今日のネクタイは、暗い黄色地にえんじ色の格子柄だった。

第一章　鬱《うっ》屈《くつ》

1

深夜の電話のために、睡眠時間は三時間程度でしかなかった。一日中オフィスにいて、就業時間の大半をキャスター付きの椅子を揺すりながら過ごし、歩くといってもせいぜい隣りの部署へ行く程度、つまりはひどく運動不足の上に、朝から夕方まで、つまりタイムカードに打刻された時間の間だけ仕事と称して暇つぶしをしている現状では、欲求不満の残滓《ざんし》が脳にこびりついているから熟睡の訪れるはずがなかった。それに午前二時か、三時にようやく眠りについたとしても、夢を見、何度も目が覚めてしまう。昨日の夢は、ゲームセンターで遊んでいたら、脂性の長い髪をした、メガネをかけた男がからんでくるというもので、怒鳴りつけてやったら、すぐにひるんでしまうような弱々しい奴だった。怒鳴りまくり、最後は壁際に追いつめて殴りつけてやった。夢の常で、すかっと殴るわけにはいかず、痺れた右手をもどかしく動かして、土気色のたるんだ頰を何度も殴っていた。夢の中で、自分の躰が思うように動かないのは、躰を動かす神経が覚醒していないせいだ。何かに追いかけられ、恐怖に駆られているのに、ねっとりした油の中を走っているように感じたり、足がもつれて倒れたりするのも同じ理由による。

山本甲介《やまもとこうすけ》は頭の後ろを掻《か》きながら、長々と尾を引いたあくびをした。眠れない夜をやり過ごすためにはじめた無作為の電話は、かれこれ半年になる。ほぼ毎晩電話をしている。午前二時、三時に見知らぬ誰かに叩き起こされれば、どんな気分になるか。素面《しらふ》のときには考えないでもない。ウィスキーを飲みながら午前零時を迎えると、どうしても受話器を取りあげずにはいられない。時おり、何としてでもやめなければ、とウィスキーの量を増やして眠ろうとつとめるが、我慢できるのはせいぜい一晩か二晩だ。三日目の夜にはぼんやりとした酔いにまかせて受話器を取りあげてしまう。

伝言ダイヤルというサービスを知らないわけではないが、誰かと話をするには何らかの連絡方法を残しておかなければならず、見も知らずの人間に自宅の電話番号を知らせるのは怖ろしかったし、無作為電話なら、うまくいけばその場で話ができるのに対し、伝言ダイヤルでは相手が連絡してくるのを待たなければならない。話したいときと話せるときの間にギャップがある限り、自分の欲求を満たしてくれはしない。

昨日の夜の亭主らしき男は、あれから眠れただろうか。まるで聞き覚えのない声の主に、いきなり怒鳴りつけられ、ひと言も言い返せないままに電話を切られたあと、あの男はどうしただろう。電話の内容について、妻を問いつめたかも知れないし、自分の躰のぬくみが移った布団の上に座りこんで腕組みし、あれこれ考えはじめたかも知れない。あるいは、最初に電話に出た女の方に、本当に亭主にいえない秘密があって、真夜中の電話がきっかけになって朝まで言い争いがつづいたのなら楽しい。あるいは、男は布団から抜け出してウィスキーでもあおり、前後も左右も不覚に酔っぱらったかも知れない。アルコールの助けを借りて、あの時間から酒を飲みに出かけたかも知れない。さらには酔った勢いで車を持ちだし、深夜の高速道路で側壁に衝突し、つぶれた車が炎上して、生きたまま白骨になるまで焼かれるようなことがあれば、つまりたった一本の電話で人を殺すことができるのなら、それに勝る快感はない。

空っぽの胃袋には熱がこもっていて、食道がひりひりする。空腹と、慢性的な二日酔い状態だった。甲介は、藍地《あいじ》に白く〈名代そば〉と抜かれたのれんを左手で払い、オレンジ色にコーティングしたカウンターの前に立った。

「いらっしゃい」

ポマードで髪をてかてかにしたデブの男がまっ先に声をかける。白い上っ張りが腹の辺りではち切れそうになっている五十前後くらいの男で、店長ふうだった。

もう一人は、つり上がった細い目をした若い男で、ニキビ跡の残る四角い顔をしていた。客が入ってきても、口の中でぼそぼそいうだけで、そばを茹《ゆ》でている鍋から顔を上げようとしない。

二人とも、襟のところに群青色《ぐんじょういろ》の細い線が二本入った白い上っ張りに、白いズボン、白い

長靴をはいていた。上っ張りには飛び散った醤油《しょうゆ》の染みがつき、わきの下や鳩尾《みぞおち》は汗が沁み

て黒っぽくなっていた。ゴム長靴は傷だらけで、汚れている。

甲介と、若い男の視線がからみ合う。

「てんぷらそば、生玉子、つけて」甲介が注文した。

「はい」若い男の声は相変わらず口の中にこもり、聞き取りにくい。

若い男は菜箸《さいばし》で玉そばを一つ取り上げ、寸胴鍋《ずんどうなべ》の縁に引っかけてあった金属製の小さなかご

に放りこんだ。かごには取っ手がついている。菜箸で麵をくるりと一回転させたあと、右手で

かごの取っ手をつかんで動かしながら左手で空の丼を取りあげた。麵が沸騰《ふっとう》する湯に浸《つ》かって

いたのは、せいぜい十秒ほどでしかない。かごを引き上げ、鍋の上で振って湯を切り、丼にあ

けた。カウンターの隅にあるバットから、銀色のハサミでかき揚げを一枚取り、麵の上にのせ

る。さらに右手だけで器用に玉子を割り、丼に放りこむと、今度は汁の入った寸胴鍋の柄杓《ひしゃく》

を取って、玉子の上からざっと汁をかけた。生玉子の表面が一瞬にして白っぽくなる。刻んだ

ネギを素手で摑み、ぱらぱらっとかけると、甲介の前に天玉そばをおいた。

「へい、お待ち」

若い男の声にうながされ、ズボンのポケットから小銭入れを出した甲介は五百円玉を一枚、

カウンターにおいた。若い男の手が素早く伸び、あっという間に百円玉と十円玉を一枚ずつお

いた。

甲介は、七味トウガラシの入った銀色の缶を取りあげた。

明日の朝になれば、蕃椒《ばんしょう》の朱色をした細片が尻の穴に突き刺さり、便座に腰を下ろしたまま頭をかかえて苦悶するとわかっていながら、てんぷらそばに七味トウガラシをかけつづけていた。

蕃椒、胡麻、陳皮《ちんぴ》、罌粟《けし》、菜種、麻の実、山椒で七味。以前、『広辞苑《こうじえん》』で七味トウガラシを引いたことがある。正しくは七色トウガラシというらしい。罌粟や麻の実が入っているのなら、日に日に振りかける量が増えていくのも無理はないのかも知れない。

大量の七味トウガラシは、甲介の躰にとって深刻な問題になりつつある。てんぷらそばを食べ終えると、汗が噴きだすのは当然、さらに胃が引きつり、しくしく痛み出す。それでもやめられない。

天気予報によれば、今日の最高気温は摂氏三十二度、湿度は八十パーセント以上ということだった。昨日も予報では三十度といっていたが、終わってみれば三十六度、ほぼ体温に近い温度だった。

駅前のガード下にある立ち食いそば屋は二坪ほどの広さで、半分が厨房、半分がカウンターになっている。客が立つスペースのすぐ後ろはパチンコ屋の裏口につづく路地で、割と人通りが多く、とくに朝方は出勤するサラリーマンがひっきりなしに歩いている。のれんの内側には、鰹節《かつおぶし》と醬油の匂いが混じり合い、アルミニウム色をした寸胴鍋の中で沸騰している湯の熱気がこもっている。

甲介は七味の缶を振りつづけた。

カウンターの内側では、若い店員が意地の悪そうな目で睨んでいた。前歯が出っ張っているので、口許に締まりがなく、唇がいつも濡れているような男だ。上っ張りも着たきりなのか、ひどく汚れている。

若い店員の粘りつくような視線を無視して、甲介は七味トウガラシの入った銀色の缶を振りつづけた。缶の蓋には釘を叩き込んで、不規則な穴がいくつか開けてあり、そこから七味が出るようになっていた。

醤油色のつゆをたっぷりふくんで濡れているかき揚げや、麺の中に半ば沈んだ、濡れ濡れした生玉子の表面がすっかり赤く乾いてしまうまでトウガラシを重ねていく。かき揚げは、粉々になったわずかばかりのサクラエビとタマネギを、大量のうどん粉でつなぎ、安い油で揚げた代物だった。まだ梅雨があけていないにもかかわらず、異常に気温が上がると、湿気と気温で、カウンターの向こう側に置いてあるバットに積み重ねたかき揚げからはトラックの排気ガスを思わせる臭いが立ちのぼる。それが食欲を殺《そ》ぐのだが、咽元にこみ上げてくる吐き気を圧し殺して食う。

トウガラシたっぷりの玉子入りてんぷらそば、三百九十円也は欠かせないエネルギーチャージだ。食うのではなく、燃料の補給だ。そうでも考えなければ、体温と同じ気温の中で、すっかり延びきってしまった胃袋に何かを詰めるのは至難だった。

甲介が一向に七味の缶を振るのをやめないのを見て、若い店員が小さく舌を鳴らす、ちっという音がはっきりと聞こえた。

ようやく缶をおいたときには、てんぷらも玉子もトウガラシにすっかり覆われ、朱色に乾いていた。左手で丼を持ちあげ、右手にもった割箸をくわえて割る。

箸先でてんぷらを沈めると、中央のひしゃげた部分に汁が侵入し、トウガラシが浮かぶ。さらに箸を沈めていき、箸先で少しずつ切り分けるようにしててんぷらを二つに割った。さらに横に真っ二つにする。四分割されたてんぷらを一つひとつ箸で押さえつけ、汁に沈めた。半分を玉子なしで食べ、残り半分を玉子入りで食べる。こうすれば、一杯のてんぷらそばを二味で食べられる。

麺をつまみ上げ、口に運んだ。熱い。汁そのものが舌を火傷《やけど》しそうなほどに熱いわけではなく、熱いと感じるのは、舌の上にざらざらする七味トウガラシのせいだ。噛むと、歯と歯の間で七味がじゃりじゃり粉砕される。音が、あご骨に伝わり、頭蓋骨へと響いた。咀嚼《そしゃく》する。麺をひと口食べたところで、汁が沁み、ほんの数秒でくずれはじめたかき揚げの一片を口に入れる。どろりと溶けた、粉っぽい感触が舌の上に広がる。

二口目を啜ろうとしたとき、背が低く、頭の禿げ上がった男が入ってきた。

「いらっしゃい」またしても威勢良く声をかけたのは店長だけだった。

店長はちらりと若い男を見たが、若い男はそっぽを向いたまま、店長の視線を躱《かわ》した。

はげ頭の男のスーツからは防虫剤の臭いが立ちのぼっている。男はカウンターの上に両手をつき、頭の上、ちょうど張り出した梁に貼ってあるお品書きを吟味しはじめた。男は太く、丸まっちい爪の生えた指でカウンターを叩いていた。不器用そうな手だ。

すっかりはげた頭頂部を、耳の両側に残った髪で精いっぱい覆っていた。臭いポマードの助けを借りて持ちあげ、貼りつけている。はげ頭の男が着ているのは、分厚い冬物のウールらしく、防虫剤の臭いに混じって湿気が立ちのぼっているようだった。

「何にしようかなぁ」

男は品書きを右から左へ、左から右へながめ渡していた。店長も若い男も手を止め、はげ頭の男を見つめていた。ようやく決心したのか、男は店長に向かって注文した。

「キツネうどん」

「キツネうどん、一丁」店長が菜箸で玉うどんを取りあげ、湯に浸したかごに放りこむ。

「やっぱりうどんはキツネだよね。ぼくは大阪が長かったものだから、やっぱりうどんはキツネでなくっちゃと、思っちゃうんだよね。キツネうろんって、発音するんだけど、知ってた」

はげ頭の男が媚びるような笑みを若い男に向けているのを、甲介は目の隅でとらえた。若い男は完全に表情を消してはげ頭の男を見つめ返している。

「ね」はげ頭の男が言葉を継ぐ。

若い男はまるで反応せずに、黙ってはげ頭の男を見ている。はげ頭の男は笑顔を浮かべたまま、若い男を見返し、どうしても反応が得られないとなると、甲介に視線を転じた。甲介は横顔ではげた男のすがりつくような視線を跳ね返す。

かき揚げの、ふたつ目の四分の一を口に入れ、そばとともに啜る。汁を飲んだ。塩気よりも、七味トウガラシばかりが舌に感じられる。

「へい、お待ち」店長はそういいながらはげ頭の男の前にキツネうどんの丼をおいた。

「おや、来ましたね。来ましたね」はげ頭の男は割箸を両手で割りながら丼をのぞき込んだ。「やっぱりつゆはね、関東風に真っ黒じゃないと。こう見るからに胃にもたれそうなね、胃がきりきりしちゃいそうなくらい、黒くないと物足りないよね。その点、ぼくは関東人なんだな。大阪に長かったんだけどさ、どうにもすかすかの白湯《さゆ》みたいな汁が好きになれなくてね」

はげ頭の男は申し訳程度七味をふると、両手で丼を持ちあげ、ひと口啜った。ため息を吐き、しみじみ、うまいなぁ、生き返るなぁとつぶやく。店長と若い男を意識して、ちゃんと聞こえるようにつぶやいていた。

計算ずくの露骨な追従《ついしょう》が、カウンターの内側に立っている男たちに表情を失わせていた。二人とも、自分たちが出しているうどんもそばも決してうまいものではないと知っているのだ。

甲介は箸先でつついて、玉子の黄身を割る。割箸の先端を押しつけると、黄身を覆っている粘膜が粘りついてへこんでいく。生き物の粘膜の感触。唇をゆがめ、気味の悪さを胸の底に感じたまま、黄身を割り、あふれ出した黄色の液体と、そば、崩れかかったかき揚げを混ぜた。白身も大半は透明な塊りのままで醬油色の汁の中を泳いでいる。丼を口につけ、啜った。立ち食いそば屋のかき揚げがぱりっとしていることなど期待できるはずがない。だから汁につけ、どろどろになりかかったところを啜りこんでいる。タマネギや小エビの破片が液状になったてんぷらのつなぎとともに口中を、咽を流れていく。

「やっぱりうどんはコシだねぇ」はげ頭の男は、箸先で二本だけつまんだうどんをちゅるちゅる音を立てて吸いこんだ。

立ち食いそばのうどんにコシもクソもあるものか。そう思ったのは甲介だけではないようだった。店長はそっぽを向いた。

が、その瞬間、なぜか若い男は上目づかいにはげ頭の男を見やってにやりとした。

立ち食いそば屋で出てくるうどんは芯にまで熱が通っておらず、それでいて表面は溶けかかってぬるぬるしているような代物か、そうでもなければ煮えすぎて麩《ふ》のように歯ごたえがない。にもかかわらず、はげ頭の男はしきりにほめつづけ、麺を啜り、甘辛く煮てある油揚げをかじっていた。

はげ頭の男は独身なのだろうか、と甲介は思った。甲介のように独身なら朝食を立ち食いそば屋ですませたとしても不思議はない。が、隣りの男は五十代に見える。

五十をすぎてまだ独身なのか。あるいは妻に先立たれた不幸な男なのだろうか。

いや、と甲介は胸の内でつぶやく。

はげ頭の男は独身ではなく、彼の妻が朝起きようとしないのだろう。甲介の同僚にも、妻は子供が学校に行く時間に合わせて起き、子供よりはるかに早く出勤する亭主の朝食を作らないという者がいる。おそらく立ち食いそば屋の店員や隣りの客にまで愛想を振りまかずにいられないようなはげ頭の男は、家庭でもないがしろにされている。そんな男の女房が朝食など作るはずがないのだ。間もなく夏になりかかろうとしている時期に分厚い背広を着ているのも、おそらくは同じ理由によるのだろう。ないがしろにされているのは、家の中だけにとどまらないだろう。会社でも、同じような扱いを受け、女子社員がお茶を入れれば、その中には洗剤やら唾やら消しゴムのカスなどが入っているに違いない。

甲介の朝食はラストスパートにかかっていた。最後のかき揚げのかけらを啜り、汁を飲んだ。七味トウガラシに灼かれた舌と口中は、ただ熱く、腫れあがって、感覚が鈍くなっている。着替えたばかりのワイシャツも汗が噴きだして、背広の内側で、首に前腕に背中にぺったりと張りついている。

隣りの男が突然咀嚼をやめ、口の中に手を入れ、何かをつかみ出した。不器用そうな指の先端で挟んでいるものは、小さく、細く、折れ曲がっていて、焦げ茶色をしていた。脚、だ。太腿にあたる部分の太さは、二ミリほどもあり、ひざから先、すねには細い棘《とげ》が生えていて、つま先は鉤状に湾曲している。胴体が数センチにもなりそうなゴキブリの脚だった。

はげ頭の男は、きっと顔を上げ、店長と若い男を睨んだ。

洗い物をしていた店長は唇をへの字に結び、上目づかいにはげ頭の男を睨んでいる。若い男は薄ら笑いを浮かべている。はげ頭の男がキツネうどんを食べはじめたとき、にやりとしたわけがようやく理解できた。ゴキブリの脚を放りこんだのは、若い男の方だ。

はげ頭の男は何とか口を開こうとしていたが、店長と若い男の視線に圧倒され、咽をぐるぐる動かしているだけだった。やがて目を伏せ、指でつまんだゴキブリの脚をカウンターの上におく。

甲介は七味トウガラシの粒がたっぷりと沈んだ汁を最後の一滴まで飲み干しながら横目で三人の男をながめていた。

と、若い男が手を伸ばし、カウンターの上にあったゴキブリの脚を指先ではじいて道路に飛ばす。

「まったく」若い男が鼻を鳴らす。

「すいません」はげ頭の男は、小さな声で詫びた。

2

客のまばらな電車に乗ったなら、まず最初に座席の両端が空《あ》いていないかを確かめる。座席の端に座れば、手すりになっているパイプをわきの下にかいこむようにして肘をおける。電車がブレーキをかけても、わきの下にパイプをはさんでいれば上体がぐらぐらするのを防げるし、座席に腰かけ、背もたれに体重をかけ、頭の後ろを窓に当てていれば、眠る体勢ができる。ベッドに入ると目がさえてしまうというのに、電車の中だと、たとえ十分しか乗らなくとも一眠りできるのが不思議だった。おそらくはレールの継ぎ目を拾う震動が眠りに誘うリズムを刻んでいるのだろう。寒い時期にはシートの温かさが心地よく、逆に暑い季節には、適度にエアコンが利いている。そして電車の中の空気はいつもさらりと乾いている。瞬時の切れ目ない騒音、自分とはまるで関わりのないおしゃべりは、実は何も聞こえないのと同じだ。しんと静まり返った部屋の中で、梁がきしんでぴしりと音を立てる方がよほど神経に障る。音量の問題ではない。唐突に襲ってくる音こそが神経を逆なでする。人の話し声も、その中に自分に関わりのある名詞でも混じっていない限り、モーターのうなりや重い鉄の車輪がレールとこすり合わされる音と同じで、意識を覚醒させることがない。

レールの継ぎ目を拾う震動に身をまかせ、すっかり躰の力を抜いていると、眠気が忍び寄ってくる。灰色のガスとなった眠気が躰をすっぽり包み、意識が遠のいていく刹那、耳を聾していた騒音がすっと消えていく。その瞬間、甲介は自分がどこにいるのかも忘れ、ただまっ暗な空間に、温かく無音の空間に浮かんでいるのを感じることができた。温かい眠りの世界に落ちる瞬間が、甲介は何より好きだった。

しかし、朝の通勤時間ともなれば、空いている座席など望むべくもない。それでもいつもより約一時間早い、午前六時四十分の電車に乗っているために、吊革につかまっている乗客は少なく、座席にもぽつりぽつりと空きがあった。

今週は〈早出シフト〉にあたっている。甲介が勤める部署では、一カ月の内、一週間だけ出勤時間を一時間早める早出シフトがあった。

シートの両端が空いておらず、空席もぽつりぽつりといった程度なら、甲介は無理に座ろうとしなかった。どうせ二十分、立ちっぱなしでもたかが知れている。

座れそうな席がないとき、甲介が選ぶのは戸口のわきにある、幅五十センチほどの壁だ。そこに立てば、壁にもたれかかるようにして体重の半分をあずけておけるし、電車が混み合い、ほかの乗客と躰を触れるにしても、躰の片側ですむ。

相手が壁なら、どれほど体重をかけても、いやな顔をされる心配はない。

誰しも同じことを考えるようで、電車に乗ると座席は両端から順に埋まっていき、空いた座席がなくなると戸口のわきにまっ先に人が立つ。比較的空いている電車の光景はいつでも同じだ。座席が七、八割埋まっていれば、あとは戸口付近に乗客が立っている。

扉も体重をかけておける場所ではあるけれど、開閉のたびに扉から離れなければならないし、混んでいるときには、駅に停まるたびに降りようとする人の流れに逆らうか、さもなくば一旦ホームに出て、もう一度乗り直さなくてはならない。同じ扉なら、隣りの車両との連結部に立つ方がいい。わざわざ車両を移動しようとする乗客は少ないし、他人の迷惑も考えずに車両を移動してくるような非常識な人間には、露骨に嫌な顔をして見せられる。日常、露骨に不快な顔をして見せられるなど滅多にない。相手が大人しそうであれば、鼻を鳴らしたり、うなってみせたり、色々不満を晴らす方法がある。とにかく相手と目さえ合わせなければ、たいていのことは許される。かけらでも良識があるなら、電車の中で他人の目をまともにのぞきこもうとはしない。

目を合わせないだけでなく、指をさしたり、声をかけたりすることもほとんどない。乗客はたいてい新聞か雑誌、あるいは文庫本に目を落としているか、手ぶらなら天井からぶら下がっている車内刷りをながめている。運悪く、目の前にぶら下がっている車内刷りがすでに読んでしまった週刊誌の広告だったとしても、他人と目を合わせるのに較べたらはるかにましだ。手持ちの本もなく、適当な車内刷りもないときは、窓の外をながめるか、うつむいていることになる。

満員電車は、自分の部屋と同じで、案外独りになれる場所だった。

甲介が通勤に利用しているのは、JR山手《やまのて》線だった。駒込《こまごめ》駅から外回りの電車に乗り、九つ先の東京駅まで通っている。所要時間はきっちり十八分。山手線に初めて乗ったころ、目的地までの所要時間は駅の数を二倍すればいいと教えられた。教えたのは、甲介と同じ地方の出身者で、甲介より二年早く東京に出てきていた。田舎者が、田舎者に偉そうに講釈を垂れる。山手線の駅間所要時間さえ、ちょっとした優越感を手に入れるために使われた。

駒込駅では、進行方向から三両目、中央の扉に乗りこむことにしている。駅から徒歩五分のところにあるマンションに住み始めて三年、乗車位置を変えたことはなかった。通常出勤のときには午前七時四十分頃の電車、早出のときは一時間早い電車に乗るだけで、三年間、その習慣は変わっていない。毎日毎日通勤しなければならないのだ。習慣化によって、何も考えずに躰が動くようになる。乗りこむ電車の時刻や乗車位置だけでなく、マンションから駅までの経路も、ガード下にある立ち食いそば屋で朝食を摂ることも、習慣にしてしまっている。おそらくマンションを出て、駅にたどり着くまでの歩数もほとんど違わないだろう。

ホームにすべり込んできた電車が停止し、扉が開く。数人ずつ固まって降りてくる人を躱し、車内に入る。まず特有の臭いが鼻をつく。薄まってはいるが、充満している臭いは、駅のトイレと同じ種類だった。トイレにぶちまけられている消臭剤の臭いといった方が正確か。冬の間なら、暖房の入ったシートから立ちのぼる乾いた匂いが強いのだが、春から秋にかけては、つねに同じ、薄まった消臭剤の臭いだ。

もっとも臭いを感じるのはほんの一瞬で、ため息のような音とともに扉が閉まり、電車が動きだすころにはまるで気にならなくなる。

車内に一歩踏み込んだところで立ち止まり、甲介は素早く手前、奥、右、左と視線を飛ばした。が、シートの両端に空きはなかった。扉の左側により、壁際に右肩をつけてもたれかかった。座席のわきに立っている手すりに腰を寄せて落ち着ける。時おり、甲介のようにパイプに腕を乗せている客がいるのだが、今朝は小柄な女子学生が乗っていたので、手すりをめぐる尻と肘の微妙な駆け引きを演じなくてすんだ。

扉が閉まり、電車が動きはじめた。進行方向に顔を向けているので、手すりに押しつけた尻にかかる荷重が増すのを感じる。進行方向に背中を向けるようにして乗ったときには、発車の際、扉のわきに取りつけられている手すりに右肩を引っかけ、体重を支えてやればよい。

ホームには、反対側に入ってくる内回りの電車を待つ乗客が立っていた。甲介は目を動かし、乗客たちの背中をながめまわしていた。ホームが途切れたとき、半ば無意識のうちにゴキブリ入りのキツネうどんを食ったはげ頭の男を捜していたことに気がついた。苦笑をもらす。結局、はげ頭の男は若い店員がゴキブリの脚をはじき飛ばしたあと、箸をおいて出ていった。店はキツネうどんの代金を返そうとはしなかった。目の細い店員は、にやにやしたまま、残っていたキツネうどんを流しに捨て、洗い物を浸けてあるシンクに丼を放りこんだ。

電車が陸橋をくぐるころには、甲介の脳裏からもはげ頭の男は消えうせていた。

営団地下鉄千代田《ちよだ》線が乗り入れている西日暮里《にしにっぽり》で、乗客の数がぐっと増え、車内はびっしりとなる。それでも躰を押しつけ合っていなければならない通常出勤のときに較べれば、互いの躰の間には数センチずつの隙間がある。

人がびっしり乗っているにもかかわらず話し声はほとんど聞こえない。徒党を組んで乗りこんできた女子高校生が集団ゆえの傍若無人ぶりを発揮してさえずらない限り、たとえ友達同士で乗りこんでも、ほとんど話をしなくなるか、言葉を交わしたにしても圧し殺した声になる。見も知らぬ他人が五十センチ以内に近づくと、防衛本能が働くといわれるが、満員電車の中で誰もが話すのをやめ、ほかの乗客と目を合わせないようにしているのは、無意識のうちに防衛意識が働いているからなのだろう。満員電車は毎朝、その程度の緊張状態にある。

水色の制服を着た女生徒を視界の隅にとらえた甲介は、心拍数がはね上がるのを感じた。窓の外を見つめ、深く息を吸って心臓を落ち着けようとする。期待が甘く心臓を締めつけている。昨日見かけた女性に違いない、と甲介の勘は告げていた。今日も会えるかも知れないと、密かに思っていたのだ。しかし、そうした期待があるからこそ、甲介は不躾《ぶしつけ》な視線を彼女に向けることができなかった。

甲介は窓の外に目をやった。線路わきは土手になっていて、その上にアパートが建ち並んでいる。

灰色、焦げ茶色、クリーム色のアパートは、どれも総じて古ぼけている。そうしたアパートの一つは、線路に面したところに台所があるらしく、ガラスの向こうに鍋ややかんが並んでいた。

ふいに、狭い台所が脳裏に浮かんだ。床は黒ずんだ板張りで、光量に乏しい電灯がぶら下がっているだけのうす暗い台所だ。毎日、午前五時から午前一時まで、窓の下には電車が走っている。朝夕には、数分間隔で走り抜ける電車で柱が揺れ、鉄と鉄とが触れ合い、きしむ音が容赦なく襲いかかって、部屋の空気を震わせるだろう。

甲介の連想は走る。

暗い台所でインスタントラーメンを作ったり、洗い物をしている自分の姿が浮かんだ。そうしたときに、線路の継ぎ目を拾うリズミカルな震動を聞きながら、何を考えるのか。

夜半、ベッドに横たわっていると、甲介の部屋でも電車の音を聞くことができた。風向きのせいか、行き交う自動車がたまたま少なくて静かなせいかわからないが、いつも聞こえるわけではなかった。深夜の電車の音はひどく遠く、その音を聞くたびに誰からも離れてしまったと感じる。

日暮里駅で、さらに乗客の数が増え、甲介は壁際に押しつけられた。押されて、仕方なく躰の向きを変えるような顔をして、ちらりと扉の反対側に目をやる。思った通り、そこには水色の制服を着た髪の長い女子高校生が立っていた。制服は水色のベストと、同じ色のプリーツスカートで、白のブラウスを着ていた。胸には校章らしい小さなバッジをつけている。長い髪はまん中から分け、リボンで一つに結んであった。額がやや広めで、眉毛は今どきの流行からすれば太い方だった。伏し目がちの眸《ひとみ》は、長い睫毛《まつげ》で縁取られている。赤い唇は小さく、口紅はつけていないようだった。ベストを盛り上げている胸は控えめで、両手で持ったカバンを躰の前でぶら下げていた。彼女は乗客たちに背を向ける格好で、窓の外を見つめていた。

甲介も窓の外に視線を戻した。

彼女はうつむいたままで甲介の視線にはまるで気がついていないようだったが、それにしても長い間じろじろながめまわしていたような気がする。かすかに背中が汗ばんだ。流れる景色に目を向けていたものの、意識は完全に彼女に奪われている。

甲介は唇の裏側を噛んでいた。彼女を見かけるのは、二度目、昨日も同じ時間、同じ車両で見かけた。一カ月に一週間だけ乗る時間帯の電車だったが、少なくとも過去三年間、彼女を見かけたことはない。もっとも彼女が何年生かわからなかったが、三年前は高校生ではなかっただろう。それが昨日、今日と二日つづけて見かけている。

鶯谷《うぐいすだに》、上野《うえの》と停車するたびに乗り降りする乗客の動きに合わせて身じろぎし、甲介はちらり、ちらりと彼女に目をやっていた。

彼女のすぐ後ろにぴったり寄り添うように男が立っているのに気がついたのは、電車が御徒《おかち》町《まち》駅にすべり込んだときだった。男は極細縞模様の入ったグレーの背広に、糊の利いたワイシャツを着、ネクタイをきちんと締めている。歳は、三十歳くらいだ。髪の毛は整髪料で濡れたように光り、黒縁のメガネをかけている。

男は折りたたんだ新聞を顔の高さに上げ、熱心に読んでいた。いや、読んでいるふりをしていた。甲介は視線を下げ、扉と乗客の間にあるわずかな隙間から男の腰のあたりを見やった。両手で持った新聞に顔を埋めながら、男は下腹部を彼女の尻あたりにこすりつけている。彼女が身じろぎし、躰を離したとき、男がズボンの前を突っ張らせているのが見えた。が、次の瞬間、電車の揺れに合わせ、男が彼女の尻にふくらみを埋めるように腰を押しつけた。

視線を上げた。新聞をのぞき込んでいる男の目は、もはや活字を追ってはいないようだった。まぶたがたれ下がり、眸がかすんでいる。小鼻がふくれ、分厚い唇は結ばれていた。頬からあごにかけて髭の剃り跡がぽつぽつと残っている。

彼女は窓の外に顔を向けたまま、うつむいている。カバンを男の腰と自分の尻の間に挟みたかったとしても、混雑する電車の中では少し動かすのも難しかった。

電車が揺れた。彼女はよろめき、片手で手すりをつかむ。壁にもたれていれば、どうということもない揺れだったが、背後から男が体重をかけているのだ。彼女が漏らした小さな悲鳴がはっきり聞こえた。

次の瞬間、男の動きが大胆になり、ひざをつかって下から突き上げるように股間を押しつけはじめた。

ふたたび電車が揺れ、乗客が扉に押しつけられたので、甲介の視界は閉ざされてしまった。

目の前に電器街、秋葉原《あきはばら》が広がりはじめる。もともとはあきばっぱらと呼ばれ、あきばはらと発音するのが正しい。新聞か雑誌で読んだ記事に書いてあったのだが、毎朝秋葉原にさしかかると思いだすのだから鬱陶しくてしようがない。秋葉原には、もう何年も足を踏み入れたことがなかった。十四インチのテレビ、ハイファイビデオ、ＣＤプレーヤー付きのミニコンポ、窓用エアコン、冷蔵庫、オーブン付きの電子レンジ、炊飯ジャーと、独身の男に必要な家電製品は一通りそろっているし、パーソナルコンピューターを買う必要があるとは思っていない。

パーソナルコンピューターは紙箱の中に殺虫剤を塗ったゴキブリ殺しと同じだ。その手のゴキブリ殺しは、ゴキブリを誘って、粘着テープでからめ取る。その方式ゆえ、家の外にいるゴキブリまでも引き寄せる結果になる。パーソナルコンピューターが自宅にあれば、何十万円もする代物だから何とか元を取ろうとするだろう。その結果、仕事を持ち帰ることになる。大枚つぎ込んで、自宅にまで仕事を持ち帰らざるをえない貧乏くさい真似をするつもりはなかった。

プリンターを買えば、ワードプロセッサーとしても使えるし、ハガキにフルカラーで印刷することもできるというが、パソコンを買ったからといって手紙を出す相手が増えるわけではない。大学を卒業してから、甲介は年賀状一枚出したことはなかった。

秋葉原駅でどっと客が降り、幾分車内が空《す》いた。ちらりと扉の反対側に目をやる。

背中を押すものなど誰もいないというのに、男は新聞紙に顔を埋めたまま、水色の制服を着た女子高校生の尻に股間を押しつけている。ひざでリズムを取り、夢中になって腰を揺すっている。すでに誰の視線も気にならなくなっているのだろう。

電車が動きだした。次の神田《かんだ》駅に到着するまで、約二分だ。甲介は彼女に気取《けど》られないようにちらちらと盗み見ていた。

彼女がわずかに顔を動かした。彼女と目が合った。大きな、青みを帯びた眸だった。彼女が一瞬微笑《ほほえ》んだような気がしたが、甲介の思いすごしだったかも知れない。

それから彼女は振り返り、男が顔を埋めていた新聞紙を取り払った。一瞬の早業だった。男は口をわずかに開き、目を閉じていた。うっとりとした顔つき。だが、間が抜けた顔だ。メガネが斜めにずれていることにも気がついていない。

一瞬、男は何が起きたかわからなかったようだった。目をぱちくりし、睨みつけている彼女の眼をまともにのぞき込む格好になった。

男が彼女に背を向けようと身じろぎしたとき、彼女の唇から鋭い悲鳴がほとばしった。男が首をすくめる。乗客たちが一斉に不躾な視線を男と、彼女に向ける。

皆の目が集まり、そして確実に自分が多数派にいるのなら、あけすけな視線を向けることを気にしない。

「さっきから何を押しつけているんですか」あごを上げた彼女が凛《りん》と言い放った。

男は大きく目を見開いて周囲を見渡している。まるで卑劣な痴漢を自分が見つけてやるのだといいたそうな顔つきだったが、メガネがずれたままだ。

「あなたですよ、あなた」彼女は人さし指で男の胸を突いた。「人がじっとしていればいい気になって、何を押しつけているんですか」

「な、何をいってるんだ」男は新聞を下げ、彼女から離れようとした。

彼女は新聞をもった男の手首をつかみ、いきなり叫びだした。

「皆さん、この人、痴漢です。私にいやらしいことをしたんです」

男の顔がまっ赤になり、何度もまばたきをしている。乗客の間からわずかに失笑が漏れたが、大半は押し黙ったまま、痴漢男を見つめていた。

「痴漢ですよ、痴漢」彼女がくり返した。

「な、何をいって……」男は息を嚥み、絶句した。

昨日と同じだ、と甲介は思った。

昨日の朝も神田駅に到着する直前、彼女は痴漢の手首をつかみ、叫んでいた。

「警察に行きましょう、警察へ」

「人違いだ」

男はむきになって怒鳴った。彼女に向かっていっているのではなく、周囲の人々に主張している。が、反応は皆無だった。

「次の駅で降りますよ」彼女は男に顔を寄せていった。

彼女の言葉一つひとつも、乗客たちに向けられているように聞こえた。

「ぼくが何をしたっていうんだ」男は彼女の手を振り払おうとした。

「痴漢」

彼女がふたたび大声でいい、また乗客の間から失笑が漏れる。男の顔は噴きだした汗にてらてらと光っている。

「ぼくは何もしていない。人違いだっていっているだろう。君こそ、その手を離せ。痛いじゃないか」

「それじゃ、あなたが何をしていたか、周りの人に聞いてみましょうか」彼女は相変わらず男の手首を握ったままいった。「それとも神田で降ります?」

「じょ、冗談じゃない。ぼくは仕事に行かなきゃならないんだ」

「ひどい。私のお尻に何か変なものを押しつづけていたくせに」

「だから、人違いだって」

「痴漢なのに。痴漢したくせに」彼女の声がさらに大きくなる。

「おい」男は落ち着きのない目で周囲を見渡す。

「私、ずっと喚きつづけますよ」彼女は一段と声を張り上げた。「皆さん、痴漢です。この人、痴漢です。私の尻に股を押しつけてました」

「き、君」

神田駅のホームに電車がすべり込み、停まって扉が開いたとたん、男は彼女に手首をつかまれたまま降りていった。

3

男と女が交渉するとき、言葉はむしろ邪魔なのかも知れない。偶然、女の二の腕にこちらの肘なり腕なりが触れたとして、もし相手が身を引こうとせず、ただじっとしているだけならば、触れることが不快ではないのだな、と解釈できる。たとえば、酒席で隣り合わせになった女性が長い時間躰の一部を触れ合わせたままにしておいたとすれば、そこに何かしら期待を抱《いだ》くことができる。ほんの一瞬触れ合っただけなら偶然といえるだろうが、一時間、二時間とそうした触れあいがつづけば、もはや偶然とはいえず、じっとしていることに意志を嗅ぎ取れるからだ。ひょっとしたら腕と腕以上の接触も拒まれないのかも知れない、と思う。

そういう状況で、『腕が触れていますけど不快じゃありませんか』と訊ねるのは無粋だろうし、訊ねた瞬間に相手は腕を引っこめてしまうに違いない。

たとえ、相手が見知らぬ女でも躰の一部を押しつけられながらじっとしていれば、そこに何かしら諒解が感じ取れる。たぶん、水色の制服を着た女子高校生に手を引かれていったメガネの男にしても、最初から屹立した股間を押しつけていたわけではないだろう。はじめは、電車の揺れに合わせ、手の甲を彼女の背中に押しつけてみたり、新聞を持ちかえるふりをして指先で髪の毛に触れたりしたところからはじめる。次に電車の揺れを利用してよろけ、太腿で尻をこすってみたり、腕や躰を密着させてみたり、少しずつ試してみる。が、単に触れるだけではなく、指先や太腿にかすかな意志をにじませている。嫌なら、身をよじるなり、ここから移るなりしなさいよ、というわけだ。

それでも彼女がじっとしていたら、少しずつ行為を大胆にしていく。沈黙を許諾の徴《しるし》と解釈すれば、痴漢をしているという意識はなくなる。合意の下《もと》に触れ合っているからだ。もしくは、彼女が躰をこすりつけてくる男を恐れ、竦《すく》んで、声すら出せずにいるのなら幸運。多少大胆に触ったところで、どうせ十分もしないうちに自分か、彼女のどちらかが電車から降りてしまうのだから、男にすれば単なるおさわり得になる。

甲介は窓の外につづくビルをながめながら、そんなことを考えていた。

電車は東京駅に到着し、扉が開いた。開いた扉から吐き出されていく人の波に身をまかせ、ホームに降りる。東京駅では、乗客の八割がた降りるのでただ流れに乗っていさえすれば、自然とホームに押しだされる。電車からホームへ、さらにホームからコンコースへつづく階段まで人がびっしり連なっているので、ひたすらうつむき、とりあえず前を歩く人の足を踏まないようにしていればいい。ただ階段を降りきったところで、丸《まる》の内《うち》側と八重洲《やえす》側に人波がわかれるので、そのときだけ誰ともぶつからないように気をつけるようにしている。もっとも丸の内側に向かう甲介は、どちらかといえば多数派で、人の流れに逆らって歩く気遣いは少ない。

いつの間にか右手にパスケースを握っていた。いつ背広の内ポケットから抜き出したものか、まるで意識になかった。

考えていたのは、彼女が痴漢男を振り返る寸前、甲介に見せた笑みのことだ。甲介を見ていたように感じたが、思いすごしかも知れない。彼女と面識があるとすれば、昨日の朝も同じように痴漢をつるし上げたシーンを目撃したことくらいである。それに甲介は、自分が女性の興味を引かないご面相であることくらい承知している。三十年近く生きていれば、自分の容姿を素直に受けいれるのは難しくない。

彼女が見せた笑みは、してやったりとでも解釈すればいいのだろうか。だとすれば、痴漢を誘ったのは彼女の方で、メガネの男と、昨日の男は単なる間抜けということになる。そして、わざわざ痴漢をさせておいて、男の行為がエスカレートするのを待ち、直後、乗客の面前で男をさらし者にする。

男に対して何か恨みでもあるのだろうか。それとも単に面白いから、というそれだけの理由でしているのだろうか。

わからない。

パスケースから片手で定期券を抜き、自動改札機のスリットに通す。音を立てて開いた扉の間をすり抜け、吐きだされた定期券を取ると、また、片手でパスケースに戻した。手品のような芸当も毎日くり返していると、自然に身につく。不思議なもので、ほとんど意識しないままなら造作もなくできることが、わずかでも考えると、パスケースを落としたりする。

JR駅から地下鉄駅につながる通路を、甲介は人の流れにしたがって歩きつづけた。地下鉄改札口の前を通り抜け、東京駅地下構内にダイレクトにつながっているビルの入口に向かった。階段を駆け上がり、ガラスのはまった扉を押し開けてビルに入った。

甲介はエレベーターホールを通りすぎ、廊下の奥にあるトイレに入った。小便器の前に立ち、ズボンのチャックを開ける。自宅を出る前にトイレを使っているので、とくに小便がしたいわけではないが、毎朝、会社に入る前にビルの地下にあるトイレを利用していた。時間をかけ、わずかな量を放つ。

ため息が漏れた。

電車の車輪のきしみや駅の構内にこもっていた無数の足音が消え、ぼやけた耳鳴りが残っていた。小便とともに頭の中に充満していた音が排出されるような気がする。ズボンのチャックを上げ、便器の上についているボタンを押して錆臭い水を流した。

洗面台の前に立ち、鏡に映った自分の姿を確認した。髪の毛は乱れていない。髭の剃り残しもない。少しばかり目が血走っているのと、顔色が悪いのは睡眠不足のせいだが、いつものことなので気にしない。歯をむき出しにする。目につくような汚れはない。鏡の自分に、ひとつうなずいて見せてから、ていねいに手を洗った。

トイレを出て、エレベーターホールに戻った甲介は、扉が開いたまま停まっていた箱に乗り込み、五階のボタンを押した。扉が閉まり、箱が上昇する。わずかだが、内臓が押し下げられる。

顔をしかめた。

エレベーターが停まり、外に出た甲介は、右に向かって廊下を歩きだした。突き当たりからひとつ手前の、曇りガラスのはまったドアを開ける。ガラスには、金色の文字で洋和化学工《ようわかがくこう》業《ぎょう》株式會社としるされていた。金文字がところどころ剝げ、〈會社〉と表記されているところが洋和化学の歴史を物語っている。主な製品が工業用プラスチックとプラスチック用添加剤という地味な会社だ。

甲介は、総務部総務課に勤務していた。

「おはようございます」甲介は声をかけながら部屋に入った。

「おはよう」

入口のわきに置いてある会議机の前に立ち、広げた新聞にかがみ込んでいた宮下香織《みやしたかおり》が答えた。顔を上げようともしない。

「あれ、どうして宮下さんがいるんですか」甲介は立ち止まって、香織を見やった。「今週、早出にあたっているのは、ぼくと係長ですよ」

「ピンチヒッターなの」香織は新聞をめくりながら答えた。

「係長、何かあったんですか」

「出張になったのよ」香織は躰を起こし、腰のあたりを拳で叩いた。「広島の工場でね、悪臭騒ぎがあったの。急遽《きゅうきょ》、その対応に行かなくちゃならなくなったの」

香織は、いい迷惑よとつぶやき、顔をしかめた。

宮下香織は三十代半ばの独身で、総務課と秘書課の両方に籍を置いている。秘書課では主任の役職に就いていた。手首の内側に向けて巻いた腕時計に目をやった香織が顔をしかめていった。

「そんなことより、君、ちょっと遅いぞ。もう三十八分だ」

早出のときは、始業の一時間前、つまり午前七時三十分までに出社するのが決まりになっていた。

「はあ、すみません」

甲介は曖昧に頭を下げ、タイムレコーダーの前に行った。ホルダーから自分のカードを抜き、スリットにさし込む。ばん、と音がして、十六本×十六本のワイヤドットが厚紙に数字を打ち込む。カードを抜き出した。7：36。香織の時計は二分進んでいるようだった。

甲介は自分の席に行き、椅子の背に上着を掛けると、引出しからカッターナイフを取りだした。ナイフを胸ポケットに放りこみ、ワイシャツの袖をまくりながら、香織の向かい側に立つ。

会議机の上には、十数紙の朝刊が積み重ねてあった。甲介は経済新聞を抜き取り、目の前に広げて見出しに目を通しはじめた。

総務課では、毎朝、新聞の切り抜きを行なっている。自社をはじめ、ライバル会社、化学業界全般に関する記事や、原油価格、通貨の変動についての報道を選んで切り抜くのだ。切り抜いた記事は、A4判の用紙に貼りつけ、日付と新聞名を書き込んでコピーし、社長以下取締役、各事業部長クラスにまで配布する。広島にある工場にはファクシミリで送付し、全国に二十カ所ある支店、営業所に対しては週に一度、業務に関連の深そうな記事だけを抜き出して郵送していた。

社長、専務、常務クラスには、午前九時までにコピーを届けなければならず、そのため総務課員は交代で一時間早く出勤し、新聞の切り抜きにあたることになっていた。それが一カ月の内、一週間だけ回ってくる〈早出シフト〉だった。

甲介が総務課に配属されたときには、すでに業務のひとつとなっていた新聞の切り抜きだが、そもそもは十年ほど前、三代前の社長が経営施策の一つに情報武装を掲げ、それを受けて総務部が独自にはじめたことだった。当時の総務部長は、新聞の切り抜きをはじめるにあたって、アメリカの中央情報局も諜報活動の八割を新聞、テレビに頼っていると見得を切り、先見性を身につけるには広範な情報収集が何よりも重要だとのたまったらしい。もっとも新聞を切り抜くのは、課長以下課員たちの仕事で、いいだした本人は部長どまりのまま、数年前に定年退職している。一度も新聞に触れることはなかった。

一度始まった仕事はなくならない。社長にしろ、ほかの取締役にしろ、出勤途上で新聞を読んでいる。自社に関係のある記事ならなおさらだ。だから記事のコピーを回した時点では、すでに読み終えた記事ばかりになる。新聞記事の切り抜きもコピーも資源の無駄遣いにすぎないと誰もがわかっている。また、毎日新聞記事を切り抜く作業が総務課にとって過大な負担となっていて、課員の間で〈早出シフト〉の評判はさんざんだった。それでも新聞記事を切り抜く業務が廃止されることはなかった。

甲介は、ため息を嚥みこみ、部屋の一角を占めているグレーのファイリングキャビネットに目をやった。そこには過去三年分の切り抜き原本が保管されている。コピーの終わった原本は項目ごとにファイルにとじられ、保管されるようになっていたが、毎朝まわるコピーでさえが読まれていないのに、原本綴りが開かれることは皆無だった。

徒労感にとらわれながらも、甲介はふたたび見出しに視線を落とした。ほとんどの記事は、洋和化学の業務と関係がない。工業用プラスチック製造という地味な業種だけにマスコミ種になるような話題に乏しく、ここ数年、洋和化学も同業他社もじり貧傾向にあるために設備投資や海外進出といった華々しい話題もなかった。

十数紙の新聞を隅から隅までながめても、切り抜くべき記事は一日あたり十件前後でしかない。

甲介がめくっている新聞の、どのページにも経営再建、リストラクチャリングの文字が大書されている。業績悪化による事業規模の縮小は決して他人事《ひとごと》ではなかった。洋和化学も経営建て直しを目的として、業務縮小、施設閉鎖、人員削減に取り組んでいる。不思議なことに、そうした話題に関する報道は、たとえライバル会社のものでも切り抜く必要がないとされていた。気が滅入るような記事から目をそむけていたいのは人情だ。リストラがらみの記事を切り抜かないのは、社内をいたずらに刺激しないという総務課の配慮だった。

「あら、名峰《めいほう》カントリークラブが閉鎖って出てるわ」香織が弾んだ声でいった。「ねえ、名峰カントリーって、山本君も知ってるでしょ」

「はあ」甲介は顔を上げずに答えた。

名峰カントリークラブは、ライバル会社の一つが出資しているゴルフ場だった。ライバル会社とはいっても、年間の売上高は洋和化学の十倍に近く、業界のトップ企業だった。

名峰カントリークラブは、バブル経済で日本中が沸いていたころ、社員の福利厚生と地域住民への利益還元を目的に建設されたことになっていたが、実際は銀行に乗せられて手を出したバブル物件だった。福利厚生、利益還元とうたいながら、大々的に会員権が販売されていたのである。甲介も案内パンフレットを見たことがあったが、全十八ホールながら、二つのレストラン、バー、サウナ付きの浴場のある、リゾートホテルと見まがうばかりのクラブハウスを備えたゴルフ場で、その会員権はまともなサラリーマンに手の出るような金額ではなかった。

景気が悪くなったとたん、利用客が激減、割引券を乱発するなどディスカウントにつとめていたが、元々交通の便が極端に悪いこともあって、経営が立ち行かなくなったのだろう。

記事を読んでいた香織がにこにこしながらいう。

「三年前に売りに出されていたんですって。でも、買い手はつかなかったみたい。当たり前よね、今どきバブリーなゴルフ場を買えるほど景気のいい会社なんて、あるはずがないじゃないの、ねえ」

「はあ」

目を上げ、香織を見やった甲介はそのまま動けなくなった。

香織は襟のないシルクのブラウスを着、紺色のタイトスカートをはいていた。新聞にかがみ込んでいるために、ブラウスの襟元が下がり、香織の白い胸元がのぞいている。胸骨のくぼみも、ブラジャーに包まれたふくらみもはっきり見てとれる。ブラジャーはベージュで、細かい刺しゅうが施されていた。カップを吊りさげる小さな金具のあたりで、肩紐がわずかにたわみ、形を整えるためのステッチがゆがんで見えた。カップのサイズが大きめなのか、乳房とカップの間に隙間ができ、乳輪までが見えそうだった。

胸の谷間の上で、ネックレスの細い金鎖が揺れている。

口中によだれがわき出したが、嚥みこむのは躊躇《ためら》われた。咽を鳴らせば、香織に気づかれる。

香織は名峰カントリーだけでなく、出資元であるライバル会社の経営も悪化していると書かれていることが気に入ったらしく、記事の切り抜きにかかっていた。嬉々としてカッターナイフを振るい、甲介の視線にはまるで気づいていない。

二の腕の内側で圧迫され、ブラジャーの内側で変形する乳房がカップからあふれそうになっている。

甲介の妄想が走った。

香織がうつむいている間に、襟元から手を入れ、さらにブラジャーの内側に指を差し入れる。すべすべして、温かい肌、柔らかい乳房、こりっとした乳首の感触までが次々と脳裏に浮かぶ。

香織がじっとしているのなら、甲介はいつまでもすべらかな感触を楽しんでいるに違いない。

香織が記事を切り終える寸前、甲介は新聞に視線をもどした。

「レジャー産業なんて夢よ。見ない方がいいのよ」香織は勝ち誇っていた。「どっちみち地味な化学屋なんだからさ」

「そうですね」甲介は音を立てて新聞をめくり、相づちを打った。

「まあ、銀行にうまいこと乗せられたんだろうけどね」切り抜いた記事を台紙に貼りながら香織はつづけた。「名峰カントリーがあった場所って、本当は産業廃棄物の投棄用として確保されていたって噂があるんだけど、知ってた？」

「いえ」

甲介は顔を上げずに首を振った。香織に目をやれば、胸元をじろじろと見てしまいそうだった。

女は豹変する、と甲介は自分にいい聞かせた。水色の制服を着た女子高校生に手首をつかまれ、電車を降りていった男の姿を無理矢理思い浮かべた。視線だろうと指だろうと、撫でまわすという点で変わりはない。相手に気づかれれば、手痛い逆襲を喰らう羽目になる。

「どういう経緯《けいい》であの土地を手に入れたのかまでは知らないんだけど、土地の利用方法については、あの会社でもずいぶん困ってたみたいよ。何しろ山奥でしょう。生産施設を作るわけにもいかないし、もちろん貯蔵基地にもならない。近くに小さな温泉はあるんだけど、交通の便が悪すぎて社員の保養施設にもならなかったらしいの」

「ずいぶん、くわしいんですね」

甲介の言葉に、香織は低く笑い、たった今切り抜いた記事に全部書いてあると白状した。会話はそれきりで、二人は新聞の切り抜き作業に戻った。

甲介は必死に誘惑と戦っていた。目を上げれば、もう一度香織の胸元をのぞき込めるのがわかっている。だが、気づかれるのは怖かった。セクシャルハラスメントという言葉が脳裏をよぎる。香織が大騒ぎすれば、クビになることはないにしても、会社にはいづらくなるだろう。不景気の中、会社から放り出されれば再就職も難しいに違いない。

それにしても、いったい、どうしたっていうんだ。

甲介はいぶかしく思った。ふだん、香織を女性として意識したことはなかった。秘書とはいうものの、言葉のイメージからはほど遠い。香織は丸顔で鼻が低く、目が細い。決して美人とはいえなかった。その上、甲介より五、六歳は年上だ。にもかかわらず、ブラウスの襟元から胸元がのぞけただけで甲介は勃起しかかり、股間をもじもじさせていた。

ご面相はともかく、小柄ながらトランジスタグラマーという古めかしい言葉を連想させる程度には、スタイルが良かった。

一通り経済新聞に目を通し、新しい新聞を手にしようと腰を伸ばしたとき、ちらりと香織を見やった。香織は新聞に顔を近づけていたので、襟元ではなく、頭部が見えただけだったが、今度はブラウスが透けて、背中にあるブラジャーの留め金が目についた。あわてて新聞を開き、かがみ込む。

どうかしているぞ。

そう自分にいって聞かせたものの、なかなか新聞記事に集中できなかった。今度は、ブラジャーの留め金を外すシーンが脳裏にあふれ、ふたたび勃起しかけていたのである。

4

複写機のガラス板に、A4判の台紙をセットし、遮光板を閉じてスイッチを押す。光源が移動し、台紙をひとなめする。排出されたコピーはそのまま丁合機《ちょうあいき》に送られる。基本的に一枚の台紙に一件の記事を貼ることになっている。台紙の上部には、記事の項目、日付、媒体名が記されており、ファイリングの際の目安とされていた。

台紙一枚につき、三十八枚のコピーを取る。本社内で配布するのが十六枚、広島工場をはじめ、府中《ふちゅう》の研究所、全国に二十ある支店、営業所に郵送する分が二十二枚だった。

一定のリズムを刻んで、コピーを排出し、丁合しつづける機械を、甲介はぼんやりとながめていた。そのうち、耳を打つ機械の音がどんどん、ぱあ、どんどん、ぱあと聞こえてくる。今朝だけで十件の記事があった。コピーの総枚数は三百八十枚に達する。まったく資源の無駄以外の何ものでもない。わずかに記事を切り抜かれたあとは二度と開かれることもなく廃品回収に回される新聞も資源の無駄だったが、ほとんど読まれることもない記事をさらにコピーするのだから、念の入ったことだった。

どんどん、ぱあ、どんどん、ぱあと音がつづく。

木が切り倒され、砕かれ、さまざまな加工工程を経て、巨大な紙のロールが作られる。別の工場に送られたロール紙がA4サイズに裁断され、正確に五百枚ずつ仕分けされ、梱包、出荷される。流通ルートを経て、文具店から洋和化学に納入されたコピー用紙が複写機にセットされ、化学業界の記事が転写され、そして大半は読まれもしないうちにゴミ箱行きとなる。

東南アジアか、アマゾンかは知らないが、森林に分け入り、樹齢何百年だかの木を切り倒して生計を立てている人間がいる。次に木材を輸入する商社や製紙会社、材料や製品を運ぶ物流会社、卸問屋、文具店の社員たちがコピー用紙を売って生活している。何のことはない、甲介にしたところで、毎朝、記事のコピーを取り、ホッチキスで留めることが仕事になっていて、それで給料をもらっている。そしてでき上がったコピーは、誰の目に触れることもなく捨てられていく。

さらにいえば、コピー用紙を廃棄するのにもコストがかかり、夢《ゆめ》の島《しま》に捨てるにしろ、再生紙にするにしろ、それぞれ生業《なりわい》にし、生活をしている人々がそこにいる。

めまいがするほど壮大な無駄の連鎖だ。だが、その無駄の連鎖によってどれほど多くの人間が飯を食い、寝る場所を得、子供を作って、育てているのか。その子供たちがまた新たなる無駄の連鎖を構築していく。

　無駄の連鎖とはいうものの、甲介にしたところで、その一端にぶら下がり、家賃を払い、毎朝てんぷらそばを食っている。したがって無駄だからやめてしまえ、といえる立場にはない。実際に記事コピーがなくなれば、総務課の仕事は減り、ひょっとしたら人員削減にまでつながるかも知れない。削減の対象に、甲介自身がならない保証はない。他部署へ回されるか、悪くすれば職そのものを失ってしまう可能性だってある。それはわかっている。理解してはいるが、壮大な無駄の連鎖を思うとき、浪費されているのが資源だけでなく、自分の時間でもあることに、鬱々と晴れない気持ちになってしまう。

　一件目のコピーが終了し、二件目の記事をセットして、スイッチを押す。ふたたび眠気を誘う音が響きはじめる。

　総務部総務課雑用係が、甲介の仕事だった。もちろん雑用係という名称があるわけではないが、甲介の仕事といえば、毎朝記事のコピーをし、それを配って歩く以外は、本社で必要とされる備品の調達と配布が主なものだった。備品には、机、椅子、ロッカーなど大型のものからボールペン、コピー用紙、各種帳票類、トイレットペーパーまで含まれる。年度ごとに購入計画を練って予算を立て、調達にあたる。そうはいっても納入業者を決定する権限はなく、納入品目にしたところで、一つひとつ上司の決裁を受けなくてはならない。つまり、甲介の仕事というのは、やれトイレットペーパーがないだの、蛍光灯が切れただのという連絡を受け、それを業者につなぎ、納入されれば今度は各部署にもっていって取りつけたり、渡したりすることだった。

洋和化学という会社は、プラスチック製品を生産し、それを販売して、利益を上げている。その業務が円滑に遂行されるためには、雑用とはいえ必要不可欠な仕事だと、部長は常々口にする。が、正直なところ甲介は今の仕事にやり甲斐を感じたことはなかった。同僚や、あるいは学生時代からの友人の中には、目をきらきらさせて、自分の仕事にやり甲斐を見いだしているんだという輩もいたが、そんな話を聞くたびに、甲介はなぜか気恥ずかしさをおぼえ、苦笑いしながらうつむいてしまった。

三件目は、香織が心底嬉しそうに切り抜いた名峰カントリークラブ閉鎖の記事だった。この記事は注目されるだろう、と甲介は思った。が、誰が読んだところで、いい気味だ、ざまみろと感じる以上の意味があるとは考えられなかった。

「何か面白そうな記事はあるかい」

人事部長の佐伯《さえき》が傍らに立って声をかけてきた。複写機が置いてあるのは、経理部と人事部が同居している大部屋で、こぢんまりしている総務部の部屋には、複写機を置くスペースはなかった。

「名峰カントリーが閉鎖になるそうです」甲介は丁合機からコピーを一枚抜いていった。

佐伯はコピーに触れようともせず、甲介に持たせたままのぞき込む。

佐伯は四十代後半で、業務畑の出世頭と目されている。もっとも洋和化学で常務以上を目指すなら、製造部門の出身でなければならない。

「いいゴルフ場なんだけどね、いかんせん新幹線の駅からも空港からも遠すぎるんだな」

「行かれたことがあるんですか」甲介は佐伯を見やった。

佐伯は目を細め、唇の両端を持ちあげてみせる。人の好さそうな笑顔に、甲介もつられて笑みを返す。とてもばっさ、ばっさと社員を斬っているリストラ策の推進者には見えなかった。

「視察だよ。同業他社の福利厚生施設を見学しておくのも人事担当者の大切な仕事だからね」

佐伯は鼻のわきをこすりながら言葉を継いだ。「それにあの会社には、大学時代の同級生がいてね。ちょうどぼくと同じ人事部なんだ。そのよしみもあって、つき合いで行ったわけさ」

甲介は口を閉ざして佐伯の顔を見つめていた。

「でも、助かったよ」佐伯が声を低くする。

甲介は首をかしげ、眉間にしわを刻んで佐伯を見やる。

「実は、その同級生にね、名峰カントリーの会員権を買わないかって勧められてたんだ。友達のよしみで安くしておくっていうことだったが、それでもとてもとても」佐伯は目玉をぐるぐる回してみせる。「しがないサラリーマンには、とても手が出るような値段じゃありませんでしたよ」

佐伯は素早く左右を見まわすと、甲介の耳元に口を寄せて、ゴルフの会員権だけで五つ目になるから、ワイフが絶対にうんといわなかったさ、とささやいた。そしてにこにこしながら甲介の肩をたたき、ウィンクしてみせると、自分の席に向かって歩いていった。

甲介は中途半端な笑みを口許に貼りつけたまま、佐伯の背中を見送った。


十枚一セットのコピー用紙をホッチキスで閉じ、三十八部の冊子を作りあげると、そのうちの四部を香織に届けた。社長、専務、二人の常務にコピーを配布するのは、香織の仕事だった。

「ご苦労さん」椅子に座ったまま、香織はコピーを受けとった。

甲介はブラウスの襟元を見ないようにしながら口を開いた。

「さっき佐伯部長に名峰カントリーのこと、話しておきましたよ」

「喜んでたでしょ」香織は目尻にしわを寄せて声を弾ませる。

「いいゴルフ場なのにって、いってましたけどね。行ったことがあるみたいでした」

「二年くらい前だったかな」

「よく知ってますね」

「あのころは、私も人事部員だったからね。それも福利厚生担当だったでしょう。だから部長と、当時の課長と一緒に行ったの」

香織があっさりといってのけ、甲介は目をしばたたいた。甲介の表情を見た香織は吹き出し、苦笑いしながら言葉を継ぐ。

「いやね、おかしな想像しないでちょうだい。あくまでもお仕事だったんだから」

「わかってますよ、もちろん」甲介はあわててうなずく。「宮下さん、ゴルフなんてするんですか」

「しますよ、ゴルフくらい」香織はコピーの束をもって立ち上がった。「山本君もしてるんでしょ、ゴルフ?」

「とんでもない」甲介は顔の前で手を振った。「そんな金、どこにもありませんよ」

「会員権を買うわけじゃないのよ。ビジターでプレーするだけなら、お金はそんなにかからないわよ」

役員室に行く香織といっしょに甲介は秘書課を出た。いったん総務課に戻り、コピーの束をもって、今度は社内を回りはじめるのである。

洋和化学の本社は五階の全フロアを占有していた。東京駅に面した一角に、役員室が並び、隣接する形で秘書課がある。秘書課の隣りが総務課、総務課別室、廊下の角を曲がって経理部と人事部が同居している大部屋、さらに奥、ビルの西側には物流販売事業本部、生産事業本部が置かれている。

ちょうど役員室の反対側にあたる生産事業本部に入ると、まずは窓を背にする格好で配置された大きなデスクに近づいた。生産事業本部長におはようございますと声をかけながら、机の上にある木箱にコピーを入れる。生産事業本部長は顔も上げず、甲介の挨拶に答えようともしなかったが、毎朝のことだった。次いで開発部長の席に一部届ける。生産事業本部は、製造部と開発部の二つに分かれているが、製造部長は広島工場の工場長兼任で、広島にいる。開発部は、部長席こそ本社に置かれているが、実際の開発にあたっているのは府中にある研究所だった。

生産事業本部を出た甲介は、パーティションで仕切られた一角に入った。企画室と呼ばれるセクションで、新製品開発のためのマーケティングと、宣伝を担当している。

企画室長の牧野《まきの》が爪にヤスリをかけていた。

「おはようございます」甲介はコピーを差し出しながら声をかけた。

「ああ、おはよう」牧野は小さくうなずき、小指の先端を吹いた。「毎朝、ご苦労さんだね」

「いえ」

牧野は社内で唯一、あごひげを生やしている人間だった。いつもダブルの紺ブレザーを着用し、色つきのシャツを着ている。今朝は鮮やかなピンク色のシャツに、緑色のネクタイを締めていた。

一礼し、立ち去ろうとする甲介に牧野が声をかけた。

「あっ、そうだ。部長にはあとで話をするけど、来月、新製品のプレス発表をしたいと思ってるんだ。セッティングの方、よろしく頼むよ」

「はい」甲介は振り返ってうなずく。

プレス発表とはいっても、経済新聞数社のほか、業界紙誌に資料を送るだけのことである。記者会見を開くわけではない。

牧野は机の上に肘をつき、身を乗りだした。

「何しろ、今度の製品はものすごく画期的なんだ。ちょっと大げさにいうと、業界に革命をもたらすね。企画室としても、力が入ってるんだよね」

「はあ」甲介は曖昧にうなずいた。「画期的、ですね」

「そう」

牧野は嬉しそうにあごを引いてうなずき、プラスチックの添加剤で、従来品に較べるとプラスチックの耐熱性能を三度も上げるんだよ、といった。それから牧野はプラスチックの組成や成分に関して、アルファベットの略語をたっぷりとまじえて得々と説明したが、甲介にはまるで理解できなかった。

もっとも牧野にしたところで、どの程度理解しているのかあやしいものだ。牧野は元々広告代理店の社員で、そこを退職した後、宣伝部員として洋和化学に来た男だった。もっともらしく製品について能書きを垂れてはいるものの、化学についての知識はかけらもない。

「とにかくケミカル産業は新時代を迎えつつあるからね」

自分の言葉に酔い、何度もうなずいている牧野の前を逃げ出した甲介は、物流販売事業本部に入っていった。事業部長席、営業部長席、物流部長席にそれぞれコピーを配っていく。

二人の常務の内、作田《さくた》が生産部門担当、広川《ひろかわ》が物流販売部門と業務部門を担当している。総務課員である甲介にとっては、広川が直属の上司としてはトップになるが、次期専務候補といわれているのは作田だった。作田が専務に昇任すれば、広川は関連会社の社長となって、洋和化学から離れる。それが習わしだった。

物流販売事業本部を出、業務本部に入った。業務本部は、経理部、人事部、総務部の三つに分かれている。一応、事業部制を敷いているので、業務本部が担当するのは本社関連の経理、人事だけということになっていた。広島工場は経理面、人事面でも独立した企業体然としており、各支店においても女性事務職員は現地採用することになっていた。

「おはようございます」

業務本部長、粟野《あわの》の前に立った甲介は声をかけながら両手で持ったコピー綴りを未決と記された木箱の中に入れた。

「おはよう」粟野はたれ下がったまぶたを持ちあげ、甲介を見た。「名峰カントリーが閉鎖になったって?」

朝刊を読んだのか、それとも佐伯がご注進におよんだのか。おそらくは後者だろう、と甲介は見当をつけた。

「はい。今朝の朝刊に出ていました」

「朝刊だけでいい。今朝の、は要らないよ。朝刊は朝に決まってる」

「はあ」甲介は頭を下げた。「申し訳ありません」

「夕方に来るから、夕刊だね」粟野はコピーの綴りを取り、表紙に判をつくと、既決の箱に放りこんだ。「それとも君は、今夕の夕刊ですというのか」

「いいえ」甲介はもう一度、頭を下げた。「申し訳ありません」

粟野は手を振り、甲介に行けと示すと、椅子の背に躰をあずけて目を閉じた。手を振って部下を追いやる仕種は、先代の社長を真似ている。取締役ではあったが、糖尿病を病んでおり、間もなく退任すると噂されていた。粟野の後継者と目されているのが、人事部長の佐伯である。

人事部長席、経理部長席にそれぞれコピーを置いた甲介は、廊下に出た。総務部長の栄前田《えいまえだ》には、すでにコピーを渡してあるので今朝の配布はこれで完了だ。天井を見上げ、短く息を吐いた甲介は、ちらりと総務部の入口に目をやった。が、すぐに小さく首を振り、総務部の隣りにある総務部別室と書いてあるドアをノックした。

返事を待たずにドアを開け、中に入る。総務部別室は細長く、せまい部屋だった。机が三つ並んでおり、それぞれ初老の男が座っている。総務部別室は社史編纂室とも呼ばれているのだが、社員の間では〈爺捨て山〉で通っていた。別室にいるのは、あと一、二年で定年を迎える六十前後の男ばかり、田沼《たぬま》、細川《ほそかわ》、柴田《しばた》の三人である。

「よう、新聞少年」入口にもっとも近い席に座っていた、白髪頭の柴田が声をかけてきた。

「今朝の仕事は終わったのか」

「たった今、終わりましたよ。粟野本部長からありがたいお小言をいただいて」

甲介は部屋の中に進み、もっとも奥に置いてあるソファに腰を下ろすと、手元に残っていたコピー綴り二部をテーブルに置いた。〈爺捨て山〉にもってくるのとゴミ箱に捨てるのと、どれほどの差があるのだろう、といつも思う。

「ありゃ、昔から小意地が悪かった」細川が老眼鏡を押し上げ、新聞から顔を上げていった。細面《ほそおもて》で、真っ白な髪をしていた。「本物の意地悪なら、もっと出世もしたんだろうがな。しょせん、小物だ」

「あんたが出世の話をするのか」田沼がごろごろ咽を鳴らして笑う。黒々した髪をオールバックにセットしているが、カツラであることは誰の目にも明らかだった。「おれたちはそういう世界から見放されてここにいるんだろ」

「お前といっしょにするな」細川は唇をへの字に曲げ、新聞に視線を落とした。

どういう経緯で、田沼、細川、柴田の三人が総務部別室に来ることになったのか、甲介は知らない。ただ三人とも総務・経理畑の出身で、社内の事情、歴史に精通している。総務部にとって年に一度の大イベントである株主総会の仕切り方をはじめ、創立記念日、仕事始めなど年中行事の式次第にもくわしかった。

「出世といえば……」田沼がじろりと甲介を睨んだ。「お前さんも、毎朝、こんなところに顔を出してると、出世から見放されるぞ」

「出世か」甲介はにやりとし、まっすぐに田沼を見て訊ねた。「ぼくは社長になれますかね」

「ま、無理だろうな」田沼はあっさりと答える。

「専務」

「夢のまた夢」

「常務」

「ありえん話だ」

「業務本部長」

「まず、不可能」

「総務部長」

「残念ながら」

「総務課長」

甲介がそこまで訊ねたところで、田沼は腕を組み、うなった。甲介は思わず苦笑いを浮かべてしまう。

「山本が総務課長なら、おれは総務部長にまでいけたな」細川が口をはさむ。

「お前が総務部長なら、おれは業務本部長、いや常務だ」柴田が混ぜっ返す。

「努力次第だが」田沼は真面目くさった顔つきで、甲介を見つめていた。「それにしても、お前さん、本当に課長になりたいと思っているのか」

5

産まれたばかりの赤ん坊には無限の可能性がある。その可能性を最初に殺すのは、親の職業、生活環境、性格、教育の程度だ。次が学校。小学校に入学して以降は、社会とか世間とか呼ばれる肥大したシステムに適合する従順な部分品となるべく日々訓練されていく。高校なり、大学を卒業するころには、社会人、常識人と呼ばれる立派な部分品となっているわけだが、徹底した教育の成果で、自分が無個性な部分品だと気がつくことはない。むしろ、基本的人権が尊重され、職業や居住地の自由が認められ、選挙権まで与えられて、自由を謳歌する社会人になれたとさえ思いこめる。あくまでも社会という、誰が決めたかすらわからない枠内での話だが。だから、将来について考えようとしても、しょせんは今日の延長線上にしか思い描くことができない。

本当に課長になりたいのか、とあらためて問われると、甲介には答えようもなかった。社内の事情に精通したつもりで、こまっしゃくれ、どうせ製造部門の出身でなければ常務どまりですよ、といってみせるくらいはできた。常務にまで昇進するにしても、ここ十年ばかりを振りかえってみれば、常務になった人間の大半は旧帝大と呼ばれる国立大学の出身者であり、私立大学出の甲介にはそこにすら到達できないのは明白だったが。

よしんば常務になったとしても、せいぜいが従業員千人足らずの洋和化学において、その地位にどれほどの価値を見いだせるというのか。

もっとも、洋和化学より従業員が多い会社、いわゆる有名企業、大企業の役員になれたとして、それで人間の価値が上がったといえるのかも疑問だった。

金は欲しい、と正直に思う。うまいものを食べ、高級車を乗り回し、冷暖房完備の快適な家に住むのは、心地よいだけでなく、優越感も満たしてくれるに違いない。しかし、目の前の課長を見れば、役つき手当が給与に加算されるものの、時間外手当が大幅に削られ、手取り給料は平社員時代の方が多いという逆転現象に苦しんでいるのがわかる。もちろん実質的な給与の目減りは一時的なものにすぎず、課長職につづけてあれば、昇給もあるし、ボーナス時の査定額も違ってくる。さらに課長にならなければ、その上、部長、業務本部長の目はない。

「おやおや考え込んでしまったか」田沼は苦笑いしながら、湯呑を持ちあげた。「課長になりたいと思っていないのか」

「そうですねぇ」甲介は唇を結び、天井を見上げたあと、田沼に視線をもどして訊いた。「うちの社長って、どれくらい給料もらってるんでしょう」

「社長か」田沼は唇を突き出し、眉根を寄せて、細川と柴田を見やった。「社長がどれくらい取ってるか、お前ら、知ってるか」

「さあて、ね」細川は尖ったあごを撫で、首をかしげた。

「月給百万くらいじゃないか」柴田が答える。

「のんきなもんだな」田沼が顔をしかめた。「お前にとっちゃ百万てのは大金かも知れないけど、今のご時世、月に百万くらいじゃ、大したことはないぞ。それに額面で百万なら、税金だ、何だかんだ引かれて、手元に来るのは六十万くらいのものじゃないか」

「社長になれば、色々お偉方同士のつき合いもあるだろうからな。結婚式だ、葬式だといったって、包むのが五千円じゃ格好もつかないだろうなぁ」細川は自分の言葉にしきりにうなずいていた。

「じゃあ、二百万か」と、柴田。

「取締役になるとボーナスはなくなるから、二百万として年に二千四百万か」田沼が考え込む。

「二千四百万だって」柴田が目をぱちくりした。「おれたち三人の給料を合わせたって、そんなにはならないだろう」

「馬鹿」田沼が鼻を鳴らす。「おれたちと較べてどうする。相手は、あれでも社長だぞ」

「社長、社長というけど、しょせん外様《とざま》なんだよなぁ」細川はタバコのパッケージを手にしていった。

洋和化学の社長は生え抜きではない。五年前に主要取引銀行から送りこまれ、常務を一年、専務を三年務めたあと、社長に就任している。銀行では融資畑が長く、企業の経営分析をさせれば、名人というふれこみだった。が、経営分析がいくらうまくても、実際の経営はわけが違うらしく、社長に就任したあとも洋和化学の業績はじり貧状態から抜け出せなかった。

垂れた能書き通りに世の中がまわるなら、競馬評論家は誰もが大金持ちになっているはずだな、と甲介は思う。

「それにしても二千四百万とはなぁ」柴田は腕組みし、しきりに首を振る。「うちは儲かってないんだ。社長にそんな大金を抜かれたんじゃ、おれたちの取り分がちっとも増えないのも道理だ」

「別に社長の給料が二千四百万と決まったわけじゃないぞ」田沼があきれ顔でたしなめる。「お前が月給二百万といい出しただけじゃないか」

「あっ、そうか」柴田はとたんに嬉しそうに笑みを浮かべた。「百万ってこともあるわけだ。百万なら、手取りで六十万。大したことない」

「だから、社長の給料がいくらなのか、わからんていってるだろ」田沼が怒鳴り声を上げる。顔が見る見るうちにまっ赤になった。

「気をつけなよ、田沼さん。あんた、血圧が高いんだろ」細川がのんびりした声でいった。

「ほっといてくれ」田沼は憤然と顔をそむけ、湯呑の茶を飲み干した。

「それ、漢方薬だよね」柴田が田沼の湯呑を見つめながら訊いた。「血圧、下がったかい？」

田沼は憮然とした顔つきを崩さず、柴田の問いを無視した。

「あんた、血圧が気になりだしたのか」細川が訊いた。

「この間、病院に行ってね、ちょっと計ってもらったんだけど、上が百八十で、下が九十二だった」柴田が目をしょぼしょぼさせて答える。「歳取ると、躰のあちこちにガタがきやがる」

「気をつけた方がいいよ。春先だったなぁ、ぼくの同級生が脳溢血で亡くなったんだけど、ぽっくりだったよ。前の日まで元気で、晩酌もいつも通りだったのに、朝になったら冷たくなってたらしい」

細川はタバコを吸いつけ、煙を吐きだした。柴田が顔の前に広がってきた煙を手で払う。

「ひどいな、細川さん。おれが禁煙中なの、知ってるだろ。今日で三日目だからね、今が一番つらいんだよ」

「三日目か。記録更新じゃないか」柴田の仕種を見て、田沼はにやにやしていた。「今年になって何度目の禁煙なんだ?」

指を折り、六まで数えたところで柴田が顔を上げる。

「それこそ大きなお世話だ。おれは、禁煙が趣味なんだよ。金もかからねえし、健康にもいい。趣味としちゃ、最高だろうが」

「でも、あんたの禁煙がつづいたって話、聞いたことがないからな。聞くのは、いつもはじめたって話ばかりだ」

話は脱線に脱線を重ね、〈爺捨て山〉三人組のおしゃべりがつづく。つき合っていれば、際限なく聞かされる羽目になりかねないので、甲介は立ち上がった。

「おや」田沼が眉を上げる。「もう帰っちまうのかい」

「仕事があるんですよ」

甲介はにやりとしかけたが、社史編纂を押しつけられた三人には、仕事らしい仕事もない。

「若い人っていうのは、まっこと、うらやましい」

柴田の言葉に、田沼と細川が大きくうなずく。

甲介はひっそりと苦笑いをもらしながら、総務部別室を出た。


総務部長、栄前田のあだ名はAマイナー。有名な国立大学を優秀な成績で卒業し、切れ者と評判が高かったが、しょせんはこぢんまりとした製造業にいて、しかも文系学部の出身である。四十代半ばにして、総務部長に抜擢されたが、将来はどれほど出世しようと常務、その後、関連会社の社長でビジネス人生を終えるだろうと予想できる。社員の間ではもっぱら、来る会社を間違えたといわれている。ビジネス社会において、学歴、能力ともにAクラスなのだが、たまたま居場所を間違えたがゆえのAマイナーだった。

総務部長席の前に立った甲介は小さく頭を下げた。

「コピーの配布、終了しました」

記事コピーの配布は、部長が掌握する事項となっているため、報告も直接栄前田にすることになっている。

「ああ」栄前田は鼻毛を抜きながらうなずいた。机の上には几帳面に鼻毛が植えられている。

「ご苦労さん。とくに変わったことはなかったか」

とくに変わったことはなかったか、と訊くのが栄前田の癖だった。変化を期待しているわけではない。むしろ逆だ。変わったことはなかったかと訊くことがすっかり習慣になっているので、口にしないと、何か変化を誘発するように感じている節がある。決まりきった会話を、毎日飽きもせず、寸分違《たが》わずくり返すことでほっとしているような男だった。

「ありません」

「そう。それはよかった」

そういったとたん、栄前田は大きなくしゃみをした。背後にある窓の、曇りガラスから射しこむ光の中に霧状の唾が飛び散る。何度か鼻を動かして、栄前田はにっこり微笑み、甲介を見上げた。

「何だか鼻がむずむずしてね。くしゃみをするとすっきりするんだ。そういうことって、あるよな」

「そうですね」

「ところで、株主総会の議事録はでき上がったか」

「いえ、まだですが」

「そうか」栄前田は鼻をすすり上げ、目を伏せたままつづけた。「実は、業務本部長から催促されてね。明日の役員会議で使うらしいんだ」

「明日、ですか」甲介は眉間にしわを刻んだ。

「ぼくも急にいわれてね。それに小島《こじま》君が急遽出張になっただろう。聞いてるかな、そのこと」

小島は係長である。広島工場の悪臭騒ぎに対処するため、昨日の夜、急に出張になったことは香織から聞いていた。

「ええ。広島に行かれた、とか」

「そうなんだよ。実は工場のそばに偏屈者の年寄り夫婦が住んでてさ、昔っから、何だかんだとうるさいんだよね。悪臭騒ぎといったって、何も今回が初めてというわけじゃない」

「それなのに、出張ですか」

「いや、工場の方にね」栄前田は鼻をつまんで二度、三度と引っぱった。「テレビ局から電話が入ったらしいんだ。工場総務があわてちゃってさ、マスコミ対応は本社の職掌《しょくしょう》事項だろうって。ねえ、職掌事項なんて言葉、今どき聞くこと、あるかい」

「ないですね」

「そうなんだよね、職掌事項だよ。まいっちゃうよ」栄前田はそれで納得してくれるだろうといわんばかりににっこりする。「だからね、頼むよ」

「明日の朝までに仕上げるってことですよね」

「そう」目尻を下げ、両手を拝むように合わせると栄前田は言葉をついだ。「何とか頼みます。

山本君だけが頼りなんだ」

「今週、私は早出なんですよ」

「わかってるよ。そこを押して、何とか、この通りです」栄前田は机に両手をつき、頭を下げた。「誰かと交代させてやりたいんだが、何しろ職掌事項といわれちゃってねえ」

「わかりました」

甲介が会釈をして、自分の席にもどりかけると、栄前田は椅子に躰をあずけ、大きく伸びをしながら欠伸《あくび》をした。

課長席のわきを通りすぎようとしたとき、課長の持田《もちだ》が声をかけてきた。

「また、〈爺捨て山〉で油を売ってきたのか」

持田はメガネのブリッジを押し上げ、上目づかいに甲介を睨み上げる。髪の分け目に雲脂《ふけ》が浮いていた。前歯にはめた金冠が濁っている。

「株主総会の議事録を書かなくちゃいけないんで、ちょっと昔の話を聞いてきたんですよ」

「総会の議事録ったって、何も今回初めて作るわけじゃないだろう」

「去年は係長といっしょに作りましたからね。でも、今年はどうやら私が一人でやらなくちゃいけないようですから」

「一人でやれっていわれたのは、たった今だろ。おかしいじゃないか。その前に〈爺捨て山〉に寄ってるんだから」

甲介はちらりと栄前田を見やった。鼻の穴に人さし指と親指の先端を突っ込んでいた。鼻毛をつまんで抜く瞬間、顔をしかめた。次いで、大きなくしゃみを一発。

「なあ、おかしいだろ」持田は栄前田のくしゃみが聞こえなかった振りをして、いいつのった。「係長からいわれていたんですよ。今年は、一人でやるようにって。まあ、係長がいれば、直接聞けるんですけど、何しろ急な出張ですからね」

「小島君がいなければ、ぼくに聞けばいいだろう」持田は鼻を鳴らした。

「課長は色々とお忙しいですから」

持田の表情が消えた。しばらくの間、甲介を睨み、やがて唇を結んだまま、鼻でため息を吐いた。

「まあ、いい。これからは〈爺捨て山〉に行って、だらだらしてるんじゃないぞ。あそこにいるのは、役立たずの年寄りばっかりなんだ。あんなところに出入りしたって、何の意味もないんだからな」

「はい。申し訳ありません」

甲介は頭を下げ、自分の席についた。電話機に黄色いメモ用紙が貼りつけてあり、出入りの文具店の名前が記されている。午前中に予定されていた納品が午後になるとのことだった。何時、とは書いていない。いつものことだ。甲介にしろ、ほかの総務課員にしろ、長時間部署を離れることはないから、厳密なアポイントメントを必要としない。

コピー用紙にガムテープだったかな、と甲介は思った。今日、納品される予定の品物だ。ほかに注文するものはなかっただろうか、と考えてみたが、いずれにせよ文具店が来たときに社内の連絡簿を見て確認すればいいことだと思い直した。

「お茶です」

声をかけられると同時に、コーヒーカップに入った日本茶が目の前に差し出された。カップを受け取り、顔を上げる。

「ありがとう」

お茶を入れるのは、総務課に配属されている唯一の女性、星野《ほしの》沙貴《さき》の仕事だった。沙貴は小柄な女性で、二十代前半、今年の秋には結婚を予定しており、あと三週間で、夏のボーナスが支給された直後に退社する。

甲介は熱い茶をひと口啜り、息を吐いた。

「大変ですね」沙貴が声をひそめていう。

「何が?」甲介はふたたび彼女を見上げた。

沙貴はライトブルーの制服の下に、半袖のブラウスを着けていた。髪は短め、耳には小さな金色のピアスを付けている。

「株主総会の議事録、明日の朝までに完成させなきゃならないんですよね」

「大丈夫、ぼくはパソコンを使えるから」

「良かった」沙貴はほっとしたように微笑んだ。

総務課の中で、業務に必要な程度にパーソナルコンピューターを使えるのは、持田と小島、それに甲介の三人だった。栄前田は何度か社内講習に参加しているが、相性が悪いらしく、いまだにマウスを使った処理しかできない。もう一人、五十代でありながら何の役職にも就いていない萩原《はぎわら》という男が総務課にいるが、彼にいたっては、パソコンに触れようともしないのだ。

栄前田や萩原がパソコンで文書を作らなければならないとき、あるいは持田や小島でも仕事が錯綜して手が回らないときには、すべて沙貴に押しつけてしまう。時間のかかりそうな文書なら、何とか沙貴のご機嫌を取って残業してもらわなければならない。

沙貴は腰をかがめ、甲介の耳元に口を近づけてささやいた。

「今日、デートなんですよ」

「フィアンセとかい?」

沙貴はにやっとする。

「ひ、み、つ」

沙貴は背を伸ばすと、つんと鼻を持ちあげ、甲介の向かい側にある自分の席にもどった。椅子に腰を下ろすや、甲介の視線をとらえ、秘密めかして、もう一度にやっとして見せる。甲介はわかっているよ、というようにうなずいて見せた。

「それにしても何だねぇ」萩原が茶を飲みながらつぶやいた。

栄前田も持田も手にした書類から目を上げようともしない。萩原は持田の方にちらちら視線をやりながら、ひとしきり日本の首相がいかに勇気がなく、無能であるかをぼやいたが、持田は相手にならなかった。

萩原の視線がさまよう。甲介は机の引出しを開け、プラスチックのケースに収めたフロッピーディスクのラベルをながめていた。積み重ねたフロッピーディスクの一番上に、〈株主総会シナリオ〉と記された一枚がのっているのだが、それを探す振りをつづける。

「やっぱり政治家というのは、多少悪いことをしていても、何というか、がつんと政策を打ち出してだね、ブルドーザーみたいに推進してくれる人物じゃないとねぇ。何だか、どいつもこいつも小粒になっちゃって……」

萩原の独り言はいつまでもつづいている。

6

今から十数年前、アメリカの某企業が各部署ごとに従業員の労働実態を調査したところ、だいたい二十パーセントの人間が業務の八割をこなし、六十パーセントの人間が業務の二割を受け持ち、最後の二十パーセントはまるで仕事をしていないという結果が出た。部署による差は大したものではなかったという。そこでその会社では、各部署で八割の仕事をこなす二十パーセントの人間ばかりをひとつのセクションに集める、という実験をした。

結果はトップ二十パーセントの社員ばかりなのに、やはり業務の八十パーセントを処理するのは二割の人間であり、二割の人間はまったく何もしないという結果に終わったという。

一つのセクションで処理しなければならない仕事の量というのは、ひょっとしたらセクションに配属された二割程度の人員でほとんどまかなってしまえるのかも知れない。洋和化学の総務課では、年に一度の大イベントである株主総会前後は、沙貴も含めて全員が連日の残業を強いられ、準備と事後処理に追われるのだが、それ以外の時期は、案外のんびりとしている。

甲介は総務課の男性の中でもっとも若い。入社して六年になるが、新入社員はおろか甲介より若手の社員が配属される気配はまるでなかった。だいたい甲介が入社して以降、業績が低迷していることもあって、新卒採用は理科系大学出身者に限られていた。

六年たっても、甲介はいまだ総務課の若手であり、雑用の大半を押しつけられている。

新聞記事のコピーを配布し終え、茶を飲みながら、本社内の各部署から寄せられている備品要求伝票を整理し、急を要するものがないことを確認、ようやく株主総会の議事録作りにかかれると思っていたところに、その男が飛びこんできた。

総務課の入口に、男が姿を見せると、すかさず沙貴が立ち上がって近づいた。

「いらっしゃいませ」

「ああ、どうも。おはようございます」

顔色の悪い、やせた男で、ちりちりのパーマをかけた髪をリーゼント風にセットしてあった。薄い茶色のレンズがはまったメタルフレームのメガネをかけ、スーツは太い縦縞、濃いブルーのワイシャツに白地にピンクの水玉模様のネクタイを締めていた。

男の言葉には、関西風のアクセントがあった。

「えらい朝早くから、本当にすんませんな」男は顔いっぱいに愛想笑いを浮かべ、沙貴に何度も頭を下げた。

「どちら様でしょうか」沙貴は男の前に立ちはだかり、きっちりと応対している。

「失礼いたしました」男は持っていた焦げ茶色のバッグをわきに挟み、内ポケットから名刺入れを取りだした。名刺を一枚抜いて、恭《うやうや》しく差し出す。「私、永瀬《ながせ》、いいまんねん」

名刺を受けとった沙貴が重ねて訊く。

「どういったご用件でございましょうか」

「ちょっと近くまで来ましたさかいな、総務部長さんにご挨拶させていただこうと思いまして」

「はあ」

沙貴が栄前田を振り返る。男は沙貴の視線を追って、栄前田をとらえると、タバコのヤニに汚れた前歯をむき出しにしてぺこりと頭を下げた。

栄前田が咳払いをすると、持田がはじかれたように立ち上がった。

「沙貴ちゃん、じゃなかった、星野君。お客さまを第三応接室にご案内して」

「はい」沙貴はうなずき、男に向きなおった。「それではこちらでございます」

男は持田に向かって愛想笑いを浮かべて頭を下げ、それから沙貴の顔を見た。

「お忙しいところ、本当にえらいすんませんな」

「いえ、どうぞ。こちらでございます」

沙貴が右手で示しながら、廊下へと出ていく。第三応接室といっても経理、人事部が使っている部屋の隣りにある小さな会議室のことだった。しかも第一応接、第二応接があるわけではない。はったりである。洋和化学において応接室と呼べそうなのは、役員の来客用に使える一部屋があるばかりだった。

間もなく、沙貴が戻ってくると、栄前田に男の名刺を渡した。栄前田は鼻に指をつっこんだまま手を出そうとしなかったので、沙貴は仕方なく、名刺を栄前田の机の上においた。

「持田君」栄前田が呼ぶ。

「はい」

机の前に来た持田に向かって、栄前田はあごをしゃくって名刺を指した。

「君、対処してくれないか」

「はあ」持田は名刺を見おろしたまま、頭を掻いた。「実は十時半から企画室の会議に同席しなければならないんですが」

「十時半か」栄前田は腕時計にちらりと目をやる。「会議って、牧野室長がいってた新製品の件か」

「ええ。部長もお聞き及びですか」

「ついさっき電話をもらったよ。画期的な新製品だって、何だかえらく入れ込んでるけど、どうせ、あれなんだろう」栄前田は語尾をぼかし、持田を見上げた。「十時半といってもまだ二十分もナニできるじゃないか」

「はあ、そうですが。部長もご存じでしょう。牧野さんって、あれでなかなか時間に厳しいんですよね。遅れたりすると、何だかんだとうるさくて」

「あの男、時間よりも自分の服装にもう少し気を配った方がいいと思うけどね」栄前田が首を伸ばし、甲介を見やる。「山本君」

「はい」

甲介はため息を嚥みこみ、机に両手をついて立ち上がった。部長席の前で、持田と並んで立つ。顔を伏せていると、自然と名刺が目に入ってきた。㈱永瀬《ながせ》経済研究所《けいざいけんきゅうじょ》、とある。所長の肩書の下に、永瀬幸四郎《こうしろう》と印刷されていた。住所は板橋《いたばし》区になっている。

栄前田は椅子の背に躰をあずけたまま、甲介に向かってあごをしゃくった。

「君は今何をしていたっけ?」

「朝のルーティンワークが一通り終わりましたんで、そろそろ株主総会の議事録を作ろうかと思っていたんですが」

「それは午後に回してもいいな」栄前田はそういって、勝手にうなずいた。

「あの」萩原が腰を浮かして栄前田に声をかけた。

持田が露骨に顔をしかめ、萩原を振り返る。栄前田は表情を消していた。

「何でしたら、私が応対いたしましょうか」萩原はおずおずと申し出た。

白髪まじりの髪を、臭いのきつい整髪料で固めているにもかかわらず、萩原の髪は一房、寝癖がついたようにはねていた。

「皆さん、それぞれお忙しいようですし、とりあえず、私は急ぎの用もありませんので」萩原は中途半端に腰を浮かせた格好をしていた。

「結構です」栄前田はきっぱりといった。「まだ、萩原主査にご出馬いただく段階じゃありませんよ。大した相手でもなさそうですし、ね」

「はあ」萩原が泣き笑いのような顔つきになってうなずく。

「もし、話がこじれるようなことがあったら、萩原主査に対応をお願いします。ですが、今のところは結構です」

栄前田の言葉に、萩原はふたたび椅子に腰を落とした。

「じゃあ」栄前田は甲介に向きなおる。「そういうことで、山本君、一つよろしく頼むよ。とりあえず、あの男の話を聞いてくれ。ただし、話を聞くだけだよ。広告、賛助金のたぐいは一切お断わりだ。経費節減の折り、今は昔からつき合いのある業界専門誌への広告出稿も見合わせている、と。いいね。あの男のところにだけ協力できないんじゃなく、うちはどの媒体に対してもご協力いたしかねる状況にあることをていねいにお話しして、納得してもらうように」

「はい」甲介はうなずいた。

係長の小島がいれば、甲介の代わりに第三応接室に行かされているところだ。広島工場の隣りに住んでいるという偏屈者の年寄り夫婦が今さらながら恨めしい。

栄前田が言葉をついだ。

「くれぐれも言葉尻をとらえられるような真似をするなよ。それから、部長は、と訊かれたら、会議中で来られないと断わるように。いいかね、会議中だよ。さっき牧野室長から電話があったんだけど、持田君だけじゃなく、できれば私にも出席して欲しいといってたんだ。だから私と持田君は、これから企画室の会議に出る」

「わかりました」

それから栄前田はくどくどと同じ注意をくり返し、結局、甲介が総務課を出たのは永瀬が現われてから十五分後のことだった。


テーブルの上に置かれた書籍は、分厚く、小型の辞書ほどの厚さがあった。総務課員なら、なじみ深い『会社四季報《かいしゃしきほう》』だ。

第三応接室に入っていくと、永瀬はまるでそこが自分のオフィスであるかのように奥の椅子に陣取り、甲介を手招きし、自分の向かい側、つまり出入り口を背にして座るようにうながした。甲介が首をかしげながら座ると、セカンドバッグから『会社四季報』を取りだして、テーブルの上に置いたのである。そして甲介を制して、いきなり四季報一冊で数百万円、うまくすれば一千万円以上を稼ぐ方法があるといいだした。しかも元手はせいぜい二、三万円、という。甲介が目をぱちくりさせているうちに、永瀬はセカンドバッグから一枚の用紙を取りだした。

永瀬が取りだしたのは、企業総務部宛の請求書だった。宛先は手書きで入れるようで、下線が引いてあり、御中と添えてある。差出人は永瀬経済研究所だった。社名にかさねて、四角い社判がついてある。

甲介は眉根を寄せて、永瀬を見上げた。

「日本に上場企業が何社あるか、ご存じでっしゃろ」永瀬は脂臭い息を吐きつけながらいった。それくらい知っていて当然という口振りである。

「確か、その」甲介は言いよどんだ。

「その通り、千八百五十社でございます」

「ああ。そう、そうでしたかね」

「間違いおまへん。千八百五十。まあ、毎月新規に上場する会社がありますから、私が申しあげている数字は、あくまでも今年の四月一日時点の社数ですけどね。それはいいとして、この請求書、ご覧下さい」永瀬はそういいながら、Ａ４サイズの用紙を指先で叩いた。「ここに永瀬経済研究所が発行する季刊情報誌への名刺広告掲載料金とおまっしゃろ。末尾には、具体的に金額も書いてます。一金、一万九千八百円也ですわ」

「はあ」

「この請求書をですね、全国の上場企業総務部宛に送るんですわ。一万九千八百円というのがミソですねん」

永瀬は腕を組み、酸っぱい顔をして請求書を見つめたまま、二年前までは二万九千八百円やったが、不景気のあおりでそれじゃ二進《にっち》も三進《さっち》もいかなくなったとつぶやいた。完全なる独り言。一瞬、甲介は永瀬の意識から閉め出されたような格好になった。

永瀬は甲介を見上げ、目をしばたたいて言葉をついだ。

「請求金額の下には、振込み先が書いてあります。もちろんちゃんとした都市銀行で、名義人は永瀬経済研究所、一応、総合口座になってます」

この請求書を株主総会シーズンのピークに、すべての上場企業に向けて発送する。すると、ほぼ一割の企業から振り込みがある。永瀬は得意そうにいった。

一割として、ざっと百八十五社。一社あたり、約二万円ずつを振り込んでくるから、永瀬の口座には三百五十万円強が貯まる仕組みになっている。金を引き出したら、二度とその口座には近づかない。

「まあ、詐欺ですわな。うちの研究所、情報誌なんか出してませんから」永瀬は鼻を膨らませて笑う。

一万九千八百円という金額がミソといったのは、総務部宛に送られた請求書でも、二万円未満なら、部長や課長の決裁も必要とせずに総務から経理へ、伝票が回り、経理から永瀬の口座に振り込まれる場合がある、という。

「万が一、からくりがばれても、すでに振り込みをしてしまった会社は何もいってきません。架空の情報誌に広告料を支払ったことが公になれば、例の商法違反、利益供与っちゅうやつになりますからな。それにたかだか二万円弱のお金です。そんな目腐れ金で、上場企業ががたがたいいますかいな」

「はあ」甲介は生返事をし、曖昧にうなずいた。

「これで三百万でっせ。ごついわ。ちょいと前なら一件あたり二万九千八百円だったんですが、すっかり世知辛い世の中になりましたな。三万円だと、誰も相手にしてくれまへん。書類が上に回ったりすれば、騒ぎにもなりますし、これでなかなか厄介でして」

百六十社から三万円ずつ振り込まれれば、四百八十万円になる。バブル景気のころなら、一件五万でも十万でも振り込みがあったと、永瀬はいった。たしかに一千万円を超える金を簡単に手にできるかも知れない。

いや、できたかも知れない、だ。

甲介は胸の内でつぶやいた。

いずれにせよ、目の前に座っている男がまくし立てていることがすべて事実とは限らない。だいたい永瀬という名前も、本名かどうかわかったものではないのだ。名刺など、簡単に作ることができる。

永瀬は『会社四季報』と請求書をセカンドバッグにしまいながらつづけた。

「一万九千八百円、どうです、うまいとこ、突いてますやろ。洋和化学さんでも総務課で決裁できる金額って、それくらいと違いますか」

「うちは違いますね。一円でも出費する場合には、すべて部長の決裁が必要です」

嘘だった。永瀬がいったように、もし、株主総会前の残業に次ぐ残業の時期なら、二万円にも満たない請求書を甲介か沙貴が独断で経理部に回してしまうことは十分に考えられた。そして金を振り込んでしまえば、たとえ架空の情報誌であることがわかったとしても不当な利益供与として発覚するのを恐れ、口を閉ざしてしまうだろう。

永瀬のいうとおりだった。

「洋和さんは、さすが手堅いですな」セカンドバッグのファスナーをきちんと閉じると、永瀬は身を乗りだしてきた。「どうして私が兄さんに、こんな手の内をさらすようなことをしたか、わかりますか」

「さあ」甲介は首をかしげた。

「私みたいな男が訪ねてきても、おたくの部長さん、いっこう顔を見せようとしませんでしたな。お見かけしたところ、兄さんはまじめそうな顔をしてはるし、根性も座ってまっしゃろ。私、こう見えても人を見る目ぇだけは誰にも負けしまへん」

「はあ」甲介は生返事をした。

永瀬の意図がどこにあるのか、計りかねていた。永瀬はテーブルの上に身を乗りだし、生真面目な顔つきをしている。

が、甲介はいまだかつて根性が座っているといわれたことなどない。数年前につき合っていた女には、根性が曲がっているとはいわれたが。

自分を冷静に見つめてみても、何をするにしても根気に欠け、負けん気などかけらもないへなちょことしか思えない。

「なあ、冗談でいうてるのと違うで」永瀬は顔を近づけてささやいた。言葉遣いががらりと変化する。「きょうび素人衆の方がなんぼかたち悪いよってに、わしらもな、代紋ちらつかせて商売するわけにいかんのや。わかるか。シノギがえろうきつくなっての。しょうもない暴対法のせいや」

「ダイモン、ですか」

「せや。どこのヤクザでも代紋背負ってシノギするのが難しゅうなってる」

ヤクザと聞いて、甲介は身を引きかけた。次の瞬間、尻を浮かせた永瀬が甲介の咽元に唇を近づけ、うす茶色のレンズの奥でまぶたをすぼめ、上目づかいに見つめていた。光に乏しい、不気味な目だった。

「わかるか、兄さん。こないしてな、ヤクザいう言葉出すのも、ほんまやったらあかんのや。それだけでありがたい暴対法で、しょっ引かれる。わかるか、兄さん。わし、それだけのリスクをおかしてんやで」

ほとんど息の音しかしない。

唇の湿った感触を咽に感じながら、甲介は痺れたように動けなくなっていた。永瀬は歯槽膿漏を患っているらしい。つんと鼻を刺す酸っぱい口臭がはいのぼってくる。それでも動けない。

「なあ、兄さん、何でわしがこんな話までするか、あんた、わかってるか」

首筋にまとわりつくような永瀬の言葉に、甲介は首を振った。

「手、組まへんか。悪いようにはせん。うまくいけば、あんたの懐ろには何百万、いや一千万の金が入る。純粋に、やで。手取り、キャッシュ、無税の一千万や。それがどれほどの価値か、あんたにわかるか」

「いいえ」甲介はかろうじてかすれた声を押しだした。

「ええか、あんたは何にも悪いことするわけやない。ただちょっとわしにな、電話をくれるだけでええんじゃ」永瀬はそういいながら名刺を甲介のワイシャツのポケットに突っ込んだ。

「さっきあんたところのお嬢さんに渡したんと違《ちご》うて、こっちには、わしの携帯の番号が書いてある。ところで、あんた、名前は?」

「山本です」気圧《けお》され、思わず答えていた。

「総務課の山本さんやな。おぼえとく」永瀬は甲介から離れ、椅子に座り直した。「ええな、山本さん。連絡くれたら、ええんやで」

「連絡といっても」甲介は背中が汗に濡れているのを感じていた。

「洋和化学で、抗ガン剤作ってるやろ」

甲介は目をしばたたき、つやのない永瀬の顔をまじまじと見つめた。洋和化学の主製品は工業用プラスチックとプラスチック用添加剤で、医薬品を作っているなど一度も聞いたことがない。

永瀬は汚れた、長い歯を見せた。

「まあ、今のところ、トップシークレットいう奴やな。山本さんが知らないのも無理ないわ。だけどな、これだけはおぼえといてや。何でも、その抗ガン剤、ガンというガンのすべてに効く特効薬らしいんや。それこそ画期的な発明らしいで」永瀬はゆっくりと立ち上がった。「ほな、また来るわ。部長さんには、あんたからあんじょういうたってや。あんたんとこも上場会社なら、企業ゴロの一匹や二匹、つき合いがあるやろ。部長さんには、永瀬もその手合いだと思わせたらええ。そうすれば、ちょこちょこ訪ねさせてもらっても、おかしくないだろ」

いいか、今日の話、今のところ誰にも喋るなよ、喋ったら、とつけ加えたところでにやりとしてみせると、永瀬は薄い肩をそびやかし大股で第三応接室を出ていった。

7

丸の内や西新宿《にししんじゅく》のオフィス街では、昼飯時、そこに働くサラリーマンの数に対してレストランの席が絶対的に足りない。会社によっては、昼休みを十五分繰り上げたりしているが、それでもサラリーマンたちはレストランの入口に所在なげに立ち、待つことを強いられる。混み合う時間に合わせて、座席の数を設定したのでは店として採算が合わない。そうとわかっていてもぞろぞろ列を作り、飯にありつくのをひたすら待つ側に立たされると、自分がいかにもさもしいように思えてきて、みじめさは拭いきれなかった。

従順に並び、餌を待つ家畜。甲介にはそう思えてしようがない。だから、かたわらをぞろぞろ歩きすぎるサラリーマンたちを見ないように目を伏せている。

昼食時、調理にかかっている店々からあふれ出す熱と湿気、それに人いきれが加わって、エアコンはフル回転しているのだろうが、それでもワイシャツの襟が首筋にじっとり密着する。甲介は、ネクタイをゆるめ、時おりカラーと首の間に人さし指を入れていた。

甲介が並んでいるのは、紺色に染めたのれんが掛かっているそば屋である。ほぼ毎日、同じ店で昼食をすませていた。気のきいた定食を出すレストランや、ボリュームがあってしかも値段の割安な豚カツ屋に較べると、地味な作りのそば屋は多少空いている。メニューもそば、うどん、丼物しかないので客の回転が速い。甲介がそば屋に来るのは、わずかでも突っ立っている時間を少なくしたい、ただそれだけの理由だった。

つまようじを唇の端にくわえ、のれんを両手で分けて数人の男たちが出てきた。入れ違いに入口の前に並んでいた男たちが店の中に入っていく。甲介もそのうちの一人だった。レジに立った中年女が店内の空いている席をてきぱきと示し、客をさばいていく。彼女は甲介が人さし指を立て、一人であることを示すと、カウンターを指した。十数脚の椅子が並ぶカウンターには、まん中辺と端に一つずつ空席があった。

甲介は迷わず端に座った。ちらりとレジを振り返る。食事を終えた客が勘定をしながら、レジに立つ女性と何ごとか話し込んでいる。彼女は白い歯を見せて笑い、釣り銭を渡していた。甲介もレジの女性とは、すっかり顔なじみだったが、言葉を交わしたことはなかった。

白い上っ張りを着た若い女の店員が水の入ったグラスを甲介の前に置く。放り出すような置き方で、わずかばかり水がこぼれた。が、女店員は表情を変えずに訊いた。

「何にします?」

「大盛り」

甲介が答えると、女店員は返事もせず、厨房の方へ歩いていった。

十数席のカウンターのほか、四人掛けのテーブルが二十ほど並んでいる。席はすべて埋まっていた。三、四人で連れ立ってきた客もテーブルが丸ごと空いてなければ、容赦なくばらばらにされ、席に振り分けられるので、昼食時に椅子が空くことはない。

カウンターの奥が厨房になっている。ベージュがかった壁には、水着を着た女性モデルがビールの大ジョッキを持っているポスターや、『昼食時、混雑時には店内での喫煙をご遠慮願います』と手書きされた紙が貼ってあった。混んだ店の中で紫煙が迷惑というのではない。単に食後の一服を楽しまれたのでは、客の回転が落ちるからだ。

ほとんどの客は黙々とそばや丼物に顔を伏せていた。甲介の目には、ワイシャツに包まれた白い背中ばかりが映る。誰もがネクタイの端を左肩に引っかけて、丼やそば猪口《ちょこ》を抱え込み、となりに座っている客と、腕が触れ合っていても気づかない振りをして食事をつづけていた。朝に夕にぎゅうぎゅう詰めの電車で通勤し、昼食も混雑した中でとらざるを得ない。

それだけではない。おそらくゴールデンウィークや正月休みには、苦労して手に入れた航空券や切符で行楽地に出かけ、一日で何万人もの人が集まるレジャーランドや海水浴場で過ごすのだろう。

躰を縮めてそばをすすっている男たちの姿は、甲介にある光景を思い出させる。

まだ、小学生だったころに見た養鶏場だ。目がちかちかするほど糞尿の臭いに満ちた養鶏場の中、雌鳥は金網で作られた箱に閉じこめられ、餌をついばみ、卵を産んでいた。箱の大きさは首を突きだした雌鳥の躰にぴったり合っており、箱に入れられているというより、箱を着ているといった方が正しいくらいだった。羽を広げるどころか、自分の足で立つことも不可能なのだ。雌鳥に許された運動は、餌をついばむときに首を上下させることだけだった。

かごから突きだされた首が無数に並び、上下しているさまは不気味だった。鶏舎には、糞尿の臭いだけでなく、重なりあう鳴き声が充満していた。その中で鶏はひたすら食い、卵を産みつづける。養鶏場全体が卵を生産する巨大な機械のように見えたものだ。

今、甲介が目にしている男たちも、かごから首を出し、餌をついばむことだけを許された機械の部分品にしか見えない。

甲介はまだ結婚してなかったが、三十代半ばまでにはしたいと思っている。いや、するだろうと漠然と考えている。今のところ、特定の相手がいるわけではなかったが、それでも結婚はするだろうと思っていた。そして子供を作る。かごから突きだした首を上下させるくらいの自由しか許されていない機械の部分品が子供を作ったとしても、機械の部分品を再生産するにすぎないだろう。

それでいい、と甲介は思う。

枠の外にはみ出し、自由を謳歌することで得られる充実感や快感より、毎日飯の心配をしなくてはならない不快感の方が大きい。ヘロイン中毒のロックスターに自由をそそのかされ、勇気がないとなじられても、まずは日々の安定が大事だ。昨日と同じ今日、今日と同じ明日を過ごせることが何よりも大事だ。

買ってまで苦労するほど若くない、と思う。

女店員が大盛りのせいろとそば猪口をかぶせた徳利、薬味を盛った小皿をのせた盆を運んできた。盆を置くと、別の客の注文を聞くため小走りに離れていった。

甲介は割箸を取り、そば猪口になみなみとつゆを注いで、ネギとわさびを放りこんだ。割箸でつゆをかき混ぜ、わさびを溶かす。

となりに座っている、メガネの男が連れの男に話しかけているのが耳に入った。盛りを頼んだら、まずひと口目はつゆにつけずにそばだけを味わい、次いでつゆだけをほんの少し口にふくんで風味を確かめる。わさびをつゆに溶かすのはイモで、少量ずつそばにのせて食べなくてはならない。

「刺身を食うときだって、そうするだろ」メガネの男はいった。「それと、食べる前にそばに七味を振っておくのもいいよ。ほんの少しだけね。盛りでも七味を使うと、そばの風味が増すんだよね。そういえば、温かいそばを食べるときに、真っ赤になるほど七味を使うやつがいるけど、おれにいわせれば、馬鹿だよ」

甲介は表情を消し、そばをつまみ上げ、つゆにどっぷりと浸して一気に啜りこんだ。

メガネの男が得々とつづけている。そばは三分の二ほどをつゆにつけて食べるようにしないと、そばの風味が殺されてしまう。そばをすっかりつゆにつけてしまう奴は、これまたイモだよと笑った。

「我々、江戸っ子はね」

男がそこまでいったとき、女店員が割り込んできた。

「すみません。空いた器、お下げしてもよろしいでしょうか」

「ああ」メガネの男がうなずいた。「どうぞ」

そしてふたたび話しはじめる。女店員がふんと鼻を鳴らして盆を取っていっても、店の入口に客が並んでいても、男の講釈はとまらなかった。


会議机の椅子を一脚、壁際に寄せ、腰を下ろす。後頭部をひんやりとした壁につけ、もたれかかる。躰が安定し、背中の力が抜けることを確認した上で、腕時計を見やった。甲介がはめているのは、多機能デジタルウォッチだった。タイマーを選び、十分でアラームがなるようにセットして、人さし指の爪で小さなスイッチを押した。9：59：9からスタートし、一秒の十分の一の表示は読みとれないスピードでふっ飛んでいく。

甲介は腹の上で両手を組み、両足を投げだした。次いで頭の後ろを壁にもたれかけさせ、躰をリラックスさせる。目を閉じると、時間をかけて鼻から息を吸い、口から吐く。最初は息が震えてうまくいかないが、二度、三度とくり返しているうちにゆったりとした呼吸に慣れてくる。

エアコンの音が耳を打つ。どこか遠くで廊下を歩く靴音、次いで電話の呼び出し音が聞こえる。誰かが応対していたが、声はくぐもり、何をいっているのかわからない。

ゆっくりと息を吸い、吐く。

まぶたの裏側には何も浮かばなかった。午前中、脳の底でしこっていた眠気が浮上し、頭の中に広がるにつれ、躰が温まってくる。毎晩、三、四時間しか眠れなかった。慢性的な睡眠不足は、昼休みのマイクロスリープと土曜、日曜の寝だめで解消する。寝だめ、食いだめは利かないというが、日曜日の午後に昼寝をしないと、前週の疲れを月曜に持ち越すような気がした。

数年前、週刊誌の記事でマイクロスリープの記事を読んだ。居眠りするのなら、椅子に座った体勢でリラックスし、かっちり十分だけがいいと書いてあった。十分以上になると躰は本格的な睡眠に入ろうとするし、いったん眠りに落ちると、九十分は眠らないとかえって疲れてしまう。人間の睡眠は、レム睡眠とノンレム睡眠が組み合わさり、九十分を一単位としているらしかった。レム＝REMはRAPID EYES MOVEMENTの略で、要は夢を見ていることで目が動く浅い睡眠と、ノンレム、つまり夢すら見ていない深い睡眠という意味らしい。そして九十分に一度、睡眠状態から覚醒へと浮上し、そのタイミングで起きれば、すっきり目覚めることができる、という。

マイクロスリープは、スリープとはいうものの、実は眠っても眠らなくてもいい。肝腎なのは、十分間、規則的なゆっくりとした呼吸をくり返すことで緊張を解くことである。

甲介はまっ暗な海に浮かんで、躰が揺れているところを思い浮かべた。海とはいうものの、海水は汗ばまないほどに温かい。そうしているうちに、甲介の意識は無限の暗渠《あんきょ》へと漂い出す。眠らなくてもいい、と思うと、自然な睡眠状態に入ることができ、眠らなくちゃと思えば後頭部が熱くなっていつまでも眠れない。天《あま》の邪鬼《じゃく》なおのが性質に、苦笑せざるを得なかった。が、苦笑したのが十分の内のどのあたりなのか、甲介にはわからなかった。

意識の底をくすぐる、かすかな電子音の意味がしばらく理解できなかった。十分が文字通りあっという間に過ぎていた。目を開き、鳴りつづける腕時計のボタンを押して、電子音を止める。

自然と欠伸が出た。両腕を伸ばし、だらしなく尾を引く母音を漏らしながら欠伸をする。午後一時まであと十五分ほどあり、総務課には甲介しかいない。

自由だ、と思う。無限の自由など、サラリーマンにはありえない。一日は出勤時間と退勤時間で明確に区分けされ、残った時間も睡眠と食事、そのほか日常の細々とした雑用にあてなければならない。

それでも自由は数分だけ訪れる。

いや、むしろ時間を制約され、躰を拘束されるからこそ自由を感じられるのではないか、と甲介は思った。無限の自由、何をしても許される空間など、実はどこにもない。定職にも就かず、ぶらぶらしている連中の濁った目を見ていれば、彼らが自由を持てあましているのがわかる。自由を謳歌する能力もないまま時間だけあふれていれば、出口のない退屈が待っているだけなのだ。

甲介は、仕事は最高の暇つぶし、と思い定めていた。定職を失うことで収入がなくなるのもつらいだろうが、何より、明日何をしたらいいのかわからない状態に陥ることに恐怖を感じる。

甲介は伸ばしていた腕から力を抜き、だらりと下ろした。心ゆくまで欠伸の快感を味わい、目尻に浮かんだ涙を指先で拭う。マイクロスリープの効果は絶大で、頭はすっきり、視界まで明るくなったような気がする。立ち上がり、椅子を会議机に戻すと、自分の席まで歩いた。躰も軽い。

ワイシャツのポケットから永瀬の名刺を抜き、机の引出しに入れた。一千万円という金に、まるで実感がわかない以上、甲介には存在しないも同然だった。

「おや、早いね」戻ってきた萩原は甲介を見つけると嬉しそうに声をかけてきた。「ねえ、知ってるかい。地下の居酒屋なんだけどさ、鰹のたたき定食をはじめたんだよ。どうせ冷凍物なんだろうけど、これが結構いけるんだよね」

萩原は自分の席にもどらず、甲介に近づいてくる。

甲介は立ち上がった。

「すみません。ちょっと腹具合が悪くて、トイレに行きたかったんです」

「そうなの」萩原があからさまにがっかりした顔をする。

甲介はにっこり微笑んでうなずき、腹をさすりながら総務課を出た。腕時計で時間を確かめる。昼休みの残りは十分、一分前に席にもどろうと決めた。ささやかな自由を萩原のおしゃべりでつぶされたくない。萩原はとりとめもない話を延々とつづけ、自分の話を自分で面白がり、一人でけらけら笑っているような男だった。

トイレに入ろうとしたとき、ちょうど中から出てきた企画室長の牧野に出くわした。牧野はハンカチで両手を拭いていた。

「いや、まいったよ」牧野は甲介の顔を見るなりぼやいた。「つい今しがた会議が終わってさ。昼飯抜き、腹ぺこで、死にそうだよ」

「大変でしたね」甲介は会釈をして通りすぎようとした。

「ああ、お宅の部長にさ、プレス発表の件、話をアレしておいたからさ。来週、よろしく頼むよ」

「はあ」うなずきかけた甲介はふいに思いついた。「あの、ちょっとつかぬことをお訊きしたいのですが」

「何だい」牧野はハンカチをズボンの尻ポケットにしまい、ジャケットの裾を伸ばした。

「いえ、とんでもない話なんですけど、うちって医薬品なんか作ってませんよね」

牧野は目を剝き、何とか口を開こうとした。唇が震えてうまくいかなかったようだが、甲介はとっさに視線を逸《そ》らし、首をかしげる。

沈黙は回答だ。

「すみません。とんでもない話でした」甲介は牧野に向きなおり、苦笑いしてみせる。「先日、業界誌の記者と雑談してましてね、同業他社がどんどん医薬品分野に進出してるのに、洋和化学さんは全然そんな話が出ませんねって、いわれて。まあ、ちょっと悔しかったりしたものですから」

「わかるよ」牧野がぎこちない笑みを浮かべた。「君の気持ち、企画担当のぼくの胸にぐさりと来る」

「申し訳ありません」甲介は大げさに腰を折り、頭を下げた。

「まあ、まあ」牧野はにっこり微笑んだ。幾分、余裕を取り戻したようだった。「たしかに、業界誌の記者さんがいうことにも一理あるかな。バブル景気で日本中が浮かれていたころには、ね、化学メーカーも畑違いのゴルフ場経営に乗りだしたり、リゾートマンション作ったりしたよね。大半は銀行が裏で糸を引いてさ、やらせてたんだけど。でも、結果は今朝の新聞記事にあったとおりだろ」

「名峰カントリークラブ」

「その通り」牧野は真面目くさってうなずいた。「ぼくはね、昔っからメーカーは業界内で冒険をするべきだっていってきたんだよ。うちだって化学メーカーの端くれだからね、社内にたくわえた技術を医薬品に応用できないかと、誰もが考えるよ」

「じゃあ、うちも」

勢い込んで口を開きかけた甲介の鼻先を、牧野はてのひらで制した。

「考えるのは自由だけど、世の中、そんなに甘くない」

「やっぱり、駄目ですか」甲介は力ない笑みを浮かべた。

「君ががっかりするのもわかるよ。何しろ薬《くすり》、九層倍《くそうばい》って昔からいうからね。儲かるらしいよね」牧野はにやりと笑って甲介の肩をたたいた。「ぼくの風体《ふうてい》でそんなことをいうと、ヤクザが覚醒剤の話をしてるみたいだね」

「とんでもない」甲介はびっくりして見せ、顔の前で手を振った。

「ぼくのファッションセンスって、なかなか常人には理解されないんだよね」牧野はそういってジャケットの襟をすっと撫でた。顔を上げる。「まあ、夢の話はともかくとして、来週発表の新製品については、一両日中に総務に資料を回せると思うんで、マスコミ発表用の資料作成の方、よろしく頼むよ」

「小島係長に伝えておきます」

「小島ちゃんは広島に出張中らしいじゃないか。部長がさっきそういってたぜ」

「間もなく帰ってくると思いますけど」

「いや、そうじゃない」牧野は首を振った。「君にとって、彼の出張は千載一週のチャンスかも知れないよ。どんどん自分の仕事を広げなきゃ」

「はあ」

「ガンバレよ。期待してるから」

じゃあといって、牧野はもう一度甲介の肩をたたき、歩み去っていった。甲介はトイレのドアを押し開け、錆びた鉄パイプの臭いが充満しているトイレに踏み込む。

小便器の前に立ち、ズボンのチャックを下ろしながら、医薬品の話をした瞬間の牧野を思い浮かべた。

午前中の会議では、永瀬のいっていた抗ガン剤について話し合われたのかも知れない。あまりにタイミング良く甲介が切りだしたので、とっさの返答に窮したのだろう。

業界誌の記者と医薬品について雑談したというのは、まるっきり嘘でもない。先週、総務課の会議机で小島と記者が話しているのを聞くともなしに聞いていたのだ。

あの記者、何か知ってるんだろうか。

甲介は放尿しながら、記者から話を聞き出す方法に思いをめぐらせていた。

8

指先についた尿の臭いは、なるほど悪臭に違いないが、どことなくなつかしく、照れくさいような思いがする。幼いころ、まだ排泄物とおもちゃの区別がつかなかったころの記憶が無意識の底に残っているのかも知れない。他人の尿の臭いには、殺意すら抱くかも知れないのに、自分の臭いだと照れ笑いを浮かべてしまうことがある。音や、色、形は記憶できるが、臭いを脳裏で再現するのは難しい。が、匂いで喚起される記憶はある。人間の嗅覚は動物に較べるとはるかに劣っているものの、それでも五感のうち、もっとも動物的、根源的な機能だ。

甲介は苦笑いしながらズボンのチャックに手を戻した。最後の一滴が指先にかかり、思わず臭いを嗅いでしまったのだった。

チャックを引き上げようとした手がとまる。鼻を動かした。かすかに生臭さを感じたような気がした。五感のうち、もっとも環境に順応しやすいのが嗅覚だといわれる。人間の鼻で、微細な匂いを嗅ぎ分けつづけるのは不可能だ。

だが、一瞬なら感じる。

次いで音が聞こえた。ごくかすかに、ぴちゃぴちゃと湿った音がする。そして圧し殺した、荒い息づかい。甲介は眉間にしわを刻み、自分の股間を見おろした。まがまがしさなど微塵《みじん》もない器官がぐったりうなだれている。

ぴちゃぴちゃという音のピッチが上がり、息づかいがさらに激しく、苦しげになる。甲介はトイレを流すに流せず、唇をゆがめて後ろを見ていた。

うっ、と短いうめきが聞こえた。

その瞬間、映像が浮かんだ。匂いと音を結びつける映像だ。が、甲介はその光景を脳裏から追い払った。昼休みがまもなく終わろうとしている会社のトイレで、そんなことをしているはずがない。

ゆっくりと振り返る。五つ並んだ大便器のクローゼットのうち、奥から二番目の扉が閉まっていた。扉の下の隙間から黒い靴のつま先がのぞいている。トイレにいるのは、甲介と、クローゼットの男の二人きりだ。

生臭さもその男が発したに違いない。

甲介は器官をトランクスの中にしまい、ズボンのチャックを引き上げた。

包茎の男が包皮を使ってオナニーをすると、カウパー腺液、いわゆる先走り汁によって包皮の先端が湿った音を立て、同時に周囲の空気が生臭くなる。甲介自身、仮性包茎で、鞘《さや》の内側で刀身をこする快感に身をまかせることがある。そして、臭い、だ。人間誰しも自分の臭いには寛容、いや、鈍感なので、その部分が放つ臭気がどれほど強烈かわかっていない。が、他人の臭いはわかる。

甲介は鼻先に濡れた竿先を突きつけられた気分で、小便器のフラッシュボタンを押した。ほとんど同時にクローゼットの内側でも水を流す音が響き、ついで衣《きぬ》ずれ、ベルトの金具の音が聞こえた。

甲介はためていた息を吐き、居直った。オナニーの現場を見られるほど情けなく、また他人のオナニーに出くわすほどばつの悪いものはない。が、相手があわてて出てくるのなら、平然と顔を合わせようと決めた。

洗面台に立った甲介は、ハンカチをくわえ、流水で手を洗い始めた。ベージュの扉が内側に開かれ、太った男が出てきた。ワイシャツの襟元をだらしなくゆるめ、ネクタイの結び目が曲がっている。グレーのズボンの股間には、小さな黒っぽい染みがついていた。甲介は目を逸らし、鏡に映った自分の姿を見た。

「何だ、山本さんじゃないですか」

声をかけられ、甲介は振り返った。クローゼットから出てきたのは、経理部の田辺《たなべ》だった。同じ管理部門ということもあって、田辺とは顔見知りだった。田辺は甲介より二つ年下である。総務課で甲介より若い男性が配属されないのと同じで、経理課では田辺が入社四年目にして、いまだに最年少だった。

いつまでたっても使いっ走りのままであることを、ぼやき合う仲ではある。

「よう」甲介はくぐもった声で答え、曖昧にうなずいた。

田辺と顔を合わせるのが何となく気まずかったが、考えてみれば、オナニーをしていたとは限らない。甲介の思いすごしかも知れない。

田辺は甲介の隣りに立つと、蛇口をひねり、派手に水を流した。洗面台に備えつけになっているグリーンの液体石鹸をたっぷりとてのひらで受け、丹念にこすりはじめる。田辺の躰からは、酸っぱい腋《わき》臭《が》に混じって、生臭さが立ちのぼってくるような気がした。

甲介は水を止め、くわえていたハンカチで両手をざっと拭いた。

田辺は両手が真っ白になるほど石鹸を泡立て、指を一本一本ていねいに洗っていた。それでいて顔には脂が浮いて、てらてら光っている。脂肪でふくらんだあごの下の皮膚には、赤い吹き出物が並んでいる。

「ずいぶんていねいに洗うんだな」甲介は感心していった。

「手がべたべたしていると、気持ち悪いじゃないですか」田辺は泡を流しはじめた。「パソコンをたたくとき、キーと指とがべたつくと、吐きそうになるんです」

田辺の首にはじっとり汗が浮かんでいる。太りすぎで汗をかいているのか、狭苦しいクローゼットの中で一心不乱に励んだ結果なのか、甲介には判断しかねた。

「べたべたするのも嫌いだし……」

田辺はそういうと、ほらと両手を甲介に向かって突きだした。臭いそうな指を鼻先に突きつけられ、甲介は思わずのけぞる。実際、田辺の手から漂ってきたのは石鹸の匂いだけだったのだが、それでも顔をそむけずにはいられなかった。

田辺は甲介の表情に気がつかず、太く、短い指を広げてみせる。

「爪もいやなんです。キーに爪があたる、硬質な感じって、黒板を爪で引っかくのに似てるじゃないですか」

「そういわれてみると、そうかも知れないね」甲介は無理矢理笑みを浮かべ、何とか言葉を押しだした。

「深爪じゃないですけど、その一歩手前です。〇・五ミリでも爪が伸びるといやなんですよ。嚙み切っちゃうんです。知ってます？　爪って、嚙み切るとギザギザになるんですよ。それで手の甲をさっと撫でたら、白い筋がつくんです」

「へえ」甲介は出口に向かいかけながらいった。「でも、お前の爪はきれいじゃないか」

「カッターで削るんですよ。削って、形を整えるんです。会社の備品には、爪切りがありませんからね」

「自分の家から持ってこいよ」甲介は田辺から一歩離れたが、鼻をつく腋臭は変わらない。

「皆、そうしているぞ」

「皆って、誰ですか」田辺は鼻をふくらませ、縁なしメガネを手の甲で押し上げた。下膨れの大きな顔に、リムレスのメガネはいかにも華奢《きゃしゃ》で、似合ってない。「ぼく、嫌いなんですよね。皆、皆って言い方。子供が自転車買ってくれとせがんでいるわけじゃないんですから」

「何だ、そりゃ?」

「よく子供がいうじゃないですか。自転車買ってくれ、皆が持ってるから、ぼくだけ持ってないのは普通じゃない」田辺はふたたび洗面台に戻した手にたっぷりと石鹸をつけた。「皆が持ってるから、皆が行ってるから、皆が買ってるから、皆が、皆が、皆が。主体性がなさすぎますよ。皆がっていうけど、その皆って、誰なんですかね」

「そうだな」甲介はハンカチをズボンのポケットに突っ込んだ。

「皆と同じでなきゃ気がすまないっていうのは画一的な教育の成果なんですかね。行き着く果ては全体主義、そして戦争ですよ」

「大げさだな」甲介は出口に向かって後じさりしていた。

「皆が、皆が、皆が」田辺はふたたび泡だらけの手をすすぎながら、歌うようにいう。「おそらく大人が世間とか、社会とか口走るのと同じ構造なんでしょうね。何の実態もないというのに」

何かあったのか、と訊きかけて、甲介は思いとどまった。

「じゃあ、昼休みも終わりだから、お先に」

「お疲れさまでした、というのも変ですね」

田辺はにっこり笑うと、ふたたび石鹸をてのひらで受け始めた。

業務本部の近くにある男性用トイレだけ突出して液体石鹸の消費量が多い。その理由を、甲介は初めて知った。

昼休みは午後一時までと決まっている。しかし、午後一時ちょうどに席に戻ったからといって、すぐに仕事が始まるわけでもないし、二、三分遅れたからといって遅刻でもないのだが、それでも出張中の小島をのぞく全員が顔をそろえている総務課に戻るのはどことなく気まずかった。

営業部では、部署に戻ったときにただ今戻りましたと声をかける習慣になっているらしいが、総務課ではそれほどわざとらしいことをしない分、気が楽だった。自分の席にもどろうとしたとき、栄前田が声をかけてくる。

「山本君、大きい方だったのかい」

「いえ、部長ほどではありません」甲介は苦笑いして答えた。

部長に向かって軽口を叩けるほどに馴れ馴れしいわけではない。栄前田は股間の逸物が自慢で、でかい、硬いといわれると機嫌がいい。実際、栄前田は口許にだらしない笑みを浮かべ、鼻の穴を広げた。

下卑た会話にもかかわらず、沙貴は平気な顔をしている。課長席の持田は眉間に暗さを漂わせ、萩原は甲介と栄前田の会話に加わりたい様子で二人の顔を交互に見やっていた。

「山本君、午前中はご苦労さんだった。ちょっと報告してくれないかね」

「はい」甲介はまっすぐに栄前田の前に立った。

栄前田は椅子の肘かけに腕を乗せ、甲介を見上げた。総務課で肘かけのついた椅子に座っているのは、栄前田と持田の二人だけである。さらに部長席の方が椅子の背が長い。数年前、社長以下全員が同じ型の椅子に座ることが発案されたが、役付き社員全員の反対にあって潰れてしまった。

いまだに肘かけのついた椅子は、サラリーマンにとって成功の証しと見られている。そのためには、平社員を肘かけのない椅子に座らせておく必要があった。

甲介は口を開いた。

「永瀬氏ですけど、本人が企業ゴロだといってました」

「企業ゴロか」栄前田が小さく鼻を鳴らして、首を振る。「総会屋も有象無象《うぞうむぞう》だな。それでうちの株を持っていそうだったか」

「それはないと思います。別に株については何もいいませんでしたし、匂わせるようなこともしませんでした。それにうちは先月株主総会が終わったばかりですから、今ごろ来るようなら間が抜けてますね」

甲介の言葉に、栄前田はうなずいた。

「それで何が目的なんだ?」

「媒体じゃないかと思うんですけど、情報誌を買えってことじゃないでしょうか。今日は挨拶だけということであっさりと引き上げていきました」

それから甲介は、永瀬が話した代紋云々から暴力団対策法、請求書のからくりまで報告した。一万九千八百円がミソ、という点も説明する。

栄前田はため息をついた。

「ありえない話じゃないな。私だって、一万九千八百円の請求書なんて一々決裁しないもの。あっさりと経理部行きだ」

経理部といわれ、田辺の顔が浮かぶ。さらに首の吹き出物が浮かびかける。田辺を脳裏から追い払い、言葉をついだ。

「それとうちが医薬品部門に進出するんじゃないか、といってました」

「医薬品部門？」栄前田は眉を上げた。

人相見の世界では、眉毛があちこち乱れているのは甘えん坊の証拠というらしい。先日、甲介が読んだ週刊誌に書いてあった。その記事を読みながら、栄前田の眉を思いだしたものである。

「ええ」甲介はうなずいた。「何でも抗ガン剤を開発したとか」

はじかれたように顔を上げた栄前田は吹き出し、次いで首を伸ばして持田を見やった。

「聞いたかい、課長」

「はい」持田が椅子をくるりと反転させ、栄前田を振り返った。「うちが抗ガン剤ですか。山本君、夢は寝てる間に見るものだよ」

「私がいった訳じゃありません」甲介はそっぽを向いてぼそりといった。「私は永瀬氏がいっていたことを報告しているまでですから」

「まあまあ」栄前田がくすくす笑いながら割って入る。「それだけか」

「それだけです。今日は相手をしたのが私でしたので、永瀬氏もそれ以上くわしい話ができなかったんじゃないですか。やっぱり部長に会いたかったようですね」

「荒唐無稽な男だね。暇つぶしにはいい」栄前田の顔から笑みが消えた。「それで、また来るといっていたか」

「連中の常套句ですから」

「そうだな」栄前田はうなずいた。「一応、報告書を書いておいてくれ。書式はBでいい」

「はい」

甲介はうなずいて、栄前田の前から下がった。書式Bは総務課が直接応対した来客についての報告書の様式で、簡略に記載するタイプを指す。書式Aを必要とするのは、常務以上への面会を強要し、なおかつ会社として面会を拒絶できなかったり、その客が訪問してきたことをできるだけ公表したくないような相手だ。書式Aの場合、会話の細かいニュアンスまで書き込まなければならず、また、洋和化学が契約している興信所を使って、人物なり団体なりについて背後関係を調べなくてはならない。それは持田の担当だった。それが書式Bだと、相手の名前、社名、面会した日時を記す程度ですむ。

書式Bのつづりが開かれることは滅多になかった。

席にもどった甲介は、株主総会のシナリオをおさめたフロッピーディスクを取りだした。総務課にパーソナルコンピューターはなく、文書を作成したり、広島工場に電子メールを送るためには秘書課に行かなければならない。秘書課には、役員を訪ねて客が来るため、目につきにくい場所に端末が設置してある。

「お茶です」沙貴が甲介の机の上に湯呑を置いた。

「ありがとう」甲介は素っ気なくうなずいたが、すぐに思い直して声をかけた。「沙貴ちゃん、テープレコーダー、どこにあったっけ」

「備品庫に入っているはずですけど」沙貴は会議机のわきにあるロッカーを振り返った。「しばらく誰も使っていませんから、電池がないかも知れませんけど」

「電池の買い置き、あったかな」甲介は頭を掻いた。

「あ、そうだ」

沙貴は自分の席にもどると、確かあったはずなんだけどなとつぶやきながら、引出しをかき回しはじめる。ほどなく彼女は嬉しそうに顔を上げた。その手には、艶消し黒のヘッドフォンステレオが握られている。

「私物なんですけど、良かったら使いませんか」

「いいのかい。ひょっとしたら、おれ、残業になるぜ」

「いいですよ、全然使ってませんから。今はMDの時代ですからね。通勤のときは、そっちを聞いてます」

MDはフロッピーディスクを一回り小さくしたような媒体で、音楽やコンピューターのデータを記録しておくのに使われる。カセットテープと違って、デジタル記録方式なのでコンパクトディスクから録音しても音の劣化がないというふれこみだった。

もっとも自宅で音楽を聴く趣味のない甲介はMDを組みこんだミニコンポどころか、ヘッドフォンステレオも持っていなかった。もっぱらレンタルビデオショップで借りた映画か、アダルト向けのビデオ鑑賞をしている。

「申し訳ないね。じゃあ、借りるとするか」

甲介は立ち上がり、沙貴からヘッドフォンステレオを受けとった。総務課の備品庫に入っているカセットテープレコーダーは、甲介が生まれたころに作られたような代物で、もちろんモノラルであり、不格好で重かった。

株主総会の録音テープを聞きながら、議事録を作るには沙貴のヘッドフォンステレオが便利に決まっていた。

「それじゃあ、秘書課に行って来る」

甲介がつぶやいたとたん、総務課の入口に藤色のスーツを着た女性が立った。髪の毛を頭の後ろで結んでいる。背は低かったが、わりと目の大きな美人だった。

男たちの視線が彼女に吸い寄せられる。

彼女は大きな声でいった。

「毎度様です。丸久文具店《まるひさ》です」

甲介は怪訝《けげん》そうに眉根を寄せながらも、小さく頭を下げる。丸久文具店は、洋和化学に出入りしている業者で、午前中に来るはずの予定を午後からにしてくれと連絡してきたところだ。が、彼女の顔を見たことはなかった。

「山本さん、いらっしゃいますか」彼女が訊いた。

「私ですけど」甲介は彼女に近づいた。

「毎度ありがとうございます。丸久です」
「君は?」
「今日から父の代わりに私が担当させていただくことになりました」彼女はスーツの胸ポケットから名刺を取りだし、甲介に向かって差し出した。

9

ファンデーションを素通しにしてにじみ出した汗に、生え際の髪の毛が丸まって額に貼りついていた。有限会社丸久文具店の常務、久田由美《ひさだゆみ》は両腕を伸ばし、小振りな段ボール箱を二つ、重ねて抱えていた。段ボール箱の中には、五百枚を一パックにしたコピー用紙が五束ずつ入っている。ひと箱あたり、五キロか、六キロになるのではないか。総務課の入口に台車が停めてあり、コピー用紙の入った段ボール箱が積み上げてあった。そこから総務課の備品庫まで、由美はコピー用紙を運んでいた。台車が大きすぎて、総務課の中まで入らなかったのだ。

甲介は、舌先を前歯と唇のあいだにさし込み、由美の作業が終わるのを待っていた。無意識のうちに、右手にもった納品伝票を左のてのひらに打ちつけている。

由美は小柄だったが、華奢ではなかった。骨格がしっかりしている感じで、透明なストッキングに包まれた足は太め、だ。それでも女性が一人で段ボール二箱分のコピー用紙を抱えて運んでいるのを黙って見ていることに、甲介は後ろめたさを感じた。

甲介は唇の裏側を噛んだ。さっと行動を起こさなかったことを悔やんでいた。今日納品されるのは、コピー用紙が六箱、ガムテープ十本、赤ボールペンが一ダースだった。納品伝票を受け取れば、次に由美がコピー用紙を運びはじめるのはわかっていた。にもかかわらず、お手伝いしましょうかのひと言が切り出せなかった。人目を気にしたからだ。総務課の連中が見ている。由美の父親が納品に来たときには、一切手伝おうとはしなかったのに、由美が来たとたん、運ぶのを手伝うことがひどく不自然に思えた。

躊躇《ちゅうちょ》しているうちに、由美はさっさと運びはじめた。

うっすらと汗をかき、上気した顔で重い段ボールを運んでいる由美を見ているうちに、今度は別の意味で総務課にいる連中の視線を感じ始める。責められているような気がする。考えすぎなのはわかっていたが、背中がむずむずして落ち着かない。

これが彼女の仕事なんだ、と胸のうちでつぶやいてみる。父親の代わりに由美がやって来るといった以上、今後は彼女が荷物を運ぶだろう。それに納品先は洋和化学だけではない。毎回手伝うわけにもいかないし、彼女についてまわることも不可能だ。

それでも背中は落ち着かなかった。

もし、娘ではなく、息子が来たとしたら、甲介はおそらく何も感じなかっただろう。せいぜい丸久文具店にも世代交代の波が来たか、と思うくらいのものだ。それが娘だというだけで、後ろめたさにさいなまれている。

どうせ子供を作るんなら、娘じゃなく、息子にすりゃよかったじゃないか。

いつの間にか甲介は丸久文具店の社長に腹を立てていた。筋違いである。それに丸久文具店が配達のために従業員を雇えるほど規模が大きくないことも知っていた。

ぼんやり考えごとをしている間に、品物を運び終えた由美が甲介の前に立った。

「今日の納品分は以上ですが、ほかに何か、ご入用なものはございますか」

「ほかにって?」甲介は目をぱちくりした。

丸久の社長が納品に来たときに、他に必要なものがあるかなどと訊かれたためしがない。社長は注文を受けた商品をきっちり届けると、またよろしくお願いしますと型通りに頭を下げただけで出ていくのが常だった。

「多少のものでしたら、車に品物を積んでますから、すぐにお届けできますけれど」

「いや」甲介は頭を掻いた。「今のところ、間に合ってるから」

「そうですか」由美は営業用の明るい笑みを浮かべた。

「社長さんはどうしてるの、ひょっとして体調でも崩された?」

「いえ、元気です。実は私、出戻りなんです。先月、実家に帰ってきたんですけど、ぶらぶらしているのも申し訳ないんで、それで仕事を手伝うことにしたんです」

出戻り、といわれてみると、由美はそれほど若くないことに気がついた。目尻に刻まれたしわを見れば、二十代の後半くらいであることがわかる。

甲介の不躾な視線の意味に気がついた由美は苦笑しながら顔の前で手を振った。唇の端に奥歯にかぶせた銀冠がのぞく。顔の前で振った手の爪は短く切ってあり、パールピンクのマニキュアが施されていたが、ところどころ剝げていた。

「出戻りっていっても、結婚してたわけじゃないんですよ。ＯＬを十年やってたんですけど、辞めちゃったんです。無職じゃ、一人暮らしもままなりませんから」

「そうですか」甲介はうなずいた。

由美がどんな会社に勤めていたにしろ、ＯＬを十年つづけていれば居心地が悪くなって当然かも知れない、と甲介は思った。

洋和化学に女性の管理職はいなかった。秘書課の宮下香織が主任の肩書を持っていたが、彼女の勤務年数や仕事ぶりからすれば、男ならとっくに係長になっている。実際、総務課係長の小島は香織より一年あとに入社している。香織がもう一、二年、今の仕事をつづければ、課長心得に昇進するといわれている。女性の場合、主任、係長、課長となっていくのではなく、主任から一気に課長心得になるが、心得がとれることはない。課長心得と、課長とは待遇面では変わりないのだが、ラインではなく、あくまでもスタッフの扱いになる。

洋和化学しか知らない甲介にしてみれば、ＯＬ十年生の由美が会社をいびり出されるようにして辞めたとしか考えられない。が、あえてそれを口に出そうとはしなかった。

「ありがとうございました」由美がぺこりとお辞儀する。

「ご苦労様でした。また、来週お願いします」

「いえ、違うんです」由美があわてて言葉をついだ。「山本さんが黙って見ていて下さったことにお礼を申しあげたかったんです」

甲介はわずかに首をかしげ、眉を寄せて由美を見やった。

「私、今日から配達の仕事を始めたんですけど、行く先々で皆さんが荷物を運ぶのを手伝って下さるんですよ。それはありがたいことなんですけど、正直いえば、ちょっと迷惑なところもあるんですよね。迷惑といってしまうと、言い過ぎなんですけど」

女が一人で荷物運びをしていると、男性は黙っていられないようだ、と由美はいう。でも、それは純粋な親切心ではなく、女性を助けなかった自分がまわりからどう見られるか不安になって、それで手を出さざるを得ないのだ、とつづけた。つまり、荷物運びをしている由美を気づかっているからではなく、自分の保身からにすぎない。

それでいて、親切にしてやった、感謝しろといわんばかりの態度をあらわにする。自分が気持ちよくなるために手を出したのに、そのことにまるで気がついていないのは無様だ。

歯切れの良い由美の口調は心地よかった。

「黙って見ている方がつらいことって、ありますよね」由美は甲介の目をのぞき込んで訊いた。

「うん」甲介は力ない笑みを浮かべながら答える。「そういうことって、あるかも知れないね」

「私なんかより、父の方がしんどかったと思いますよ。リューマチでしたから」

由美はふっと寂しげな顔つきになると、でも、リューマチって、見えないんですよねとつぶやいた。

リューマチを病むと、関節がひどく痛むことくらい甲介も知っていた。甲介が総務課に配属されたときには、すでに丸久文具店が出入りの業者になっていて、黙々と品物を運んでいた。以来、六年間、社長はいつも人の好さそうな笑みを浮かべているだけで、一度たりともつらそうな顔を見せたことがない。

ふいに由美が姿勢を正した。

「すみません。お仕事中に下らないことを申しあげました。それでは、また来週、よろしくお願いします」

「いえ、こちらこそ」甲介は中途半端に挨拶を返し、由美を見送った。

席にもどった甲介は、向かいに座っている沙貴が目をすぼめて、出口を睨んでいるのに気がついた。

沙貴は吐き捨てるように、お喋り女、とつぶやいた。

昼間は気丈で生真面目、働き者の顔をしている女が、夜は汗に湿った夜具の中、全裸でひざを立て、足を開いている。それでなくても小振りな乳房は、仰向けに寝ているためにつぶれ、屹立した小豆色の乳首ばかりが目立つ。リューマチの父親を助け、うっすら汗をにじませて品物の搬入をしている女が、今は眉間にしわを刻み、今にも泣き出しそうな顔をしている。ねえ、と声をかける。すがり、求めている顔だ。

はきはきと喋る口は唾液に濡れ、言葉にならないあえぎをもらすばかり。白い肌は温かく、すべすべしており、どこまでも指が吸いこまれそうなほどに柔らかい。重なりあい、挿入すれば、彼女は自然とこちらの尻に両手を回し、のけぞって咽を見せ、きつく、より奥へ、より深く導こうとする。最初はかたく目を閉じているのだが、動いているうちにかすかにまぶたが開いてくる。まぶたの隙間から、目玉がひっくり返り、白目を剝いているのがのぞく。

おぼえたばかりの唇と舌による愛撫は丹念で執拗だが、セックスそのものはごくノーマルに正常位だ。その代わり反応が凄まじく、何度も何度も求めてくる。昼間の装いをかなぐり捨てた女の素顔が、そこにある。そして昼と夜のギャップと、昼間の彼女からは想像もできない貪《どん》婪《らん》さが勃起中枢を刺激する。

明朗で貞淑、商売熱心な昼の顔と、ひたすら従順で、快感の前では奴隷にもなる夜の顔を手に入れるために、小さな文具店主におさまり、リューマチの義父を抱えて商売をつづける。小柄で可愛らしかった彼女も、子供を産み、歳を取るほどに太っていくだろう。

そう、由美は太りやすい体質だ。

甲介は突然、啓示を受けたような気分になった。いつ来るとも知れない客を待ち、取引先を回ってコピー用紙やらボールペンやらを届ける毎日、資金繰りに頭を悩ませ、冷や冷やしながらやり過ごす月末、刺激もなく、ただのくり返しに堕したセックス、平凡だが、飽きていることにすら気がつかないようなマンネリの食事、そして太りやすい由美の体質。文具店経営者になった自分を夢見た時間は、あっけなく終わりを告げた。

由美との結婚生活が突如脳裏に浮かんだのは、彼女が帰って一時間以上もしてからだった。結婚したいと思ったのではない。ただ自分が文具店主におさまり、由美に尻をたたかれながら働いている姿が浮かんだだけだった。

由美に欲情したわけでもない。むしろマニキュアが剝がれ、荒れた手を見たときに、それが働く女なら当然と思いながらも、かすかな嫌悪感をどうすることもできずにいたのだ。しかし、彼女の手が荒れていたからこそ、浮わついた恋愛ではなく、いきなりリアルな結婚生活に思いが飛んだのかも知れない。

おれは欲求不満なんだろうか、と甲介は思った。しばらくセックスから遠ざかっているし、オナニーもしていない。かといって、会社のトイレで股間にぶら下がった器官をしごくような真似をしたいとは思わなかった。

係長の小島から電話が入ったのは、午後四時すぎだった。沙貴が席を外していたので、甲介が電話を取った。受話器から聞こえる小島の声は沈み、目の下に隈を作って、げっそり頰のこけた顔が目の前にあるような気がした。

甲介は心がこもっているように聞こえるのを願いながらいった。

「お疲れさまです」

「ああ、ホント、お疲れさまだよ。まいったぜ」小島のため息が聞こえる。「朝からずっとテレビ局と、となりの年寄りに振り回されっぱなしだよ。別にうちがいつもと違うことをしたってわけじゃないのに、鼻につんと来て、目がちかちかする悪臭が漂ってきたって、がんばるんだよ、年寄りが、よ」

小島は、と、し、よ、り、が、よと一音ずつ区切っていった。なおも言いつのる。

「それにテレビだろ。今って、ネタがないのかね。ワイドショーの取材班だっていう連中が何度も何度も来やがってさ。責任者にインタビューさせろだの、工場内を撮影させろだの、うるさくいってきてさ。ホント、何様のつもりなんだよって感じだな。テレビでよく見かける女性レポーターが来てるんだけどね、これがまた、たち悪いのよ。カメラが回ってないと、灰皿のないところですぱすぱタバコ喫っててよ、そこらじゅうに吸殻まき散らして平気な顔してるんだぜ」

「テレビの連中は帰ったんですか」

「一応な。でも、また今晩あたり来そうなんだ。大物芸能人が離婚するか、手も足も首もバラバランにしてしまうような猟奇殺人でもない限り、あいつら、ここに吸いついて離れないんじゃないかな」

わずかに間があった。小島のため息が耳を打つ。

「そっちは、どうだ?」

「別に変わったことはありません。部長から明日の役員会議で株主総会の議事録を使うから、明日の朝までに作っておくようにいわれたくらいですかね」

「こき使うよな。まあ、議事録といってもうちの場合、十五分のしゃんしゃんだからな。シナリオのタイトルを議事録に変えるだけのことじゃないか」

小島のいうとおりだった。洋和化学の株主総会が荒れて長引くようなことはなかった。議長をつとめる社長が議題を読み上げ、どなたも異議はございませんか、異議のある方は挙手願いますと訊く。会場は寂《せき》として声《こえ》なし。つづいて、社長が、それでは本件は満場一致をもって可決されましたと告げ、会場から拍手が起こる。その拍手ゆえにしゃんしゃん総会といわれる。先月行なわれた株主総会に出された議題は十二件、一件あたり一分ほどで議決され、実質的な会議の所要時間は十三分二十八秒だった。

「毎度のことですからね」甲介が答える。

「ああ、楽なもんさ」小島の声が少し明るさを取り戻した。「さてと、部長か、課長はいるか」

顔を上げると、まっすぐに甲介を見つめていた持田と目が合った。栄前田は席にいない。甲介は課長に代わるといって、電話機の保留ボタンを押し、持田に声をかけた。

「課長、一番に係長から電話です」

「下らないおしゃべりなんかしてないで、私宛の電話はさっさと回すようにしろ」

持田は吐き捨てるようにいい、受話器を取りあげた。甲介は表情を消して受話器を置き、〈株主総会シナリオ〉と記されたフロッピーディスクを取ると、立ち上がった。口の中でぼそぼそと秘書課に行って来ますと告げ、総務課を出る。

廊下に出た甲介は、秘書課の前を通りすぎ、エレベーターホールのわきにある階段を降りた。四階、三階、二階と階段を駆け下り、一階にたどり着くと、東京駅に面した入口のわきにある売店でショートホープをひと箱買い、そのままビルの外に出た。

ガラスのはまった自在扉を開いたとたん、ねっとりと湿った空気が首筋にまとわりついてきた。空気は行き交う自動車の排気ガスで、オイル臭い。その中に、かすかに混じっている酸っぱい匂いは、プロパンガスを燃料としているタクシーのものだ。

大きく息を吸う。朝からずっとビルに澱んだ空気だけ呼吸してきた甲介には、外気が美味しい。ビルの角を皇居方面に曲がりながら、タバコのパッケージを開く。一本を抜きだしてくわえ、ライターで火を点けた。強く吸う。辛く、濃密な煙が口中を満たし、唇の端に唾がわく。タバコを持つ指にじわりと熱が伝わってくる。煙を吐きだし、もう一度、さらに強く吸った。血中に流れ出したニコチンに、うっすらとめまいを感じる。

三分の二ほど喫ったところで、道路のわきにうがたれた排水溝目がけ、吸殻を投げつけた。格子状の鉄蓋でバウンドした吸殻は、火の粉を散らし、次の瞬間下水に向かって落ちていく。甲介は二本目のタバコに火を点けた。

交差点で立ち止まる。

ビルとビルの間から皇居を包む、黒っぽい緑の森が見える。曇天だった。初夏の陽光が雲のフィルターで弱められ、そのためかえってビルや、木々の輪郭がくっきりしているように思えた。

森には、ひんやりした、新鮮な空気がある。タバコを喫いながら、甲介は新鮮な空気を欲していた。ほんの五分も歩けば、森のはずれまで達することができる。そうすれば、甘い匂いのする空気で、肺を浄化できる。タバコの煙やら排気ガスやら、澱んだオフィスの空気がいっぱいにつまって張り裂けそうになった肺胞の一つひとつにまで、森の吐息をしみわたらせたくなった。

実際、躰が痺れるほどの欲求だった。

が、甲介は立ち止まったままタバコを喫いつづけている。吐きだした煙に目をすぼめ、渋い表情をしたまま、じっと森を見つめている。

遠かった。

甲介は歩道に火のついたタバコを投げ捨てると、会社のあるビルに向かってきびすを返した。

10

夕方には、八紙の夕刊を見、必要な記事を切り抜く仕事があった。出張中の小島に代わって

〈早出シフト〉になった香織は外出したまま、直帰するということだったので、結局甲介が一人で切り抜きをやらなければならなかった。もっとも切り抜く必要があると思われたのは、名峰カントリーに関する後追い記事二件にすぎなかったのだが。

何となく、パソコンの前に座る気がしないまま、時間だけが流れていった。

退社時間になると、まっ先に沙貴が席を立った。ぼんやり新聞をながめていた甲介に声をかけ、部屋を出しなに微笑んで見せたのは、議事録作りを手伝えないといったのを詫びているつもりかも知れない。沙貴につづいて萩原が帰り、午後七時を回るころには、栄前田と持田が連れ立って出ていった。二人は帰り際、東京駅の向こう側、八重洲にある酒屋のカウンターで一杯やっていくことが多い。缶ビールか、ガラス容器に入った日本酒一合、それにつまみを一品、いずれも自動販売機で買い、そそくさと飲むだけである。

栄前田は千葉、持田は埼玉に住んでいる。二時間におよぶ通勤時間に立ち向かうには、わずかばかりのアルコールで気力を奮い立たせる必要がある、ということだった。

総務課に一人残った甲介は、夕刊を片づけ、切り抜いた記事を台紙に貼り終わると自分の席で備品の出庫記録やら社内の各セクションから出された伝票の整理をした。だらだらと時間が流れていったが、一日の疲れが躰に充満し、どうしようもなくけだるかった。それでいて神経がささくれ立っているので、マイクロスリープもとれそうになかった。

ようやく椅子から立ち上がったときには、午後七時半を回っていた。総務課を出、となりの秘書課に入る。すでに全員が帰ったあとで、部屋は暗かった。蛍光灯を点け、パソコンの前に座ってスイッチを入れる。社名の入った初期画面が映しだされるのを待って、持参したフロッピーディスクを差し入れ、ワープロソフトを立ち上げた。

ワープロソフトに、フロッピーディスクから株主総会のシナリオを取り込み、タイトルを〈シナリオ〉から〈議事録〉に打ち変える。そこでフロッピーディスクを抜いておく。そうしておけば、文書を保存するとき、万が一にもフロッピーディスクに保存されているシナリオに上書きする心配がない。

沙貴が貸してくれたヘッドフォンステレオを画面のわきに置き、インナーイヤタイプのヘッドフォンを耳に押し込む。

ため息、一つ。

それから再生ボタンを押した。低いノイズにつづき、ざわめきが聞こえてきた。幾人もの話し声がしているが、いずれも圧し殺した声で何をいっているのかわからなかった。

会場の様子を思い描こうとした。

録音を始めた時点では、すでに社長以下役員がステージ上に並べられた椅子に座っていた。社長の前にだけ机が置かれ、議長と記された紙が貼り付けられていたはずだ。株主総会の日、甲介は会場入口で受付をしており、会場を見たのは、設営の手伝いをした間だけである。

スタンド型のマイクロフォンを動かす、ごとごとという音につづき、社長が口を開こうとした。そのとたん、マイクがハウリングを起こし、かん高いノイズが会場を突き抜けていく。誰が録音したテープなのか、甲介は知らなかったが、ちゃんとステレオマイクになっていて、会場の奥行きが音で再現されている。

ハウリングが鎮まり、社長の咳払いがスピーカー越しに聞こえる。

『えー、それでは洋和化学工業株式会社、第六十九回定期株主総会を開催いたします』

甲介はヘッドフォンステレオの一時停止ボタンを押してテープを停めると、キーボードに手を伸ばし、シナリオにしるされていた第一項目『議長開会挨拶』の下にカーソルを移動させると、社長の言葉をそのまま打ち込んだ。

ふたたび再生ボタンを押す。社長はよけいな挨拶を抜きにして、いきなり議題の第一項目、昨年の営業実績について説明を始めた。先代社長は議事に入る前に国際情勢から日本の経済環境、化学業界を取り巻く問題点などを三十分近く話したものだが、今の社長は無駄なことを一切話さない。

『それでは、本会議の議題その一、平成九年度当社の業績についてご報告申しあげます。すでに本年五月、決算発表を行ない、また、お手元にそのときに配布したものと同じ内容の資料をお配りしていると存じますが、決算内容に関しましては、そこに記されているとおりであります。同件に関しまして、ご質問、ご意見のある方はいらっしゃいますか』

抑揚を欠いた、平板な社長の声が途切れる。会場内で二、三人が咳をしただけで、聞こえてくるのは流れる空気がマイクを撫でる低い音だけだった。

やがて社長が口を開く。

『ご質問、ご意見はないようなので、採決をさせていただきます。同件に関し、同意できない方、反対の方はご挙手願います』社長が言葉を切り、周囲をうかがう様子が伝わってくる。『それでは議題第一項に関しては、議案通り可決、承認されたものといたします』

会場内からおざなりな拍手がわいた。

テープを停めた甲介は、議題の第一番目の下に、全員賛成、拍手をもって承認、と打ち込む。議題第二項以降も同様に社長が内容を読み上げ、拍手で承認される結果がつづいた。その度に甲介は全員賛成、拍手をもって承認と打ち込んでいった。そうした作業が一時間以上もつづき、ようやくすべての議題について承認されたことを打ち込んだ。

話し言葉は、書き言葉よりはるかに速く、一定時間内に喋る内容は、書き言葉の何十倍にも相当する。もし、甲介が几帳面に社長の言葉を打ち込んでいったら、とても一時間で作業のほとんどを片づけることなどできなかっただろう。

甲介は耳の穴に突っ込んでいたインナーイヤタイプのヘッドフォンを抜き、目と目の間を強く揉んだ。閉じたまぶたの裏側で、何重にもかさなったピンクの波紋が広がり、めまいを感じる。聞こえてくるのは、パソコンの排熱用ファンが回っている音だけだった。

耳の穴に押し込むように装着し、音を聞かなければならないインナーイヤタイプのヘッドフォンを使うと、いつも側頭部が痛くなる。電器店の店頭で、ほんの数分試聴しただけでも痛くてたまらなくなった。だからヘッドフォンステレオを買わなかった。沙貴が貸してくれたテープレコーダーのイヤフォンには、スポンジのカバーがついていたが、それでも耳が痛くなることに変わりはない。

甲介は目を閉じたまま、首を振った。首筋が湿った音を立てる。ため息をつき、目を開くと、腕時計に目をやった。午後九時十二分。夕食抜きでパソコンのキーボードを叩きつづけていたのだ。さすがにこの時間になると空腹を感じた。

空っぽの胃が痙攣する。かすかに吐き気を感じる。が、食事ができるのは、一時間も後だ。秘書課には誰もいない。隣りの総務課にも、総務課別室にも誰もいない。経理、人事部、あるいは営業セクションには誰か残っているのかも知れないが、何の音も聞こえてこなかった。ビル全体が息をひそめている。

ふたたびキーボードに手を置いた甲介は、議事録の形式を整えていった。日付を打ち直し、〈以下のように議事を進行させる〉などと記されている部分を、〈以下のように議事は進行した〉というように書き換えていく。そもそも〈株主総会〉シナリオにしたところで、前年の議事録を元に日付と議題の変更部分、そして時制を打ち変えたものにすぎない。

画面上でひと通りチェックした甲介は、プリンターのスイッチを入れ、A4判の用紙がきちんとセットされているのを確認した。とりあえず、今夜は一部だけプリントアウトを取り、栄前田の机に置いていけばいい。

　パソコンに印刷を命じ、ホッチキスかクリップを探すつもりで香織の机に近づいた。一番上の引出しを開けると、すぐにクリップが見つかった。クリップはオレンジ色をしたプラスチックの箱に入っている。印刷屋から送られてきた名刺が入っていた箱だ。

　香織の机の上には、透明なシートが被せられ、その内側にはゴルフウェアを着、クラブを手にしている香織の写真があった。香織の他に女性一人、男性が二人写っているが、いずれも見覚えのない顔だった。

　誰だろう、と思いながらクリップの入った箱を取りあげようとした。どこかに引っかけたらしく、あっと思ったときには中身のクリップを床にぶちまけていた。

「クソッ」甲介は罵《ののし》った。


　写真に写った女は左を向き、唇を結んでいる。目は閉じられていなかった。ちょうど彼女の足首あたりの高さから見上げるように撮影されていた。

　床にはいつくばって撮ったのかな、と甲介は思った。

　彼女の右肩には黒いブラジャーの肩紐がかかり、右腕にはブラウスがまとわりついている。が、彼女が身につけているのはそれだけだった。小さめではあったが、乳房は張り、うす茶色の乳首は尖っている。首筋には、細い金鎖が光っている。

パンティをはいておらず、足を左右に広げている。写真には太腿の途中までしか写っていない。撮影者の狙いは、彼女の股間だった。黒々とした陰毛、薄紫色に変色したひだ、そして女の亀裂が写っている。

強ばった彼女の顔と、左の太腿の上に置かれた左手の指先に、困惑と躊躇、それに羞恥が匂う。

何より甲介の目を引いたのが、彼女がグレーの事務用椅子に座って足を広げていることだった。座面の下にある、高さを調整するためのハンドルや支柱まではっきりと写っている。どこの会社でも見かける古いタイプの椅子で、肘かけはない。洋和化学でも同じ椅子を使っている。

彼女の背後に見えるのは、上半分がくもりガラスになったパーティションの一部と、白っぽい天井だ。

会社の中だ、と思ったとたん、甲介はごくりと唾を嚥んだ。

左の方を睨み、口許をこわばらせ、全裸になって足を開いているのは、香織だった。背景に写っているパーティションも社内でよく見かけるが、秘書室にはない。総務課にもないものだった。どこだろう?

甲介は唇をなめた。

床に散らばったクリップを探しているうちに、香織の机の下にもぐり込んだ甲介は、最下段の引出しがのっているレールに挟まり、斜めになっている白い紙片を見つけた。引出しに入れておいたものが後ろ側に落ち、そこに引っかかったものだろう。ひょいと手を伸ばして引き抜くまで、それが写真だとは思わなかった。

香織が会社の中で裸になり、さらに誰かに写真を撮らせていた。背景になっているパーティションも壁、天井もこれといって特徴はなく、撮影場所が洋和化学とは限らなかったが、逆にいえば、社内であることを否定する要素にもならない。

写真の香織は肩にのるほど髪を伸ばしている。甲介は記憶の糸をまさぐった。香織が髪を伸ばしていたのは、一年半ほど前までだ。その後はショートカットにしている。写真に日付はなかったが、少なくとも一年半以上前に撮影されたものに違いなかった。

誰が撮ったのだろうか。

会社で撮ったとすれば、撮影者も洋和化学の社員なのだろうか。

「何かあったんですか」

いきなり声をかけられ、あわてた甲介は写真を手の中で握りつぶし、机の下からはい出そうとして派手に頭をぶつけた。足音が近づいてくる。写真をズボンのポケットに突っ込み、机の下から出た。

「大丈夫ですか」上着を腕にかけた田辺がのぞき込んで訊いた。

「平気、平気」

甲介は頭をさすりながら立ち上がり、ズボンの埃《ほこり》を払った。まともに田辺の顔を見れば、赤面してしまいそうだった。

「何やってたんですか、こんなところで」

「クリップを落としちゃったんだ」甲介はしゃがみ込み、床に散らばったクリップを集めた。「株主総会の議事録を作り終わったんで、宮下さんの机からクリップを失敬しようと思ったんだけど、床に落としちゃってね」

田辺は秘書課のパソコンに目をやった。とっくに印刷は終わっている。甲介に視線をもどした田辺が口を開いた。

「総務課にも端末を入れるべきですよ。使わないと思っていても、手元に端末が一台あれば結構重宝するもんです。そうしたら山本さんだって、こんな時間までパソコンのキーを叩いていることもなくなると思うんですけどね」

甲介は拾い集めたクリップを持って立ち上がった。

田辺がつづける。

「たとえば山本さんがやっている備品管理の仕事だって、パソコンでできるわけですよ。今、うちの会社では必要な備品があれば伝票を書いて総務に回すシステムになってますよね。それを山本さんが受けて、業者に発注する。そして業者から受けとった請求書を、我々経理に回すようにしているじゃないですか。それをですね、うちの各部署からの注文もコンピューターでするようにして、山本さんのところで受けるんです。山本さんはその中身を確認して業者にファックスで送ればいい。業者もパソコン通信を導入しているところなら、ファックスすら必要ありません。業者も請求を通信で送ってくれれば、経理がダイレクトで受けられますからね。我々は銀行から代金を振り込む。その間、山本さんは端末を見ながら、やり取りの状況をチェックするだけでいいんです。株主総会の議事録を作りながらでも、備品発注の仕事ができるわけです」

甲介は田辺の話をほとんど聞いていなかった。クリップを戻し、引出しを閉じると、パソコンに近づいてプリントアウトを取りあげる。

「それにしても、私はてっきり宮下主任の机にもぐり込んで何かしているのかと思いましたよ」

「何かって?」甲介が振り返って訊ねる。

「宮下主任って、どことなくそそられませんか。それほど美人ってわけじゃないけど、スタイルはまあまあだし、お堅い女教師ふうですよね。そういうのって、オカズになりません?」田辺が目尻を下げ、指を丸めた右手を上下させる。

田辺の手の動きが何を意味するか、一目瞭然だった。昼休みのトイレでの出来事を思いだして、会社の中でマス掻いてるお前でもあるまいし、といってやりたかった。

が、口にできるはずもない。

「馬鹿いってんじゃないよ」甲介は開きっぱなしになっている秘書課のドアをあごで示した。

各部署とも、人が残っている限り廊下に面したドアは開け放してある。最後に残った社員がガードマンに連絡し、施錠して出ていくことになっていた。

田辺もドアを振り返っていった。

「誰が入ってくるかわからない状況こそ、スリリングってもんですよ」

甲介は首を振り、話題を変えた。

「そんなことより、田辺こそこんな時間まで何をやってたんだ？　残業なのか」

「会社のパソコンでインターネットですよ。海外のサイトにつなげば、ぼかしなしのモロ剝き出しエロ画像がざっくざくですから。家に帰ってテレビを見ててもつまらないですよ。それに自宅のパソコンを使えば、電話代も通信の課金も馬鹿にならないでしょう」

「立派な業務上横領だ」甲介は鼻をふくらませた。

「そんなことはありません」田辺は胸を張る。「ネット上には、無料で公開されているソフトがたくさんあります。その中から会計や、人事管理に役立ちそうなソフトをダウンロードして使ってるんです。ぼくがやっただけで、三十件以上ですよ。もし、市販されているソフトを使用すれば、それだけで五、六十万円になるでしょう。大幅な経費節減ですよ」

「そうなのか」

「そうです。つまりぼくは会社に対してそれだけ利益をもたらしているんです。業務に使うソフトをダウンロードしている合間に、ちょっと趣味に流用させていただくくらい何だっていうんですか。別に見本用のエロ画像をながめている分には、課金されるわけじゃないですから、その点でも会社に迷惑かけちゃいません。電気代といったって、業務用ソフトのダウンロードに必要なんですから、無駄遣いしてるわけでもありませんよ」

甲介は唇を突き出しながらもうなずいた。株主総会の議事録をクリップで留め、パソコンをシャットダウンする。甲介の仕種を、田辺は不満そうな顔つきで見つめていた。

視線が気になる。

「別に間違った操作をしてるとは思わないけど」ディスプレイの電源を落としながら甲介がいった。

「山本さん、その議事録だかを作るために、それだけのためにパソコンの電源を入れたんですよね」

「そうだよ。秘書課のパソコンは必要なときだけ電源を入れるようになってる」甲介はそういって壁に貼ってある〈節電〉と書かれた紙を指した。

「違うんだ。わかってないんだな」田辺は大げさにため息をつき、首を振った。「いいですか、コンピューターはほかの家電製品とは違うんです。節電だけが目的で電源のオンオフをくり返すのは、ハードディスクにとってあまりよい環境とはいえないんですよね。正しい手順にしたがっていても、起動時には、ハードディスクに負担をかけるんです。それがハードディスクの寿命を縮めることになりますから、結局はパソコンそのものの寿命を縮める結果になるんです」

「そんなものなのか」

画面の暗くなったパソコンに目をやった。白い筐体《きょうたい》は埃にまみれ、ところどころ灰色になっている。

田辺がため息をついた。

「宮下主任か。今晩のオカズは宮下主任にしようかな」

「オカズって」甲介は苦笑いしながら田辺を振り返った。「お前、露骨だぞ」

「決めた」田辺は香織の席に目をやったまま、生真面目な顔つきでいった。「今日は宮下主任のヌードにしよう。ねえ、山本さん、宮下主任の裸、想像したことあります？」

ズボンのポケットの中、くしゃくしゃにした写真が音を立てそうだった。甲介は苦笑いを浮かべつづけたまま、手を振り、田辺を追いやった。

11

どうすれば女が服を脱ぎ、カメラの前に立つのだろうか。服を脱ぐだけでなく、もっとも人目にさらしたくないはずの場所を見せるために椅子に腰かけ、両足を開いている。印画紙に焼き付けられた香織の表情からすれば、レンズ越しに見つめられ、フィルムに残されるのは決して本意ではなかったはずだ。

ズボンのポケットの中、左手中指の先端に硬い写真の角が触れている。香織がどんな表情を浮かべていたか、もう一度確かめてみたかったが、電車の中で取りだし、広げてみる勇気はなかった。個人的に楽しむ分には、たとえ性器が写っていようと法的に問題はないのだろう。しかし、人混みの中、裸の女の写真をながめている男が周囲にどう映るか。

甲介には試してみる度胸はなかった。

東京駅で乗りこんだ山手線は、座席の八割方が空いていた。午後十時、まっすぐ帰宅する連中で混み合う時間帯はとっくにすぎ、会社帰りに酒を飲んでいる連中は意地汚なく、時計を睨みながら最後の一杯を楽しんでいるのだろう。それでも秋葉原駅ではかなりの客が乗り込んできて、座席はすっかり埋まってしまい、甲介の前にもジーンズ姿の若い男が立った。

甲介は椅子に背をあずけ、後頭部をガラス窓につけて目を閉じた。

香織は女教師を連想させる、と田辺はいった。書店に並んでいるポルノ小説のテーマで、もっとも多いのは女教師ものだ、とも。

『女教師を犯すっていうのは、神聖なものを汚したいという欲求のあらわれだなんて、わけのわかったことをいう連中がいますけど、そんなの嘘ですよ。結局ね、学校の先生って、何となく救ってくれそうな気がするでしょう。たとえば、ぼくみたいにね、女の子に全然相手にされない男がいたとして、ぼくに対して同情してくれそうなのが女の先生なんですよ。先生とはいっても、女でもあるわけでしょう。だから同情した上で、やらせてくれるように思えるんです。宮下主任にも同じ匂いを感じるんだな。実際には、ありえないんでしょうけどね』

並んで秘書課を出たときにも、田辺は喋りつづけていた。廊下の天井に声がこだまし、誰かに聞かれやしないかと甲介は冷や冷やしていたのだが、田辺は夢中だった。

『でも、そのありえそうもないのがいいんですよ。もし、少しでも現実味があったら、オナニーのオカズにはなりませんよね』

どうして、と訊き返した甲介の顔を、田辺は不思議そうにながめた。

『現実になったら、怖いじゃありませんか。宮下主任と二人きりになったら、何を話すんです？　山本さんは、宮下主任の趣味とか知ってるんですか』

甲介は首を振った。

香織がゴルフをしていることを知ったのは今朝のことだったが、それを田辺に話すつもりはなかった。が、田辺のいうとおり、香織と二人きりになったら何を話すのか、甲介にも見当はつかなかった。

話も満足にできないのに、いっしょに食事をしたり、映画を見に行ったり、そしてベッドをともにすることなど想像もできないといって、田辺は頰の肉を震わせた。だが、空想の世界なら、香織に何でもさせられる。裸にするのも、ひざまずいて股間をなめさせるのも、あるいは優しく胸に抱きしめてもらうことも自由自在だ。

田辺はそれで十分、といって笑った。

『結局、女教師に憧れる奴って、マザーコンプレックスなんですよ。優しくしてもらいたい。受け止めてもらいたい。許してもらいたいってことなんです』

一人でまくし立てた田辺がエレベーターホールに向かったあと、甲介は総務課に戻り、株主総会の議事録を栄前田の机に放り出して会社を出てきた。いつもなら両手で渡す書類を、机の前に突っ立ち、片手でばさりと放り出すのは少しばかり快感だった。

ため息をつき、思いを振り払う。

後頭部をあずけているガラス窓が電車の震動を伝えている。いつもなら体中の筋肉という筋肉のすべてがほどけ、電車の震動に眠気を感じるはずなのに、今日は手や足がむずむずし、頭の中が怖ろしくはっきりしている。

うっすらと目を開けた。

窓の外を流れる白や赤のネオンサインも目に突き刺さってくるほどに鮮明だった。空気は澄み渡り、今夜ばかりは電車の中にこもっているはずのいつもの消毒液の臭いもあまり感じない。

宮下香織、と胸のうちでつぶやいてみる。

たった一枚、写真を見つけただけで彼女との距離がずいぶんと縮まったような気がする。

甲介はふたたび目を閉じた。思いはまた同じところへ戻っていく。どうすれば女を裸にし、写真を撮ることができるのだろうか、と。

香織のヌード写真を撮った男と、香織は、どんな関係なのだろうか。

カメラがあり、香織が服を脱いだのなら、男でも女でも、老人でも子供でも簡単に撮影できるだろう。ちらりと見ただけだったが、それほど凝った写真ではなく、自動焦点カメラを使ったように思えた。ピントや露出を合わせる必要もなく、暗ければ自動的にフラッシュが作動するタイプのカメラだ。それなら子供にでも割りと鮮明な写真が撮れる。

が、会社の中で撮ったとすれば、子供や老人ではないだろう。やはり、社員。そうすると、十八歳から七十代半ばまでの誰か、ということになる。洋和化学の定年は六十五歳だが、役員の中には七十歳を越えているものもいた。

ふいに社長の顔が浮かんだ。銀髪をきっちりとなでつけ、品のいい背広を着た、痩身の社長が椅子に座った香織の前に這いつくばり、シャッターを切る姿を想像してみる。

不機嫌そうな顔をしながらもレンズの前に裸を晒しているということは、香織には撮影者の望むがままに従わざるを得ない事情があったのではないか。まさか業務命令ということはないにしろ、社長がどうしてもと望み、香織が裸になるのに十分な見返りがあれば、服を脱ぐこともあるのだろうか。

出世？　金？

甲介は目を閉じたまま苦笑する。洋和化学で初の女性管理職、つまりは課長になったところでどれほどの意味があるというのか。上昇志向のある奴なら、課長は部長への一ステップとしか映らないだろうし、やはり文系大学出身の香織では、どれほどあがこうと常務以上は望むべくもない。金にしたところで、取締役とはいっても、洋和化学が支払う給料などたかが知れているし、だからといってヌード撮影に応じていくばくかのアルバイト料を手にすることが目的とも思えない。

やはり相手とは、恋愛関係にあるのだろう、と甲介は結論づけた。

男にしてみれば、ヌード写真を撮るなど恋人同士の他愛ない遊びとしか思えなかったのかも知れない。二人の関係にちょっとした刺激をもたらすため、カメラを利用する。それだけのことだ。

それとも二人の関係は終わりかかっていて、男をつなぎ止めたい一心の香織は、何でも男のいうことを聞き入れていたのか。

次に甲介が思い浮かべたのは人事部長の佐伯だった。佐伯はかつて香織の上司で、名峰カントリークラブにも一緒に行ったことがある。二人は、男と女としてつき合っているのかも知れない。そういえば写真に写っていた香織は髪が長かった。香織が人事部にいたのはもう五、六年も前で、そのころの彼女を知っているわけではないが、ひょっとしたら写真は甲介が思っているよりはるかに古いものかも知れない。それに佐伯くらいの年齢になると、セックスにちょっとした刺激が必要になったとしても不思議はない。人事、経理部の部屋には、面接や会議に使うためにパーティションで仕切られた応接セットが設けられている。写真の背景に映っていたような、上半分がくもりガラスになったパーティションだ。

もし、写真が人事、経理部の部屋で撮影されたものだとしたら、案外、香織のヌードを撮影したのは田辺かも知れない。田辺がまくし立てたことは、あの男の空想などではなく、事実ありのまま、なのだ。

しかし、それはありえないことに気がついた。仮に髪を長くしていた最後のころの香織を撮影したのだとしても、一年半前になる。そのころ、田辺は工場から転勤してきてまだ半年にも満たなかったのではないか。まったくありえないとはいえなかったが、田辺がいかにかき口説こうとも香織がうなずくとは思えなかった。

写真は、男が撮影し、プリントして香織に手渡したのだろう。それも会社の中で、だ。だから写真は香織の机にあった。誰が開けるとも知れない会社の机に、写真を隠しておくとは考えにくかった。実際、甲介が今夜、クリップを借りようと引出しを開けている。受けとった写真のうち、一枚だけが何かの拍子に引出しの後ろ側に落ち、香織がそのことに気がつかなかったと考えるのが自然ではないか。

甲介の脳裏で、写真に関するストーリーがほぼ決まった。撮影したのは佐伯、二人は不倫関係、年齢による性的能力の減衰をカバーするため、ちょっとした刺激が欲しくてヌード撮影となった。でき上がった写真を会社の中で手渡された香織は動転し、とりあえず、机の引出しに隠した。その拍子に一枚だけ引出しの後ろ側に落ち、香織はそのことに気がついていない。あるいは気づいていたかも知れないが、見つけられずにいる。撮影の時期は、香織が秘書課勤務になって以降で、髪を切る一年半前までの間。もし、人事部時代の写真なら、香織は部署を異動する際、写真もいっしょに持ってきたことになる。これは考えにくい。おそらく香織が受けとった写真を会社に置いていたのは、一日、いや数時間だろう。

電車が駒込駅につき、甲介は立ち上がった。

思いをめぐらせていたおかげで、東京駅から駒込駅まで、退屈しなかった。写真は自宅で燃やしてしまおうと思ったが、その前に、オカズとして一度くらい使わせてもらうのも悪くないと思い直した。

駅のガード下にある立ち食いそば屋で、玉子入りのコロッケそばで夕食をすませた甲介がマンション〈パレス白石《しらいし》〉にたどり着いたときには、午後十一時近くになっていた。1Kの部屋が各階に四戸、計八戸が入っている宮殿《パレス》だ。どの部屋でドアを開け閉めしても、震動がマンションの骨格に響きわたり、窓ガラスが震える造りだった。

門柱のわき、塀の内側にベージュに塗られたスチール製の郵便受けが上下二段になって並んでいる。郵便受けは八個あった。甲介はそのうち〈205〉と記されたカードの入った扉を開く。中に一通の封書が入っていた。封筒の前面に大きく赤い文字で二割引とある。甲介の名前を打ち込んだシールが貼ってあった。開けるまでもなく、中身がチラシとわかる。

郵便受けに入っているのは、公共料金とクレジット会社の請求書、そうでなければダイレクトメールか、チラシのたぐいだった。〈パレス白石〉に住むようになって三年、私信を受けとったことは一度もない。

背広のポケットから鍵束を取りだし、階段を上がる。甲介の部屋は二階の奥にあった。本当なら二〇四号室になるはずだが、四は死につながるとして嫌われたのだ。

部屋に近づきかけた甲介は、自分の部屋のドアにもたれてしゃがんでいる人影に気づき、ぎょっとして立ちすくんだ。

しゃがんでいたのは、白っぽいジャケットを着た男で、胸の前に抱え込むようにしてバッグを持っていた。

男は甲介に気がつくと立ち上がった。がっしりとした体格だが、背はそれほど高くない。髪の毛をリーゼント風にまとめている。頬骨がつきだし、ほおがこけている。つま先の尖った靴を蹴り出すようにして、甲介に一、二歩近づき、男が口を開いた。

「山本……」男は咳払いをした。「山本甲介さん、ですね」

「はい」甲介はうなずいた。

「良かった。違ってたら、どうしようかと思ってたんだ」男は口許をほころばせた。すいた前歯がのぞく。

「あの……」

どちら様で、と訊こうとするのをさえぎるように、男がつづけた。

「もし、家を間違えてたらどうしようと思ってびくびくしてたんだ。住所は間違ってなかったと思ったけど、この辺、ごちゃごちゃしてるだろ。だから心配だったんだ」男はにこにこしながら近づいてくると、甲介の二の腕を叩いた。「しばらく」

「はあ」

「忘れたのか。保坂《ほさか》だよ。ほら、中学のとき、同級だった」

「保坂、さん」

「そうだよ。中学三年のとき、席がとなり同士だったじゃないか。おれ、頭悪かったから、お前にずいぶん勉強を教えてもらったもんだよ」

甲介は記憶をまさぐった。中学三年生といわれても、もう十三年も前になる。

プラスチックタイルを張った傷だらけの床、パイプと合板を組み合わせた椅子と机、黒板、天井からつり下がる蛍光灯、教壇に立つ丸顔で太った担任教師の顔、教室の後ろ側にあった掲示板、掃除道具の入ったロッカー、蹴られてでこぼこになったスチールのゴミ箱、アルミサッシの窓、白いカーテン、クラスメートたちの顔、顔、顔、断片的な映像が一気に噴き出し、甲介は混乱した。

保坂と名乗る男は、笑顔のまま甲介を見つめている。

男子生徒は学生服、女子は紫がかった紺色のブレザー型の制服だった。甲介の脳裏に映像があふれ出し、教室や廊下に響きわたった声がこだまする。高校受験をひかえ、それぞれの進路が枝分かれしようとしていた時期、それでも中学生活最大のイベント修学旅行があり、異性を意識し始めたころでもある。

当時、となりに座っていたのは、丈の長い学生服を着、襟元のボタンを外して白いTシャツをのぞかせている男だった。長めの髪を柑橘系の匂いがする整髪料で固め、ポケットに忍ばせていたショートホープの箱を得意そうに見せびらかしていた。

　成績は悪かったが、喧嘩は強く、不良グループの一員と見られていた。万引きの常習者で、深夜の繁華街を歩きまわっていた。が、根は素直で素朴な男だった。

「保坂……」甲介はつぶやいた。「保坂明信《あきのぶ》か」

「ようやく思いだしてくれたか」保坂は嬉しそうにいい、甲介の腕をばんばん叩く。「何しろ中学卒業以来だからな。おれのことなんておぼえてないんじゃないか、と思ってよ」

「いや」甲介は何とか言葉を押しだした。「おぼえてるよ」

　かろうじてそういったものの、中学を卒業して以来、保坂を思いだしたことはなかった。教室で並んで座っていたことは思いだしたが、それ以外の記憶は曖昧にぼやけている。

「おれ、卒業の三カ月前に施設に送られただろ。結局、中学の修了証をもらったのは、塀の中だったからな」

　保坂は明らかにはしゃいでいた。

　翌年に卒業をひかえた年末、保坂は仲間といっしょに自動車を盗み、深夜のドライブを楽しんだ。そこを巡回中だったパトカーに見つかり、停止するように命じられたが、振りきろうとしたらしい。運転していたのは保坂で、ほかに同級生の男が二人、高校生だった女が三人乗っていた。

「何しろガキだったからな」保坂はなつかしそうにいった。「後先なんか考えずによ、アクセル、ベタ踏みよ。前なんか全然見てなかった」

結局、ハンドルを切り損ね、街路樹にぶつかった挙げ句、川に飛びこんだ。スピードは大したことはなかったが、土手をすべり落ち、川底に突っ込んだ衝撃は凄まじく、助手席に座っていた女子高校生が車外に投げ出され、首の骨を折って死んだ。

窃盗、道路交通法違反、公務執行妨害、過失致死傷と保坂は指を折って数える。同乗者のうち、車内に残った五人も腕や足の骨を折る重傷を負った。ハンドルを抱えていたおかげでもっともケガが軽かった保坂も右腕を骨折したらしい。

「何だか知らないけど、あっという間に入院ですよ。あっ、入院っていっても病院の方じゃないけどね」保坂がにやりとする。

甲介は冬休みが始まる直前、沈痛な表情で話をはじめた担任の顔を鮮やかに思いだした。保坂が交通事故を起こして、少年院送致になったといったのだ。交通事故くらいで少年院に送られるのか、と不思議に思ったものだ。

「あれから十三年」保坂が目を細める。「少年院は三年で出られたんだけど、まともな仕事なんてあるわけないし、窃盗やら何やらやらかして、塀の内側とこちら側を行ったり来たりでさ」

「そうなのか」甲介はうなずいた。

「やっぱりな」保坂がうなずき返す。「やっぱり山本はそうだと思ったんだ」

「何の話だ?」

「お前なら怖がらないと思ったんだ。あのときもそうだった。中学三年のときも、な。どいつもこいつもおれに近づきたがらなかったんだけど、お前だけは、おれに勉強を教えてくれたり、いっしょに授業をさぼって映画を見に行くのにつき合ってくれた」

「怖かったよ。だから、保坂とはつき合ったけど、ほかの連中は遠ざけてた。巻き込まれたくないと思ってたんだ」

「わかってたさ」

保坂はジャケットのポケットからタバコを取りだしてくわえた。ライターで火を点け、深々と吸いこむ。大量の煙を吐きながら、甲介に向かって箱を差し出した。甲介は首を振って断わった。保坂はあっさりとうなずき、タバコをポケットに戻す。

保坂が言葉をついだ。

「おれは、おれなりにお前を大事にしたつもりなんだ。お前は頭が良かったし、いい高校へ行って、大学に行って、ちゃんとした仕事をする奴だと思ってた」

ちゃんとした仕事という言葉に刺激され、今日一日が甲介の脳裏を駆け抜けていった。中学生のころ思い描いていた仕事は、トイレットペーパーの補給に駆け回るようなことだっただろうか。

甲介は無理矢理思いを払い、口を開いた。

「それにしても急に、どうしたんだ？」

「申し訳ない、この通りだ」保坂はいきなり土下座をしてコンクリートの床に額をすりつける。

「一晩だけでいい、お前のところへ泊めてくれ」

「おい」甲介はあわててしゃがみ、保坂の肩に手をかけた。「いきなり、何だよ。びっくりするじゃないか。それにこのマンションは壁が薄いんだ。ここで喋ってても皆に筒抜けなんだよ。もう少し小さな声で話してくれないか」

「悪かった」保坂が顔を上げ、目をしばたたく。泣き出しそうな顔つきだった。「お前しか頼る奴がいなくてよ。突然で迷惑だと思うけど、一晩だけでいい。明日の朝早い時間に出て行くから」

　保坂の声が大きくなる。

「わかったよ、そんなに大声を出すな。せまい部屋だけど、何とかなる。床に寝ることになると思うけど、それでいいか」

「ああ、恩に着る。やっぱりお前は頼りになると思ったんだ」保坂はにっこり微笑んで立ち上がった。

12

床に置かれた、黒い艶のある人工皮革のバッグは中身がほとんど入っていないためにひしゃげていた。がっちりとした取っ手がついているにもかかわらず、保坂はバッグを持っている間中、腕に抱えていたし、床に置くときにも自分の足元から放そうとしなかった。時おり、尖った靴のつま先でバッグをつつき、そこにあることを確かめている。

「じゃあ、とりあえず再会を祝して乾杯だ」保坂は生ビールの入ったジョッキを持ちあげた。

「乾杯」甲介もジョッキを持つ。

二人はジョッキを合わせた。甲介はひと口飲んだだけでジョッキを置いたが、保坂は咽を動かしながら、半分ほどを飲み、海面から顔を突きだしたときのように息を吐いた。

「うまい。暑くなると、やっぱりこれだよな」

保坂は口許を手の甲で横殴りに拭っていい、それからほとんど手のついていない甲介のジョッキを見て、眉を寄せる。

「ビール、あまり好きじゃないのか」

「弱いんだ。酒を飲むと心臓がドキドキしてね。だからあまりたくさん飲めないいんだよ」

「酒を飲まないのはいいな。おれなんか滅茶苦茶酔っぱらって、何回も失敗してるからなぁ」

保坂は首を振りながらつぶやいたが、すぐにジョッキを持ちあげると、残り半分を飲み干した。

「わかっちゃいるけどやめられないってか」

カウンターの内側で肴《さかな》の用意をしていた女将《おかみ》に声をかけ、ビールのお代わりを告げる。

腹が減っているという保坂を、甲介は近所にある居酒屋に案内した。L字型のカウンターがあるだけの小さな店には客がほとんどいなかった。保坂と甲介はカウンターの端に並んで腰を下ろしていた。

空のジョッキを女将に渡した保坂は、つま先でバッグを軽く蹴って顔を上げた。

「今、何をやってるんだ？」

「会社員だよ」甲介が答える。「しがないサラリーマンって奴さ」

「何て、会社？」

「洋和化学工業株式会社」

「知らんな」

あっけらかんと答える保坂に、甲介は苦笑いで応じ、工業用プラスチックを作っている地味な会社だから知名度はまるでないんだ、と答えた。

保坂は唇を尖らせてうなずく。

でも、一部上場会社なんだぜ、といいかけて、甲介は思いとどまった。一部上場といったところで保坂が感心するとも思えなかったし、甲介自身、それが一体どうした、と思う。一部上場企業だから立派なのか、一部上場企業だから優良なのか、一部上場企業に勤めているのは偉いのか、と脳裏で言葉がつづく。

答えは、否、否、否だ。

もし、栄前田や持田がここにいれば、洋和化学が有名な自動車メーカーや電機メーカーに製品を納入しているほか取引先が何社におよび、また、業界屈指の老舗《しにせ》である等々、とうとう会社についてまくし立て始めるかも知れない。

　彼らは自分の会社をさんざんに持ちあげることで、優越感を得られるかも知れないが、甲介にしてみれば有名企業といわれる取引先の名前を挙げるだけで、自分の会社との格差に打ちのめされる思いがするばかりだった。

　代わりに訊ねた。

「保坂は何をやってるんだ?」

　一瞬、保坂の眼光が鋭くなり、素早く目が動いて女将をうかがった。それから圧し殺した声でそっといった。

「組関係」

　甲介は何の反応もできず、保坂を見つめていた。すぼめられたまぶたの下で、小さくなった瞳がひたと甲介を見据えている。保坂はゆっくりとうなずき、目の光をやわらげて微笑んだ。

「おれたちの業界も学歴がものをいうようになってきてよ。おれみたいな昔気質《むかしかたぎ》の中卒は肩身がせまいよ」

「昔気質って、まだ三十にもなってないだろうが」

「歳の問題じゃない」保坂は自分の胸を握り拳で軽くたたいた。「ここの問題、ハートの問題さ」

保坂には、人の好い面があった。中学生のころ、おだてられるとクラスの雑用を一人で引き受け、嬉々として片づけ、得意そうに周囲を見渡しているようなところがあった。それでいてルールには従えない。たとえば掃除当番となると、一度としてまともにやったことがなく、毎朝遅刻していた。

「おれたちの業界でもよ、大学を出てて、法律とか経済とかにくわしい奴がのし上がって行く時代になっちまったんだよ。おれなんか、もう業界に入って十年になるんだけど、いまだに事務所の掃除係でよ。それでいて、おれの半分くらいしか業界の飯を食ってない奴がベンツを乗り回したりしてる」

掃除当番をまともにやらなかった男が十年間も掃除係をしているというのがおかしかったが、目をしょぼしょぼさせている保坂を見ていると笑う気にはなれなかった。

「十年か」甲介はつぶやいた。「十八からなら、もう十年になるよな」

「山本は大学に行ったんだろう?」

「三流の私立大学だ。法学部といっても、法律は全然知らない」

「何をいってやがる」保坂は背筋を伸ばした。「立派な法学士様じゃないか。ちゃんとした大学を卒業させてくれた親にも感謝しろ。おれなんかまともに大学行かなかったおかげで、こんなヤ……」

女将が保坂の目の前にビールを突きだしていた。保坂と目が合うと、女将がにっと笑ってみせる。保坂はジョッキを受け取り、また半分ほどを一口で飲んだ。ジョッキを置くと同時にげっぷをし、口許をぬぐって言葉を継ぐ。

「とにかく大卒だよ。おれから見たら立派なもんだ」

「そうかな」

「そうかなって、殴るぞ、お前」

保坂はジャケットのポケットからタバコを取りだし、唇の端に押し込むとライターで火を点けた。四角いライターは深い艶のある黒で、金で縁取りされていた。蓋を閉じるときには、小気味いい音を立てる。

タバコとライターを重ねて手元に置き、保坂はカウンターの上に両ひじをついた。袖が下がり、左手にはめた腕時計と右手のブレスレットがのぞく。どちらも金色だった。

タバコを持っている保坂の左手に小指がなかった。正確にいえば、第二関節のあたりで丸くなっていて、先端は皮膚を寄せて縫いつけてあった。

甲介の視線に気がついた保坂が鼻で笑った。

「鈍くさいよな。今どき、こんなことをしているやつはいないぞ。流行らないんだ。おれ、ドジ踏みましたって看板背負ってるようなもんだし、な。でもさ、おれはやりたかったんだ。けじめの付け方って、色々あると思うけど、おれはおれらしくやりたかった。兄貴とかにも迷惑かけたくなかったたし、面子《メンツ》の問題もあるからよ」

「おれらしく、か」

甲介は曖昧につぶやいて視線を逸らし、ジョッキを持ちあげた。本当は、痛かっただろうと間抜けなことを言いかけたのだ。指を切り落とせば、痛いに決まっている。それに竦《すく》んでもいた。今まで甲介が出会ったこともないような暴力の世界を、丸くなった指が見せつけたのだ。

甲介は怯え、竦んでいた。が、それを保坂に悟られたくなかった。

注文した料理がカウンターの上に並べられた。焼き鳥が十本、肉じゃが、もつ煮込み、冷奴に塩から、焼き魚は大振りなほっけだった。たちまち目の前いっぱいに皿や小鉢が並ぶ。

「こんなに食えないぞ」甲介は見ただけでげんなりした。

「いいよ、おれが食う。今日は祝宴だ」

「祝宴って、何の?」甲介が訊き返す。

「再会を祝って、さ。おれたち、十三年ぶりに会ったんだ。けちけちせずに豪勢に行こうぜ」

保坂はひと口食べるたびに、うめえ、こんなにうまい料理食ったことない、最高だとほめた。露骨な世辞だったが、次から次へと料理を口に運び、ビールで流す健啖《けんたん》ぶりが言葉に嫌味を感じさせなかった。女将がにこにこしながら、保坂の言葉に一々うなずいている。ほかの客は、保坂の雰囲気を何となく察知し、うつむきがちにぼそぼそと喋っているだけだった。

どうしておれのところに来たんだろう、と甲介は思わざるを得なかった。中学卒業以来、顔を見たこともなかったのに、いきなり部屋の前に現われた。戸惑ってもいたし、迷惑にも感じていた。明日も〈早出シフト〉である。眠れないまでも部屋で躰を休めたかった。

部屋の様子が浮かぶ。テーブルの上にはグラスや吸殻が山になった灰皿がそのまま放置してある。

もし、保坂が訪ねてこなければ、今夜もでたらめに電話番号を押し、見知らぬ相手に話しかけていたに違いない。

長く尾を引くげっぷをしながら、保坂が腹をさすっている。目の前にならぶ皿をながめ、あごを引くようにうなずいた。

「腹、減ってたんだな。こんなに食ったのは久しぶりだ」

保坂はビールのお代わりを注文し、タバコに火を点けて甲介に向きなおった。甲介は一杯目のジョッキを半分ほど飲んだだけだった。

「明日も仕事なんだろ」保坂がぼそりといった。「迷惑、だよな」

「いいよ」ふいににじみ上がってきた感情に戸惑いながらも、甲介はつづけた。「迷惑ってことはない。久しぶりに友達が来てくれたんだ。むしろ嬉しいさ」

「むしろ、か」保坂は薄く笑い、灰皿にタバコの灰を落とした。「何かインテリって感じだよな。むしろ。おれも使いたかったたな」

「勘弁してくれ」

「いや」保坂は顔を上げた。「嫌味でいってるんじゃない。本当にそう思ってるんだ。わかってくれよ」

「わかった、わかった」甲介は笑いながら手を振った。

保坂が迷惑だよな、といったとたん、噴出した感情の残滓が胸の底にある。激しい感情だった。ほんの一瞬にすぎなかったが、誰からも相手にされず、あちこち歩きまわっている保坂の姿が浮かんだのだ。

が、同情ではなかった。同情というのは、自分が一段高いところに立ち、見おろす感情である。うろつき回る保坂に、甲介は自分と同じ匂いを感じた。雨に打たれている捨て犬から立ちのぼるのと同じ種類の匂いだった。

差し伸べられた手を必死になめる痛々しさが、保坂にはあった。

しばらくの間タバコを吸いつづけていた保坂がぽつりといった。

「お前、中学のころ、滅茶苦茶頭良かったもんな」

「やめてくれ」甲介は弱々しくいった。「勘弁してくれ」

「いや、おぼえてるぞ。学年で一番だったろ。それもダントツでよ。おれ、小学校のころから勉強は全然だめでよ、それで皆に馬鹿にされてたんだよな。あいつ、おぼえてるか」

保坂はクラスにいた医者の息子の名前を挙げた。名前をいわれたとたん、目が細く、口許がだらしなかったデブの顔を思いだした。それだけではない。十三年の時間が瞬時にして消え去り、教室で必死に女子生徒のご機嫌とりをしているその男の姿が鮮明に浮かんだのだった。

「ああ」甲介がうなずく。

「おれ、あいつとは小学校のときにも同じクラスになったことがあってよ。すげえ馬鹿にされたことがあったんだ。何かのテストで、あいつが百点だか、九十何点だかのとき、おれは五点くらいしか取れなくてさ。そうしたら、あいつ、おれのテスト見て、勉強ができないだけじゃないんだなっていうんだよ。意味、わかるか」

「いや」甲介は首を振った。

「お前、自分の名前もちゃんと書けないのかっていったんだ。テストの中身の話じゃないんだよな。たしかに、おれ、自分の名前を間違って書いてた。でもよ、皆が聞いてるところでいうことないじゃん。頭来てよ、少し、泣いたんだけどな」

甲介は顔を上げられずに、保坂の話を聞いていた。中学生のころまではたしかに成績が良かった。そしてそれを鼻にかけ、保坂のように自分の名前すらまともに書けない奴を、内心ではひどく馬鹿にしていたのだ。

保坂が淡々とつづける。

「それで中三のとき、また同じクラスになっただろう。あいつよ、小学生のころからずっとクラスでは一番勉強ができる奴だったんだよ。でもな、中三のときは違った。山本がいたからよ。あいつ、必死に勉強してたらしいんだけど、どうやってもお前に勝てなくてよ、すげえ悔しがってたんだよ。で、おれとお前は友達じゃん。何か、嬉しかったな」

許してくれ、と唇が震えそうになる。甲介は何とかわき上がる感情を圧し殺し、ビールを飲んだ。

ぬるくて、苦くて、まずかった。

「でも、縁って不思議だよな。縁なんていうと、年寄り臭いけどよ。あいつ、地元で親父の病院継いで医者やってるんだ。知ってるか」

「いや」甲介は首を振った。

「あいつはお前のこと、知ってたぞ。おれ、あいつに聞いたんだよ、山本が今どこにいるかって。そうしたら高校の同窓会名簿っていうのか、それで調べてくれたんだよ。あいつも歳取ったのか、何だか丸くなってたな」

「会ったのか」

「いや、電話で話しただけだ」

保坂は苦笑いしながら、ビールをすすり、おれもいい加減だなとつぶやいた。

それから保坂は、同級生の名前を挙げていき、一人ひとりの消息について話していった。保坂が挙げた名前はクラス全員にはおよばず、半分にも達しなかったし、別のクラスにいた生徒の名前もあったが、ふだんは一人として思いだすことのない甲介からすれば、消息に通じているというだけでも驚きだった。

もっと驚いたのは、保坂が名前を挙げるたびに甲介の脳裏に顔が浮かんできたことだ。

保坂が知っているのは、大半が地元に残っている連中のことだった。先ほどの医者の息子をはじめ、役所、建築会社、タクシーの運転手、スナック経営、学校の教師、中には弁護士を開業している者もいた。

「で、おれは田舎のヤー公」保坂は自分を指さして笑う。

保坂も地元にいたらしい。

甲介は親元にもう三年以上帰っていない。そのため同級生の消息を耳にする機会もほとんどなかったし、それ以前にかつての級友にまるで関心がもてなかった。

「お前、田舎に戻ってたのか」甲介はぽつりといった。

「そう。本当いえば、地元に帰れる筋合いじゃなかったんだけど、親のこととか色々あったし、施設出てから面倒見てくれた人が地元にいたからな」

「車をパクったんだよな」

保坂と話しているうちに、甲介も以前に使っていた言葉を思いだしていた。パクるとは、盗むの隠語だった。

「ガキだったからな」保坂が顔をしかめる。「でもよ、ありゃ、キーを付けっぱなしにしておいたやつが悪いんだぜ。何かよ、盗んで下さいっていわれてるみたいで、盗まなきゃ、悪いような気がしたもんな」

「そりゃないだろ」甲介は苦笑しながらちらりと保坂を見た。

「いや、本当だって。車が大事ならよ、ちゃんとドアをロックして、キーも抜いとかなきゃ、ダメだろう。道路に車が放り出してあればよ、お借りして当然だろ」保坂はあくまでも真面目だった。「それに、あの日は大事な用事があったんだ」

「大事な用事って?」甲介はつられて思わず訊いた。

「女がいっしょだった。一つか、二つ、年上だったんだ。確か、地元の女子高に通ってたな。女のうち、一人はおれたちの中学の先輩よ。おれも知ってる女だった。ブスだったんだけど、おれたちの間では人気あったたな」

「どうして?」

訊いた甲介の顔を見て、保坂がにんまりする。間抜けなことを訊くな、とその顔に書いてあった。

「やらせてくれたんだよ、その女」保坂が答えた。「おれたちはよ、万引きとか、自転車盗んだりとか、あと喧嘩はしてたんだけど、女関係は遅れてたんだ。おれ、童貞だったんだよ。あの事故を起こしたころは、な」

中学生の男の子三人に、女子高校生三人は、盗んだ車でモーテルに行くはずだったと保坂はいう。そこをパトカーに見つかり、突然、カーチェイスが始まったのだ。自動車を盗んだことが発覚すればただではすまなかったし、それにうまく逃げおおせれば、はじめてのセックスにありつける。

「何が何でもやりたかったんだよな、やっぱり」保坂はしみじみといい、空のジョッキを女将に向かって差し出した。「ポリにさえ追いかけられなければ、あの女もさ、死なずにすんだのに。まったくよ、警察ってのはいつの時代も無茶しやがる」

13

ロックグラスに氷を二つ、三つ、透明な焼酎をたっぷりと注ぎ、半分に切ったレモンを握って汁を絞り出す。それを飲め、と保坂はいう。甲介はグラスを受け取り、ほんのひと口すすってみた。レモンが打ち消しきれなかった焼酎独特の匂いが鼻を突く。冷たい刺激が舌に突き刺さる。嚥み下した。咽を通り抜けるときも焼酎は冷たいままだった。

「これがよ」保坂はにやりと笑ってみせる。「男の酒ってもんだ」

気取った仕種で焼酎ロックのグラスを目の高さに差し上げ、ウィンクしてみせると、保坂はグラスの底を天井に向けて一息に飲み干した。歯を食いしばり、うめきを漏らす。顔はすでに真っ赤で、額の生え際あたりには細かい汗の粒が浮いていた。

おおおっと声を漏らし、効くぜとつぶやくと、空になったグラスをカウンターに置いて焼酎を注いだ。

甲介も残っていた焼酎ロックを一気に咽の奥へ放りこむと、保坂のグラスに並べて自分のグラスを置いた。

「それでこそ、男よ」保坂が嬉しそうにいう。

細い目をさらに細め、開けっぴろげな笑みを浮かべた保坂を見ていると、甲介まで嬉しくなってくる。鼻腔に抜ける呼気が熱く、焼酎臭い。ふんと鼻を鳴らして、酒の匂いを抜いた。

二つのグラスに焼酎を注ぎながら、保坂がいった。

「藤堂真智子《とうどうまちこ》、おぼえてるか」

甲介は眉をよせ、宙を睨んだ。トウドウマチコ、とつぶやいてみる。が、記憶にはなかった。

「おれたちと同じ中学にいたのか」甲介が訊いた。

「ああ、でも一つ年下だ。陸上競技の選手だった。短距離走だったな。すごく頭が良くて、それに外で練習ばっかしてたから、日に焼けて真っ黒な顔をしていた。年がら年中真っ黒、うす暗闇に立ってたら、白目と歯しか見えない」

保坂は喋りながらグラスに氷を落とし、レモンをしぼる。慣れた手つきだった。爪は短く切ってあり、意外に白く、長い指をしている。

「いや、おぼえてないな」甲介は首を振る。

「全然美人じゃないいんだけどよ、何だか気になるんだよ。学校の先生の娘だったんだ」

「その女がどうかしたのか」

甲介の問いに、保坂はにやにやするばかりで答えようとせず、グラスを差し出す。甲介はグラスを受け取り、ひと口飲んだ。すでに酔いがまわり始めているのだろう。冷たい液体は舌を鋭く刺すことなく、穏やかに口中に広がる。

「全然美人じゃない。でも、気になる」保坂も焼酎をひと口飲み、タバコをくわえて火を点けた。「お前、案外ニブチンなんだな。それで、わかれ」

「わかれって、何をわかるんだ?」

「初恋だよ。初恋。おれ、中学三年生、彼女は中学二年生」

うっとりと宙を見上げ、ゆるんだ顔つきでいう保坂を見て、甲介は思わず吹き出した。とたんに保坂の表情が険しくなり、甲介をにらみつける。目が白っぽくなっていた。

「ごめん、ごめん」甲介は手を挙げ、保坂を制する。「馬鹿にしたんじゃない。ただ、あまりにお前が純真そうだったから、つい」

「つい、何だよ」

「感動しちゃったんだよ」

感動したというのは、嘘ではなかったが、保坂は納得した様子もなく、焼酎を飲み、タバコを吹かしていた。

どこからながめていたのだろう、と甲介は思った。

太陽が照りつけ、白く乾いた校庭にチョークの粉で描かれたトラックを少女が走っている。ブルーのタンクトップと短パン、同じ色のはちまきを締めた彼女は、短い髪を風になぶらせ、日に焼けた長い足で地面を蹴っている。スパイクが土埃を舞い上げる。かすかに息づかいが聞こえる。しかし、彼女を知らないために顔だちはぼかしがかかっているようにはっきりしない。

彼女が走る姿を、保坂はどこかで見つめていたはずだ。校庭の隅か、体育館の陰からか。おそらくびくびくしていただろう。トラックを走りつづける彼女に真剣な眼差しを注いでいる姿を仲間に見られるなど、保坂には許せなかったに違いない。

「死んだ女さ、陸上やってたんだよ。藤堂真智子ほど立派な選手じゃなかったけど、中学のころは短距離と走り幅跳びをやってたんだ」

「死んだ女?」

「ほら、事故でよ。おれがパクった車で事故ったときに車から投げだされて死んだ女」

「ああ」

「身代わりだったのかも知れない。藤堂真智子には、どうしたって近寄れなかったからな。だから代わりに同じ陸上をやってた女とやりたかったのかも知れない」

「初恋か」

「今度は山本の番だぞ」

「何だよ」

「おれは自分の初恋を告白したんだ。今度は山本の告白タイム、だ」

「おれは……」

甲介は焼酎をひと口飲み、それから唇を尖らせて黙りこんだ。初恋、とあらためて訊かれると、どれがそうなのか、自分でもよくわからない。

生まれてはじめて胸ときめいた相手はいる。しかし、絶対に手の届かない存在だった。出会うにしても、言葉を交わすにしても、文字通り夢の中でしか実現しない。しかも相手は絶対に歳を取らず、排泄も放屁《ほうひ》もしない。プラスチックのシートに、わずかばかりの顔料で描かれた存在、アニメーションの主人公だった。

男勝りだが、優しくて、高潔でありながら、ときとしてエロティックな一面を見せる。哀しければ涙をほとばしらせ、大声を上げ、楽しければ快活に笑う。すべては素直な感情のまま、だ。

甲介がぼそぼそと喋っている間中、保坂は口をつぐみ、怪訝そうに見つめていた。甲介が苦笑いを浮かべ、言葉を切ると、保坂は小さくため息をついた。

「頭のいい奴ってよ、何考えてるか、わかんねえな。おれのとなりに座ってた奴がアニメの女に惚れてたなんてよ」

「小学生のころの話だ」甲介はあわてていった。「お前が初恋っていうから、話したんじゃないか」

「手が届かないってところは、藤堂真智子と同じかも知れないな。おれもガキのころはよ、藤堂真智子はクソも小便もしないと思ってた。いや、本当にそう思ってたんじゃないけど、あのころってのは、自分の惚れた女が本当にきれいに見えたもんな」

それからしばらくの間、二人はそれぞれの思いに沈み、ちびちびと焼酎を飲んでいた。甲介の脳裏には、何人もの女の顔が浮かんでは消えていく。中学生になってからは、さすがにアニメの主人公に胸焦がすこともなく、目の前にいた女生徒たちに憧れ、ほのかに思いを寄せたりしていた。その思いが恋と呼べるのか、甲介にはわからなかった。実際、彼女たちと話すことは滅多になく、いつも胸のうちであれこれ想像するだけだった。

想像の中で、彼女たちは激情に駆られて泣き、快活に笑い、微笑みながら甲介を見上げたが、現実の彼女たちと、空想の彼女たちとの間にどれほどのギャップがあるのか、考えもしなかった。

アルコールの回った頭でとりとめもないことを思いながら、腕時計に目をやった。午前一時をすぎようとしている。

甲介はぼんやりとした顔つきでグラスを弄《もてあそ》んでいる保坂に声をかけた。

「ところで、東京にはいつ来たんだ?」

「一週間くらい前かな。新宿のホテルに泊まってたんだ」

「仕事で、来たのか」

そう訊いてから、保坂の職業を思いだし、戸惑いを感じる。ヤクザにも出張があるのだろうか。

「仕事か」保坂がうっすらと笑みを浮かべる。「まあ、仕事だな」

それから保坂はたしかに仕事だとひとりごち、うなずいた。いつの間にか顔の赤みが引き、白っぽくなっている。

保坂は甲介を振り返った。

「男になるんだ。おれもいつまでもチンピラやってるわけに行かないからよ。ここらで一発気張らないとな」

何をするつもりなのか、という言葉は咽に引っかかってしまった。まっすぐに見つめてくる保坂の目に気圧されてしまったのだ。訊くべきではない、と思った。訊いてはならない何かを、保坂は抱えている。

保坂の表情がゆるんだ。

「実は子供ができたんだ。赤ん坊なんてよ、邪魔なだけだと思ってたよ。ずっと、な。だからつき合ってる女が妊娠するたびに堕ろさせてた。面倒くさくなったら別れてた。でもよ、今度の女はよ、妊娠したことをずっと黙ってたんだよ。そんでいつの間にかおれの目の前から消えちまってな。捜したんだけど、見つからなかった。何か面子傷つけられたみたいで、すげえ頭に来てたんだ。でもよ、帰ってきたら、赤ん坊抱いててよ、おれのガキだっていいやがる」

保坂は苦笑いしながら、焼酎の残りを咽に放りこんだ。派手にげっぷをし、タバコを抜いた。最後の一本だった。空になったパッケージをひねって潰し、タバコをくわえて火を点ける。

煙を一筋吐き、照れ笑いを浮かべたまま、言葉をついだ。

「笑われるかも知れないけどよ、赤ん坊の顔見たときにな、おれに似てるなって思ったんだ。産まれたばっかりで、猿みたいなんだけど」保坂は宙を睨んだまま、目をしばたたいた。「あっ、そうか。猿に似ているから、おれにも似てるってことか」

「どっちなんだ?」

「それがよ、女なんだよ。不幸な女だぜ。おれに似た女なんて、誰も相手にしないぞ」

「父親似は美人になるって聞いたことがあるよ」

「本当か」保坂は目をぱちくりさせた。「うちの娘は美人なのか」

「美人になると聞いただけで……」甲介は言葉を切り、うなずいた。「お前に似てても、美人になるよ」

「そうか」保坂は深くうなずいた。

「あの」女将が声をかけてくる。「そろそろ看板なんですけど」

「ああ、もう帰ります」甲介が答えた。

客に払わせるわけにはいかないといった甲介を制し、保坂は尻ポケットから細長い財布を抜き出した。宿代代わりといって、保坂は一万円札二枚をカウンターの上に置き、釣りは要らないよと告げた。

男になるんだ、といった保坂の言葉が甲介の脳裏に渦巻いていた。何をするつもりなのかはっきりとはいわなかったが、居酒屋を出てぶらぶら歩いているときに、そのうち新聞やテレビが大騒ぎするぜ、と笑った。

熱いベッドの中、甲介は寝返りを打った。

窓用エアコンがうなりを上げ、冷気を吐きだしている。エアコンはここ何年か冷媒を取り替えておらず、その上、八畳間を冷やすには少しばかり能力が不足している。そこに男二人が寝ているのだから部屋の中にはじっとり湿った空気が満ち、蒸し暑かった。

甲介はタオルケットをめくり、上半身を晒した。半袖のTシャツから剝き出しになった腕がひんやりする。ためていた息をそっと吐き、保坂のいびきに耳をかたむけた。

往復するいびきの合間に、ごわっと痰《たん》を切るような音や、ぴーっと鼻の鳴る音が混じる。なかなかにぎやかだった。

甲介は目を閉じたまま、苦笑する。

部屋に来てからも保坂は喋りつづけていた。大半は中学時代の思い出話で、二人に共通する友達や教師、教室での出来事など他愛ないことばかりだった。保坂は実に嬉しそうに話しつづけ、また、話もうまかった。保坂が黙っていたのは、交代でシャワーを浴びたときだけだ。

ベッドのわきに布団を敷き、枕と毛布を用意した。狭苦しい寝床だったが、保坂は上等上等と満足げにうなずいた。

照明を消し、床についたあとも保坂は話をつづけた。わずかに声が途切れたと思うと、なあ、あれ、おぼえてるかと新たな話を始める。結局、そんな調子が午前三時ごろまでつづいた。

体育の授業で走り幅跳びをやったとき、踏み切り線を蹴った保坂のジャージのポケットからタバコとライターが飛びだした話には笑った。放課後、体育教官室に呼びだされた保坂は、外国製タバコを喫っていたことでみっちり叱られたという。

そこで言葉が途切れ、ふたたび話しはじめるのを待っている間に保坂のいびきが聞こえてきた。その間、一分もなかったのではないか。保坂は胸まで毛布を引き上げ、あお向けになって口をぽっかり開けていた。うらやましいほどの墜落型睡眠だったが、その寝顔はほの暗い中でもはっきりわかるほど汗に濡れている。暑さのせいではなさそうだった。

保坂が何をするつもりなのか、甲介には見当もつかない。が、保坂の話しぶりには昔を懐かしむ長閑《のどか》さが感じられなかった。むしろ必死に記憶の糸をたぐり寄せて話し、甲介にも思いだすことを強要する気配があった。

保坂の職業柄、危険を嗅ぎ取らないわけではない。しかし、甲介には何もしてやれなかった。甲介はタオルケットを蹴り飛ばし、あお向けになって枕に頭をのせた。タオルケットの中で蒸れ、汗ばんでいた躰が冷え、乾いていくのが心地よかった。このまま眠りに落ちれば風邪を引くかも知れない。だが、タオルケットとはいえ、かぶったままでは眠れそうもない。寒くなれば無意識のうちにもタオルケットを引き上げるだろう、と思いながら、ようやくわき上がってきた眠気に身をまかせる。

酔いはけだるく全身を包んでいる。躰が闇に溶けだし、意識がぽっかり浮かんでいるような気がする。鼻からゆったりと息を吐いた。躰の力が抜け、徐々に保坂のいびきも遠ざかっていく。

保坂には午前六時半には目覚まし時計が鳴りだすこと、七時には出勤しなければならないことを伝えてあった。物音で目が覚めるかも知れないが、甲介が出勤したあと、もう一度寝直すことができるだろう。

スペアキーを台所の冷蔵庫の上に出しておいた。保坂が出ていくときには、鍵をかけたあと、ドアにうがたれた新聞受けから鍵を放りこんでくれればいいといってある。

もし、必要なら幾晩でも泊まっていけばいい、とも甲介はいった。

一瞬、保坂は顔をくしゃくしゃにして泣き出しそうになったが、涙がこぼれるまでにはいたらなかった。保坂が涙ぐんだとしても、いち早く顔をそむけてしまった甲介が見ることはなかっただろう。

幾晩でもといった言葉に嘘はなかった、と甲介は酔った頭で思う。

睡眠と覚醒のはざまにぶら下がった甲介の脳裏に、さまざまな顔が浮かんだ。それはトラックを駆け抜ける褐色の少女だったり、黄色い髪をしたアニメの主人公だったり、中学時代の保坂や甲介自身だったりした。中には、名前を思いだせないのに顔や体つきだけが鮮明に浮かびあがってくるのもいた。

匂いがした。

それはたしかに中学校の廊下にべっとり塗られていたワックスの匂いだった。

律儀に鳴りつづける目覚まし時計をとめると、頭の中にぽっかり空洞が広がっているような気がした。窓を覆っているブラインドが灰色に染まっている。外はうす暗い。屋根を叩く雨の音が部屋に満ちていた。

ベッドの縁に座り、甲介はぼんやりと床をながめていた。布団と毛布がきちんとたたんで積み重ねてあり、その上に枕がのっている。保坂が泊まったことを思いだすのに、しばらく時間がかかった。

いつ出ていったのか。

いずれにせよ甲介はまったく気がつかなかった。

のろのろと立ち上がる。躰がひどくだるい。空っぽの胃袋が痙攣して吐き気がこみ上げてくる。熱いげっぷが出た。鼻腔を突き抜けるアルコールの臭いに吐き気が増す。脳が腫れ上がり、頭蓋骨の継ぎ目からあふれ出しそうだった。

目覚まし時計に目をやる。すでに午前六時四十五分になろうとしていた。

雨が降っているせいだろう、エアコンは回りつづけているのに部屋の空気は湿気《しけ》っている。

保坂は自分でいったとおり、朝早く出ていったようだ。拍子抜けしたような、少し寂しいような、それでいてほっとしたようなはっきりしない気分だった。

「とにかく顔を洗わなくっちゃ」

甲介は自分を励ますためにわざと声に出していい、台所に入った。

引き戸を開け、台所に入ろうとして足を止めた。床に黒いバッグが置いてある。昨日、保坂が大事そうに抱えていたバッグに違いない。バッグの上にメモ用紙が置いてある。それを手にした甲介は顔をゆがめた。

へたくそな字を目にしたとたん、なぜか胸が締めつけられた。

〈カバンおあづかっておいて下さい〉

甲介は立ちつくし、黒いバッグを見おろしていた。

第二章　粘　液

1

天井に埋めこまれた小さなスポットライトの黄色い光を浴びて立っている女の髪は、赤みがかり、つやを失っていた。明るい黄緑のツーピースは、胸に金色の飾りボタン、襟は黒のリボンで縁取られている。膝上十センチほどのスカートから伸びる素足は、ふくらはぎが細く、膝がでこぼこになっている。両足の小指は付け根あたりが外側に張り出し、指そのものも変形している。

うつむき、頭の後ろから光を浴びているので顔だちははっきりとしない。細面であることがわかっただけだ。女はくぐもった声で、ヒロミですというと、一歩前へ出て、〈3〉と記されたカードを差し出した。

甲介がカードを受け取ると、ヒロミは反転して待合室を出ていった。戸口にひざまずいていた蝶ネクタイの男が廊下の奥に向かって、次、と声をかける。

かたわらにあったテーブルの上にカードを置いた。すでに三枚目だ。一番、二番のカードを持ってはいってきた女たちの印象は、とっくに薄れてしまった。いや、たった今目の前に立っていたヒロミと名乗る女の顔でさえが、記憶の闇の中でにじみはじめている。

東京・吉原《よしわら》、ソープランド街のほぼ中央、大門《おおもん》に連なるメインストリートに面した〈宝石《ほうせき》クラブ〉の待合室で、甲介は乾いた唇をなめた。七月と十二月の二度、ボーナスが支給されてきっちり一週間後に、甲介は吉原を訪れることにしていた。

社会人になって間もないころは、給料が入るたびに吉原に来たものだが、長くはつづかなかった。当時、甲介の給料は手取りで十七万円だった。マンションの家賃七万八千円に光熱費、電話代をくわえると、ほぼ十万円になる。残り七万円を三十日で割れば、一日当たり二千三百三十三円と三分の一、それで三度の食事、ワイシャツのクリーニング、タバコ代をまかなわなくてはならない。単純に食事代だけでも、一食平均八百円で足が出てしまう計算だ。そこから一度に三万円ものソープ代を捻出することは物理的に不可能だった。

毎月、十五日を過ぎれば、二十五日の給料日までの日数と手元の残金を睨みながらの生活となる。酒を飲みに出ようにも、金がなかった。

社会人となって六年、それなりに昇給もしたが、それでも手取り給料が二十万円を少し超えたにすぎない。幸いマンションの契約更新時に家賃が値上げされずにすんだものの、それでも一日で使える額は千円増えて、三千三百三十三円と三分の一になっただけだ。十五日を過ぎると、残金を給料日までの日数で割る生活に変化はなかった。

そうした中、年に二度の贅沢としてボーナスが支給されたあと、ソープランドに来ることを自分に許していた。洋和化学が夏のボーナスを支給するのは七月初旬、ほかの民間企業とほぼ同時期である。ボーナスの支給直後に来ないで、一週間後に来るようにしているのは、ボーナスシーズンにはどうしても店が混み、それだけサービスがおざなりになるからだった。

ソープランドの場合、入口に入浴料が表示されている。が、入浴料の他にサービス料を支払わなければならない。サービス料は入浴料の二倍が相場だった。つまり入浴料一万円の店なら、サービス料は二万円、合計三万円が必要になる。

総額が六万円、さらには十万円に達する高級店もあり、そうした店ではすらりとしたモデルのような美人が相方になるのはわかっていたが、いくらボーナスが出たあととはいえ、甲介には手も足も出ない。それに六万円の店に一度行くなら、三万円の店に二度行く方を選ぶ。〈宝石クラブ〉は入口に一万円と出ていた。選んだ理由はそれだけだった。初めて訪れる店で、顔見せをしていることは知らなかった。

顔見せ、とは、待合室にいる客の前にソープ嬢が一人ひとり現われ、すべてを見終わったところで客がおもむろに相方を選ぶ仕組みである。客としては、優越感をくすぐられるシステムではあった。

四人目が入ってきた。ふわりとスカートの広がった濃いブルーのワンピースを着た女だった。三番目の女に較べると、若く、顔だちも派手だった。背中のまん中あたりにまで達する髪を頭の後ろで結んでいる。スポットライトの下で顔を上げ、白い歯を見せて微笑んでいる。目の大きな、なかなかの美人だった。

　彼女は甲介に近づくと、〈4〉と印されたカードを差し出して、少しばかりハスキーな声でいった。

「サユミです」

「あ、どうも」

　甲介はカードを受け取りながら、サユミをしげしげとながめた。そうした視線にさらされることに慣れているのだろう。サユミは微笑んだまま、甲介の視線を跳ね返している。ワンピースの胸元は豊かなバストに突き上げられ、白いベルトで締めつけられたウエストが細い。ただ、スカートの下にのびる素足の膝はでこぼこしていた。

　サユミは会釈をして、待合室を出ていった。甲介は四番のカードをほかの三枚とは別のところに置いた。

　五番目の女は邪気のない笑顔が魅力的だったが、太腿と見まがうばかりのふくらはぎをしており、六番目の女は背が高すぎ、甲介の好みではなかった。

　選択はあっさりすんだ。四番のサユミ以外にない。総額三万円のソープランドとしては掘出し物である。

　入口でひざまずき、次々に女を呼んでいた蝶ネクタイの男が小さな盆に冷たく汗をかいたグラスとおしぼりを載せて持ってくる。五十歳前後か、オールバックにした髪の間から頭頂部の地肌が透けていた。グラスをテーブルの上に置き、おしぼりを片手で広げて甲介に差し出す。

「お客さま、お決まりでしょうか」

「四番の子。お願いします」おしぼりを受けとって甲介が答える。

蝶ネクタイの男は盆を胸に抱き、顔をしかめた。首をかしげる。

「何か問題でも?」甲介が訊いた。

「ええ」蝶ネクタイの男は真面目くさった顔でうなずく。「サユミさんは、ラストまで予約でいっぱいでして」

「はあ?」おしぼりを広げて、顔を拭きかけていた甲介の手がとまる。「これから指名できる子が出てくるから、顔見せでしょう」

「いえ」蝶ネクタイの男はあごを上げ、にっこり微笑む。「在籍している女の子を、できるだけお客さまにご覧いただくのが当店のモットーでございまして」

「モットーったって」

甲介はかたわらのテーブルに積み重ねたカードに目をやった。一、二、三番のカードを重ねた山のわきに、四番のカードが置いてあり、さらにその手前に五、六番のカードが重ねてある。六人の女の顔を順に思い浮かべようとした。が、四番の女の印象が強すぎ、ほかの女の面立ち《おもだ》はまるで思いだせない。かろうじて浮かんだのは、五番の女のふくらはぎだった。

かすかにピンクのツーピースが浮かんだ。最初に待合室に入ってきた女だ。小柄ではあったが、胸と腰が張った豊満な体型を思いだす。顔だちはまるで記憶にない。少なくとも顔を上げ、スポットライトに晒していたのだから、ご面相にはそこそこ自信があるのだろう。

「じゃあ、一番の子」

「実は、ですね」蝶ネクタイの男が首をかしげる。

「予約が入っているわけ?」

「さようでございます」

「じゃあ、どの子なら空いてるの。最初っから空いてる子を教えてくれればいいのに」甲介はおしぼりを丸めてテーブルの上に投げだした。

「いえ、当店のモットーでございまして」

蝶ネクタイの男がまたしても傲然と顔を上げる。甲介は視線を逸らし、テーブルに目をやった。〈3〉の数字が目に入る。

「じゃあ、三番の子」

「はい」蝶ネクタイの男は嬉しそうにいった。「ヒロミさんでございますね。スタイル抜群、サービスたっぷりのいい子ですよ。いやぁ、お客さん、ついてらっしゃる。なかなか人気の子でしてね。前職はOLでした。さっそくご案内いたしますので」

蝶ネクタイの男は入れ歯をささえる銀色の鋼線を剝き出しにして、甲介の二の腕をぽんと叩いていった。

ちっとも嬉しくなかった。

個室に案内され、ビニール張りのベッドに甲介を座らせると、ヒロミは床の上で正座し、両手をついて頭を下げた。

「本日はご来店まことにありがとうございます」

ひざまずく蝶ネクタイの男、ソープ嬢の慇懃《いんぎん》な挨拶、いずれもシステムだった。料金に含まれるサービスのひとつにすぎない。

ヒロミが顔を上げた。細面で、意外に整った顔だちをしている。茶色がかった瞳がまっすぐに見つめてくる。その視線があまりにまともなので、甲介はあいまいに視線をそらせた。

「それでは失礼いたします」

ヒロミは膝を動かして甲介ににじり寄り、まだ、上着も脱いでいないというのにいきなりズボンのベルトを外した。ズボンのホックを外し、ファスナーを下げる。甲介が目をしばたたいて見つめているうちに、トランクスのゴムをわずかに下げ、萎縮している甲介の器官をつまみ出すと、そのままぱっくりとくわえた。

即尺。

ソープランドによっては、客が個室にはいるとすぐに口唇によるサービスをはじめるところがある。それを即尺、といった。尺は尺八、つまりフェラチオを意味する。

唾で十分に潤った舌と頬の内側の柔らかい粘膜が器官の先端を刺激する。甲介はしびれにも似た快感にうめき声をもらしそうになった。思わず腰を引きかける。が、いつの間にかヒロミは甲介の腰を抱いたまま、咽の奥にまで器官をくわえ込んでいた。甲介は天井を仰ぎ、器官が充血して硬度を増していくのに身をまかせた。

ヒロミは器官を吸い上げながら、顔を上下させる。唇の間から漏れる湿った音がさらに甲介を亢《たか》ぶらせる。おざなりなサービスではなかった。

『サービスたっぷりのいい子ですよ』

蝶ネクタイの男の言葉が脳裏をよぎっていく。

ヒロミは唇と舌による愛撫を中断させることなく、甲介の腰をわずかに浮かせただけでズボンとトランクスを抜き取り、靴下も脱がせた。背広を着、きちんとネクタイまで締めたまま、下半身だけ丸裸という間抜けな格好で、甲介は天井を見上げ、奥歯を食いしばっていた。うめきが漏れそうなほどにヒロミのサービスが強烈だったのだ。

こめかみがじっとり汗ばんでくるのを感じた甲介は、上着を脱ぎ、ネクタイをゆるめて抜き取った。ワイシャツのボタンを外し、半袖の白いTシャツも脱いでしまう。ヒロミはまだライトグリーンのツーピースのボタンすら外していないというのに、甲介は素っ裸になっていた。

ヒロミは右腕で甲介の腰を抱え、左手で陰嚢をもみほぐしている。さっと口を外し、甲介を見上げた。

　視線がからみ合う。

「する？」ヒロミが訊いた。

　甲介はぎこちなくうなずくと、立ち上がりかけたヒロミを押さえ、自分の方に背中を向けさせると、四つんばいにさせた。ヒロミは甲介の意図を察知し、素直に従った。表面がざらりとした感触の布地でできたスカートをめくり上げる。

　ヒロミはベージュの小さなパンティをはいていた。

　甲介はスカートに両手を差し入れ、パンティの両端をもって水蜜桃の薄皮を剝くようにくるりとはぎ取った。器官は息苦しいほどに充血し、硬直している。パンティを膝まで下ろしたところで、甲介は中腰になった。

「そのまま、来て」ヒロミは前を向いたままいう。「そのままでいいから」

　甲介は乾いた唇をなめ、うなずく。完全に背中を向けているヒロミの目には入らないことにも気がつかなかった。

　とにかく埋めたい。ヒロミの尻の間に埋めたい。甲介が考えていたのは、それだけだった。

　膝を曲げ、中腰で、ヒロミの肩に左手を置いて躰を安定させ、右手を器官に添える。左右に開いた尻の双丘の間に、紅のひだがはっきりと見える。その中央へ先端を導き、押しあて、挿入した。

器官の先端が熱を帯び、濡れた粘膜に包まれ、甘く圧迫される。さらに押し込む。ヒロミが短く声を漏らす。

慇懃な挨拶と同じで、システムのひとつ、海草を主成分とするローションでつくられた人工的なぬかるみであることはわかっていた。わかってはいても、甲介の胸を突き上げてくる甘酸っぱい亢奮が色あせることはない。

今まで甲介が訪れたソープランドでは、個室に入るとまず服を脱ぎ、ソープ嬢がていねいにたたんで始末をつけてくれた。それから浴槽に湯を張りはじめる。湯がたまるまでの間、タバコを喫いながらの世間話。たいていは不景気にからんだぼやきではじまり、そして以前この店に来たことがあるか、と訊かれる。

次にまん中のへこんだ椅子に腰かけさせられ、スポンジで全身を洗われる。とくに股間はていねい、執拗に洗われ、シャワーでざっと流したあと、うがい薬を口にふくんだソープ嬢がフェラチオをする。消毒であり、もし、性病を持っていればうがい薬の刺激に客は飛び上がる。つまり、チェックだ。

それから二人で浴槽に入り、風呂の中でのサービス。次いで、洗い場にマットを敷き、海草ローションを全身に塗りたくって互いの躰をこすりつける、いわゆるアワ踊りがある。そこまで来て、ようやく最初の挿入がある。

だが、ヒロミはすべての手順をふっ飛ばし、いきなり甲介の器官をくわえるとていねいなサービスをはじめ、服を着たまま、下着を下ろしただけで背後から挿入させた。

甲介はヒロミの胸元に手を伸ばすと、ツーピースのボタンを一つひとつ外していった。ヒロミは両手を床についたまま、なすがままにさせている。

ボタンをすべて外し、上着を脱がせる。パンティとお揃いのブラジャーを着けていた。背中の中央にあるくぼみ、ブラジャーの金具があるあたりに大きなホクロがある。

甲介は上体をひねって、上着をベッドの上に置いた。ふたたびヒロミに向きなおると、スカートのわきにあるホックを外し、ファスナーを下げる。ヒロミは上体を起こし、スカートを持ちあげると上へ抜き取った。

スカートをかたわらに置き、ふたたび両手を床についたヒロミを、甲介は背後から攻め立てた。細い腰を両手でつかみ、自分の下腹部で彼女の尻を叩くように腰を使う。ヒロミが途切れがちにうめき声を上げる。

甲介はブラジャーの金具に手をかけた。両手でつまみ上げるようにして、ホックを外そうとする。腰を動かしているために手が震えて、うまくいかない。が、動きを止められそうになかった。動けば動くほど、もっと深く、もっと激しくという衝動がこみ上げ、波状的に甲介の中に広がってくる。

ようやくブラジャーのホックを外す。ヒロミは片腕ずつ肩紐を抜き、ブラジャーをスカートの上に重ねた。

いつの間にか噴きだした汗が甲介の胸を流れ落ち、腹を濡らしていた。あごからしたたった汗が、ヒロミの背中に落ちる。つぶれて、広がった汗の粒に、黄色っぽい個室の照明が映って揺れている。

甲介はさらに腰の動きを速めた。股間から熱い塊りがこみ上げてくる。

「中に……」ヒロミの声が途切れ、うっと短いうめきになる。

甲介はヒロミの両肩をつかみ、さらに奥へ、奥へと突き進んでいった。

「中に、出しても……」ヒロミがようやく声を押しだした。「大丈夫」

甲介は目を閉じた。

中に出して、というヒロミの声が闇の中にリフレインする。

中に出して、中に出して、中に出して。

まだ洗ってもいない甲介の股間を口中に受けいれ、そのますすべての過程を、愛撫をふっ飛ばし、いきなり核心に導いた。なすがままに裸になり、甲介の思いに素直に応じていた。

甲介は目を開いた。

ヒロミは床に肘をつき、組んだ腕の間に顔を埋めていた。目を閉じ、口を開いてあえぐ横顔が見える。ヒロミの躰は、甲介の乱暴な動きに揺すられている。

高まってきた。

甲介はさらに動きを速めた。

「いいのよ、中に」ヒロミがかすれた声でいう。

甲介はふたたび目を閉じた。暗いまぶたの内側を赤い光が駆け抜ける。

いつの間にか、四つんばいになっている女はヒロミではなく、香織になっていた。事務用椅子に座って足を開き、カメラの前に股間を晒していた香織が甲介を許容している。

後ろめたさを感じた。

が、目を開けられなかった。

甲介は絶頂に向かってひた走っていた。

2

右膝を立て、左膝を床についてしゃがんだヒロミが股間にシャワーをあてながら、細く長い指で甲介の粘液を掻きだしていた。甲介が入っている浴槽に背を向け、うつむいて手を動かしている。甲介の目に、ヒロミの細かい仕種は映らなかった。見えるのは、背中ばかりだった。痩せた背中は、幾分女性らしい丸みに欠けていて、ひょろりとした少年のようにも見えた。

ヒロミが右手を動かすにつれ、肩胛骨が動き、背中のホクロが揺れている。

甲介はためていた息をそっと吐いた。汗がこめかみから頰へと流れ落ちる。激しく動いたあと、ヒロミにさっと洗ってもらい、湯に浸かった。躰を動かしたせいか、湯がぬるいにもかかわらずすぐに汗が噴きだしてきた。頰をしたたる汗はさらさらしていて、体内にたまっていた不純物を溶かし、流してしまうようだった。

天井を見上げる。目を凝らすと、立ちのぼっていく湯気がかすかに見える。湯気はゆっくりと渦をまき、空中に消えていく。

保坂が唐突に訪ねてきて、そして黒いバッグをおいたまま出ていってから三週間になる。その間、留守番電話にメッセージが残っていたことも、電話がかかってきたこともない。いつ保坂から連絡があるとも知れないので、この三週間、甲介は深夜の電話をやめていた。保坂が出ていった日にベッドの下に放りこんで以来、バッグには手を触れていなかった。バッグの中には小さくて重いものが入っているようだったが、中身を確かめようとは思わなかった。

ただ、保坂が戻ってくるのを心待ちにしていただけである。今度会ったときには、中学生時代に好きだった女について、保坂に話すつもりだった。何も訊かず、放置されていたバッグを預かっているのだ。保坂だって、甲介が昔惚れた女の話につき合う義理くらい感じるだろう。

甲介が話そうと思っているのは、中学一年生のとき、教育実習で来ていた英語教師のことだ。甲介たちから見れば、ずいぶん大人に見えたものだが、教師とはいいつつも大学四年生だった。

前後の子細はおぼえていないが、黒板を前にした教育実習生が何かの拍子に言葉につまり、それを生徒たちがはやし立てたことがあった。彼女は極度の緊張状態にあったのだろう。生徒たちを静かにさせることもできず、言葉を詰まらせたまま、顔を真っ赤にして泣き出してしまった。

くだんの教育実習生がどんな顔だちをしていたのか、毎日どのような服装で授業にのぞんでいたのか、甲介はまるでおぼえていない。記憶の中にある彼女は、血の色が透けて見えるほど色が白く、細い目をして、いつもにこにこしている。そんな印象だった。

言葉につまり、真っ赤な顔をしてぽろぽろと涙をこぼす教育実習生の姿に、生徒たちは言葉を失ってしまった。静まり返った教室の中、彼女は途切れ途切れの言葉で詫び、授業を再開した。男子生徒が沈黙してしまったのは、唐突に泣き出した彼女にエロティックな匂いを感じたからだった。少なくとも、甲介は感じていた。

エロティックなどといえば、保坂はまたインテリ臭いというのだろうか。

いずれにせよ、他愛もない中学時代の思い出話はそのほかにもいくつかあった。保坂が甲介の記憶を補い、話を脚色してくれるに違いない。

甲介は知らず知らずのうちに口許に笑みを浮かべていた。

「思い出し笑いですか。いやらしいなぁ」ヒロミが湯船の傍らに立って見おろしている。「どっかのいい人のことでも思いだしてたん違いますの？」

ヒロミの言葉には関西の訛りがあった。

「別にそんなんじゃないよ」甲介は両手で湯をすくい、顔を洗う。

「どうだか」

ヒロミが浴槽のへりをまたいで湯に足を入れた。彼女の股間に視線が吸い寄せられ、甲介はあわてて視線をそらせた。

「赤くなって、可愛いわ、お客さん」ヒロミはそういいながら、甲介と向かい合わせになって湯に沈んだ。

甲介は顔に湯を振りかけつづけた。ヒロミのその部分をのぞき見ていたところを見つかったかと思うと、顔が熱くなった。

「何を思いだしてたんですか」ヒロミは訊ねながら、甲介の股間に手を伸ばしてきた。

器官をそっと撫でられる。微妙な刺激に、たった今粘液を放ったばかりだというのに、器官は反応しはじめる。元気やわ、とつぶやいてヒロミは咽の奥で笑った。

「何をって、ちょっと友達のことを考えていたんだ」甲介は浴槽のへりに頭をのせ、天井を見上げた。

視線を逸らすことで気を紛らわせようとしたのだが、かえって意識は刺激されている器官に集中していくようだった。しなやかな指の動きに、息がつまりそうになる。あわてて言葉をついだ。

「中学時代の同級生で、この間、突然うちに来たんだ」

ヒロミは返事をしなかった。両手で甲介の腰を持ちあげ、素早く膝をその下に差し入れてくる。腰が浮かびあがり、器官の先端が水面に浮上する。

「十三年ぶりだった。何の連絡もなく、いきなりうちの前に」

甲介の言葉が途切れる。

水面からつきだした器官の先端をヒロミが口にふくんでいた。舌先が先端の裏側に触れ、器官のもっとも敏感な部分をすべっている。同時に吸い上げられていた。根元を包んだ指が締められ、ゆるめられる。

「泊めてくれっていうから」

声は途切れがちで、ヒロミが顔を上下するにつれて震えそうだった。甲介は話しつづけるのをあきらめ、浴槽のへりに両腕を投げだした格好で、天井を見上げたまま、目を閉じた。

意識がヒロミに刺激されている一点に凝集し、筋道の通ったことは考えられなくなった。妄想が走りはじめる。

すっかり忘れていたはずの教育実習生の姿が脳裏に浮かんだ。白いブラウスにピンク色のカーディガンを羽織り、紺色のスカート、黒のストッキングに足元はスニーカーだった。チョークを持ったまま、黒板に向かって字を書こうとしているが、手が震えているのは明らかだった。

生徒たちが黙りこくって見守る中、彼女が振り返る。赤く染まった頬を涙が伝い、への字に曲げた唇の間から白い歯がわずかにのぞいていた。何かいおうとしているが、唇が激しく震えて言葉にならない。

緊張と羞恥が教育実習生をがんじがらめにしているのだ。

さらに妄想は走った。

彼女の足元に黒い水たまりが広がっているのだ。四十人ほどの生徒が見つめる中、彼女は失禁していた。緊張が極限に達し、意識を失いかけている証拠だった。

一方で、ヒロミの動きが早くなる。

甲介の前にひざまずき、口を使っているのは、くだんの教育実習生になった。教室の中、黒板の前、生徒たちの視線にさらされながら彼女は一心に唇で愛撫をつづけていた。

そりゃ、ないだろう、と頭の中で声がした。甲介自身の声だ。

教育実習生の愛撫がありえないのか、それとも熱心にサービスをつづけるヒロミをないがしろにして別の女性を思っていることを責めているのかわからなかった。ついさっき、最初に放つときも甲介は脳裏に香織の姿を描いていたのだ。

いずれにせよ、股間に張りつめていた切迫感は去った。甲介はためていた息を吐き、目を開いた。

器官を口にふくんでいたヒロミと目が合う。ヒロミはにっと笑った。目尻と目の下にしわができる。どんな化粧品を使っているのか、ヒロミの口紅は落ちていなかった。

ヒロミが口を外し、甲介の尻の下から足を抜いた。温かい湯の中に腰が沈んでいくのが心地よく、それでいて少しばかり残念に思える。

「つづきはマットの上でね」ヒロミは素早くウィンクをして立ち上がった。

熱めの湯に溶かされたローションが、うつぶせになった甲介の背中に広げられていく。ヒロミが両手でローションを伸ばし、次いで甲介の背中にうつぶせに覆いかぶさってきた。大きく8の字を描くように躰を動かす。甲介は背中をすべっているヒロミの乳首と股間の茂みを感じて、うっとりと目を閉じた。

かすかに聞こえるヒロミの息づかいからは、お仕事の時間という雰囲気が漂ってくる。背中がくすぐったかった。ヒロミが舌先で、背中のまん中にあるくぼみを探りながら、躰を下の方へとずらしていく。やがて甲介の右足を両足で挟み、股間の茂みをこすりつけるようにして、さらに降りていった。

ヒロミの指先が甲介の背中から尻の割れ目を探り、排泄孔に行き着く。ヒロミはそこを押し広げ、指を差し入れようとした。

甲介はあわてて首をねじ曲げ、ヒロミを振り返る。

「そこは勘弁してくれ」

ヒロミは目をしばたたいた。

「ここが一番気持ちいいんと違いますの？」

「ダメ、ダメ」甲介は首を振った。

「つまらんわ」

そうつぶやいたものの、ヒロミはそこに執着しようとはせず、甲介の足元に躰をすべらせていった。次いで甲介の右足を持ちあげ、足の裏を胸に押しあてでぐるぐる回しはじめる。乳首が足の裏をくすぐった。身をよじろうとすると、ヒロミは手を伸ばして甲介の尻を叩いた。

「じっとしてな、あきません」

足を入れ替え、もう一度、胸に押しあてる。

それからヒロミは、マットと甲介の躰の間に手を差し入れ、器官を包み込むようにしてなで上げた。ローションのぬめりと微妙な圧迫感、そして尻の割れ目から器官の先端にまでつづく長いストロークの愛撫に、甲介はたちまち充血しはじめた。

「やっぱり元気ですな。お客さん、若いだけのことはあるわ」ヒロミは股間から手を抜き、甲介の腰をつかんだ。「ほな、今度はあお向けになって下さい」

甲介はいわれるがままに躰を反転させた。滑りますから、気をつけてとヒロミがいう。あお向けになったとたん、ヒロミが躰を投げだしてきた。

胸と胸とが密着する。

「重いでしょ」ヒロミがにっと笑った。

「全然」甲介はそういいながらヒロミの唇に自分の口許を寄せていった。

ヒロミは顔をかたむけ、わずかに開いて甲介に口づける。すぐに二人は舌を絡め合った。鼻息が荒くなる。唾が生臭くなる。が、決して悪臭ではなかった。むしろ亢ぶらせる匂いだった。

ヒロミは顔を上げた。

「いやだ。うち、こんなふうにしてキスしたことないんですよ」

「おれは特別ってことか」

「どうでしょ」

首をかしげたヒロミの背中に腕を回し、甲介は強く抱きしめながらもう一度唇を重ねた。舌先をヒロミの口中に侵入させる。前歯の間に差し入れ、ヒロミの舌を探った。やわらかい舌がいったんは奥に引っ込み、次いで前進してきて甲介に応じた。

長いキスだった。ローションが水分を失い、肌が強ばってきても、二人は唇を離そうとしなかった。

やがてヒロミがくぐもったうめきを漏らし、甲介の胸に手をついて躰を離す。

「ぱりぱりになってしまったわ。もう一度ローションやり直さないと」

「このままでいいよ」甲介はヒロミを抱きしめたままささやいた。「その代わり……」

ヒロミが真上から甲介の顔をのぞき込んでいる。

甲介は身じろぎもせず、ヒロミの目を見つめ返していた。左右の目で、二重の具合が違い、目の大きさすら違って見える。間近で見ると、彼女の頬には小さな吹き出物の跡がいくつかあった。

「何?」ヒロミが訊いた。

甲介は唇をなめたものの、言葉を継げずにいた。脳裏にあったのは、湯船で愛撫を受けている最中に浮かんだ妄想だった。

振りかえった教育実習生の足元に広がる、黒っぽい染み。

失禁。

甲介はヒロミに小便をして見せてくれ、といおうとしていたのだ。が、いざ切り出そうとすると、咽がしびれ、うまく声にならない。

ふたたび二人は黙りこくった。ヒロミが怪訝そうに甲介をのぞき込んでいる。

「何ですの、いったい」

甲介は肚《はら》を決め、小声で告げた。ヒロミがぽかんと口を開け、甲介を見つめている。まばたきすら忘れたようだった。

やがて、彼女がかすれた声でいった。

「おしっこって。どうやってしろといわはるんですか」

「このままで、こうしているうちに」

甲介はヒロミの背に回した腕を動かした。腕の内側に小さな突起を感じる。ブラジャーを外すときに見たホクロを思いだした。

「そんな……」ヒロミの声はかすれていた。語尾が弱々しく消える。「いくら何でも……」

「頼むよ」

甲介の懇願に、ヒロミは視線を逸らし、眉間にしわを刻んだ。そのままじっと動かなくなる。息を詰めていた。甲介はヒロミを見守っていた。

ヒロミが何とか甲介の望みを叶えようと苦悶しているのは明らかだった。が、羞恥からか、あるいは身体的なメカニズムゆえか、なかなか思い通りにはならない。甲介の望みが馬鹿げたことだと一笑に付されたとしても不思議のないところなのに、ヒロミは何とか要望に応えようとしている。

部屋に入ってすぐに始まった唇による愛撫から狂おしい着衣のままの交合、そして欲望のままに疾走することを許容してくれたヒロミだけに、ひょっとしたらという思いがあった。

ヒロミは前歯で下唇を噛み、眉根を寄せたまま、一点を凝視している。

甲介の脳裏にふたたび失禁する教育実習生の泣き顔が浮かんだ。なぜそうしたシーンに亢ぶるのか、甲介自身は戸惑いを感じながらも、思いをめぐらせていた。器官が熱く、硬くなってくる。

雑誌やテレビに女性のヌードが氾濫し、レンタルビデオショップに行けば、アダルトビデオが手軽に借りられる。映画で主役を張るような若い女優がヌード写真集を発表し、性器を露出した非合法の写真やビデオも、その気になりさえすれば手に入れるのは難しくない。げっぷが出るほど女の裸に囲まれている中で、偶然目にした香織のヌード写真や生徒の見守る中で失禁する教育実習生のイメージは、本来見てはならないもの、タブーであり、非日常だ。

ご禁制のさらに奥にある秘密を垣間見ることで、亢奮しているのかも知れない、と甲介は思った。

そして今、甲介はヒロミに強要している。おそらくはそれほど若くはないヒロミが客の要望に応えようとするのは、今回が初めてではないのだろう。この世界で金を稼ぎ、生き残っていくためには避けて通れない途なのだろう。

一歩個室を出れば、ヒロミは甲介と抱き合うこともないだろうし、ましてや馬鹿げた要求を真剣に受け止め、何とか応えようとすることもないだろう。

だが、今は金を仲立ちとして微妙なバランスの上に二人は立っている。ヒロミにしてみれば、客を喜ばせることが仕事だという思いがあるのかも知れない。躰を売っているのではなく、客の抱いている欲望を満たして、喜びを与えることこそ仕事と思い定めているのかも知れない。

考えすぎかも知れなかった。が、脂汗をにじませ、じっとしているヒロミの顔を見ていると、甲介にはそうとしか思えなかった。少なくとも、ほんの三十分ほど前に出会ったばかりの甲介に対して好意を抱き、そのために甲介を喜ばせようとしている、と考えるよりはるかに自然だった。

ヒロミの眉間から力が抜けた。

「無理やわ。出せっていわれて、すぐに出るもんやないし」

ヒロミは甲介と目を合わせようとせず、唇を結んで小さく首を振った。

「そうか」甲介もため息をつき、肩から力を抜いた。「そうだよな。やっぱり急には無理だったね。ごめんな、おかしなことを頼んで」

が、ヒロミは応えず、一点を凝視しつづけていた。

甲介の欲求に真剣に応えようとしているヒロミの姿は、胸を甘酸っぱく締めつけてくるほどいじらしかった。そこまでしてくれただけで、苦悶してくれただけで、甲介は満足だった。

「本当にごめん。もう、いいよ」甲介は笑みを浮かべ、ヒロミの肩に手をかけた。「ありがとう」

「待って」

ヒロミの眸が切なげに翳り、わずかに開いた唇から熱い吐息がもれる。

次の瞬間、ヒロミはびくっと背中を震わせた。

3

個室に入って、ほぼ一時間が経過していた。〈宝石クラブ〉の入口には、入浴料一万円、九十分とあったから、残り時間はあと三十分ということになる。その間、甲介は二度放っていた。銀色のマットの上で、ヒロミが他愛もなく、馬鹿げた甲介の望みを叶えてくれた直後、亢ぶったのである。甲介は夢中になってヒロミを突き上げ、ヒロミが応じた。はじけるまで、時間にすれば数分だったかも知れない。

後始末を終え、躰を流した二人はビニール張りのベッドに移動した。

「何を飲みますか」ヒロミはインターフォンを取りあげ、甲介を振り返って訊ねた。

「コーラ」甲介はぼそりと答えた。

ヒロミが低い声で、コーラ二つ、お願いしますというのを聞きながら、甲介はベッドに両手をつき、洗い場を眺めていた。すでにマットは片づけられ、壁に立てかけられている。七分目ほど湯が入った浴槽の水面が穏やかに揺れていた。

甲介は腰に、ヒロミは胸から下にバスタオルを巻いていた。ヒロミは甲介の前にぺたりと座ると、タバコを入れたかごを手にして差し出した。

「どれ、喫いますか?」

「どうも」甲介は適当に一本抜き、唇にはさんだ。

ヒロミがライターで火を点けてくれる。

タバコはメンソールだった。ハッカの匂いがする煙で口中が冷たく感じられる。甲介は二度、三度と煙を吐きだした。ヒロミが灰皿を差し出したので、その中に灰を落とし、また深く吸いこんだ。

「お客さん、すごいわ。激しかった」ヒロミが灰皿を床に置き、ひっそりと笑った。

「すまん」甲介は煙を吐きだしながらいった。「おれもはじめてだよ。今までソープに来て、時間内に二度、という経験はなかった」

「嘘」

「嘘じゃない」

「本当?」

「本当だ」

「それやったら、何だか嬉しいな」ヒロミが目を細め、にっこり微笑んだ。「でも、お客さん、まだ時間は終わってませんよ」

「勘弁してくれ」甲介は苦笑いした。「もうタンクは空っぽだよ。煙も出ない」

「いけません」ヒロミはきっぱりといった。「大事なお金使って遊びにきはったんやないですか。九十分、目一杯楽しんでいただかないと」

「関西の人なの?」甲介は何となく話を逸らしたかった。

度重なる刺激と、二度の放出で器官の先端はしびれ、腰が空洞になっているような気がする。今から器官を刺激されても、長い時間正座をしたあとに足をつつかれたように悲鳴を上げてしまいそうだった。

「大阪から来ました」ヒロミはちらりと舌をのぞかせる。「本当は私、ふだん大阪弁を使わないようにしようと思っているんですよ」

「どうして」

「吉原は東京の遊び場やし、お客さんもほとんど東京の人でしょう。大阪弁使ってると、嗤《わら》われそうな気がして」

「東京の人って、東京は地方出身者のかたまりだよ。おれだって、別に東京生まれってわけじゃない。田舎から出てきたんだ」

「訛りありませんね」

「十年になるからね、東京に出てきて」

個室のドアがノックされ、ヒロミが立ち上がる。甲介は半分ほど喫ったタバコを灰皿に押しつけて消した。

十年前、甲介もヒロミと同じように訛りが出ないように気を張りつめていた。東京に住んでいる人のしゃべり方を真似、イントネーションや言い回しを自分のものにしようと必死だった。東京に出てきて二、三年は酒が入ると、いつの間にか訛りが出てきて、同級生に怪訝な顔をされたものだが、四年、五年と東京暮らしがつづくうちに酔っても東京弁のまましゃべれるようになった。が、そのおかげで今度は田舎で顰蹙《ひんしゅく》を買うことになる。

気取ってる、といわれたのだ。

東京暮らしが長くなると、方言を使うのが面倒くさくなるんだ、といって、甲介は詫びた。内心では、お前らとは違う、おれは本当に東京の人間になりつつあるのだとつぶやいていたのだが。

しかし、十年を経た今でも東京の片隅に暮らす小心の地方出身者に変わりはなかった。地元のイベントに参加することもなく、大学時代の同級生であれ、同僚であれ、腹を割って話せる友達もいない。十年かかって甲介は東京の人間になったのではなく、ふるさとを失っただけだった。

甲介は、東京にも故郷にもなじめず、どちらにいても異邦人としか感じられなくなっていた。

ヒロミが赤い紙コップの載った盆を両手に持って甲介の前に座った。盆を床に置き、紙コップを差し出す。

「ありがとう」甲介は受け取り、コップに口をつけた。

表面ではじける泡を鼻の下に感じる。よく冷えたコーラが口の中に流れこんできて、さらに咽を刺激する。噎《む》せそうになるのをこらえ、飲みつづけた。まるで全身の細胞が水分を失い、半透明の膜の内側でしわだらけになって縮んでいるようだ。炭酸の気泡が咽の粘膜に突き刺っても飲むのをやめられなかった。

一息でコーラを飲み干した甲介は、赤い紙コップを下ろし、大きく息を吐いた。紙コップの中、茶色に染まったクラッシュアイスが乾いた音を立てる。

「ええ飲みっぷりやわ」床にぺたりと座ったヒロミが甲介を見上げてつぶやく。「よっぽど咽渇いてはったんね」

甲介はヒロミを見やった。コーラの入った紙コップを両手で持った彼女は目を丸くして、まじまじと甲介を見つめている。

甲介はうなずき、ヒロミの顔を見ながらげっぷをした。炭酸臭が心地よい痛みをともなって鼻腔を突き抜けていく。ヒロミがちょっと顔をしかめる。が、すぐに苦笑が取って代わった。

「お行儀悪いわ、お客さん」

「すまん」

ヒロミはため息をつき、微笑んだまま甲介を見つめてつぶやいた。

「お客さん、謝ってばかり」

「そうかな」

「私のお父ちゃんも謝ってばっかりいる人やった。お父ちゃんが謝るたびにお母ちゃんが怒ってな、あんたが謝るンは、ほんまに悪かった思うてと違う、自分がいい人やと思われたいから、謝るのが癖になってるだけやっていってたわ」

甲介はヒロミをじっと見ていた。いい人と思われたい、という言葉が小さな棘になって胸に引っかかった。東京でも故郷でも独りになりたくないがために周りにいる人間の顔色をうかがい、好かれよう、好かれようと努力してきた。敵意も害意もない、いい人になることで打ち解けようとしてきた。何より憤怒を押さえ込んだ。感情の爆発は、人間関係に簡単に罅《ひび》を入れる。怒りを押さえ込んでいるうちに、怒るという感情を忘れてしまったようにも思える。

そうした日常のすべてを見透かされたような気がした。

ヒロミがじっと見返していた。甲介は目をしばたたき、無理矢理笑みを浮かべた。

「ごめん、ちょっと考えごとを……」

「また」ヒロミがぴしりといい、そして小さく首を振った。「謝らんといけないのは、私の方です。お客さんは楽しみに来はってるのに、つまらんことというて」

ヒロミが腰を浮かし、バスタオルの結び目を指でほどいた。タオルが落ち、ヒロミの躰が露わになる。

「いや、もう今日は十分」甲介はあわてて顔の前で手を振った。

「私、何だか変です。待合室でお客さんの顔見たとき、私を指名してくれないかなって思うてたんです。ちょっと好みのタイプやわって。でも、そう思うたら、何や恥ずかしくなって顔も上げられませんでした」

ヒロミはそういいながら甲介の首に腕を回してきた。

「そうしたらお客さん、私を指名してくれはって。それで今日は何だか変になってしまったんです」

ヒロミの目が細かく揺れている。ぼんやりと膜がかかり、焦点が合っていないように見えた。

「お客さんのせいですよ」ヒロミがささやいた。

すまんという前に、甲介の唇はふさがれていた。


閉めたドアにもたれかかったまま、甲介はしばらく肩で息をしていた。〈宝石クラブ〉を出、タクシーで鶯谷駅まで行き、そこから山手線に乗って帰ってきた。駅からマンションまで歩く間、足元が定まらず、柔らかいものを踏んづけているような感じがつづいた。階段を踏み外さないように気をつけ、ドアの鍵を開けて中に入ったところでたまらずもたれかかったのだ。

後ろ手に鍵を閉め、短く声を漏らして躰を起こした。

キスのあとに待っていたのは、強烈な唇と舌を使ってのサービスだった。甲介の股間に顔を埋めたヒロミは、すっかり心棒を抜かれて萎えていた器官を奮い立たせようと、執拗だが微妙な愛撫をくわえてきた。

残り時間は十五分ほどでしかなかったが、ヒロミのサービスが始まって間もなく、甲介は延長してもいいかと思い始めた。店によっては、延長料金を払えば十分単位で入浴時間を伸ばしてくれる。待合室に客があふれているのでもない限り、延長は受けいれられるはずだった。

延長を、とヒロミにいったが、彼女は聞き入れようとしなかった。そして時間内に埒《らち》をあかせ、甲介を三度目の放出に導いたのだった。実際にはありえないことだったが、甲介には三度目の放出が時間的にもっとも長く、量も多かったように思えた。

三度目は、ヒロミの口に放った。放出と同時にヒロミが思いきり吸い上げたので、甲介は背骨の髄が根こそぎ引き抜かれ、後頭部が痺れるほどの感覚を味わった。が、呆然としたのはその直後だ。ヒロミは甲介の粘液を吐きださず、嚥み下してしまった。

言葉を失った甲介に向かって、ヒロミはにっこり微笑み、ちょっと苦くて咽がいがいがするだけだからといった。

甲介は首を振り、靴を脱ぐと部屋に上がった。昼間閉め切っている部屋の中は、むんと熱気がこもっている。台所を抜け、引き戸を開けて寝室兼居間に入る。暗い部屋の中、まっ先に目をやったのはベッドのヘッドボードに置いた電話機だった。留守番電話の赤いメッセージランプは点滅していない。

敷居の上に立ったまま、しばらくの間電話機を見つめていた。今日も保坂からの連絡はなかった。

引き戸を閉め、蛍光灯からぶら下がっている紐を一度引くと、窓際に近づいた。エアコンのスイッチを入れ、風量を最強にセットする。エアコンの内部でコンプレッサーが回りはじめ、グリーンのランプが灯る。

甲介はワイシャツの襟のボタンを外し、ネクタイをゆるめてエアコンが吹きだす風を咽にあてた。まだ十分に冷やされていない空気は生ぬるかったが、それでも汗を蒸発させることはできた。

風を浴びたまま、上着を脱いでベッドの上に放り出し、ズボンと靴下も脱いだ。ネクタイをゆるめて抜き取り、ワイシャツも脱ぐ。腕時計も外して、ベッドの上に放り出した。Tシャツとトランクスになると、いましめを解かれた躰が弛緩していくのを感じる。〈宝石クラブ〉で素っ裸になり、風呂にまで入っているのだが、自宅にいるのとはわけが違った。

エアコンの吐きだす風が冷たくなり、ようやく汗が引いたところで窓際を離れた。ふたたび視線が電話機にとまる。

保坂が訪ねてきてから、甲介は一度も深夜の電話をしていなかった。通話中でも電話を受けられるキャッチホンサービスに加入しているから、たとえ電話中に保坂から連絡があっても不都合はない。

深夜の電話をやめたのに特別な理由はない。何となく、としかいいようがなかった。強いて挙げれば、飽きてしまったというところか。

甲介はため息をのみ込み、背広とズボンをハンガーに掛けると洋服ダンスにしまった。ネクタイのしわを伸ばし、タンスの扉の内側にあるバーに掛ける。靴下とワイシャツを持って居間を出、台所に入った。

浴室の前に置いてある全自動洗濯機に靴下を放りこみ、ワイシャツは洗濯機のわきに置いてある手提げの紙袋に入れた。ワイシャツは一週間分をまとめて、日曜日にクリーニング屋に持っていく。そこで汚れたワイシャツを出し、前の週に出したワイシャツを受け取る。

Tシャツとトランクスも脱いで洗濯機に入れると、給湯器に点火して浴室に入った。

浴室はベージュのユニットバスで、浴槽と洗面台、洋式便器が一体になっている。使いはじめたころには、トイレと浴槽が同じ場所にあることに抵抗を感じたものだが、今ではすっかり慣れ、歯を磨きながら用を足す癖がついてしまった。

浴槽の中に立ち、シャワーノズルを取った。シャワーが適温になるまで、洗面台に水を捨てる。それからシャワーを出しっぱなしにして、手早く躰を洗い、シャンプーをした。〈宝石クラブ〉で丹念に洗ってもらってはいたが、マンションに帰るまでの間にワイシャツが腕に貼りつくほど汗をかいていた。

ノズルをフックに掛け、顔面に温かい湯を浴びる。目を閉じて顔をこすり、何度も髪の毛の間に指を通した。そうして湯を浴びているうちに、躰にこびりついた今日という一日が剝がれ落ち、排水口に流されていくように思える。

保坂の顔が脳裏に浮かんだ。焼酎を飲み、顔を真っ赤に染めていた保坂だ。白っぽいジャケットの袖口からのぞいた金色の時計とブレスレット、先端の丸い、欠けた小指まで思いだす。どうして保坂のことが気になるんだろう、と甲介は思った。中学時代、席が隣り合っていたというだけでそれほど親しかったわけではないし、それに卒業以来十三年間一度も会わず、連絡もなかった。三週間前、突然訪ねてくるまでは思いだしたことすらなかったのだ。

保坂が出ていった翌日こそ、一日中気になり、会社が引けると早々に帰宅したものだが、二日、三日と時間が経過するほどに、それほど考えなくなった。バッグを預けていった以上、そのうち来るだろうとは思っていたが。

これまで何度かバッグを開いてみようかと思ったが、いまだに実行していない。預かりものを勝手にのぞくことに後ろめたさを感じてもいたが、それ以上に恐怖を感じていた。保坂の職業を考えると中身は見ない方がいいような気もする。

シャンプーと石鹼をすっかり洗い流し、シャワーをとめた。浴室の窓を少し空け、浴室にこもった湿気を逃がすようにする。

浴室を出た甲介は、湿ったバスタオルで躰を拭いた。広げて干しているのだが、台所に湿気がこもっているのか、梅雨時から夏にかけてはすっかり乾くことがなかった。バスタオルをハンガーに掛け、冷蔵庫を開けた。

保坂が訪ねてきてから、深夜の電話以外に変わったことがもう一つあった。ウィスキーの代わりに缶ビールを飲むようになったことだ。酔えば、受話器を持ちあげ、見知らぬ誰かに電話したくなるのがわかっていたからだ。

冷たく汗をかいた缶ビールを下げ、居間に戻った。エアコンがフル回転しているおかげで、幾分ひんやりとしている。バスタオルで拭いきれなかった肌の湿り気がはぎ取られるように乾いていく。

甲介は素っ裸のまま、テレビの前に座り、スイッチを入れた。枕元の目覚まし時計を振り返る。午後十一時をまわったところだった。

ニュース番組にチャンネルを合わせ、それからビールのプルトップを引いた。噴きだす泡に口をつけてすすり、そのままひと口飲んだ。冷たい液体を口中にとどめおかず、顔を仰向けて咽にぶつける。泡の刺激は、コーラより柔らかいような気がする。

息を吐き、テーブルの上に缶を置くと、タバコをくわえた。

ちらりと電話機を振りかえる。相変わらず沈黙したままだった。

タバコを二本喫い、ビールを飲み干したころ、保坂から連絡がなかった理由がわかった。

ショートカットで目の大きな女性キャスターがまっすぐにカメラを見つめながら喋っていた。次の瞬間、画面が変わり、保坂の顔写真が映しだされた。

女性キャスターが淡々と告げた。

『一昨日、××県××町の山中で発見された遺体は、これまでの県警の捜査によって、××県××町在住の暴力団組員、保坂明信さん、二十八歳であることが判明しました。遺体は殺害されたときの損傷が激しく、警察では所持品と歯形などから保坂さんであると確認したものです。なお、県警察本部および××警察署は発見された遺体の状況などから殺人事件と断定、××署内に捜査本部を設置し、暴力団同士の抗争と暴力団内部のリンチ事件の両面から捜査を開始する方針であることを明らかにしました』

ニュースが終わり、天気予報になったときにも、甲介はぽかんと口を開いたまま、画面を見つめていた。

4

人が死ぬ、ということにまるで実感がわかない。今まで何度か葬式に立ち会ってきたが、いつも場違いな場所にいる気がしたし、自分が傍観者のように感じられて仕方がなかった。涙を流した記憶もない。毎日顔を合わせている人間の死に臨めば、それなりに実感もわき、自然と涙もこぼれてくるのかも知れないが、ほとんど顔を合わせたことのない親類や総務課員として列席しなければならないような葬儀では、むしろ涙を流す方がわざとらしく、何となくはばかられる感じがした。まして、保坂は十三年ぶりに唐突に姿を見せただけなのだ。酒を飲み、昔話をし、翌朝目覚めたときにはバッグ一つをおいて出ていった。

そして三週間、保坂はいきなりテレビ画面に現われた。

殺害時の死体の損傷が激しく、身元確認に手間取った、という。甲介がぼんやりと考えていたのは、そのことだ。人相もわからないほどにひどい損傷といわれても、想像もつかない。

人が死ぬ、とはどういうことなのか。保坂の死が甲介にとってどのような意味を持つのか。二度と会うことができない、言葉を交わすことができないとしても、中学校を卒業以来、思いだすことすらなかった相手だ。別に会えなくなったとしても、何も感じないに違いない。

たまたまこの間会ったがために、呆然とするほど衝撃を受けたものの、もし、再会がなければ保坂明信という名前を目にしても、はたして同級生と気づいただろうか。

おそらく気づくことなく、見すごしていた、と思った。

テレビでは、お笑いタレントがビキニを着た女子高校生の前で四つんばいになり、股間を見上げていた。何のてらいもなく、あまりにストレートに欲求を具現化しているシーンに腹立たしささえおぼえ、チャンネルを替えた。

　別のチャンネルでは、乳房を剝き出しにした風俗嬢に抱きつかれ、中年のレポーターがにやにやしている。

『いや、こりゃ、まったく何というか。この世の春、極楽極楽、ですな』レポーターは唇の端に泡を浮かべていった。

　ほかの風俗嬢は表情を消し、抱き合う売れっ子風俗嬢とレポーターをじっと見つめているだけだった。

　さらにチャンネルを替える。

　タートルネックの白衣を着た男が映しだされ、メガネを押し上げながら喋っていた。

『肝臓癌なら手術をして切除することも可能なんですが、肝硬変となると、ひたすら患者に安静を強いるだけなんですよ。肝硬変というのは、肝臓全体が繊維状になってしまって、硬化した状態なんですね。はっきりいって、手の施しようがないんです。患者に安静を求めますが、治る見込みはない。死を先延ばししているだけなんです』

　また、チャンネルを替えた。

　今夜行なわれたプロ野球のナイトゲームについて、薄い髪を無理矢理スポーツ刈りふうに整えた解説者が見所を話している。画面が変わり、四番打者のホームランがスローモーションで紹介される。

解説者の声がかぶさる。

『彼の場合、スタンスを広げ、バットを構えた際の手の位置を少し高くしたことが成功のポイントなんですね。つまりインパクトの瞬間を……』

チャンネルを替えた。

波打ち際を、ビキニスタイルの若い女が走っていく。海に沈む夕陽が大写しになり、風になびく椰子の葉のシルエットが重なる。落ち着いた男性のナレーション。

『一生の思い出、ハワイ』

テレビのリモコンを床に放り出した。

保坂はハワイに行ったことがあるだろうか。プロ野球では特定のチームをひいきにしていたのだろうか。少なくとも、死にかけているとき、かたわらに医者はいなかったのだろう。そして保坂が死のうと生きようと、お笑いタレントも中年のレポーターも裸の女と戯れている。甲介が死んでも、誰かがホームランを打ち、今夜甲介自身がしたように風俗嬢を相手に粘液をぶちまけるだろう。甲介一人がいなくなったところで、世の中、何も変わりはしない。それは保坂にしても同じ、だ。甲介や保坂が死ぬことと、ハエや蚊、ゴキブリが潰されるのと、どれほどの差があるのか。

くしゃみが出た。躰が震え、肘の関節を締めつけられるような痛みを感じた。素っ裸でエアコンの風にあたっていたためにすっかり躰が冷え切っている。甲介は立ち上がり、整理ダンスの中からトランクスとTシャツをとりだして身につけた。それからエアコンに近づき、風量を弱に切り替えた。

電話機に目をやる。

留守番電話がセットされていることを示す赤いランプが灯っている。ひょっとしたら保坂は甲介の電話番号を知らなかったのではないか、と思いあたった。だからあの日、部屋の前で待っているより他になかったのかも知れない。ここに来たときも、あらためて電話番号を教えていない。訊かれなかったからだ。だから、出ていったあと、電話をかけてこなかったのではないか。

あるいは、保坂には電話するつもりなどなかったのかも知れない。黒いバッグを預けていったのではなく、押しつけていったのだとしたら、二度と戻ってくることはない。

甲介はベッドの下をのぞき込むと、黒いバッグを引き出した。ひしゃげているくせにずっしりとした重みがある。保坂が出ていった朝、バッグを持ちあげて以来、甲介には不吉な予感があった。保坂がヤクザだったこと、世間をあっといわせるような仕事をするといっていたこと、バッグがやけに重かったこと等々考え合わせると、バッグの中には保坂がするといっていた仕事に必要な道具が入っているような気がする。

ヤクザが仕事に使う道具、とは?

この三週間、何度かバッグの中身を想像したが、中身を確かめられなかった。不吉な予感のせいだった。

バッグを前にして座りこんだ甲介は、開けてみればすべてはわかるじゃないか、と自分にいい聞かせた。

取っ手をつかみ、ファスナーを開いた。蛍光灯の光がバッグの中身を照らす。中には、ビニールにくるまれた三角形の包みと、分厚い封筒が入っているだけだった。

しばらくの間、甲介は身じろぎもしなかった。三角形の包みは中身をタオルで巻き、その上からビニールテープでぐるぐる巻きにされ、さらに透明なビニールでくるんでガムテープでとめてあるものだった。封筒には、銀行の名前が印刷されている。

封筒を取りあげ、中をのぞき込む。使い古した一万円札がぎっしり詰まっている。ざっと百枚、と踏んだ。封筒をバッグに戻し、三角形の包みを取りだした。ずしっと手応えがある。ビニール越しに金属の堅さが伝わってくる。

甲介は肚《はら》をすえ、ガムテープを剝がしにかかった。

テープを貼ってからかなり時間が経過しているらしく、茶褐色の糊が溶け、ビニールと癒着していた。テープをすべて取り去ると、タオルにくるまれた金属製の物を入れてあったのがビニールの袋であるのがわかった。

つんと酸味のある匂いが鼻をつく。

甲介はビニール袋に手を入れ、中身を取りだした。タオルはビニールテープでぐるぐる巻きにされ、ところどころ黒っぽい染みがついている。濡れているように見えた。その部分に触れたあと、人さし指と親指をこすり合わせてみる。指先に油膜がついている。タオルを濡らしているのは、オイルだった。

ビニールテープをはがしはじめたときには、疑念は確信に変わっていた。テープをすっかり取り、タオルを開く。中から現われたのは、たっぷりとオイルを塗られて黒光りしている拳銃だった。

一枚、二枚、三枚と数えていき、十枚になったところでテーブルの上に置く。十枚ずつの束を井桁に重ねていった。十枚の束が八つに、残りが九枚、封筒の中に入っていた金は全部で八十九万円だった。現金だけでメモや伝票のたぐいは一切ない。

金の入った封筒と拳銃を並べてテーブルの上に置いた。

ひざを抱え、銃と封筒を見つめている。尻がむずむずと落ち着かない。枕元の目覚まし時計を振り返る。午後十一時半をまわったところだ。知り合いに電話をかけるには、遅すぎるような気がしたが、じっとしていられなかった。電話機に手を伸ばし、1、0、4と打つ。しばらく呼び出し音が鳴ったところで、女性の声が聞こえた。

「毎度ありがとうございます。番号案内です」

甲介は一瞬躊躇《ためら》った後、自分が産まれて育った町の名前を告げ、番号案内を頼んだ。

「住所とお名前をどうぞ」女性の声が機械的につづける。

「春光町《しゅんこうちょう》の四丁目で、原島《はらしま》医院をお願いしたいんですが」

「何番地か、おわかりになりますか」

「六番地か、七番地か」甲介は記憶の糸を必死にたどったが、はっきりとした番地までは記憶していない。「春光町の四丁目で、わかりませんか」

「原島医院ですね、少々お待ち下さい」キーボードを打つ音がかすかに聞こえる。「春光町四丁目十一番地で原島医院のお届けがございますが、こちらでよろしいでしょうか」

「はい、それです。お願いします」

「では、番号のご案内を……」

「ちょっと待って」甲介があわててさえぎった。「そこに院長宅の電話番号も載ってませんか」

「少々お待ち下さい」女性の声が途切れ、再びキーボードを叩く音が聞こえた。「はい、院長宅もございますが、あわせてご案内いたしますか」

「はい、お願いします」

「ありがとうございました」

女性の声がぷつんと途切れ、かわってコンピューターの合成音が聞こえてくる。

「オトイアワセノバンゴウハ……」

甲介は受話器を耳にあてたまま、立ち上がり、本棚に近づいた。ペン立てからボールペンを引き抜き、手近にあった文庫本の裏表紙に二つの電話番号を書き取った。電話を切り、目覚まし時計を振り返る。

下唇を噛んだ。

原島というのが小学校、中学校、高校と同じ学校に通っていた男で、おそらくは保坂が甲介の住所を聞いた相手だ。地元で親の跡を継ぎ、開業しているといっていた。中学生のころ、風邪を引いて原島医院に通ったことがあるので、おぼろげながら住所や当時の病院の外観をおぼえている。

原島には、高校卒業以来、会ってもいないし、連絡をしたこともない。いきなり夜更けに電話を入れてかまわないものだろうか。甲介のためらいはそこにあった。

目覚まし時計の秒針がゆっくりとまわっている。

テーブルを見やる。封筒と拳銃は甲介が置いたままになっている。八十九万円もの現金を一度に手にしたことがなかった。ボーナスはせいぜいその半分でしかなく、しかも銀行振込みである。まして拳銃など、今まで一度も触れたことがない。

まるで映画か、テレビのドラマを見ているような気分だった。見慣れているはずの部屋なのに撮影用のセットのようだ。それでいて胸を締めつけられる圧迫感を感じている。

異物だ。甲介の体臭がしみついている空間に、突然、異物が侵入してきた。金属と紙にすぎないのに、甲介は気圧され、重い息を吐いている。

目をしばたたいた。あえて目覚まし時計に目をやらずに文庫本の裏に書き取った電話番号を押す。

口を閉じ、鼻で大きく息をする。カバーをはぎ取った文庫本の、淡いグリーンの裏表紙にはいく筋もの折りじわがついていた。何年前に買った本か、記憶がない。タイトルを読んでも、どんな内容だったのか、思いだせない。

呼び出し音が耳を打つたびに、心臓がひくっ、ひくっと反応する。唇を噛んだ。銃に背中を向けていると思うだけで、首筋にかすかな寒気を感じる。

七回目の呼び出し音が鳴ったとき、明日の夜にしようと思って電話を切りかけた。次の瞬間、受話器が持ちあげられ、男の声が聞こえてきた。

「はい、原島ですが」

眠そうな、濁った声ではなかった。そのことにほっとしながらも、甲介はできるだけていねいに切り出した。

「私、山本と申しまして、そちらの院長先生とは小学校から高校まで同級生だったものですが、夜分遅くに大変恐縮ではございますが、院長先生はいらっしゃいますでしょうか」

原島の名がサトシだったか、ヒトシだったか確信がもてず、仕方なく院長と呼んだ。

「山本？　山本甲介さん？」

「はい。そうです」

「いやぁ、久しぶりだねぇ。もう、十年ぶり？　成人式のときは、いっしょだっけ？」

「いえ」甲介は原島が唐突に馴れ馴れしい口調で喋りだしたことに面食らっていた。「成人式のときは、帰省してなかったから」

「そうか。それじゃ、十年になるね。どう、元気?」

「ああ、おかげさまで。そっちはお父さんの跡を継いだんだって?」

「しがない田舎の町医者ですよ。二人の子供を食わせていくのが精一杯でね。そっちは、どうなの?」

「こっちはもっとしがないサラリーマン」

「いやいや、立派なもんだよ。東京で生計を立ててるんだから。田舎とは問題にならないくらい金がかかるでしょう」

「そうでもないけど」甲介は原島をさえぎるように言葉を継いだ。「ところで、つかぬことを訊ねるけど、保坂、おぼえているかな。中学のとき、同級生だった」

「ああ」原島の声が急に低くなり、返事も素っ気なくなった。

「実は、ぼくのところへ突然訪ねてきてね」

「迷惑だったかな」

原島の問いには答えず、甲介は先を急いだ。

「ついさっきのニュース、見た?」

「見たよ。保坂の死体が見つかったって、あのニュースのことだろ。あいつ、ヤクザになっちゃってさ。おぼえてるかな、ぼくたちが中学三年だったときに少年院に送られたんだ。二年か、三年して、こっちに戻ってきたんだけど、そのままヤクザになったんだよ。ぼくのところにも、何回か来たことがあってね。まあ、風邪だっていうから。患者なら、診察しないわけにいかないだろう」

「そうだよね」甲介は相づちを打つ。「この間、突然やってきたからさ、ぼくもびっくりしちゃって。それで今回のニュースだろ」

「最後に保坂がうちの病院に来たのは、一カ月か、一カ月半前だったけど、君のところへは最近行ったのかい」

「いや、こっちに来たのも三週間くらい前だったよ」

「そうか。じゃあ、ぼくが教えたあと、すぐに君のところへいったようなものだな。奴、何か迷惑を掛けなかったか」

「全然。一晩泊めてくれっていうから、泊めただけだ。その夜は、宿代がわりだっていうんで、すっかりご馳走になっちゃったくらいだよ」

「そうか」原島がわずかの間黙りこんだ。再び口を開く。「奴のことだから、てっきり君にも迷惑をかけたんじゃないかなと思ってさ。それが心配だったんだ。何しろヤクザものだろ。こっちじゃ持てあまされていたから。いや、軽々しく君の住所を教えたことを反省してる。申し訳ない。勘弁してくれ」

「別に迷惑かけられたってわけじゃないよ」

脳裏に、あの夜の保坂が浮かんだ。保坂はひどくはしゃぎながらも、甲介と同じ種類の匂いを放っていた。喋っているのが楽しかったし、保坂が先に眠ってしまったときには寂しさすら感じた。甲介自身、あの日から保坂が再び訪れるのを心待ちにしていたのは、もう一度、あの夜と同じ時間をすごしたかったからだ。他愛のないお喋りは、互いに同種の匂いを放っているからこそ、成立した。

原島と話しているうちに、甲介はなぜか腹立たしさをおぼえた。

「ただ殺されたってニュースを見たから、ちょっと気になってね。それで原島君にぼくの住所を聞いたといってたから、君なら何か知ってるかなと思って電話したんだ」

「何かって」

「保坂が東京に出てきたわけだよ」

「知るわけないじゃないか」原島が間髪をいれずに答えた。「奴は患者にすぎないんだよ。それ以上でもそれ以下でもない」

「同級生だろ。だから、ぼくの住所を教えた」

「だから、その点についてはさっき謝ったじゃないか。軽率だったよ。あいつはヤクザものだからね、人に迷惑をかけて生きているんだ。寄生虫みたいな連中さ。亡くなったことは、可哀相だと思うけど、でもね、自分が好きで、あの世界に入っていったわけだろ。いわば、自業自得ってことでしょうが」

「どうしてぼくを訪ねる気になったか、その理由をいってなかったか」

甲介は再び原島をさえぎって訊ねた。原島が保坂を悪し様《あざま》にいうのを聞いているうちに、ますます怒りがつのってくる。それに、ただの患者というわりには、物言いが感情的すぎる。

「別に。東京に行く用事があるから、向こうにいる友達に会ってみたい、といっただけだった」

「ぼく以外の奴の住所も教えたのか」

「いや。保坂と共通の知り合いで、高校の同級生といえば、山本くらいしか思いつかなかったから、それで、つい君の住所を……」

消え入りそうになる原島の声を聞きながら、突然、甲介は思いついた。

原島は甲介の住所を教えたことを後ろめたく思っている。たしかに同級生だからといって、十年も連絡のない相手の住所を勝手に教えるのは、軽率のそしりを免れない。まして保坂はヤクザだった。原島は、保坂に従うよりほかになかったのかも知れない。

甲介は切り出した。

「そうだね。たしかに中学三年のとき、保坂と同じクラスだったといえば、ぼくだけかも知れない。君のことも、保坂と話したよ」

「どんなことを?」原島はさりげなさを装おうとしたのだろうが、その問いはあまりに性急だった。

「他愛もない話だよ。中学時代の思い出話。それと君が地元で立派に開業医として仕事をしているってことも、保坂から聞いた」

「それだけかい」

「まあ、そんなところかな。いろんな話をしたからね、全部おぼえているわけじゃない」

甲介は唇をなめ、電話の向こうにいる原島の気配に意識を集中しながら、言葉を継いだ。

「保坂は東京に行く理由を何か話してなかったか」

「ぼくは直接知らないんだ」

原島のため息が受話器越しに甲介の耳を打つ。

「本当に知らない。ただ、ちょっとした噂がね、あくまでも噂なんだけどね。保坂が入っていた組が、組って、わかるだろ？　そこが問題を抱えているらしいんだ。何でも東京だか、千葉だかの大きな組織がこっちに入ってきて、地元の連中とやり合っててね。田舎といっても近頃じゃ物騒だよ。組長の自宅に鉄砲の弾が撃ち込まれたりして、ニュースになったりしてるんだ。聞いてないか」

「いや」

それからしばらくの間、原島の話を聞いていたが、具体的に保坂が何をしに東京に来たのかは、聞けずじまいだった。

受話器を置いたとき、目覚まし時計は午前一時半を指していた。

5

畑の表面はすっかり乾いていて、それで黄土色の、短い毛が生えた前脚が踏みだされるたびに土埃が舞い上がった。前脚を支える肩には、幾重にも筋肉こぶが重なりあい、波打っている。畑と畑の間、細いあぜ道をライオンはゆっくりと近づいてきた。巨大な顔のまわりには焦げ茶色の鬣《たてがみ》、雄のライオンだ。

ライオンが口を開けた。のんびりと欠伸をしているように見えるが、その内側には長く、鋭い牙が生えていた。口のまわりには、よだれが細く糸を引いている。

甲介と、ライオンの間は十メートルほどで、柵はなかった。

夢であることはわかっていた。わかってはいても恐怖を感じていた。

襲われる、と甲介は思った。ちらりと脳裏をかすめたことがその通りになるのが夢の常だ。直後、ライオンは躰を低くし、甲介めがけて突進を開始した。

撃ち殺すしかない、と甲介は思った。ライオンになぎ倒され、生きたまま、腸を引き出されるイメージが脳裏をかすめる。ライオンの血まみれの口が思い浮かぶ。足が竦んだ。躰が思うように動かない。これもまた、夢の常だった。

足元を見やった。ひしゃげた黒いバッグがすぐ後ろにあった。中には、拳銃が入っている。バッグがそこにあることを、甲介は知っていた。かがみ込んでバッグを開こうとする。

ライオンの爪が背中に突き刺さりそうで、腕に力が入らない。

それでいて、これが夢にすぎないこともわかっている。

バッグの取っ手をつかみ、ファスナーを開けようとした。

いきなり手が伸びてきて、バッグを押さえる。顔を上げた。目の前に保坂がいる。顔がはっきりと見えるわけでもなく、どんな服装をしているのかすらわからないのに、それは保坂だった。

ライオンが来てるんだ、といいかけた。咽に粘土を押し込まれたように声にならない。昼日中、畑のまん中でライオンと出会ったことがひどく馬鹿馬鹿しいのに、そのことを真面目に伝えようというのは、もっと馬鹿げているように思えた。

爪で、引き裂かれるんだよ、といいたかったが、またしても口許はこわばり、意味不明のうめきが漏れただけだった。

保坂が何かいっている。おれのバッグだ、という意味らしい。声ではなく、保坂の意志が直接伝わってくる感じだった。

わかってるけど、ちょっとだけ貸してくれ、拳銃でライオンを撃たなきゃ、食い殺されてしまう。

保坂がわずかに顔を上げる。後ろを振り返った。

黒い塊りがジャンプして、顔に降りかかってくる。思わず悲鳴を上げたところで、目を開いた。

息が荒い。肩を上下させ、タオルケットをかぶって汗をかいていた。ライオンも怖かったが、死んだはずの保坂が目の前にいたことにも恐怖を感じていたことをあらためて思う。タオルケットをはぐり、顔を上げて、目覚まし時計を見た。午前五時四十五分だった。

四時間ほど眠ったことになる。

甲介はベッドの上で、上体を起こした。ためていた息を吐き、首筋を掻いた。指先が汗に濡れる。タオルケットが冷たく感じられるほど、汗をかいている。首をゆっくりと回し、肩を上下させ、呼吸を整えた。

昨夜、電話を切ったあと、すぐにベッドにもぐり込んだ。そして原島と話した内容を子細に思い描いていた。そのうちに眠りこんだらしい。眠ったあともドアが開く音を聞いたように思って、何度か目をさました。一度は、ドアが開いて黒っぽい背広を着た男が部屋に入ってくるのを見た。が、男の姿は夢だった。あるいは何度も目をさましたのも夢の中での出来事かも知れない。

ベッドから出て、立ち上がると、大きく伸びをする。声が漏れ、めまいがした。もう一度、ベッドに戻る気にはなれなかった。

バッグはベッドの下に入れてある。できるだけそちらを見ないようにして、台所に入った。戸棚を引っかき回し、コーヒーカップとインスタントコーヒーの瓶を探し当てる。インスタントコーヒーは湿気って黒っぽく固まっていたが、スプーンでかき取って、何とか一杯分を確保した。

黒い塊りになったインスタントコーヒーをカップに入れ、水道の水を注ぐ。それからカップごと電子レンジに入れて、スイッチを入れた。庫内に黄色っぽい灯りがつき、電子レンジがうなりを上げたのを聞いて、浴室に入った。

浴槽に栓をして、湯を出す。シャワーではなく、少し熱めの湯に浸かって、寝汗を流したかった。湯温を調整しているうちに、電子レンジがちんと鳴るのが聞こえた。浴室を出、電子レンジからコーヒーカップを取りだす。取っ手が熱く、手近にあった布巾で包まなければ持ちあげられなかった。カップの中身は煮立っていた。

コーヒーの匂いが蒸し暑い台所に広がる。

立ったまま、ひと口すすった。唇を火傷しそうに熱い。口中に、苦味と香りが広がる。

カップを手にしたまま、居間兼寝室に戻る。テレビの電源スイッチを入れ、その前に座りこんでコーヒーを飲みつづけた。ほんの鼻先にあるテレビのチャンネルをリモコンで切り替えながら、ニュース番組を探す。

ニュース番組が映しだされると、リモコンを床に放り投げ、両手でコーヒーカップを持った。

四国で起きた化学工場の火災、高速道路で十数台の車が玉突き衝突をしたと、ニュースがつづく。キャスターの口許を見つめながら、機械的にコーヒーをすすりつづけた。唇は刺激に慣れ、熱を感じなくなっていた。

東京都下で五歳の女の子が行方不明になっている事件が読み上げられたあと、数日前に発見された死体の身元が判明したことが告げられた。昨夜のニュースとは違うテレビ局だったにもかかわらず、画面に映しだされた保坂の写真は同じだった。

甲介はニュースが終わるまで身じろぎもせずに画面を見ていた。が、昨夜のニュースと内容に変化はなかった。一夜明けて目新しい情報がつけ加えられた様子はない。ヤクザの死体など、テレビが後追いするほどニュースバリューがないのかも知れない。

ニュースが終わり、画面は梅雨明けに関する全国各地の気象情報に切りかわった。

甲介はまだ熱いコーヒーを何度かにわけて飲み干すと、カップをもったまま、立ち上がり、台所に入った。流し台にカップを置き、蛇口を開いて水を満たす。

それからTシャツとトランクスを脱いで洗濯機に放りこみ、浴室に入る。便座の蓋を持ちあげて小便をしたあと、湯をとめた。浴室の中には、湯気がこもり、鏡が白く曇っていた。

軽く前を洗ってから、湯船に入る。湯船の底に腰を下ろし、腕を沈め、肩まで湯に浸かった。熱めの湯に、肌がぴりぴりする。後頭部を浴槽のへりにのせ、天井を見上げる。

重いため息が漏れる。

銃を目にした直後から今にいたるまで、ずっと頭の底に拳銃の姿があった。拳銃にしろ、金にしろ、どのように処理すればいいのか、何も思いつかなかった。

甲介はずるずる背中をずらし、唇が湯に浸かるまで、沈んだ。

駅の売店に立ち寄った甲介は一般紙を一紙、それにふだんはほとんど読むことのないスポーツ紙を二紙買い求め、電車に乗りこんだ。扉のわきに立ち、細長く折りたたんだ一般紙を読みはじめる。保坂の記事は、社会面に小さく載っていた。写真はない。保坂の死体が発見された場所と時間が簡単に記されているだけで、抗争事件と暴力団内部のリンチ事件の両面から捜査をするという警察のコメントで結ばれている。

一紙目のスポーツ紙を開いた。一般紙よりは、少し大きな扱いになっており、保坂が属していた組織と、抗争の相手と目される組織の名前が載っていた。社会風俗評論家なる男の写真が添えられ、暴力団対策法施行以降、暴力団のアンダーグラウンド化、マフィア化が進んでおり、日本の裏社会も急速に欧米化しているとコメントがつけられていた。

二紙目のスポーツ紙には、『仁義なき戦い、再び』という大見出しが躍っていたが、記事そのものは見出しの半分の量しかなく、中身も一般紙と大差なかった。三紙の記事をくり返し読み、東京駅に降りたところでホームのゴミ箱に捨てた。結局、昨日テレビで見た以上の情報は得られなかった。

いつものように地階のトイレを使い、エレベーターホールに出てきたところで、星野沙貴に会った。

「おはようございます」

「おはよう」甲介が挨拶を返す。「今日が最後だっけ」

　沙貴は結婚退社することになっていた。夏、冬のボーナスが支給されたあと、退職する女性社員は意外に多い。結婚式の予定が秋だとしても、ボーナスを受け取ればさっさと辞めてしまう。

　沙貴もその一人だった。

「はい。式はまだ先なんですけど、色々と準備とかもあって」沙貴があたりを見まわす。「ここも今日までと思うと、何だか不思議な感じがします。毎日、ここへ来るのが当たり前と思ってましたから」

「何年になるんだっけ」

「五年です。長かったような、短かったような」

　エレベーターの扉が開き、二人は乗り込んだ。一つの箱に十数人が乗る。洋和化学の社員も二、三人いるようだった。午前八時二十分から三十分までの間、エレベーターはちょっとしたラッシュ状態がつづく。

　沙貴の肩が甲介の二の腕に触れていた。柔らかい感触にどぎまぎする。二人は目を伏せ、口をつぐんだ。近づきすぎると、かえって話しにくい。五階でエレベーターを降りたとき、甲介はほっと息をついた。

「今日は山本さんも出て下さるんですよね」肩を並べて歩く沙貴が顔を上げていった。

「出るよ、もちろん」

今夜、沙貴の送別会が開かれる。総務課、秘書課、総務課別室、それに沙貴の同期になる女子社員が何人か出席するはずだった。幹事は秘書課の女子社員がつとめることになっていた。

「部長や課長も来られるんですよね」

「一次会には顔を出すっていってたな。まあ、お年寄りにはウィークデイの宴会はつらいかも知れない」

「無理に出なくてもいいのに」沙貴が唇を尖らせ、ちらりと甲介を見上げた。「二次会の予定もあるんですけど、山本さん、出られませんか」

「二次会か」甲介はあごを掻いた。

「何か予定があるんですか」

「いや、予定はない。ただ、ぼくも年寄りだからね。明日のことを考えると」

あまり気が進まなかった。拳銃と金がある。どう始末するか、まだ何も考えていない。

原島は、保坂の所属する組が、より大きな組織ともめているといっていた。先ほど読んだスポーツ紙の記事にいくつか暴力団の名前が載っていたが、それが原島のいっていた組なのか、わからなかった。

もう一度、原島に電話をしてみようかと思ったが、田舎に乗りこんだ組織の名前がわかったからといって、どうなるものでもない。そうかといって、保坂の所属していた組に拳銃と金を返してよいものか、甲介にはわからなかった。

甲介は思いをめぐらせた。

保坂は子供が生まれたといっていた。ということは、地元には妻と子がいる。拳銃はともかく、金は家族に渡すべきではないか。八十九万円といえば大金だ。当座の生活資金になるだろうし、葬式などにも金がかかるに違いない。ヤクザ組織の冠婚葬祭がどのように行なわれるのか、甲介は何も知らなかったが、いずれにせよ、退職金や労災保険があるとは思えない。

まして殺された、となれば……。

そこまで考えて、甲介は息を嚥んだ。

マスコミ報道では、捜査当局は組織内部の暴力事件としても捜査をするとあった。もし、保坂が、所属していた暴力団の手によって殺されたのだとしたら、退職金どころではない。それに保坂が持っていた拳銃と金について、家族を追及しているかも知れない。保坂が家族に甲介に会いに行くと告げていたら、拳銃と金を求めて、暴力団の連中が甲介のところにも来るかも知れない。

身元確認に手間取るほど凄まじい暴力、と思って甲介は戦慄《せんりつ》した。

さらにもう一つ、可能性がある。リンチを受けている最中、保坂が銃と金を誰に預けたのかを組織の連中に喋っていれば、たとえ妻が甲介を知らなくとも、彼らは取り戻しに来られるのだ。

だが、保坂が甲介のところへ来たのは、三週間も前だ。もし、組関係者が甲介のことを知ったのだとしたら、とっくに来ているはずだ。

「ねえ、山本さん」

袖を引かれ、甲介は立ち止まった。沙貴が怪訝そうに甲介の顔をのぞき込んでいる。

「どうしたんですか」

甲介は目をしばたたいた。

「通りすぎますよ」沙貴は甲介の上着をつかんで引いた。「それとも朝っぱらから別室に行くんですか」

総務課の入口を通り越していた。

「ああ」甲介はうなずいた。背中に汗が噴きだしてくる。

「それと、さっきの話、ＯＫですね」

「何のこと？」

「二次会ですよ」沙貴は声を低くした。「若い人だけで、楽しくやりたいんです。いいでしょ。時間と場所は、あとでメモをお渡ししますから」

甲介がもう一度うなずくと、沙貴はにっこり笑って袖から手を離してささやいた。

「部長と課長には内緒ですよ」

甲介と沙貴がそろって総務課に入っていくと、係長の小島が近づいてきた。

小島は、広島工場にほど近い、小さな町の出身だった。そこは企業城下町の一つで、町民にとって洋和化学は日本でもっとも優良な会社だった。地方の国立大学を出たあと、小島が洋和化学に入社したのは、子供のころからいかに素晴らしい会社かを吹きこまれていた結果だった。実際、広島工場には小島の親戚もおり、先日の異臭騒ぎのときに急遽出張を命じられた背景には、元々地縁のある小島が行くことで、騒動を穏便におさめられるのでは、という会社の期待があった。

小島は三十代後半、すらりとした体軀の優男《やさおとこ》だった。

「おはよう」小島は切り抜いた新聞記事を手にしていた。「さっそくで悪いんだけど、いつものコピーを頼むよ」

甲介は小島が持っている新聞記事を見て目を剝いた。三、四十枚もありそうだった。

「何かあったんですか」

「新聞、読んでないのか。どの新聞にも出てたと思うけど」小島は甲介に切り抜きを手渡しながら言葉を継いだ。「住井西洋化学《すみいせいようかがく》が昨日記者会見をやったんだ。各紙一斉に報じてるよ」

住井西洋化学といえば、甲介が早出シフトについていたときに倒産、閉鎖の記事が出ていた名峰カントリークラブの親会社である。

「今度は本体が危ない、とか?」

「いや」小島はきっぱりといった。「むしろ、逆だね。景気のいい話だよ。住井は医薬品分野に進出するらしい」

甲介は手にした記事に目を落としたまま、小島の話を聞いていた。見出しに、住井西洋化学、医薬品分野に本格進出、画期的抗ガン剤開発へ、とあった。

「住井は、アメリカの医薬品メーカーを買収したらしい。そこが癌治療薬を開発しているんだ。住井は長年にわたって資金援助してきたんだけど、その薬が本格的に市場に出せそうになったのを見計らって、吸収合併することにした」

「このご時世に、アメリカの会社を買収ですか」

癌の治療薬を作っていたのは、うちじゃないんですか、という言葉が出かかったものの、何とか嚥み下した。

同時に永瀬の顔が浮かんだ。小島が出張中に訪ねてきた経済研究所の所長で、ヤクザであることを臭わせていた。永瀬なら、ひょっとしたら保坂のことを知っているかも知れない。保坂については直接知らなくとも、保坂が所属していた組織、対抗組織、その間の抗争について、新聞やテレビで報道されている以上のことを知っている可能性がある。

永瀬の名刺は、机の引出しに入れたままになっている。

「この記事のおかげで、お偉方はご機嫌ななめさ。よその景気がいいと、面白くない。住井の業績が伸びると、自分たちの首を絞められるとでも思っているのかね」小島は顔をしかめて吐き捨てた。

先日、洋和化学工業も記者発表を行なった。営業企画室の牧野にいわせると、業界に革命を起こす画期的な商品ということだったが、プラスチックの耐熱性能を向上させる添加剤が話題になることはほとんどなかった。

「とにかく九時までにさ、各部門長に回せって、ご命令だ。コピーなんてさ、いつもはろくに読みもしないで捨ててるっていうのに。こんなときは、大騒ぎだよ」小島は首を振って、小さくため息をついた。「とにかくぼくも手伝うから。さっさと片づけよう」

「わかりました」甲介は上着を脱いで椅子の背にかけた。

6

肉を食えば、少しは凶暴になるのかも知れないが、血のしたたるようなステーキと聞いただけで胃袋がずんと重くなるような気がする。実際、たまに豚カツ定食でも食べようものなら、胃がもたれてしようがない。

昼食時、いつものそば屋でもりそばを食べ終えた甲介は、つまようじをくわえ、伝票を持って立ち上がった。三度の食事の大半をそばですませるようになったのがいつごろからか、はっきりとした記憶はない。少なくともここ数年、毎日同じメニューをくり返している。

不思議なもので、盛夏でも昼にもりそば一枚食べれば、十分だった。もし、炎天下を歩きまわる営業部門の仕事をしていれば、あまりにあっさりした食事に体力がもたなかったかも知れないが、甲介はほぼ一日中、エアコンの効いたオフィスで過ごしている。

レジで伝票を出し、千円札を出した。四百五十円の釣り銭を受け取り、のれんを払って店を出る。レジに立っているのは、いつもの中年の女店員だったが、甲介が出した伝票と、金しか見ていなかった。

小島は何とか午前九時までに新聞記事のコピーを間に合わせようと必死だったし、秘書課から香織ともう一人女子社員が手伝いに来てくれたものの、一冊あたり四十ページにおよぶコピーを三十八部作り終えたときには、九時半をまわっていた。甲介は小走りに社内をまわり、コピーを配布したが、緊急取締役会が招集されたということで、常務、事業部長の席はどこも空いていた。

取締役会には、栄前田も呼ばれていて、午前中いっぱい戻ってこなかった。持田は営業部門の会議に出席するとかで席を外しており、昼まで総務課にはのんびりとした雰囲気が漂っていた。目を吊り上げて、コピーを迫った小島でさえが甲介とおしゃべりをしながら日常の業務を処理していたのである。

そば屋を出た甲介は、行列ができている喫茶店の前を通りすぎ、小さな花屋のとなりにある書店に入った。昼休みに混み合う喫茶店でまずいコーヒーを飲み、ひたすらタバコを喫って口の中を苦くしてしまうより、本の間を歩いている方が性に合っていた。同じようなことを考えている人間は意外と多いらしく、昼休みの書店は肩をすりあわせて歩かなければならないほどに混んでいた。

まず店頭で週刊誌を見る。ちょうど甲介がスタンドの前に達したとき、男が一人離れていった。隙間に躰をねじ込み、ずらりと並んだ週刊誌をながめた。

表紙に躍っている見出しを素早く読んでいく。保坂に関係のありそうな見出しを捜したが、身元が判明したのが昨日で、死体が発見されたのが三日前であるせいか、それらしいものは見あたらなかった。

それでも適当に一冊抜き、巻頭のグラビアを開いた。

ひと抱えもありそうな木の幹にもたれかかり、まっすぐにカメラを見つめている裸の女が写っていた。張りのある大きな乳房や内臓など存在しないように見える細い腹、シミ一つない肌を見ていると、あまりに整いすぎていて匂いを感じなかった。

ページをめくりながら、さまざまなポーズをとっているモデルと、ヒロミとを較べていた。

ヒロミの小さな乳房に大きく黒ずんだ乳首、背中にあったホクロ、年齢相応にたるんだ肌とシミを思い浮かべる。週刊誌の巻頭グラビアに登場するモデルに比較されたのでは、立場はないだろう。しかし、ヒロミの裸には甲介を欲情させるリアルさがあった。匂いがあった。甲介を受けいれ、許容し、飲み干す情があった。

あまりに整いすぎ、美しすぎる女は人工的で、股間からプラスチックの匂いが漂ってくるような気さえした。

カラーグラビアからモノクロのグラビア、さらに活版ページへぱらぱら繰りつづけた。政府与党幹部議員のスキャンダル、相撲取りの夜遊び、早くもペナントレースの首位争いから転落した人気プロ野球チームの戦犯捜し、女子アナウンサーが出没するレストランの特集、住宅ローンの借り換え、滋養強壮に効く漢方薬の実験結果など、見出しが目に映っては通りすぎていく。巻末のグラビアは、二十年ほど前に撮影されたという大物女優のヌード写真だった。

週刊誌をスタンドに戻し、甲介は店の中に入った。

ほこり臭いような紙の臭いが鼻をつく。エアコンはフル稼働しているのだろうが、人が多すぎ、店の中の空気は蒸れていた。それで紙の臭いがなおさらきつい。が、むんとする臭いを甲介は心地よく思った。それに書店では声高に話す客が少ない。誰もが本の背表紙だけを見つめているので、不躾な視線に会わずにすむ。

甲介の昼休みの過ごし方は、二通りだった。早めに総務課に戻ってマイクロスリープを取るか、あてどもなく書棚の間を歩きまわっているか、だ。園芸コーナーでガーデニングの入門書を開けば、部屋にベランダなどないくせに自分だけの花園を思い浮かべられたし、旅行書のコーナーでは、パリでもミラノでもテルアビブでも、どこにでも簡単に飛んでいける。

実際に手を土で汚すこともなく、うんざりするほど旅客機に閉じこめられることもなく、気分だけを味わえる。昼休みの書店は、快楽と冒険に満ちていた。

ある書棚の前で足がとまった。大小さまざまな本の背表紙を一つひとつ丹念に読んでいく。

『伝説のヤクザ』
『ヤクザとつき合う方法、教えます』
『現代ヤクザの身過ぎ世過ぎ』
『総務課員必携、ヤクザ・総会屋対処法』
『最後の渡世人』
『極道デカの裏話』
『警視庁暴力団対策班』
『広域暴力団壊滅史』
『暴力団対策法の功罪』
『ズバリ、ヤクザ早わかり』

つまようじを唇の端にくわえたまま甲介はため息をついた。ビルの地階にある小さな書店にもかかわらず、ヤクザ関連の書籍がずらりと並んでいた。帯に映画化の文字が記されているものも数冊ある。

適当に一冊抜いて、ぱらぱらとページをめくり、目を通してみた。昭和二十五年七月十二日という日付が目に入る。古すぎる。できることなら現在のヤクザ情勢について知りたかったのだ。

次々に本を取りだしては、ページをめくった。

そのうちの一節が目にとまり、しばらくの間、読みふけった。それはある本のあとがきだった。

ヤクザ、暴力団といわれる組織は悪ではあるが、一つの家族でもある、と書いてあった。粗暴であったり、前科があったり、あるいはそのほかの理由で差別され、社会に受けいれられなくなり、ときとして親にさえ捨てられて、孤立した人間は一種の疑似家族を作らざるを得ない、それがヤクザ組織である。ヤクザの社会では親子、兄弟を擬制する。その縁は、血のつながりよりも強く、独りぼっちでいたものを庇護し、一員として認め、許容する。

甲介は保坂を思った。

中学生のころ、保坂はよく喧嘩をしていたらしいが、それでも毎日学校には来ていたし、教室では大人しく、いたずらに騒ぎ立てて授業を妨害するようなことはなかった。わからないことがあれば、甲介にそっと訊ね、甲介が説明するのに辛抱強く耳をかたむけていた。もし、と考えるのはまったく意味はないが、保坂がいうようにキーをつけっぱなしにして車を放置しておく奴がいなかったら、パトカーに呼び止められることもなくモーテルに行き着いていたら、パトカーに追いかけられても逃げ出さずに素直に従い、事故を起こしていなかったら、少年院に送致されることもなかったのかも知れない。

保坂は多少気の短いところはあったかも知れないが、控えめで、どちらかといえば引っ込み思案だった。少なくとも甲介の印象では、そうだ。

先日会ったときにも、言葉の端々にはったりを感じないでもなかったが、子供が産まれたことで、自分の生き方を変えたいと思う気持ちは、痛いほど伝わってきた。

少年院を出た保坂が田舎でどのように扱われたか、想像するのは難しくない。受けいれられることもなく、そうかといって忌避されることもなかっただろう。つまりはまるでそこにいない存在として無視されつづけたに違いない。

甲介や保坂が住んでいたのは、誰かと街角ですれ違っただけで、相手の出身校から親の職業までわかってしまうような小さな町だった。保坂が暴れようにも満足に手足を伸ばせなかった。それでも保坂の親、兄弟、親戚が住んでいることもあり、保坂が舞い戻ってきたあとも無下《むげ》にはできなかったはずだ。その結果、保坂明信という人間はまるで存在しないものとして、目には見えないものとして扱われ、何もなかったように町の人々は暮らしをつづけていく。

小さな町を出て、東京なり大阪なり大都会に出るだけの潔さが保坂にあれば、あるいはまったく違った人生がひらけていたかも知れない。

いや、と甲介は胸のうちでつぶやき、本を棚に戻した。

どこへ行っても、保坂の経歴を見ればまともに受けいれてくれる会社も場所もなかった。その本のあとがきは、そうした差別されている彼らを受けいれようとしない社会がつづく限り、ヤクザはなくならないと結ばれていた。

保坂と、自分との間にどれほどの差があるのか。

甲介はそう思わざるを得なかった。会社でも、東京という場所でも、甲介だってそこに存在していないように見なされているという点では変わりなかった。

保坂の方が自分よりほんの少し度胸があった、違いはそれだけだと甲介は思う。

中学三年生ともなれば、異性に興味を抱くのが普通だろう。セックスが何であるか、どのようなことをするのか、ぼんやりとわかりかけてくる。甲介にしたところで、おぼえたてのマスターベーションがなかなかやめられず悩みもしたし、自分の手で弄ぶだけでなく、女を相手にしてみたいと思っていた。

保坂にはセックスに対して実行する度胸とチャンスがあった。甲介にしたところで、女たちが乗り込んでいる車に誘われたとしたら、乗ってしまった可能性はある。

甲介は唇を結び、ヤクザ関係の書籍が並んでいる棚を離れた。苦い敗北感が胸を占めている。

中学三年生のとき、保坂に誘われたとしても車に乗らなかったことがわかっていたからだ。紙一重の差を凌駕する、ちょっとした度胸がなかったからだ。それが敗北感の正体だった。

平台《ひらだい》に並んだ文庫本をながめながら歩いているうちに、甲介は一冊を手に取った。中を確かめようともせず、レジに持っていって金を払い、表紙を紙のカバーで包んでもらった。文庫サイズの図鑑で、表紙は拳銃のカラー写真で飾られていた。

表紙の拳銃は、甲介の部屋にあるものにそっくりだった。

「××組ねえ。確か、ハンメはあの組じゃなかったかな」

田沼は腕を組んでつぶやき、ヤクザ組織の名前を挙げた。甲介が今朝読んだ新聞にもその名前が出ていた。

「ハンメって、何ですか」甲介が訊いた。

「反目しあっている組織、反目をそのまま読んでハンメだ」田沼は湯呑を持ちあげ、ひと口すすった。

「またまた」細川がにやにやしながら口をはさむ。「わかったようなこといってるよ、この人は」

田沼は老眼鏡をずらし、目をぎょろりと剝いて細川をにらみつけた。細川は田沼を無視して、甲介に声をかける。

「田沼さんの話なんかまともに聞いちゃいけないよ。もっともらしいことをいってるけど、どうせそこらの週刊誌の受け売りなんだ」

「わかったようなことをいってるのは、そっちじゃないか」田沼がむきになって言い返す。

「おれだって、だてに三十年も総務の飯を食ってきたわけじゃない。総会屋だの、ヤクザだのと丁々発止やり合ってきたんだ。同じ週刊誌を読んだだけでも、情報の深度と確度が違う」

「深度に確度ね」細川はにやにやしたまま、くり返した。「私だって総務畑が長いんだ。でも、そんなヤクザが来たことなんて一度もなかったよ」

「そりゃ、あんたはいつも机の陰でぶるぶる震えているだけだったからな。だから連中の相手はおれが全部引き受けてやってたんだ」

「よくいうよ。田沼さんは細かい仕事が全然ダメで、日がな一日お茶ばっかり飲んでる暇人だったから、書類仕事はみんな私がやらなくちゃならなかった。本当、ろくに字も書けない同僚がいると、迷惑したもんだよ」

「まあ、まあ」柴田が苦笑いしながら割って入る。「昔の話を蒸し返してもしようがないじゃないか」

「昔の話だと？」田沼が柴田をにらみつける。「だいたい経理にいたお前さんに、総務の何がわかるっていうんだ」

柴田は穏やかな笑顔を浮かべたまま、田沼を無視し、甲介に向かって訊ねた。

「どうして急にそんなヤクザのことが気になりだしたんだ？　連中が何かいってきたのかい」

「いえ」甲介は手を振った。「そういうわけじゃなくて」

甲介はわずかに躊躇《ためら》ったあと、昨日ニュースで報じられた内容を説明し、遺体で発見されたのが、ひょっとしたら中学時代の同級生かも知れないとつけ加えた。

「同級生ねえ」柴田はあごを撫で、眉間にしわを刻んでうなずく。「そりゃ、大変だ」

「確証があるわけじゃないんです。同じ名前だし、中学のころからちょっと不良っぽいところのある奴だったから、もしや、と思っただけで」甲介はあわてていった。

「そのニュースなら私も見たよ」細川が身を乗りだしてきた。「確か、身内に殺されたんじゃなかったっけ」

「警察は抗争事件と組織内の殺人の両面で捜査する、といってますが」甲介がやんわりと訂正する。

「あんたの同級生、たぶん身内に殺されたんだろうな」田沼が重々しくいった。

「また、わかったようなことを」細川が露骨に顔をしかめる。

「見せしめじゃないかな」田沼は甲介に向かっていった。「奴らが本気になれば、死体を消しちまうくらい、わけもないんだ。漁船に乗っけてな、海に放りこめばいい」

「コンクリート詰めにでもするのかい」細川がまた口をはさむ。

「そんな面倒なことはしないよ。咽から股のところまで切り開いてしまえばいいんだ。海に捨てた死体が浮き上がってくるのは、胴体にガスが溜まるからなんだよ。内臓が腐ってガスを発生するんだけど、それが躰の中にこもって風船みたいになるんだ。それで浮いてくる。だけど、あらかじめ腹をかっさばいておけば、後はお魚さんたちがきれいに始末をつけてくれる」

田沼の説明に、細川も柴田も口を開けて見つめるばかりだった。

田沼がつづける。

「コンクリート詰めもなくはない。大きな工事現場で、基礎を作るときにな、死体を放りこんでコンクリートを流しこむ。絶対に見つからんよ。でも、今回は死体が発見されている。それも身元が分からないくらいに痛めつけられてたってわけだろ」

「確認に手間取った、ということらしいですけど」甲介が答えた。

「どっちにしろ、凄まじいリンチだったんだろう」

それから田沼は小声で、実際にあった事件について話した。巨大組織の親分を狙撃した犯人が警察に逮捕される前に、巨大組織に捕まってしまった。そのとき、死体はわざと発見されるように放置されたという。親分を撃たれたことに対する報復であると同時に、我々に逆らえばこうなるという恫喝《どうかつ》が目的でもあった。

「簀巻き《すま》にされた死体は、な」田沼はさらに声を落とした。「体中の突起という突起が全部殺ぎ落とされていたそうだ。耳も鼻も、両手両足の指も、全部切り落とされていたんだ。それに何十カ所も骨折していたし、顔は原形をとどめないほどに殴られていた」

「それは報復だろ。身内に対しても、そんなむごいことをするのかね」細川がささやくような声で訊いた。

「とんでもない失敗をしたんだろうな」田沼は細川に向かっていった。

「失敗なら、小指を切るんじゃないですか」甲介も小声になっていた。

「エンコ飛ばしてすむレベルの失敗じゃなかったのかも知れない」田沼が重々しく答える。

エンコが小指を指すくらいのことは、甲介にも察しがついた。しかし、血縁よりも強く結びついているはずの身内を、凄惨なリンチの末に殺してしまうような失敗とは何だろうか。

「いや、待てよ」田沼は腕を組み、宙を睨んだ。

細川も柴田も甲介も、田沼の顔をじっと見つめていた。

やがて田沼は三人を等分に見渡しながらいった。

「失敗じゃなくて、義理を欠いたのかも知れない。連中の組織では、親分の命令は絶対なんだ。親分が白といえば、黒いものでも白だし、死ねといわれれば、死ななくちゃならない」

「親分に逆らったということですか」甲介がかすれた声で訊いた。

「考えられるな。何か重要なことを命じられたのだが、それに失敗したんじゃなくて、途中で逃げ出したとか。本人にしてもそうだけど、親分にしてみたら、失敗よりさらに恥ずかしい。何しろ自分の命令が徹底しなかったんだからさ。連中が一番怒るのは、面子を潰されたときなんだ。だいたい、面子を潰されたんじゃ、強面《こわもて》でいられるはずがないだろう。つまりヤクザとしての基盤を失うことになるんだ。あいつら、笑われたら絶対に生きていけないんだよ」

田沼の言葉を聞きながら、甲介はいつの間にか奥歯を食いしばっていた。

7

「えー、それではまことに僭越《せんえつ》ながら、ご指名によりまして、不肖私、栄前田が乾杯の音頭をとらせていただきます。星野沙貴君は、五年前の四月、短大を卒業したばかりの初々《ういうい》しい新入社員として総務部総務課に配属され、以来、わがセクションの紅一点として、きめ細かい仕事ぶりで、わが課に多大なる貢献をしてくれました」

栄前田はビールの入ったグラスを胸の高さに持ち、座を見渡した。栄前田のとなりには、主賓である沙貴がグラスを手にしてかしこまっている。

八重洲にある居酒屋の一角で、ささやかに沙貴の送別会が開かれていた。十人ほどが座れる細長いテーブルには、奥まった方の中央に沙貴が座り、右側に栄前田と萩原、左側に持田と小島が座っていた。テーブルをはさんで向かい側には、香織と甲介、それに沙貴と同期入社になる女子社員が二人、テーブルの端に幹事をつとめる秘書課の女子社員が座っていた。

送別会は午後六時半から始めることになっていたが、主賓の沙貴と女子社員たちが時間通りに来ることができたものの、栄前田以下、男性社員が居酒屋に顔を見せたのは午後七時すぎ、さらに遅れて香織がやってきた。そうした中、萩原だけは午後六時にやってきたらしく、乾杯の前だというのにすでに顔が赤かった。

「よおっ、いいぞ」萩原がくわえタバコのまま、拍手しながら怒鳴った。「沙貴ちゃん、総務の花、男所帯の潤い」

甲介のとなりで、香織が露骨に顔をしかめていたが、萩原はまるで気がついていない。

栄前田は沙貴を振り返った。

「星野君、五年間、本当にごくろうさま。これからは、君自身の幸せをつかんで下さい」

沙貴は明るい笑顔を見せ、栄前田に会釈を返す。送別会とはいっても湿っぽさは微塵もなかった。

「部長、ビールが温《ぬる》くなっちゃうよ」萩原が拍手をつづけながら怒鳴った。

酒がまわると声が大きくなるのが萩原だった。あまりに激しく手を鳴らしつづけるので、くわえたタバコの先端から灰が落ち、ネクタイを汚した。

「それでは、皆さん、ご唱和願います」栄前田はグラスを差し上げた。「星野沙貴君のご健康とこれからの幸せ、皆さんのご健勝と洋和化学工業株式会社のますますの発展を祈念いたしまして、乾杯」

それぞれ口の中でもぐもぐと乾杯を唱え、グラスを差し上げる。グラスの中身を一息で飲み干したのは萩原だけだった。萩原は空になったグラスを手にしたまま、周囲を見渡したが、誰も気づかない振りをしている。曖昧な笑みを浮かべた萩原は、手酌でビールを注いだ。

香織が小さく鼻を鳴らしたが、甲介以外に気がついたものはなかった。

秘書課の女子社員が立ち上がった。

「それではここで主賓の星野沙貴さんから、ひと言ご挨拶をいただきます」

沙貴は、聞いてないよぉといい、顔の前で両手を振ったが、栄前田にうながされ、渋々立ち上がった。

「本日は、お忙しい中を私のようなもののために送別会を開いて下さって、ありがとうございます」沙貴は頭を下げた。「思えば、この五年間はあっという間だったような気がします。まだまだ結婚なんてと思っていましたが、この度、ご縁がありまして、結婚することになりました。式は十月の予定で、皆さんにもご招待状を送らせていただきたいと思っています」

「行くよ、沙貴ちゃん」萩原が大声でいい、また拍手をする。

沙貴は萩原を無視して言葉をついだ。

「結婚後は、横浜に住む予定です。横浜といっても奥の方ですので、なかなかいらっしゃる用事がないかとは思いますが、お近くにいらした際には、ぜひお立ち寄り下さい。皆さん、短い間でしたが、本当にお世話になりました。ありがとうございました」

沙貴が深々と頭を下げると、出席者はそれぞれ控えめに拍手をした。一人、萩原だけがはしゃいでいる。

沙貴と入れ替わりに秘書課の女子社員が立ち上がり、あとはご自由にご歓談下さいといって座った。

香織はビールを飲み干し、ハンドバッグからタバコを取り出すと、一本くわえて火を点けた。煙を吐き、前髪をかき上げる。甲介は香織のグラスにビールを注いでやった。

「ありがとう」

香織はグラスを見つめたまま、小さな声でいった。それから甲介が持っていた瓶に手を伸ばす。甲介は素直に渡し、半分ほど飲んだグラスを手にした。

香織はゆっくりとビールを注いだ。

「宮下さん、タバコ、喫うんですね」甲介はグラスをわずかに持ちあげた。

「いけない？」香織は瓶をテーブルに置き、甲介を見やる。「会社では喫わないけど、プライベートでは喫うわ」

香織はにっと笑みを浮かべる。

「でも、星野さんの送別会じゃ、プライベートとはいえないかもね。山本君は、喫わないんだっけ」

「喫いますよ。といってもぼくも会社では喫いませんし、一日に五、六本くらいですからね。喫ううちに入らないかも知れませんね」

「へえ、よく五、六本で我慢できるわね」

「ちょっとイライラしたときなんかに、気分転換に喫うだけです」苦笑いを浮かべ、つけ加える。「本当はきっぱりやめてしまえばいいんですけど、だらしないんですよ。それにせこい」

「せこいって？」香織が躰を寄せる。

淡い香水が甲介の鼻腔を満たした。

「毎日一箱、二箱と喫ってると、タバコ代も馬鹿にならないですから」

「私は一日に一箱かな」控えめなパールピンクのマニキュアをほどこした爪で、香織はタバコのパッケージを弄んだ。「一箱二百八十円、三十日で約九千円。お酒が入ると、タバコの本数も増えるから、月に一万円ってところかしらね。年に十二万か。本当に馬鹿にできないな。十二万円あれば、スーツか、新しい腕時計が買える」

「新しい腕時計は無理じゃないかな」

甲介は香織の手元をのぞき込んでいった。香織はスイス製の腕時計をしている。文字盤は黒、側は鈍い銀色で、オーソドックスなデザインだった。新宿あたりの安売りショップで買っても三、四十万円はする代物である。

「そうね」香織は苦笑いしながらビールを飲み干した。「でも、私も寂しい奴なのよ。これ、自分で自分に買ったんだから」

香織が腕を上げて時計を見せ、十年前にね、とつぶやいた。

沙貴の送別会ということではあったが、栄前田、持田、小島が沙貴を囲んで思い出話をしている他はそれぞれとなりあったもの同士でおしゃべりをしていた。萩原だけがちらちらと栄前田の背中を見やり、手酌で飲んでいる。

甲介も香織と他愛のないおしゃべりをつづけていたが、頭の中には彼女のヌード写真があった。持ち帰ったヌード写真はベッドのマットレスの下に入れてある。いまだに破棄できずにいた。

ビールを少し飲んだところで、幹事が飲み物の追加注文を聞いた。香織は冷酒にする、という。甲介もつき合うことにした。女子社員たちは好き勝手にカクテルのたぐいを頼み、持田と小島は焼酎の炭酸割り、栄前田と萩原だけはビールを飲みつづけることになった。

ブルーハワイ、ソルティドッグ、シンガポールスリングとカクテルの名前が飛び交う。

「居酒屋でもいろんなカクテルが飲めるんですねぇ」甲介が感心していった。「でも、あれだけばらばらだと作るのも大変そうだ」

「作りゃしないわよ」香織が新しいタバコに火を点けていった。「一杯分ずつ瓶入りで売ってるの。それを厨房で開けて、グラスに移すだけ」

「そうなんですか」

新たな酒が運ばれてきても、宴はそれほど盛り上がらず、小さなグループごとに別れてのおしゃべりがつづいた。冷酒を頼んだのが香織と甲介だけだったので、自然と二人は差しつ差されつ飲む格好になる。

冷酒になっても香織の飲むペースは変わらなかった。甲介が一杯飲む間に、三杯、四杯とグラスを空けていく。が、顔は相変わらず白いままでそれほど酔った様子はなかった。たちまち二合瓶が空き、追加注文する。

「強いんですね」甲介は新たに運ばれてきた二合瓶を持ち、香織のグラスに注いでやりながらいった。

「今でも一升なら平気。二升はもう無理かな。二十代のころは二升飲んでもけろっとしてたんらないけど」

だけどね」香織の口許に苦笑いが浮かぶ。「酒が強いといっても、女の場合は何の自慢にもな

「でも、乱れないからいいじゃないですか」

「たまには乱れてみたい、と思うこともあるわよ」

香織は手にしたグラスに浮かんだ波紋を見つめて、ふっと笑った。伏せたまつげに眸が翳り、グラスに押しつけられるぷっくりとした唇に、甲介はどぎまぎし、目を逸らした。

沙貴と目が合う。栄前田と持田が話をしているまん中で、沙貴は表情を消し、甲介を睨んでいた。が、ほんの瞬間にすぎない。すぐに栄前田に笑顔を向けた。

甲介は香織に向きなおった。

香織が手にしたグラスを見つめたまま、話しつづけていた。

「酒は慣れ、なのよ。私、人事にいたころによく飲みに連れ出されたの。元々素質はあったのかも知れないけど、毎晩毎晩飲んでたでしょ、酒の味も覚えたし、色々失敗もしたけど、そのおかげで飲み方も学んだ」

「人事部って、そんなに酒を飲むんですか」

「学生相手にね。ほら、バブルのころって学生の売り手市場っていわれてたでしょう。学生の頭数を確保するだけでも大変だったのよ。今じゃ、信じられないけど、そのころは、これはって目をつけた学生には食事をさせて、お酒を飲ませて、色々遊びにも連れていった」

「技術系の学生に限り、ですよね。ぼくら文系は一度もそんないい思いをしませんでしたよ」

「文系でも国立大、とくに東大とか、阪大の学生は別扱いだったたな」

「ひでえ、差別だ」

「仕方ないのよ。うちだけじゃなく、よそも同じようなことをやってたから。うちみたいな小さな会社は、よそと同じことをやってたんじゃダメだった。敵が新宿なら、こっちは六本木《ろっぽんぎ》か銀座、敵がすき焼きなら、こっちは高級割烹とかね」

香織が顔を上げ、笑った。心なしか目元がほんのり赤らんでいる。それに太腿を甲介の足にぴったりと寄せていた。

甲介の心臓は落ち着かなかった。


目がちかちかするほど強烈な消臭剤の臭いが立ちこめるトイレで、甲介は口だけで息をしながら放尿していた。ビールと日本酒をたてつづけに飲んでいるせいか、小便の量がやたらに多い。

香織のペースに合わせていたので、ほとんど料理に手をつけていなかった。酒がまわっている。甲介は自分の躰がかすかに揺れているのを意識していた。

「酔ったかな」ぽつりとつぶやく。

酔いは、自覚すると同時に躰全体に広がっていくようだった。

ズボンのチャックを上げ、水を流して洗面台に移動する。ワイシャツの袖をまくり上げ、水を流しっぱなしにして丹念に手を洗った。それから思いついて、顔も洗う。冷たい水が火照《ほて》った顔に心地よかった。何度も何度も両手で水をすくって顔をこする。冷たさに皮膚が痺れてくるまでつづけた。

顔を上げる。

赤い顔が見返している。額、こめかみ、頰にはりついた水滴が流れ落ちていく。頰をふくらませ、息を吐いた。まぶたが腫れぼったい。三十前というのに、くたびれた顔をしている、と思った。

「気をつけろよ」甲介は鏡の自分にいった。

血中に流れ出したアルコールの量が増えるにつれ、甲介の意識は解放されていった。息がかかりそうなほどに顔を寄せあい、目を見つめ合って、話しているうちに香織がずいぶんと身近に感じられた。何でも話せそうな気がして、実際、幾度か例の写真のことを訊きかけ、その度に我に返って自制していたのだ。

写真について訊きたい、というのは思いの外強い衝動だった。それに衝動がこみ上げてくる間隔がだんだんと短くなっている。

さらに酒が入れば、自制心を失う危険性があった。

トイレに立ったのには、少し酔いをさましたいという思いもあった。

ズボンのポケットからハンカチを取りだし、顔と手を拭いた。冷水で顔を洗ったので、幾分気分が落ち着いた。水道の蛇口を閉じ、もう一度、鏡の自分を見やる。

「気をつけろよ、皆がいるし、お前は写真のことは何も知らないんだ」

鏡の中の自分がうなずくのを確認し、トイレを出た。

が、足元はまだあやしかったのかも知れない。トイレを出たところで、危うく誰かにぶつかるところだった。

「失礼」甲介は反射的に詫びた。

「山本さん」

呼びかけられ、顔を上げる。目をしばたたいた。すぐ目の前に沙貴の顔があった。甘い化粧品の匂いが穏やかに鼻腔を満たす。

「ああ、君か」

甲介はにんまりする。酔いはすっぽりと甲介を抱きすくめているらしい。口許がだらしなくなっていることを自覚した。

「これ」

沙貴はそういって甲介の手に何かを握らせた。折りたたんだ紙のような感触だった。

「何だい」

甲介が押しつけられたものを見ようとすると、沙貴はあわてて甲介の手を押さえた。柔らかく、温かな手だった。

「あとで」沙貴がささやく。「二次会の場所です。お店の名前と電話番号を書いておきました」

「わかった」

「きっと来て下さいよ」沙貴がまっすぐに見つめている。真剣な眼差しは、貧弱な照明を受けてきらきらしていた。

甲介はメモをワイシャツの胸ポケットに入れ、上から軽くたたいて見せた。しっかりとうなずき、笑みを浮かべる。

「ここを出たら、ほかの男の人たちと別れて、一人で来て下さい」

「男はおれ一人なのか」甲介は唇をゆがめ、あごを掻いた。言葉を継ぐ。「小島係長はいっしょでなくていいの？」

「係長はこれから二時間かけて自宅に帰るんですよ。二次会に出たら、遅くなっちゃいますよ」

「それもそうだね」甲介は納得した。「あとは、部長も課長も萩原主査も話の合わないオジンだからな」

トイレに人影が近づいてくるのに気がつくと、沙貴はきっとですよと念を押して女性用のトイレに入っていった。

甲介はズボンのベルトをつかんで引っ張り上げ、近づいてきた人影を躱そうとした。人影が甲介の前に立ちはだかる。尖った革靴のつま先が見えた。

顔を上げた。

襟の大きなスーツを着た、やせた男が立っていた。薄い茶色のレンズをはめたメタルフレームのメガネがきらりと光る。

「ご無沙汰やな」永瀬は歯をむき出しにして笑みを見せる。「今日は総務課の宴会か」

「どうして、ここへ？」甲介はいっぺんに酔いがふっ飛ぶのを感じた。

「偶然やがな、偶然」永瀬は甲介の腕を叩いた。「わしもな、ときどきここで飲むんよ。丸の内や八重洲には、うちの取引先がぎょうさんあるさかいな」

甲介は黙りこくって永瀬を見つめた。

永瀬は再び笑みを見せ、甲介の腕を叩く。

「そないに怖い顔せんかてええやんか。今日はわしも客といっしょや。何もこんなところで部長を紹介せえとはいわんで」

甲介は素早く永瀬の背後をうかがった。永瀬は女子トイレの入口を見やる。それから甲介の首筋に顔を近づけてささやいた。

「今、トイレに入っていった姉ちゃん、兄さんのこれか」永瀬は左手の小指を立てた。

「まさか。彼女は結婚退職するんで、今日はその送別会ですよ」

「何や、そうかいな」永瀬は首をかしげた。「あの姉ちゃんな、兄さんがトイレに行くのを追いかけてきたんや。それでな、ずっとここで兄さんが出てくるんを待ってた。そやから、わし、てっきり」

甲介は黙りこんで、永瀬を見つめていた。

「まあ、そないなことはどうでもええわ」永瀬が再び顔を寄せてくる。きついポマードの臭いが鼻をついた。「例の抗ガン剤の話な、住井とは関係なく、兄さんとこでもやってるからな」

「そんな話、どこからも聞こえてきませんけどね」

「まあ、気ぃ長うして待っててや。ほな、またな、兄さん」永瀬は甲介のわきをすり抜けると、トイレの扉に手を伸ばした。

8

日が暮れたあとも蒸し暑さは変わりなく、じっとり汗をかいた首がワイシャツの襟にべったりと貼りついていた。甲介は清涼飲料水の自動販売機の前で立ち止まると、金を入れてボタンを押した。ごとん、と鈍い音がする。腰をかがめ、自動販売機の下の方にある取り出し口に手を突っ込んだ。酔いに痺れた足が頼りなく、自動販売機に手をつかなければならなかった。冷たく汗をかいている缶を取りだし、とりあえず頬につける。

酒に火照った頬に冷たい感触が心地よい。目を閉じた。

地面がゆっくりと波打っている。

ため息をつき、腫れぼったたく、熱をもっているまぶたを持ちあげた。缶のプルトップを引き、口をつけた。顔を仰向かせ、一気に咽に流しこむ。酔い冷ましのつもりで飲んだウーロン茶はあまりに冷たく、こめかみから後頭部にかけて、ずきんと痛みが走る。

缶から口を離し、甲介はため息をついた。

目をすぼめ、腕時計に目をやった。まだ、午後九時を少しすぎたばかりだというのに、酔いは深く、息苦しい。何度も大きく息を吸い、吐いた。そのまま自動販売機にもたれかかる。ワイシャツの胸ポケットに入れてあるメモを取りだすのが、ひどく億劫だった。

目を上げた。タクシーのライトが次々に通りすぎる中、何十、何百という人間が歩いている。その大半が東京駅に吸いこまれていく。

つい数分前、改札に向かう栄前田たちと駅の入口で別れた。一人になったとたん、足がふらつくほど酔っていることに気がついた。居酒屋を出たときには、それほど酔っているように思わなかったのだが、歩いているうちに冷や酒が躰の中でほぐれ、全身に行き渡ったのだろう。

ため息をつき、躰を立て直す。舌の付け根あたりに苦い唾がねばついている。ちらりと周りを見渡し、アスファルトの上に吐いた。ウーロン茶を飲んだときに感じた後頭部の痛みが残っていた。左手で首筋をもみ、もうひと口、ウーロン茶を飲む。

意を決して胸ポケットの紙片を取りだすと、自動販売機の照明にかざした。メモに書かれていたのは、ホテルとバーの名前、２Ｆの文字だった。ホテルの二階にあるバーなのだろう。ホテルは東京駅八重洲口、神田よりにあります、と書き添えられ、最後に携帯電話の番号が記されていた。

沙貴の名前はない。

甲介はウーロン茶を飲みながら周囲を見渡した。駅のすぐ前に建っているホテルが目についた。壁面に赤のネオンで名前が出ている。間違いなかった。甲介はメモを胸ポケットに戻した。東京駅の八重洲側にいるといっても、甲介が立っているのは銀座寄りだった。ホテルまで行くには、巨大な東京駅の前を横断しなくてはならない。アルコールのせいですっかりふやけた足には、遥かな距離に思える。とくにふくらはぎがだるかった。

甲介はポケットに両手を突っ込み、居酒屋の方を振り返った。店の前で解散、それぞれ帰宅する者、さらに飲みつづける者とにわかれた。萩原はもう一軒行こうよと大きな声でいったが、誰も応じなかった。甲介は栄前田、持田、小島といっしょに駅まで歩いてきたのである。

八階建てのビル全体が書店というブックセンターの前の信号が変わり、次々に車が停まる。歩行者用信号が青になると、道の両側から一斉に人が動きだした。いつの間にか甲介は息を詰め、交錯する人の波を見つめていた。自動車のヘッドライトのせいで、歩行者はシルエットになり、服装や顔つきがはっきりしなかった。

再び信号が変わって自動車が動きだすまで、甲介は身じろぎもせずに見つめていた。永瀬を捜していたのだ。

居酒屋のトイレの前でいきなり声をかけられた。永瀬は東京駅近辺にも取引先があり、今夜も客といっしょだといっていたが、偶然とは思えなかった。

尾行されてる？　胸のうちで声がする。

甲介は苦笑いを浮かべ、それから小さく鼻を鳴らした。永瀬に尾行される理由などない。仮に永瀬が甲介を尾《つ》けているとしても、それにどんな意味があるというのだろう。

これから送別会の二次会に顔を出し、一時間ほどつき合ってから帰宅するだけのことだ。やましいことは何もない。

空缶を自動販売機のわきに取りつけられているゴミ箱に捨て、ホテルに向かって歩き出しながら、甲介はもう一度ひっそりと苦笑を浮かべる。永瀬が尾行しているなど、考えすぎだ。

少し歩くうちに躰のだるさが消え、呼吸も楽になってきた。後頭部の痛みも首筋が強ばる程度にしか感じない。歩幅を広げ、足を速める。自動車の排気ガスと駅構内に漂っているかすかな異臭が澱んでいたが、早歩きをしていると顔に風が当たるようで、幾分さわやかに感じられた。

歩き出すまではうんざりするほど彼方に思えたホテルだったが、あっさりと東京駅前を横断してしまった。ガラスの自動扉を抜け、右手にある階段をのぼった。階段には落ち着いたワインレッドの絨毯が敷いてあり、足音を殺すようになっている。階段をのぼりきり、エレベーターホールを横切ったところにバーの入口があった。

床にすりそうな長いスカートをはき、白いブラウスを着た女性がレジの前に立っていた。髪をアップにして、頭の後ろでダンゴ状にまとめている。

「いらっしゃいませ」

「どうも」甲介はバーの中をうかがった。

バーの中はうす暗く、客たちの顔だちははっきりとしなかった。入口から見て右側がカウンターになっており、左側にボックス席が並んでいる。長いスカート、白いブラウスの女性たちがテーブルの間を歩きまわっていた。

「お待ち合わせでいらっしゃいますか」受付の女性は白い歯を見せ、落ち着いた声でいった。

「はあ」甲介は曖昧にうなずく。

入口からのぞいた限り、沙貴たちの姿は見えなかった。

「もし、よろしければ中をご覧下さい」そういって女性は先に立ち、店の中を手で示した。

「奥の方にいらっしゃられるかも知れません」

バー全体がL字型になっており、右の奥の方は入口からは見えないようになっているらしい。

甲介は小さく礼をいい、店内を見せてもらうことにした。

ボックス席は半分ほど埋まっていたが、大半が背広姿の男性客だった。窓を覆うレースのカーテン越しに東京駅を彩るさまざまなイルミネーションが見える。甲介は素早く視線を走らせながら、奥まで歩いていった。一つだけ女性が二人で向かい合っているテーブルがあったが、沙貴たちではなかった。

　立ち止まる。

「お待ち合わせの方はいらっしゃいませんか」

　声をかけられて振り返った。入口にいた女性がすぐ後ろに立っている。甲介は小さく首を振って答えた。

「まだ、来てないようですね」

「何人様で？」

「ぼくはよくわからないんですけど、たぶん四、五人くらいになると思うんですが」甲介は女子社員を思い浮かべて答えた。

「それならテーブル席をご用意いたしましょうか」

　女性の問いかけに、甲介はあごに手をやって考え込んだ。四、五人とはいったものの、送別会に出ていた女子社員がすべて二次会に出席するのかわからなかった。少なくとも香織は来ないような気がする。

　甲介は女性を振り返っていった。

「人数がはっきりしないから、とりあえずカウンターで待つことにします」

「かしこまりました」女性は笑みを浮かべてうなずき、カウンターを手で示した。「どうぞ、こちらへ」

案内され、スツールに腰かけた甲介は生ビールを注文した。アルコールを飲みたい気分ではなかったが、一人でカウンターにいて、ソフトドリンクを頼むのが何となく躊躇われた。それに慇懃に案内してくれた女性にも、カウンターの内側で飲み物を用意している髪のうすいバーテンダーにも、声高に話すこともなく酒を飲んでいる客たちにも気圧されていた。

程なくバーテンダーが甲介の前に紙のコースターを敷き、そのうえに脚のついた細長いグラスに注がれたビールを置いた。ピーナッツをわずかばかり盛った小皿と灰皿を並べると、どうぞごゆっくり、といって微笑む。

甲介は小さく頭を下げ、グラスに手を伸ばした。取りあえず、ひと口飲む。ビールが程良く冷えていたのと、柔らかな泡がかすかに甘みを感じさせたので、思ったより楽に飲み下すことができた。が、グラスを置いたとたん、躰が浮かびあがるような感覚が押し寄せてくる。

甲介は唇を尖らせ、やはり自制しようと胸のうちでつぶやいた。

ちびり、ちびりと飲みつづけ、グラスが半分ほど空になったとき、沙貴がとなりのスツールに腰を下ろした。

「すみません。もっと早く来るつもりだったんだけど、皆がいなくなるまで待っていたものだから」

「皆がいなくなるまでって……」甲介は言葉を切り、入口の方をうかがった。「誰も来ないの？」

「はい」沙貴は悪びれた様子もなくあっさりとうなずき、バーテンダーに目をやった。「カンパリソーダ、いただけます?」

バーテンダーがうなずくと、沙貴は甲介を振り返った。

「一度、山本さんとゆっくりお話ししてみたかったんです。だから無理をいいました」沙貴は小さく頭を下げた。「本当にごめんなさい」


中学校の卒業式の日、卒業していく先輩に思いを打ち明けたことがある、と沙貴はいう。沙貴は二年生だった。

「本当にその先輩が好きだったのかどうか、よくわからなかったんですよね」沙貴はカンパリソーダの入ったグラスを指先で弄びながらいった。「でも、今日が最後、と思うと、何だか追いつめられちゃって」

「告白しても、その先輩は翌日から学校に来ないんだろう」甲介は生ビールをひと口飲んだ。二杯目になっていた。「中学生と高校生がつき合っちゃいけないってことはないだろうけど、学校が別々だと面倒くさくないか」

「だからつき合うとか、告白したあと、どうなるとか、全然考えてなかったんですよ。ちょうど中一のころからつき合ってた人と別れたばかりで、寂しかったということもあるんですけど、先輩に告白したときって、もう今日しかないんだって、そればっかり思いつめてましたから」

「そんなものかね」甲介は首をかしげた。

沙貴は何も答えずにカンパリソーダを飲み干し、空のグラスを見つめていた。甲介も二杯目のビールを飲み干す。

潮時だな、と甲介は思った。さめかけていた冷酒の酔いに、ビールが再び火を点けようとしている。沙貴と二人きりで飲んでいる状況を考えると、酔うのはまずかった。酒が入ると、どうしても理性がゆるみがちになる。

実際、日本酒の酔いがまわるほどに香織にヌード写真のことを訊きかけ、ようやく思いとどまっていたのだ。

空のグラスにじっと視線を据えている沙貴をちらりと見やり、すぐに視線を逸らした。

今日に至るまで、沙貴を女性として意識したことがない、といえば嘘になる。夏場、ノースリーブから剝き出しになった白い腕や、うっすらと剃り跡が見えるわきの下にどぎまぎしたこともあるし、制服のスカートに浮かびあがるパンティラインに目が吸い寄せられたのも再三だった。

しかし、会社では仕事以外の話をしたことはなかったし、酒を飲んだり、食事をしたりするときもほかの社員がいっしょだった。

五年前、短大を卒業して入社してきた沙貴は卒業旅行の名目でハワイに行って来たばかりということだった。

そのため沙貴は、色が黒く、小柄だが、やや太めの女の子に見えた。当時、沙貴は髪を長く伸ばしていて、本人はハワイで強い日射しを浴びたせいだといっていたが、甲介の目にはひどく赤く映ったものだ。

甲介の好みは、細身で、清楚な感じのする女性だった。そして控えめでありながら、包容力があること。以前、友達と酒を飲んでいて、女性の好みを明かしたところ、タイムマシンでも手に入れてずっと昔にさかのぼるんだな、と失笑を買った。

つまり、沙貴は甲介の好みからすれば、まるで対極にいたのである。

真っ黒に日焼けし、脱色した赤い髪をして、大口開けてけらけら笑う元気な女の子、というのが沙貴に対する第一印象で、それは今日に至るまでまるで変わらなかった。同じ職場で働く上で、沙貴をひとりの女性としてではなく、掛け値なしに仕事上の仲間と見なせたのは、むしろ都合の良いことだった。

だが、今、甲介は唇をなめながら左胸の内にある鼓動に耳をかたむけていた。心臓が微妙に跳びはねていた。

じっとグラスを見つめている沙貴は、甲介の脳裏にあった沙貴とはまるで別人だった。髪はていねいにブラッシングされ、ほの暗い照明の下でも匂い立つように肌が白かった。とりわけブラウスの襟元からのぞく胸の白さは、甲介を打ちのめしていた。

毎日顔を合わせながら、おれは何を見ていたんだろうか、と思わざるを得ない。

沙貴は、五年の間にすっかり変わっていた。

が、今さらどうなるものでもない。甲介は落ち着かない気分を何とか嚥み下し、自らに抑制を強いた。今まで自分が見すごしていたものを見せつけられ、ほろ苦い後悔が胸の奥でうずいたとしても、沙貴は秋に結婚をひかえている身だし、何より明日からは顔を見ることもないのだ。

今夜だけ、今だけ、ふいにわき上がってきた欲情に蓋をしてしまえば、すべてを大過なくやり過ごせる。

ようやく気持ちを落ち着け、酔いが穏やかに拡散していくのを感じながら沙貴を振り返る。

沙貴はまっすぐに甲介を見つめていた。澄んだ眸だった。

「卒業式の前の日に、友達にさんざんいわれたんですよ」濡れたように光る、沙貴の唇が動いていた。「明日がラストチャンスなんだって。今から思えば、友達に暗示をかけられていたような気がするんです。実は私、卒業式の前の日に泣いちゃったんですよ。それほど好きでもない人なのに、その先輩と会えなくなると思ったら、涙が出てきてとまらなかったんです」

甲介は口を開きかけたが、結局何もいえず、無理矢理笑みを浮かべてうなずいただけだった。

「今日で私は会社を辞めました。今度は立場が逆、ですよね」

「逆?」

甲介の声は咽に引っかかり、かすれていた。視線を逸らし、咳払いをしてごまかす。もう一杯ビールが飲みたかった。ビールでなくて、水でいい。コップ一杯の水を一息に飲み干せれば、気分も落ち着くはずだ。

「今度は私がいなくなるんです。山本さんじゃなく、私の方が」沙貴は落ち着いた声で、よどみなくいった。

甲介はぎこちなく、沙貴を見る。またしてもまっすぐに見つめる眸に出会い、ひるみそうになるのを何とか抑えつける。

機先を制したのは、またしても沙貴だった。

「もう一杯だけ、飲みませんか」沙貴は穏やかな笑顔になった。「明日も仕事なのはわかっているんですけど、もう一杯だけ、私のわがままにつき合っていただけませんか。あと一杯だけ飲んで、帰りましょう」

「いいよ」甲介はうなずいた。

沙貴が先に帰るといい出してくれたことで安堵すると同時に胸にぽっかり穴が開き、空気が抜けていくような気分を味わっていた。とてつもなく貴重なものが指のほんのちょっと先をすり抜けていったようで、胸の底がきゅっと締めつけられた。

だが、沙貴は秋に結婚する。

甲介はそのことをあらためて自分にいい聞かせた。

「それじゃ、何にする？　ぼくはもう一杯ビールを飲みたいと思っていたんだ」

「もう少し私のわがままにつき合っていただけません？」

「何？」甲介は眉を寄せた。

「このお店、オリジナルのカクテルがあるんですよ。前にここに来たときに飲んで、すごく美味しかったんです。それをご馳走してください」

「わかった」甲介はしっかりとうなずいた。「退職の記念と、結婚のお祝いをかねて、というのにはちょっとせこいような気もするけどね。ご馳走させていただきます」

「ありがとうございます」沙貴の眉間から力が抜け、明るい笑顔になる。「山本さんも同じでいいですよね」

「つき合うよ。何ていうカクテル？」

「ボレロ、です」

沙貴が注文してから、ショートグラスに注がれたカクテルが出てくるまでしばらく間があった。その間、当たり障りのない話をしながら、甲介は咽の渇きがつのるのを感じていた。

ボレロが出てきたのは、そのときだった。

ラムベースのカクテルと、バーテンダーはいった。グラスの中身は透き通った赤紫色をしている。甲介はグラスを持ちあげ、光にかざした。ワインより透明で、深みのある赤だった。

「きれいな酒だね」

「きれいで、美味しいんです」沙貴がグラスを差し上げる。「それじゃ、乾杯」

「乾杯」

グラスを合わせ、甲介はボレロをひと口飲んだ。口当たりは柔らかく、上品な甘さがある。それに咽も渇いていた。

次の瞬間、甲介は脳幹をぶち抜かれたような衝撃を感じた。

9

ボレロという名のオリジナルカクテルがどのようにして作られているのか、バーテンダーに訊ねたが、彼はにっこり微笑んで、ラムを使ってますとくり返しただけだった。

口にすると、最初に感じるのは甘み、それに適度な冷たさだ。それで、思わずがぶりと飲んでしまった。次の瞬間、舌をだます甘みの奥から、強烈な酒精が襲いかかってくる。

一杯目をあっという間に平らげた甲介は、沙貴を振り返った。沙貴もグラスを空にしたところだった。二人はどちらからともなくうなずき、お代わりを注文した。二杯目こそ少しずつすろうと決めていたのだが、ひと口、ふた口とすすっているうちに調子づき、グラスを置く間もなく飲み干してしまった。

結局、店を出るまでに三杯ずつ飲んでいた。甲介が金を払い、バーを出たときには、沙貴はまっすぐに立てなくなっていた。沙貴を抱えるようにして店を出た甲介は、夏用の薄い背広を通して感じられる彼女の体温と、指がどこまでもめり込んでいきそうな柔らかさに狼狽《うろた》えていた。

エレベーターホールを横切り、階段にさしかかる。踊り場でいきなり沙貴がぐったりと躰を預けてきた。二人はもつれ合い、もみ合うようにして、唇を重ねた。沙貴が舌を差し入れる。甲介は思いきり吸った。アルコールが、頭の中ではじけ、何も考えられなくなった。

もし、そのとき誰かが通りかからなければ、二人は何度も唇をかさね、互いの舌を吸い合っていただろう。

話し声が聞こえたとたん、沙貴は甲介の胸に顔を埋め、甲介は沙貴の髪に鼻を埋めた。踊り場にいる二人に気づいたのか、話し声がやみ、そそくさとした足音が背後を通りすぎていった。

二人は抱き合ったまま、足音をやり過ごした。

甲介が腕を下ろし、一階を振り返ろうとしたとき、沙貴はむしゃぶりつき、濁った鼻声でいった。

「まだ」

「わかった」甲介は沙貴の肩に手を掛けていった。「取りあえず、ここを出よう」

沙貴がうなずく。

睫毛を濡らした沙貴が幼い子供のように見えた。彼女を左腕にすがらせたまま、ホテルを出た甲介は、目の前にとまっていたタクシーに向かって手を上げた。ドアが開く。甲介が先に後部シートにすべり込み、ついで沙貴の手を引いて乗せた。メガネをかけた運転手が後ろを振り返り、沙貴がきちんと乗り込んだことを確かめてドアを閉める。

「どちらまで?」運転手はルームミラーを見上げて訊いた。

沙貴は甲介の左胸に額を着け、じっとしている。

甲介はわずかに躊躇ったのちに答えた。

「湯島《ゆしま》」

「はい」

運転手は前に向きなおり、シートベルトを締め直すとギアを入れた。ウィンカーを押し下げ、右側を見る。メガネの奥、すぼめた瞳が通りすぎる車のヘッドライトを映していた。数台の車をやり過ごし、運転手はハンドルを切ってタクシーを流れに乗せた。

車が動きだすと、甲介はシートに背をあずけ、ためていた息を吐いた。心臓が躍っていた。沙貴に気取られるのではないかと不安になるほど激しかった。同時に酔いが躰全体に広がり、めまいを感じる。たまらずシートの背に後頭部をのせた。

まぶたは閉じなかった。車内にこもっている臭いを嗅ぎ、目をつぶったまま揺られれば、嘔吐してしまいそうだ。それでなくても舌の付け根あたりがむずむずしている。ビール、日本酒、もう一度ビール、そして三杯のカクテルと、今夜の酒が脳裏をかすめていく。咽元まで酒が詰まっている感じだ。

タクシーは左に湾曲した道路をかなりのスピードで走っていた。甲介は、シートの上で尻が滑り、右腕がドアに押しつけられるのを感じた。さらに沙貴が躰をあずけてくる。

甲介たちの乗ったタクシーだけが速いのではない。車の流れに乗っていると、自然と、遠心力を感じるほどのスピードになるようだった。

運転手は速度を落とさずに右に車線を変え、さらに青から黄色へ信号が変わった交差点に突っ込むと、そのまま右折した。

信号に取りつけた看板にライトが反射する。鎌倉橋とあった。

ビルの窓から漏れる光、交差点で信号待ちをしている車のヘッドライト、前を走る車の赤いテールランプが、甲介の目の中で尾を引くように乱れ飛ぶ。

甲介は再びめまいを感じて、右の車窓に目を転じた。窓を開けたかったが、いくら深夜とはいえ、車内を満たしている冷房が逃げ出していくことを思うと、開閉ハンドルに手を伸ばすのが躊躇われた。

唇をなめ、奥歯を食いしばる。

沙貴は甲介の左腕を胸にしっかりと抱えていた。彼女は、甲介の腕や手をさすっている。それで眠っていないのがわかる。

行き先を訊かれ、湯島と答えたことの意味がわかるのだろうか、と甲介は思った。あてがあって湯島といったわけではない。少し前、妻子持ちでありながら同じ会社のＯＬとつき合っている男が湯島のラブホテルを使っている、と話していたのを思いだしたのだ。が、甲介は湯島に足を踏み入れたことがなかった。

それでも湯島がどこにあるか、だいたいの位置はわかる。丸の内から見れば、神田の先、上野と本郷《ほんごう》の間くらいにある土地のはずだ。新宿歌舞伎町《かぶきちょう》のはずれや渋谷円山町《しぶやまるやまちょう》にラブホテルが何軒も建っているのは知っていたが、どちらも東京駅からでは遠すぎるような気がした。湯島、と答えたのは、それだけのことだった。

ＪＲ秋葉原駅と御茶ノ水《おちゃのみず》駅の中間あたりで橋を渡り、神田へ入る。赤信号で停まった交差点には、神田明神下《みょうじんした》と表示が出ていた。

「湯島はどのあたりにします?」

運転手がルームミラーを見上げて訊ねた。メガネのレンズが薄い茶色で、そのことが一瞬、永瀬を思いださせる。

「適当にお願いします」甲介は答えた。

「はい」運転手は二人の様子を見て察してくれたようだった。

タクシーが走り出すと、甲介は再び思いの中に沈んでいった。酔いの切れ間から、ふと顔を出す思いがある。

お前は何をするつもりなのか、と。

今、甲介の腕をしっかりと抱いているのは、五年間同じ職場で働いてきた星野沙貴なのだ。毎日顔を合わせていながら、一度として男女関係を意識したことのない相手なのだ。だが、ぴったりと寄り添っていて顔が見えないことが幸いして、同じ職場で働いていた沙貴と、息をひそめて甲介の腕を抱いている女とを切り離して考えることができた。

沙貴は秋に結婚をひかえ、そのために退職することになった。そして今夜は、沙貴の送別会だった。その夜に甲介は衝動的に沙貴とキスをし、さらにタクシーに乗りこんだ。酒に酔っているとはいえ、このまま押し流されてもいいものなのか。

明日になれば、沙貴はいない。目の前の席は空白になる。茶を入れ、コピーを取り、客が来れば応対をしていた沙貴がいなくなる。電話が鳴れば、誰よりも早く受話器を取りあげ、柔らかな声で社名を告げた、その声も聞けなくなる。

思いが熱っぽく渦をまき、さまざまなシーンが脳裏で明滅する。そのうちのひとつでもつかまえられれば、いつもの沙貴を脳裏に描けるのだが、甲介の中にいる星野沙貴の顔はいずれもぼやけていた。

考えるのをやめ、甲介はためていた息を吐いた。

冷房のせいで空気が乾いているのか、咽がかすかに鳴っていた。息が引っかかる。咳払いをして痰を切れば、すっきりするはずだ。が、そのまま息の音に耳をかたむけていた。ふくれ上がったこめかみの内側に脈拍を感じる。聞こえるはずのない血の流れに耳をすました。

目は開いていた。いくつもの光がまぶたの間から射し込んできて、網膜を刺激する。その刺激はちゃんと脳に伝わっているのに、何の光か、まるでわからなかった。深い酔いに、躰が肥大し、本当の自分はその内側で縮こまり、光も音も匂いも拒絶して、ひたすら躰の内側にある音に耳をかたむけていた。

ただ、触感だけがある。

上に向けた掌のくぼみを、指先がなぞっている。その消え入りそうな感覚に意識を集中する。掌を引っかいていく爪のかたさを感じとろうとする。触覚だけが意味を持ち、すっかり縮んだ自分と外界とを結びつけているような気がした。触れるか、触れないか、もどかしいほど弱々しい感触にすがりつき、闇の底から外を見上げて叫んでいるような気がした。

沙貴は爪の先端で、甲介の思考を支配している。

爪は掌を手首の方から指の付け根に向かってゆっくりと移動していた。と、中指と薬指の間に割り込んでくる。わずかにひんやりとする指先を、甲介は指の付け根にはさんで締めつけた。

セックスなら逆だな、と思う。

沙貴の指先は、甲介の躊躇いがちな戒めをあっさりと躱し、再び掌を探りはじめる。今度は掌を横断するように、ゆっくりと動く。時おり、指先が停まり、柔らかく掌を押す。

甲介は、熱い息を吐いた。

ほどなくしてタクシーは、ホテルの看板がいくつも重なって見える通りで停まった。

服を着たままの沙貴をベッドに押し倒し、キスをはじめた。沙貴はしっかり目を閉じ、唇を開いて甲介の舌を受けいれた。沙貴はノースリーブのブラウスに薄いジャケットを羽織っていた。

沙貴の息が荒くなる。

甲介は右手を下ろし、ブラウスのボタンを外していった。すべて外し終わると、スカートから裾を引っぱりだし、前を広げる。沙貴は目を閉じ、両腕を甲介の首に巻きつけていた。ブラジャーを下からめくり上げ、指先を潜らせる。柔らかな乳房がひしゃげ、手の中にすべり込んでくる。

かすかに硬い突起に触れたとたん、沙貴がくぐもったうめきを漏らした。さらに腕に力をこめ、甲介を引き寄せる。

甲介は沙貴の背中に手をまわした。沙貴がわずかに背をのけぞらせる。ブラジャーのホックを探り当てた甲介は、片手で外した。沙貴の躰を締めつけていた緊張がぷつりと切れる。

キスをつづけながら、ブラジャーを持ちあげ、胸を露わにする。右手で乳首に愛撫をくわえながら、あご、首筋へキスを移していく。沙貴の胸は白く、乳輪が鮮やかに赤い。

甲介を亢ぶらせるコントラストだった。

甲介は顔を下げ、乳首を口にふくんだ。ミルク臭いような体臭がする。乳首に味はない。舌先にぷりっとした感触があるばかりだった。

舌先を乳首にそって回転させ、時おり、吸い上げた。沙貴は甲介の頭をかかえ、自分の胸に押しあてながら短いうめきを漏らしつづけていた。

甲介は右手を伸ばし、沙貴の膝を撫でた。そのまま太腿の内側にそって手を上げ、スカートに差し入れる。人さし指でパンティストッキング越しに、沙貴の最深部を押した。沙貴が背をのけぞらせ、さらに強く甲介の頭を抱いた。

甲介は指を使いつづけた。沙貴は躰をよじらせ、しきりに太腿をすりあわせる。スカートの内側に熱がこもり、ストッキングの布地が湿り気を帯びてくる。

指に力をこめた。

沙貴が背中を強ばらせる。

甲介は躰を起こし、沙貴に口づけた。剝き出しになった沙貴の腹に右手を押しあて、さらに滑らせて、スカートの内側に差し入れていく。キスをしたまま、沙貴がくぐもった声で何かいおうとしていたが、無視した。スカートの内側に入った指先がパンティストッキングのゴムを持ちあげてくぐり抜け、さらに下着にかかる。

沙貴が甲介の肩に手をあて、躰を突き放そうとする。甲介は左腕で首を振ろうとする沙貴を押さえつけ、彼女の口の中に深く舌を差し入れた。同時にストッキングの内側にすべり込んだ右手が下着のへりにかかる。

沙貴は腰を引き、甲介の右手から逃れようとした。が、甲介はかまわずに奥へ奥へと手を進めていく。深く差し入れるにつれ、沙貴の肌は熱く、湿り気を帯びていった。指先に柔らかな陰毛が触れる。沙貴は太腿をぴったりとじることで甲介の侵入を防ごうとしたが、彼女の内腿は防壁と呼ぶにはあまりに柔らかだった。

そして中指が達する。

そこは熱く、溶けかかっていた。

次の瞬間、沙貴は躰の力を抜き、閉じたまぶたの間から涙をこぼした。咽の奥で嗚咽《おえつ》がはじける。甲介は思わず顔を離した。

「お風呂に入りたい」沙貴は涙をぼろぼろこぼしながらいった。かすれた、弱々しい声だった。

「せめてシャワーを浴びさせて」

濡れた睫毛の間から、沙貴が見上げている。口紅のはげた唇が震え、内側に糸を引いている。

「ねえ、お願い」

まっすぐに甲介を見上げる沙貴の瞳は濡れ、またしてもひどく幼く見えた。


肩に降りかかるシャワーが見事に丸い乳房で左右に分かれ、へこんだ腹の上から豊かな丸みを帯びた下腹部を流れ、足元にしたたり落ちている。シャワーノズルを持つ腕も華奢だった。温かな湯を浴びているせいか、乳首の赤みが鮮やかさを増している。

「細いんだね」甲介がぼそりといった。

「細くないですよ」沙貴がちらっと笑みを見せ、背中を向けた。「そんなにじろじろ見ないで下さい。恥ずかしいじゃないですか」

「すまん」

詫びた瞬間、甲介はヒロミを思いだした。ほぼ一日前の出来事なのに、ひどく昔のことのように思える。

甲介は浴槽のへりに腰かけ、沙貴の背中を見ていた。想像していたよりはるかにウェストがくびれている。それでいて尻はぽっちゃりしていた。

「わからないもんだよな」甲介はしみじみといった。

「何がですか」沙貴が振り返る。

「ずっといっしょにいて、星野君がこんなにスタイルがいいとは思わなかった」甲介は真面目くさった顔つきでいった。「こんなことをいうと失礼かも知れないけど、想像していたよりはるかに格好いいよ」

「山本さん、私の裸を想像してたんですか」

「あ」甲介は言葉につまり、うつむいた。

沙貴はシャワーを出しっぱなしにしたままノズルをフックに引っかけ、甲介に近づくと、肩に手をおいた。

甲介の目の前には縦長のヘソと、火炎のように上部が左右に広がった陰毛があった。細くまばらな毛が濡れて肌に貼りついている。

シャワーが床を打つ音と、立ちのぼる湯気が浴室にこもっていた。

「私、丸顔だからすごく太って見られるんですよ。入社したころは本当に太ってましたけど、これでもダイエットしたんです」沙貴が低い声でいった。「でも、山本さんが私のことを想像していてくれたのが嬉しい」

「すまん」

「どうして謝るんですか」沙貴が甲介のあごに手を掛け、仰向かせる。「どうして？」

鼻先に沙貴の胸が迫っている。小さな乳首が屹立していた。目を上げられず、甲介は赤い乳首を見つめたまま答えた。

「星野君が裸になったところを勝手に思い描いていたんだ。やっぱり失礼なことをしたと思う」

「全然失礼じゃありません。私、嬉しいんですから」

「でも」

「デモもストもなか、って、前にビデオで見た映画で女優さんがいってました。九州の言葉ですよね」沙貴が小さく笑った。

沙貴を目の前にして話しているうちに、甲介は亢ぶりに息苦しさを感じ始めていた。器官がじわりと充血してくる。咽が渇いているような気がして唾を飲み込もうとしたが、うまくいかなかった。

「いかがですか、実際に見て？」沙貴が手を伸ばし、甲介の髪に触れた。「がっかりしたんじゃありません?」

「きれいだ」

「本当? 本当にそう思いますか」

甲介はうなずくと、たまらず立ち上がった。沙貴と躰を入れ替え、浴槽のそばに立たせた。

さらに背中をそっと押し、浴槽に両手をつかせる。

太腿の内側に手を入れ、足を開かせた。

沙貴は素直に従い、甲介に尻を向ける。

沙貴の腰に手を置いた甲介は、きりきり痛みをおぼえるほど充実した器官にもう一方の手を添え、沙貴の中心に押し込んでいった。

10

二、三日食事らしい食事もせず、耐え難いほどの空腹にたまらず牛丼屋に飛びこむ。大盛りの牛丼に生玉子をぶっかけ、みそ汁とお新香とともに夢中でかき込み、食後の茶を一杯、ようやく人心地がついたと店を出たところで会社の上司にばったりと会い、寿司屋に誘われる。自分の給料ではとても入れないような高級店のカウンターで、さあ、何でも食べなさいといわれたものの、胃袋には食べたばかりの牛丼が充満しており、中トロもウニもアワビもすっかり色あせて見え、実際、口に入れても粘土を嚙んでいるような気分になる。

ヒロミを抱き、九十分の間に三度の射精があったのが昨日の夜であることを、甲介は思い知らされた。器官は何とか硬度を保ったものの、沙貴との行為で炸裂にまではいたらなかった。

しかし、何が幸いするかわからないものだ。

ふだんなら射精することで、甲介の欲情は終止符が打たれ、亢ぶりも沈静してしまい、たとえ恋愛の絶頂にある相手だったとしても、炸裂の直後には引きずり込まれそうな眠気ばかりを感じ、女が疎ましくなることがある。射精がなければ、亢ぶりは閉じられた環を延々とめぐりつづけるばかりだった。

沙貴にどれほど性的な経験があるのか、甲介には知りようもなかったが、少なくとも彼女なりに行為の流れをある程度は予測していたかも知れない。最初はわき上がる衝動そのままに躰をぶつけ合い、むさぼり合う。そのとき、沙貴は多少声をあげたが、どこか演技じみた匂いが感じられた。

次いで攻守を転じ、沙貴が甲介を亢ぶらせる側にまわる。ヒロミのように手慣れた技巧ではなかったが、甲介の器官を口にふくみ、両手の指を使って愛撫する姿は痛々しいほどに真摯だった。もし、前夜ヒロミとの間に三度の情交がなければ、甲介は簡単に亢ぶり、はじけていたかも知れない。が、器官は硬直し、沙貴の髪を両手でかき回しさえしてはいたものの、頭の中ではヒロミと沙貴の行動の差を分析する余裕があった。

器官が限界近くにまで張りつめたとき、甲介は沙貴の躰を引き上げた。彼女はすぐに甲介の意図を察し、覆いかぶさってきたのである。それから腰を使いはじめたのだが、その動きはぎこちなく、何度もはずれかかった。だが、彼女は一生懸命だった。甲介の肩に両手を置き、腰を動かし、うつむいて眉間にしわを刻んでいた。はらりとたれ下がった髪の毛の間から思いつめたように二人が溶け合っている部分を見ていたのである。

その痛々しくさえある表情を見ているうちに、甲介は新たなる亢ぶりを感じた。胸が締めつけられるほどのいとおしさを感じた。

甲介は手を伸ばし、沙貴の乳房をそっと包み込むと、人さし指を使って両方の乳首を同時に愛撫した。指先に限界までふくれ上がった乳首を感じるようになると、愛撫をさらに柔らかく、触れるか触れないか、微妙な力加減にする。張りつめた乳首は敏感で、羽毛で触れられただけで痛みを感じる場合がある、と耳にしたことがあった。

激しく腰を打ちつける沙貴と、指先をかすかに触れさせる甲介は、いつの間にか意地を張り合い、競い合うような心境に入っていった。自らが上となって攻めつづけるなどあまり経験がなかったのだろう。戦いは、沙貴の分が悪かった。融合している部分に意識を集中しようとしているのだが、張りつめた乳首への愛撫に気を散らされ、自分で動かしているにもかかわらず下方から上昇してくる快感に、ともすれば押し流されそうになっているようだった。やがて沙貴は、目を閉じ、追いつめられたようにうめきを漏らし、徐々に躰をのけぞらせはじめた。その表情は、どこか悔しげでさえあった。

ついに沙貴の動きが停まった瞬間、甲介は彼女の腰を両手でつかみ、下から突き上げた。一気にではない。ゆっくりと奥へ押し込んだのである。沙貴は歯を食いしばり、うめきを漏らすまいとしていた。最深部に到達したあと、甲介はゆっくりと後退した。沙貴は甲介の肩に爪を立て、引き抜かれそうになる器官を追いかけるように腰を押しつけ、同時にうなだれた。目は閉じていた。そこを狙い澄ましてもう一度突き上げる。

今度は早く、一気に。

「ううっ」沙貴が甲介の肩から手を離し、のけぞる。

浅く早く、浅く早く、浅く早く、深くゆっくり、甲介は怜悧《れいり》にリズムを刻んで沙貴を突き上げつづけた。時おり、わざとリズムを乱し、深く深くと二度ついたかと思うと、さざ波のような動きをしばらくつづけ、沙貴を焦らしもした。

沙貴は紙風船だった。落ちるか、落ちないかぎりぎりのところでつつかれ、漂う状態に慣れたところを今度はぽんと打ち上げられる。そのくり返しが延々つづいたのである。

どれほどそうした浮遊時間がつづいたものか、沙貴にも、甲介にもわからなくなっていた。

ついに沙貴は大波に襲われ、のけぞり、叫んだ。

甲介には、彼女をすんなり休ませるつもりはなかった。目を閉じたまま、がっくりとうなだれ、肩を上下させていた沙貴の呼吸が整いかけたところで再び深く突き上げたのである。

「お願い」沙貴がか細い声でつぶやき、甲介の肩にしがみつく。

甲介は動きつづけた。沙貴の表情を見つめ、微妙な加減をくわえながら、浅く、深くをくり返した。

「怖いよ」沙貴の声はますます弱々しく、聞き取りにくくなる。

言葉とは裏腹に沙貴はさらに強く腰を押しつけてくる。甲介は両手で沙貴を持ちあげ、わずかに宙に浮かせるような格好にした。その方が甲介の腰の動きは大きくなる。沙貴は甲介の腕をつかみ、浮遊している。

突いた。さらに突いた。

やがて沙貴は言葉を失い、首をのけぞらせ、背中を痙攣させた。痙攣は二度、三度とつづき、その後、沙貴はぐったりと躰の力を抜いた。甲介は沙貴をベッドに横たわらせ、腕枕をするとシーツを引き上げて二人の躰を覆った。

沙貴が甲介のわきの下に鼻を埋め、浅い呼吸をくり返している。

甲介はぼんやりと天井を見上げていた。多少汗ばんではいたが、息が乱れるほどではない。それでも心臓がはね回っているのを感じる。甲介は自分の心臓の音に聞き入っていた。さすがにくたびれている、と思った。全身がだるく、足と腰の筋肉には鈍く熱い痛みが宿っている。

会社、休もうか、と甲介は思っていた。

有給休暇は年に十三日あり、甲介は今年度に入ってまだ一日もつかっていなかった。早出シフトは来週だし、備品の発注などにしてもとくに急ぎの仕事があるわけではない。

いくつもの小さな穴が開いている天井を見上げながら、脳裏で一日の仕事をシミュレーションしてみる。記事を切り抜くのは、今週早出シフトにあたっている小島だ。もし、甲介がいなければ、秘書課の女性社員が記事を台紙に貼りつけるのを手伝う。沙貴がいる間は、彼女の仕事だった。だが、沙貴の退職にともなって秘書課の女性社員が作業を肩代わりするように、打ち合わせはすんでいる。ついで甲介は各部署から寄せられている備品の発注状況を思いうかべた。コピー用紙、ガムテープ、ボールペン、それに名刺が二件くらいで、緊急を要するものはない。

二夜連続の行為で、体中の関節がきしんでいる。とにかく疲れを取り除きたかった。

沙貴が身じろぎした。

「何を考えてるの?」

落ち着いた声には、先ほどまでの狂態がきれいさっぱり拭われ、冷ややかとさえ感じられた。

「いや、別に」甲介は天井を見上げたまま答える。

「嘘」

鋭い声で、沙貴が叩きつけた。甲介は少し驚いて、沙貴を見やる。まっすぐに見つめる眸が強い光を放っている。

どうして、といいかけて甲介は口をつぐんだ。何が沙貴の感情を逆撫でしたのか、見当もつかない。

「あの女のことを考えているんでしょう」

「あの女って、誰のことだ?」

「あのヤリマン女よ」

ヤリマン、という言葉の意味は甲介にもわかる。が、沙貴が口にするには似合わないように思えたし、それが誰を指すのか、見当もつかなかった。

甲介はじっと沙貴を見つめているばかりだった。

「宮下香織」沙貴は汚ないものでも吐きだすように顔をしかめていった。「山本さん、あの女のことを考えていたから……」

沙貴が言葉につまり、目を伏せた。

「考えていたから、何だ?」

「イカないのか、って」沙貴は苦しげに言葉を押しだした。肩が震え、睫毛が濡れる。「だって悔しいじゃないですか」

「そんなことか」

甲介は沙貴の肩に手を掛けると、背中を向けさせた。裸の背に、自分の腹をあて後ろから包み込むように抱いた。

「男の人って、それがないと満足しないいんじゃないですか」沙貴は甲介の指を弄びながらいった。

「射精なんて排泄にすぎないんだよ。少なくともおれにとっては、ね。個人差がある。それに射精してしまえば、そこで終わりになってしまうじゃないか」

甲介は沙貴の温かさに触れるうちに、器官が硬度を取り戻してくるのを感じた。それを彼女の尻の間に押しあてる。沙貴は尻を突きだし、甲介の器官を双丘の間に挟むと、小さく揺さぶった。

「もう一回ですかぁ」沙貴の声が甘くなる。

「一回でも、二回でも。出してないんだから、何度でも」甲介は冷めた顔つきでいった。

「そんな」沙貴が背中を丸め、咽の奥で笑う。「痛くなっちゃうよ」

甲介は手を伸ばし、沙貴の尻の間からまだ熱を帯び、ぬかるんでいる部分をそっと指で撫でた。沙貴が斜めに足を開き、甲介の指を受けいれやすくする。息がわずかに荒くなった。

「それに何だっておれが宮下主任のことを思わなくちゃならないんだ?」

「居酒屋で楽しそうにおしゃべりしていたじゃないですか」沙貴は目を閉じたままいった。

香織にヌード写真のことを聞きかけ、何度も思いとどまっていたとき、甲介をにらみつけている沙貴の視線にぶつかったことを思いだす。

「たまたまとなりに座っていたから話をしていただけだろ。それだけだよ」

「私、心配だったんですよ、山本さんのことが」

「心配って、どうして?」

甲介は自分の緊張を沙貴に気取られないように器官の先端をぬかるみに押しつけ、ゆっくりと動かした。

沙貴は目を閉じ、躰を投げだしている。

「宮下香織は、社内の男を食いまくってるって話なんですよ。あの女、ブスだけど、すぐにやらせてくれるから便利なんだっていってました」

「誰が?」

甲介が訊いたものの、沙貴は圧し殺したうめきを漏らしただけだった。甲介はわずかに腰を引き、質問を変えた。沙貴の尻が甲介を追ってくる。

「宮下主任は、そんなにたくさんの男とつき合ってるのかい」

「つき合ってるんじゃないです。寝てるだけですよ。セックスフレンドって奴ですか。私が知ってるだけでも……」

甲介は腰を動かしつづけながら、沙貴が次々口にしていった名前に耳をかたむけていた。物流販売・業務担当常務の広川、業務本部長の粟野、人事部長の佐伯、それに現在は広島工場長を務める男の名前も出てきた。そのほかにも沙貴は名前を出したが、甲介はそうした男たちの顔を思い浮かべることができなかった。

沙貴が言葉を切る。

「でも、噂だろ」甲介が口をはさんだ。

「噂かも知れませんけど、私は佐伯部長は怪しいと思ってます。私も誘われたことがあるんですよ。断わったんです。佐伯部長は変態ですよ。私の知り合いの子なんですけど、会社の中で写真を撮らせてくれって、いわれて」

「写真くらい、いいじゃないか」平静を装っていたが、心拍数は一気にはね上がっていた。

「冗談じゃないですよ。服を脱いで、あそこの写真を撮らせろっていわれたらしいんですよ」

「まさか」

「本当ですって」

むきになっていいかける沙貴をうつぶせにすると、シーツを払い、彼女の背中に乗った。後ろから挿入していく。

沙貴は何かいいかけたが、そのまま背中をのけぞらせ、食いしばった歯の間からうめき声を漏らした。

照明は消したままになっていたが、窓を覆っているカーテンが灰色の光を受け、ぼんやりとした部屋の中を見渡すことができた。ダブルベッドの足元の方、壁にテーブルが作りつけになっていた。その前に鏡がはめ込まれ、ドレッサーも兼ねるようになっている。

沙貴はスツールに座り、鏡に向かって髪をとかしていた。ほの暗い中、白い背中が浮かびあがっている。

いつの間にか眠ってしまったらしい。甲介は首を持ちあげ、沙貴に声をかけた。

「何時になった?」

「あら、起こしちゃいました?」沙貴がブラシを手にしたまま振り返る。「今、朝の五時半です」

「ずいぶん早いな」

「先にお風呂使わせていただきました。私、帰らなくちゃいけないんです」

「帰るって、こんな時間に?」

「今日はお友達のところに泊まったことになってるんですよ。今からそこへ帰らないと、七時に彼が迎えに来るんです」

「彼って、フィアンセが?」

「そうです」沙貴はあっさりとうなずき、ブラシを置くとハンドバッグを開けて化粧道具を取りだした。「七時に迎えに来て、私を自宅まで送ったあと、出勤するんですって」

「優しい人なんだね」

「ヤキモチ焼きなんです」沙貴はコンパクトを開き、上目づかいに小さな鏡をのぞき込んだあと、化粧を直しはじめた。「私が外泊するといったら、大騒ぎで」

「そりゃ、そうだろうな」昨夜の出来事を考えれば無理もないだろう、と思ったが、口にはしなかった。「君をそれだけ愛してるってことなんだろうから」

「そうかしら」コンパクトを置き、口紅を取りあげた沙貴が首をかしげる。「本当に愛していたら、相手のことを信じられるんじゃないかしら。それに相手の自由を束縛しようとはしないと思います」

婚約者が見も知らぬ男の腕に抱かれるのを容認すれば、束縛していないということになるのだろうか、と甲介は思った。自由にさせる、という意味が違っているような気がする。

口紅を塗り終えた沙貴が立ち上がり、床に散らばった洋服を集め始めた。下着を着け、もう一度スツールに腰を下ろしてパンティストッキングに足を通す。

ふと手を止め、床に落ちているジャケットを見やった。

「しわだらけだわ」

「まずかったかな」甲介はベッドの上で躰を起こした。

「平気です」沙貴は甲介に向かってにっこり微笑んだ。「友達に何か着るものを借りますから。彼、私がどんな洋服を着ているか、まるでわかっていないんです」

沙貴はブラウスとスカートを身につけ、ジャケットを腕に掛けると、ハンドバッグを手にした。

早朝、ラブホテルから出ていく女を見送るとき、何といえばいいのだろう、と甲介は思った。ましてや沙貴とは、ここで別れたら一生会わないこともありえる。社員名簿をもっているから、お互いに相手の連絡先はわかるが、沙貴の連絡先は実家のはずだ。

そうかといって、新婚家庭の電話番号を訊ねるのは躊躇われた。

「それじゃ」沙貴はにっこり笑って手を振ると、あっさりと部屋を出ていった。


再び眠りに落ちた甲介が目覚めたときには、午前九時をまわっていた。遅刻、である。が、ベッドのヘッドボードに置いた腕時計を探り当てて時間を確かめたときには、甲介には遅刻の予感があったし、居直ってもいた。

シャワーをざっと浴び、すっきりしたところで服を身につけた。下着もワイシャツも湿気っていたが、我慢するよりほかにない。あらためて、部屋の中を見渡す。乱れたベッド、床に落ちているバスタオル、ゴミ箱の中の丸めたティッシュペーパーと、一つひとつが昨日の出来事を物語っている。そのときになってはじめて、甲介は部屋にカラオケの装置が取りつけられているのに気がついた。装置の後ろ側には、〈カラオケ歌い放題、完全防音です。ご遠慮なく〉と書いた紙が貼ってあった。

ここまで来てカラオケで歌うような奴がいるのだろうか、とちらりと思った。

甲介は小さく首を振ると、部屋をあとにした。ホテルを出たところで、電話ボックスに入り、会社に電話を入れる。電話を受けたのは、小島だった。甲介は今朝になって熱が出て、今、病院に行って来たところだと告げた。扁桃腺が腫れている、といっておく。小島は電話が遅すぎることに文句をいったものの、甲介の欠勤をあっさりと認めた。

上野駅までだらだら歩いた甲介は山手線に乗り、マンションに向かった。部屋に帰ると、服を脱ぎ捨て、赤裸の上にTシャツを着ただけでベッドにもぐり込み、そのまま眠りこんだ。

夢もない、暗く、深い眠りだった。

11

枕元の目覚まし時計がことりと音をたて、午後二時をさした。ちょうど十二時間前、沙貴と抱き合っていた。ずいぶんと昔のことのように思えた。それどころか、本当に自分の身に起こったことなのか、それすら疑わしい。五年間同じ職場で働いていた沙貴と、昨夜自分の腕の中にいた裸の女が今となっても一致しない。

ベッドの上に起き上がり、部屋を見渡す。テレビ。テーブル。洋服ダンスに整理ダンス。本がほとんど入っておらず、整理棚と化している本棚。床に脱ぎ散らかしたままのスーツとワイシャツ。どれもすっかり見慣れているはずなのにどこか現実感に乏しかった。

甲介は床に足を下ろし、首をゆっくりと動かした。

せめて二日酔いの頭痛でもあれば、少しは後ろめたさも薄らぐのだが、久しぶりに半日近く眠ったあとでは、いつもより躰が軽いくらいだった。小島に電話を入れたときには、扁桃腺が腫れて熱があるといったが、もちろん仮病だ。

知らず知らずのうちに後ろめたさを感じている自分に気がついて苦笑いが浮かんだ。ガキのころと、まるで変わってないじゃないか、と。

小学生のころ、どうしても学校に行きたくない日があった。朝から便意を催しているのに、自宅のトイレにしゃがんでも用を足せなかったときだ。腹には重い塊りが詰まっているような気がするのに、一向に排泄される気配がない。家を出なければならない時間が迫る。焦燥がつのる。が、焦れば焦るほどますます出ない。

学校を休みたくなるのは、そういうときだった。理由は、頭痛か腹痛。たいていの場合、母親に追い出されるようにして学校に行くのだが、年に一、二度、迫真の演技によってずる休みを手に入れられた。

要は学校のトイレが嫌いだったにすぎない。甲介が通っていた小学校は町中でもっとも古い校舎で、トイレも水洗になっていなかった。目がちかちかするほど凄まじい臭気と、何より黄ばみ、ところどころに汚物のこびりついた便器を目にするのがいやだった。そして学校で大便をすれば、それだけでクラスの笑いものになる危険性があった。

小学校、中学校を通じて、学校のトイレで大便をした記憶がない。だから朝、自宅を出る前に用を足せるかどうかは重大な問題だった。

まんまとずる休みに成功し、布団に戻ったときには、親をだましたという後ろめたさと同時に、皆が学校に向かっている間、自分だけがぬくぬくとした寝床にもぐり込んでいられると優越感を感じたものだ。しかし、少しばかり得をしたような気分も午前中いっぱいともたず、寝床に何冊ものマンガを持ち込んでいようと昼にはすっかり退屈してしまった。

その日の時間割りと時計とを見比べ、今ごろ教室がどんな様子かを考えてみると、今度は何か損をしたような心もちになり、ずる休みしたことを後悔したものだった。次いで罪悪感を抱く。学校を一日ずる休みしただけで、とんでもなく悪いことをしたような気持ちになった。

たしかに中学校までは義務教育であり、法的にいっても学校に行かなければならない。だが、小学生だった甲介が国民の義務を全うできないことに罪悪感を抱いていたわけではない。皆と違うことをしたために枠からはみ出した悪い子になってしまうことに罪悪感をおぼえ、恐怖を感じていたにすぎない。

二十年以上が経過し、今、曲がりなりにも会社員として自活している甲介は、小学生のころと同じ罪悪感にさいなまれている自分に気がついて苦笑してしまったのだった。小学校の六年、中学の三年、高校の三年、さらに大学の四年間を通じて、甲介が身につけたことといえば、ほんのわずか枠からはみ出す、たとえば学校なり会社なりを一日ずる休みするだけで恐怖を感じてしまう精神構造だった。

体調が悪かったり、どうしても外せない私用で会社を休まなければならないとき、有給休暇が認められる。それは洋和化学の社員である甲介にとって当然の権利なのだが、その権利を行使するのにさえ、後ろめたさを感じてしまう。いつものそば屋でもりそばを食べながら、周囲にいるサラリーマンたちを養鶏場で金網に囲われた鶏のように感じているくせに、甲介自身、枠からはみ出し、冒険する勇気はどこにもなかった。

ほんのひと休みすることに罪悪感をおぼえてしまうのだが、自分の仕事が世のため、人のために役立つこともなく、単なる資源の無駄にすぎないこともわかっている。しかも毎日同じことをくり返し、毎日同じことを感じているのだ。どこにも出口のない小さな箱の中をぐるぐる、ぐるぐる歩きまわっているような気がする。

しょせん、おれも養鶏場の鶏なのか、と思わずにいられなかった。目の前に流れ来る餌をついばみ、一日一個の卵を産む。本来なら子孫を繁栄させるための重大事業であるはずだが、日常に堕してしまえば、単なるくり返し、惰性にすぎない。そこには何の感情もなく、ただひたすら乞いねがうは今日が昨日と同じ一日として大過なく過ぎ去ること、できるなら明日も同じ一日がやってくることだけだ。

一日三千円で生きている甲介にとって、どのような変化もありがたくはなかった。変化に対処するためには新たなるエネルギーが必要だし、限りある貴重なエネルギーを割いて変化に対処したところで、甲介の生活そのものが大転換するわけもない。

会社員としての未来は、すべて目の前にある。主任、係長、課長、部長、取締役と、ずらり並んでいる。その中で、自分は部長にすらなれないだろうという諦観がある。あるいは〈爺捨て山〉の三人のようになるか、萩原のように誰からも相手にされず、それでも毎日出勤し、ひたすらタバコをふかしつづけるか。

鶏がどんな変化を望むというのか。

甲介は力のない笑みを浮かべたまま、ゆっくりと立ち上がった。

会社を飛びだし、膨大な自由を手に入れたところで、おのれの才覚だけで生きていく能力も度胸もないことはわかっている。金を稼げる技能を身につけているでなく、ぬきんでた才能や容姿があるわけでもない。甲介が給料をもらっていられるのは、学校教育で身につけた協調性、枠から絶対にはみ出さないということ、つまりはいつでも誰とでも代替の利く規格品であるからにすぎなかった。

社会人になって六年、それなりに昇給もした。経験も積んだ。だが、それは洋和化学の中においてのみ通用するのであって、転職すれば、またしてもゼロからスタートしなければならない。

甲介のまわりにも、自分の可能性を試したいからと転職する人間がいる。三十になるかならないかという年齢は、世間一般でいえば、若いということになる。だが、転職していった先で、どれほどやり甲斐のある仕事に就いているのか疑問だった。たしかに脱サラをして華麗なる転身に成功する者もいるだろう。テレビで見かけることもある。逆にいえば、成功はテレビが取りあげるほど珍しく、失敗は見向きもされないほどたくさんあるということの証しではないのか。

自分の可能性とは、現在ある姿以外の何ものでもない。それ以上でもそれ以下でもなく、世間と自分とが折り合った結果が鬱々とした日常なのだ。

甲介は引き戸を開け、台所に入った。冷房が逃げないようすぐに戸を閉める。台所の空気はねっとりと暑く、湿気っていた。汗が噴きだし、Tシャツの胸元を濡らしはじめる。流し台の前に立った甲介は、かごの中に伏せてあったコップを取った。水道を流しっぱなしにして、コップを何度もすすぐ。流水を手に浴びていると、ひんやりとして心地よかったが、決してコップがつゆを帯びるほどに冷たくはならない。

コップ一杯の水を、咽を動かして飲みながら、甲介は気がついた。

保坂が唐突に現われたことで、甲介の日常が破壊され、あるいは今までと違う生活がひらけるかも知れないと期待していた。だから、真夜中の電話をしなくなったのだろう。真夜中の電話は、息がつまりそうな日常の中で、甲介が手に入れた唯一の変化だったからだ。だが、それも肝腎の保坂が惨殺されたことで粉々に砕かれてしまった。

実際、甲介は保坂と行動をともにしようとは思っていなかった。ただ世間の枠を外れたところで生きている保坂と酒を飲み、話を聞くだけで、幾分かは鬱屈を慰撫されることを望んでいたにすぎない。

もう一杯、コップに水をつぎ、顔を仰向かせて咽に流しこんだ。

沙貴との行為も日常からかけ離れたところにあった。そこにたどり着くまでに甲介はアルコールの助けを借りなければならなかったし、そして終わったあとは、まるで夢のようだったと感じている。何もかも現実味に薄い中で、一つだけはっきりしているのは、二度と沙貴には会わないということだ。

結局、保坂にしろ、沙貴にしろ、甲介にとっては迷惑でしかなかった。

空になったコップを流し台に放り出す。鋭い音がして、コップが割れた。蛇口から流れ出る水が破片を洗い、尖ったガラスの先端に宿った水滴に光が宿っている。

身じろぎもせず、光をながめていた。

やがて甲介は首をうなだれ、太く息を吐いた。

金と拳銃はそのまま警察に届けることにしよう、と胸の内でつぶやく。甲介は変化を望まない。

銃そのものは加工された金属製品にすぎない。だが、その形状ゆえか、指先をほんの少し動かすだけで凄まじい破壊力を産む性質ゆえか、さらには破壊力にともなう物語性のためか、いずれにせよ、甲介を誘惑した。

ベッドの下からバッグを引っぱりだした甲介は、警察に渡す前にもう一度触れてみたいという衝動に勝てなかった。

すでに梱包を解いてある以上、銃に甲介の指紋が残っていたとしても不自然ではない。警察に銃をもっていったときには、すべてのいきさつを正直に話し、保坂が殺されたことを知ったあとでバッグの中身をあらためたというつもりだった。保坂がヤクザで、三角形の包みが拳銃に思えたからこそ、梱包を開いたという主張はむしろ自然だろう。

甲介はグリップのわきについているボタンを押して、弾倉を抜いた。自動拳銃の場合、弾丸は銃把の中に入れられている弾倉にこめられている。映画やテレビで何度も見ているのだ。銃の基本的な操作くらい、見よう見まねでできる。

弾丸さえのぞいてしまえば、拳銃といえども金属の塊りにすぎない。時速百キロで疾駆してくる自動車にはねられれば命はないが、ガソリンのない車は動きようがなく、自らぶつかってでも行かない限り凶器とはなり得ない。それと同じ道理だ。

銃把を右手で握り、しげしげとながめながら、あらためて重みを感じた。映画の中で刑事や殺し屋がよくやるように右腕を伸ばし、引き戸の一点に狙いをつけてみる。銃はぐらぐらし、まるで安定しない。一分ほどそうしているだけで腕がだるくなってしまった。

銃身を覆うカバーのような部分の全長は二十センチほどもあった。弾倉をはめ、カバーの部分を後ろに引き下げて弾丸をこめる。それから引き金をひけば、銃弾が発射される。確かカバーは衝撃で自動的に後退し、空になった薬莢《やっきょう》が排出されるのと同時に次の弾丸が送りこまれるはずだ。

すべてはかつてレンタルショップで借りてきたビデオで見た知識だった。

られていた。

カバーの後端には撃鉄がある。撃鉄の上部には、指を引っかけるようにギザギザが刻みつけられていた。

銃をテーブルの上に置き、弾倉を手にした。薬莢は金色で、弾丸は赤茶色の光沢を放っている。弾丸は人さし指の先端ほどもあり、目の当たりにするとかなり大きかった。その弾丸が目には見えない速度で飛んできて人間の躰にあたるとすれば、やはり死はまぬがれないだろう。銃そのものより、弾丸に気味悪さを感じた。薬莢には火薬が詰まっており、それが爆発することで弾丸を飛ばす。薬莢の尻には、丸い信管がはめられている。弾丸さえ抜いておけば、銃は金属の塊りにすぎない。しかし、火薬の入っている薬莢は火を点ければ爆発するかも知れない。

我ながら馬鹿げているとは思ったが、テーブルの上にあった灰皿を床に下ろした。

再び拳銃を手にし、今度は銃口をのぞいてみる。銃口の内側には溝が切ってあった。溝が銃身に対して平行ではなく、わずかに螺旋を描くように刻まれているのはわかったが、その奥は暗くて見えなかった。弾丸を抜いてあるとはいえ、銃口をのぞくのはあまり気分の良いものではない。

アメリカ映画ではよく拳銃で自殺するシーンを見かける。本当に自殺しようという人間は実弾をこめた拳銃をこめかみにあてたり、銃口を口でくわえたりするのだろうが、甲介にはそんな気分になる人間を理解できそうになかった。

銃把を握り、銃口を下に向けたまま、撃鉄を起こしてみる。大型の拳銃なので、撃鉄を起こすには左手を使わなければならなかった。撃鉄を起こすと、銃の左側面についている小さなレバーが動いた。銃把を握ったまま、右手の親指のわきで上げたり、下げたりできる。

それが安全装置なのだろう、と察しがついた。レバーを上げておくと、引き金に力を加えてもひくことができない。

今度はレバーを親指で下げ、引き金をひいてみた。

撃鉄が落ちる。

目を開けたまま、失神しているような状態だった。耳には粘土をつめられ、そのせいで頭蓋骨の中に響きわたっている金属音がいつまでも消えないような気がした。右手に握った拳銃のそこここから白っぽい煙が細く立ちのぼっている。

テーブルの足が折れ、斜めになっていた。テーブルにのせてあった弾倉はすべり落ち、カーペットの上に転がっていた。テーブルの下、カーペットに丸い穴が開いていた。穴の周囲は焼けこげ、そこから煙が出ている。

部屋の中には薄青い煙が立ちこめていた。

ふくらはぎに鈍い痛みが残っていた。もちろん弾丸が当たったのではない。もし、命中していれば、血まみれの足を抱えて大声を上げ、転げまわっているだろう。弾丸がそばを通り抜けたとき、細い革ひもで打たれたような衝撃を感じたのだ。その名残りが鈍い痛みだった。

保坂の仕業か、保坂が手にする前にそうなっていたのかはわからないが、拳銃は弾丸を送りこんだ状態で、撃鉄を落としてあった。つまり、いつでも撃てる状態でタオルにくるまれていたことになる。

保坂は知らなかったんだろうな、と甲介は思った。あの夜、保坂はバッグを胸に抱えていたし、居酒屋では床に置いたバッグをつま先でつつき回していた。いつでも実弾を発射できる状態にある拳銃が入っているのを知っていれば、バッグの扱いももっと違ったのではないか。

甲介はエアコンが冷気を吐きだす音に耳をかたむけながら、ぼんやりとそんなことを考えていた。

弾丸がこめられている拳銃の撃鉄を起こし、安全装置を外して引き金をひいたのだ。撃鉄が落ち、弾丸が発射されたのは、至極当然のことだった。轟音、そして小さく、力の強い動物のように銃が跳ねた反動に、甲介は目を開けたまま失神した状態に陥った。

発射された銃弾はテーブルの足を折り、カーペットを敷いた床に突き刺さった。

ようやく我に返った甲介は拳銃を慎重に床に置き、テーブルを押しのけて腹這いになると、カーペットにあいた穴をのぞき込んだ。甲介の部屋は二階にある。床を貫通していれば、下の部屋が見えるはず、と思ったのだ。が、穴の中は暗く、とりあえず貫通はしていないようだった。

次に甲介は穴に口を当て、思いきり息を吹き込んでみた。穴が曲がっていて、光が届かないことも考えられるからだ。しかし、埃に噎せそうになっただけで、息が穴を通り抜けたのか、まるでわからなかった。

水を流し込んでみようかとも考えたが、下の部屋の天井にシミでも作れば大騒ぎになると、思いとどまった。

立ち上がり、窓に近づくと数センチ開いて外をうかがった。近所にあるマンションや家の窓や扉が開き、誰かが甲介の部屋を見ていないか確かめるつもりだったが、それらしい視線には出会わなかった。すぐわきの路地を中年の女が二人、おしゃべりしながら歩いていく。だらだらとした足どりで、話に夢中になっているのか、一度として甲介の部屋を振り返ろうとはしなかった。

窓を閉め、再び拳銃を取りあげた甲介は床に転がっていた弾倉をはめ、バッグに戻してファスナーを閉めた。それでも足りずにバッグをベッドの下に押し込み、とりあえず視界に入らないようにする。

床にへたりこんだ甲介は肩を落として、ためていた息を吐きだした。

ショックがおさまると、甲介は怒りがこみ上げてくるのを感じた。自分の間抜けさを棚に上げ、低い声で保坂を罵りつづける。すべてはあの男が持ち込んだ厄介ごとだ。十三年も連絡がなかったのに、突然訪ねてきて拳銃を押しつけていった。それほど親しかったわけでもなく、ただ席が隣り合わせになったというだけの関係でしかない。

それなのに、といいかけ、萎えた。

迷惑だろ、といった保坂の姿が脳裏に浮かんだ。あのとき、甲介も保坂と同じ匂いを発していると感じた。そのことも思いだしていた。

自宅で拳銃を暴発させたとなると、よけいに厄介になるかも知れない。だが、それとて梱包を解いている最中に起こったことにすれば、何とか言い抜けられるのではないか。

いずれにせよ甲介はもう拳銃をそばに置きたくなかった。ショックが消え、怒りがおさまると、次に襲ってきたのは恐怖だった。テーブルの足は金属の板を四角形に成形して作られていたが、下から三分の一くらいで引きちぎられている。ねじ曲がった金属の断片が目についた。ため息をつき、まだひりひりするふくらはぎに目をやる。そのときになってはじめて、肌に薄赤い筋が描かれているのに気がついた。

12

「おや、珍しい」カウンターにかがみ込み、伝票の整理をしていた女が顔だけ上げていった。

「お客さんの顔を見ると、あれっ、今日は日曜だっけって思っちゃいますよ」

女は空いた前歯を隠そうともせず、大口を開けて笑い、カウンターに広げてあった伝票をわきへ避《よ》けた。

クリーニング店の店頭には、つんと鼻に来る薬液の臭いが立ちこめ、奥の作業室が発する熱気にあふれていた。薬液の臭気には、周囲をぐるりと取り囲むようにつり下がった洗濯物を包んでいるビニールの臭いが混じっている。

甲介は手にぶら下げてきた紙袋をカウンターにのせた。

「お仕事、早く終わったんですか」女はそういいながら紙袋をのぞき込み、ワイシャツとスーツを取りだした。

「ええ、まあ」甲介は曖昧に答えた。

紺のスーツを着ているために、仕事帰りといったのだろう。

甲介は黒いバッグをぶら下げていた。これから近所の交番に行き、拳銃と金を渡して来るつもりだった。そのことを目の前にいる女に告げたら、どんな顔をするだろう、とちらりと思う。

伝票の綴りを取りだし、ボールペンで記入している女の後頭部を、甲介は無表情に見つめていた。

「ワイシャツ、三枚に、紺のスーツが上下、と」女は一々声に出しながら伝票に記入していく。

甲介を見上げて訊いた。「そのほかには」

「別に」甲介は首を振る。「それだけです」

女は舌を出し、親指と人さし指をなめると、伝票をちぎって甲介に差し出した。

「先週お出しになったワイシャツができ上がってますけど」

甲介は受けとった伝票をきちんと折りたたみ、財布に入れながら首を振った。

「今日はいいです。どうせ次の日曜には、今週分の残りのワイシャツをもって来なきゃなりませんから、でき上がってる分はそのときにもらっていきます」

「わかりました」女はレジに近寄り、キーを叩いた。「ワイシャツが三枚で七百五十円、スーツ上下が千円で、千七百五十円と、消費税が入りまして、千八百三十七円になります」

甲介は千円札を二枚渡して、釣り銭を受けとった。女はレジの引出しに千円札を入れながら言葉をついだ。

「ワイシャツは今度の日曜日にはできていますが、スーツの方は月曜日になってしまうんですけど」

「別に急ぎませんから」

「そうですか、申し訳ないですね」女がレジの引出しを押し込むと、ちんと間の抜けた音が響いた。「毎度ありがとうございます」

「じゃ、よろしくお願いします」

甲介はクリーニング店を出た。自動扉が開くと同時に頭の上から電子音が降ってくる。

『マイドアリガトウゴザイマシタ。ツギノゴライテンヲオマチシテオリマス』

すべてを聞き終わる前に甲介の後ろで自動扉が閉まる。

すでに夕闇が空気をブルーに染め、中華料理屋の赤い電飾看板が鮮やかに浮かびあがって見える。中学生や高校生の一団が店頭の雑誌売場を占領している本屋の前を通り、こぢんまりとした時計店のわきを抜けて駅の南口に向かって歩き出した。

駅前の商店街を抜け、路地に入るとアパートや古い一戸建ての住宅がぎっしり詰まっていた。自動車が一台ようやく通り抜けられるほどでしかない路地に面して、車庫が設けられ、大型乗用車が停めてある。それを見るたびに、どのようにして車を入れるのだろう、と不思議な気分になった。

住宅街に入ると人通りがほとんどなくなり、商店街の喧噪を背中に聞くばかりになった。アスファルトをこする、自分の靴音に耳をかたむけていた。右手にぶら下げたバッグが揺れている。

拳銃を暴発させたときのショックはあらかた消え去っていたが、手首には捻挫のような痛みが残っていた。銃弾が発射された瞬間を見てはいなかったが、火薬の反動は凄まじく、そのときに手首をひねっているかも知れなかった。

坂を登る。自然と視界の下方に自分のつま先が見えてくる。靴が埃で白っぽく汚れていた。

スーツを着てきたのは、少しでも心証が良くなるようにと考えてのことだった。この時期、甲介が着られる私服はジーパンにTシャツくらいしかない。人は往々にして外見で判断される。くたびれたジーパンに、襟元が伸びきったTシャツを着ているより、紺色のスーツを着ている方がまともな社会人に見えるだろう、と考えたのだった。

だが、靴が汚れている。背広姿の男を値踏みするときには、中心線を見る、といわれる。ネクタイ、ベルト、そして靴だ。スーツは安物でもベルトと靴には金をかけ、ネクタイは古びたものを避ける。何かの本で読んだ知識か、ビジネスマンの常識として誰かに吹きこまれたものかは忘れてしまったが、いずれにせよ厄介なときに思いだしたものだ。

甲介は口許をゆがめ、顔を上げた。

住宅街を抜け、本郷通りに出る。道路の両側にはびっしりと商店が並び、すでにネオンサインには灯りがともっていた。

足を止める。道路の向こう側に銀行があった。正面入口のシャッターはとっくに降りているが、自動支払機のコーナーには、まだ照明がついている。沙貴と待ち合わせをしたバーの支払い、タクシー代、ホテル代と予想外の出費があって、財布は空だった。

口座にいくら残っていたっけ、と甲介は胸の内でつぶやいた。

次いで、バッグを見おろす。銀行の名前が印刷された封筒には、一万円札が八十九枚入っていた。おそらく保坂は百万円渡され、そのうち十一万円を使ったのだろう。甲介のマンションに来る前は一週間ほど新宿のホテルで過ごしたといっていたし、あの夜、居酒屋で一万円札を二枚出し、釣りは要らないといった。

八十九万円あれば、月に三万ずつ使ったとしても二十九カ月、二年以上保つ。それにできるだけ使わずに手元に置いておけば、昨夜のような急な出費にもあわてることなく、対処できるというものだ。

歩行者用信号が変わり、車が停まった。甲介はふらふらと本郷通りを渡り、銀行に近づいた。そのまま自動支払機コーナーに入っていった。

キャッシュディスペンサーは二台あり、そのうちの一台の前に太った女がいた。なぜか女は細い目で甲介を睨むと、まるで似合っていない長い髪を、短く太い指で払い、赤い財布を手にして出ていった。

機械の前に立った甲介は、バッグを足元に置き、尻ポケットから財布を抜いた。キャッシュカードを取り出す。画面には、入金、引き出し、振込み、残高照会の文字が並んでいる。

画面とバッグの間を素早く視線が行き来する。八十九万円のうち、四万円を手元に置き、残りを入金してしまおうか、と考えた。たったそれだけで、むこう二年間、生活が楽になる。

と、そのとき自動支払機コーナーのドアが開いた。甲介はあわてて〈引き出し〉のマークを押し、キャッシュカードをスリットにさし込んだ。肋骨の内側で心臓が転げまわっている。背中に汗が浮かぶのを感じた。

となりの機械の前に立ったのは、背広を腕に掛けた男だった。

甲介は画面に視線をもどし、表示された指示通りに暗証番号を打ち、引き出し金額を一万円として打ち込んだ。機械の内側でごとごとと音がし、つづいて伝票に取引の内容を印字するプリンタの音が聞こえてくる。給料日前の十日ほどは、キャッシュディスペンサーがたてる音が気になってしようがない。機械が発する音にどきどきするのは、残高不足の表示を恐れているからだ。手元に現金をもっていると、つい使ってしまう悪い癖があるので、できるだけ細かく、必要なだけ金を引き出すようにしている。多いときには、一日に二度、三度と自動支払機を使う。それで自分の口座にいくら残っているのか、はっきりおぼえていないのだった。

残高が不足して、引き出し口の蓋が開いたものの、中には数千円単位の残高を記した小さな伝票しか入っていないときには、誰に見られているわけでもないのに、かっと顔が熱くなった。

ようやくカードと取引伝票が排出される。カードを引き抜き、伝票を見やる。わずかに遅れて現金引き出し口の蓋が開き、一万円札が姿をあらわした。が、ほっとすることはできなかった。ボーナスが出た月には、クレジットカードの引き落とし額も大きくなる。買い物の際、ボーナス払いを利用するからだ。

残高、千二百四十八円。給料日までまだ一週間もあるというのに、甲介が使える現金はたった今引き出した一万円と、口座の千円だけになった。二百四十八円は、キャッシュカードでは引き出しようがない。

伝票を手の中でくしゃくしゃにすると、甲介は足早に自動支払機コーナーを出た。

溶けかかったアイスキューブから流れ出した透明な水がミルクを入れたために泥水そっくりになったアイスコーヒーの中へ渦をまきながら消えていく。甲介はストローでアイスコーヒーをかき混ぜながら、氷が溶けるのを見つめていた。ガムシロップが利きすぎ、ひと口飲んだだけでうんざりしてしまった。

窓の外に目をやる。本郷通りを埋めた車の群れは、本来のスピードを奪われ、のろのろ前へ進んでいるだけだった。

甲介がいつも通勤に利用している北口に交番はなかった。南口には、つねに数台のタクシーが待機しているロータリーやスーパー、銀行、パチンコ店が並び、その中央で駅に隣接して交番がある。果物屋の二階にある喫茶店で、窓際の席に座った甲介は、眼下を走る本郷通りと、通りをへだてて向かい側にある交番をながめていた。

戸口は開いていたが、二人の警察官は交番の中にある机をはさんで向かい合っていた。一人が受話器を耳にあて、何か喋っている。と、もう一人が外に出ようとしたとき、本郷方面から走ってきたパトカーが赤色灯を回転させ、強引に右折しようとした。サイレンが短くなり、拡声器を通じて横柄な声が流れる。

「緊急車両が通過します。緊急車両が通過します」

が、なかなか車が停まらない。

ついにパトカーの警察官が怒鳴った。

「緊急車両の通過だ。停まれ」

パトカーと向かい合う格好になったタクシーがつんのめるようにブレーキをかけ、後続車が次々に停車する。タクシーの前をパトカーは悠然と右折し、交番のわきに停まった。ドアが開き、二人の警察官が出てくると、すぐに交番に入っていった。

狭い交番の中で、四人の警察官がひしめき合っている。受話器を耳にあてている警察官だけが椅子に腰を下ろしていた。

事故でもあったのかも知れない。夕方とはいえ、本郷通りがこれほどひどく渋滞するのは珍しい。

少なくとも警察は取り込み中のようだ、と甲介は思った。

窓の外に目をやったまま、アイスコーヒーをすする。思わず顔をしかめ、ストローを吐きだした。

ソファの背に躰をあずけ、足元に目をやった。つま先で黒いバッグをつつく。あの夜の保坂と同じ仕種だと気がつき、何となく足を引っこめた。

交番の向かい側まで来たものの、まっすぐに入っていく気になれず、とりあえず喫茶店に入った。十人ほどがかけられるカウンターにボックス席が三つあるだけの小さな喫茶店だった。甲介の他には、カウンターに老人が座っているだけだった。老人は水を飲みながら、カウンターの内側に立っている中年の女性に話しかけていたが、女性は洗い物をしながら生返事をするばかりだった。

もう一度、窓の外を見やる。パトカーの赤色灯は回しっぱなしになっていて、交番の壁に赤い縞模様が流れている。

いざ交番を目にして、甲介は臆してしまった。拳銃の入ったバッグをぶら下げて交番に入っていき、何と切り出せばよいのか、わからなくなった。財布を拾ったのなら、これ、落ちてましたといって差し出し、拾った場所と時間、それに届けた人間の住所と氏名を訊かれるくらいですむだろう。

だが、届け物が拳銃の場合、どうすればいいのか。

先日、中学時代の同級生が突然訪ねてきて、拳銃の入ったバッグを預けていったといえば、警官はどんな反応をするのだろう。しかも同級生はつい先日、死体で発見されたヤクザなのだ。

パトカーを見て、甲介の決意はますます萎えた。

拳銃を届ければ、交番ですべての話が終わるはずがない。まして持ってきた人間は殺されている。甲介はパトカーに乗せられ、警察署に連れて行かれる自分を思い浮かべた。

テレビドラマなら取調室というところに入れられ、二人組の刑事に事情を訊かれるところだ。一人は強面、一人は仏の何とかさんの役どころで、怒鳴ったり、なだめたり、脅したり、すかしたりする。しかし、それはあくまでテレビの中での話、だ。

甲介はこれまで一度も警察と関わりになったことがない。財布が落ちていたとしても、見て見ぬ振りをしながら通りすぎてしまうだろう。現金なら、拾ったことがある。といっても千円札を三枚ほどだったが、そのときは単純に自分の幸運を喜び、ポケットに入れた。中学生のころだった。何につかったのかまではおぼえていない。

免許証はもっているが、ほとんど運転したことがないので、交通違反も検問も経験していない。交通事故にあったことも、起こしたこともない。

それこそ、保坂の方がはるかに警察官と関わった経験があるだろう。

「失礼します」

ふいに声をかけられ、甲介ははじかれたように顔を上げた。目の前に女性が立っている。手に水差しをもっていた。カウンターの中にいた女だった。

「お冷や、お代わりしましょうか」

「あ、はい」甲介はすっかり氷の溶けた水のグラスに目をやった。

舌にまとわりついていた甘みが今は苦く感じられる。グラスに手を伸ばし、ぬるくなりかけている水を飲み干すと、彼女に差し出した。

彼女はグラスを受け取り、水を注ぎながらぼやいた。

「何か外が騒がしいですわね。交通事故でもあったのかしら」

今までカウンターの中にいたので気がつかなかったが、彼女はなかなかスタイルが良かった。アイスコーヒーを運んできたのは、ジーパンをはいた若い女だったが、今は姿が見えなかった。

彼女はピンクのサマーセーターに黒のタイトスカート、ストッキングも黒で、金色のバンドがついたサンダルを履いている。足首が締まっていた。

「事故じゃなくて、事件だよ、ママ」カウンターの老人が声を張り上げた。「事件が起こったんでもなければパトカーなんて来やしないよ」

ママは老人を無視し、甲介の前にグラスを置くとにっこり微笑んだ。

「どうぞごゆっくり」

「はあ」甲介は曖昧にうなずく。

老人は、カウンターに肘をつき、躰をひねって甲介をにらみつけている。まるでママに相手にされないのが、甲介のせいだといっているようだった。

ママがカウンターに戻ると、老人はまた事件に違いないと主張しはじめたが、ママは手を振っただけだった。

「そんなに邪険にすることはないだろ、ママ。おれだって毎日ここへ来てるんだからさ」

「あら、お忙しいのなら無理に来ていただかなくても結構ですよ。鈴木《すずき》さんはコーヒー一杯でお昼からずっとそこにいるんですもの。少しはうちの商売のことも考えて欲しいわ」

「きついな、ママ。年金だけが頼りのしがない年寄りをいじめなさんなって」

老人は媚びるように笑みを浮かべ、空のグラスを差し出したが、ママはカウンターの端に水差しを置いてしまった。

甲介はグラスに手を伸ばすと、冷たい水を一息にあおった。咽を通りすぎる冷たい刺激に幾分気分がしゃんとする。

事故か事件かは知らないが、とにかく駅前交番が取り込み中であるのは間違いない。騒ぎが一段落するのを待っているか、それともこのあたりを担当する警察署へ出向き、拳銃を渡してくるか、だ。

いずれにせよ、甘ったるいアイスコーヒーには我慢できそうになかったし、老人の嫉視を思うと、別の飲み物をオーダーする気にもなれなかった。

甲介は伝票をもって立ち上がった。

いったん部屋に帰って時間をつぶし、もう一度交番に行く方法もある。マンションまでは徒歩で二、三分でしかない。だが、部屋に帰って着替え、再びスーツを着るのがひどく面倒に思えた。

アイスコーヒーの金を払い、喫茶店を出る。

夕方の空気はまだ熱気をはらみ、ねっとりしていた。その中を歩いて警察署まで行くのも面倒くさかった。

暑いときは海、と甲介は胸の内でつぶやいていた。

甲介は立ち止まった。海という言葉が、ひとつの啓示に思えたからだ。

「海は何でも呑みこんでくれる」

甲介はぽつりとつぶやいた。

13

海、と唐突に思いついたところで、甲介にはこれといってあてはなかった。あまり泳ぎが得意ではなく、まわりに車を持っている友達もいなかったせいで、海水浴に行ったこともない。

とりあえず、駅の自動切符売場に立ち、料金表を兼ねたJR線の路線図をながめてみる。海水浴といえば、よく湘南《しょうなん》海岸がテレビで取りあげられるが、甲介は湘南という地名は知っていても、どこにあるのか正確にはわからなかった。横浜の方だろうと勝手に見当をつけて捜してみたものの、一向に見あたらない。

目では湘南の二文字を捜しながら、頭の中ではここ数年、海に行ったことがなかったか、記憶を探っていた。

そして思いだした。

最近とはいっても、入社して間もないころだからかれこれ六年前になる。大学時代の友人に誘われて船上見合いに参加したことがあった。東京都内の一部上場企業もしくはそれに準ずる有名企業に勤める二十代、三十代で独身の男女が集団で見合いをするというイベントだった。女性の中には、学生や家事手伝いなども混じっていた。

そのとき会場として使われたのが、豪華客船だった。豪華客船といわれて甲介が想像したのは、氷山に衝突して大西洋に沈んだタイタニックだったが、実際に会場となる船を見たときにはずいぶん小さなものだと落胆したのをおぼえている。

船の中は、三層にわかれて宴会場が設けられ、船上見合いに使われたのは、二階のワンフロアだけだった。一階上では結婚披露宴が行なわれていたような気がする。

栈橋の名前が思いだせない。

甲介は駅の売店に戻り、グリーンの制服を着ている太った女性に声をかけた。

「地図、ありますか」

太った女性はじろりと一瞥をくれただけだった。甲介が言葉を継ぐ。

「ポケット版みたいな、東京の地図」

「ああ」女性がとたんににっこりと微笑む。まん丸な頰が持ち上がり、目が細くなった。「それならありますよ」

女性が背伸びをして、上の方の棚から下ろしてくれた地図を受け取り、金を払った甲介はバッグを小脇にはさんで地図を開いた。山手線の浜松町《はままつちょう》か、田町《たまち》の駅で降り、栈橋まで歩いていったような記憶がおぼろげながらあった。立ち止まり、ページを繰った。浜松町の下方に竹芝《たけしば》栈橋の名前を見つけたとき、これに違いないと思った。

同時に別の記憶までが蘇ってきて、甲介は口許をゆがめた。

船上見合いの参加費は一万五千円か、二万円で、甲介にしてみれば決して安くはなかった。食事はバイキングスタイル、酒類は飲み放題だった。何を食べ、何を飲んだのか、今となってはほとんど記憶がない。ただ一つ、おぼえているのは、胸に付けたネームプレートに名前と年齢、会社名、出身大学の名前までが記されていたことだ。見合いをするとき、仲人を通じて相手に渡す履歴書を〈釣書〉というが、ネームプレートはその代わりだった。

パーティーが始まって、すぐに甲介と友人は、ネームプレートの意味をいやというほど思い知らされた。女性たちと話をしているのは、東大、一橋《ひとつばし》、慶応《けいおう》、早稲田《わせだ》の出身者で、かつ家電メーカー、自動車メーカー、商社に勤めている男ばかり、甲介たちはひたすら食い、飲んでいるよりなかったのである。

それでも壁際に一人でぽつんと立っている女性に目をつけ、甲介と友人は二人一組になって近づいていった。アルコールの助けを借りて、ようやく話しかけたのである。

大人しそうな女性で、友達に強引に誘われてきたのだけれど、見も知らぬ人と話をするのが恥ずかしいとはにかみながらいった。

十分も話したころ、彼女の友達だという女が近づいてきて、話の環に加わった。その女は甲介たちのネームプレートをさっと見たとたんによそよそしくなり、友達が呼んでいるからと断わって、壁際に立っていた女性まで引きつれて、パーティー会場の人混みに入って行ってしまった。

そのとき、はっきり聞こえた。

××大なんて、ダメよ、と。

何がダメなのか、結局、その二人の女と話す機会が二度となかったために訊きそびれたが、甲介と友人はお互いを見やって、苦笑いするしかなかった。

甲介は思いを振り払い、自動改札口に向かった。甲介が船上見合いに行ったときには浜松町から桟橋まで歩いたのだが、今は新橋《しんばし》からゆりかもめに乗り換え、桟橋の目の前まで行けるようになっている。新橋まで行くなら、定期券で乗車し、新橋で降りたあと、東京駅から乗り越した分を精算すればいい。

改札を抜け、階段を降りたところで、ちょうどホームにすべり込んできた外回りの山手線に乗り込んだ。車内は混んでいたが、ちょうど降りる客がいたので扉のわきに立ち、壁にもたれることができた。バッグを壁と自分の足で挟むようにしてぶら下げている。ひざのわきに突き刺さるかたいものは拳銃かも知れなかった。

扉が閉まり、電車が動きはじめる。

夕方もまだ浅い時間帯だったので、サラリーマンやOLより学生らしい男女が多かった。壁にもたれたまま、天井に吊り下げられている雑誌の広告に目をやり、一行と読まないうちにうんざりしてしまった。文字を読み、理解する作業が億劫だった。

甲介のすぐ後ろには、制服姿の女子高校生が数人立っていた。グループの中心になっている生徒は、髪の毛が透き通って見えるほどに脱色し、日焼けなのか、化粧なのか、チョコレート色の顔をしている。細い目のまわりには水色のアイシャドーを塗りたくり、唇は白っぽいピンク色だった。ほかの女生徒に較べ、顔が一回り大きく、下の前歯と唇の間に透明な唾をためて喋りつづけていた。

女生徒は、右手に持った銀色の携帯電話を振り回しながら喋っていた。

甲介は窓の外に目を転じた。グループの中心になっていた女生徒の顔があまりに強烈な個性を放っていたので、ほかの生徒たちの顔をほとんどおぼえていなかった。

十代後半の女は、一生のうちでもっとも光り輝く、と聞いたことがある。髪の毛の艶、肌の張り、目の輝きとどれをとっても十九歳のときがピーク、あとはおとろえていく一方だ、と。高校生といえば、まさしくその年代にあたる。その時期にチョコレート色に顔を焼き、触れれば折れてしまいそうなほど髪の毛をいためつけて脱色している。

甲介の脳裏には、いつか早出シフトの朝に見かけた水色の制服を着た女子高校生の姿が浮かんだ。髪の毛はていねいにブラッシングしてあるだけで、化粧はしていなかった。

化粧をする必要がなかった、というべきなのだろう。毒々しい蛍光色で目や唇の位置を強調しなくとも、水色の制服を着ていた女子高校生の目鼻立ちは自然と他人の目を引き、称賛を浴びるに違いない。

美醜は才能と同じだった。本当の才能は訓練によって培われるものではなく、生まれついたときから備わっているものだ。もし、訓練が才能を凌駕するなら、日本人もあっさりと百メートルを十秒未満で走り抜けてしまうだろう。本来生まれもった肉体的な性能の違い、それが才能だ。

百メートルを九秒台で走り抜ける力、投手が投げ込んでくるボールをスタンドまで打ち返す力、日常の何げない光景に深遠なる人生の真理や、あるいは天体を支配する物理の法則を見抜く能力等々、本当に望んで身につけたものなのだろうか。美醜こそ、その最たるものだ。誰だって美しく生まれつきたいに違いない。涙ぐましいダイエットや美容整形によって人工的に造形される必要が全くない、完璧に均整の取れた肉体と誰もがうらやむ美貌が自然のものであれば苦労はない。少なくとも、自ら望んで他人に馬鹿にされ、軽んじられるような容貌には生まれたくないものだ。

十人並みでいい、という言葉の裏には諦観と、自分は少なくとも十人並みか、わずかでも上まわっているという自負がある。その根源には、自分よりも醜い者をつねに探し、その差を確認して満足するいやらしい心の作業がある。

だが、その心の作業なくして安穏とした生活は送れないのだ。少なくともあの人よりはまし、と自らを慰撫することなしに生きていくのは難しい。

差異は何でもいい。どんなささいなことでも自分を慰められるのなら、美醜、背の高さ、肌の色、国籍、宗教、学歴、出身大学、勤務先、職種、結婚、離婚、子供のあるなし、さらにはゴルフがうまいとか、うまくて安いレストランを知っているとか、海水浴に行くときに渋滞に巻き込まれないよう裏道に精通しているとか、とにかく何でもいい。

十代後半、おしゃれに関心が高まっているときに、自分の容貌が平均より劣っていることを自覚してしまったとしたら、平然としてはいられない。傲然と顔を上げるか、うつむくか、どちらかの選択を強いられる。ことさら顔を黒く塗り、目と唇を器用に塗り分けてみせるのも、うつむくことを拒否したからだ。自分以外の誰かが安穏とした生活を送るためだけに、優越感に満ちた視線を向けてくることに対決しようとしている。

それは無意識の戦いかも知れない。今、甲介のすぐ後ろでほかの生徒たちを仕切っている女生徒は決して自分を醜いとは思っていないこともあり得る。しかし、分厚い化粧の下で彼女がどのように傷つき、何を思っているのか、甲介には知りようもない。

沙貴は、香織が社内の色々な男性と寝ているといった。もし、沙貴のいったことが事実だとして、髪の毛の色を抜き、顔をチョコレート色にしている女生徒と香織の間には、それほどの差がないように思える。香織が自己実現のために選び取った戦いの方法がセックスなら、女生徒は髪を染め、化粧をすることで戦っている。

一方で、甲介は同じ総務課に勤める萩原を思っていた。萩原はどちらかといえばぐうたらで、栄前田や持田に何を命じられても必ずひと言二言、文句をいってからでないと取りかからない。あまりに簡単な仕事なら、馬鹿にされていると怒り、こみ入った面倒くさそうな仕事だと老眼を強調し、長時間にわたり、さらに残業になりそうなときには、年齢から来る体調不良を訴える。そのために課内で萩原が担当する仕事はなくなった。その代わり、誰も萩原の話し相手にならない。

あんたほど、暇じゃない、というわけだ。

用なし、役立たず、年寄りの萩原と、任された仕事をしている自分との間に差異を見いだし、少なくとも自分は洋和化学の社員として、一人の社会人として、会社と社会のために役立っていると、自分を慰める。

甲介は、髪の毛を脱色した女生徒や香織ほど世間と戦わず、萩原との差異を意識することで、ようやくその他大勢の仲間入りをしているにすぎない。いったん会社を離れれば、金を稼げる資格も能力もなく、実は、組織にしがみつき、年功序列に従って昇給をあてにしているだけの自分からは目をそむけている。自分のしている仕事が資源の無駄にすぎないと思いつつ、変化を嫌い、恐れ、それでいて鬱々と日常をくり返している。

ため息をついた。

はみ出す勇気がないことはわかっている。あと一週間で振り込まれる次の給料がなければ、衣食住のいずれも成り立たない。

新橋駅に降りたとき、空にはまだ明るさが残っていた。拳銃を捨てるなら、もっと深い闇が必要だった。

改札口を抜けた甲介は、新橋駅前をそぞろ歩き、目についた映画館に入っていった。入口の看板には、看護婦が白衣に包まれた胸をおさえて顔をのけぞらせているところが描かれていた。

車椅子に乗せられた男は両腕を包帯で巻かれていた。うすいグリーンのパジャマを着、肩には黄色いカーディガンを掛けている。車椅子を押している看護婦は二十代後半くらいだった。秋か、冬なのだろう、看護婦は白衣の上に紺のカーディガンを着ている。

病室は個室、カーテンが閉ざされていて、二人は夜の散歩から戻ったところだった。ベッドのわきまで車椅子を押してきた看護婦がドアを閉めるために患者から離れる。ドアの閉まる音がすると、患者が口を開いた。

「本当にすみません。ここに押し込められていると、何だか気詰まりで。本当にありがとうございます」

患者は感謝の言葉を口にしているが、看護婦の方を振り返ろうとはしない。それにひどく思いつめた表情をしている。

看護婦が屈託のない笑みを浮かべて患者に近づく。

「大げさですよ。ただ夜のお散歩をお手伝いしているだけじゃないですか」

「いや」患者は顔をしかめる。「あなた以外の人が夜勤のときには、こんなことを頼めないんです」

「車椅子を押すくらい、誰でもしますよ」

「いいえ」患者は苦しげに言葉を切った。

看護婦はベッドに近づき、毛布をめくり上げ、シーツをてのひらで撫でている。患者はわずかに振り返った。視線の先には、白衣に包まれた尻があり、下着が透けていた。患者はあごを引き、唾を飲み込んだ。

看護婦が振り返るよりわずかに早く、患者が前に向きなおる。

「さあ、横になりましょう。外は結構寒かったですからね、温かくしないと」

いきなり患者が切り出した。圧し殺した叫びだった。

「苦しいんです。ここんとこ、ずっと苦しくて、それで夜もよく眠れない」

看護婦は眉間にしわを刻み、患者の肩に手を置く。

「どこが苦しいんですか」

「これを見て下さい」患者は両腕を上げた。「私の手はこんなザマですからね。自分ですることもできないんですよ」

「自分でって、何を」看護婦は一歩後じさり、口許に手をやった。

「苦しいんですよ」患者は首をねじ曲げ、看護婦を見やった。「ぼくだって、まだ三十前なんですから、若いんですよ。わかるでしょ、苦しいんですよ」

「苦しいって、その」

看護婦は目を伏せた。まつげに眸が翳る。頬には小さなそばかすが散っていた。唇が動くが、言葉は出てこなかった。

「お願いします」患者は首をねじ曲げたまま、上体を揺すった。

「お願いしますって、何を、ですか」看護婦が目を伏せたまま訊いた。

「看護婦さんの、いえ、あなたの裸を見せて下さい」患者の目は大きく見開かれ、血走っていた。

「そんな」看護婦ははじかれたように顔を上げたが、患者の視線をまともに見つめる格好になってうつむいた。「そんなことをいわれても、できません」

彼女の声はか細く、消え入りそうだった。

甲介はかたいシートの上で尻をずらした。三本立ての映画を一巡して、見ていた。今、スクリーンに映しだされている看護婦が主演する映画を見るのは、二度目だった。すでに三時間近くが経過しているに違いない。同じ姿勢でいると尻が痺れ、痛みを感じてくる。それでときどき尻をずらし、痛みをやわらげようとしていた。トイレから流れてくる異臭が鼻腔の奥に突き刺さり、鈍い頭痛がする。

百席ほどの小さな映画館には、それでも二十人ほどの客が入っていた。背広姿が半分、残りの半分はTシャツか、開襟シャツだった。

スクリーンに大写しになった患者が懇願しつづけている。看護婦は後じさり、ドアノブに手を掛けた。

ふいに患者がにやりと笑い、声の調子をがらりと変えた。誠実そうな色は一瞬でぬぐい去られている。

「見たんですよ、ぼく」

看護婦はかまわず患者に背を向け、ドアノブを回した。

「一昨日の夕方、あなたは院長と二人で屋上にいた。物干しのところでしたね」

「嘘」看護婦はドアノブを握ったまま、ささやいた。「あなた、歩けないじゃないですか」

「患者の中にも親切な奴がいましてね、こっちが頼みもしないのに車椅子を押して屋上まで連れていってくれたんですよ。でも、間抜けな奴でしてね、ぼくをそこに置き去りにしたまま、病室に帰ってきちゃったんですよ。おかげで風邪を引きそうになりました」

患者が笑う。

看護婦はゆっくりとドアを閉め、ノブから手を離した。

「すごいよなぁ」患者は前に向きなおり、声を張り上げる。「あんなすごいシーンを見せつけられたんじゃ、たまらないよな。こっちは自分で処理もできないっていうのに」

「夜間ですから」振り返った看護婦が圧し殺した声でいう。「声を小さくして下さい」

「声が大きいのは生まれつきでね」患者はますます声を張り上げる。

一瞬、看護婦が泣き出しそうに顔をゆがめた。患者は口笛を吹きはじめる。やがて彼女が小さな声でいった。

「わかりました」

甲介は立ち上がった。このあと、看護婦が入口をついたてで覆い、患者の目の前で全裸になる。それから手を使って、埒をあかせようとするのだが、患者の脅迫がエスカレートし、ついに抗しきれなくなった彼女は車椅子の患者に尻を向け、その場で交わる。すでにそのシーンは見ていた。クライマックスなのだが、尻の痛みを我慢して二度見るほどではない。

映画館をでた甲介は、新橋駅に向かった。ゆりかもめの駅は、JR新橋駅の向こう側にある。昨日の夜、沙貴の送別会で料理をつまんだきり、何も食べていない。胃袋は空っぽのはずなのに、不思議と空腹は感じなかった。新橋駅の構内を横切り、甲介は、ゆりかもめの新橋駅に向かってだらだらと歩きつづけていた。

第三章　報　復

1

空っぽの胃袋は、握り拳のようになり、空腹を感じなかった。窓際の座席に座り、ガラスに額を寄せていた。天井に埋めこまれた蛍光灯の光を受けて、顔が白っぽい。瞳の部分だけが黒く透けて、そこから窓の外を流れる街灯が見えていた。

右の手首の内部に痛みが宿っている。映画を見ている間はすっかり忘れていたのに、ゆりかもめの改札口を通り抜けるとき、切符を取りあげただけでずきんと痛みが走り、それ以来、じんじんしていた。

拳銃を暴発させたときに挫《くじ》いたのだ。

一発の銃弾は、てのひらで転がせるほどちっぽけだ。だが、その内に収められた火薬のエネルギーは、今さらながら凄まじかった。

拳銃に弾が残っているなど思いもしなかった。撃鉄を起こし、安全装置を弄んでいるうちに何となく引き金をひいた。撃鉄が落ちた瞬間、銃は生き物のように跳ねた。肉食の小動物を思わせる鋭いジャンプだった。

映画を見ている間中、甲介は銃を撃った瞬間を何度も脳裏に描いてみた。引き金をひいた直後、何が起こったのか。いくら思いだそうとしても記憶は像を結ばなかった。ただ、音だけが記憶に残っている。それも火薬が炸裂したときの爆発音ではなく、銃声を通してはっきりと銃身を覆っているカバーが後退し、バネの力で戻される機械的な音と、銃声が消えたあと、頭蓋骨の内側に貼りついていたかん高い、耳鳴りのような残響だ。不思議なことに銃声そのものはおぼえていなかった。

そしてカーペットと畳に開いた穴。一階まで貫通していなかったかとのぞき込んだり、息を吹き込んだりしたことが今さらながらおかしい。

目の前の路地を走りまわる子供の喚声が鮮明に聞き取れるほど壁のうすいマンションだけに銃声は近所に轟きわたっただろう。それでも窓を開けて見まわした限りにおいて、甲介の部屋をじろじろ見ている目には遭わなかったし、パトカーのサイレンも聞こえてこなかった。深く考えるまでもなく、拳銃が日常でない人間に、銃声と、それによく似た、たとえば自動車のバックファイアの音や、あるいはもっと単純にテレビドラマの銃声とを聞きわけられるはずもない。甲介にしたところで、自分で拳銃を発射したから銃声だとわかるだけで、もし、近所で同じような音がしたとしても銃声だとは思うまい。

甲介は右手を見つめ、わずかに手首を動かしてみる。てのひら側へ、ゆっくりと倒していく。手首が直角になりかかった瞬間、痛みが走り、思わず声を漏らしそうになった。奥歯を食いしばり、咽をすぼめる。涙が浮かびそうになった。

窓の外に目を転じ、再び右手首を左手でさすりはじめた。鋭い痛みがにじむようにやわらいでいくまでにしばらくかかった。

窓ガラスに映る顔は、二日つづきの荒淫に表情を失っていた。知らず知らずのうちに目の下に隈をさがしていて、苦笑いが浮かぶ。瞳と、頬に宿る影の部分が透け、街灯が白い尾を引いて通りすぎていった。

向かい合わせになった二人掛けの座席には、白っぽいジャケットを着た女と、スーツ姿の痩せた中年の男が座っていた。女は手にした文庫本を読み、男は目を閉じて、シートにぴったり背をつけて電車の震動に身をまかせていた。女が手にしている文庫本の表紙には、拳銃のイラストが描かれていた。ひょっとしたら彼女は銃撃戦のシーンを夢中になって読んでいるのかも知れない。それでもまさか自分の目の前に座っている男のひざに実弾の入った拳銃がのっているとは、思わないだろう。ほんの数週間前、保坂が訪ねてくるまでは、甲介も彼女と同じ側にいて、やはり目の前に拳銃があるなどとは考えなかったはずだ。

ごくごくうすい膜を隔てて、向こうとこちらに分かれている。が、今は膜一枚の距離がひどく遠い。

しかし、拳銃が手元になかったとしても目の前に座っている女と甲介との生活には何の接点もなく、二人が遠いところにいるのは変わらない。文庫本を読んでいる女だけでなく、座席の背に躰をあずけ、時おりまぶたを震わせながら目を閉じている男とも同じようにうすい膜で隔てられている。たまたま、今という瞬間、ほんの数十センチにまで近づきながら、おそらくはこの先二度と顔を合わせることはなく、思い出しもしないだろう。

過敏になってるな、と甲介は思った。ふだんなら気づきもしないことにあれこれ思いをめぐらせている。拳銃を手にしただけで、自分を取り巻く世界が一変したように感じていた。変わったのは周囲ではなく、自分である。それはわかっていた。だが、それも間もなく終わる。拳銃を海に捨ててしまえば元の自分に戻れる。退屈ではあっても、しっかり安定した世界に見えるはずだ。

窓ガラスに映っている女がふいに顔を上げ、となりに座っている中年男をにらんだ。次いでわずかに尻を持ちあげ、男から離れるような仕種をする。男が自分の太ももを女にすりつけていたようだ。女の眉間には縦じわが刻まれていた。男は何もなかったような顔をして、目を閉じている。

女は再び本を読みだした。

甲介はまだ、目の前の女や男と、自分の間にあるうすい膜について考えていた。今まで気づかなかっただけで、膜はずっと存在していたのだ。見も知らずの相手にだけでなく、誰との間にも膜はあった。たとえば、香織だ。毎日顔を合わせていながら、香織がゴルフをすることも、タバコを喫うことも、会社の中でヌード写真を撮らせていたことも知らなかった。香織にしたところで、甲介が深夜にでたらめな電話をしていることも、翌日には肛門が燃えそうなほど七味トウガラシをふってそばを食べていることも知らない。まして、会社を休んで拳銃を抱えて電車に乗っているとは思いもよらないはずだ。もっともそれは香織に限らない。係長の小島、課長の持田、部長の栄前田も知らないことだし、逆に彼らの妻や子供の顔も、家庭にいるときに彼らがどんな顔をしているのかも、甲介は知らない。

毎日顔を合わせていたといえば、沙貴は香織以上に身近にいた。その沙貴ですら、甲介は満足に見極められなかった。

誰もがうすい膜の内側に一人でこもり、外の世界を見まわしている。甲介の脳裏には、無数にシャボン玉が浮かんでいた。誰もがシャボン玉の内側にいて、皮膜が破れやしないか、冷や冷やしている。

拳銃さえ捨ててしまえば、元の世界に戻れると脳天気に思っていたが、無数のシャボン玉に気がついてしまった以上、何もかも元通りというのは、できない相談なのかも知れない。それとも夫婦、恋人、親友となら、シャボン玉の内側にあるわずかな空間を共有できるのだろうか。

否、と甲介は思う。少なくとも甲介には、うすい膜の内側を共有できるような相手はいなかった。これからもそうした相手があらわれるとも思えなかった。

どこまで話せば、何を話せば、自分の世界を共有できるのか、逆に相手の世界を共有できるのか、甲介にはわからない。どんな相手とでも、自分が経験してきた過去のすべてを共有するなど絶対に不可能だ。信頼しあい、さらには愛しあっていたとしても、言葉による追体験には限界がある。それでもひとつの世界を共有できると実感できる人間がいたとしたら、ただのお人好し、間抜けにすぎないだろう。そうでなければ、勘違いだ。

保坂が過去から抜け出して唐突に姿をあらわしたとき、甲介は懐かしさとともに安堵をおぼえた。それはおそらくシャボン玉がしっかり形成される以前、中学校という限定された時間と空間を共有していたからだろう。その当時なら、同じ花を見て、自分と同じように相手も美しいと思っていると素直に信じ、疑わなかった。自分も他人もない時代だ。そこを共有しているのだから、保坂に郷愁をおぼえたのかも知れない。子供のころいっしょに遊んでいても、つき合いがずっとつづいていれば、相手に話せないことがどんどんと増えていき、互いにシャボン玉越しに相手を見やって話をするようになるだけのことだが、あまりに唐突な保坂の出現は甲介を過去に引き戻した。

無数のシャボン玉が見えたからといって、甲介はあえてそれを突き破って、誰かと交わろうとはしない。するつもりもない。ただ、そんなものかと認識するだけだ。

竹芝桟橋の最寄り駅が近づいてくる。

電車が減速するのを感じながら、甲介は黒いバッグのへりを握りしめていた。

ゆりかもめの竹芝桟橋への最寄り駅を降りたのは、甲介の他、数人にすぎなかった。エスカレーターで一階におり、改札口を抜けて右、桟橋方面に向かった。人が少ないのは、好都合だった。

拳銃を海に捨て、すぐに引き返してくる。やることはそれだけだ。

改札口を抜け、タイルを張った歩道を歩きながら、甲介は知らず知らずのうちに黒いバッグを胸に抱いていた。あの夜の保坂と同じ格好だった。百万円近い現金と拳銃が入っているバッグだ。保坂の気持ちが少しわかるような気がした。

が、すぐに胸の内で打ち消した。わかるはずがない。もし、〈爺捨て山〉の田沼が解説したように、親分の命令に逆らい、逃げ出したのだとすれば、身内に殺されることは十分に考えられたはずだ。

地元に大きな暴力組織が乗りこんで来、抗争事件を起こしていたといったのは、故郷で医者をしている原島だ。原島が口にしたその大きな組織の名前は記憶に刻まれている。

保坂の物語はシンプルだ。大きな組織に一矢《いっし》報いるため、刺客《しかく》が放たれることになった。拳銃一挺、支度金百万円。その役を引き受けたのが保坂だった。頼まれればいやといえないお人好しで、多分にお調子者のきらいがあった保坂なら、まず生きては帰れないとわかっていても進んで引き受けたのだろう。むしろ、生きて帰れないといわれれば、意気に感じて親分の前へ踏みだしていったかも知れない。

だらだら歩きながら、甲介はあの夜、保坂が話していたことを細かく思いだそうとしていた。なぜ、あえて危険な役を引き受けたのか。

保坂は、ヤクザの世界でも学歴がものをいうようになり、法律なり経済なりに明るい奴が幅を利かすようになってきた、といっていた。十年たって、いまだに事務所の掃除当番をしているといわれたとき、甲介は中学生のころには一度としてまともに掃除をしなかった保坂を思いだしておかしかった。

保坂は、どんな思いで日々を暮らしていたのか。

小さな町だ。保坂の顔見知りもたくさんいる。そうした中、自分より何年もあとに入ってきた連中に先を越され、頭を押さえつけられ、彼らが乗り回している大型外車を見ているうちに、屈託を積み重ねていったのを想像するのは難しくない。答案用紙に書いた自分の名前を間違えていたことで、ひどく傷つき、それを笑った原島を今でも恨みがましく思っているような男だ。

小さな町のことだ。少年院を出たあとも犯罪者と見なされ、つまはじきにされ、どんな会社も受けいれてくれず、何より独りぼっちだったことは容易に想像がつく。そんな保坂を拾ったのはヤクザ組織だった。保坂にしてみれば、学歴がなかろうと、少年院にほうり込まれた過去があろうと、心意気と根性で渡っていける世界に見えたのかも知れない。むしろ保坂の過去は、保坂自身に箔をつけるくらいに感じていた。

マイナスがプラスに転化する。

だが、保坂はヤクザの世界にも裏切られる。そこでも頭のいい連中がのし上がっていき、保坂は頭を押さえつけられる格好になる。親分がとめたにもかかわらず、小指を切り落として見せなければならなかったのは、保坂の精一杯のパフォーマンスだった。

そこまで考えて、甲介は胸の内に苦い塊りを抱えたような気分になった。

すべてを保坂にとって都合よく考えているが、サラリーマンの世界にも似たような輩がたくさんいることに思い至ったからだった。不況下で売り上げが伸びないのは、やる気が欠けているからだ、と本気で思いこんでいるおめでたい連中だ。やる気だの、根性だの、精神論を持ち出すのは、結局は何も考えていない証拠、考えることを面倒くさがり、骨惜しみしているだけの怠け者だ。

さらに子供の誕生が保坂にプレッシャーをかけた。命を懸けた仕事を成功させれば、無様な父親にならずにすみ、子供もみじめな思いをしないだろうと考えたのか。

子供の存在は、保坂を追いつめこそすれ、安らかで落ち着いた生活を実現させるきっかけにはならなかったのではないか。

プラスがマイナスに転化する。

甲介はため息をつき、考えるのをやめた。

意気がって刺客を志願したものの、子供を思い、妻を思い、ようやく手に入れた家庭を壊したくなくて、寸前で命がけの逃亡を図った、と思いたかった。あるいは、保坂がいっていたように男であることを売り物にし、自らの理想に殉じた結果、襲撃に失敗、対抗組織のリンチによって命を落としたのだと考えたかった。

しかし、考えれば考えるほど逃げ出した保坂の姿が浮かんでくる。それはつねに多数派にいて、戦いの場から身を遠ざけてきた甲介自身の姿に重なって見えた。

風が強かった。栈橋のそばには、巨大なビルが二棟、そのほかにもショッピングモールのような建物がある。海から吹く風がビルの谷間を抜けて加速され、背広の裾をはためかせていた。じっとり暑い夜、風はむしろ心地よかった。ワイシャツを濡らす汗が冷たく感じられる。今日は何度、ワイシャツが濡れ、そして乾くのだろう、と思った。ふだんは一日中冷房のきいた会社の中にいるので、ほとんど汗をかくことがなかった。が、今日は、喫茶店、電車、映画館、電車と冷房のきいた場所と蒸し暑い外を出たり入ったりしている。たった数時間でワイシャツはどろどろになった。

ネクタイの結び目に人さし指をあてて、わずかにゆるめ、ワイシャツの襟ボタンを外した。首にぺったりと貼りついていたカラーが離れ、呼吸が楽になる。

乗船用のターミナルになっている建物の角を曲がろうとしたときに数人の若い男たちがアスファルトに腰を下ろしているのが目についた。Tシャツにジーパン、髪の毛を金髪にしているのもいた。

だが、人影はそれだけで、ターミナルの角を曲がったところには誰もいなかった。桟橋に船の姿はなく、黄色っぽい照明が桟橋を照らしているのみで、ガラスに覆われたタラップにも照明はついていなかった。船が出たあとなのか、それとも今夜は出港の予定がないのかはわからない。

照明が届かない暗がりに入り、手すりに歩み寄って拳銃を放り投げる、たったそれだけのことだ、ともう一度いい聞かせる。仕事帰りにちょっと海の風にあたりたくなったセンチメンタルな男の気分になればいい。実際、保坂を思っているうちに似たような気持ちになっている。明るい桟橋を歩いていると、スポットライトを浴びているようで、足元が落ち着かなかった。立ち止まり、深呼吸をしたくなったが、何とかこらえ、ぶらぶら歩いているのを装う。苦笑いが浮かぶ。のんびりした散歩というわりには、バッグをしっかり抱えすぎていたかも知れない。

海とはいっても、東京港の最深部にあたる竹芝桟橋では見渡す限りの太平洋は望むべくもない。桟橋の向こうは黒い運河、さらに数百メートル向こうの対岸では建ち並ぶ倉庫が闇に沈んでいる。その黒くこんもりとした建物群には街灯の白い光が鏤《ちりば》められ、鉄塔やビルの最上部では赤いランプが点滅し、ところどころに社名を記した看板が浮かびあがっていた。日比谷《ひびや》あたりで高層ビルに昇り、銀座、築地《つきじ》方面に目をやれば意外に海が近く、東京が港町であることに気がつく。甲介が勤める丸の内から竹芝桟橋までも、直線距離にすれば、二キロほどにすぎない。

今さらながらお手軽な奴だな、と甲介は自分を思った。さんざん思いつめた挙げ句、拳銃を捨てようと腹を決めた。それでたどり着いたのが、結局は会社からほんの目と鼻の先の場所なのだ。

それでも、海に違いないじゃないか、と嘯《うそぶ》く。

桟橋は隅々までライトに照らされていて、どこで拳銃を捨てても建物の中から人に見られそうだったが、甲介の気を楽にさせたのは、桟橋が終わったところに橋が見えたからだった。欄干は街灯に照らされていたが、人通りも車も少なく、歩きながら欄干越しに拳銃を捨てられそうだった。

自然と足が速くなる。

桟橋を抜け、照明が途切れた。橋までは数十メートルでしかない。暗がりの中を甲介は早足で歩きつづけた。

声をかけられたのは、そのときだった。

「ちょっと、そこのおじさん」

他に人影はない。甲介は振り返った。

桟橋の照明を背中から浴びていたので、男のシルエットしか見えなかった。それでも肩にかかるほど長く伸ばした髪がすっかり脱色され、金色になっているのはわかった。傍らにもう一人、男が立っている。

建物の前にしゃがみ込んでいた数人の男を思いだしたが、目の前に立っているのがその中にいたのか、はっきりとはしなかった。

男が近づいてくる。二人目の男は髪の毛を短く刈っていた。二人とも片耳にピアスをつけている。声をかけてきた男が甲介の前に立った。街灯が男を照らす。若い男だった。二十代前半、あるいは十代かも知れない。白っぽい顔は面長で、目が細い。厚い唇がよだれに濡れている。

「何か」甲介は訊いた。声が震えている。「何か、用?」

男がにやりと笑った。前歯がなく、歯茎に黒い跡が残っているだけだった。

2

「何か、用」歯のない男は甲介の言葉をくり返し、となりにいる男を振り返って目尻を下げて見せた。「っていわれても、ねえ」

歯のない男は、背が高く、胸板が厚かった。ひざのあたりで断ち切ったぶかぶかのジーパンを腰骨の半ばまで下げてはいている。足元は、巨大なスニーカーで固めていた。むき出しになった臑《すね》に街灯の白い光が宿っている。靴下は穿いていない。

「ねえ」髪の短い男がうなずく。

短い髪をヘアワックスで固め、逆立てている。歯のない男に較べると、背は低く、痩せこけていた。頬が削げ、あごが尖り、頬骨が突きだしている。剃って形を整えた眉はほんのわずか残っているだけだった。

「おれたち、金、なくてさ」歯のない男がいった。

同時に短髪の男が尻ポケットから何かを取り出すのが見えた。きらりと光る。男の右手がくるくるっと弧を描き、手首のまわりに光が散った。一瞬の出来事だった。男の手にナイフが握られている。

甲介の視線がナイフに吸い寄せられる。バタフライナイフというのをテレビで見たことがあったが、実物を目にするのは初めてだった。

「よしなよ、ヒロ」歯のない男がうんざりしたようにいう。「あんたが、それ、上手なのはわかってるからさ」

ヒロと呼ばれた、髪の短い男はちらっと歯のない男を見た。が、何もいわずにまた手首をくるくるっと回した。忽然とナイフが消えている。実際には、金属製の握りの中に刃が収納されただけなのだが、ナイフそのものが消えたように見えた。ヒロは、ナイフをポケットにしまおうとせず、右手に握っていた。

歯のない男が甲介に向きなおった。

「おじさん、ちょっと協力してくれないかな」

「協力って」甲介は二人を交互に見比べながら訊ねた。

「カンパ」歯のない男が微笑む。「カンパって、わかるよね」

甲介はうなずいた。

「良かった」歯のない男の微笑が広がる。「おじさん、いいスーツ着てるからさ、きっとわかってくれると思ってたんだ」

「それほどいいスーツというわけじゃない」甲介は胸に抱いたバッグをさらに強く引きつけた。「安物だよ」

「おじさん、銀行の人かい」歯のない男は甲介の言葉をあっさり無視して訊いた。

「いや」甲介は首を振った。

「そうか」歯のない男の顔から表情が消えた。大きな鼻の頭を人差し指で掻く。「銀行の人かなとか、思ったんだよね」

「シュウ」ヒロが焦れて、声をかけた。まるで小便でもこらえているように小さく足踏みをしている。「さっさとやっちまおうよ」

歯のない男はシュウというらしい。シュウはヒロをじろりとにらみつけていった。

「あわてるなよ。おじさんは話がわかりそうって感じだから、お話ししてるんじゃないか」シュウは甲介に視線を向けた。「ねえ」

甲介は躰を強ばらせ、目だけを動かして二人を見つめている。ヒロが握っているナイフには、できるだけ視線を向けないようにした。

「ねえ」シュウがもう一度くり返す。

「ああ」甲介は何とか声を押しだし、うなずいた。

「ほらな」シュウは得意そうにヒロを振りかえる。

ヒロは顔をそむけ、大きく、湿った音をさせて痰を切り、道路に吐いた。粘液が道路にぶちまけられ、ヒロの口許から銀色の糸が伸びる。

甲介は喉元にせり上がってきた吐き気を何とか飲み下した。

シュウが一歩近づいてくる。甲介は思わず後ずさった。シュウの躰からは酸っぱい体臭が漂ってくる。シュウがさらに踏み込んできた。さらに下がろうとした甲介の足が歩道の縁石か何かに引っかかり、バランスを崩す。そのまま、尻餅をついた。アスファルトに尾てい骨を打ちつけた衝撃が脳天に突き抜けたが、目を見開いたまま、シュウを見上げていた。

甲介を見おろしたシュウとヒロがはじけるように笑いだした。

「みっともねえ」シュウがおかしそうにいう。

「びびってるさ、こいつ」ヒロが腰を曲げ、顔を突きだしていった。

「涙目、涙目」シュウが甲介を指さした。「泣いてるよ、こいつ」

甲介は右手でバッグを抱いたまま、尻をすりつけるようにして後退した。

「なあ、おれたち、渋谷、行きたいの」シュウがスニーカーのつま先で甲介のすねを蹴った。

「だけど、金、ないんだよ」

軽くすねを蹴られただけだ。痛みはほとんどなかったにもかかわらず、甲介は震えていた。

腕も足も痺れたように力が入らない。

「もたもたしてんじゃねえよ」シュウが突然大声を上げる。「さっさと金出せっていってんだろ、馬鹿が」

甲介は何も答えなかった。声を出そうにも咽がすぼまり、息すら吐けない。

「ああ、いらつく」ヒロが前に出、甲介の足に蹴りを入れる。

力まかせの蹴りが右の太腿に突き刺さり、甲介は思わずうめき声を漏らした。

「ぼけが」シュウが甲介の左足を蹴った。「さっさと金出せば、痛い目も見ないですむんだろうがよ」

ヒロがもう一度蹴りをくれようと右足を引いた瞬間、甲介は躰をひるがえし、バッグを路面について立ち上がろうとした。ヒロの蹴りが飛んできて、左肩にあたったが、無視する。両足が地面をとらえ、走りだそうとした瞬間、シュウの蹴りが甲介の足をすくう。

走りだそうとしていた甲介はひとたまりもなく前のめりに倒れ、アスファルトに顔面から突っ込んだ。が、痛みを感じている余裕などない。右手でバッグを腹の下に抱え込み、左手で頭を覆う。

左のわき腹に蹴りが食い込み、咽に熱い塊りがせり上がってきた。背中を踏みつけられる。さらに尻を蹴り上げられ、激痛が背骨から脳天に突っ走る。さっき尻餅をついたときに打った尾てい骨を蹴られたのだ。

また、背中を踏みつけられた。さらに首筋、腰と踏みつけられ、蹴られる。躰の内側を伝ってくる衝撃の合間に、二人の男の荒い息づかいと、自分の躰がアスファルトにこすりつけられるごりごりという音が聞こえた。

甲介は目を閉じ、衝撃に耐えていた。

暗闇の中、保坂の哀しそうな顔がぽっかりと浮かんでいた。

失神していたのは、一瞬だったに違いない。背中やわき腹を打つ衝撃はまだつづいている。が、甲介にはひどく長い時間に思われた。暗闇の中で、甲介は哀しそうな顔をした保坂を見つめていた。

ひざが冷たかった。ズボンが破れ、膝が直接アスファルトに触れている。

甲介を蹴りつけている男たちは、声を発していなかった。ただただ執拗に蹴りつづけるばかりだった。

甲介の脳裏に声が聞こえた。

身元の判別に手間取るほど損傷を受けた遺体、と冷静に告げる女性キャスターの声、さらに体中の突起という突起を全部殺ぎ落とされていたという田沼の声だった。

墜ちる、と甲介は思った。底なしの闇の中に沈んでいきそうな恐怖に襲われていた。無言の暴行が恐怖を倍加させる。

保坂が甲介を見ていた。表情をなくした、虚ろな瞳で甲介を見つめていた。

おれと同じになるぞ、と保坂がいっているような気がした。

わき腹に強い蹴りが食い込み、呼吸ができなくなった。頭上はるかに歓声が聞こえる。会心の蹴りに、どちらかが勝ち誇ったように声を発したのだ。次の瞬間、同じ場所を狙って蹴りが入れられたが、肋骨や腰骨にあたるばかりだった。

「へたくそ」

「うるせえよ」

蹴りがつづく。

「馬鹿、そんなんじゃ、全然ダメだよ」

「うるせえっていってんだろ」

競い合うように蹴りが飛んでくる。肉が潰れ、骨がきしむ。甲介は意識が遠のきかけるのを感じて、パニックに陥った。

今度、気を失えば、間違いなく殺される。殺されないまでも、拳銃と金が奪われるのは確実だ。

恐怖が甲介を覚醒させ、意識の隅々まで澄み切らせた。全身が動物的な防衛本能に目覚め、アドレナリンの過剰分泌が痛みを麻痺させる。

蹴りを受け続けながら、腹の下に抱え込んだバッグを探り、ファスナーを開きかけていた。

「死んじゃうかも」

「死にゃしねえよ」

どちらの声か、判然としない。

やれ、もっと、やれ、と甲介は胸の内で叫んでいた。連中が蹴ることに夢中になっていれば、拳銃を取り出す隙ができる。

「そろそろ行こうぜ。やばいよ」

「わかってるよ」

甲介は背中を丸め、両腕で腹を抱えるような格好になった。右足を引き寄せ、何とかふんばろうとする。

「この野郎」

声が聞こえ、再び蹴りが入りはじめる。

甲介は冷静だった。右手で拳銃の握りをつかみ、左手を銃身を覆うカバーにかけて、後ろに引く。銃身の後端に弾丸をこめないと撃てないことはわかっていた。

強い蹴りが入った瞬間、わざとうめき声を上げ、躰を左にかたむけた。腹の下で、カバーを引き、戻す。撃鉄が起きているのを、左手の指先で確かめる。安全装置を右手の親指で触った。

「そろそろ行こうぜ」

「そうだな」

アスファルトにこすりつけるように下げていた左肩をつかまれた。強い力だった。躰が起こされる。

「馬鹿だな、おじさん、おれたちに逆らわなきゃ、こんな目にあわずにすんだのに、よ」

甲介の躰をひき起こし、のぞき込んでいたのは、シュウだった。その眼前に拳銃を突きだす。視界がぼやけ、シュウがどんな表情をしているのかわからない。ただ白い顔が目の前にあるだけだった。

沈黙。

ひゅっと咽を鳴らす音が聞こえた。

右手の人さし指に力をこめ、引き金をひいた。何かが外れ、引き金の抵抗がなくなる。一瞬、オレンジ色の閃光にシュウの間延びした顔が浮かびあがった。

拳銃が小動物のように手の中で跳ねた。

銃声が頭蓋骨を通過する中、カバーが後退して薬莢をはじき飛ばす作動音がたしかに聞こえた。

不思議な瞬間だった。

シュウの巨大な鼻は目と目の間に向かってめり込み、目玉がだらりと飛びだしていた。鼻血が噴きだし、口からも血の塊りが噴出する。甲介は悲鳴を上げて、倒れ込んでくるシュウの躰を払いのけた。

シュウの顔面がアスファルトに叩きつけられる。ぼこっと湿った音がした。間の抜けた音に聞こえた。水銀灯の光がシュウの後頭部を照らしていた。金髪が血に濡れ、黒っぽくなっている。頭蓋骨が割れて、中身が半分ほどになった頭の中がのぞけた。脳は、ぬめぬめとしたピンク色だった。

拳銃を持ったまま、ヒロに視線を移した。

両足を開き、尻餅をついた格好で、ヒロが目を剝いて甲介を見ていた。ヒロの目を見ていると、眼窩からこぼれ落ちたシュウの目玉を思いだした。

拳銃を、ヒロの顔に向けた。ヒロの唇が大きく震えているのが街灯の光の中でもはっきりと見てとれる。何かいおうとしているようだったが、唇は震え、あうあうと意味不明のつぶやきが漏れるばかりだった。涙を流し、鼻水が唇のまわりを濡らしている。

甲介がゆっくりと立ち上がった。躰が震え、ひざに力が入らない。何度か失敗して、ようやく立ち上がった。すべての関節が今にも外れ、自分の躰がその場でばらばらになりそうだった。

ヒロの顔面に拳銃を向けたまま、一歩、踏みだす。ヒロは下がろうとしたが、萎えた腕はいたずらにアスファルトをこするだけだった。開いた両足の間に水たまりができている。失禁しているようだった。

ふいに嗅覚が戻った。吐き気を催しそうな臭気が立ちこめている。咽にからんだ大量の痰を鼻腔に押し込まれたような感じだった。それが脳の臭いであることに気がつくまで、しばらくかかった。立ちのぼる小便の臭いも混じっている。

硝煙の臭いは感じなかった。

甲介は、めまいがするほどの衝動がこみ上げてくるのを感じた。

叫びだしそうになった。

恐怖が一転、憤怒となり、腹の底から噴出してくる。銃を目の高さに上げ、ヒロの顔に狙いをつけた。ほんのちょっと人さし指を動かすだけで、弾丸は発射され、ヒロの顔面をぐしゃぐしゃに破壊し、簡単に命を奪えるだろう。

ゴキブリをスリッパで一撃し、ばらばらにするようなものだ、と甲介は思った。簡単で、すきっと爽快な気分になれそうだった。

痛みも、拳銃の重みも感じていなかった。ただ筋肉が痙攣し、拳銃が震えるのには苛立っていた。

ヒロは相変わらず、意味不明のつぶやきを漏らしている。

引き金にかけた人さし指に力をこめる。シュウを撃ったときには簡単に引けたのに、引き金は何千倍も重みを増したようにびくともしない。半ば無意識のうちに左手を添え、右手の人さし指の上に左手の人さし指を重ねていた。

それでも引き金はひけなかった。

ヒロはぽかんと口を開け、拳銃を見つめている。震える拳銃を押さえつけ、何とかヒロの目の間に狙いをつける。

その瞬間、シュウの顔が浮かんだ。オレンジ色に染まった顔は何が起こったのかわからず、びっくりしたように目を見開いていた。つづいて鼻が目の間にめり込み、目玉の飛びだした顔が脳裏をよぎる。

腹が収縮する。何か食べていれば、こらえきれずに嘔吐していたかも知れない。わき上がってきた黄水《おうずい》に咽が焼ける。唇を結び、奥歯を食いしばって、飲み下す。咽にはひりひりするいがらっぽさが残った。

心臓が転げまわり、全身に血を送り出している。痛みをともなうほどの激しい鼓動だった。甲介は浅い呼吸をくり返していた。背中やわき腹にじんじんする痛みが戻り、足が萎えそうになる。

倒れれば、失神してしまいそうだった。

ふたたび底なしの闇が足元に広がるように感じた。墜ちれば、二度と出てこられそうにない闇だ。

両手にもった拳銃がひどく重くなってくる。相変わらず引き金はびくともしない。苛立ちが怒りを誘発する。こめかみが破裂しそうなほどふくれ上がっているのを感じた。

叫びそうになるのをこらえ、唇を嚙む。前歯が唇を割り、あごをしたたる温かな血を感じた。甲介は衝動を押しとどめ、足を上げてヒロの顔面を蹴りつけた。革靴の底にくしゃりと何かがつぶれる感触があった。目を閉じたヒロが鼻血で顔から胸元までを真っ赤に染めてあお向けに倒れる。

ヒロは後頭部をアスファルトに打ちつけ、手足を痙攣させた。

甲介は黒いバッグを拾い上げると、後ろを振り返らずに走り出した。息が切れ、意識が朦朧《もうろう》としても走りつづけた。

汗が目にはいる。ちかちかと痛む。

夜空に浮かんだ街灯がにじんでいた。

3

あまりに激しく、性急な伸縮に心臓を形作っている筋繊維が引きちぎられてしまうのではないかと不安になるほど、きりきりとした痛みを左胸に感じていた。どれほどの時間、植込みの根元で横になっていたのかわからないが、まだ、呼吸は荒く、いくら空気をむさぼっても肺は灼けついたままだった。

夜より暗い木々の陰に身をひそめ、まぶたを開けば目の中に闇が流れこんできそうだというのに、甲介は目を閉じることができずにいた。時おり、闇の底が白っぽい光を発し、めまいがする。

食道を熱い塊りがせり上がってくるのを感じた。吐くものなどまったくないというのに、衝動的な嘔吐が襲いかかってくる。躰を反転させ、ひんやりとした地面に手をつくと、咽を鳴らした。熱く、臭い空気が胃袋から排出されただけで、胃液すら出ない。これで三度目だった。嘔吐できた方がはるかに楽になれそうな気がする。

甲介はふたたび植込みの根元に背中を預け、あお向けになった。

全身が細かく震えている。手と足は痺れたように感覚がなく、右手で抱えているはずの黒いバッグがひどく遠くにあるような気がした。それでいて背中やわき腹には、生々しい痛みが宿っている。脈打つ激痛に意識がもうろうとし、途切れることもあったかも知れない。

脳裏には、シュウの顔が浮かんでは消えた。オレンジ色の閃光に浮かびあがった驚愕、皮膚にめり込んだ鼻、だらりとたれ下がった目玉、それに割れて半分ほどになった脳をのぞかせていた頭蓋骨等々、いつまでもつづく悪夢のようだった。すでに目の前にシュウの死体がないことを、自分に向かって何度もいい聞かせなければならなかった。

空気をむさぼりたいのをこらえ、ゆっくりと息を吸い、吐いた。苦しかったが、我慢して、落ち着いたリズムで呼吸をつづける。徐々にではあったが、息が整い、ようやく全身に酸素が行き渡るのを感じることができた。

ワイシャツもズボンも汗に濡れ、皮膚に貼りついている。

今度は、ヒロの顔が浮かんだ。鼻のあたりを蹴り倒した。ヒロはあっさりと後ろ向きに倒れ、かなり激しく後頭部を打ちつけたようだった。ヒロの頭がアスファルトに打ちつけられたときの、虚ろな、気味の悪い音が蘇る。

人は打ち所が悪ければ簡単に死ぬといわれるが、ヒロも命を落としたのだろうか、と思った。シュウが死んだのは間違いない。脳味噌を半分吹き飛ばされて、生きていられるはずがない。おそらくは即死だっただろう。

だが、あの二人が死んだと考えても、保坂のときよりさらに現実味に乏しかった。自分が殺したとも思えなかった。

いつの間にか、息が整っていた。

甲介は胸にバッグを抱えたまま、首だけ起こして、周囲をうかがった。自分がどこにいるのか、まるで見当もつかない。街灯に照らされているものに目を凝らした。それがブランコだとわかるまで、しばらく時間がかかった。目が慣れてくると、ブランコの背後に滑り台がぼんやりと見えた。滑り台は金属製のパイプを組み合わせて造られており、鮮やかな黄色や青に塗られている。

小さな公園にいるらしい。住宅街の一角にある公園だ。周囲をぐるりと取り囲む、植込みの根元で、あお向けに寝ころんでいる。

無限の闇の底にもぐり込んだつもりだったが、甲介が寝ていたのは、たまたま街灯が壊れ、光が届かなくなっていた植込みの一部にすぎなかった。上体を起こす。めまいを感じて、すぐには立ち上がれなかった。めまいを少しでも抑えるつもりで、何げなく、ひたいに手をやった甲介は、思わず首がのけぞるほどの痛みを感じて声を漏らした。

泥だらけの手がひたいの傷をこすったのだ。皮膚が破れ、剝き出しになった頭蓋骨の一部に直接触れたような気がした。

ふたたび全身が震え出す。甲介は両手で自分の躰を抱きしめ、胴震いに耐えなければならなかった。頭蓋骨の内側に響いていた痛みがちりちりする程度におさまるまで、目を閉じ、身じろぎもできずに浅い呼吸をくり返していた。

そのときに聞こえた。かすかに鈴を鳴らすようなか細く、かん高い音だった。どこかで気の早い虫が鳴いている。これから本格的な夏を迎えようという時期なのに、季節を間違えている。さらに遠くから潮騒のように聞こえてくるのは、自動車の走る音だった。

肺が灼きつき、手足の感覚がなくなるまで走ったにしろ、桟橋からそれほど遠くに来ているはずはない。甲介は不安に駆られ、目を開くと、バッグに手を伸ばした。慎重に足を引き寄せ、地面にしゃがむような格好になる。今までさんざん荒い呼吸をつづけ、ときにはうめき声すらもらしていたのだが、音を立てることが怖かった。シュウやヒロの仲間、それに警察に見つかることを恐れていた。

警察、という言葉が脳裏をかすめたとたん、泣き出したくなった。駒込駅前の交番があれほど忙しそうでなければ、甲介は拳銃を届け、多少の事情聴取など面倒な手続きはあったにしろ、今ごろはマンションにいて、保坂の一件がすべて解決したことに安堵して眠りについていたはずだ。またしてもシュウの顔が浮かぶ。実感はなかったが、シュウを撃ち殺したことは間違いない。

人を殺した。

足の力が抜け、下半身が遠のく。小便が漏れそうになった。地面に手をつき、うつむいたまま、甲介はついに泣き始めた。嗚咽を嚙み殺しながら、ぽろぽろと涙をこぼした。涙は後から後からわいてきて地面にしたたり落ちる。嗚咽がこみ上げ、その度に歯を食いしばった。

人を殺してしまった。

二度と元の生活に戻れない。桟橋に来るまでの間、拳銃を持ったことによって世界が一変して見えたのは、甲介の内側、つまりは意識の問題だった。だが、今は、今となっては、取り返しのつかない現実世界での事態となってしまった。

まず、思ったのは両親だ。父親は故郷で住宅設備の会社に勤めるサラリーマン、母親はスーパーの惣菜販売コーナーでパート勤めをしていた。こぢんまりとした一戸建てのローンを返しながら、つつましく生活している。甲介が人を殺したことを両親が知れば、足元の地面が消えてしまったような衝撃を感じるだろう。殺人など、テレビや新聞などで見る世界、まるで触れることのない、自分とは関係のない話だったのが、いきなり自分たちの子供が殺人者になったと知らされる。

どうしよう、どうしよう、どうしよう。

甲介の思いは、いたずらに同じところをぐるぐる回るばかりだった。

次に浮かんだのは、両親と一緒に暮らしている妹だ。妹は地元の短大を卒業して、建築会社の事務職に就いた。来年の春に結婚を予定しているが、甲介が人殺しとなれば、会社にもいられなくなり、おそらくは結婚も破談になるだろう。妹の結婚相手は、高校時代の同級生で、二人は高校生のころからつき合っていた。かれこれ七、八年の交際になる。甲介も結婚相手に会ったことがある。

あの男なら、妹を守り、幸せにしてくれる、と思いこもうとしたが、引っ込み思案で、それでいて責任感の強いところのある妹が自分から身を引いてしまうことは十分に考えられた。それに小さな町のことだ。殺人犯の妹というだけで、好奇の視線にさらされ、どこに行っても指をさされ、陰口をきかれるような立場に追い込まれるだろう。

妹や両親だけでなく、今まで甲介に関わってきた人間のすべてが好奇心の的にされ、噂や中傷にさいなまれる。

自分だけでなく、家族の一生をすべて粉々にしてしまった。

涙はあふれつづけ、鼻水が口許から地面に流れ落ちた。甲介は声を殺して泣きつづけていた。

白けた気分だった。気力は萎え、立ち上がるのも面倒だった。黒いバッグを抱え、ぺたりと座りこんでいる。地面の湿気がズボンを通して尻に沁みていた。スーツはところどころ破れ、全身、泥まみれに違いない。それでいて自分の内側がきれいに洗い流されたようで、どこかさっぱりとしていた。

甲介は鼻でため息をつき、地面に手をついて立ち上がる。

「どっこいしょっ、と」声までかけた。

泣く、というのは感情の浄化作業で、心地よいものだった。涙がすっかりなくなるまで泣きつづけた結果、甲介は落ち着きを取り戻していた。

黒いバッグをぶら下げ、周囲を見渡す。

滑り台の向こう側に公衆便所の四角い建物が見えた。気分が落ち着いたとたん、尿意を感じたのだった。

ぶらぶらと歩き出す。背中やわき腹の痛みも鈍くうずく程度になっている。急激に動かせば、鋭い痛みがぶり返すのだろうが、ゆっくり歩いている分には平気だった。背中、肩、首筋と熱をもっている。よくここまで走ってこられたものだと感心すると同時に今さらながらシュウとヒロに怒りがこみ上げ、ヒロにはっきりとどめを刺さなかったことを後悔していた。

警察も怖くなかった。何もかもを投げだしてしまいたい気分だ。とりあえずは小便をし、それから眠りたかった。

胃袋がかすかに震える。甲介は空腹を感じた。そばではなく、もっとボリュームのあるものを食べたかった。今なら、一キロのステーキをぺろりと平らげ、お代わりもできそうだった。

汚ないトイレだった。近づいて行くほどに目がちかちかするほどの臭気が漂ってきて、甲介は口を開け、鼻から呼吸するのをやめた。それでも咽に貼りついた臭気が鼻腔にはい上がってくる。

トイレの中は、小さな蛍光灯で薄ぼんやりと照らされている。大便用のクローゼットがふたつ並び、ひとつはドアが外れて斜めになっており、もう一つのドアには故障中とスプレーの文字が記されていた。

小便器の前に立ち、ズボンのチャックを開ける。熱をもってぐったりした器官を取りだし、長々と放った。自然とため息が漏れる。じっとり汗ばむほど蒸し暑いにもかかわらず、立ちのぼる湯気をあごの下に感じて、顔をしかめる。

小便を終え、便器の上についているフラッシュボタンを押したが、水は流れなかった。

洗面台の前に来た甲介は、棚状に張り出した壁のでっぱりにバッグを置き、蛇口をひねった。水が勢いよくほとばしり、ほっとする。両手を水に浸し、こびりついた泥を落としはじめた。血と汗もいっしょに流れていたのかも知れないが、見えたのは泥だけだった。

顔が腫れぼったい。倍にふくれ上がったような気がする。

何げなく目を上げた甲介は、鏡に映った傷だらけの顔を見てぎょっとした。顔の左半分が赤く染まり、あごからしたたった血で、ワイシャツの襟も汚れている。すでに血はかたまり、鮮やかな赤というより、黒っぽい褐色に見える。

上着を脱ぎ、バッグの上に慎重に重ねておくと、ネクタイを抜いて、ワイシャツのボタンを外した。ワイシャツは襟だけでなく、胸元まで赤く染まっている。そのときになって甲介は、ワイシャツを汚しているのが自分の血だけでなく、シュウを撃ったときの返り血も混じっていることに気がついた。スーツは紺だったので、血の跡は目立たないが、それも公衆便所の暗がりの中で見ているから目につかないだけかも知れない。それに鼻がまったく利かない状態で、自分がどんな臭いをまき散らしているのか、想像もできなかった。

甲介は両手で水を受け、何度も顔をこすった。乾いた血がかさぶたのようになっているのを爪で剝がし、さらにこする。たびたび顔を上げ、ワイシャツで拭って鏡をのぞき込み、こびりついた血が落ちたか、確かめた。

乾いた血は簡単に洗い落とせなかった。

血の跡が目立たなくなったころには、顔面はすっかり感覚を失い、ひりひりと痛んだ。それでも幾分かは気分もすっきりしていた。アスファルトにこすったときに皮が剝けたひたいの傷はピンク色をしていた。前髪を下ろして、傷を隠してみる。眉の少し上まである傷のすべてを隠すことはできなかったが、ずいぶん目立たなくはなった。

前髪を下ろすなんて学生の時以来だな、とちらっと思う。

それからワイシャツを濡らし、できるだけ汚れていないところを選んで、白いTシャツについていた血痕を拭いた。Tシャツをすっかりきれいにするのは不可能で、ぼんやりとしたシミがシャツ全体に広がったにすぎなかった。が、それで満足するよりなかった。

ワイシャツを丸めて捨てようとしたが、ゴミ箱が見あたらなかったのでとりあえずよく絞り、水気を切った。蛇口をひねって水をとめ、Tシャツの上に上着を羽織る。ボタンを閉じておけば、襟元からのぞくTシャツのシミはそれほど目立たない。

ワイシャツとネクタイを丸めてバッグに入れようとして、拳銃が目にとまった。どのようにしてバッグに放りこんだのか、まるで記憶にない。シュウを撃ったあと、そのままになっているとしたら、いつでも弾を発射できる状態で安全装置もかかっていないことになる。

手を触れるのは怖かったが、そのままにしておくのはもっと怖い。

知らず知らずのうちに息を噛み、バッグに手を差し入れた。拳銃をもつときに握る部分の、ギザギザした滑り止めに指先が触れたとたん、指が痺れたようになり、さらに腕が萎え、肩がだるくなった。歯を食いしばり、そっと銃を持ちあげ、バッグから抜いた。

握りのわきについているボタンを押して弾倉を抜き、銃身を覆っているカバーを引いて弾を抜いた。弾を弾倉に戻したものの、ふたたび弾倉を銃にさし込む勇気はわかず、別々にしたままバッグに入れた。

大きく息が漏れ、思わず吸いこんだ。凄まじい臭気が鼻腔を満たし、めまいを感じる。目をしばたたき、口を開けて息をしながらワイシャツとネクタイを詰め、バッグのファスナーを閉じた。

バッグをわきに抱え、公衆便所を出た。

腕時計を見た。午後十一時十五分だった。とりあえず、マンションに帰り、温かい風呂に浸かって血と汗と泥を洗い流し、ベッドに倒れ込みたかった。腹が減っていたが、食べるものを買うにしても、外食をするにしても風呂に入ったあとのことだ。

アスファルトを踏む靴音が耳を打つ。と、遠くからレールの継ぎ目を拾う電車の鉄輪の音が響いてくる。音が聞こえる以上、それほど距離はないのかも知れない。が、今の姿で電車に乗るのは怖かった。自分がどんな格好をしているのか、公衆便所の暗がりの中でみただけでは確かめようがないからだ。

金はある。タクシーを利用することは可能だが、竹芝桟橋と自分とを結びつけられたくなかった。

電車の音がする方向に向かって歩きながら、甲介は考えをめぐらせ、結局、歩けるところまで歩き、そこからタクシーを利用しようと決めた。そしてマンションのそばまで行かず、途中で降りて歩く。

「いや」甲介は口に出してつぶやいたが、自分が声を発したという自覚はなかった。

最初に乗ったタクシーは新宿なり、池袋《いけぶくろ》なり、繁華街まで行き、そこで乗り換えてマンションに向かえばいい、と思いついた。

甲介が気にしていたのは、サイレンの音だった。シュウの死体が発見され、誰かが警察に通報すればサイレンの音が聞こえるはずだ。だが、サイレンはいつまでたっても聞こえなかった。

三十分ほど歩き、山手線の高架下をくぐり抜けた甲介は、通りかかったタクシーに向かって手を上げた。


疲れきっていた。

タクシーを二度乗り換えて、マンションに戻ったときには、午前二時をまわっていた。終電が発車したあと、繁華街でタクシーになかなか乗れなかったために一時間以上も歩かなければならなかった。

靴を脱ぎ、バッグを台所に置いたまま、居間にはいる。エアコンのスイッチを入れ、身につけていたものをすべて脱いだ。

まっ先に背広を見た。蛍光灯の下で、目を近づけ、子細にながめる。襟と胸元にシミがついている。思ったよりも大きなシミで、てのひら大のものが三つ、そのほかにも小さなシミがあった。

背広とズボンを丸め、部屋の隅に放り出す。いずれワイシャツといっしょに処分しなければならない。

座りこみそうになるのを何とかこらえ、台所に戻る。床に置いてあるバッグを見ないようにして浴室に入った。浴槽の底にうがたれた排水口をゴムの栓でふさぎ、湯を注ぎはじめた。

鏡に顔を映す。前髪を持ちあげて、傷を確認した。傷は幅が三、四センチ、ひたいのわずかに上から生え際まで広がっている。

転んですりむいたにしては、大げさな傷に思えた。自転車に乗っていて転んだことにしようか、とも思ったが、考えるのが面倒臭くなってきた。

ため息をつき、浴槽の中にへたりこむ。

注がれる湯に波紋が立ち、電球の光が粉砕されて揺れている。ぼんやりとながめていた。頭の中には粘土をつめられているような気分だった。

ヘソのあたりまで溜まった湯を両手ですくい、ひたいの傷に触れないように顔を洗う。閉じたまぶたを指先で揉む。

何も思い浮かばない。これからどうすればいいのかもわからない。

甲介が考えていたのは、とにかく眠ることだけだった。

4

四連休になる。

沙貴の送別会が行なわれたのが木曜日の夜、翌金曜日、甲介は会社に電話を入れ、扁桃腺が腫れているからといって病欠した。完全週休二日制の洋和化学工業では、土曜、日曜は休み、そして月曜日は祝日だった。

何をしようか、と甲介は思った。

エアコンが低い音を立てて回りつづけている。空気はさらりと乾き、ひんやりとしていた。甲介はベッドに横になり、腹にタオルケットをかけていた。枕元に置いた目覚まし時計に目をやる。とっくに正午をまわっている。九時間ほど眠ったことになるが、ほんの一瞬にしか感じられなかった。自分でも驚き、あきれるほどの熟睡だった。

背中に痛みが残っている。押しつぶされた筋繊維の間を血が流れていくたびに痛みが走るようで、痛みは脈打っていた。ひたいの傷はうずく程度だった。血が乾き、かさぶたになっているかも知れない。触れてみる気にはなれなかったが。

ろくに食べていないのに、相変わらず空腹を感じない。胃袋には、熱い空気が充満しているようだった。

昨日の夜、風呂から出た甲介はジーパンとTシャツを身につけ、サンダルをつっかけて、近所のコンビニエンスストアに出かけた。弁当とペットボトル入りのウーロン茶、アイスクリームを買って戻ってきたが、弁当は少し箸をつけただけで、それ以上食べる気にならなかった。アイスクリームを食べ、ウーロン茶を飲み干してベッドにもぐり込んだのが午前三時すぎだった。

すんなりと眠りにつけるか心配だったが、目を閉じたとたん、闇に呑まれるように眠った。夢を見たのかも知れなかったが、記憶にない。ただ、目覚めたときには全身が気味の悪い汗に濡れ、とくに首のまわりがひどかった。

が、その汗も今はすっかり引き、肌は乾いていた。

タオルケットをはねのけ、起き上がると、床に足を下ろした。グレー地に赤い自動車のイラストが描かれたTシャツはコンビニエンスストアに買い物に行ったときのままだった。床に脱ぎ捨てられたジーパンがひしゃげている。ジーパンの尻ポケットからは二つ折りになった飴色《あめいろ》の財布がのぞいていた。財布の中には、一万円札が九枚、それに千円札が何枚か入っている。昨日、タクシーに乗る前に保坂の封筒から十万円を抜き、財布に移しておいたのだ。

欠伸がもれた。

頭の中には、もやがかかっているようだった。眠いわけではない。ただぼんやりとしているだけだ。昨日の出来事を思いだしたくない甲介には、都合がよかった。目を上げる。十四インチサイズのテレビは赤いボディだった。テレビの上にリモコンがのっている。しばらくの間、テレビを見ていた。リモコンに手を伸ばすのがひどく億劫だった。かわりに折れた足を折りたたんだテーブルの上に置いてあったタバコを取りあげた。パッケージがつぶれかかっている。三本、残っていた。

タバコを抜いた。曲がり、紙の胴はよじれていた。くわえて、ライターで火をつける。吸いこんだ。煙が口中に流れこんでくる。苦味は感じなかった。血中に流れ出したニコチンが少しは脳を覚醒させてくれるかも知れないと思ったが、相変わらず頭の中には淡い靄《もや》がただよっていた。

タバコを喫った。喫いつづけた。煙を吐き、灰皿の上で灰を落とす。それを機械的にくり返した。二本目、三本目とつづけざまに火をつけ、灰にしていったが、何も起こらず、ただ口の中が苦くなったのと、わずかばかりのめまいを感じただけだった。

三本目の、最後のタバコを灰皿に押しつぶしたあと、立ちのぼる白っぽい煙をながめながら、ふと、この部屋はどんな匂いがするのだろう、と思った。タバコの脂《やに》臭さ、汗と埃の匂い、思いついたのはそれくらいで、ほかに明け方食べようとした弁当の醬油やソースの臭いやアイスクリームのバニラエッセンスが残っているかも知れない。

鼻から息を吸い込んだ。何も臭わなかった。人は、自分の臭いには案外鈍感らしい。悪臭立ちこめる部屋でも平気で暮らしていけるのはそのためだ。Tシャツには、ごくわずかだが洗剤の臭いが残っていた。むさぼるように嗅ぐ。しかし、感じたのは乾いた汗の臭いだった。

ブルーのカーペットをつま先でこすった。短い毛足に、髪の毛がからみついていた。掃除機はここ数カ月、冷蔵庫のわきに立てかけたまま、埃をかぶっている。前に部屋の掃除をしたのがいつか思いだせなかった。本棚の下段には、二、三十冊の雑誌が積み重なっていた。新聞も雑誌もできるだけ駅で捨て、持ち帰らないようにしているが、それでも知らず知らずのうちに溜まってくる。

また、欠伸がもれた。

枕カバーも汚れていた。甲介は整髪料を使わなかった。枕カバーについたシミは、頭皮が分泌した脂《あぶら》だ。甲介は立ち上がり、枕カバーをはがしはじめた。ふいに洗剤の臭いのする、ぱりっと乾いた布団にくるまって眠りたくなった。枕カバー、掛布団のカバー、シーツを剝がす。夏用のうすい掛布団を使うことはほとんどなく、タオルケットだけで寝ているのだが、それでも洗わずにいられなかった。

シーツ、布団カバー、枕カバー、タオルケットをひとまとめにする。それだけのものを干すスペースは望むべくもないので、コインランドリーに出かけていき、大型洗濯機と乾燥機を使うしかない。押入れを開け、手提げの紙袋を見つけると、その中に洗濯物を詰め込んだ。それだけのものを洗濯し、ぱりぱりに乾くまで乾燥機にかけるとすれば、ゆうに二時間は必要だろうが、ちょうどいい暇つぶしのように思えた。洗濯が終わって帰ってきたら、久しぶりに部屋の掃除をし、夕方には食事がてらスーパーをのぞいて、手頃な値段のテーブルがあれば買ってこようと思った。

やるべきことを思いつくと、躰の中に新しい血が駆けめぐるような気がする。萎えていた腕にも力が蘇ってくる。背中の痛みは、躰を動かすことで薄らいでいくように感じられた。

ジーパンをはき、財布を尻のポケットに入れ直す。ベルトはせず、ボタンを留め、ジッパーを上げた。Tシャツの裾は出しておく。学生時代からはきつづけているジーパンは甲介の皮膚のようにしっとり肌になじむ。数え切れないほど洗濯をくり返しているので、青い染料はすっかり落ちて、生地は柔らかくなっていた。尻からももにかけ、すべらかな感触が好きだった。

紙袋をぶら下げ、台所に出ようと引き戸を開けたとたん、凄まじい臭気に顔がのけぞるほどの衝撃を感じた。実際、誰かに柔らかいクッションで殴りつけられたようだった。息を詰め、素早く台所に入って引き戸を閉める。最初は流し台に放置した未明に買った弁当が腐りかけていると思ったのだが、たった半日で目がちかちかするほどの腐敗臭を発するはずがない。

臭いのもとは、浴室の前にあった。スーツや下着、靴下が積み重なり、小さな山になっている。シュウを撃ち殺したときに浴びた脳漿の臭いを思いだし、甲介は足の力が抜けていくのを感じた。服についていた脳漿《のうしよう》が生乾きになって、昨日の夜よりも凄まじい臭気を放っている。

シーツなどの入った紙袋を放り出し、悪臭の元に近づこうとした甲介は、床に放り出してあった黒いバッグを踏んづけた。ぎょっとして足を上げ、目を見開く。バッグを目にしたとたん、無性に腹が立って、中身も考えずに思わず蹴り飛ばした。

激痛が走り、息を嚥んだ。めまいがするほどの激痛だった。よりによって裸足の小指が拳銃に命中したのだ。

しばらくの間、流しの縁に手をついたまま、目を閉じていた。肩を上下させ、荒い息を吐いた。憤怒がわき上がる。何も考えずに重い拳銃を蹴っ飛ばした自分が悪いに違いないのだが、怒りは拳銃を押しつけていった保坂に、桟橋でからんできたシュウとヒロに向いた。

「バカヤロウ、チキショウ、クソッタレ……」甲介の怒りは呻くことで増大していく。

低く、罵りつづけた。自分でも驚くほどの呪詛《じゅそ》が口からこぼれ落ちる。

やがて痛みが引くと、憤怒も色あせ、左胸の内側で転げまわる心臓だけが残った。顔を拭う。てのひらがびっしょり濡れるほど汗をかいていた。

甲介はため息をつき、スーツと下着をまとめて洗濯機に放りこんだ。血と脳漿を浴びたスーツをクリーニングに出せるはずがない。捨てるより他になかったが、とりあえず臭いの元を始末したかった。それから思いだして、黒いバッグを開け、ワイシャツとネクタイを取りだすとそれも洗濯機に放りこんだ。洗剤をたっぷりとふりかけ、洗濯機のスイッチを入れる。

洗濯機がごとごと音を発し、次いで注水の音が聞こえると、ようやく詰めていた息を吐いた。が、まだ臭いは残っている。甲介は台所の換気扇を回し、さらに浴室のドアを開けて、窓を開いた。

窓から引き込まれる外気は、熱をもっていたが、台所にこもっていた悪臭に較べるとはるかにさわやかだった。

体中の力が抜け、洗面台に手をつきそうになる。

こらえた。いったん座りこめば、二度と立ち上がれないような気がする。怖かった。それに胸の底を炙《あぶ》られているような焦燥を感じていた。

焦燥がどこから来るのか、まるで見当がつかない。

ただ、じっとしていられなかった。甲介は浴室を飛び出すと、紙袋を手にして玄関に立った。鍵をかけ、足早に階段を降りて歩き出したあとになって、黒いバッグを開いたまま、台所に放置してきたことに気がついた。

シーツなどの洗濯を終え、積み重なっていた雑誌を捨てられるように細引きで縛り、居間に掃除機をかけおえたときには、西に傾いた陽が磨りガラスのはまった窓をオレンジ色に染めていた。シーツを敷いて、しわを伸ばし、夏布団と枕にカバーをかぶせ、タオルケットをベッドの上に広げた。

窓を閉めて、エアコンのスイッチを入れると、台所に入り、洗濯機の中でひとかたまりになっていたスーツやワイシャツなどを引っぱりだし、ゴミ袋に入れてしっかりと口を縛った。

Tシャツは汗に濡れ、肌にぴったりと貼りついている。

甲介は全裸になると、Tシャツとトランクスを洗濯機に放りこみ、ついでに溜まっていた洗濯物をすべて入れて、洗剤をぶちまけ、スイッチを入れた。それから浴室に入ってシャワーを浴び、全身をくまなく洗った。

バスタオルを腰に巻いて、居間に戻ったときには、部屋の空気が乾いて冷えているだけでなく、夜具から立ちのぼる洗剤の香りが充満していた。甲介はようやく満足し、テレビの前に腰を下ろすと、意を決してリモコンに手を伸ばした。

短く息を吐き、腹に力をこめてからスイッチを入れる。いくつかチャンネルを切り替え、ニュース番組をさがした。夕方のニュースを見つけ、リモコンを床に置く。

食事がてらテーブルを探しに行こうと思っていたが、夕暮れが足早に近づいているとはいえ、濃密な暑気が残っているうちはふたたび部屋を出る気になれなかった。その代わりニュースを見る。いつまでも目をそむけてはいられない。

画面には、アメリカの大統領が演壇に両手をつき、目の前にならぶ記者たちを見渡しながら演説をしている姿が映っていた。日本の首相ならうつむいてメモを読み、髪の毛の薄くなった頭頂部ばかりが目につくところだ。

アメリカ大統領の声も、その声に重なって喋りつづけるアナウンサーの声も、ほとんど聞いていなかった。

とくとくとくとく……。

甲介が耳をかたむけていたのは、心臓の鼓動、躰の内側にある音だった。海外のニュースから国内の政治経済のニュースへ、画面が切りかわるたびに心臓の鼓動が乱れる。咽の渇きをおぼえたが、立ち上がれなかった。

とくとくとくとく……。

コマーシャルをはさみ、東北自動車道で起こったタンクローリーの横転事故、横浜駅の悪臭騒ぎが報じられる。甲介が半日がかりで洗濯をし、部屋を片づけて掃除をしている間にも誰かが死んだり、ケガをしていた。

殺人など、よくある話で、昨夜の出来事はとっくに報道され、二度、三度と報じられる価値などないのかも知れない。テレビのニュース番組で取りあげられることがないとしたら、世間にとっても大騒ぎするような事柄ではない、ささいなこと、些末なことにすぎない。
甲介はそう思いこもうとしていた。期待を抱いていた。
いくつかのニュースのあと、男の写真が映しだされたときにも、甲介はぼんやりとながめていただけだった。写真の男は、詰襟の学生服を着、襟のホックをきちんと留めて首を絞めていた。髪はやや長めだったが、それでも耳が隠れる程度にすぎず、今の風潮からすれば長髪と呼べるほどではない。黒縁のメガネをかけ、あごを引き、まっすぐにカメラを見つめていた。卒業アルバムか、受験票に貼ってある写真のようだった。
女性アナウンサーの声が画面に被さって聞こえる。

『今日未明、竹芝桟橋で射殺体となって発見された男性の身元が判明しました』

竹芝桟橋、という言葉に気弱な心臓は震えあがっていた。甲介は半ば無意識のうちに奥歯を食いしばり、テレビを見つめていた。

『死亡していたのは、都立××高校三年、中本修一《なかもとしゅういち》さん、十七歳。中本さんは、竹芝桟橋付近を、友人で無職の香田博之《こうだひろゆき》さん、十六歳と一緒に歩いていたところを何者かに銃撃されたと見られています。銃撃により頭部に銃弾を受けた中本さんは即死の状態で、また、犯人に暴行を受けたと見られる香田さんも脳挫傷で、現在も意識不明の重態です。警視庁は芝南《しばみなみ》警察署内に捜査本部を設置し、若年者のグループ同士による暴力抗争事件と、通り魔的犯行の両面から聞き込み捜査を開始すると同時に、犯行に使用された拳銃の行方を追っています』

画面がふたたびスタジオに切りかわり、今度は男性のアナウンサーが芝南署前にいる記者を呼んだ。

画面にグレーの背広を着た若い男が映る。ネクタイがわずかにゆるんでいた。イヤフォンを耳にさし、マイクロフォンを手にした記者は、カメラをにらんだまま、早口でまくし立てた。画面のすみには、警視庁芝南警察署前から中継とテロップが出ている。

『昨夜遅く、友人の香田さんと竹芝桟橋付近を歩いていた中本さんは、頭部に銃弾を受け、ほぼ即死の状態で発見されました。警視庁芝南署に設けられた捜査本部は、本日夕方、記者会見を行ない、中本さんの遺体を明朝にも司法解剖し、死亡時刻の特定を行なうとともに、香田さんの意識が回復するのを待って事情を聞く方針であることを明らかにしました。また、犯行には拳銃が使われたと見られているところから、銃声のようなものを聞いたり、不審な人物を見かけなかったか、付近の聞き込み捜査をすでに開始しています。中本さんは、葛飾《かつしか》区の都立高校に通う三年生で、香田さんとは中学時代、サッカー部の先輩後輩として知り合ったということです。学校関係者によれば、中本さんは学校の成績もよく、また、サッカー同好会を自ら設立するなど積極的な一面も持っており、深夜、竹芝桟橋付近で殺害されたという一報に一様に驚きを隠せない様子でした。こちら、警視庁芝南署前からお伝えいたしました』

次のニュース、とアナウンサーがいったところで、テレビのスイッチを切り、リモコンを放り出した。

目をしばたたいて、映像の消えたテレビを見つめた。

黒縁のメガネをかけた写真が脳裏をよぎる。さらに記者の声がこだました。都立高校の三年生、学校の成績はよく、サッカー同好会の創設者だった、と。

甲介を襲った男は、躰のでかい、金髪の男だった。口を開けば、歯茎に黒い跡しかない男だ。ナカモトシュウイチ、と胸のうちでつぶやいてみる。テレビに映っていた学生服姿の男同様、まるで馴染みがわかなかった。

昨夜、撃ち殺したのは、誰だったんだ？

疑問がわき、すぐに消えていく。甲介は自分がとんでもないペテンにかけられているような気がした。腹の底から得体の知れない感情がわき上がってきて、今にも叫びだしそうだった。

浅い呼吸をくり返し、気分を落ち着けようとしたが、心臓の鼓動はますます早くなり、じっとしているのが難しくなってきた。

「落ち着け」わざと声に出してつぶやいてみる。

自分の心臓に語りかけたつもりだったが、まるで効果はない。

甲介は立ち上がり、ジーパンをはくと、整理ダンスからTシャツを取りだして腕を通した。ふたたび胸の底を締めつけられるような焦燥感を感じていた。部屋の鍵をジーパンのポケットに入れ、財布がポケットにあることを確認して居間を出る。

とにかくじっとしていられない気分だった。

テレビに映しだされたシュウの顔を見て、いや、ナカモトシュウイチなる男の顔を見て、どうして落ち着きを失ったのか、わからなかった。

小走りに路地を抜け、自動車が行き交う通りに出た甲介は、最初に近づいてきたタクシーに手を上げた。自動ドアが開き、シートにすべり込む。

運転手が振り向いて訊ねた。

「どちらまで?」

「吉原」甲介はぼそりと答えた。

5

「ヒロミさん、今日はお休みなんですよ」

受付に座っているやせた男がいった。左の犬歯にかかっている部分入歯用の銀色をした針金に見覚えがあった。

「休みですか」甲介は力なくくり返した。

「はい、申し訳ないんですが」やせた男は甲介を気の毒に思ったのか、弱々しい笑みを浮かべた。「あらかじめお電話を入れていただいた方が」

「そうですね」甲介は前歯で下唇を噛んだ。

やせた男の首はしわだらけで、皮膚がたるみ、喋るたびにのど仏が上下する。ワイシャツのカラーが大きく、きちんと蝶ネクタイをしているのに何となく襟元がだらしない感じだった。

「セイキュウなんですよ」やせた男は重ねていった。

甲介はうなずいた。

セイキュウは生理休日を省略した言葉だ。〈宝石クラブ〉のソープ嬢たちがどのような勤務体系で働いているのか知らなかったが、たいていの店では、二勤一休、つまり二日働いて一日休み、そして月に一度、二、三日まとまって休みを取っている。月に一度のまとまった休みが生理休日だった。ヒロミのように避妊具を使わないソープ嬢は、避妊薬を服んでいる。月に一度、避妊薬の服用をやめ、生理をすませないと躰がもたない。

「次に出てくるのは、いつですか」甲介は訊いた。

「ちょっと待ってください」やせた男は受付台の下をのぞき込んだ。「来週の火曜日からは通常通りの出勤になります」

甲介はため息をのみ込んだ。

火曜では遅すぎる。

「ヒロミさんはサービスのいい子なんですけど、うちには他にもいい子がおりますよ」やせた男がいう。唇の端に泡になった唾がわいていた。

他にも、といわれて、甲介は一人の女を思いだした。一昨々日、ここに来たとき、ヒロミのあとに顔見せをした美人だ。小さな待合室で、スポットライトを浴び、彼女だけが顔を上げて微笑んでいた。

「うちは顔見せですから、これからお選びいただけますが」やせた男は気乗りしない様子でいった。「ただ、ちょっとお時間の方、お待ちいただくようになるかも知れません」

「待つって、どれくらいですか」

「女の子によるんですよね」やせた男は唇をへの字に曲げ、たるんだ頬を指先で掻いた。「早い子なら、三、四十分、あとは一時間半、三時間待ちの子もいますし、今日は予約でいっぱいになっているのもいるんです」

あの女は、予約でいっぱいだといわれたんだっけ、と甲介は思った。その次に目をつけた、スタイルのいい女も予約が入っているといわれ、三番目に選んだのがヒロミだった。最初に指名しようとした美人の印象があまりに強く、ヒロミについては、曖昧な印象しか残っていなかった。

それが今、逆転している。

美人だった、といっても甲介の脳裏に残っているのは美人という単語だけで、本当のところその女の顔を思いだすことができなかった。

それにヒロミ以外のソープ嬢を指名することが何となくヒロミを裏切るように思えた。冴えない客の一人にすぎない甲介のことなど、ソープ嬢同士で話題になるはずもなかったが、甲介自身の気持ちの問題だった。

「また、来ます」甲介はそういうと、きびすを返した。

「ありがとうございます。またのご来店、お待ちしております」

やせた男の声を背中に聞きながら、甲介は店の外に出た。

シュウに関する報道を目にしたとき、甲介は手ひどく裏切られたように感じた。何に裏切られたのか、誰に裏切られたのか、自分でもわからない。少なくとも死んだシュウが甲介を裏切ったわけではないのだが、腹筋が強ばるほどの怒りを感じた。

かといって、その憤りは誰にも告げられない。親にも友達にも話すことができない。話すことができれば、言葉にして吐きだせれば、少しは気も晴れるのだろうが、まさか自分が殺したのは真面目そうな都立高校生なんかじゃなく、金髪で歯のない大男で、しかも二人がかりで蹴りつけられたんだというわけにはいかない。

そんなとき、ヒロミの顔が浮かんだ。言葉にすることはできなくとも、ヒロミなら、甲介の身のうちに巣くったもやもやを受け止め、飲み下してくれるような気がした。甲介が放つ粘液は、感情のほとばしりでもある。放ったあとは、眠気をともなう安寧が訪れるはずだ。

ふいに目の前に男が立った。

ぎょっとして顔を上げる。

ワイシャツに黒っぽいベスト、光沢のあるグリーンのネクタイを締めた中年の男だった。細身で、パーマをかけた髪をリーゼント風にまとめている。

「お客さん、もう、終わっちゃいました？」

客引きだった。口許にはきれいに並んだ歯がのぞいていたが、人工的でつるつるした輝きを放っていた。

「ええ」甲介はうなずき、客引きのわきを通り抜けようとした。

客引きはわずかに躰をずらし、甲介に近づく。

「いや、まだじゃないかと思いまして、声をかけたんですよ」

甲介は眉をよせ、客引きを見上げた。客引きは甲介の目ではなく、肩に目をやっている。甲介も視線を動かした。Tシャツに汗のシミが浮き出ている。それを目にしたとたん、臭いが気になった。

「今、宝石さんに入って、すぐ出てこられたでしょう」客引きは相変わらず甲介の汗のシミを見つめていた。「だから、お目当ての子がお休みだったんじゃないかと思って。うち、いい子いるんですよ。六十分、一万八千円です」

「結構です」

甲介はそういって歩き出した。客引きは、あっ、そうといって、あっさりと甲介から離れた。背後で大げさに痰を切り、路面に吐きだす音がしたが、甲介は振り返らなかった。

ほとんどの店の前には客引きが立ち、さらに路地の角々には二、三人ずつ固まっていたが、汗に汚れたTシャツを着、ジーパンにサンダルという格好の甲介にはおざなりに声をかけるだけだった。

店の前に置かれた行灯《あんどん》や入口に掲げられた看板には電飾の縁取りがつき、ちかちか点滅していた。夕闇が濃くなるほどに行灯の文字も電飾もくっきり浮かびあがり、街は活気づいてくるようだった。まだ、時間が早いのか、そぞろ歩く客の姿はまばらで、客引きたちも長閑《のどか》な顔つきをしていた。

いきなり交番の前に出た。吉原で目当てのソープランドをさがすときに目印に使われることが多い交番で、甲介もそこにあることは知っていた。だが、小さくて古いコンクリートの建物を目にしたとたん、心臓がきゅっと握りしめられ、わきの下に汗が浮かんだ。鋼線入りガラスの向こう側で、机に向かって座っている警官が欠伸をしている。

甲介は目を伏せたまま、交番のわきを通りすぎた。

しばらくの間、背中が落ち着かなかった。交番に甲介の顔写真を印刷した手配書がまわっている光景が浮かんだ。

妄想にすぎない。

それはわかっている。

わかっていても背中がちりちりとし、足が萎えそうになるのをどうすることもできなかった。

交番を通りすぎて、三つ目の路地の角に喫茶店があった。今にも座りこみそうになっていた甲介は、喫茶店のドアを引いて中に入った。ドアのわきには、ソープランド情報いっぱいのコーヒーショップと看板が出ていた。

狭い店の中には、ほこり臭いようなコーヒーの香りが立ちこめていた。入口から見て右側がカウンター、左側に四人掛けのボックス席が三つ並んでおり、奥にはスチール製の本棚が置かれ、雑誌がぎっしりと並んでいた。

「いらっしゃいませ」カウンターの向こう側で、あご鬚を生やし、メガネをかけた男が声をかける。

入口に近いボックス席にはワイシャツ姿の太った男が座っている。かたわらを通りすぎるときにちらりと見ると、男はテーブルの上に雑誌を広げていた。女の顔写真がたくさん並んでいる。男が読んでいるのは、風俗店に関する情報誌のようだった。

甲介は奥のボックス席で、入口に背を向ける格好で座った。

カウンターの中から出てきた、鬚の男が甲介のかたわらに立ち、水の入ったグラスをテーブルの上に置いて訊いた。

「何にしますか」

甲介は顔を上げた。男は日に焼けた顔をしており、メガネにはうすいブルーのレンズがはまっていた。

「コーラ」そういったとたん、甲介は胃袋が痙攣するのを感じた。「それと何か食べるものはありますか」

「サンドイッチか、スパゲティくらいですね」男がまるで熱のこもっていない口調で答える。

「スパゲティをお願いできますか」

「かしこまりました。コーラに、スパゲティね」男はそういってふたたびカウンターの方へ戻っていった。

しばらくして運ばれてきたスパゲティには、細かく切った赤い皮のウィンナーとタマネギが入っていて、ケチャップでべちゃべちゃになっているような代物だった。スパゲティの皿、粉チーズ、タバスコの瓶と、角氷の入ったグラス、瓶入りのコーラを置いて、男はカウンターの中へ戻っていった。

スパゲティに粉チーズをたっぷりとまぶし、タバスコを振りかける。乾いた粉チーズの上に落ちたタバスコは、雪に転々とする血を思わせたが、脳裏に浮かびそうになった光景を拒否し、フォークを取りあげた。

フォークにスパゲティを巻きつけ、口に入れる。ケチャップそのものの味が口中に広がり、タバスコの辛みが酸っぱい匂いとともに鼻へ抜ける。ふやけた麵を嚙む。

二口、三口と食べているうちに、甲介は空腹を感じてきた。が、嘔吐することを恐れて、ゆっくりと食べつづけた。ぷりぷりしたウィンナーソーセージ、しなしなになったタマネギ、どちらもうまかった。ケチャップで口の中が粘っこくなると、コーラか水を飲んで洗い流し、また、フォークにスパゲティをからめた。

スパゲティを食べ終えた甲介は、フォークをおき、テーブルの上に備えつけになっていた紙ナプキンで口許を拭いた。ナプキンを丸めて皿の上に置くと、椅子の背に躰をあずけ、ため息をついた。

「珍しいね」かたわらに鬚の男が立っている。

甲介は顔を上げ、男を見て目をしばたたいた。

「まずいんだよ」男はそういいながら空になったグラスを取りあげ、水を注いだ。「自慢じゃないけど、うちのスパゲティはまずい。スパゲティに限ることはないけど、サンドイッチも、スパゲティも、コーヒーもまずい」

「はあ」甲介は何と答えていいものかわからず、曖昧に返事をした。

「お客さんがさ、コーラっていったとき、まあ、妥当な選択だなって思ったんだよね」男はスパゲティの皿を持ちあげた。「コーラなら、一応は市販品だから、店によって味に違いがあるわけじゃないからね」

「そうですね」

「コーヒーだとそうはいかないだろう。まあ、紙パック入りのアイスコーヒーだと、コーラと同じだけどね。インスタントコーヒーみたいにさ、粉入れて、お湯を注ぐだけでも微妙に味が違ってくる」

「はあ」

「だから、コーラかなと思ったんだけど、そのあと、スパゲティだろ。ちょっと、驚いてさ。こりゃ、まずいかなって思った」

「そうですか」

「それにしてもお客さん、よっぽど腹が空いてたんだな。本当に珍しいんだよ、うちのスパゲティを残さずに食う人って。店をやってるおれがいっちゃうのも何だけど」

男は苦笑いを浮かべた。前歯が一本、斜めに欠けている。笑いを引っこめた男は、甲介の顔をじろじろ見ながら言葉をついだ。

「お客さん、これからかい？」

「わかるんですか」

「他人のキンタマの状態なんて、わかるもんか。ただ、訊いてみただけさ」

「そうなんですか」

「どこか、行くあてはあるの？　まあ、大きなお世話だけど」

「予約を入れてこなかったんで、指名しようと思っていた人が休みなのを知らなかったんです」

「相方が休みか、それじゃ、しようがないな」男は手を伸ばし、皿と水差しをカウンターにのせると、茶色のシャツの胸ポケットからタバコを抜いた。火をつけながら、つづける。「他にあてがあるの？」

「いえ」甲介は首を振った。「吉原は初めてというわけじゃないんですけど、このところご無沙汰でしたから」

「ふん」男はくわえタバコをしたまま、うなずいた。「大きなお世話かも知れないけど、一軒、紹介しようか」

「はあ」甲介はちらりと入口の方を見た。

太った男の姿はいつの間にか消えている。その男が出ていったときの物音にも気づかないほど一心にスパゲティを食べていたようだ。

「いや、紹介っていってもね、おれ、客引きやってるわけじゃないからさ」腕を組み、タバコを手に持つ。「看板に偽りありでね。ソープランド情報なんて、何にもないの。近所のソープから古い雑誌をもらってきて並べてるだけ。だから、紹介といっても場所を教えるだけなんだ」

「高い店なんですか」

「逆なんだよな」男は顔をしかめる。「低級店。高級店っていう言い方はあるけど、低級店ってのはないか」

男は一人で笑った。甲介も追従《ついしょう》気味に笑みを浮かべる。

「まあ、この店にも何度か来てる、気のいい姉ちゃんがいるんだよ。あんたと同じようにさ、うちのスパゲティを残さず平らげていく奴なんだけどね。その女、口さえ開けば、暇だ暇だって」

男が言葉を切り、じっと甲介を見つめた。甲介がわずかに身じろぎする。男が口を開いた。

「金はそれほどかかんないと思うよ。六十分で一万三千円とか、一万五千円とか、そんなものかな」

「安いですね」

「姉ちゃんたちが年増ばっかでさ。うちに来る、その子も三十をいくつか越えてる、いや、もう三十の半ばになるかな。それに少々太めでね。お客さんの好みに合わなければ、もちろん行かなくていいんだけど。何ていうのかな、今の若い子はたしかにきれいで、スタイルもいいんだけど、情緒がないんだな」

「その人には、情緒があるんですか」

「ない」男はきっぱりといい、首を振った。

今度は甲介が吹き出してしまった。男も苦笑いを浮かべる。

「どっちかっていうと、がちゃがちゃしたタイプかな。がさつってほどじゃないけど、よく喋るし、声もでかいんだな、また、これが」

男は組んでいた腕をほどき、タバコの灰を床に落とした。床に転がった丸い灰をサンダルで踏みつぶす。黒い、足の指が透けて見える靴下を穿いていた。

男が探るような視線を甲介に向けてくる。

「お客さん、やっぱり若い女の子が好きだろ」

「そうですね。どちらかといえば」甲介は小さくうなずく。

「そうだよなぁ」男が大げさにため息をついた。「せっかく金払うんだもの、どうせなら若くてきれいな子にのっかりたいのが人情って奴だよな」

「どうしてぼくにその人を紹介しようと思ったんですか」

「お客さん、雑誌に手を伸ばそうとしなかったろ」男はあごをしゃくって本棚を指した。「うちに来た客はさ、まっ先に雑誌を引っぱりだして、良さげな姉ちゃんを物色しはじめるんだよ。うちに来るのは、たいていがアレする前の客なんだよね。やっちゃえば、吉原なんかに用はない。もっと気のきいた場所へ行くよ。酒を飲むにしても、飯を食うにしてもね。やる前の連中だろ、だから目の色変えてあれこれ雑誌見てるよ。まずはお値段。それから姉ちゃんのご面相、それからサービスの内容ってな具合にね。古い雑誌なんか見たってさ、ソープはころころ人が替わるから、好みの姉ちゃんを見つけてもとっくにやめてることが多いのにね」

甲介は雑誌に目をやった。よくみると背表紙が破れているものが多い。

「でも、お客さんは雑誌を見ようとしなかった。それで、もう終わったあとなのかなって思ったんだけど、そうでもないっていうだろ。だから、もし良かったらと思っただけだ」

「そうですか」

「まあ、忘れて下さい。よけいなことをいっちゃった」

男が浮かべた人の好さそうな笑顔を見ているうちに、甲介の気が変わった。ヒロミがいない以上、どこへ行くあてもない。それに年増、太めなら、何となくヒロミを裏切ることにならないような気もした。

「何ていう店なんですか」

「プチシャトーっていうんだ。うちを出て、左に行って、次の路地を入った二軒目。ちっちゃい店だよ。それに古いし」

「その人の名前は?」

「弥生《やよい》って、いうんだけどね」

6

背が低いために、すらりとした体軀とはお世辞にもいえなかったが、それでも太めというほどではない。手の甲のかさついた肌や首、目尻のしわを見れば、決して若くないことはわかる。

素っ裸になり、湯船に湯を張るために蛇口にかがみ込んでいる弥生の張りのある尻を見ながら、甲介は喫茶店のマスターがいっていたほどひどくない、と思った。実際に彼女がいくつであれ、見た目では三十前後にしか思えなかった。

問題は見た目だ、と甲介は胸のうちでつぶやき、うなずく。

弥生が振り返った。ヘソのあたりが丸くふくらんでいる。ガリガリに痩せた女が好みなら、腹部のたっぷりとした脂肪に眉をひそめるところだが、甲介には、むしろ女性らしい曲線と映った。

「あら、お客さん、まだ脱いでないんですか」弥生がにこにこしながらいった。「うち、五十分ですから、のんびりしてるとすぐに時間なくなっちゃいますよ」

甲介は立ち上がり、弥生に背を向けるとTシャツを脱いだ。ジーパンのボタンを外し、トランクスといっしょに引き下げる。それで全裸になる。脱いだシャツやジーパンをひとまとめにして、足元のかごに放りこんだ。

弥生がはっと息を嚥む気配を感じ、振り向いた。彼女の視線は甲介の背中に注がれている。自分の腰を見おろした。暗紫色のアザの一部が目についた。昨夜、シュウとヒロに蹴りを入れられた跡だった。

弥生が引きつった笑みを浮かべる。

「あっさりすっぽんぽんですね」

「夏だから」甲介は曖昧に笑った。

弥生はシャワーノズルを手にすると、勢いよく湯をほとばしらせ、洗い場やまん中のへこんだ椅子に振りかけた。湯気が立ちのぼり、弥生の白い躰が煙る。甲介は目をすぼめ、弥生を見ていた。

「どうぞ、こちらへいらっしゃって下さい」弥生は椅子の前にしゃがみ、甲介を振り返った。

甲介はいわれるがままに洗い場に足を踏みだす。濡れたタイルが足の裏に触れる。ぬるりとした感触があった。

〈プチシャトー〉は古ぼけた、小さな店だった。受付に座っていた小太りの男は、甲介が入っていったとき、ちょうど鼻毛を抜いているところだった。弥生を指名したいと告げると、すぐにご案内できますという返事だった。その場で総額の一万二千円を払い、待合室に通された。

待合室には出入り口がふたつあり、一方は受付のすぐわきにつながっていて、木のドアで閉ざされ、もう一方が奥にあって、ビロードのようなカーテンがかかっていた。出された茶をひと口飲んだところで、奥のカーテンが左右に持ち上がり、正座し、両手をついて頭を下げた弥生が現われた。店の構えも、ソファも、客への応対も古ぼけている。

店は三階建てで、二階と三階に四つずつ個室がある。弥生のあとに従って三階まで上がり、廊下の突き当たり、右側にある個室に入った。個室はベッドの置いてあるスペースが三畳ほど、洗い場がその倍くらいの広さがあった。

部屋に入ると、弥生はくたびれたブルーのツーピースをさっさと脱ぎ、ブラジャーを外して、パンティを下ろして足から抜いた。事務的ともいえる、あっけらかんとした脱ぎっぷりだった。まん中のへこんだ椅子にシャワーを浴びせながら、甲介の足元を見ていた弥生が声をかける。

「滑りますから、気をつけて下さい」

甲介はうなずき、椅子に座った。ちょうど股間の下に空間ができるようにまん中がへこんでいる。椅子は金粉をまぶしたような色合いだった。

弥生は甲介の背にまわり、右腕に湯をかけた。ややぬるめの湯は、皮膚を快く刺激した。

「熱くないですか」弥生が訊いた。

「ちょうどいいです」甲介は答えた。

「失礼します」

弥生はそういって甲介の肩、背中、左右の腕、胸、腹、足と撫でながら温かい湯をかけていく。甲介は目の前にある鏡にぼんやりと映っている自分の姿を見ながら、間抜けな格好をしてやがる、と思った。鏡の中の甲介は、いく分背を丸め、足を開いていた。

背中や腰にアザは残っていたが、ほとんど痛みを感じないのが不思議だった。

プラスチック製の桶を洗い場においた弥生は、その中にシャワーノズルを放りこみ、スポンジと液体石鹸を取った。スポンジに石鹸をつけ、泡立てる。石鹸にふくまれる香料が湯気にのって浴室に広がった。

弥生は甲介の右腕を持ち、スポンジで洗い始めた。

「私、前にお客さんについたことがありましたっけ」

「いや、初めてですよ」すっかり弛緩し、右腕をあずけた甲介が答える。

弥生の手がとまった。顔を上げると、甲介の横顔をしげしげと見つめる彼女の目をまともにのぞき込む格好になった。

「どうして、私を指名されたんですか」

「評判がいいと聞いたんで、一度、来てみようと思ったんですよ」

「お友達ですか」

「いえ、この近所にある喫茶店のマスターが教えてくれたんです」答えたものの、喫茶店の名前をおぼえていないことに気がついた。「弥生さんがときどき食事をするっていってました。それで知ってるんだと」

「何だ」弥生は苦笑いを浮かべた。

甲介は首をまわし、肩を揺すっていった。

「ぼく、スパゲティを頼んだんですよ。腹が減っていたもんで。それで全部食べたら、珍しいっていわれて」

「あんなまずいのを全部食べちゃったんですか」

「ええ」甲介はうなずいた。「そうしたらマスターに珍しいっていわれて。あの喫茶店でスパゲティを全部食べたのは、ぼくと弥生さんっていう人だけだっていうんですよね。それでここを教えてもらったんです」

「本当にまずかったでしょう？」弥生はまた手を動かしながら訊いた。

「そうかな。それほど悪くなかったと思うけど」甲介が首をかしげる。

「いや、本当にまずいんです。美味しくないってもんじゃなく、はっきりとまずい。あれでよく金を取ってると思うけど、あの人、昔っから投げやりなところがあって、何をやってもダメなんですよね」

甲介は弥生を振り返った。弥生は真剣な顔つきで、甲介の指を一本一本ていねいに洗っている。鼻の頭に泡がついていた。

弥生は甲介の視線に気がつかないのか、甲介の指先を見つめたまま、言葉をついだ。

「芸術屋さんなんですよ、あれでも。詩を書くんです。人が泣けるような詩を書くんですけど、詩って、全然お金にならないんですよね」

「昔からの知り合いなんですか」

「腐れ縁」弥生は甲介を見て、にやっと笑う。目尻にしわが寄ったが、少女のような笑顔だった。「籍は入ってなかったけど、一時は亭主だったんです」

「ご主人、ですか」甲介は眉を上げた。

「そんな立派なもんじゃないですよ」弥生が笑う。

「でも」

「あの人、どこか壊れてるのよねぇ」弥生は甲介の表情に頓着せず、甲介の右手を下ろし、左手を取って洗いはじめる。「私がこんなことをしてて全然平気なんですよ。今は夫婦ってわけじゃないけど、それでも一緒に暮らしていた時期もあるんですからね。自分の女がほかの男に抱かれてても平気なんて、やっぱり普通じゃないと思いませんか」

「ええ」甲介は視線を逸らし、曖昧にうなずいた。

「罪滅ぼしのつもりなんですよ。だから喫茶店に来たお客さんには誰彼かまわずプチシャトーの弥生っていうんです」弥生は甲介の腕をたぐり、顔を近づけた。「それで私のこと、何ていってました？」

「優しくて、サービスがていねいだと」

「嘘」

「いや、本当にそういってました」

「デブのババァっていってませんでした？　あの人、私のことをいつもそういうんですよ。私に食わせてもらっていることなんか、小指の先ほども恩義に感じてないんですよ。ねえ、ひどい男でしょ」

ひどい男、という言葉にはどこか甘い響きがあった。

弥生に全身をくまなく洗ってもらい、ついでにシャンプーまでしてもらってからシャワーで洗い流され、湯船に入った。

弥生は歯ブラシに練り歯磨きをのせ、甲介に差し出した。湯に浸かったまま、ていねいに歯を磨く甲介に、弥生が訊いた。

「一応、マットとかあるんですけど、うち、時間が短いんですよ。だから、マットを省いて、ベッドでゆっくりというのもできるんですけど」

弥生がおだやかに微笑んで、甲介をのぞき込んでいる。

甲介は詩を書いているという喫茶店のマスターを思い浮かべていた。すでに別れているとはいっても、自分の妻をソープランドで働かせ、さらには自分の店に来た男を送りこんでいる。

今ごろ、マスターは甲介が弥生とこうしていることを想像しているのだろうか。

罪滅ぼしのつもり、と弥生はいった。客を送りこみ、幾分でも弥生の指名が増えるようにすることが罪滅ぼしなのか、あるいは自分はすぐそばにいて、ついさっきまで目の前にいた男に弥生が抱かれているところを思うことで、自らを罰しているのか。

それとも、あの男は何も感じることなく、甲介が使ったコップや皿を洗い、次の客にコーヒーを出しているのだろうか。

「ねえ、どうします?」弥生が重ねて訊いた。

甲介は歯ブラシをくわえたまま、目を上げ、問いかける。

「マットをしますか。それともベッド?」

「ベッド」答えたとたん、ハッカの匂いのする泡があごを伝う。

「はい」弥生はまたしてもおだやかな笑みを浮かべ、プラスチックのカップに湯を入れ、浴槽のへりに置く。「ゆっくり温まって下さい。私、この辺を片づけちゃいますから」

弥生は、シャワーで洗い場を流し、椅子を壁際において、その上に泡を洗い流した桶を重ねた。弥生を目で追いながら、甲介は湯の中に左手を入れ、そっと自分の器官に触れてみた。柔らかく、うなだれている。

メガネをかけ、鬚を生やしたマスターの面影が脳裏をよぎる。元とはいえ、亭主に紹介された女と、うまくできるのだろうか、と思った。

「じゃあ、横になって下さい」

弥生にうながされ、甲介はベッドの上に仰向けに寝た。ベッドとはいってもビニール張りのベンチのような代物で、その上にバスタオルが広げてあるだけだった。弥生は入口のわきにあるスイッチを押し、部屋の照明を落とした。

入口のわきに小さな電気スタンドが置いてあり、壁に向かって白熱灯の黄色っぽい光を投げかけているので、部屋がすっかり暗くなったわけではない。

光の中、弥生のシルエットが浮かびあがる。彼女は躰に巻きつけていたバスタオルを外し、ていねいにたたんで床に置いた。それからベッドのわきに来ると、甲介の腰からバスタオルを取り去った。

うっすらと熱を持ち、ぐったりしている器官に手を伸ばし、人さし指と親指で軽くつまむ。指に加える力を微妙に加減し、きゅっと締めてはゆるめるのをくり返した。器官にじわりと血が通うのを感じる。器官が少し硬度をもったところで、弥生は顔を寄せ、口にふくんだ。器官の先端を舌で転がしながら、頭を動かす。唇をすぼめ、根元から先端へ、ゆっくりと絞り上げる。同時に陰嚢を優しくもみほぐしていた。

甲介は目を閉じた。暗闇の中で一点にくわえられる刺激に意識を集中する。ますます硬度を増していくのを感じる。

唇の愛撫は、短い中断をはさんで、しばらくの間つづいた。やがて弥生の口許から湿った音がもれはじめる。

くちゃっ、くちゃっという音が甲介の思考を支配していった。

弥生が口を外し、甲介を振り返った。

「上になりますか」

「そのままで」甲介はかすれた声で答えた。

弥生は無言で、甲介にまたがると手を添えて器官を導いた。柔らかな抵抗があって、甲介は器官が押し包まれるのを感じた。

弥生はベッドにひざをつき、甲介の肩に手をおいて躰を支えた。すぐに腰をリズミカルに動かしはじめる。

甲介は、ますますいきり立ち、弥生の内側で膨張するのを感じた。

しばらくすると、弥生の動きに合わせて湿った音が聞こえはじめた。弥生の息づかいも耳を打つ。弥生が腰を上げるたびに、甲介は器官がわずかにひねられ、彼女の深部に吸いこまれていくのを感じた。

閉じたまぶたの裏側に、断片的なイメージが浮かんでは消える。

事務用の椅子に座り、足を開いた香織。裸でスツールに腰かけ、髪をとかしていた沙貴の尻。ブラジャーが浅く食い込んだ背中にあった、ヒロミのホクロ。

イメージは拡散していき、黒板の前で絶句する女教師や土埃を蹴立てて走る陸上部の女子生徒までが浮かんだ。

さらに誰のものともいえない、うなじや胸元、尻が脳裏にあふれ返る。

高まってくる。こみ上げてくる。

弥生の動きがさらに早まった。いつの間にか甲介は弥生の腕をつかみ、腰を突き上げ、さらに深く押し入れようとしていた。

膨張が限界に達し、ふくれ上がるイメージの中、何人もの裸の女が脳裏をよぎっていく。

歯を食いしばり、声を漏らすまいとしていた。

そして、その刹那、甲介の脳裏にはシュウの顔が浮かんだ。炸裂というイメージが拳銃の発射を喚起した。

オレンジ色の銃火に浮かびあがったシュウの顔は、驚きに目を見開いている。

甲介は叫んでいた。


「びっくりしましたよ」弥生がくすくす笑いながらいった。「声をあげるお客さんも中にはいるんですけど、あんな大声は初めて」

「すまん」甲介は荒い息をつきながらいった。

弥生が甲介の器官からゴムの避妊具を外している。粘液を受け止めたゴムは生暖かく、しんなりしていた。避妊具を外されるまで、着けていたのに気がつかなかった。おそらくは唇の愛撫を受けている間に装着されたのだろう。

ゴムを引っぱって結び、ゴミ箱に入れると、弥生はティッシュペーパーで甲介の器官を拭いはじめた。

「ちょっと嬉しかったな」弥生が含み笑いをする。

「何が？」

「イク瞬間に大声でしょ。私がそんなに良かったのかな、なんて」

「良かったよ」

甲介はそういいながら両手で顔をこすった。汗に濡れている。てのひらにねばりつくような気がした。

ティッシュペーパーを丸めて、ゴミ箱に捨てた弥生がいった。

「もう時間があまりないものですから、急がせるようで申し訳ないんですけど、さっとお風呂に浸かっていただけますか」

「全然時間ないの？」

弥生はスタンドの方に視線を向けた。目をすぼめている彼女の顔がぼんやりと浮かびあがっている。

「あと五分くらいですね。時間が来たから、すぐに出て行けってことにはなりませんから、あと十分くらいは平気だと思いますけど、さっと躰を洗って、服を着たりすると、のんびりしてられませんよ」

「今、店、混んでる？」

甲介の問いに、弥生は苦笑いで答えた。

「どちらかといえば、暇ですよ」

「延長できるかな。もう少しゆっくりしていたいんだ」

「できると思いますけど、十分で三千円ですよ」弥生はかすかに顔をしかめた。「もったいないんじゃありませんか」

「ダブルは、もう一万二千円でいいのかな」

「入り直しですか」弥生が眉間にしわを刻む。

「迷惑かな」

「とんでもない」弥生があわてて首を振る。「私はありがたいですけど、本当によろしいんですか」

「うん」甲介はうなずいた。「ゆっくりしたいんだ」

シュウの顔が消えるまで、という言葉はもちろん呑み込んだ。弥生に話せることは何もない。だが、今、甲介は一人になりたくなかった。

「大丈夫だと思いますけど、訊いてみますね」

弥生はそういって立ち上がると、壁に取りつけられているインターフォンに手を伸ばした。

スタンドの光が彼女の下腹を照らしている。腹に映る陰毛の影の猛々しさに、甲介は目を凝らしていた。

7

肘と膝を伸ばしたまま、てのひらを床について四つんばいになった弥生の後ろに立ち、器官が出入りするのを見下ろしていた。淡いグリーンのゴムをかぶせられた器官の根元には白く小さな泡がまとわりついている。自然と、両手で弥生のわき腹をつかむ格好になっていた。背中を丸めているために弥生の脂肪は、幾重にも段となってたれ下がり、甲介は指先を脂肪の段の間に差し入れようとしていた。弥生のわき腹に溜まっている脂肪は、そのまま彼女の年月の積み重ねでもある。

わずかにひんやりした、すべすべの脂肪の房に指先がはさまれる。

延長はしたものの、欲情はとっくに萎えていた。器官は硬度を保っていたが、それも惰性にすぎない。こみ上げてくる感情は何もなかった。それに恐れてもいた。ふたたび情欲が粘液となって噴出しようとした瞬間、シュウの顔が浮かんではたまらない。

これから先、セックスのたびに同じ恐怖を味わうのだろうか、と甲介は思った。

足がだるくなった甲介は動きを止め、弥生から離れると、ベッドに腰を下ろした。弥生が床にへたりこみ、甲介を振り返る。甲介はうつむいて、器官からゴムを外した。

避妊具に締めつけられていると、息苦しいような気がする。ゴムの皮膜をはがされた器官がひんやりとした空気を感じて、蘇生する。

「くたびれた?」弥生が訊いた。

「さすがにね」甲介はゴムを丸めた。

弥生が手を出す。その手に丸めたゴムを乗せる。弥生はティッシュペーパーでゴムをくるみ、ゴミ箱に捨てた。

バスタオルを躰に巻きつけた弥生は、タバコの入ったかごを取りあげて、甲介に差し出した。

甲介はメンソールのタバコを抜き、弥生に火をつけてもらった。冷気を思わせる煙が口中に流れこんでくる。

煙を吐きだし、また、吸いこんだ。弥生はガラスの灰皿を甲介のわきに置き、剝き出しになった甲介の股間をバスタオルで覆った。タオルは少し湿っていて、冷たかった。

「喫茶店のマスターのこと、少し話してくれないか」甲介がぽつりといった。「もし、かまわなければ、だけど」

「話すっていっても、ねえ」弥生が首をかしげる。

「詩を書くっていってたけど、どんな詩を書くの？」

「どんなって、あらためて訊かれると困っちゃうな。深い森とか、湖とかが出てくる詩なんだけど。深い森を踏み分けていくと、透明な湖があって、そこに空が映っているみたいな、感じかな」

甲介は弥生の言葉を絵にして思い浮かべてみた。黒っぽい緑が生い茂る森、静かな木立ちを抜け、眼前には湖が広がる。甲介の頭に浮かんだ絵は、子供向けの絵本のようだった。

弥生が首をかしげたまま、言葉を継ぐ。

「森はね、森じゃなく、何かをあらわしているんだって。あの人のいうことって小難しくて、うまくいえないんだけど、とにかく森と書いてあっても、実際に木が生えている森のことじゃないっていうのよ。だから湖も湖じゃない」

「湖が瞳で、森が睫毛とか」甲介が訊いた。

「それほど単純じゃないらしいの。実は私も同じことを訊いたのよ。そしたら目一杯笑われた。まだ、つき合い始めたころのことだけど。馬鹿にされてね。そりゃ、あの人は大学出てて、私は高校中退だからさ、頭悪いのは認めるけどね」

「大学を出ているから頭がいいとは限らないよ」

「立派なものよ。大学に行きたくたっていけない人は、今の世の中にもいっぱいいるんだから」

学士様といった保坂を思いだし、甲介は尻がむずむずするのを感じた。立派なものじゃないといいかけ、咽が引き攣る。うつむいて、タバコを喫った。

「あの人、ふらっと旅に出ちゃうの」弥生は床に視線を向け、独り言のようにいった。「何もいわないし、手紙もないのよ。ある日突然いなくなっちゃう。私が仕事から帰ってくると、部屋の中が空《から》なのね。暗くて、寒いの。朝帰りなんかしょっちゅうなんだけど、何となくわかるのよ。ああ、旅に出たなって」

「女の勘って奴かな」

「そうね」弥生がうなずいた。「でもね、何となく予感はあるの。まだ、私がクラブでホステスをしていたころなんだけどね、給料をもらって、それを渡すでしょ、すると翌日からいなくなるの」

「旅か」甲介はつぶやいた。「一人旅なんて、格好いいよね」

弥生が甲介に向かって目尻にしわを刻み、白い歯を見せて微笑む。

「あなた、いい人ね」

「え」甲介は目をしばたたいた。

「一人旅なんてしてないのよ、あの人。私、調べたことがあるんだ。探偵を雇ってね、お給料を渡した翌日、あの人がどこへ行くか尾行してもらったの」

甲介はじっと弥生を見つめた。

「川崎に行くのよ。三回、調べた。三回とも川崎の住宅街にあるアパートに行ってた。そこでね、一カ月暮らしているのよ」

「それが旅なのか」甲介は眉を寄せた。

「そこにね、奥さんと子供がいるのよ。今から七、八年前の話だから、もう子供も大きくなっているだろうな」

「さっきは弥生さんがあの男と結婚してたっていったじゃないか」甲介は思わずつぶやいた。

「あの人にとって籍なんてどうでもいいのよ。内縁関係って奴ね。川崎の人とも籍は入っていないみたい」

「ひでえな」甲介がぼそりという。

弥生が嬉しそうに笑みを見せ、大きくうなずく。

「本当にひどい話でしょ。私、見たんだ。夜だった。茶の間に電気がついてね、レースのカーテン越しに中が見えたの。あの人、子供を抱き上げて、高い高いってしてたのよ」弥生は笑みを浮かべたまま、言葉をついだ。「私に子供ができたときには、堕ろさせたくせにね」

口を開きかけたが、言葉にはならなかった。甲介はうつむき、灰皿の上でタバコを弄《もてあそ》んでいた。半分ほどの長さになっていたが、タバコを消したくなかった。タバコを押しつぶしてしまうと、何をしていいかわからなくなりそうだった。

「今から考えれば、当たり前かも知れない。向こうには、子供がいるでしょう。腹違いの兄弟がいると、子供にとってはまずいわよ。ショックだろうし。だから、私の赤ちゃんは殺させた」

咽がひくりと動き、息がつまったものの、唾を飲むのはためらわれた。赤ちゃんは殺させた、という言葉に躰が反応した。昨夜、人を殺したのに、赤ちゃんという言葉に反応している。シュウにしたところで、誰かの赤ちゃんではあったはずだ。人の命に変わりはない。それに堕胎したのだから、正確には赤ん坊、いや、人間ですらない肉塊にすぎなかったはずだ。

甲介は床を見つめたまま、タバコを喫った。

「よくある話ですよ、そんなに深刻な顔しないで」

「でも、どうして」顔を上げられず、ぼそぼそと訊いた。

「私の赤ちゃんを殺させたこと?」

「それもあるけど、あの男の子どもだって、弥生さんが稼いだ金で育てられていたようなものなんだろう。どうして、そこまで」

「詩人には生活能力がないんだって。だから私が稼ぐしかない。私が稼がないと、子供がお腹を空かせるのよ」

「だけど」甲介は顔を上げた。

穏やかな笑みを浮かべた弥生の顔があった。

「仕方ないのよ。子供に罪はないもの」

「おかしいよ。だって……」

弥生は笑みを浮かべたまま、何もいわず、甲介を見ていた。その眸に宿る温かな光に、甲介は気圧された。ふてくされ、タバコを灰皿に叩きつけるようにして消した。火花が散り、バスタオルの上ですぐに黒くなる。

「因果応報」弥生がぽつりといった。

甲介は顔をしかめて、弥生を見やる。

「死んだおばあちゃんがいつもいってた。悪いことをすれば、悪いことをした人のところに必ず仕返しが来るって。因果応報っていうんだって。子供のころに聞かされたことって、なかなか忘れないね」

甲介は身じろぎもせずに弥生を見つめていた。

「あの人、捨てられたのよ。奥さんと子供に。奥さん、子供連れて、家を出ていっちゃった。あの人ね、馬鹿みたいなところがあるのよ。奥さんが子供連れて出ていったって、私にいうのよ。探偵雇って尾行させたなんていえるはずないから、奥さんや子供のことなんか、知るはずがないのにね。私に告白するの。告白癖のある男って、結局身勝手なのよ。自分の腹に秘密を抱えていられないのね。自分だけ喋って、楽になって」

甲介は黙って弥生の言葉に耳をかたむけていた。

「どうして私にいうのよって、頭に来たけど、あの人、泣くのよね。涙ぽろぽろ流して、子供みたいに泣くの。それ見たら、ねえ」

何が、ねえだ、と胸のうちで叫んでいたが、甲介は曖昧にうなずき、新しいタバコに火をつけただけだった。

「あの人、仕事もできないし、子供の養育費も払わなきゃならなくて、それで、私がこの商売に入ることになったの。ホステスやってるよりずっとお金になるから」

甲介に言葉はなかった。ただ口を閉ざして、弥生の話に耳をかたむけているより他になかった。

「そのうち、あの人も何かして働きたいっていい出したの。このお店の近所に喫茶店の空きが出たから、借金して、権利を買って、それで商売はじめたんだけど、どうにも投げやりな人でね」

弥生が低い声で笑う。

ふいにケチャップでべちゃべちゃになったスパゲティを思いだした。腹立たしさがつのってくる。投げやりに作ったスパゲティを美味しく残さずいただいた上に、金まで払ってきた自分にも腹が立った。

むっつりと黙りこんだ甲介を、弥生がのぞき込む。

「どうしたの？　急に怖い顔して」

「わからない。おれには、わからない。どうしてあの男みたいな生き方が許されるのか、どうして弥生さんがそこまでして上げるのか、理解できない。おれ、あのスパゲティを食ったんだよね。一昨日からろくに食ってないから、腹が減っていたから食えたんだろうけど、それにしても何だか馬鹿にされたような気がする」

一人称が〈ぼく〉から〈おれ〉に変わっていたが、甲介は気づいていなかった。ふいにわき上がってきた怒りがそのまま言葉となってほとばしり出てくる。

甲介はつづけた。

「だって、あの男は甘えているだけじゃないか。弥生さんがよくしてくれるのにつけ込んで、自分じゃろくに働きもしないで。女房、子供に逃げられたって？　当たり前だね」甲介は弥生をにらみつけた。「あんたもあんただよ、墜ちるところまで、墜ちてさ。頼むから、それが愛だなんていうなよ」

「愛、か」弥生はつぶやき、ふたたび笑みを見せた。

弥生の口許に浮かんだ笑みにますます腹が立った。弥生が目を上げる。睫毛が濡れていた。

甲介は息を嚥んだ。腹の中に渦巻いていた憤怒が瞬時にして色あせ、萎縮していく。

「今となっては、惰性ね。昨日したことを、今日もくり返している。したいからするんじゃなくて、怖いからやめられないだけかも知れない。あの人には、奥さんも子供もいる。でも、私には誰もいない。あの人を失ってしまったら、私、本当に独りぼっちになるの。親も兄弟もいない。私、知ってるのよ。今でもときどき、あの人、奥さんと子供に会ってるの。お金を渡してるのよ。あの人、私がいなくても、また、奥さんと子供のところに帰ればいいじゃない？だけど、私はどこも行くところがないのよ。三十七になって、一人で、こんな商売してて、未来はなくて」

弥生の頬を涙がぽろぽろ伝い落ちている。目が充血し、鼻水が垂れて、唇を濡らしていた。

甲介は身じろぎした。弥生を抱きしめたかった。

「来ないで」弥生の鋭い声が飛んだ。「あなたには、何もできない」

「だけど」甲介はくぐもった声でいった。

「もし、今、私があの人にお金を渡しつづけるのをやめてしまったら、何にも残らないのよ。私のしてきたことが全部なくなってしまう。何のために生まれてきたかわからなくなる。だからやめられないのよ。新しい人生を生き直すには歳を取りすぎてるし、死ぬには、まだ時間がかかりそうでしょ。これから先、この商売もできなくなる。歳を取っていくの。老いて、醜くなっていくの。ねえ、どうすればいいのよ」

甲介には答えようがなかった。

弥生がまっすぐに甲介を見つめていった。

「人は、一人じゃ生きられないのよ」

目を見開いていると、闇が目の中に流れこんでくるようだった。それでも闇を見つめていた。熱いベッドの上で、寝返りを打つ。天井を見上げてため息をついた。

吉原から帰ってきて、甲介はチャンネルを次々切り替えてニュース番組を見た。シュウとヒロに関するニュースを流したのは、一局だけで、ヒロは意識不明のまま、回復が絶望視されていること、依然捜査に進展がないことが簡単に報じられただけだった。

午前三時をまわっている。ベッドに入って、二時間以上が経過していた。一向に眠気は訪れない。ベッドの上に起き上がった甲介は床に足をつき、テーブルにおいたタバコに手を伸ばした。

火をつけ、天井に向かって煙を吹き上げる。

立ち上がって、蛍光灯のスイッチを入れた。二、三度点滅し、白っぽい光が部屋を照らしだす。ふと思いついた甲介は、本棚に近づいた。いつか会社が入っているビルの地下で買った文庫版の拳銃図鑑を思いだした。

図鑑はすぐに見つかった。床に腰を下ろし、ベッドに背をあずけて、写真をながめはじめた。それぞれの銃にキャプションがついている。それもていねいに読んでいった。しばらくページをめくっているうちに、甲介の手元にある拳銃が出てきた。全長、重量、装弾数、口径、弾丸の重量などの数字が並んでいる。数字は目に映り、あっという間に頭の中を通りすぎていく。

さらにページをめくると、拳銃のイラストがあり、各部の名称、操作方法が解説されている。銃身を覆うカバーはスライド、ないしは遊底というらしい。遊底を後ろに引き、内蔵されたバネの反動で前進することで、箱形の弾倉にこめた銃弾が一発ずつ薬室に送りこまれ、閉鎖される。薬莢の尻には信管と呼ばれる部分があり、信管を撃針が撃ち抜くことで火薬が破裂する。漠然と撃鉄が薬莢を叩いたときの衝撃で火薬が爆発するように思っていたが、考えてみれば衝撃で弾丸が発射されるようでは危なっかしくて持ち歩くことなどできない。

図解されると、拳銃の構造はシンプルだった。

甲介の手元にある拳銃は長年にわたり米軍が使っていたものらしい。口径は四十五、〇・四五インチで、約十一・四ミリとある。装弾数は七発、さらに薬室に一発送りこんでおき、弾倉に一発補給すれば、八発携行できる、とあった。

苦笑いが浮かんだ。

古いタイプの拳銃でマガジンセーフティが装備されていないので、弾倉を抜いても安全装置が働かないため、拳銃を手入れする際には、必ず薬室が空になっていることを確認する必要がある、と書かれていた。ちらりと脚を折りたたんであるテーブルに目をやる。あらかじめこの本を読んでいれば、床を撃ち抜くこともなかったかも知れない。

さらにページを繰ると、本物の拳銃によるデモンストレーションが写真入りで紹介されていた。空き瓶、スイカ、水の入ったポリタンクなどを撃っている。空き瓶やスイカは内部から爆発したように一瞬にして粉砕されており、ポリタンクも台の上からはじき飛ばされていた。

ポリタンクの残骸の写真も載っていた。銃弾が入った穴はぽつんと小さいが、飛びだして行った際にできた穴は、もはや穴と呼べる状態ではなく、ポリタンクの側面が引き裂かれていた。銃弾はできるだけまっすぐ飛ぶようにするため、飛ぶ方向を軸にして回転させてある。射入口から標的の中に入った弾丸は、周囲のものを巻き込みながら、内部を大きく抉《えぐ》り、巨大な射出口をうがって飛び出す。

シュウの頭が割れ、脳が半分なくなっていたのを思いだした。

甲介が持っている拳銃には、三種類の安全装置がついていると書いてあった。遊底のわきにあるレバーがその一つ。ふたつ目は、撃鉄をわずかに起こし、中立位置にしておくと、引き金をひいても撃鉄が落ちないようになっていることだ。ハーフコック、と書いてあった。ハーフコックされた撃鉄は、コンクリートの床に落としたとしても、その衝撃に耐え、撃針を叩くことがない。三つ目は、グリップセーフティと呼ばれる装置で、拳銃を握ると、親指と人さし指の付け根のあたる部分がへこみ、引き金が引けるようになっている。そこを押しつけておかなければ、銃の内部で引き金がロックされ、銃が撃てないようになっているらしい。

新しいタバコに火をつけ、熱心に図鑑を読みつづけた。

銃の構造の次は、手入れ方法が載っていた。拳銃を発射したあとは、分解し、火薬カスを拭き取らなくてはならないらしい。軍用拳銃は戦場でも分解掃除ができるように、特別な道具がなくともばらせるようになっている。

明け方近く、ようやく眠りに落ちた甲介は、数時間ほどで目覚め、すぐにスーパーに買い物に出た。日曜大工コーナーで、ドライバーのセットとミシン油を買い求め、帰宅すると、図鑑の指示に従って銃を分解し、掃除をはじめた。古いハンカチを引き裂き、たっぷり油を染み込ませると、銃身に突っ込んで割箸でつつき、銃身の内部を拭いた。

ハンカチに付着した黒いカスを見たとき、甲介は満足感をおぼえた。

その日も夕方になると、吉原に出かけ、〈プチシャトー〉で弥生を指名した。帰宅後は、また拳銃図鑑を読み、拳銃をいじりながら夜を過ごした。さらにその翌日も吉原と拳銃で一日をやり過ごした。

睡眠不足で、目の下に隈を作りながらも、甲介は何とか三連休をやり過ごすことに成功したのだった。

8

「健康管理は自分の責任だからねぇ。君だって、昨日今日サラリーマンになったわけじゃないから、そのくらいのことはわかると思うけど、まあ、風邪だといえば、私としては不可抗力を認めないわけにはいかないさ。誰だって、病気にはなるし、ケガをすることもある。どこに不幸が転がっているかわからない、それが人生ってものだ。たしかにその通りでもあるんだが、しかし、それにしても部としての宴会の翌日に休むってのは、どういうものかねぇ。つまり、先週の木曜日は、いってみれば私が主催して宴をもったようなものだろう。いうならば、私の責任ということになってしまうわけだ。総務で起こったことすべてについて、そりゃ、部長である私が責任を持たなければならないけれど、それにしても程度問題でしょう。皆で楽しくお酒を飲みました。それも、この間は五年間わが総務部で一生懸命に働いてくれた星野君の労をねぎらい、そしてこれからの幸せを願っての宴会だったんだからね。私の立場だけでなく、星野君の立場もなくなったわけだろう」

すでに栄前田の繰り言は十五分以上もつづき、午前九時になろうとしていた。

「星野君の立場、それ、君、どう思うね」栄前田が顔を上げた。

「その星野君と寝たんですよ。セックスをしたんです」甲介は栄前田の顔をまっすぐに見ていった。

栄前田が目をぱちくりする。

「朝まででした。部長、知ってますか。彼女、結構ボリュームある躰をしてるんですよ。肌も白いし、あそこの具合も最高でした」

甲介の言葉に、栄前田は目をしばたたくばかりで何もいえずにいた。

部屋の中が一瞬にして静まり返る。持田、小島、萩原はぽかんと口を開けて甲介を見つめていた。

甲介はつづけた。

「一日中鼻毛を抜いては机に並べているあんた、人のあら探しが仕事の持田課長、上にも下にもいい人でいようとするだけで、その実、自分のことしか考えていない小島係長、ぐうたらで、能なし、口の臭い萩原主査、ね、部長、誰が仕事してるっていうんですか、この部屋で？　互いに互いの仕事を作りっこしてて、生産性なんて、どこにもないでしょう。結局ね、誰も会社のことなんか考えちゃいない。自分の生活を守るので精一杯なんですよ」

「何、何をいってるんだ」栄前田の顔から血の気が引き、白っぽくなる。

「何をって、事実じゃないですか。あんたたちだって、星野君と寝るところを想像していたわけでしょ。あの子、夏なんかノースリーブ着てましたもんね。わきの下の剃り跡、部長も見てたんじゃないですか。ときどき、間違った振りして尻にも触ってたみたいですね。まあ、星野って子も好き者だから、笑ってすませてたけど、あんた、それをいいことに尻だけでなく、おっぱい揉んだりもしてたんだろう」

「失敬な男だな。お前、自分が何をいってるのか、全然わかってないようだな」栄前田は唇の端に泡になった唾をためていった。

「薄汚ない奴だ。それに無様だ」甲介が吐き捨てる。

椅子が鳴り、背後で持田と小島が立ち上がる気配がした。

甲介は背広の裾をはね上げ、ゆっくりと拳銃を抜いた。二日間にわたり、徹底的に分解し、掃除をし、油をくれてやった拳銃は完璧で、六発の銃弾が入っている。スライドをいっぱいに引き、放した。復座バネがスライドを押し戻しながら、弾倉の上端にあった第一弾を薬室に送りこんで閉鎖する。

拳銃一挺で、持田も小島も後ずさりする。振り返るまでもなく、彼らが怯えきっているのがわかる。

「部長」甲介はにやりとして見せた。「これ、おもちゃだと思いますか」

栄前田は口をぱくぱく動かすだけで、言葉を出せずにいた。甲介はにやにやしながら拳銃を突きだすと、栄前田は両手を振り回し、顔をそむけようとする。尻が滑り、肘かけ椅子から落ちた。床に座りこんだ栄前田が甲介を見上げている。

「引き金をひいてみましょうか」甲介はつづけた。「そうすりゃ本物かどうかわかる。拳銃は本物ですよ。でも、あんたの権威は本物でしょうかね。おれを叱るだけの権威があんたにあるんでしょうかね」

「しまいたまえ」栄前田は震える声を押しだした。「それをしまいたまえ。め、命令だ」

「命令」甲介は眉を上げた。「今、おれはあんたに権威があるのか、それを問題にしているのにいきなり命令ですか。おれ、あんたが本物かって訊いているんですよ。他人を御しきれるだけの能力と人格を兼ね備えた人間なのかって。互いに仕事を作りっこしている、会社ごっこの中の部長さんじゃなくて、本物の威厳を身につけているかを訊いてるんですよ。本当に威厳があるなら、おれは拳銃を引っこめるでしょう」

栄前田の唇は震えるばかりで声は出ない。

「だけど、拳銃は本物です。おれが引き金をひけば、銃弾が飛び出ます。わかりますか。実に単純なことです。発射された銃弾があんたに命中するかどうか保証の限りではないけど、銃弾が飛び出すのは間違いありません。本物なんです。事実なんです。銃は実在しているんですよ。でも、あんたは実在しているのかな。おれ、それを疑っているんです。あんた、本当に部長なんですか。服を脱いでも、部長ですか。名刺を出さなくても部長ですか」

「な、何がいいたい」

甲介はゆっくりと机の脇をまわり、座りこんでいる栄前田のそばに近づいた。ズボンの股間が濡れ、床に黄色味がかった尿が広がっている。ビタミン剤を飲みつづけている栄前田の小便は黄色く、そして臭かった。

甲介は栄前田のひたいに銃口を押しあてた。

「これなら外しようはありません。弾丸はあんたの頭蓋骨をぶち破って、脳味噌をまき散らすでしょう」

栄前田は唇を震わせているばかりだった。

引き金にかけた人さし指に力をこめる。手の中にかくっと何かの外れる感触があった。撃鉄が落ち、撃針が信管を貫く。薬莢の中に収められた火薬に点火し、直径十一ミリの鉛の弾が撃ちだされる。

一発でひたいは割れ、栄前田の目玉がひっくり返る。後頭部が砕け、赤黒い粘液状の血といっしょに脳漿が噴きだした。舌がだらりと吐きだされる。甲介は返り血を浴びながら、二度、三度と引き金をひいた。メガネが飛び、顔が少しずつ吹き飛んでいく。六発すべてを撃ち尽くしたときには、下顎しか残らなかった。

硝煙の中、強烈な血の臭いと脳漿の悪臭が立ちのぼってくる。

拳銃は実在する。が、サラリーマンという存在はない。会社も、会社の中における人間関係もすべては擬制、欺瞞だ。

真理、という言葉に甲介は陶然としていた。


「わかったね」

栄前田の声に、甲介は目をしばたたき、脳裏に充満していた光景を追い払った。

「はい。申し訳ありませんでした」甲介は頭を下げた。

栄前田はため息をつき、小さく首を振って肘かけのついた椅子の背に躰をあずける。甲介を追い払うように手を振った。

「さあ、仕事に戻りなさい」

「はい。失礼します」

甲介は頭を下げながら、拳銃を持ってこなかったことを本気で後悔していた。

「すみません、係長」甲介は圧し殺した声で隣りに座っている小島に声をかけた。

小島は甲介を振り返り、眉間にしわを刻む。

「またか」

「はい。すみません。すぐに戻りますから」

「わかった」小島はうなずいた。

まだ午前中だというのにトイレに立つのは、これで四回目だった。甲介は総務部をそっと抜け、トイレに向かった。

仕事にはさっぱり身が入らなかった。備品の注文伝票を見ても、文字がかすみ、いくつにも重なって見える。三日つづけて〈プチシャトー〉で弥生を相手に放出しまくったのと、休みの間中、わずかにまどろんだだけでほとんど眠れなかったつけが今になってまわってきている。

眠気に耐えきれなくなると、トイレに立った。病み上がりで腹具合が悪くて、と隣りの小島には言い訳したが、度重なるとさすがに露骨に嫌な顔をした。

トイレには誰もいなかった。

両手の指をからめ、力一杯上に伸ばす。欠伸とともにだらしない母音が漏れ、目尻に涙が浮かんだ。腕の力を抜き、だらりと落とす。立ちくらみがした。

甲介は首を振りながら、クローゼットのひとつに入り、ドアに鍵をかけた。一応、ズボンと下着を下げ、洋式便器に腰を下ろす。剝き出しになった尻に便座が冷たかったが、もやのかかった頭をすっきりさせるにはいたらなかった。

最初にトイレに入ったとき、マイクロスリープを取ろうとあれこれ試みたが、壁にうまくもたれかかる体勢が取れず、リラックスすることができなかった。

力んでみる気にもなれなかった。排泄するべきものは何もない。両手で脂の浮いた顔をこすった。

栄前田にくどくど小言をいわれている間に唐突に浮かんできた妄想が残滓となり、まだ胸のうちにくすぶっている。拳銃を発射したときの衝撃をてのひらに感じるほどリアルな妄想だった。

拳銃は存在するが、部長という存在は欺瞞だ。その考えが気に入り、小さくなった飴玉を舌の上で転がすようにトイレに入るたびに弄んでいた。甲介の妄想の中で、栄前田は跪《ひざまず》いて命乞いをし、甲介の足にすがって泣いた。ときには栄前田だけでなく、持田や小島、さらには社長以下取締役たちが土下座していた。

たった一挺の拳銃で何ができるか。

少なくとも、会社ごっこという欺瞞の中で肥大した、中身のない肩書をすべてはぎ取り、誰をもただの人間、裸の人間にすることはできる。甲介の目に見える形での会社は、破壊できる。それは倒産や、洋和化学が吸収合併されて会社の名前がなくなるのとはまるで違う次元での破壊で、会社そのものをなくせるわけではなかったが、それでも破壊であることに変わりはない。そして甲介にとっては、洋和化学という会社そのものが存続しようとなくなろうと知ったことではなく、むしろ、自分の目に映る範囲、甲介を押し包んで圧迫している人間関係やサラリーマンであるという意識をぶち壊すことの方がはるかに意味がある。

変化が起こるだろう。たとえ栄前田や持田を撃ち殺したことで警察につかまり、法でさばかれ、死刑になったとしても、甲介自身が媚び、へつらってきた会社、さらには世間の本当の姿を目にすることができる。そうすれば、夜な夜な見知らぬ相手に電話することでかろうじてごまかしてきた鬱屈をすっきり解消できる。

それはまったく価値観の違う世界へのジャンプを意味する。学校の成績を気にすることもなく、背の高さや足の長さにコンプレックスを感じることもなく、明日飯を食うために、給料を手にするために一日二十時間も拘束され、拳銃を向けてやれば鼻水たらして命乞いするような男たちを部長だの課長だのと呼ばなくてもすむようになる。

だが、その先に何があるのか。

自由、という言葉が浮かび、消えていった。何も感じなかった。未知への恐怖すらもない。甲介が抱いていたのは、眼球に流れこんできそうな闇を見つめているような感覚だけだった。

睡眠不足に耐えきれず、会社のトイレに座っている自分の姿、あるがままの実際の姿を思い浮かべると気が鬱《ふさ》いだ。

拳銃があるからといって、栄前田や持田を撃ち殺しはしないことがわかっていた。ジャンプする勇気など欠片《かけら》もない。桟橋にほど近い公園の植込みの中で、自分だけでなく、親や妹の人生まで粉々にしてしまったと泣いていたのが甲介だった。せいぜい手の中の拳銃を夢想し、目の前にいる男たちの、本当の意味での生殺与奪権は自分が握っているのだと想像することで自らを慰めるしかない。

自らを慰める。まさしくマスターベーションだった。

甲介はため息をのみ込んで立ち上がった。下着とズボンを上げ、ベルトを締めると、フラッシュレバーを押した。

ドアを開け、洗面台の前に立つと、勢いよく水を流して手を洗い始めた。グリーンの液体洗剤をたっぷり取り、泡立てて、指一本一本をていねいに洗う。

目を上げた。

目の下が黒ずみ、肌は張りを失っていた。白目の部分には細い血管が縦横に走り、まぶたが腫れている。心もち頬もこけているようだった。長い小言のあと、栄前田は本気で甲介の体調を心配したようだったが、鏡に映った顔を見れば無理もないと思った。

荒淫と睡眠不足が甲介を病人のように見せている。その顔のおかげで、何度トイレに立っても怪しまれずにすむのかも知れない。

甲介は顔を洗った。ひたいの傷に触れないように気をつけながら、顔に浮いた脂を洗い落とした。冷たい水に皮膚が痺れるまで、くり返し、くり返し、両手で水を受け、顔をこすった。水滴をしたたらせながら顔を上げる。頬を伝い、あごから落ちた水滴がワイシャツのカラーを濡らす。

前髪を持ちあげた。ひたいの傷は最初に見たときに較べると幾分小さくなり、小豆色のかさぶたに覆われていた。指先でそっと触れる。じん、と痛みが宿った。背中とわき腹の痛みは、休みの間にほとんど感じなくなっていたが、ひたいの傷だけは三日くらいではどうなるものでもなかった。

ふいにドアが開く。

甲介は傷をさらしたまま、動けなくなった。

入ってきたのは、〈爺捨て山〉の一人、柴田だった。柴田は洗面台に誰かが立っているのに気がついて、ぎょっとしたように目を見開き、ドアを手で支えたまま動きを止めたが、甲介であることに気がつくと、息を吐き、笑みを浮かべて入ってきた。

「金曜日、休んだんだって」柴田は甲介の後ろに立ち、鏡を見ながらいった。

「ええ」甲介は髪を下ろし、ズボンのポケットからハンカチを抜いた。「風邪を引いたんです。扁桃腺が腫れて、熱が出ちゃったものですから」

「はじめて気がついたよ」柴田は言葉をついだ。

「何を、ですか」

「毎朝ね、君の顔を見るのを楽しみにしてるんだ。私だけじゃない。〈爺捨て山〉の連中は皆、君がいないと寂しいと思ってる」

「大げさですよ」甲介は右頬を上げ、ちらっと笑みを見せた。

「いや、本当だ」柴田は生真面目な顔をしていった。「誰も〈爺捨て山〉に顔を見せようとしないんだ。いつも同じメンバーで顔を見合わせて、日がな一日、新聞を読んで、お茶を飲んでるだけだ」

「ぼくだって、自分が大した仕事をしているようには思えませんけどね」甲介は蛇口をひねって水を停めた。自嘲気味に言葉を継ぐ。「毎朝、誰も読みゃしない新聞記事のコピーをして、資源の無駄だなって思ってます」

「読まれもしないといったって、業務命令だろう」

「そりゃ、まあ、そうですけど」

「命令されるというのは、いいことだ。今になってつくづく思うね。たしかに若いころは、能のない上司に反感を持ったこともあった。ろくに仕事もできないくせに、何だ、この野郎ってね」

柴田が低く笑い、甲介も笑みを浮かべた。

「でもなぁ」柴田がため息まじりにいう。「命令されるっていうのは、どんなつまらないことでも自分が必要とされているという証しなんだ。今はね、私に命令する奴はいない。まあ、〈爺捨て山〉にいるのは役立たずの年寄りだからね、今さらさせるべき何もないし、第一、早期退職勧告を無視して会社に居座った、いわば反逆者だからね」

「反逆者ですか」甲介の笑みが広がる。「ちょっと格好いいな」

「どうかね」柴田は苦笑いを浮かべかけ、ふたたび真顔に戻ると鏡の中の甲介をのぞき込んだ。「ところで、さっきおでこを見ていたようだけど、ケガでもしたのかい」

柴田の言葉に、心臓がきゅっと締めつけられる。

振り返った瞬間、無理矢理苦笑いを浮かべていた。

「実は会社を休んだとき、医者に行こうと思ったんですよ。熱っぽい感じでしたから。自分じゃ、それほどひどいとは思っていなかったんですけど、何だかぼんやりしてたんですね。コンビニの前に出てた旗竿にぶつけて、すりむいちゃったんですよ。間抜けですよね。自分では避けたつもりだったのに」

口を突いて出る嘘に、自分でもびっくりしていた。

が、柴田は信じたようだった。

「気をつけなきゃ。ただの風邪がとんでもない大ケガになるところだった」

「旗竿っていってもプラスチックの軽い奴でしたから、大したことはありませんよ」

「いや、自転車に乗ってて転んだだけでも大ケガをすることがあるし、自動車にでもぶつかったら、それこそ命に関わったかも知れない」

「これからは気をつけますよ」

「それがいい」柴田はうなずき、小便器に向かって歩き出した。

甲介の自転車はここ数年、放置されたままだった。

9

八月を目前にして、とたんに夏が厳しくなった。真夜中でも気温は二十七、八度、夜が明けるとすぐに三十度を越え、日中は体温を上まわるほどになった。エアコンを回しっぱなしにしていても、マンションのうすい壁を通して熱と湿気が浸透してくるようで、毎朝、洗顔のかわりにシャワーを浴びなければならなかったが、熱めのシャワーをさっと浴びると目がすっきり覚め、かえってさわやかに朝を迎えられるような気がした。

浴室を出て、乾いたバスタオルで全身を拭きながら、甲介は居間に入った。テレビからは、朝番組のキャスターが『今日も暑くなりそうです』を連発している。

髪の毛を拭きながら、甲介はテレビを見つめていた。竹芝桟橋の銃撃から二週間が経過している。その間、事件は一切取りあげられていない。事件直後こそ、精神の安定を欠き、不眠に悩まされたものの、徐々に平穏を取り戻し、ここ二、三日は夜もぐっすり眠れるようになっていた。

ニュースが始まった。甲介は裸のままテレビの前に座り、タバコに火をつけた。テーブルは買い換えていた。古いテーブルは押入れに入れてある。いずれ時期を見て、捨てなければならないとは思っていた。

いくつかのニュースが読み上げられたあと、学生服を着た二人の男が画面に映しだされた。一人には見覚えがある。都立高校生だったシュウの写真だ。もう一人がおそらくヒロなのだろう。きちんと髪を整えた生真面目そうな顔と、甲介に顔面を蹴られ、鼻血を噴きだしていた男のイメージとは重ならなかった。

この二週間、何度か夢を見ていた。もしかすると、毎晩同じ夢を見ていたのかも知れない。オレンジ色の閃光に浮かびあがるシュウの驚いた顔、鼻血で顔の下半分を真っ赤に染め、目を閉じたヒロの顔が、何の脈絡もなく、目の前に浮かびあがってきた。何度か見ているうちに、彼らの顔にもすっかり馴れてしまった。

人を殺すと、殺した相手の亡霊を見ることがある、と聞いたことがある。毎晩、枕元に立ち、恨めしそうな目をしてじっと見おろしている相手の姿に怯えて、自首したり、犯行を自供したりする。

幽霊が存在するか否か。甲介は知らなかったし、興味もなかった。ただ幽霊を見ることはある、と思う。目で見えるものがすべて存在するとは限らない。蜃気楼や逃げ水のように自然現象でありもしないものを見ることもあれば、肉体的、精神的に極限まで追いつめられれば幻覚を見ることもある。見ているのは、目ではなく、脳だ。脳は夢を見させるし、楽しかった過去の思い出や恋しい相手の顔を絵として思い描くことができる。幽霊を見るくらい、何でもないことだろう。

夢にシュウやヒロが出てきたからといって、苦しめられることはなかった。それはシュウやヒロではなく、彼らの顔をした、甲介自身の記憶にすぎない。どうして自分の記憶や脳が勝手に作りあげたイメージに怯える必要があるだろう。

むしろ、恐れていたのは警察であり、逮捕されたあと、自分の躰にくわえられる暴力や、自分だけでなく、家族までもが一般市民という実体のない、意地の悪い、それでいてその他大勢の陰から出る勇気をまるでもたない連中の、正義に名を借りた憂さ晴らしの対象にされることだった。

死人は何も感じない。暑い、寒い、痛い、苦しいはあくまで生者のものだ。

さっきまでだらしない笑顔で猛暑を嘆いていたキャスターが一転、生真面目な顔を作り、カメラをにらんでいる。

嘘っぽい、と甲介は思った。

『先月十七日、港区の竹芝桟橋付近で都立高校三年、中本修一さんが何者かに拳銃で殺害された事件で、事件当時、中本さんといっしょにいて、犯人に暴行を加えられ、脳挫傷で重態になっていた香田博之さん、十六歳が昨夜遅く、意識不明のまま亡くなりました』

ヒロも死んだ。

甲介は表情を失い、じっとテレビを見つめていた。

テレビでは、シュウとヒロが竹芝桟橋付近を歩いていたところを犯人に突然襲われたと説明し、つづけて、シュウとヒロが中学時代サッカー部の先輩後輩だったこと、ヒロは板前になるのが夢で今年の秋から調理師専門学校に通うはずだったことを告げた。

ヒロが死んだことにも実感がわかなかった。

あの夜の情景が脳裏に蘇る。ヒロの顔に拳銃を突きつけたものの、どうしても引き金がひけず、かわりに蹴りつけた。どれほど強く蹴ったのか、まるで記憶にない。足を下ろすと、鼻血をほとばしらせていたヒロが何が起こったのかわからないような顔をして、甲介を見上げていた。その直後、目を閉じて、真後ろに倒れ、アスファルトに後頭部を打ちつけた。

ヒロが頭を打ったときの気味の悪い、ぽこっという音を思いだして、甲介は顔をしかめる。

ヒロの顔面を蹴ったときには、殺そうと思っていたわけではなかった。むしろはっきり殺そうと思ったのは、拳銃を向けたときだ。だが、シュウの頭が吹き飛んでいるのを見て、すっかりすくみ上がっていた甲介はどうしてもヒロを殺せなくなっていた。だから、蹴った。甲介にしてみれば、軽く蹴ったにすぎない。その結果、ヒロが死んだ。

あまりに呆気なく、何とも皮肉だった。

キャスターは嘘っぽい顔のまま、原稿を読み上げている。

『芝南警察署に設置された捜査本部では、殺人および傷害致傷から二件の殺人事件へと捜査内容を変更、さらに人員を増やして、強力に捜査を進めることにしていますが、犯人らしい人物を見たという有力な証言もなく、捜査は難航しております』

次のニュースに移ってからも、甲介は身じろぎもせずに画面を見ていた。今度は鳥取で起こった殺人事件で、スナックで酒を飲んでいた友人同士がささいなことで口論となり、一人が自宅に帰って包丁を持ちだし、スナックの前で待ち伏せ、口論の相手が出てきたところで胸を刺して死亡させたというものだった。その次は福岡の交通事故。集団で帰宅している途中だった幼稚園児の列に七十七歳の老人が運転する軽乗用車が突っ込み、園児一人が死亡、保母と園児六名が重軽傷を負ったという内容だった。さらにニュースはつづく。放火による殺人、行方不明だった四歳の女の子が遺体で発見され、県庁職員による汚職が発覚していた。

甲介は、唐突に気がついた。

シュウとヒロの事件もスナックの殺人事件や幼稚園児の列に突っ込んだ軽自動車の事故もまったく同じ、他人事としてながめている。全然自分とは関係がない。いや、すべてはテレビの中で起きているように思え、その点、ドラマを見ているのと変わりなかった。

そんなものなのだろうか。

逮捕されれば、自分の躰にくわえられるであろう不快感を恐れはするが、罪の意識はなかった。甲介がシュウとヒロを殺したのではなく、彼らは自分で勝手に死んでしまったのだ。車を運転していて、いきなり前に誰かが飛びだしてきたのに似ている。こちらはまっすぐに走っていただけで、向こうが勝手に飛びこんできたのだ。避けようがなく、はね上げて、その結果相手が死んだとしても、本当のところ、感じるのは腹立たしさばかりではないか。

もし、警察に自首するとすれば、自分の躰にくわえられるであろう暴力に怯えた結果であり、それは自分を罰して欲しいなどという殊勝な感情では決してない。反省も後悔もないのに、ただ、迷惑をかけられたと腹立たしいだけなのに、自ら罰を求めるはずがなかった。

立ち上がり、整理ダンスからトランクスとTシャツを取りだして身につけながら、ひとりごちる。靴下を穿き、ワイシャツを包んでいたクリーニング店の名前入りビニール袋を引き裂く。ワイシャツの袖に腕を通し、ネクタイを締める。ズボンをはいて、ベルトを締めると、洗濯してあったハンカチを折りたたんで尻ポケットに突っ込む。上着を手にして、財布、定期入れ、キーホルダーが入っているのを確かめた。

毎朝くり返している儀式のような出勤前の準備は、何も考えず、手の動きを意識することもないままに終わった。

エアコンのスイッチを切り、留守番電話がセットされているのを確認して、居間を出る。上着は手に持ったままだ。強烈な陽光が街を灼き、気温はとっくに三十度を越えている。背広を着て歩く気にはなれない。

ドアを閉め、鍵をかける。キーホルダーをズボンのポケットに落としてから、ドアノブをつかんで動かし、しっかりロックされているのを確かめた。ドアノブをつかんでいる右手を見おろしながら、自分で鍵をかけておきながらもう一度確かめることを無駄だと感じ、さらに毎朝同じことを考えているな、と思った。無駄なことだから、明日はやめようと思うが、やっぱり明日の朝も同じ動作をくり返し、同じことを思うのはわかっていた。

マンションの階段を降りる。アスファルトが照り返しで白っぽい。甲介は目をすぼめて歩きだした。

埃にまみれたアスファルトが靴底に粘りつくような気がする。マンションからほんのわずか歩いただけで、わきの下や首筋にじわりと汗が浮かんでくる。いったん皮膚の表面にわき出した汗は、エアコンが利いているはずの会社の中にいても一日中べとべとしていて、夜、マンションに戻ってシャワーを浴びるまでは剝がれない。

夏になると、いつも自分がトカゲか蛇になったような気分になる。

いつも通りそばは伸び加減、汁をたっぷり吸ったかき揚げはふくれ上がり、崩れかかっている。汁の表面には虹色の脂が浮かび、落とされたばかりの生玉子だけがぬるりとして毒々しい黄色だった。相変わらず朝はガード下にある立ち食いそば屋で玉子入りのてんぷらそば、昼は会社が入っているビルの地下でもりそばを食べていた。変わったことといえば、そばにかける七味トウガラシの量が少し増えたくらいだった。暑くなれば、胃袋も伸び気味で、食欲を駆り立てるには香辛料の手助けを必要とする、と自らに言い訳していたが、本当のところは昨日と違う今日を送るのが怖くて、七味トウガラシの入った銀色の缶をなかなか置くことができなかっただけだ。

昨日と違う今日、ずいぶんと大げさだなと、頭の隅で声がする。たかが七味トウガラシごときで、と声がつづく。

その瞬間に目の隅でとらえた。ほんの一瞬ではあったが、四角い顔をした、細い目の若い店員の口許に笑みがよぎった。誰かを侮蔑するために浮かべる、唇をゆがめただけの笑み、そして若い店員の視線はたしかに甲介の手元に注がれていた。

甲介は七味トウガラシの缶を置いた。いつものように玉子の表面が乾くほど赤い粉が積み重なっている。割箸を取り、ゆっくりと割った。

予感はあった。しばらく前になる。はげ頭の男に、若い店員が仕掛けたいたずらを思いだした。

丼を持ちあげ、かき揚げを箸の先端で押し上げ、汁をすすった。それからそばをたぐり、口に運ぶ。また、汁を飲む。かき揚げを箸で半分に切り、それぞれ汁の中に沈める。小エビの破片やタマネギで形作られたかき揚げのギザギザした縁に醬油色の汁が浸透していく。かき揚げの断面にのぞく、小麦粉の白が焦げ茶色に染まっていく。

かき揚げを小さく切り取り、口に運んだ。舌を動かして、口の奥へと運び、臼歯で嚙みつぶす。小エビが粉砕される音が頰骨に響くのを感じながら、脳裏では小さな足や細い触覚がばらばらになるのを思い浮かべていた。タマネギは油を吸い、重く、しんなりとしているだけで歯ごたえはない。嚙むほどに舌のわきに突き刺さるような、トウガラシの辛さを感じる。

汁をひと口のみ、かき揚げの破片を流しこむ。

丼の中身に目を据え、少しずつ、少しずつすすりこんでいく。灰色の麵と、かき揚げを半分食べたところで、玉子の黄身を包んでいる薄膜を破り、どろりとした粘液を汁の中に広げた。さらに箸でかき混ぜ、汁を濁らせる。白身がわずかばかり煮え、煮えた白身は破片となって濁った汁の中で渦を巻く。

玉子を壊して混ぜることで、汁の塩気が幾分薄められる。が、玉子がとけ込んだ分、汁は重みを増していた。

そばをたぐり、すすりこむ。すっかり意気地のなくなったかき揚げはもはや箸でつまみ上げることができず、丼に口をつけ、そばといっしょに流しこんだ。

汗がこめかみをつたうまで、汗ばんでいることに気づかなかった。頬の上から下へ、小さな虫が這い進むようなむずむず痒さが落ちていく。

若い店員はちらっ、ちらっと視線を向けてきたが、甲介は応じなかった。

毎日、同じことをくり返している。日常は退屈だ。そこにわずかばかりのいたずらをすべり込ませ、ほんのわずかリズムを変えようとするのは、誰でもしていることだ。自分は傷つかないように対岸にいて、それでも完全に離れてしまうとスリルが半減してしまうので、ごく近くにまで寄ってはいるが、それでも安全圏から踏みだそうとしない。のぞきに似ているのかも知れない。そばに振りかける七味トウガラシほどの刺激だが、それでも幾分かは胸を締めつけ、そして通りすぎれば、一汗かいてシャワーで流したあとのような爽快感は得られる。

甲介が毎晩していた、真夜中の電話と同じだ。

そして、それは見つかった。くの字に曲がり、小さな棘が生え、微細な精密機械のようなつま先をそなえた、焦げ茶色の脚だ。箸でつまみ上げる。太腿の太さは一ミリほど、腿の部分、すねの部分ともに二センチほどの長さがあり、ひざで曲がっている。太腿はつやつやしていて、わきに筋目が刻まれている。

甲介は脚を箸で挟んだまま、わずかに丼を下げ、目を上げた。

若い店員が甲介に向きなおる。口許の笑みは消え、わずかにあごを上げ、見おろすように甲介をにらんでいた。

甲介は、彼の表情を脳裏に刻みつけた。足が震え、めまいを感じるほどの憤怒が腹からわき上がってきたが、表情は変えなかった。

二人がにらみ合っていたのは、わずかの間だった。髪の毛をオールバックにし、整髪料でがっちりかためた店長はほかの客のそばを作っていて、二人の様子に気づかなかった。

甲介は、若い店員を見つめたまま、箸でつまんだ脚を口に運んだ。舌の上に、かすかだが、鋭い痛みが宿る。尖った爪が突き刺さったのだろう。それから奥歯に運んで、嚙みつぶした。ごりっという感触、そして口の中に苦い液体が広がるような気がしたが、すべては錯覚だったのかも知れない。

若い店員の咽が動く。

甲介は嚙みつづけ、そして吞み込んだ。味はなかった。ただ脚の持ち主を思い浮かべないようにしただけだ。憤怒が腹に充満していたので、それはうまくいった。

先に視線を逸らしたのは、若い店員の方だった。甲介のわきに別の客が立ち、そちらに顔を向けたのだ。

「いらっしゃいませ」若い店員は声を弾ませていった。

店長がちらりと若い店員を見て、眉を上げる。が、何もいわなかった。

甲介の隣りに立ったのは、ポロシャツ、チノパンツ姿の学生風の男だった。

「イカ天そば」男はいった。

「かしこまりました。イカ天そば、一丁」若い店員は声を張り上げ、そばを茹でにかかる。

甲介は黙々と咀嚼をつづけた。玉子を溶かした瞬間に熱を奪われたかき揚げそばは、ぬるくなっていた。ふやけたかき揚げ、ぼそぼそしたそばを咽に流しこむ。若い店員を見上げようとも思わなかったし、いつもよりゆっくり食べているつもりもなかった。

わき上がったときと同じくらい唐突に憤怒は消え、そばを、かき揚げを、汁をちゃんと味わえるほどに心は平静だった。

ちょっとしたいたずらなのだ。若い店員は、相手を見極め、反応を読んだ上で、いたずらを仕掛ける。少し前、ここで同じ目に遭っていたはげ頭の男は、仕掛けられたいたずらを吐きだし、彼の前に突きつけ、そして無言の凝視にうつむいてしまった。

ほんのちょっとした、悪ふざけにすぎないのだ。客が強硬に抗議をしてくれれば、そば代を返すか、居直るか。いずれにせよ、退屈な日常をほんの少し壊してくれる。

息がつまりそうな日常をくり返していれば、少しばかりはみ出したくなるのが人情で、それは甲介にも理解できる。

トウガラシの破片がたっぷりと沈んだ汁を最後の一滴まで飲み干し、丼をおいた甲介は上着を手に立ち食いそば屋を出た。

強烈な日射しに、立ちくらみを感じる。
甲介は足早に改札口に向かった。

10

昆虫の脚を一本食べたところで、何も起こらなかった。三日が経過した。が、嘔吐も下痢もない。昆虫が外骨格をもち、その内側に筋肉をそなえていたとしても分解していけば、結局はタンパク質であり、胃袋は高価な牛肉も昆虫の脚も変わりなく消化する。それだけのことだった。

金曜日の深夜、午前零時をまわったばかりだから正確には土曜日というべきかも知れない。テレビを点け、音を絞ってあった。若手のお笑いタレントが真剣な顔つきで、料理を作っている。東京都内の団地で、各家庭をまわり、冷蔵庫の余り物をもらってきて、八宝菜をでっち上げるという企画らしい。

甲介はほとんど見ていなかった。

テーブルの上には、拳銃、ミシン油の白い容器、古いハンカチ、割箸、小さなドライバーが並べてあった。

拳銃を取り、まず弾倉を抜き、次いで遊底を引き、薬室に弾が残っていないことを確認する。手を放すと、遊底は復座バネの力で戻り、かん高い金属音をたてて閉じた。銃口をのぞき込む。

弾丸を抜いてある銃は金属のかたまりにすぎない。銃口をのぞき込んだところで何の感慨もなかった。

銃口の下にある、ギザギザの滑り止めが刻まれた円形のボタンを押しながら、銃身を固定している金具を斜めにずらした。円形のボタンを押さえていた指の力を緩めると、ボタンは復座バネといっしょに飛びだしてくる。ボタンのように見えていたのは、三センチほどの長さがある細い筒で、復座バネを押さえる金具だった。

銃口を固定していた金具を遊底に対して直角になるまでずらしてやると、すっぽりと抜けてくる。次に遊底を半分ほど下げ、後退した遊底をとめるレバーを抜いた。レバーを抜くには、反対側から尖ったもので押してやればよい。甲介は小さなドライバーを使った。

レバーを抜き、遊底を前進させると、銃身ごとフレームから外れる。文庫サイズの拳銃図鑑には、分解の手順が事細かに記されていた。銃身を外すだけでなく、引き金、撃鉄、安全装置までも分解する方法も載っていたが、日常の手入れなら、銃身を外すところまでで十分とあったので、甲介はそれ以上拳銃をばらばらにしようとはしなかった。

軍用拳銃は、戦場でも手入れができるように特別な工具がなくても分解できるようになっていた。遊底をとめるレバーを抜くのに、甲介はドライバーを使ったが、戦場ならライフル弾の先端を使う、と図鑑にはあった。

ハンカチを細く引き裂いて、丸め、ミシン油をたっぷりと振りかける。それを薬室の方から押し込み、割箸で銃口に向かってつついた。手を油まみれにしながら、何度か割箸を動かしているうちに、ハンカチの切れ端が銃口から飛び出す。白い切れ端は油に濡れてはいたが、汚れはなかった。毎晩、掃除をしていれば、ミシン油を染み込ませた布で拭ったくらいで落ちるような汚れはないのが当たり前だった。

銃身を持ちあげ、蛍光灯にかざし、薬室の方からのぞき込んだ。銃身の内側はつややかに輝き、ライフリングが細く、黒い影を作っている。ライフリングとは、銃身の内側に刻まれた溝で、ゆったりとしたらせん状に切られている。火薬が爆発した際のエネルギーで押しだされた弾丸は、ライフリングによって強制的に回転させられる。独楽《こま》が安定するのと同じ原理で、回転することで銃弾はまっすぐに飛ぶ仕組みになっていた。

銃身の外側を油を染み込ませたハンカチの切れ端で拭き、テーブルの上に置く。次に遊底の掃除にかかった。掃除といってもハンカチで拭き、撃針の部分に油を差すくらいしかできなかったが。

さらに復座バネや、復座バネの押さえ、ガイドを拭き、引き金、撃鉄、安全装置の各部に油を差していく。隙間からミシン油が沁みだし、テーブルの上にしたたり落ちる。容器が軽くなってきたので、また、買ってこなければならないだろう、と思った。

分解したのとは逆の手順で、拳銃を組み立てる。部品があまっていないこと、スライドをとめるレバーや銃身を固定する金具が所定の位置にきっちり納まっていることを確認してから、スライドをいっぱいに引き、放した。

テレビに映っている、胸の大きな女性タレントに狙いをつける。スライドの後端にある照門の間に前端の照星を置けば、銃口は標的に向けられていることになる。もっともきちんとした射撃をしたことがない甲介には銃弾がどの程度正確に飛ぶものなのか、想像もつかなかった。

引き金をひいた。

撃鉄が落ち、金属音が響く。背筋がぞくりとした。

撃鉄が遊底の尻を叩く寸前、銃がわずかにぶれ、照星は女性タレントではなく、右側に立っていた太った落語家に重なっていた。弾が入っていれば、手首を挫くほど激しく銃が跳ねる。映画で見るような正確な射撃など、望むべくもない。命中させたいと思ったら、標的の鼻先に銃口を押しつけ、引き金をひくしかないだろう。

拳銃をテーブルの上に置き、弾倉から弾丸を抜き出した。金色の薬莢から赤みがかった銅の弾頭がのぞいている。弾頭は丸く、つややかだった。一発、一発をハンカチでくるみ、拭いていく。弾丸は六発残っていた。

テレビの上には、空になった薬莢がおいてある。金色だった薬莢も、発射後はつやを失い、黒ずんでいる。はじめて拳銃を見つけた日に暴発させたときの薬莢だった。ベッドの脚の陰に落ちていた薬莢を見つけたのは、シュウを撃ってから数日後のことだった。

シュウを撃ったときの薬莢はそのまま放置してきた。おそらくは警察が見つけ、証拠品として保管しているだろう。

弾丸を拭き終わると、弾倉に一発ずつ詰めていき、最後に弾倉にも油をくれ、表面を拭いた。弾倉を銃把に差し入れ、沁みだした油をていねいに拭き取った。それから拳銃をタオルで包み、黒いバッグに入れた。

バッグのファスナーを閉じ、ベッドの下に押し込む。

台所に入ると、洗剤を染み込ませた雑巾をもって居間に戻り、テーブルをきれいに拭いた。カーペットにも数カ所、小さな油のシミがついているのを見つけ、それも雑巾で拭く。もっともカーペットの油染みがきれいに取れるはずもなく、申し訳程度に二、三回こすっただけだった。

流し台に立って雑巾を洗い、ついでに台所用洗剤で手を洗った。指の間についたミシン油をきれいに洗い流す。バスタオルで水気を拭って、汚れが残っていないか点検する。ふやけた手が白っぽく、ひどく弱々しく見えた。

顔をしかめて、ため息をつき、居間に戻ると、テレビの前に腰を下ろした。

タバコをくわえ、火をつける。

余り物で作った八宝菜は、生のサンマをそのまま入れて、ひどく生臭いようだった。ひと口食べたお笑いタレントは、口を押さえて走りまわり、テーブルの陰で四つんばいになると派手に吐きだしていた。さすがに嘔吐している口許がテレビに映しだされることはない。しかし、顔を上げたタレントの目は赤く、涙があふれそうになっていて、唇の端からは粘液質の糸が伸びている。

糸が銀色に光った瞬間、甲介はリモコンを取りあげ、スイッチを切った。

腕時計に目をやる。午前零時三十分になろうとしていた。ため息をのみ込み、ベッドの縁に手をついて立ち上がった。


毎朝利用している立ち食いそば屋を横目で見ながら通りすぎる。のれんの合間から四角い顔をした若い店員の顔がちらりと見えた。相変わらず不機嫌そうな顔をしている。一時間前、午後十一時半に通りかかったときには、若い店員の姿が見えなかったことを思いだしながら、駅構内に入った。

ちょうど改札口の前を抜けようとしているときに内回りの山手線が入ってきて、車輪がレールの継ぎ目で跳ねる轟音が頭上から落ち、胃袋の底に重く響いた。

駅を抜け、立ち食いそば屋と駅をはさんで反対側の場所にあるコンビニエンスストアに入った。店の中は剝き出しになった二の腕に鳥肌が立つほど冷房が利いている。甲介は入口の左手にある雑誌架の前に立った。

グレーのスーツをきちんと着た、髪の長い女が大判のファッション雑誌を食い入るように見つめている。ふくらはぎの太い女だった。

甲介は週刊誌を一冊抜くと、ぱらぱらとページをめくった。保坂の一件があって以来、暴力団関係の記事が載っている週刊誌には欠かさず目を通すようになっていた。いくつかの組織の名前や、大きな組の組長の写真には馴染みをおぼえるほどになっている。そのうち、原島がいっていた、地元に乗り込んできた組織の名前を見つけ、その雑誌を買うつもりでわきに挟んだ。

もう一冊、今度はうすい写真週刊誌を取り上げた。とくに目を引く記事もないまま、ページをめくっていた甲介の手がとまった。顔から血が引き、頬がひりひりするのを感じた。見開き二ページにわたって大きく掲載されているカラー写真には、十人ほどの若い男女が映っている。全員、Tシャツやタンクトップ姿で、だぼだぼのジーパンか、短パンをはいている。女たちは日に焼けた太腿を露わにし、ポニーテールにしているのが一人いる。

目の部分に黒い線が入り、顔がわからないようになっている。例外は二人だけ、シュウとヒロが右の端の方に並び、顔をさらして載っていた。

シュウは肩まで伸びた髪をすっかり脱色し、ヒロはムースでかためた短い髪を棘のように立てている。ストロボの発光を受けた二人の目は赤く輝き、だらしない笑みを浮かべていた。シュウの口はぽっかりと穴が開いているみたいに黒く写っている。

テレビで見た学生服姿より、はるかに身近に感じられた。甲介は写真週刊誌を閉じると、先の週刊誌といっしょにわきに挟んだ。

隣りに立っている女はページの隅から隅まで読んでいるのか、ゆっくりとしたペースでページをめくっていた。ちらりとのぞいたグラビアには、黒っぽい服を着たモデルが写っている。すでに秋、冬のファッションが紹介されているらしい。どう見ても、隣りの女に似合いそうな服装ではなかった。

雑誌架の前を離れ、ガラス張りの冷蔵庫からペットボトル入りのウーロン茶を取りだし、弁当やサンドイッチ、惣菜が並んでいるコーナーまで歩いた。惣菜コーナーの前に小柄な男が買い物かごをぶら下げて立っていた。坊主刈りにした白髪頭で、頭頂部は髪の毛がまばらになっている。甲介の肩ほどしか身長がなく、熱帯夜だというのに灰色の作業服を着ていた。

彼が棚に手を伸ばした。しわだらけで、手の甲にはシミが浮き出、人さし指の爪が黒ずんでいた。金色の腕時計をはめている。文字盤を覆っている丸みを帯びたガラスは傷だらけで曇っていた。彼が取りあげたのは、パックに入ったひじきの煮物だった。ひじきといっしょにわずかばかりの人参や大豆が煮込んである。

ひじきの煮物は一人分だろう。小鉢に半分ほどの量でしかない。彼の視線は、ひじきとほかの惣菜の間を行ったり来たりしている。ぶら下げている買い物かごには、発泡スチロールのトレイに詰められ、ラップをかけられた白飯がひとつ入っているだけだった。

想像するのは難しくない。テレビの前の小さなちゃぶ台、パック入りの白飯とひじきの煮物、ゆっくりと咀嚼しているしわだらけの口許、鳴ることのない電話機、テレビの貧弱なスピーカーから流れるテンポの速いコマーシャルソング、と次々に浮かんでくる。考えているのは、あと何回、そうして一人で飯を食うか、ということばかりだ。老い、衰え、自分が消滅するのを待つ。

これから先、生活に劇的変化はありえない。追憶に追憶をかさね、時間をやり過ごす。そんな生活が何年もつづく。

甲介はカツ丼弁当を取りあげると、レジに向かった。

意外にもシュウは学校の成績がよかったらしい。少なくとも高校一年生の終わりまでは、優等生だった。二年生に進級するときには、私立理系Aコースと呼ばれる選抜クラスに入っている。シュウが通っていた高校の私立理系Aコースでは、四分の一が私立医大または私立大学の医学部に進み、約半分が有名大学の理系学部に合格している、という。

シュウは選抜クラスでも中の上くらいの成績で、早稲田大学の理工学部を志望、将来は機械工学を専攻したいとしていた。

高校二年生の夏休みから、シュウが劇的に変身する。髪を脱色し、タバコを喫い、夜な夜な繁華街をそぞろ歩くようになった。ヒロと再会したのも繁華街のゲームセンターということだった。何がきっかけで変わってしまったのか、クラスメートたちはわからないと口をそろえていたようだ。

きっかけは女だ、と語ったのは、シュウやヒロと遊び歩いていた仲間の一人だった。写真週刊誌には単にD氏とだけしるされていたが、そのDが見開き二ページにわたって掲載されている写真を提供したようだった。

Dによれば、シュウが惚れたのは、写真の中央に写っているポニーテールにした女性だった。写真が撮影された当時、彼女は都内の私立高校に通う三年生で、シュウよりもひとつ年上だった。彼女たちのグループにシュウを紹介したのがヒロだった。ヒロは高校を三カ月足らずで退学したあと、とくに働くこともなく、毎晩遊び歩いていて、彼女たちのグループを知ったらしい。

グループの中で彼女は女王的な存在であり、アイドルタレント並みの容姿だった。実際、芸能プロダクションにスカウトされかかった経験もあるようだった。

結果的には、シュウの片思いだったらしい。かのグループ自体が彼女の崇拝者で構成されていたようなものであり、やわな優等生だったシュウがほかの連中を押しのけて、彼女に接近するのは不可能だった。

髪を脱色したのも、夜毎遊び歩いたのも、酒、タバコ、有機溶剤に手を出したのも、すべては彼女に振り向いてもらいたいからだった。

記事を読み終えると、甲介は雑誌を閉じ、床に放り出した。

彼らは江東区《こうとう》、港区《みなと》、大田区《おおた》、そして千葉県の一部にまたがる広い範囲で、遊ぶ金欲しさに万引き、恐喝、そして親父狩りと呼ばれる強盗を行なっていた。そしてあの夜、シュウとヒロは親父狩りのターゲットに甲介を選んだ。黒いバッグを抱え、怯えきった目であたりを見まわしながら歩いていた甲介は、手頃な獲物に見えたのだろう。

実際、甲介は彼らに対峙《たいじ》するだけの勇気もなく、二、三度蹴られただけで、すっかり震えあがってしまった。

もし、拳銃がなければ、金を渡していただろう。

もっとも拳銃がなければ、竹芝桟橋に近寄ることもなかったのだが。

写真を見、記事を読んでも、彼らを殺したという実感はわかなかったし、やはり申し訳ないという気持ちにもならなかった。

写真週刊誌は犯行に拳銃が使われているところから暴力団による見せしめか、あるいは人違いで殺された可能性があると結んでいた。シュウとヒロは夜遊びをくり返しながらも、暴力組織とはまるで関係がなかったらしい。

暴力団の文字を見ると、自然に保坂の顔が浮かんだ。

もう一冊買ってきた週刊誌を読んだが、大型組織の内部抗争に関する記事が載っていただけで、保坂につながりそうなことは何もなかった。田舎町への進出など、記事にする価値がないのかも知れない。

保坂が襲撃に成功していれば、あるいは大々的に取りあげられたのかも知れない。突然に訪ねてきた夜、いい加減に酔っぱらった保坂は新聞やテレビが大騒ぎするといっていた。全国的に名前の轟く組織に銃弾を浴びせたとすれば、たとえ目論見通りに成功しなくとも週刊誌は書き立てていただろう。

甲介は立ち上がり、台所を抜け、浴室に入った。洗面台の前に立ち、歯を磨く。鏡に映っているのは、目を充血させた、疲れた顔の男だった。拳銃が出現してから、体力を消耗する毎日がつづいている。が、もしかすると、元々疲れた顔をしていたのにそれに気がつかなかっただけなのかも知れない。

泡を吐きだし、口を濯《すす》いだ。口のまわりをバスタオルで拭き、居間に戻る。欠伸がもれた。午前三時をまわっている。枕元の目覚まし時計を午前八時に鳴るようにセットして、蛍光灯を消し、ベッドにもぐり込んだ。

その夜、甲介は夢を見た。出てきたのは、シュウやヒロではなく、保坂だった。居酒屋のカウンターで酒を飲んでいた。保坂は赤らんだ顔をくしゃくしゃにして笑っていた。

何がそんなに楽しいんだ、と甲介は腹のうちでつぶやいた。

いつの間にかテレビに映っている保坂を見ていた。見慣れたアパートで、テーブルを前にしてテレビを見ている。テーブルの上には、白飯のパックとひじきの煮物が置いてあった。

翌朝、午前八時に起きた甲介はすぐにマンションを出、駅前の立ち食いそば屋に行った。前を通りかかり、若い店員がいるのを確かめて、通りすぎる。いったんマンションに戻り、次は午前九時に出て、もう一度そば屋の前を通った。

そして午前十時、三度目に通りかかったとき、若い店員が店から出てくるのを見かけた。白い上っ張りを脱ぎ、古びたTシャツにジーパン姿の彼は、店の近くに停めてあった自転車の鍵を外して乗り走り出した。

山手線の線路沿いに田端《たばた》方面に向かっている。百メートルほど先で、右に曲がり、首を下げてガード下に入るところまで見届けた。

午前零時から午前十時までが、あの男の勤務時間らしい、と甲介は思った。

翌日、甲介は若い店員が首をすくめて入ったガード下の出口を見張っていた。午前十時をわずかにまわったころ、若い店員がガード下を抜け、田端方面に向かう坂道をのぼっていった。サドルから尻を持ち上げ、躰を左右に揺すりながらペダルを踏む彼の背中に汗のシミが浮き出していた。

11

サドルの上で尻を左右に揺さぶっているうちに肛門がコットンのトランクスにこすれて、ひりひり痛むようになった。自転車をもちだしたのは、数年ぶりだ。以前、駅から一キロ近く離れたアパートに住んでいたころ、中古で買った自転車だった。ライトが壊れていて、夜、走るたびに警察官に停められたものである。駅から徒歩三分の今のマンションに移ってからはほとんど乗ることもなく、粗大ゴミとして出すのも面倒でマンションの階段の下に放置してあった。赤茶色に染まった雨だれのあとで、白い車体にはまだら模様がついている。あまりに薄汚なく、ぼろぼろの自転車は鍵もかけずに放り出してあっても、誰ももっていかなかったようだ。

その自転車がもう一度役に立つとは思わなかった。

何年も放置してあったので、タイヤの空気が抜けていたが、何とか走れそうだった。ペダルを踏むたびに錆びた金属同士がこすれ、がさがさと耳障りな音を立てたが、それも少し走っただけで気にならない程度になり、ペダルも少し軽くなったような気がした。もっともブレーキをかけると、周囲にいる連中が振り返りそうなほどかん高い悲鳴を上げるのは、どうしようもなかった。

午前十時には、昨日、立ち食いそば屋の若い男が通り抜けていったガード下の手前で待ち、男が通りすぎるのを待って後をつけた。音を立てて、男の注意を引きたくなかったので、できるだけブレーキをかけたくなかったが、仕事を終えて一刻も早く家に帰りたかったのか、男は一度も後ろを振り返らなかったし、だらだらと上り坂がつづいていることもあって、ブレーキはほとんど必要なかった。

坂を上りきったところで、男が右に曲がるのを見た甲介は腰を浮かせて、ペダルを踏み、加速する。ようやく曲がり角にたどり着いたときには、路地の先を左に曲がろうとする男の背中がかろうじて見えた。

さらにペダルを踏む足に力をこめ、スピードを上げる。男が消えた曲がり角の手前でブレーキレバーを握った。ゴム製のブレーキパッドがリムに押しつけられてきしむ。肝を冷やすほど大きな音だった。

減速して、曲がり角にたどり着き、視線を前方に飛ばす。男は自転車を降り、塀の切れ目に入っていくところだった。甲介はのんびりしたペースで自転車を走らせつづけ、男が入ったあたりもそのまま通りすぎた。視界の隅で、二階建てのアパートの前に自転車を置いて鍵をかけている男の姿をとらえる。

少し走ったところでUターンし、来た道を引き返した。

アパートの前を通りすぎるときにちらりと見上げる。男は二階のもっとも奥にある部屋の前でドアを開けようとしているところだった。アパートの前を通りすぎ、路地を曲がったところで自転車を降りる。電柱のかげに自転車を止め、鍵をかけた。心棒をスポークの間に押し込むときには、ざらざらとした抵抗があった。

歩いて路地に入る。一晩中働いたあとなのだから、あの男はこれから眠りにつくのだろう、と思いながらアパートに近づく。二階建てのアパートは一、二階に三戸ずつ入っている。鉄製の階段が外づけされていた。灰色の壁には、雨だれの染みが黒く、幾筋も流れている。汚れた、古いアパートだった。

甲介は躊躇することなく、アパートの敷地に入った。門のわきに郵便受けがあり、各部屋の番号がしるされている。門に近い部屋のドアには、１０１と記されていた。とすれば、男が住んでいるのは、２０３になる。２０３の郵便受けには、紙片にへたくそな字で〈森沢《もりさわ》〉と書いてあった。

ふいに頭の上で音がし、甲介は郵便受けの前から駆け出した。少し走り、電柱のかげに身を隠すようにしてアパートを振り返る。しばらくすると、自転車を押して森沢が出てきた。

知らず知らずのうちに奥歯を食いしばっていた。左胸の内側で心臓が転げ回っている。ひたいを流れ落ちてきた汗が目に入り、ちかちかと痛む。目をしばたたいた。が、森沢は甲介が立っている方向には目もくれようとせず、駒込駅の方向に向かって走り去った。着替えた様子もなく、変わったことといえば、ハンドルの前に取りつけた買い物かごに大きな紙袋を入れていることくらいだった。

ためていた息を吐き、電柱のかげから出ると、自転車を停めてある場所に向かって歩きはじめる。のんびりした足どりだった。森沢の通勤経路がわかったことで、一応、満足していた。

自転車のところまで戻ると、鍵を外した。が、錆びついた心棒はまったく動かず、指でつまんで引っぱりださなければならなかった。スタンドをはね上げ、サドルにまたがる。また、肛門が痛む。我慢して、車体を押しだし、ペダルに両足をのせた。

翌月曜日、火曜日の朝、甲介はいつもとかわりなく森沢が作ったてんぷらそばを食べた。微妙な変化といえば、森沢が甲介の手元を見なくなったことくらいだった。毎朝、七味トウガラシを振りかけるたびににらんでいたものだが。

まっすぐに森沢の目を見たまま昆虫の足を嚙みつぶし、嚥みこんだことを気味悪く思ったのか、それとも甲介の内側に宿っている思いが、表面ににじみだしているせいかはわからなかったが、いずれにせよ、まとわりつく森沢の視線がなくなったのは、ありがたかった。

甲介は森沢を射殺するつもりだった。

そして水曜日の朝、立ち食いそば屋に森沢の姿はなかった。かわりに初老の、背の高い男が店長と並んでいた。甲介は表情を消して、いつも通りてんぷらそばに七味トウガラシを振りかけていた。

初老の男が甲介の手元をじっと見つめている。またか、とうんざりしつつも甲介は初老の男の視線を無視して銀色の缶を振りつづけた。

「トウガラシが胃に悪いってのは、噓なんだってね」初老の男はいった。「韓国料理はトウガラシがいっぱい使ってあるけど、別に胃袋にこたえるってことはない」

甲介は顔をあげずに缶を振りつづける。初老の男は、萩原を連想させた。何かきっかけがあれば、話しかけてくる。沈黙したままの視線ならまだ許せるが、目の前にいる男と言葉を交わす気にはなれなかった。視線よりははるかに鬱陶しかった。

が、初老の男はかまわず言葉をつぐ。

「昨日、テレビでやってたんだ。トウガラシに入っているカプサイシンって成分が脂肪を燃やすんだって。トウガラシを使ったやせ薬というのもあるらしい」

甲介は表情を消して、男の言葉をはねつけている。

「むしろ、韓国料理で胃を荒らすのは、ニンニクなんだってね。ニンニクを食いすぎると、胃潰瘍や胃癌になるらしいよ」

黙れ。

甲介は奥歯を食いしばっていた。しゃがれた男の声が耳から侵入して、神経を震わせている。かゆみにも似た苛立ちを感じる。

着古し、すり切れてところどころ白っぽくなった紺色のシャツを着た客が入ってきて、甲介の隣りに立つ。日に焼けた、真っ黒な顔をしていた。髪の毛はくるくる渦巻き、全体にうすくなっている。

「いらっしゃい」初老の男が声をかける。

「あれ、あんた、朝もやってるのか」客が訊いた。

「水曜日だけね」初老の男が答える。「いつもは森沢って、若い奴がいるんだけど、水曜日が休みなんだよ」

「ああ、あの不愛想な兄ちゃんか」

森沢という名前に甲介の手がとまった。トウガラシの入った缶をカウンターに置き、丼を持ちあげる。

自然と二人の会話に意識を集中していった。

「愛想は悪いかも知れないけど、よく働くよ」初老の男は丼に手を伸ばしながら訊いた。「いつもの奴でいいのかい」

「ああ。おれはいつもあれさ」

「よく飽きないね」初老の男は笑いながらそばを湯がき、丼にほうり込むと、コロッケとワカメをのせた。「夜だけじゃなく、朝もこれなんだ」

「中毒みたいなもんだな。毎日朝と夜と食ってる」

「朝と夜か」初老の男が苦笑いを浮かべ、小さく首を振った。「おれには真似できそうもない」

「別にあんたに食ってくれと頼んじゃないよ」客は目の前に出されたそばを引き寄せ、割箸を口に挟んで割りながら言葉をついだ。「朝の兄ちゃんの方がいいな。何にもいわないから」

「森沢は本当に何にもしゃべらないからな。おれのようなおしゃべりが嫌いでね、あいつは」初老の男は別の丼に白飯を盛り、その上にそばつゆに漬けたかき揚げをのせると、客の前に出した。「でも、ああ見えても結構偉い奴なんだ」

「偉いって?」客はそばをすすった。

「病気のおふくろさんがいてな。癌の末期だから、もう長いことないらしいんだけど、ここの仕事が終わってから、必ず病院に行ってるよ」

いったんアパートに帰った森沢が自転車の買い物かごに白い紙袋を入れて出ていったのを思

い出す。着がえでも入っていたのだろうか、と甲介は思った。

「一日中そばにいてやれるのは、水曜日だけっていってるけどね」

「へえ」客は感心したようにうなずいた。「てめえの親ったって、こっちにだって生活があるからな。それはなかなかできねえや。若い奴にしちゃ、偉いもんだ」

「若いっても、森沢ももう三十近い」

「こっちは六十だぜ、もうじき」

「おれは六十をすぎてるよ」初老の男がいう。

甲介はそばを食べ終え、トウガラシの朱色の破片がたっぷりと沈んだつゆも一滴残らず飲み干すと、立ち食いそば屋を出た。晴れていて、蒸し暑い。噴きだした汗にワイシャツのカラーは、とっくに首に張りついている。


何年も前、読書はうるさいから嫌いだといった男の本を読んだ。本を読むということは、その本を書いた人間がつねに耳元でささやきつづけるのと同じだ、というのだ。歓喜であるにせよ、呪詛であるにせよ、結局はすべて他人事、どうでもよいことで、のべつまくなし耳元に吹きつけられるのはたまらない。しかし、本を読むまでもなく、生きた人間の頭蓋骨の中はささやきに満ちているのではないか。扉にもたれ、電車の震動に身をまかせながら、並行して走る銀色の線路がうねり、別の線路と交差し、また離れていくのをながめているときだって頭の中はささやきに満ちている。〈銀色〉、〈線路〉、〈赤茶けた〉、〈敷石〉、〈白っぽい〉、〈枕木〉、〈震動〉、〈消毒液〉、〈臭い〉、〈車体〉、〈きしみ〉と、意識しなければそうと気づかないだけで一つひとつは無音のささやきだ。目に映るもの、耳に聞こえるもの、あるいは実際に起こった過去の出来事やテレビで目にしたことだけでなく、まるで実体のないもの、たとえば、愛や欲、未来に起こりそうなことも頭の中ではすべて言葉になっている。お節介で小心、そして抜け目ない奴が耳の内側に腰を下ろし、つねにささやきつづけているようなものだ。あれは線路、これは窓、それは殺意というんだよ、という具合に。うるさい、と思ってみても、うるさいということ自体がささやきのひとつであるに変わりはない。赤い夕陽を目の前にしても、赤い夕陽がすでに言葉であり、目に映ったものを素直に感じられるのは、まだ言葉を知らない赤ん坊くらいのものだ。人の記憶がはじまるのは言語の獲得時期にほぼ一致する、という。と同時に絶え間ないささやきという呪縛にとらわれるのも同じころなのだろう。気がついてしまうと、言葉は鬱陶しい呪縛以外の何ものでもない。立ち食いそば屋で働く、四角い顔をした、若い男は森沢という名前を得てから甲介の脳裏にまとわりついて離れなくなった。若い、と思っていたが、それはあくまでも店長と比較してのことで、実際の年齢は甲介とほぼ同じで、末期癌にかかった母親がいて、病院を毎日訪ね、仕事が休みになる水曜日には一日中母親のそばにおり、二階建ての古ぼけたアパートで二階のもっとも奥にある部屋に住み、自転車で坂道を登るときにはTシャツにシミができるほど汗をかいている。甲介の頭の中には、森沢があふれていた。東京駅で電車を降り、改札口を抜け、コンコースを歩いているときも、会社が入っているビルに入り、いつものようにトイレを使ったときも頭の中には、森沢、森沢、森沢と名前が充満していた。不思議なことに、森沢という名前が何十、何百とつづくうちに森沢という字面だけが残り、かえってあの男の輪郭がぼやけていき、面影を思い描くのにも苦労するようになった。四角い顔、細い目と言葉を思い浮かべると、ほんの一瞬、映像がよぎっていく。息苦しさを感じながら、エレベーターの前に立っているとき、肩をつつかれ、声をかけられた。

「おはよう」

振り返った。宮下香織が立っている。ノースリーブのシルクシャツ、襟元にはいつか見た金鎖のペンダントがのぞいている。

「おはようございます」甲介は小さく頭を下げた。

香織は甲介をじろじろながめていった。

「男の人は大変ね。この暑い中、背広を着てなきゃならないんだから」

「馴れるもんですよ」甲介は香織の胸元に目をやらないように気をつけながら言葉をついだ。

「毎朝ですから」

「そんなものかしらね」香織は首をかしげた。「ねえ、山本君は夏休みはどこか行く予定があるの」

洋和化学工業の夏期休業はあと三日後、土曜日から始まる。正式な夏期休業は翌週の月曜日から金曜日までだったが、前後が土曜、日曜なので九連休になる。

「別に」甲介は肩をすくめて見せた。

甲介は去年の夏期休業に何をしていたか、思いだそうとした。まるで記憶がない。おそらくはエアコンをフル回転させた部屋でごろごろしてテレビを見て過ごしたのだろう。レンタルビデオショップでビデオを借りてきて、昼間からビールを飲み、映画を見ていた。去年も、おとしも、さらにその前の年も同じだった。

「帰省とか、しないの？」香織が訊いた。

「ここ何年も帰ってませんね。帰っても、別にすることもありませんし」

「親御さんとか、寂しがってない？」

「実家に妹がいるんですよ。だから、大丈夫じゃないですかね。それにお盆は列車の切符を手配するのも大変だし、人が少なくなった東京の方がいいですよ」

「車も少ないし、お正月も気持ちいいもんね。富士山もきれいに見えるものね」

「宮下さんはどうするんですか」

「バリ島へ行くの」香織はにっと笑った。「夏休みの間くらい実家から離れたいわよ」

「暑い時期に暑いところへ行くわけですか」

「そう。暑さもね、前向きに楽しめばいいのよ。東京にいるよりずっと蒸し暑いはずなんだけど、ストッキングなしでホットパンツなら、むしむしするのもウエルカムよ」

「ウエルカムか」甲介はちらりと苦笑いを浮かべ、香織を見やった。「まあ、好きな人といっしょなら暑かろうと寒かろうと快適でしょうけどね」

「あら」香織が目を見開く。「ボーイフレンドのことをいってるんなら、それって、立派なセクシャルハラスメントよ」

「差別ですよねぇ」甲介はぼやいた。「宮下さんがぼくにガールフレンドのことを訊いてもセクハラにはならないのにな」

「山本君のガールフレンドって、どんな人？」香織が急に真顔になる。

「ほら、それってセクハラですよ」甲介はわざと唇を突き出して見せた。すぐに苦笑いが取って代わる。「残念ながらおりません」

「本当に？」

「はい」

「よかった」

「よかったはないでしょう」甲介は目をすぼめ、探るように香織を見やる。「それともぼくにガールフレンドがいないと、宮下さんにとっては都合がいいんですか」

「残念ねぇ」香織は小さく首を振った。「そういう意味じゃないの」

甲介が怪訝そうに片眉を上げると、香織は笑みを浮かべて答えた。

「私もね、女の子といっしょに行くのよ。皆、私と同い歳だから女の子、ってこともないんだけどね」

「女性だけでバリですか」

「美味しいもの食べて、たっぷり買い物して、浜辺で寝ころんで、昼間っからビール飲んでってことになると、男性の目があっちゃダメなのね。女ばっかりの方が気楽」

「そんなもんですかね」

エレベーターの扉が開き、二人は箱に乗り込んだ。エレベーターの中には、数人が乗っている。同じビルに入っているほかの会社では、とっくに夏休みに入っているところがあるためか、エレベーターも空いているように感じられた。

香織が躰を寄せ、ささやいた。淡い香水の匂いが甲介の鼻をつく。

「ねえ、うちってさ、時代に反して夏休みが長いと思わない？」

「化学メーカーの宿命ですかね」甲介は長閑に答えた。

工場の生産ラインを一旦停止すると、再稼働させるのに莫大なエネルギーを必要とするのが化学メーカーだった。工場ではよく火を入れる、火を落とすと表現する。冷えたラインを温めなおし、化学物質を合成できる状態に戻すまでに大量の燃料が空費される。

「儲かってないからな」香織がぼそりという。「休みが長ければ、その間の人件費も安くなる」

「残業代が減るってことですか」甲介は顔をしかめた。「それほどもらってないけどな」

12

明日から翌々週の日曜日まで九日間の休みがはじまると思ったとたん、躰の力が抜けていくのを感じた。このひと月強、甲介を締めあげ、責めつづけてきた緊張感がほどけ、どうしようもないほどの気だるさが襲ってきた。会社を出、東京駅まで歩き、ふやけて力の入らなくなったふくらはぎを何とか持ちあげながら階段をのぼってホームに着いたところで耐えきれなくなって、プラスチックのベンチにへたりこんでしまった。夕暮れが近づいているとはいえ、空はまだ明るく、熱風が吹きつけているというのに、もう二メートル歩けば、冷房の利いた電車に乗り込めるというのに、動けなかった。全身がぬるぬるとした気味の悪い汗に濡れている。

うつむき、目を閉じて、荒い息を吐いていた。解放されたとたん、つねに息苦しいほどの緊張に締めつけられていたのを知った。のろのろと背広を脱ぎ、たたんでひざの上に置く。

だらしないぞ、と胸のうちで声をかける。自分に、だ。が、動けなかった。目を開けるのも難しかった。吐き気がする。電車がすべり込んでくるたびに足を下ろしているホームが振動し、そのかすかな揺れが全身に広がってめまいになる。それでいてふっと音は遠のき、一瞬、自分がどこにいるのか忘れそうになった。まぶたと唇の端がぴくぴく痙攣し、ゆがんだ笑みが浮かびそうになった。

わずかに口を開いた。渇ききった咽がひりひりする。

夏期休業に入る前日の金曜日、社内には朝からそわそわした空気がただよっていた。すべての部署で、時間のかかりそうな仕事は休み明け、翌々週の月曜日に処理すればいいように後回しにされていた。総務部も例外ではない。部長の栄前田からして、午後六時三十分発の新幹線に乗ると吹聴《ふいちょう》しているのだから、誰も仕事に身が入るはずがなかった。午後五時五十分には総務部では部員が一斉に仕事をやめ、会社を出ていた。栄前田は挨拶もそこそこに駅の改札口に向かって駆けだし、翌朝早く家族と一緒に旅行に出る予定がある課長の持田と係長の小島もまっすぐに帰宅するようだった。ひとり萩原だけが旅行の予定もなく、久々に全員そろって早めに退社できる機会は滅多にないのだからと一杯飲みたそうだったが、誰も応じなかった。甲介も萩原の腕を振り払い、東京駅に向かった。

もっとも甲介にしたところで、あわてて帰宅する理由はなかった。階段を使ってホームに登ったものの、すぐには電車に乗る気にもなれず、とりあえずホームのベンチに腰を下ろした。上着を脱ぎ、たたんでひざの上に置く。半袖のワイシャツから剝き出しになった腕に湿った空気がまとわりついていた。午後六時をまわったが、空にはまだ明るさが残っていて、そのまま帰るには惜しいような気がした。財布の中には、一万円札が五枚入っている。どこかで酒を飲むか、あるいは吉原にでも寄ろうかと思っていた。

幾本か電車をやり過ごすうちに右手にかすかな痒みをおぼえて目を開いた。目を凝らす。手の甲の上で、何かがひどくゆっくりと動いている。

体長が一ミリにも満たない虫だ。躰はわずかに黄色味がかってはいるが、透き通っていて、六本の足を繊毛のようにうごめかしている。

意識を集中すると、手の甲にかすかなむず痒さを感じた。本当か。体重が何グラムになるのかわからなかったが、それが髪の毛の先端よりも細い、つま先で支えられているにすぎない。むず痒さは実際に感じているのではなく、多分に視覚的なものだ。

息を吹きかけてみた。押しつぶす気になれず、吹き飛ばすつもりだった。しかし、虫は手の甲の、うろこ状になった表層にしがみつき、その場で動かなくなった。

微細なつま先を性能のよい顕微鏡で見れば、とがった黒い爪や、びっしりと生えた和毛《にこげ》があって、案外複雑な形をしているのかも知れない。その想像はつい十日前、割箸でつまんだ焦げ茶色の脚へと連なった。

もう一度、息を吹きかけた。今度は、やや強めに。

それでも虫はじっとしていて動かない。

自分の力ではどうしようもないほど圧倒的に強く、巨大な相手と出会ったとき、虫は動かなくなるのだろう。死んだふり。唯一のこされた身を守るすべ。さっさと押しつぶしてしまいたいという気持ちを抑え、むず痒さに耐えている。耐えているというより、本当にむず痒さを感じているのか、確かめているといった方が今この瞬間の気持ちに近いかも知れない。

本当にむず痒いのか。

そのとき、ホームに電車がすべり込んできた。おそらくは何十トンもある途方もなく重い金属と金属がぶつかり、胃袋にのしかかるような音をたてている。はじかれたように顔を上げる。ほんの二メートルほど先を四角い窓が律儀に並んで駆け抜けていく。

電車の窓と自分の間にある空気が震動に合わせて膨張と収縮をくり返しているようだった。めまいがする。実際、気が弱い胃袋はみっしりとした金属同士の衝突音に圧倒され、ひしゃげ、そのおかげで吐き気を催していた。

甲介は眉間に浅いしわを刻んだまま、流れていく電車の窓を見つめつづけていた。

ブレーキのかん高いきしみがホームの空気を震わせ、スピードを落とした電車の窓から、背広を着、ネクタイを締めた男たちや、躰の線がくっきり浮かびあがる原色のスーツを着た女たちの押し黙った顔が一つひとつはっきり見てとれるようになり、そして車輪がレールの継ぎ目を拾い、車体を震わせる間隔も次第に間延びしていった。

甲介は身じろぎひとつしなかった。

削りだしたアルミニウム塊と同じ色つやをした車体にブルーのラインが入っている。電車はゆっくりと停まり、次いでため息のような音が漏れて扉が開いた。

電車の中から人があふれ出してくる。誰もがスポンジでできた人形だ。車内でぎゅうぎゅうに圧縮され、それが外気に触れたとたん、元のサイズに戻っている。そうでなければ、小さな戸口から次々に人のあふれ出すはずがない。十両連結になった電車のすべての出入り口から、一斉に、だ。

一度に何人が降りるのだろうか。百人？　二百人？　東京を埋め尽くしている背広姿の男やスーツを着た女が電車から産みだされているような錯覚をおぼえる。

またしても、めまい、かすかな吐き気を感じる。

もし、電車から背広や原色のスーツを着た男と女が産まれているのだとしたら、東京駅や新宿駅だけで一日に二十万人もの人間を増やしていることになる。たとえ東京に水素爆弾が落ちて、東京中の人間が瞬時に蒸発したとしても、レールが焼け残り、電車が動いている限りにおいて、三週間もあれば東京は元通り人であふれ返りそうな気がする。

馬鹿げている思いだが、いったん、甲介を支配すると、神経という神経のすべてにからみついて離れなくなった。

甲介は、レモンイエローの成形プラスチック製の椅子に背をあずけ、かすかに首を振った。空想があまりに馬鹿げていたからではない。うすい膜をはさんでこちら側、つまり自分にとってはその空想が現実に起こっていることのように思え、背筋を冷気が通り抜けていったからだ。

薄い膜とは、内臓を覆っている半透明の膜に似ていて、柔らかく、どこまでも伸びる。それだけに決して破れることなく、いつも甲介を包んでいる。甲介は、その膜を通してしか外界を見られなくなっていた。

膜を透かしてながめている向こう側のサラリーマンやＯＬは、電車によって産みだされているのではない。電車に乗っているのは、目的と行き先があるからだ。瞬く間に通りすぎていった数百人のそれぞれに行き先だけでなく、帰るべき家庭があり、一戸建てにしろ、マンションにしろ、居間があって、冷蔵庫があって、夜具にくるまって眠る暗い部屋がある。

彼らを電車が産みだしているという妄想より、現実に彼らには家があって、生活があるということの方が気味が悪かった。眼前を流れていく人々の群れは、決して群れというひとかたまりではなく、一人ひとりが何十年か生き、個々に生活を営んでいる存在なのだ。知性を持ち、感情を言葉で表現できるヒトであるはずなのに、まるで壊された巣からどっとあふれ出す無数の蟻のようにしか見えない。

東京は巨大な蟻の巣、それも壊れた蟻の巣だ。

ため息のような音とともに扉が閉まり、モーターが低くうなったあと、電車はゆっくりと動きだした。視界から消え去る電車を見つめていた。薄い膜を意識すると、音がひどく遠い。スクリーンに映っている電車を見ている気分だった。

手の甲に視線をもどした。電車といっしょに虫も消えてしまっていた。が、手の甲の、うろこ状になった皮膚にはまだ繊毛のようにうごめく六本の足の感触が残っている。虫が見えないだけなのだろうか。目を凝らして見るが、たしかに虫はいなくなっていた。

とがった爪の生えた毛むくじゃらの足でもぞもぞ動きまわるのだから絶対にむず痒いはずだ。そう思いこむことで痒みを実感できるというのに、二年前の正月に叔母が死んで葬式に出たときには、哀しいんだ、泣かなくちゃならないんだと何度もいい聞かせたにもかかわらず、膜のこちら側に独り取り残されていたものだ。

　葬儀の間中、甲介は自分の内側のどこに哀しさがあるのか探っていた。ちょうど小さな虫歯の穴を舌先で執拗に探るようなものだ。そのときはどこにも哀しさを見つけられなかったのに、今は、いもしない虫の足を皮膚に感じている。

　叔母は、母親の弟の連れ合いで、思い出といっても小学生のころにお年玉をもらったことくらいしかなかった。ここ十数年は、顔を合わせたことすらない。たまたま暮れも押し詰まった十二月三十日にくも膜下出血で倒れ、大晦日に死んだので、一月三日が葬儀となった。それで参列したのだが、そうでもなければ、甥姪一同で弔電を打ってお終いにしていただろう。

　叔母の葬儀で鮮明におぼえているのは、甲介の父親が鼻水で顔をぐしゃぐしゃにし、ずっとハンカチを使っていたこと、そのようすを母親が白けた顔つきで冷ややかにながめていたことだ。父のほかに泣いていた人間などいただろうか。

　冷え切った寺の本堂には線香の煙が充満し、窓から斜めに射す陽光が青く染まっていた。南無阿弥陀仏、南無阿弥、陀仏ぅと三人の坊主が息のあった唱和をし、祭壇を埋めた白い菊の放つ香りだけが生々しかったような気もするが、光も音も匂いも、叔母の葬儀での出来事だったのか、記憶は曖昧だ。

　ただ父が涙を流していたのは間違いない。叔母が死んだ次の正月、母が父の浮気をほのめかした。相手が死んだ叔母だったにしろ、実際に父に手を出すほどの度胸があったとは思えない。ほのかな思いを寄せていた程度だったろう。母ははっきりといわなかったし、突き詰めて問いただすつもりもなかった。

葬式はひたすら退屈なものだ。叔母のときだって、甲介は畳の上でじっとしていることにも、従兄弟を相手に昔話をしていることにもいらだっていた。どうしようもなく時間を無駄遣いしているような気がして、罪悪感すらおぼえていた。

こんなことしている場合じゃない、というのが胸の裡《うち》の、声にならない繰り言だったが、どんなことをしているべきなのか、明確な答えをつかんでいるわけではない。ただただ焦り、苛立っていたのである。

思いを振り払い、腕時計に目をやる。午後六時二十七分。ホームで、ベンチに腰かけたまま二十分も過ぎている。

腕時計は大学に入学したとき、両親が買ってくれたものだ。水晶発振式のセイコー、色は鈍い銀色、文字盤は白、金属製のベルトがついている。安物だが、壊れないのでずっと使っている。かれこれ十年、甲介が生きてきた時間の三分の一を越えている。型おくれの古ぼけた時計だが、不便を感じたことはない。

手を下ろすと、くたびれたプレーンのウィングチップが目についた。二年ほど、ほぼ毎日履きつづけている。つま先を動かしてみた。わきのところがひび割れ、穴が開いている。濃紺の靴下を穿いているから穴が目立たなくて、それで今まで気がつかなかったのだろう。

吐息が熱い。

次の電車がホームにすべり込んでくる。

歯を食いしばって、立ち上がった。


目を開いた。白い天井がぼんやりと見える。目をしばたたいた。天井の白い耐火ボードに散らばる不規則な穴がはっきりと見えてきた。顔は汗の皮膜でおおわれ、べとべとしている。パジャマ代わりに着ているTシャツも、腹にかけてあったタオルケットもじっとりと湿っている。ぐっしょり濡れた枕カバーが首筋に貼りつき、気味が悪かった。

もう一度、まぶたを閉じ、眠りの世界に戻ろうとした。ついさっきまで見ていた夢に戻ろうとした。が、目を開く瞬間まで目の前に広がっていた夢の世界を、かすかな断片すら思いだせなかった。大きく息を吐く。心臓が不規則な鼓動を伝えてくる。ぴくぴく動くまぶたを開くまいとしていた。

しかし、一分ともたなかった。

目を開き、ベッドの上で上体を起こす。部屋の中がひどく蒸し暑い。エアコンはフル回転しているのだが、馬力の小さな窓用タイプでは、屋根がじりじり焦がされる日中、部屋を冷房するには力不足だ。枕元を振り返り、目覚まし時計を見やる。午前十時三十分を数分まわったところだ。半ば無意識のうちに舌打ちをしていた。四時間ほどしか眠っていない。

甲介はタオルケットをはねのけ、床に足を下ろした。ひざの上に腕を置き、うなだれる。荒い呼吸とともに肩が上下していた。視界の隅にテーブルの上にのったタバコと灰皿が映る。ひょいと手を伸ばせば届くところにあるのに、ぶよぶよした半透明の膜を透かしてみているようで、ひどく遠くにあるような気がした。腕を上げる気力もない。頭蓋骨の内側にはもやがかかっているようだった。タバコ、黄色い透明なプラスチックで作られた百円ライター、ねじくれた吸殻のたまっている灰皿と、順に視線を移しながら、息を整える。

二度、三度と深呼吸し、ようやくタバコに手を伸ばした。一本をくわえ、火をつける。深々と吸いこんだ。ニコチンが血中に溶けだし、少しでも覚醒させてくれることを願っていた。が、相変わらず頭蓋骨の内側のもやは容易に立ち去ろうとしない。

ぼんやりと、暗いテレビの画面をながめている。目の前にリモコンがあるというのに、手を伸ばすのが面倒だった。

夏期休業前日の金曜日、会社の帰りにレンタルビデオショップに寄った甲介は、脳天気なアメリカ映画ばかりを十本ほど借りてきた。戦争物、ウェスタン、スパイアクション、SF、コメディとジャンルを問わず、手当たり次第だった。その夜、立てつづけに三本を見終わったころには窓の外はすっかり明るくなり、さすがに目がちかちかしていた。そもそもこれが間違いの元だった。

まぶたを指先で押さえながら、ベッドに倒れ込んだものの、四時間としないうちに目覚めてしまった。蒸し暑さにぐっしょり汗をかき、じっとり湿ったTシャツがわき腹に貼りつく不快感に目覚めてしまったのである。

夏期休業に入って最初の二日間、土曜、日曜は、レンタルビデオショップで借りてきた映画を見て過ごした。ハイファイビデオのイヤフォン端子にヘッドフォンをさし込み、カーテンを引いて暗くした部屋の中で十四インチの画面を見つめていた。ベッドに背中をあずけ、ずっと座っていたので、尻が痺れ、痛くなっても、我慢して画面を見つづけた。

明けて、月曜日。新宿、池袋、上野とあてどもなく歩きまわった。東京は、簡単に一人になれる場所だった。デパート、映画館、書店とどこへ行っても、一人だった。デパートの家具売場では、ぼんやりと結婚や未来の家を想像している自分に気がついて苦笑いし、腕の表面が冷たくなるほど冷房の利いた映画館で居眠りし、書店ではなぜか辞書を買ったものの、帰宅してからは紙袋から取りだしてもいない。

食事はつねに立ち食いそば屋で、どこでも生玉子入りのてんぷらそばにたっぷりと七味トウガラシを振りかけて食べた。他に思いつかなかったからだ。一日に二度、たいていは昼と深夜だった。

ため息をつき、短くなったタバコを灰皿で押しつぶした。立ち上がる。台所に入ったとたん、もわっとした熱気に全身が押し包まれた。裸足の足の裏が床に貼りつき、持ちあげるたびにぺりっと音をたてる。

浴室に入り、便器のふたを持ちあげて腰を下ろした。浴室にこもった熱気は台所の比ではない。たちまち浮かんだ汗が顔の表面で玉となり、流れ落ちる。目に入って、ちかちかと痛む。まばたきする。視界がにじんだ。汗のせいか、涙がわいたのか、よくわからなかった。

用を済ませ、フラッシュレバーを引いて立ち上がる。

洗面台の前に立ち、鏡に映る顔を見た。まぶたが腫れている。蛇口を開き、水で顔を洗った。

二度目の土曜の夜が来て、日曜日は朝から雨だった。

13

強い雨だった。アスファルトに砕け散る雨粒が低くたれ込める霧のように、路面を覆っている。

傘の内側にこもる雨の音を聞いているのが好きだった。立ち止まり、じっと耳を澄ましていると、傘の表面にはじける雨粒の音が聞こえる。たたたん、たたたん、ぽつ、ぽつ、ぽつ。一定にリズムを刻んでいるようで、乱れているようで、退屈しない。

朝から強い雨が降っている。

透明なビニールを張った五百円の傘は雨が降るたびに買ってしまうので、知らない間に数が増えている。いつ買ったものかわからない一本を手にして、甲介は立ちつくしていた。銀色の骨は関節で錆び、透明だった傘もところどころ白く曇っている。

白い柄を握っている指はふやけ、指先は温度を失っていた。

アスファルトにできた水たまりには、ひっきりなしに丸い波紋が生まれ、互いに干渉しあい、乱れては消えていった。水たまりにつま先を浸した古いスニーカーは、ゴムの部分が洗われ、やけに白かった。黒のスウェットパンツも水を吸い、足首に重くたれ下がっている。

強い雨が降っているというのに傘の内側は蒸れて、黒のポロシャツは襟から胸元、そしてわきの下が汗で湿っていた。首をつたって、酸っぱい汗の臭いがはい上がってくる。

唇をなめた。鼻の下に噴きだした汗がかすかにしょっぱい。

ちらりと腕時計に目をやった。午前十時を十五分もすぎている。焦燥がつのる。足踏みしそうになるのをこらえていた。わきの下にはさんだ黒いバッグには、薬室に第一弾を送りこみ、撃鉄をハーフコックにして安全装置をかけた拳銃が入っていた。

どうして森沢が時間通りに店を出てこないのか、わからなかった。

唇を嚙み、雨を透かしていつもの立ち食いそば屋を見つめる。すでに五分、同じ場所に立っている。雨の中、いかにも不自然だ。重い雲が空を覆い、辺りはうす暗かった。嵐が近づいているのかも知れない。

そのときだった。立ち食いそば屋から白っぽい半袖シャツを着た男が飛びだしてきた。店のすぐそばにとめてある自転車に駆け寄り、前輪にかがみ込む。森沢に違いない、と思った瞬間、咽を鳴らして唾を嚥んだ。

森沢がいつも通り抜けるガード下の歩道に向かって歩き出す。

自転車にまたがった森沢は、立ち食いそば屋ののれんをめくり、何かいっているようだった。足を速め、ガード下に入った。甲介がガード下に入る直前、森沢が猛然と走り出すのが見えた。

昨日の夜は、すぐにも雨が降りそうなほど空気が湿気っていたが、まだ雨にはなっていなかった。それで森沢は自転車に乗ってきたのだろう。あるいは、雨の日でも自転車で来ることにしているのかも知れない。森沢のアパートは駒込駅と田端駅の、ちょうど中間にあり、どちらの駅に行くにしても歩くなら十五分ほどかかりそうだった。

森沢は自転車にまたがると、すぐに走り出した。

ガード下をくぐり抜け、左右を見渡す。歩いている人の姿はなかった。黒いバッグのファスナーを開け、振り返る。傘で顔を隠すように少し前に倒してさしていた。ゆっくりと歩き出す。

心臓の鼓動が激しい。息苦しくなり、わずかに口を開いた。全身ずぶ濡れになっているというのに唇だけは乾き、ひび割れていた。

ブレーキのきしむ音が響き、ガード下の入口に自転車に乗った森沢のシルエットが見える。甲介は歩道のまん中を歩いていた。傘越しに森沢であることを確認する。濡れた歩道を走るのに気を取られているのか、森沢は前輪の辺りに目をやっていた。甲介の姿は目に入っているのだろうが、甲介であることには気がついていないみたいだった。

森沢が左前に迫った。

すれ違おうとした瞬間、甲介は傘ごと森沢にぶつかっていった。意気地のないビニール傘の骨は簡単に折れ曲がる。かまわずに体重をあずけ、前輪を蹴り飛ばした。森沢が短く悲鳴を上げ、壁に激突、自転車をまたに挟んだまま尻餅をついた。

「馬鹿野郎」森沢の怒鳴り声がガード下の天井にびんと響く。「何しやがる」

左手をいっぱいに伸ばし、傘を森沢に押しつけたまま、黒いバッグに右手を突っ込んで銃把を握った。

「何のつもりだよ、おら」森沢は腕を振り回し、傘を払いのけようとした。

倒れた拍子に森沢の右足は自転車の下敷きになっていた。甲介は自転車のフレームに足を乗せ、体重をかけた。

「痛いよ、チクショウ」

森沢は罵りながら右足を自転車の下から抜こうと身じろぎし、同時に傘の先端をつかんで振り払おうとした。

すでに甲介は左手で握っていた傘の柄を離していたので、傘は簡単に飛び、森沢と甲介はじかににらみ合う格好となった。

森沢が甲介の顔を見て、目を見開く。森沢の髪はぐっしょり濡れ、ひたいや頰を水滴が流れ落ちていった。

「あんた……」森沢はぽかんとした顔で甲介を見つめた。

ほとんど毎朝顔を合わせているのだから、甲介の顔に見覚えがあるのは当然だった。森沢の顔には、短い間にいくつもの表情が浮かんでは消える。驚愕、疑問、不審、それから怒り、だ。見る見るうちに森沢の四角い顔は青ざめていき、すぼめた目が凶暴な光を帯びる。

「おい」森沢は声を張り上げ、同時に壁に手をついて自転車の下から足を引き抜こうとした。

「こりゃ、何のつもりだ?」

甲介は自転車のフレームを踏んづけている左足にさらに力をこめる。森沢の顔がゆがんだ。食いしばった歯の間からうめき声がもれる。

森沢は顔をしかめたまま、右手をサドルにかけ、自転車をひき起こそうとした。が、甲介が体重をかけているために自転車はほとんど動かなかった。

「くそっ、何のつもりだよ」

罵りながら森沢は右手を飛ばし、甲介の足を殴りつけようとした。拳がすねに命中する。衝撃はうすい肉をあっさり素通りし、骨に響いた。森沢は執拗に甲介のすねを殴りつけ、何とか自転車を押しのけようとしていた。

甲介は右手の親指で撃鉄を起こしながら拳銃を持ちあげた。銃把を握った右手を左手で包み込むようにし、森沢の顔に銃口を向ける。

「嘘だろ」森沢は両腕をだらりと下げ、拳銃を見つめていた。

甲介は拳銃越しに森沢の顔を見ていた。甲介にゴキブリの脚を食わせ、あごを突き上げてにらんでいた森沢の顔が脳裏をよぎっていく。

「冗談だろ」森沢はまたいった。かすれた声で言葉をつぐ。「だって、あんた、サラリーマンじゃないか」

甲介の耳は、徐々に近づいてくるリズミカルな金属音をとらえていた。電車の鉄輪がレールの継ぎ目ではね、コンクリートのガードを揺るがせている。甲介が待っていた、腹に響く重い音だ。

ふいに森沢が両手で甲介の足につかみかかった。

森沢の指先が届く寸前、足を引く。

頭上を山手線が通過し、ガード下の空気が振動するほどの音が轟いた。森沢は自転車のフレームを両手でつかみ、払いのけようとしていた。

引き金をひく。撃鉄が落ち、手の中で拳銃がはねる。閃光と硝煙で視界が白く濁る。火薬の反動で遊底が後退し、薬莢をはじき飛ばしたのだが、一瞬のことで拳銃がぶれたようにしか見えない。

森沢の左目の下に穴が開き、首のわきが破れてどす黒いかたまりが噴きだすと、白い壁に飛び散った。

さらにもう一度、引き金をひいた。が、銃口がはね上がったままだったので、第二弾は森沢の肩を越え、壁を抉って火花を散らした。

森沢はかたく目を閉じたまま、壁にもたれかかっている。唇は色を失っていた。

甲介は安全装置のレバーを押し上げ、黒いバッグに拳銃を放りこむと、傘を拾い上げた。骨は曲がっていたが、かろうじて傘の格好をしている。

ガード下を抜けた甲介は足早に歩き出した。動悸もおさまり、呼吸も落ち着いている。ただ顔と指先が冷たかった。

雨が一段と強くなり、わずかながら風が出てきたようだった。


だって、あんた、サラリーマンじゃないか、といった森沢の言葉が頭の中で何度もくり返されていた。サラリーマンは毎日押し黙って電車に詰め込まれ、会社に行き、朝から晩まで働き、誰にも届かない声で、愚痴をこぼし、罵り、愛をささやく。そして絶対に拳を使わない。物理的な暴力とは、もっとも遠いところにいる。

養鶏場の金網に押し込まれ、唯一許された運動といえば餌をついばむために首を上下させること、そして小さく非力なくちばしをぱくぱく動かしてもわめいても一つひとつの声が意味をなすことはなく、統制の取れていない声はいくら重なりあってもわんとこもった騒音にしかならない。

つねに誰かに管理されてきた。ぬきんでた能力の持ち主が管理者というならまだ救いがあるだろう。しかし、社会という巨大なシステムの規格に適合し、いつでも代替可能で、ただひたすら黙って働く部分品を生産する教育の過程で、ぬきんでた能力は排除され、結局は多少声の大きな目立ちたがり屋が前へ出ているにすぎない。本当にぬきんでた能力をもつものは、教育の枠を簡単にはみ出し、落ちこぼれ、あるいは孤高の変わり者にされてしまう。

少しばかり暗記力に長け、暗記力に脳の力の大半を振り向けてきたがゆえに考えることをまったくしない現在の管理者は、それぞれ身の丈にあった権力の座に就くと、一心不乱に目の前の利権をあさるようになる。前任者がしていたことだから、利権をむさぼらなければ損をする。考えているのはそれだけだ。政治家は政治家の、役人は役人の、会社でいえば、社長から係長まで、すべてそれぞれの立場でむさぼり尽くせるだけの利権を、なりふり構わず、浅ましく食らいつき、引き裂き、咀嚼している。血まみれの口が満足することはない。

金網に押し込まれた鶏に与えられた言葉は、意味のないコ、コ、コ、だけだ。

マンションに戻った甲介はポロシャツ、スウェットパンツ、下着、靴下を脱ぎ、洗濯機に放りこんだ。洗剤をぶちまけ、スイッチを入れた。

それから全裸のまま、居間に入るとテーブルの前に腰を下ろして拳銃を取りだした。タバコに火をつけ、唇の端にくわえたタバコから立ちのぼる煙に目を細めながら、弾倉を抜き、遊底を引いて、薬室に入っていた弾丸をはじき飛ばす。銃口の下にある金具をずらして復座バネを抜き、さらに銃身を固定しているピンを抜いて遊底ごと銃身を取り外した。

シュウを射殺したときのような亢奮も、警察に対する恐怖も、吐き気もなかった。そうかといって森沢を殺したことに何の達成感もない。呼吸は穏やかで、顔が熱くなったり、冷たくなったりもしなかったし、指も震えてはいなかった。

何も起こらなかったのと同じだ。

真新しいハンカチを細く引き裂き、ミシン油をたっぷりと染み込ませて丸め、薬室に押し込むと、割箸を使って銃口に向かってつついていった。やがて銃口からぽろりと落ちたハンカチには黒い滓がこびりついている。同じことを数度、ハンカチに汚れが付着しなくなるまでくり返す。

電車が通りすぎる瞬間に撃つことは、ぼんやりと考えていた。山手線は昼間でも三、四分間隔で走っており、しかも内回りと外回りとがある。つまりガード下の湿った空間を鉄輪の重い震動で圧倒してしまうのを待つにしてもほんのわずかの間でよかった。

拳銃の手入れをしながら、頭の中では森沢を撃ち殺した瞬間を思い描いていた。あらかじめ心の準備ができていたせいか、拳銃が跳びはねる反動は前のときほど強くは感じられなかった。手首も挫いていない。そして、またしても音の記憶はない。頭上を通過する電車の轟音にすべての音は押しつぶされ、甲介の脳裏にあるシーンはまるで無音だった。

森沢の左目の下に穴が開き、右の首筋からどす黒い塊りが噴出する。人間の躰に撃ち込まれた弾丸が直進することはない、と拳銃図鑑にあった。回転し、肉体の組織を巻き込みながら進む弾は、抵抗の少ない場所に向かって瞬間的に方向を変える。おそらく森沢の左目の下から入った弾丸は脳の下部を抉り、上顎で跳ねて、首筋の柔らかい筋肉繊維を突き破り、外に飛びだしたのだろう。

撃鉄、引き金、安全装置の各部に油を差し、にじみ出した余分な油をハンカチの切れ端でていねいに拭き取る。薬室から取りだした弾丸をきれいに拭いて弾倉に戻し、弾倉にも油を差しておいた。

残った弾丸は四発だった。

拳銃を組み立てると、引き金をひいて撃鉄を落とし、さらに銃把に弾倉を差し入れる。もう一度、拳銃の表面をざっとハンカチで拭ってバッグに放りこんだ。くわえたままのタバコはいつの間にかフィルターが焦げるところまで燃え、火が消えている。胸から腹にかけて転がり落ちた灰で汚れていた。苦笑いしながら燃え残ったフィルターを灰皿に入れ、灰を払って立ち上がる。

バッグのファスナーを閉め、ベッドの下に入れると、浴室に入った。浴槽に栓をし、温度を調整して湯を張る。洗面台の鏡に顔を映した。まだらに髭が伸びている。ふいにどうしようもない不潔感がわき上がってくる。洗面台の湯を出しっぱなしにし、石鹸を取ると両手でくるくると回しながら泡立てる。湿しても、温めてもいない髭に泡を塗りたくって安全カミソリを手にした。

夏期休業が始まって以来、髭を剃っていない。中途半端に伸びた髭が鼻の下、頬、あごの下にまだらに広がっている。白壁にびっしりたかった黒い蠅を連想させ、背中を落ち着かなくさせる光景だった。

カミソリを使って、ていねいに髭を剃っていく。カミソリに付着した泡と、髭の破片は洗面台に流しっぱなしにした湯で洗った。温めていない髭は剃りにくかったが、何度も何度もカミソリを動かすことで、きれいに剃り落としていった。カミソリが動いたあとを指先で探り、ちくりとした感触がなくなるまで執拗にカミソリを使った。

あごの右わきに小さな切り傷をひとつ作っただけで、髭を剃り終える。カミソリを流れる湯にさらして洗い、さらにベージュの洗面台に散った髭の破片にも湯を振りかけてきれいに流す。洗面台の表面がつややかに濡れ、髭の破片がひとつも残っていないのを確認して蛇口を閉じた。

浴槽には半分ほど湯がたまっている。

甲介は浴槽に足を入れ、さらに躰を沈めた。湯温を調整し、熱い湯が注がれるようにする。湯気が立ちのぼり、浴室に充満した。少しずつ温度が上がる湯の中で、雨に打たれ、冷え切っていた筋肉が温められ、ほぐれていくのを感じた。水音を聞きながら、浴槽のへりに後頭部をのせて目を閉じる。胸の下あたりから乳首へ、湯がせり上がってくるのを感じながら右手で左腕を撫でていた。温められた筋肉の中を新しい血が流れていくのを感じた。

肩まですっかり湯に浸かったところで、蛇口をひねって湯をとめ、ふたたび目を閉じた。弛緩する。唇からだらしない母音がもれた。早くもこめかみに汗が浮かび、ほおを流れ落ちていく。汗が皮膚を伝い落ちていくむず痒ささえ、心地よかった。

ふっと意識の底に流れこんできた眠気が全身に広がり、躰が浮かんでいるような感覚に包まれた。

無限の闇の中で寝そべり、ただよい流れていくような気がした。

かすかに音が聞こえる。それは徐々に近づいてくるパトカーのサイレンだった。ファン、ファン、ファンという間の抜けた音が少しずつ大きくなってくる。一台ではなさそうだった。耳障りな音は、甲介にもっとも近づいたところで、間抜けな一音を残し、急に低くなる。

ドップラー効果という言葉を思いだした。

風呂の縁に頭をのせたまま、甲介は全身を弛緩させていた。忍び寄る眠気に逆らわなかった。尻が滑り、湯に沈んでおぼれ死んだら、どうしようとちらりと思う。それならそれで仕方ないさ、と思い直した。

死は、甲介の身近にあった。

深夜、安らかな眠りを破ったのは電話だった。甲介は目をつぶったまま、受話器を取りあげ、耳にあてる。

「もしもし」かすれた、不機嫌な声は隠しようもなかった。

「ああ、山本さんでっか」男の声には関西風の訛りがあった。

「はい」

「こんな夜遅くにえらいすんまへんな」男は明るく、張りのある声でいった。

闇の中で、甲介は目を見開いた。

男の声には聞き覚えがある。

「お久しぶりでんな、永瀬ですわ」

14

「ほんまにこんな夜、遅く、すまんの」

永瀬はくり返し詫びたが、その口調に悪びれたところはなかった。甲介は枕元の目覚まし時計に目をやった。午前二時をまわっている。

「もう寝てはったやろ」

「ええ、まあ」甲介はぼそぼそと答えた。

すっかり眠気は去っている。まずは永瀬が甲介の自宅の電話番号を知っていることが不気味に感じられた。

「申し訳ないと思うが、いつか話した、例の抗ガン剤の話な、そろそろ兄さんに調べてもらおうと思っててんねん」

甲介はあお向けに倒れ、枕に頭をのせた。ため息をのみ込む。永瀬の声は耳にからみついてくるようだった。

「そのお話でしたら」甲介は咳払いをして言葉をついだ。「前にも申しあげたことがあるかも知れませんが、まるでうちには関係ないですよ。社内で聞いてみましたけど、残念ながら洋和化学には医薬品を作るだけの技術はないってことです」

「誰に聞いたか知らんけどな、こっちも確実な情報源を握っているわけや。そっちは間違いないっていってる」

「じゃあ、そちらに聞いてくださいよ」あくびが出た。かまわずに長々とあくびを引っぱる。

「失礼」

「情報はな、一方だけじゃ、確かとはいえない。だからこうして兄さんに無理を承知で頼んでるんやないけ」

「だから、ぼくの聞いた範囲じゃ、医薬品に進もうという考えすらないんですよ。うちクラスの規模じゃ、夢のまた夢、笑われちゃいましたよ」甲介は短くうなった。「とにかく明日から会社なんで、ぼくも寝ておかなきゃなりませんから、この辺で失礼させていただきますよ。それに何かご連絡があれば、会社の方に電話してきて下さい」

「保坂のことやけどな」

永瀬がぼそっといったとたん、甲介ははね起きていた。全身の毛穴がすぼまり、背筋に寒気が走る。口をぽかんと開いたまま、声を出せずにいた。

「もしもし、兄さん、聞いとるか」永瀬が穏やかな声でいった。

「はい」甲介はようやく声を押しだした。

「保坂や、兄さんとは中学の同級生だったらしいな。この間、仏さんになって見つかった。まあ、蛇《じゃ》の道《みち》は蛇《へび》いうてな、わしもそっちの業界には多少知り合いもおる。何や、情けない奴っちゃな。大きな組の親分を的にかけるって、えらい張りきってたらしいけど、逃げ出したんやな。ありゃ、殺されるわ」

唾を飲み込もうとした。が、咽が強ばり、口の中はからからに渇いている。声も出なかった。

永瀬は何ごともなかったように長閑に話をつづけた。

「保坂もな、田舎の組いうても、一応はちゃんと盃もらっとるやないか。その男がな、一人で東京に出てきてヒットマンやろうっちゅうわけやから、まあ、手ぶらできたとは思えないわな。何や、ちょっと小耳に挟んだ話やと、保坂は何にも持ってなかったらしいな。道具も、金も」

永瀬は短く笑った。「なあ、兄さん、そこにいてるか」

「ああ、ええ」咽がひりひり痛んだ。

受話器の向こうでがさがさ音がする。やがてぱちんと金属音が聞こえ、次いで永瀬が息を吐いた。タバコに火をつけたようだった。

しばらくの間、永瀬はタバコを吸いつづけ、甲介は永瀬が煙を吐く音に耳をかたむけていた。

「なあ、兄さん」永瀬がいった。

「はい」

「兄さんの昔の同級生が何をやったか、わしには何の関係もない。ただな、保坂がいた組じゃ、金と道具の行方を追ってるわけや。保坂な、ひょっとして兄さんのところに寄っていったん違うか」

「いや」甲介は間髪をいれずに答えた。性急にすぎたかも知れない。

永瀬が低い声で笑う。

「まあ、それもどうでもええわ。わしには、な。ただ、こっちの業界もえらい景気が悪くての、ヒットマン一人に用立てた金いうても馬鹿にならん。世知辛い話やけど、それが今のご時世ちゅうやつやがな」

知らない、関係ないといおうとしたが、相変わらず咽は強ばり、引き攣って声が出なかった。

「それとな、ヤクザ者は面子で生きとるからの、堅気の人間に金、ネコババされて、そのまま黙ってるわけにもいかん」

「何の話ですか」声は震えていた。

ふたたび永瀬が低い声で笑う。

「まあ、兄さんにしてみたら関係ないというやろな。それはそれでええわ。ただな、保坂がいた組の連中にしてみたら、もう少しくわしく兄さんから話を聞こうとするかも知れへんで」

いつの間にかパジャマ代わりに来ているTシャツがびっしょり濡れ、肌に貼りつくほど汗をかいていた。肩が上下している。

「その話はわきに置いて……」

永瀬がいきなり耳障りな咳払いをし、甲介は背中を震わせた。思わず奥歯を食いしばる。永瀬がしゃがれた声でつづけた。

「さっきの話に戻るけどな、洋和化学が抗ガン剤を売り出すっちゅう話、きっちり調べて欲しいんや」

「きっちりって」甲介は弱々しい声をようやく押しだす。「さっきもいいましたように、ぼくが聞いた範囲でうちの会社には医薬品を開発するだけの技術はないんです」

永瀬は甲介の言葉をあっさりと無視する。

「証拠や。文書でも、写真でもいい。誰それから聞いた話なんていうのは、まるであてにならん。兄さん、本社勤務やろ、総務部やったよな。書類の管理なんかは総務部でしとるんやろが」

甲介の脳裏に浮かんだのは、誰にも振り返られることのない記事クリッピングの山だった。ファイリングキャビネットいっぱいに積み上げられている。甲介が触れられる書類といえば、それくらいにすぎなかった。

「とにかくな、急いでくれや。こっちも色々都合があってな、あと二、三週間うちには目鼻をつけなあかんのや。来月の半ばまでには、何か役に立ちそうなもんをそろえて見せてくれへんか」

「そういわれても」

「忙しいとこ、ほんま、気の毒かけるな。ほな、頼んだぜ」

永瀬はそこまでいうと、一方的に電話を切った。甲介は受話器を耳にあてたまま、発信音を聞いていた。やがて発信音が途切れ、断続的に電子音が耳を打つようになってから静かに受話器を置いた。

ベッドに転がり、天井を見上げる。

永瀬がどのようにして保坂と甲介の関係を知ったのか、見当がつかなかった。保坂が置いていった拳銃と金のことまで知っている。

ふいに甲介は起き上がった。

銃と金の話は、もしかしたら永瀬のはったりだったのかも知れない。今になって気がついた。もし、甲介が完璧にしらばっくれていれば永瀬も話の流れを変えていた可能性がある。が、いきなり保坂の話を切り出され、動転した甲介は何もいうことができなかった。沈黙は答えたも同じだ。

どうすればいいのか。

甲介は奥歯を食いしばっていた。胃がきりきり痛む。かすかに吐き気を感じた。

銃と金のことが保坂がいた暴力団に知られれば、ただではすまない。保坂は人相から身元確認ができなかったほど凄まじいリンチを受けていた。

どうすればいいのか。

甲介はついに立ち上がり、部屋の中を見まわした。役に立ちそうなものがあるわけではない。本棚、テレビ、整理ダンス、洋服ダンス、テーブルの上の灰皿、そしてベッド。思いは自然とベッドの下に入れてある黒いバッグにいたった。

またしても拳銃が問題を解決してくれるかも知れなかった。

しばらくベッドをながめていた甲介はふいにかがみ込むとベッドのマットレスを持ちあげた。手を突っ込む。拳銃を使うより先に試してみるべき方法がもう一つあることに気がついたからだった。

いつもの朝食のスタイルを変える理由は何もなかった。しかしながら、のれんをめくって入った立ち食いそば屋はいつも通りとはいえなかった。カウンターの内側には店長と、水曜日、森沢のかわりに店に出ていた初老の男、そしてもう一人、今まで見たことのない男が立っている。その男はやけに肩幅が広く、真新しい白の上っ張りがまるで似合っていなかった。

「いらっしゃいませ」真新しい上っ張りを着た男がいった。

声をかけられて、甲介は男の耳がつぶれているのに気がついた。大相撲の力士や柔道のオリンピック選手に見かける、形のくずれた耳だった。

「てんぷらそばに玉子」甲介はいつものように注文した。

カウンターには四、五人の客が並び、そばをすすっている。そのうちの一人は先々週の水曜日に見かけた作業服を着た常連で、初老の男と話し込んでいるのが聞こえた。

「本当にびっくりしたな。ニュースを見たときにもわからなかったんだ」作業服の男がそばの丼を受け取りながらいった。

「おれもびっくりしたよ。まさか森沢が……」初老の男はいいかけ、ちらりと真新しい上っ張りを着た男に目をやると咳払いをした。

「撃ち殺されたんだって?」作業服の男は割箸を口にくわえて割った。

「この近くでね」初老の男は別の客の注文を聞いてそばを湯がきはじめる。「おれもニュースでいってたことくらいしか知らないんだけど」

真新しい上っ張りを着た男はてんぷらそばを作り終え、流し台のわきに丼を置くとネギをひとつまみのせ、玉子を両手で割ってそばの上に落とした。丼を持ちあげ、甲介の前に置く。

「お待ちどうさまでした」男はにこりともしないでいった。

甲介はズボンのポケットから取りだした五百円玉をカウンターの上に置き、トウガラシの缶を取った。缶を振り、トウガラシをかけ始める。

「昨日の昼間だろ」作業服の男がいう。

「ああ」初老の男はうなずき、またしても真新しい上っ張りの男にちらりと目をやる。「昼間というか、朝だな。仕事が終わって、ここを出て、すぐだったから」

「昨日はいっしょだったのかい？」

「いや、おれは日曜が休みなんだ。昨日はうちにいたよ。休みの日に出かけるほど若くないんでね。どこといって出かけるあてもないし」

「そうだよな。歳取ると行くところもなくなる。まったくイヤになっちゃうな」

作業服の男は初老の店員がちらちらともうひとりの男に目をやっていることにまるで気づかず、そばをかき込んでいた。大量のそばを一気に、音をたてて吸いこんでいる。二口、三口とすすり、手を止めると初老の店員を見上げた。

「あの兄ちゃん、誰かに恨まれるようなことをしてたのか」

「さあね」初老の店員は首を振った。「あいつとつき合いがあったわけじゃないし、病気のお袋さんの面倒を見てるってことくらいしか知らないんだ」

「お袋さんは、もう知ってるのか」

「知ってるだろうな。誰かが知らせただろう」初老の店員は別の客の前に丼をおいた。「おれの知ったことじゃないけどね」

「ショックだろうなぁ」作業服の男は小さく首を振り、ふたたびそばを食べはじめる。

「末期癌ということだから、もう先は長くないんだろうけど、それでも息子が先に死ぬのはな、応えるだろう」

初老の男はそういいながら出ていった客の丼を下げ、残っていた汁を捨てると台所のシンクに丼を放りこんだ。台所のシンクには洗剤の泡が浮いた水が張られ、いくつもの丼やコップが沈めてあった。真新しい上っ張りを着た男は蛇口をひねって水を出すと、洗い物をはじめる。

甲介はたっぷりと七味トウガラシを振りかけた天玉そばを食べはじめる。麺をすすり、嚙んだ。煮えすぎでふやけた麵はぼそぼそしているばかりで、まるで歯ごたえがない。玉そばをさっと湯がき、汁をかけるだけのものだったが、森沢の作っていたそばには、もう少し麵に張りがあったような気がする。

どんなことでも、失ってみて、はじめてその価値に気がつく。

甲介は黙ってそばを食べつづけ、いつものように汁を残らず飲み干すとカウンターに置かれた釣り銭をポケットに入れて立ち食いそば屋を出た。

真新しい上っ張りを着た男は刑事だろう、と見当をつけた。立ち食いそば屋の店員にしては躰ががっちりとして、眼光が鋭すぎる。それにつぶれた耳だ。耳が平らになるまで柔道の稽古をくり返してきたに違いない。

駅の売店に寄った甲介は一般紙とスポーツ紙を一部ずつ買って改札口に向かった。昨日はゆっくり風呂に入ったあと、隣りの巣鴨《すがも》駅までぶらぶら歩き、そこから電車に乗って新宿、さらに吉祥寺《きちじょうじ》まで足を伸ばした。別にこれといって目的があったわけではない。デパートをのぞき、三本立ての古い映画を見、古本屋をめぐった。ひたすら歩き、くたびれたら喫茶店でコーヒーを飲み、腹が減れば目についた立ち食いそば屋に入った。部屋に戻ってきたのは、午後十一時ごろで、それから風呂に入り、すぐ寝についたのでニュースはまるで見ていなかった。

電車に乗り、戸口のわきに立つ。ゆっくりと動きだした電車は、すぐに昨日、森沢を射殺したガードにさしかかった。パトカーが一台、停まっていたが、赤色灯はまわっていなかった。制服を着た警官が数人、話をしている。

駒込駅の改札口付近にも私服の警察官が立っていて乗客を観察していたのかも知れないが、気がつかなかった。

甲介は一般紙を開いた。社会面の下の方に、わりと大きな見出しで記事が出ている。保坂のときより扱いが大きいのは、単にほかにめぼしい事件がなかったからだろう。

甲介は記事を読みはじめた。

『白昼の路上で射殺』

十六日午前十一時ごろ、東京都北区中里《なかざと》×—×—×の山手線ガード下で、たまたま通りかかった近所の女性が男性が壁にもたれかかるようにして倒れているのを見つけ、警察に通報した。倒れていたのは、駒込駅前の蕎麦店店員　森沢慎一郎《しんいちろう》さん（32）で、森沢さんは顔面を短銃のようなもので撃たれており、発見されたときにはすでに死亡していた。森沢さんは昨日午前十時ごろ、仕事を終え、帰宅する途中で何者かに射殺されたものと見られている。

通報を受けた王子東《おうじひがし》警察署は警視庁捜査一課とともに同署内に捜査本部を設け、五十名にのぼる捜査員を投入、付近の聞込み捜査を開始している。

関係者によれば、森沢さんは長野県の出身で、五年ほど前に上京、仕事を休むことはなく、また一年ほど前から郷里の母が体調をくずしているため東京に呼びよせ、入院させた上で面倒を見ていたという男性で、人から恨まれるような点に心当たりはないという。

事件は白昼、住宅街のまん中で起こっていながら、当時は強い雨が降っていて歩行者が少なく、不審者の目撃、あるいは銃声を聞いたという証言がよせられていないため、捜査本部では、森沢さんがいつも通勤に使っている経路の途中で殺されていること、また、銃声を聞いた人がいないこともあわせ電車の通過時を狙った計画的な犯行である可能性が強いとして捜査を進めている。


スポーツ紙の記事はもっと簡略で、昼間東京の住宅街で起こった射殺事件であることをより強調した内容になっていた。どちらの記事も二度ずつ読んだ上で、東京駅で捨てた。

甲介は首を左右に倒し、肩を揺すった。関節が湿った音をたてる。

いつものように地階のトイレに向かいながら、会社の雰囲気が休みがはじまる一週間前と変わっていないことに満足した。

エレベーターで五階に上がり、総務課に入ろうとした甲介は肩をたたかれて振り返った。経理部の田辺がにやにやしながら立っている。

甲介は目を瞠《みは》った。

田辺は髪をクルーカットにし、真っ黒に日焼けしていた。田辺といえば、脂っぽい長髪に青白くむくんだ顔、汚れたネクタイを気にすることもなくパソコンのキーを叩いているイメージがあったが、見違えるようだ。気のせいか、躰も少しひき締まっているように見えた。ワイシャツにはぴしっと糊が利き、ネクタイも新品のようだった。

「どうしたんだ、いったい?」甲介は呆気にとられて訊ねた。

「変身ですよ」田辺は照れくさそうに目を細めて笑った。

メガネも替えていた。以前は、太い黒縁の野暮ったいタイプだったのが、軽やかなリムレスになっている。

「夏休みに田舎に帰ったんですけど、そこで同窓会がありましてね」田辺が鼻の下をこすった。

「昔の彼女にでも会ったのか」

「彼女ってわけじゃありませんでした。おれ、全然もてなかったから」

「女か」甲介は田辺の腕を拳で叩いた。「彼女ができたんだな」

「そういうわけです」

「それで変身か」

「彼女と知り合ってからは毎日、海に行ってました。初めてですよ、三日もつづけて浜辺にいたのって」

「髪型を変え、ネクタイを替え、か」

「変身というにはお手軽ですけどね」田辺は左右を見渡し、甲介に近づいた。「実はおれ、会社を辞めるかも知れません」

「辞めて、どうするんだ？」

「田舎に帰るんです。同級生が学習塾をやってましてね、講師で来ないかって誘われたんですよ」

「田舎で塾の先生か。それで、彼女と結婚を？」

「まだ、申し込んではいませんけど、多分そうなると思います」ふいに田辺の顔から笑みが消えた。「山本さんは、夏休み、何をしてたんですか」

「どうして？」

田辺の真剣な顔つきを怪訝に思った甲介が訊き返した。

「いや、何だか疲れているみたいだから」田辺はぼそぼそといった。

「そういえば、人を殺したな」甲介はさらりといって唇の両端を持ちあげた。

田辺は目を見開いたが、次の瞬間、吹き出していた。笑いながら甲介の腕を叩く。首を振りながらいった。

「負けました。そう来るとは思いませんでした」
「おれの方はともかく、お前はがんばれよ。こんな会社にいたところで」
甲介は口をつぐみ、田辺の腕にもう一度拳をぶつけた。

15

こんな会社にいたところでといいかけ、それにつづく言葉が出てこなかった。口にするのが怖かったのかも知れない。もし、田辺が会社を辞め、故郷に帰って仕事ができるのなら、それはチャンスに違いなく、素直に祝福してやりたいという気持ちはあったが、同時にねたましくもあった。

こんな会社にいたところで先は見えている、といいたかった。定年まで勤めたところで、東京に暮らしていたのではマンションのひとつも買えないだろう。保坂の金がなければ、満足にソープランドも行けないような生活をしているのだ。マンションどころか、結婚もおぼつかない。田舎に帰れば、家の一軒くらい何とかなるかも知れない。

甲介にしたところで、田舎に帰ることを考えないわけではない。だが、適当な仕事が見あたらなかった。もともと地元の企業は数が少ない上に、不況による就職難は都会以上に深刻なはずだ。それに甲介はここ数年、帰省していない。旅費を捻出しようにも、ボーナスはクレジットカードの残高を支払い、残りはソープランドで消えてしまう。田辺のようにまめに帰省していれば、地元で働く同級生や親兄弟のつてを頼ることもできるのだろうが、甲介にはそれもなかった。

おれは、何をしているのだろう、と思う。

ただ漠然と都会に憧れ、東京の私立大学に入学したものの、とくに何がしたかったわけではない。洋和化学に入社したのも採用試験に合格したからにすぎず、正直なところ東京でひとり暮らしがつづけられるのなら会社はどこでもよかった。

新聞を手に取り、開く。見出しも写真も活字も意味不明のシミのようにしか見えない。甲介の注意を引くのは下段にある広告のカラー写真ばかりだった。

総務部の入口には九日分の新聞が積み上げられていた。係長の小島といっしょに会議机の上に運ぶだけでも一苦労で、それから一紙ずつ広げては業務に関係しそうな記事を探し、切り抜いている。いくら新聞をめくろうとも、会議机に積み上げられた新聞の山は一向に減らず、両手はインクで真っ黒に汚れた。

夏期と年末年始の休暇明けには、総務課員が総掛かりで新聞の切り抜きをすることになっていたが、部長の栄前田は最初から要員に入っておらず、萩原は腰が痛いといって二、三紙を自分の席に持っていき、いすに腰かけたままながめている。課長の持田は別の部署から内線電話が入ったのを受けるために席にもどり、それから二、三電話をかけたあとは新聞の山には見向きもしなくなった。

結局、小島と甲介の二人が山積みされた新聞と格闘する羽目になる。沙貴が退社したために負担が増えていた。それに休み明けは秘書課からの応援も望めない。

機械的に新聞をめくり、記事を目で追っていく。化学、石油、プラスチックなどの文字は目にとまっても大半は洋和化学に関係しそうもない。

すでに午前九時半をまわっている。記事を切り抜き、台紙に貼りつけ、コピー機にかけて小冊子を作りあげるのに午前中いっぱいかかりそうだった。そうして作った冊子にしたところで、ほとんど読まれることもなく、ゴミ箱行きとなる。

すべての新聞に目を通し終わったときには、午前十一時をまわっていた。切り抜いた記事はふだんの三倍もある上に台紙に貼りつける作業は甲介が一人でしなければならなかったために、コピー用の原本を作り終えたときには正午になっていた。

新聞を会議机のすみに積み上げ、原本を持って自分の席にもどったとき、栄前田が近づいてきた。

「山本君、申し訳ないけど、昼休みのうちに配布を頼むよ」

「はい」甲介は力なくうなずいた。

「コピーを配り終わってから昼食ということになると思うけど」栄前田は鼻の頭を掻きながら、ちらりと愛想笑いを浮かべた。「その代わり、午後一時までに席に戻れなくても、その点は大目に見て上げるからね」

「ありがとうございます」どうして礼をいわなければならないのかと思った。「そうさせていただきます」

「星野君が辞めたあとの人員補充も考えなきゃならないね」

栄前田はそういって部屋を出ていった。持田、小島、萩原はとっくに姿を消している。

甲介はため息をつき、しばらくの間、総務課の出入り口を見ていた。廊下にも人影がなくなると、背広の内ポケットに手を伸ばし、中から写真を一枚抜いた。素早くズボンのポケットに移すと、原本を持って総務課を出る。

丁合機のついた複写機のある人事、経理部にも人影はなかった。甲介はまっ先に写真を複写機にセットし、三枚だけコピーを取った。吐きだされたコピー用紙を折り畳み、写真といっしょにズボンのポケットに入れる。

ふたたび周囲を見まわす。誰にも見られてはいなかった。心拍数がはね上がっていたが、深呼吸をくり返し、表情を消したまま記事のコピーをはじめた。指先がかすかに震えているのが情けなかった。

コピーしたのは、香織が裸で映っている写真だ。とりあえず、モノクロのコピーを三枚取ったものの、どのように使うかまでは考えていなかった。鮮明な複写は望むべくもなかったが、香織の顔が判別できれば用は足りる。それにコピーを目にするのが、香織本人ならどれほど不鮮明であっても何を複写したものかすぐにわかるはずだ。

永瀬の要求に応える方法を考えた挙げ句、思いついたのが香織の写真を使うことだった。沙貴は香織が社内の男、それも役職に就いている連中と寝ているといっていた。沙貴の言葉をすべて信じているわけではなかったが、香織のほかに永瀬が求めている抗ガン剤に関する情報に近づけそうな人間は思いつかなかった。

香織から直接情報を引き出せなくとも、香織を通じて誰かを動かすことができるかも知れない。

昨日の夜、受話器を置いたあと、マットレスの下に入れてあった写真を引っぱりだした。折り目はついていたが、香織の姿はそこなわれていない。事務用のグレーのいすに座って足を開き、あきらめきったような顔をしていた。

香織を脅迫して情報を手に入れようとしている自分がいかにも卑劣に思えたが、すでに人を三人殺しているのに、まだいい人を演じていたがっていることがおかしくもあった。

二、三週間のうちに抗ガン剤に関する確かな情報を手に入れられなかった場合、永瀬は保坂が入っていた暴力団に甲介のことを密告するつもりなのか、本当のところはわからなかった。それに保坂と甲介の関係について知り抜いているような口振りだったのもはったりにすぎない可能性はあった。

しかし、昨夜の電話で永瀬は何かしら確証をつかんだに違いない。もし、拳銃と金のことが保坂のいた組に知られれば、どんな目に遭うか、わかったものではない。

それにしても、どうして永瀬は保坂と甲介の関係を知ったのか。

保坂と甲介の関係を知っているのは、開業医をしている原島だけだ。永瀬は原島とつながっているのだろうか。

とりあえず、今しばらくは永瀬に従い、近づくことで、保坂と甲介について、あるいは保坂の組についてどの程度のことを知っているのか、背後に誰かいるのかを突き止めなければならない。

あるいは一刻も早く拳銃を始末してしまうか。

複写機が刻む単調なリズムに耳をかたむけながら、拳銃のことを思った。

まだ、弾丸は四発ある。拳銃は生きている。

生きている以上、捨てるわけにはいかなかった。

コンビニエンスストアの白いポリ袋から、透明な袋に入った手袋、封筒、切手を取りだし、テーブルの上に並べた。手袋が入っている袋には赤い文字でドライバー用と印刷されている。白い、綿製の手袋だった。

手袋をつけながら苦笑いをしていた。何も考えずに三人を殺しておきながら、今さら指紋を気にしているのだ。背広の内ポケットから抜いたコピー用紙をテーブルの上に広げ、ティッシュペーパーで何度も表面を拭った。コピーを取るときには、当然のことながら素手で触っている。が、ティッシュで拭き取ったくらいで指紋が落ちるのか、確信があるわけではなかった。

本棚から社員名簿を引っぱりだす。発行年度は三年前、もし、名簿が出たあとに香織が引っ越していればすべては無駄になるが、まさか自分の住所を書いておいて、宛先不明の場合は戻ってくることを期待するわけにもいかない。香織は渋谷区内のマンションに住んでいた。家族と一緒に暮らしているとはいっていたが、本当のところはわからない。

封筒をテーブルの上に置いた。ボールペンで住所と香織の名前を書く。ゆっくりと時間をかけ、わざと左肩上がりの小さめの字を書いた。ふだん、甲介が書く字は右肩上がりになっている。筆跡を少しでも隠したかった。

シュウとヒロと甲介を結ぶものは何もない。森沢とはほぼ毎朝顔を合わせていたが、そばを注文する以外に言葉を交わしたことはない。だが、相手が香織となれば話が別だ。社内の人間でも、甲介は身近な部類に入るだろう。

深夜の電話と同じだ、と甲介は思った。でたらめに番号を押し、たまたまつながった相手になら、何とでもいえる。番号を秘匿してしまえば、甲介は無限に広がる闇の中に身を沈め、そこから語りかけているのも同じだ。

自分が不特定多数のうちの一人である限り、恐怖を感じることはない。

手紙は三通作った。一通目と二通目には折りたたんだコピーだけを入れ、三通目のコピーの余白に日付と時間、場所を記しておく。金曜日の午後九時、場所は送別会の夜、沙貴と待ち合わせをした八重洲口前にあるホテルのバーにした。

封筒を背広の内ポケットに入れながら、明日の朝は少し早めにマンションを出なければならないな、と思った。三通とも東京駅に降りたあと、別々のポストに投函するつもりだった。手袋を取り、ひとつにしてまとめて本棚に置いた。封筒を引っぱりだすときには、ハンカチを使うつもりだった。

ベッドのヘッドボードにおいた目覚まし時計を振り返る。午後十一時になろうとしていた。ニュースの時間だ。甲介はテレビの前に座ると、リモコンのスイッチを入れた。タバコをくわえ、火をつける。保坂が死体で発見されるまで、ニュース番組を見ることなどほとんどなかった。

いくつかコマーシャルが流れたあと、ニュース番組のタイトルが映しだされる。

ぎょっとした。タイトルバックの後ろにシュウ、ヒロ、そして森沢の写真が並べられているのだ。

唾を嚥み、画面に見入った。

人を落ち着かない気分にさせる音楽が小さくなり、ショートカットの髪をオールバックにした中年の女性キャスターがアップになる。深刻な顔をして、口許を引き締め、カメラをにらんでいる。

短い静寂のあと、女性キャスターが重く口紅を引いた口を開いた。前歯が異様に白い。

『こんばんは、ニュースミッドナイトの時間です。今夜はまず、昨日の午前中、JR駒込駅近くのガード下で射殺体となって発見された男性に関連するニュースからです。昨日の白昼、駒込駅付近の蕎麦店で働く森沢慎一郎さんが何者かに拳銃で射殺された事件が意外な展開を見せました』

カメラが切りかわり、グレーの背広にブルーのシャツ、紺色のネクタイを締めた若い男性キャスターが映しだされる。

『警視庁捜査一課と王子東警察署が王子東署内に合同で設けた駒込駅蕎麦店店員射殺事件捜査本部の調べによりますと、被害者森沢慎一郎さんを射殺した弾丸と、ひと月前、港区の竹芝桟橋付近で男子高校生が射殺された事件で、男子高校生の頭部を貫通したと見られる弾丸の特徴が一致したことがわかりました。男子高校生が射殺された事件では、たまたまいっしょにいた友人も犯人の暴行を受け、事件から二週間後に亡くなっています。警視庁は、二人の被害者を襲った弾丸は同一の拳銃から発射されたものと断定、連続射殺事件として、警視庁内に特別捜査本部を設け、警視庁、芝南署、王子東署の合同捜査チームを編成することを決めました』

ふたたびカメラが切りかわり、今度は縁なしのメガネをかけた初老の男が映しだされる。紺の背広に白のワイシャツ、ネクタイは光沢のあるシルクだった。

『犯行に使用された拳銃はアメリカ軍がつい最近まで制式採用していた四十五口径の軍用拳銃と見られ、もし、仮に犯人がこのタイプの拳銃を使用しているとすると、発射時の反動は凄まじく、また、先月の男子高校生射殺事件のときには一発、今回の駒込駅の事件では二発、いずれも至近距離から顔面もしくは頭部を狙って発射しており、拳銃の操作に長《た》けた人間、たとえば自衛隊、あるいは海外の軍隊で訓練を受けた者の犯行であると推測されます』

カメラが引き、キャスター席に並んだ三人が同時に映しだされる。まん中に座っている女性キャスターが口を開いた。

『それでは合同捜査本部が置かれた警視庁記者クラブと中継がつながっておりますので、そちらを呼んでみることにしましょう』

女性キャスターはわざとらしくカメラから視線を外すと、記者の名前を呼んだ。ふたたび画面が切りかわると、ワイシャツ姿で、わずかにネクタイの曲がった男が映った。度の強いメガネをかけている。

女性キャスターがつづける。

『昨日の事件で見つかった弾丸と、一カ月前の高校生射殺事件で使用された弾丸が一致したということですが、その辺のところをもう少しくわしく伝えていただけますか』

『はい』記者はうなずき、メガネを押し上げた。『拳銃の弾は、まっすぐ飛ばすために回転する力を加えられるのですが、その回転力は銃身の内側に切られているライフリングという突起によってつけられるものです。このライフリングは、拳銃一挺一挺によって異なり、いわば拳銃の個性ともいうべきものになるのですが、今回発見された弾丸に残されていたライフリングのあと、いわゆる旋条痕《せんじょうこん》が科学警察研究所の調べによって一致することがわかりました。このことから警視庁では、ふたつの弾丸は同一の拳銃から発射されたものと断定しました』

『ちょっといいですか』初老のキャスターが割り込む。『私がアメリカで暮らしていたころにも拳銃を使った犯罪が数多く見られたんですが、発射された弾丸というのは、たとえ柔らかいもの、たとえば人体にぶつかっただけでもひしゃげたり、つぶれたりして、なかなか旋条痕が得られないと聞いているんですけれど、今回の事件では、それがはっきりと採取できたんですね』

甲介は鼻を鳴らし、唇を突き出した。初老のキャスターは自分の知識をひけらかそうとしているにすぎない。

警視庁記者クラブに詰めている記者はいやな顔も見せずに答えている。

『今回の事件では、いずれも至近距離から弾丸が発射されておりまして、弾丸は被害者の躰を貫通、その後、アスファルトの路面やコンクリートの壁にぶつかっています。いずれもひどくつぶれているのですが、軍用の弾丸を使用していたために旋条痕が採取できたと科学警察研究所ではいっています』

『コパーヘッドですね』初老のキャスターがしたり顔でいう。『軍用の弾丸は貫通力を高めるために鉛の弾芯を銅の被膜で覆っています。それをコパーヘッドというわけなんですが、鉛が剝き出しになった弾丸に較べるとつぶれにくいという特徴がありますね。被害者の躰を弾丸が貫通したのもそのためだったんですね』

『そうです』警視庁詰めの記者は表情を消してうなずいた。

『それでその後の捜査に進展はあったのでしょうか』女性キャスターが割り込んだ。

『はい。合同捜査本部では事件のあった二カ所付近で徹底的な聞き込みを進める一方で、竹芝桟橋、竹芝桟橋の最寄り駅、およびJR駒込駅に被害者の顔写真をつけた立て看板を設置するほか、犯行時刻など、事件のくわしい内容を記したチラシを十万枚用意して地域住民に配布するなどして、目撃者探しを行なうことにしています』

『犯人に関して、警察はどのような見方をしているのでしょうか』ふたたび女性キャスターが訊いた。

『前回、高校生が殺されたときには、被害者が桟橋付近でたむろしていた不良グループの一員だったとする情報もあり、また、拳銃が使われているところから暴力団がらみの犯行との見方もありましたが、今回の事件は、そうしたことにまったく関係のない一般市民が殺害されている点で、拳銃を使った、一種の愉快犯的な犯罪の可能性も否定しきれないとして、捜査の範囲を広げる方針です。現在、一年間に国内で押収される拳銃は二千挺といわれ、その十倍にのぼる拳銃が潜在しているといわれます。最近では、一般市民が拳銃によって一般市民を殺傷するケースも起こっており、警察はその対策に苦慮しているところでした』

『わかりました』女性キャスターが引き取った。『また、何か新しい情報が入りましたら伝えて下さい』

コマーシャルになった。

甲介はテレビを消して立ち上がった。大きく伸びをする。だらしない母音がもれた。連続射殺事件となり、トップニュースとして取りあげられるようになったが、格別の感慨もなかった。

欠伸がもれる。

昨日は永瀬からの電話でよく眠れなかった。今夜はぐっすりと眠れそうな気がする。

二日後、秘書課の前を通りかかった甲介は香織を見て少なからず驚いた。何とか化粧でごまかそうとしているが、腫れぼったいまぶたも赤くにごった目も隠しようがなかった。

手紙が届き、一睡もできなかったのだろう。

本当に香織の手元に手紙が届いたかどうかは、金曜日の夜になればわかる。

第四章　破《は》綻《たん》

1

空のグラスを持ちあげただけでバーテンダーは近づいてきて、目の前に立った。

「同じものでよろしいですか」

柔らかい声だった。

甲介がうなずく。

「失礼します」バーテンダーは小さな声でいい、グラスを下《さ》げた。

新しいグラスにキューブアイスを入れ、指二本分のウィスキーにソーダを注ぎ、マドラーで軽くかき混ぜると、甲介の前に置いた。

「どうも」甲介は礼をいい、冷たく汗をかいたグラスを持ちあげた。

はじける泡を唇の上に感じながらひと口飲む。まず、舌に広がるのは炭酸の刺激、次いで口中にウィスキーの香りが広がり、その後、ようやく味を感じる。飲み下したあとには、かすかな甘みが舌に残った。

「何かおつまみをお持ちしましょうか、チーズの盛り合わせでも?」バーテンダーが訊いた。

甲介は目を上げた。

バーテンダーは沙貴といっしょに飲んだときと同じ男だった。うすくなりかけた髪をオールバックにして、明るいブルーのジャケットを着ている。ネクタイの色は、店の中が暗すぎてよくわからない。

バーテンダーは甲介をおぼえていないようだった。あるいはおぼえていたとしても顔に出さないのかも知れない。二度目の客はまだ馴染みとはいえず、気安く話しかけてもらえないのだろう。

じっと見つめているバーテンダーに向かって、甲介は意味もなく微笑んで見せた。バーテンダーが反射的に笑顔を返す。

「お願いします」甲介は小さくうなずいていった。

チーズを食べておくのは悪くない。すでにウィスキーソーダは三杯目だったが、まるで酔いを感じなかった。いくらでも飲めそうな気がする。が、酔っぱらいは絶対に自分が酔っているとは認めないものだ。酔いを感じないときこそ注意が必要で、とくに今夜は酔っぱらうわけにはいかない。

腕時計に目をやった。午後九時まであと十分、甲介はグラスを置き、タバコに手を伸ばした。

タバコを喫っている間は酒を飲まなくてすむ。

金曜日の夜ということもあって、ボックス席はすべて埋まり、カウンターも半分ほどしか空いていなかった。甲介はカウンターの端に座り、ちらちらと入口の方に視線を投げている。待ち合わせに使われることが多いのか、甲介以外にも入口を見やりながら酒を飲んでいる客が目についた。

香織があらわれたらどうするか、はっきりと決めているわけではなかった。もし、香織が誰かといっしょに来た場合、できることなら顔を合わせずに店を出、以降、香織には近寄らずに抗ガン剤に関する情報は別のルートから当たることにしようと思っていた。ちょうどバーは入口が明るく、店の中が暗くなっている。香織が誰かといっしょなら顔をそむけてやり過ごし、彼女が奥の席を確かめにいった隙に出ていくことができそうだった。

誰かといっしょで、さらに間の悪いことにカウンターにいるのを見つかった場合には、偶然を装い、写真の件はとぼけ通す。八重洲口なら、会社帰りに立ち寄ったとしてもそれほど不自然ではない。

甲介は一時間も前から飲み始めている。席に案内してきた女性には、連れもないし、待ち合わせでもないと告げてある。

香織が一人なら、彼女の方から甲介に気がつくまで声をかけないつもりだった。香織はこのバーに来れば、誰かから声をかけられると思っているだろう。甲介に気がつかなくとも、すぐに店を出るようなことはしないだろうし、待つつもりなら間違いなくカウンターに案内されるはずだ。

カウンターの空席は、甲介の隣りに三つあるだけだった。

「お待ちどうさまでした」バーテンダーはそういって、白い皿に盛ったチーズを甲介の目の前に置いた。

直径二十センチほどの皿に数種類のチーズが一切れずつ上品に並べてある。クラッカーも添えられていた。甲介は小さく礼をいい、タバコを消すと、クラッカーにカマンベールチーズをのせて口に運んだ。

本当のところ、カマンベールのほかはあまりチーズが好きではなかった。とくにブルーチーズはまったく食べられない。カマンベールにしても好物というわけではなく、顔をしかめずに食べられるという程度にすぎなかった。歯がチーズに食い込んでいくときの感触が好きではない。

それでも我慢して、カマンベール以外のチーズも二切れほど食べた。乳製品を食べると胃袋の内側に被膜ができて、粘膜を保護するだけでなく、アルコールを吸収されにくくすると聞いたことがある。酔いたくない甲介にとっては好都合なのだ。

淡いオレンジ色の三角形をしたチーズに手を伸ばそうか迷っているときに、ロングスカートの女性に案内された香織が入口にあらわれた。入口の照明を背景にシルエットになっていたが、ノースリーブのブラウスにタイトスカート、肩から小さなバッグを提げている姿は間違いなかった。

どうやら一人で来たようだ。

甲介はさりげなく、入口から顔をそむけ、チーズを口に運んだ。ねっとりした食感に、思わず口許をゆがめ、あわててウィスキーソーダで洗い流す。

チーズに気を取られていて、香織が近づいてくるのに気づくのが遅れた。香織はすぐに甲介を見つけたようで、まっすぐに歩いてくると、隣りのスツールに腰を下ろした。

甲介は息を飲んだ。

香織はおどおどした様子もなく、平然と座り、甲介を見ていた。

「何、飲んでるの?」香織が訊いた。

「ウィスキーのソーダ割り」甲介が答える。

「私も同じのにしよう」香織はバーテンダーに向かっていった。「私にもウィスキーのソーダ割りを下さい。ダブルで」

「かしこまりました」バーテンダーは柔らかい声で答えた。

香織はハンドバッグからタバコとライターを取りだすと、カウンターの上に置いた。タバコをくわえ、火をつける。煙を吐きだしながら、片手で前髪をかき上げた。

甲介は唇をゆがめ、グラスをもてあそんでいる。香織はひと言も発することなく、タバコを吹かしつづけている。

ばれたのか、と甲介は思った。香織の顔を見ることができずに甲介はグラスをもてあそびつづけていた。

やがてバーテンダーが香織の前にコースターを敷き、その上にグラスを置いた。香織がグラスを持ちあげ、甲介の目の前に差し出す。

「とりあえず、乾杯」

甲介はちらっと香織を見たが、何もいわずにグラスを持ちあげた。グラスがかすかに触れ、涼しげな音がする。甲介は唇を湿す程度だったが、香織は一息に半分以上を飲んだ。グラスを置き、タバコをくわえた香織が甲介に顔を向ける。

「それで？」

甲介は香織を見返した。香織がまっすぐに甲介の目を見ていた。うす暗いせいか、昼間ほどやつれは目立たなかった。甲介が何もいえずにいると、香織はかすかに目を細め、唇をなめる。

それから静かに切り出した。

「山本君がここにいたのは意外だったけど、まあ、考えてみれば、君も毎朝彼のところに新聞記事のコピーを運んでいるわけだからちょくちょく話をする機会はあったわけよね」

何の話か、甲介にはまるで見当もつかなかった。が、表情を変えずに香織を見つめ返していた方がいいくらいの機転は利いた。

「君も見たの？」香織は声を低くして訊いた。その眸にはじめて怯えの色が浮かぶ。

甲介は眉をよせ、首をかしげた。

「写真よ」香織は焦れて言葉をつぐ。「写真のこと、知ってるんでしょ？」

「いえ」甲介は声を押しだした。「何の写真ですか」

「何でもない。気にしないで」香織はウィスキーソーダを飲み干し、お代わりを注文すると、ふたたび甲介に向きなおった。「それならどうしてここに来たの？」

「来るようにいわれたんです」小さく咳払いをして、言葉をつぐ。「宮下主任が来るから、といわれました」

少なくとも香織はコピーを送りつけたのが甲介ではないと思っているようだった。何か勘違いをしている。とりあえず、甲介にできるのは何とか話を合わせながら様子を探ることだけだ。

「それで彼は来ないの？」

「ええ」甲介はぼそりと答え、曖昧にうなずいた。

「あの男らしいわ。いつも自分は安全地帯にいる。いい歳をして、傷つくのが怖いが口癖だもんね」香織は低く笑った。

甲介はちびちびと飲みながら、必死に沙貴の話を思いだそうとしていた。香織が寝ている相手の名前と、今現在、自分が新聞記事のコピーを配布している人間とを脳裏で照合してみる。

香織は二杯目のウィスキーソーダに口をつけた。グラスを置き、縁についた口紅をじっと見つめたままつづけた。

「彼にとっては今が正念場だもんね。取締役、一歩手前か」香織が顔をゆがめる。「うちみたいなちんけな会社で取締役になったから何だっていうんだろう」

香織のいう彼が人事部長の佐伯であることがわかった。沙貴がいっていた香織の相手の中で、取締役寸前、しかも甲介がコピーを届けているとなると、佐伯しかいない。

甲介は恐る恐るいった。ひと言ですべてが台無しになる可能性がある。

「部長は、宮下主任がこれからどうするのか、それを心配しているようで……」

「大きなお世話よ」香織が吐き捨てる。「私は一人でもちゃんとやっていけるわ。心配しないでって、伝えてよ。こんな姑息なことをしなくても、私は何もいわないって。何も要求しないし、誰にも何もいわない。今までも、これからも黙ってるわ」

おおよそ話の内容はわかってきた。佐伯は不倫相手の香織と別れたがっており、香織がつきまとっていたのだろう。そこへあの写真が送られてきた。やはり佐伯が撮影した写真だったのだ。

香織は顔を上げ、甲介に強い視線を向けてきた。

「でも、辞めないわよ」香織は圧し殺した声でいった。「私が会社を辞めた方が彼は安心できるんでしょうけど、私は辞めない」

「ぼくもその方がいいと思う」

甲介の言葉に、香織は目をしばたたき、さらにまじまじと見つめてきた。甲介は香織の目をまっすぐに見返してつづけた。

「宮下主任の人生だから」

二人の間に沈黙が降りてきた。しばらくの間、二人は言葉を失って見つめ合っていたが、やがて香織が唇の端を持ちあげ、にっこりと微笑む。

「ありがとう」

「どういたしまして」

二人は同時に吹き出した。ひとしきり笑ったあと、香織が甲介の肩をたたいていった。

「何だか乾杯をやり直したい気分ね。さっきみたいにおざなりのじゃなく、ちゃんとした乾杯をしたい」香織は探るような視線を甲介に向けてきた。「今の雰囲気にぴったりのお酒って、何かしら?」

「ボレロ」甲介は真面目くさった顔つきで答えた。


ひと口目は甘い誘い、二口目で情熱に火がつき、三口飲めば、まわりのことは何も気にならなくなる。ボレロは張りつめていた香織の神経をゆるめ、幸福をもたらした。甲介が数えていたのは、互いに四杯ずつ飲んだところまでで、バーを出たときには何杯飲んだのか、わからなくなっていた。香織の方が少し多かったような気もする。

財布を取りだしかけた香織を制し、甲介は自分で勘定を払った。ふらつく足を踏みしめ、二人はホテルの前に出た。

「まだ飲むわよ」香織はそういって、しゃっくりをした。

「いいですよ、どうせ明日は休みだし」

「明日だけじゃない。明後日も休みだ」香織が甲介の胸を人さし指でつつく。「わかってるのか、君は」

「はいはい」

「はい、は一度でいい。学校で教わらなかったか」

「しつけの緩やかな学校だったもので」

「まったく、今の日本はたるんでる」

香織はホテルの前にとまっていたタクシーに向かって手を上げた。運転手が香織に気づいてドアを開ける。香織が、つづいて甲介が後部シートにすべり込む。

「どこへ行きますか」甲介が香織に訊いた。

香織は甲介を押しのけるようにして、身を乗りだすと運転手に住所を告げ、道順を説明しはじめた。甲介には、香織が自宅のマンションの住所を告げていることがすぐにわかったが、気づいたことを顔に出すような真似はしなかった。

香織がシートに躰をあずけると、ドアが閉まり、タクシーが走り出す。

「どこへ行くんですか」甲介はとぼけて訊ねた。

「いいところ」

香織は甲介を見上げ、にっこりと微笑む。自動車のヘッドライト、街灯、ネオンサインが次々香織の顔を撫でていく。口紅はまだらになり、目元の化粧もはがれかかっていたが、酔いにすっかりゆるんだ顔はひどく幼く見え、甲介は胸を突かれる思いがした。

「黙って私についてきて」香織が小さな声でいった。

「どこまでもお供しますよ」甲介がうなずく。

車の流れを縫うように走るタクシーは揺れ、車内にはプロパンガス車特有の酸っぱい臭いが立ちこめていたが、ほとんど気にならなかった。体内でほどけ、血中に流れこんだアルコールが全身を駆けめぐり、心地よい浮遊感を生んでいる。

香織が両腕を甲介の首に回したのが先か、あるいは甲介が近づいていったのか、はっきりとはしなかった。甲介の目に映っていたのは、みずみずしく、ぽってりとした香織の唇だけだった。

香織が顔を仰向かせ、甲介は香織の腰に手をまわして覆いかぶさる。開いた唇が触れ合い、互いの舌先が相手を求めてまさぐり合う。

甲介は香織の舌を唇にはさみ、夢中で吸った。彼女の唾液には、ひんやりとしたカクテルの味が混じっている。髪の毛や服にまとわりついたタバコと化粧品の匂いが鼻腔を満たす。腰にまわした手のひらには、すべすべしたシルクのブラウス越しに香織の柔らかさと温もりが感じられた。

香織は目を閉じ、眉間にかすかなしわを刻んでいる。

甲介の脳裏をさまざまな香織がかすめていく。うつむいて新聞を読んでいて、無防備に胸元をさらしていた香織、秘書室の中央に立ち、部下に次々と指示を出している香織、役員応接室に客を案内しながらにこやかに応対している香織、居酒屋のテーブルでタバコを喫い、冷酒のグラスをあおっていた香織、だが、今ほど彼女に近づいたことはない。

目を閉じ、激しい息づかいをしながら、夢中になって甲介の舌を吸っている香織に対して、腹の底から感情がこみ上げてくる。肋骨を蹴り破って飛び出しそうな勢いで心臓が暴れている。

胸が苦しかった。

唇をかさね、激しく吸いあっているうちに欲情が募っているのか、それともすぐそばにいながら手を伸ばすことができなかった香織を抱いていることへの歓喜なのか、ただ単に目の前にいる女を愛しく思っているだけなのか、甲介にはわからなかった。

長いキスだった。

唇を離したとき、香織は目を伏せていた。睫毛がつやつやと黒く、濡れている。ほとんど化粧の落ちた顔はさらに幼くなっていた。

香織の目尻から涙が一筋、流れ落ちる。

それが当然であるように、甲介は唇を近づけ、涙を吸い取った。唇を押しあてられても、香織はじっと動かない。舌の上に広がる塩辛さを噛みしめる。

香織が目を上げた。穏やかな眼差しだった。かすかな笑みを浮かべ、唇を動かす。ささやき声がもれる。

「いろんなことに疲れちゃったみたい」

2

玄関に入ったとたん、異臭が鼻をついた。明らかに糞尿の臭いだった。ドアを開けたまま立ちつくしている甲介を振り返って、香織が恥ずかしそうに笑みを見せた。

「臭うでしょ」

「ああ」甲介はうなずいた。「そうだね」

「とりあえず、入って」香織は圧し殺した声でいった。

狭い玄関にはピンクと白のツートンになったゴルフバッグが置いてあった。バッグの後ろ側は下駄箱になっている。下駄箱の上には靴の箱が数十個積んであった。甲介は躰を横にしてゴルフバッグを避け、ドアを閉めた。

「鍵をお願い」香織はすでにパンプスを脱いでいる。「それとドアチェーンも」

「わかった」

甲介はいわれた通りにドアをロックし、チェーンをドアに取りつけてあるガイドレールにさし込んだ。

「散らかってるけど、どうぞ」香織はそういいながら、スリッパを並べて置いた。

異臭の原因はすぐにわかった。短い廊下の奥から軽やかな足音をさせて、小さな猫が飛びだしてくる。香織はしゃがみ、猫を両手で抱き上げると頬ずりする。

「寂しかったでしょう、ごめんね。すぐご飯にして上げますからね」猫を抱いたまま、香織が振り返る。「この子が私の同居人、ピクシー、いつもはピーちゃんって呼んでるけどね」

猫が小さな声で鳴いた。丸い目を見開き、甲介をじろじろながめている。

「お客さんが来ることなんてないから、珍しいのね。びっくりしてるわ」香織は目を細めて猫をあやしている。「猫は嫌い？」

「いや」甲介は曖昧に首を振った。「嫌いってことはないけど、特別好きでもない」

「今まで猫を飼ったこと、ある？」

「ないね。猫も犬も亀も飼ったことはない」

「亀？」

「小学生のころにミドリガメを飼うのが流行ったんだけど、おれは飼わなかった」

「亀なら私も要らないな」香織は顔をしかめて猫を下ろした。

短い廊下の突き当たりにあるドアがわずかに開いている。猫はそこから出入りしているようだった。猫が身をくねらせてそこへ入り、香織、甲介とつづいた。こぢんまりとした居間兼ダイニングキッチンで、右側が台所になっており、左に引き戸があってもう一部屋あるようだった。

南向きの窓にはグレーに黒い模様のカーテンが引かれ、角にテレビ、座卓が置かれている。床はフローリングで、座卓が置いてある辺りにはラグマットが敷かれ、座椅子代わりにもなりそうな大きなクッションがふたつ、あった。

「掛けて、楽にして」香織はクッションの一つを手で示していった。「すぐに支度するから」

「どうも」

甲介はクッションに腰を下ろすと、電源の入っていないテレビを見ていた。壁際にはサイドボードが置いてあり、その上にはミニコンポのほか、ガラス細工の人形やステンドグラスの笠をかぶった電気スタンドがあった。

電気スタンドの黄色い電球の光が赤や青に彩色され、壁に模様を描いている。その壁にはトランペットを吹く黒人の姿が描かれた絵がかけられていた。テレビのわきにも電気スタンドが置いてあり、天井に埋めこまれた蛍光灯でなく、ふたつの電気スタンドの白熱灯で照らされていた。

香織はミニコンポのスイッチを入れ、スローテンポの曲を低くかけた。ジャズなのだろうと甲介は思った。が、使われているサックスがアルトなのかテナーなのか、見当もつかなかった。

台所に立った香織が冷蔵庫を開けてつまみを用意している間、甲介は猫と見つめ合っていた。猫はラグに尻をつけ、前脚を伸ばし、丸い目をしていた。白と黒のぶちで、顔の右半分が黒い。真っ白な髭が口のまわりに張りだし、時おり、サーモンピンクの口を開いて、長い舌で鼻をなめた。小さく尖った歯がびっしりと並んでいる。

「雨の日に捨てられてたのを見つけて、それで拾ってきちゃった」香織は座卓の上に皿を置きながらいった。「ありがちな話よね」

甲介は小さく笑った。

「何もないけど、とりあえずはこんなもので」

皿の上にはうすく切ったサラミソーセージ、キュウリ、チーズ、クラッカーが並べてあった。香織はサイドボードを振りかえった。

「ブランデーしかないんだけど、それでいいかしら」

甲介はうなずいた。

香織はサイドボードから細長いブランデーの瓶を取りだして甲介の目の前に置き、チューリップグラスをふたつ並べた。グラスに少量ずつブランデーをついだ。

二人は軽くグラスを合わせた。ちん、と澄んだ音がする。猫がぴくりと耳を動かした。

ブランデーをひと口すすった甲介は、口中に広がる薫りに思わず苦笑した。

「どうしたの?」香織が甲介の顔をのぞき込んで訊ねる。

「同じ会社に勤めてるのに宮下主任とおれの生活はえらく違いがあるなって」甲介は手のひらに乗せたグラスを小さく振り、グラス越しに香織を見やった。「フランス語で話さなくちゃならないかな」

「フランス語はやめて」香織はきっぱりといった。「スペイン語にしてちょうだい。それなら少しはわかるから」

「スペイン語?」甲介は眉を上げた。

「私も独身女の例にもれず、趣味は海外旅行なの。今年の夏休みはバリ島に行ったけど、ここ最近のお気に入りは中南米」香織はにやりとして言葉をついだ。「中南米は、どこかに行ったことがある?」

「ない」甲介はまた苦笑いを浮かべた。「中南米どころか、二年前にハワイに行ったのが、最初にして最後、唯一の海外旅行。今どきの若者にしては珍しいよね」

「そんなことないと思う」香織は生真面目な顔つきでいい、小さく首を振った。

「女性ならハワイとか、ヨーロッパとかの方がよく行くんじゃないの。そうじゃなきゃ、香港《ホンコン》とか」

「まあ、定番ね。私も一通りは行ったけど、もう卒業かな」

「卒業か」甲介はため息をつき、部屋の中を見まわした。「本当に同じ会社に勤めているとは思えないよな」

「山本君のお金の使い方に問題があるのよ。男の人って、お酒を飲みに行ったり、ソープランドとかも行くんでしょう」

「まあね」あまりにあけすけな香織の言葉に、思わず素直に答えていた。

「そこがね、男と女でお金の使い方が違う点なのよ」香織は早くも二杯目を注いでいる。

甲介は猫の目の前に足を伸ばし、つま先をくるくる動かしていた。猫がつま先を目で追い、首を動かしている。自然と笑みが浮かんだ。次の瞬間、猫が前脚を伸ばす。あっと思ったときには足の指に鋭い爪が食い込んでいた。

「痛っ」甲介が悲鳴を上げる。

「馬鹿ねぇ」香織がくすくす笑った。「ピーちゃんの前でそんなことをすれば、引っかかれるに決まってるじゃないの。猫はね、生まれつきハンターなのよ」

「じゃあ、人間は？」甲介は香織を見やった。

香織はグラスを頬にあて、猫に視線を向けながらおだやかに微笑んでいる。小さくため息をつき、首をかしげた。

「人間は何かしらね」

「生まれついての殺人者じゃないの？」

「殺人者か」香織がうっとりとつぶやく。「人を殺せる人って、どんな人なんだろうな。私には絶対に無理ね」

案外簡単なことだよ、と甲介は胸のうちでつぶやきながら香織の二の腕を取った。香織はわずかに抵抗する。強引に引き寄せた。バランスを崩しかけた香織はあわててグラスを置き、甲介に体重をあずけてきた。

二人はふたたび唇をあわせた。

香織が甲介の胸に手をつき、押しやろうとする。甲介は唇を離し、香織の顔をのぞき込んだ。甲介のあごの下に頭を入れた香織は赤ん坊がいやいやをするように首を振っている。

「お風呂に入ってからじゃないと」

「このままでいいさ」

甲介はそういうと立ち上がり、香織を抱え上げた。香織は甲介の首に両手を回し、ひたいを押しつけてくる。今さらながら、小さく軽い香織の躰に甲介は驚いていた。

引き戸を開ける。間取りから寝室であろうと予想していた。引き戸の向こうは畳を敷いた部屋だったが、ダブルサイズのベッドが置いてあった。

キスをしたまま、背中のボタンをまさぐり、一つずつ外していく。香織の背中はかすかだったが、汗ばみ、しっとりしている。ブラウスの裾をスカートから抜き、はぎ取るようにして脱がせた。次いでスカートのホックを片手で外し、ファスナーを下ろす。香織はまったく抵抗せず、スカートを脱がせるときには、腰を浮かしさえした。

ブラジャーのホックを外し、香織の上半身をいましめていた拘束がぷつんと解放された瞬間、彼女は躰を強ばらせ、さらに腕に力をこめて、強く甲介を引きつけた。甲介は舌先を香織の前歯の間に差し入れながら、片手でブラジャーを取り去り、床に放り投げた。

右手で香織の乳房を包む。早出をしたあの日、うつむいた香織の襟元からのぞき込んだ胸が今、露わになり、甲介の手の中にある。指がどこまでも吸いこまれそうに柔らかく、おだやかに温かい。甲介は唇をずらし、香織の唇の端、頬、首筋へとキスを移動させていった。

香織はかたく目を閉じたまま、甲介の背広を握りしめている。ふいに蒸し暑さを感じた甲介は、香織の首筋に唇を押しあてたまま、背広を脱ぎ、ネクタイを抜いた。ワイシャツの襟を締めていたボタンを外す。

さらに下へ、下へとキスを移動させていく。

香織の乳房が目の前にあった。写真で見るより幾分小さいような気がする。仰向けに寝ているので、つぶれているせいかも知れなかった。乳輪は赤みがかり、乳首は半ば陥没して周囲にしわが寄っていた。

乳房を手のひらで包み込み、押し上げる。突きだしてきた乳首を口にふくんだとたん、香織が背をのけぞらせ、うん、と小さくうなった。唇の間で、香織の乳首がみるみる漲《みなぎ》り、張りを取り戻してくる。舌先を、乳首の周囲をなぞるように動かしながら、右手を香織の足の間にもっていく。パンティストッキングの上で指を動かす。

香織の体内から噴きだす熱を指先に感じた。

パンティストッキングの弾力に逆らって手を差し入れ、さらに下着の内側にもぐり込ませる。香織が腰を引きかけた。肩にまわした左手で彼女を押さえつけたまま、乳首を強く吸いこんだ。ふたたび香織が背をのけぞらせた隙に下着の中に手を入れた。

指先に柔らかな毛の感触、さらに奥へ、さらに深みへ右手を差し入れていく。かたく閉じられた両腿の間に指をねじ込み、香織のもっとも奥まったところへ侵入していった。入口はかすかに湿り気を帯びているだけだったが、奥は熱く、溶けはじめている。

人さし指と中指をゆっくりと動かしながら待った。

香織の呼吸がおだやかになり、熱が彼女の全身に広がって弛緩が訪れるまで、甲介は舌と指を動かしつづけた。

やがて香織が途切れがちに声を漏らした。

「あ、あ、あ」

甲介は中指を曲げ、指先の腹の部分でせり出しはじめた彼女の突起の先端に触れた。触れるか、触れないか、すれすれのところを中指がうごめいている。

香織がうめき、甲介の頭をかかえてくる。

いきなり甲介は香織の下着から手を抜くと、躰を起こし、パンティストッキングと下着に手を掛けて一気にはぎ取った。丸めて足首から抜く。香織はかすかに声をあげたが、抵抗する間もなくすべてをはぎ取られていた。

白いシーツの上に香織が横たわっている。身につけているものといえば、細い金色のネックレスだけだった。香織は顔をわずかに右にかたむけ、うっすらと目を開いて甲介を見上げている。両手を躰のわきに伸ばし、手を軽く握っていた。指先に羞恥が匂う。両腿を合わせ、左ひざだけわずかに曲げていた。

乳房は張りを取り戻し、左の乳首は甲介の唾液で濡れている。柔らかな黒い毛が細長く下腹を覆っていた。甲介は香織を見おろしたまま、ワイシャツとTシャツを脱ぎ、さらにベルトを外してズボンとトランクスを下ろした。ズボンから足を抜くときに靴下も取る。全裸になった甲介はベッドに倒れ込んだ。

香織は両腕を伸ばして、甲介を抱きとめる。

言葉は要らない。二人はふたたび唇を重ねた。甲介は少しずつ顔を下げていき、今度は右の乳首を口にふくんだ。香織は片手で甲介の首を抱き、もう一方の手で頭を撫でている。さらに甲介は舌先を滑らせ、乳房の下、鳩尾《みぞおち》、臍《へそ》へと移動させていった。香織の息づかいが早まり、切なげに途切れる。

甲介は香織の右足をつかんで、大きく開かせようとした。はじめは躰をかたくして抵抗を示した香織だったが、半ば甲介の力に押し切られる格好で両足を大きく開き、同時に目を閉じた。

甲介は香織の足の間に躰を入れ、彼女の深部を見つめた。柔らかな体毛は下腹を申し訳程度覆っているにすぎず、淡い藤色に染まったその部分はすべらかに剝き出しだった。

指で押し広げてみる。薄紅の亀裂はつややかに光沢を放っている。

甲介の凝視に、香織がかすれた声でつぶやく。

「羞ずかしい」

甲介は唇を尖らせ、小さく、しっ、と音をさせた。香織は身じろぎをしたが、目を閉じたまま甲介のなすがままにさらしていた。

顔を近づけた甲介は、中心線に沿って舌を動かした。下から上へ、ゆっくりと。

香織はふたたび背をのけぞらせ、くぐもった声を漏らす。

もう一度、下から上へ舌先をそっと動かす。

香織の唇からはすすり泣きに似たうめきがもれた。

その部分から錆びた鉄のような匂いが立ちのぼる。血の匂いに似ていた。それに汗のような酸っぱい匂いが混じっている。ソープランドで嗅いだ、ヒロミや弥生のその部分は石鹸の匂いしかなかった。沙貴の匂いはひどく希薄だった。

香織の匂いは、今まで嗅いだことのない強さがあった。

右、左に開かれ、湾曲した薄紅色のひだに沿って、その内側に舌先を触れさせていく。右側を登り、左側を下る。今度は逆に左を登って、右を下る。何度かくり返したあと、亀裂の合わせ目、くりくりとした突起を舌先で転がし、小さな香織がふくらみ、硬度を増すのを感じる。

舌がかすかにぴりぴりする。輪切りにしたレモンをのせたような刺激だった。塩気、酸味、そして、かすかにえぐ味がある。

香織がふいに切迫する。匂いがさらにきつくなった。

だが、決して不快ではない。香織の躰の奥から立ちのぼる匂いは甲介の嗅覚を刺激し、さらに躰の奥深くにある本能に火をつける。甲介はたまらずにむしゃぶりつき、舌を滅茶苦茶に動かしながら吸った。あふれ出た温かい液体が口中に流れ込んでくる。飲み下した。

香織がか細い泣き声を上げている。

甲介は躰を起こすと、かたく、熱をもっている器官の先端をあてがった。香織はひざを曲げ、あごをのけぞらせている。

押し開いて、沈めていく。

すっぽりと受けいれられたとき、甲介はふいに涙があふれそうになるのを感じた。香織は温かく、優しく、甲介の亢ぶりを呑み込み、包んでいる。

瞬時にして、猛々しさが退《ひ》いていく。相変わらず腹の底から亢ぶりが突き上げてくるのだが、無理にねじ込み、動かしたいという欲求より、このままじっと穏やかに包まれていたいという思いの方がはるかに強い。

甲介と香織は抱き合い、唇を重ね合った。

二人は相手を気づかいながら、静かに動きつづけた。やがて行為が言葉を越える瞬間が訪れる。甲介は香織の胸中に渦巻く思いが、触れ合う肌を通して直に伝わってくるのを感じた。気づかないうちに涙を流していた。

香織が甲介の頰を伝い落ちる涙を吸い取る。二人はいつまでもゆっくりと揺れつづけていた。

3

あれから、三回、いや、四回か。

甲介は香織のベッドに横たわり、天井を見上げたまま、頭の中で指を折っていた。二人とも、セックスをおぼえたての高校生のように凄まじい勢いで求め合った。甲介が上になったり、香織が上になったり、間断なくくり返し、くり返し求め合い、くたびれ果てて失神するように眠りに落ちたときには、窓の外はすっかり明るくなっていた。

甲介はぼんやりと天井を見上げていた。腕や足の筋肉が痛み、腰がだるい。頭の中には乳白色の霧が立ちこめているようだった。

居間につづく引き戸は開け放たれ、台所で香織が食事の用意をしている物音が聞こえ、パンの焼ける匂いがただよっている。

足元には、猫が背中を丸めて目を閉じていた。時おり、ぴくりと耳が動く。眠っているわけではないらしい。

甲介はこめかみを両手で揉み、少しでも頭をはっきりさせようとした。

なぜ香織を呼びだしたのか、その理由はわかっている。今でも永瀬の声は意識の底にこびりついて離れない。そして、すでに三人の人間を殺していることも忘れられるはずがない。

しかし今は、腰が空洞になったようにけだるく、何か一つのことに意識を集中しようとしてもうまくいかなかった。どのようにして香織から抗ガン剤の話を聞き出そうか考えようとしても、思いは千々に乱れ、次の瞬間に浮かんでくるのは裸の香織であり、嬌声であり、息づかいだった。

甲介の上で背をのけぞらせ、痙攣し、叫んだ女は香織が初めてだった。

不思議と、香織のことを考えていると思いは乱れない。甲介は目を閉じたまま、苦笑いし、昨夜香織がいったことを子細に脳裏に描き出していた。

ラストチャンスに賭けてみる、と香織はいった。互いの躰をぶつけるように愛しあうのも何度目かになり、全身汗まみれで、息も絶え絶えの状態だったときだ。

香織は甲介のわきの下に頭を押しつけ、告白をはじめた。

『初体験は高校二年のときだった』

いきなりそういわれ、面食らってはいたが、甲介は何もいわずに耳をかたむけていた。

香織が初めて性的関係をもった相手は彼女が通う高校の美術教師で、妻子があった。どちらかといえばさえない風貌だったが、そこが母性本能をくすぐる魅力になった、という。教師をしながら画家になる夢を捨てていない、どことなく破滅願望のある男だった。

少なくとも香織はその教師を愛していると思っていたらしいが、実際のところ、その男は在職中、数人の生徒、卒業生と関係を持ち、さらに同僚の女性教師とも不倫関係にあった。香織が卒業した翌年、妊娠した生徒が自殺未遂事件を起こして騒動が起こり、その男の行状がすべて明るみに出てしまった。

『私の恋愛って、最初からつまずきっ放しだった』

香織には年上の男に惹かれる性向があったという。香織の父親は船舶会社に勤めるサラリーマンで、母親は専業主婦、香織は三人姉妹の長女だった。

『ファーザーコンプレックスになる理由なんて、どこにもないのにね』香織はそういって笑った。

実家は横浜にある。二十代の半ばまでは、自宅から通勤していたが、仕事が忙しくなってきたことを理由に二十六歳でひとり暮らしをはじめた。が、本当の理由は男だった。現在は洋和化学の関連会社で顧問として余生を送っているにすぎないが、六年前までは切れ者で通っていた常務がその相手だった。

香織が住んでいるマンションは、その常務が手配してくれたものだという。入居時にかかる費用一切を支払ってくれ、さらに家具や電気製品までそろえてくれた。さらに香織は一度も家賃を払わずにすんだ。

二年前、元常務が出世競争に敗れて関連会社に飛ばされるまでは。

元常務が関連会社に出ると決まったとき、香織はこれ以上負担をかけるわけにはいかないから、別れようといった。家賃も自分で払うようにする、とつけ加えるのを忘れなかった。

しかし、彼は承諾しなかった。

今までと同じくらいの援助はできないかも知れないが、できるかぎりのことはするし、今さら香織を放すつもりはないと元常務はねばった。彼にしてみれば、これまでさんざん面倒を見てきたのだから、多少状況が変わったところで二人の関係が終わるはずはない、というのが当然だった。

が、香織はうんざりしていた。

『切れ者といわれていたころはね、それなりに魅力的だった。人事畑の人だったんだけど、血も涙もないといわれても、経営上必要ならばっさりと人を斬り捨てた。案外、他人の血を見るのは平気だけど、自分の血を見たとたん卒倒するようなタイプだったのかも知れないけど』

泥酔状態でマンションに押しかけてきた常務が床に両手をついて頭を下げたとき、肩に散るふけが香織の目に映った。吐き気がするほどの嫌悪感がこみ上げてきた瞬間だった。

それから元常務は香織の職場にも自宅にも毎日電話を掛け、二日に一度は深夜、マンションにやってきて扉を叩いた。香織が部屋の鍵を取り替えていたので、入ってくることができなかったからだ。

元々、慎重というより、臆病な男だった。マンションの契約をするときにも一切表には出なかったし、家賃にしても、相当額を香織に直接手渡ししていた。そのため居直った香織をマンションから追い出せなかった。

そのうち、元常務の行動が彼の妻に知れるところとなり、半年におよぶ家庭争議の結果、離婚、同時に騒動は会社の上層部にも知れ渡り、関連会社の社長ぶくみで移籍したにもかかわらず、結局は非常勤顧問という閑職に追いやられてしまった。

元常務の妻に匿名の電話を入れたのは、香織だった。

それだけの騒動に発展しながら、香織に対するとがめ立てはなかった。理由は簡単、次につき合ったのが元常務との競争に勝った男で、彼はすぐに専務になった。もっとも香織自身は元常務との交際が終焉を迎える前から人事部長の佐伯と関係を持っており、専務との交際が始まった時点ですでに二股をかけていたのである。

専務との交際がきっかけで、香織は人事部から総務部秘書課へ異動になった。いつでも香織と会えるようにと、専務が画策した結果である。せっかく秘書として香織を手元に置けるようになった専務だったが、専務就任後一年を待たずして急逝してしまう。死因は心筋梗塞だった。

『歳のわりに激しかったの。それが原因かもね』香織はあっさりといった。

高校二年生の初体験以降、香織がつき合ってきたのはすべて妻子ある年上の男だった。時おり、若い男と寝ることはあっても恋愛感情は全くなかったという。

香織はいきなりベッドのマットレスの間から白い筒を取りだして、甲介に見せた。筒は先細りで、先端が丸くなっていた。コードが伸び、その先には電池ボックスがあった。スイッチを入れると震動する。マッサージ機だといった。

『これが私の恋人だった』香織はマッサージ機を振って見せた。『どんな男と寝ても、今まで一度も感じたことがない。でも、これなら感じるの。おしっこを漏らしたこともあるわ』

おしっこと聞いた瞬間、甲介は突き上げてくる欲情を感じた。歯を食いしばり、低く呻きながら香織を押し倒し、衝動に身をまかせて激しく抱いた。

香織を抱いた男たちにではなく、マッサージ機に嫉妬していたのだ。

香織は無防備に躰を開き、甲介を迎え入れ、そして何度目かの絶頂に達して痙攣した。そのとき、ささやいた。

『誰かに抱かれて、イっちゃうなんて、初めて』

甲介は香織のささやきに導かれるように射精していた。香織の中にしたたかに吐いていた。避妊などしていない。香織が妊娠するなら、それもかまわないと思ったし、何より、今まで香織と関係を持った男たちを、彼女の躰から掻きだし、代わりに甲介がすべてを埋めたいと願った。

甲介がマッサージ機を取りあげ、ベッドのヘッドボードに叩きつけて壊したときも、香織はうるんだ目でぼんやりと見つめるだけで、何もいわなかった。

甲介が最後の男になる、と香織はいった。

ラストチャンスとはそういう意味だった。

次の誕生日が来れば、香織は三十七歳になる。

『あなたとはね、何となく、こうなるような予感があったんだ。だから、バーにあなたが待っていたとき、運命を感じたのよ。もう佐伯はどうでもよかった。あなたを誘惑したいって思ったのよ』

秘書課勤務になり、初めて甲介を見たときから気になっていた、と香織はいった。社内の誰とも距離をおき、いつも独りぼっちで黙々と仕事をしている甲介を見ていて、自分に似た匂いを感じた、という。

『雨に打たれてたピーちゃんも同じ匂いがしたの。だから拾った』

『じゃあ、おれは拾われたわけだ』

『今度は私を拾って欲しいのかも知れない』

もっと早く、せめて三カ月早く、香織とこうなっていれば、と思わずにいられなかった。

甲介はベッドの上に起き上がった。

腹の底を炙《あぶ》り、焦がすような不安にじっとしていられなくなっていた。どうにもならない不安感を紛らわせるために、情欲に走っているのかも知れない、と思った。

甲介は香織を求めた。

渇望していた。

ベッドを抜け出した甲介は、台所で食事の用意をしていた香織の後ろに立つと、流し台に両手をつかせ、尻を突きださせて下着を下げた。白い尻の、柔らかな二つの盛り上がりを割り、鮮紅色の部分に舌を使って潤わせると、立ったまま後ろから突き入れた。

香織はなすがままに甲介を受けいれ、目を閉じている。甲介はあっという間に果てたが、香織は満足そうな笑みを浮かべた。

それから二人は短い食事をはさんでふたたび寝室に戻ると愛を交わしはじめた。疲労が限界になると、気を失うように眠り、目覚めれば求め合った。腹が減れば、冷蔵庫の中にあるものを食べた。排泄の時間すら惜しみ、どちらかが便器に座っている間は口唇で相手を愛撫し、風呂の中でも、ついには食事をとりながらも交わりつづけた。


そうして土曜日の夜が更け、日曜日の朝が来て、午後になった。さすがに二人とも股間に激しい痛みをおぼえるようになっていた。

「私たち、どうしちゃったんだろうね」香織がくすくす笑いながらいった。

「取り戻してるんだろ」甲介が伸びをして小さくうなる。「今までほかの連中が手にしていたものを、おれたちもようやく手に入れられたんだ」

「どういうこと?」

「愛しあうこと」

「わぁ、かっこいい」

香織がまたくすくす笑う。

二人とも全裸で、ベッドに横たわっている。下着を着けるのも億劫だった。

「もう限界だね」香織がつぶやく。「あそこがひりひりしてる」

「おれもだ。付け根が痛いよ」甲介もほうけたように答えた。

「もう食べるもの何にもないわよ。冷蔵庫、空っぽになっちゃった」

「食事に行こう」

「何、食べる?」

「お肉関係になった男と女の食事は、焼き肉に決まってる」

「ほとんどオヤジギャグだよ、それじゃ」それでも香織はおかしそうに笑った。

陽炎《かげろう》が立つほどに灼けた格子状の鉄板にトウガラシをたっぷりと使ったタレにつけた白いホルモンをのせると、水分のはじける小気味いい音とともに薄青い煙が上がり、端が丸まってくる。半分ほど火が通ったところで、箸でつまみ上げ、ニンニクの利いた自家製のタレに浸し、口に運んだ。柔らかなホルモンを奥歯で噛みつぶすと、肉汁が口中に広がった。

「まだ、生よ、それ」香織が顔をしかめた。

「ホルモンは焼きすぎるとかたくなっちゃうんだよ」甲介は口を動かしながらいった。

「ものを食べながらしゃべっちゃいけないって、子供のころ教わらなかった？」

「お袋みたいにいうなよ」

「甲介のお母さんって、私みたいな話し方をするの」

香織が名前で呼びかけるのはそのときが初めてだったが、甲介はまるで気にしなかった。長い間、そうして呼ばれていたような気がする。

「全然」甲介は首を振った。

「何よ、それ」香織が頰をふくらませる。

「世にいう、お袋的なものを代表しているという意味だ」

「よくわかりません」香織は肩をすくめ、両手を広げて見せた。

二人はカルビ、ホルモン、タンとロースターに次々肉をのせては焼き、トウガラシとニンニクにまみれさせて口に運んだ。口中の脂を生ビールで洗い流し、さらにユッケやレバ刺しも平らげた。

一時間半ほどの食事で、呼吸困難を引き起こしそうなほどに料理を詰め込んだ。

甲介は温くなったビールをひと口飲み、ようやく切り出した。

「ひとつ、気になることがあるんだ。会社のことで」

「何？」香織はハンドバッグからタバコを取り、甲介に差し出した。

一本抜き取り、両腕をいっぱいに伸ばした香織に火をつけてもらう。煙を吐きだしながら言葉をついだ。

「もし、何かを知っていたらでいいんだけど」

「何よ、何でも訊いて」香織はタバコをくわえ、火をつけた。細く煙を吐く。「どうぞ、ご遠慮なく」

「抗ガン剤」

香織の動きが停まる。目を細め、甲介を見やった。甲介はあわててつづけた。

「総務課に出入りしている業界新聞の記者と話しててさ、うちも抗ガン剤に出るって噂を聞いたんだよ。単なる噂なんだろうけど、ちょっと気になってね」

「どうして？」

「その噂を聞いたときに、たまたま牧野さんに廊下で会ったんだよ。企画室の、室長」

「わかってる」香織は素っ気なくうなずいた。

「そうしたら、室長、何だかひどくあわててた感じだったんだよね。ぎくっとした感じっていうのかな。何もいえなくて、言葉につまるって感じ。わかるかな」

「わかるわ」香織は目を伏せ、灰皿の上でタバコを叩いた。

店員が近づいてきて空いた皿を片づけていった。黙ってタバコを吸いつづける香織を、甲介は身じろぎもしないで見つめていた。

やがて香織が甲介をまっすぐに見つめ、まぶしそうに目を細めた。

「甲介さん、会社の株を持ってる?」

「洋和化学のかい?」甲介は笑みを浮かべた。「おれみたいな平社員が株を持ってるわけないよ。株を買う金なんか、どこにもない」

「それじゃ、どうしてそんな噂のことを訊くの?」

「単なる好奇心」甲介は唇の両端を持ちあげ、もう一度笑みを見せる。「何かありそうだね。おれが聞いちゃ、まずい話かな」

「どうかな」香織は視線を下げ、火のついたタバコを灰皿で押しつぶすと新しいタバコをくわえて火をつけた。

銀色の盆を持った店員が茶の入った湯呑をふたりの前に置いていった。湯気が立ちのぼる湯呑に、二人とも手を伸ばそうとしなかった。

香織はふたたび甲介を見た。

「これから話すことは誰にもいわない、と約束してくれる?」

「もちろん」甲介はうなずいた。「単なる好奇心から訊いただけだし、もし、おれが聞くのもまずいんなら話さなくていいよ」

「その業界新聞の記者にも内緒よ」

「わかった。約束する」

「全部嘘なの」

「何だって?」

「全部、嘘。経理担当の重役と、さっき甲介さんがいっていた企画室の牧野、それに総務部の栄前田と持田もからんでる」

「嘘って、どういうこと?」甲介は目をしばたたいた。

「株価を吊り上げるためにね、意図的にデマを流しているの。それに社員の持株会ってあるでしょ、その持株会にも大量に売りつけようとしているのよ」

「どうしてそんなことを?」

「うちの株が紙屑になりかけたの。ちょっと前の話だけどね。うちのバックについている銀行との間に色々あってね、それで」

「倒産?」

「もう大丈夫よ」香織は周囲をそっとうかがった。「今はもう大丈夫なの。問題は全部解決したわ」

「君もかかわってるのか」

「私は話を聞いてるだけ」香織は顔をしかめ、苦いものでも吐き捨てるようにつけ加えた。

「佐伯が自社株をたくさん持ってるのよ。だから……」

甲介は椅子の背に躰をあずけ、大きくため息をついた。

4

闇の中にぽつんと赤いランプが灯り、寝乱れたまま斜めになっている枕を照らしだした。しわくちゃの枕カバーがぼんやりと見てとれる。次の瞬間、ランプが消え、ふたたびすべてが闇に沈む。身じろぎもせずに見つめていた。ふたたびランプが灯り、消える。こめかみから頬にかけて流れ落ちる汗に、甲介は我に返った。

蛍光灯からつり下がっている紐を引く。代わり映えのしない自分の部屋が白けた光に照らしだされた。留守番電話のメッセージランプが赤く点滅していた。

誰からの電話か、予想はついた。

背広とズボンを脱いでハンガーに掛け、壁際に吊るし、ネクタイを抜き取る。ワイシャツと靴下を脱いで丸めると、床に放り出した。エアコンに近づいて、スイッチを入れた。グリーンのランプが灯ると同時にぶんと音がして、エアコンが震え、コンプレッサーが回りはじめる。ためていた息を吐き、留守番電話の再生ボタンを押した。電子音が響き、かすかなノイズにつづいて男の声が流れてきた。予想したとおりだった。

『永瀬や、山本さん、そこにいてるんと違うか』言葉が途切れ、ノイズの底からかすかな息づかいが聞こえる。『また、電話するわ』

受話器を置く音につづいて電子音が二度聞こえ、コンピューターの合成音が金曜日の午後十一時二十七分の録音であることを告げる。

ふたたび、電子音、そして永瀬の声が流れてきた。

『永瀬だけど、例の件は進んでるか。今晩は朝まで事務所にいるから、一度事務所か携帯電話の方へ連絡をくれ。よろしく』

合成音が日曜日の午前一時十八分と告げた。

三度目、四度目は無言のうちに切れていた。日曜日の午前十時八分、午後三時二十七分の録音だった。

メッセージは以上です、と合成音が金属的な響きで知らせる。無言の二件も永瀬からの電話だろう、と甲介は思った。メッセージを消去する。ため息をのみ込み、腕時計に目をやった。午後十時半をまわったところだった。

電話機に視線をもどす。受話器を取りあげ、永瀬の電話番号を打ち込む気にはなれなかった。永瀬は二、三週間以内に抗ガン剤に関する情報をよこせといっていた。まだ一週間か、それ以上の時間的余裕があるはずだ。

甲介は浴室に入り、シャワーを浴びた。全身に石鹸を塗りたくり、泡立てる。だらりとたれ下がった股間の器官はぐったりしており、両手で洗うと付け根あたりがひりひりした。ノズルをフックに掛け、シャワーを出しっぱなしにしてシャンプーを使った。泡をきれいに洗い流し、バスタオルを腰に巻くと冷蔵庫から缶ビールを取りだして居間に戻った。

部屋の空気はさらりと乾き、ひんやりしている。自然と留守番電話に目がいく。メッセージランプは点滅していなかった。

テレビのスイッチを入れ、裸のまま座り、缶ビールのプルトップを引いた。泡が噴きだし、あわてて口をつける。渇いた咽に冷たいビールが心地よく、顔を仰向かせて一気に咽に流しこんだ。焼き肉を食べながら飲んだビールの酔いはあらかたさめており、ひどく咽が渇いていた。

金曜日の朝以来、テレビのニュース番組を見ることなく、新聞も読んでいない。缶に半分ほど残ったビールをちびちび飲みながら、リモコンでチャンネルを切り替え、ニュース番組を探した。全国版のニュース、東京ローカルのニュースともに連続射殺事件に関する後追い報道はなかった。

甲介は整理ダンスからTシャツとトランクスを取りだして身につけた。

スポーツニュースに変わってからも甲介は画面を見つめつづけた。プロ野球のセントラル、パシフィック両リーグで行なわれた六つの試合が順繰りに流されていく。どの試合でも、三振を取ったピッチャーはガッツポーズを決め、スタンドに飛びこむホームランの映像がくり返された。

午前零時をまわり、眠気を感じた甲介は立ち上がり、蛍光灯を消すとベッドに転がった。あお向けになり、鼻で大きく息を吸って、口から吐いた。躰の力を抜き、深呼吸をくり返す。エアコンの運転音が低く、耳についている。

眠気が全身に広がる。甲介は逆らわずに目を閉じた。香織の顔が浮かんだ。笑っていた。まぶたの裏側に広がる無限の波の中で、香織の顔はにじみ、やがて白くぼんやりとした光になる。

引きずり込まれるように眠りについた甲介はけたたましいベルの音に目覚めた。目を閉じたまま、枕元を探る。目覚まし時計に手が触れたところで、目を開く。部屋の中はまだ暗い。

瞬時に覚醒した。鳴っているのは目覚まし時計ではなく、電話だった。呼び出し音が七回つづくと、電話機に内蔵されたテープが回り、留守を告げるメッセージが流れ出す。無意識のうちに断続的になる電子ベルの音を数えていた。

二回目、三回目が鳴り終わるのを聞いたが、四度目で起き上がった。首筋から胸元にかけてびっしょり汗をかき、Tシャツの首回りが濡れて冷たくなっているのを感じた。五度目のベルが鳴り始めたとき、こらえきれずに受話器を取りあげて耳にあてた。

「もしもし」甲介はわざと眠そうに、不機嫌そうな声を出した。

「おう、ようやくつかまったの、兄さん」永瀬の声が弾んだ。「わいや、永瀬や」

「あ、どうも」

「何や、つれない返事やな。まあ、ええわ。大目に見といたる」永瀬はそういって笑った。

「それでわしが留守番電話に吹きこんだメッセージ、聞いてくれたか」

「はあ」

「はあ、やあらへんがな。こっちは金曜日の夜からずっと電話してるっていうのに、いったいどこをほっつき歩いてたんや？」

「抗ガン剤に関する情報を集めるために、金曜日からずっと動きまわっていたんです。さっき帰ってきたばかりなんですよ。電話しなきゃとは思っていたんですけど、何だかひどくくたびれちゃって」甲介は咳払いをした。「それでベッドにごろりと横になったら、そのまま眠っちゃって」

「ほう、休みの日まで動いたんか。それならお疲れのところ、本当にすまんの。それで何かわかったか」

甲介は息をのんだ。香織から聞いた話をそのまま伝えたところで、永瀬が信じるとは限らないからだ。

「どうした？　何かわかったことがあったんやったら、それを教えてくれ、いうてるやがな」

「嘘だったんですよ」甲介はいきなり切り出した。

「嘘って、そりゃ、どういうこっちゃ」永瀬の声音が厳しさを増す。

「経営陣と、幹部クラスの社員の中には自社株を大量に保有してる連中がいて」甲介は唇をなめた。口の中がからからに渇いている。「ぼくも聞いた話なんだけど、この半年くらいの間にうちの会社が危なかった時期があって」

「危ないって、どういうこっちゃ？」

「聞いた話をそのままに伝えれば、株券が紙屑になる危機ということです」

「倒産か」

「今は危ないところを切り抜けられたんで、もう大丈夫らしい」甲介は額の汗を手の甲で拭った。「だから、今は自分たちがついた嘘の収拾に追われているような状態で」

「そうか」永瀬はそうつぶやいたきり、沈黙した。

甲介はベッドの縁に座り直した。かすかに痛みを感じるほどに動悸が激しい。呼吸は荒く、噴きだした汗が目に入ってひりひりする。

やがて永瀬が口を開いた。

「証拠、あるか」

「証拠って？」甲介はかすれた声で訊き返した。

「兄さんの話を信じないわけやないけど、こっちにしたところで一人で動いているわけやない。あの話は嘘だったといわれて、そうですか、はい、わかりましたというわけにはいかんやろ。何ぞ、証拠がないとな」

「だから、自社株を抱えている連中が画策した嘘っていうか、意図的に流したデマなんですよ。それについて証拠を出せといわれても」

「名前でもいいよ。そのデマを流した連中の名前、それを教えてくれればいい。それに兄さんにその情報を教えた奴の名前も必要やな。確かな情報か、どうか、わしもそれで判断できる」

「それはできない。デマを流した連中の名前は教えられるけど、ネタ元はだめだ。迷惑をかけるわけにはいかないんだ」

「兄さん」永瀬が急に教え諭すような口調になった。「よく考えな、あかんで。兄さんがそのネタを提供してくれた男にどれだけ世話になってるか、そんなんは知ったこっちゃない」

永瀬が男と口にしたことで、甲介はわずかに安堵した。

永瀬がつづける。

「だけどな、あんた、自分の尻に火が点いてるのを忘れたらあかんで」

受話器の底を流れるノイズが甲介の耳についた。視線を下げた甲介は自分の腹がふくらみ、しぼむのをながめていた。

ふたたび永瀬が口を開く。

「兄さんの友達、保坂、いうたよな。あの男のこと、少し調べさせてもらった。兄さんとは、中学の同級生やったんだってな。こっちの世界に入ったきっかけは交通事故やったって？　冴えん奴やったらしいな。ヤクザになっても冴えないまんまだったんやな」

甲介はわずかに口を開き、浅い呼吸をくり返していた。

「兄さんは喋ってくれた相手に義理を感じてるみたいやけど、どうせ洋和化学の人間やろ。どんなに兄さんが義理立てしても、兄さんのこと、最後まで守ってくれるわけやないで。それにな、わしにその男の名前をいったからといって、その人にまで迷惑がかかるわけやないんや。

わしは兄さんのことを信頼してる。最初に会うたときにいったやないか。わし、これでも人を見る目には自信あるって」

永瀬の口調は気味が悪いほどやさしくなった。

「なあ、その人には絶対迷惑かけへんし、兄さんとの関係もこれっきりやがな。わかったな。だから名前を教えてくれ」

「もう二、三日待ってください。確か、この間の電話であと二、三週間うちにといってましたよね」

「待ったら、どうなる」

「正確に名前を確認して、ぼくに情報をくれた人の名前も添えて、できるなら、何か目に見えるような証拠をつけて渡しますよ」甲介は唇をなめ、言葉をついだ。「そのときに永瀬さんも一筆書いてもらえませんか」

「一筆でも二筆でも書いたる」永瀬は短く笑った。「ほな、木曜日の夜、会社が終わってからでかまわないから、電話くれるか。木曜なら、わしは事務所におる。ちょっと野暮用があってな、木曜の夜は一晩中事務所にいなきゃならん。なんぼ遅くなってもかまわん」

「わかりました」

「ただ、絶対に連絡して来なきゃ、あかんで。わし、待つのが苦手やねん。できるだけ早いとこ、頼むわ」

永瀬が受話器を叩きつける音に甲介は顔をしかめた。

「社員持株会とは、これまた懐かしい名前だな」田沼は赤みを帯びた鼻の頭を掻きながらつぶやいた。「社員持株会って、とっくになくなったんじゃないか」

「いや」細川が口をはさむ。「なくなったんじゃなくて、株の購入が義務づけられなくなったんだ。十二、三年前くらいに」

「もっと前じゃないかな」〈爺捨て山〉こと総務課別室の三人の中で唯一の経理畑出身である柴田が異を唱える。「かれこれ二十年になるんじゃないか」

「そんな昔じゃないだろう」細川は額の上に老眼鏡を押し上げ、宙空に視線を凝らした。「あれは確か昭和五十二年か、三年だったから」

「昭和五十二年なら今から二十一年前ですよ」甲介が教えた。

「ありゃ」細川は目をしばたたき、ほおを赤らめた。「もうそんなになるのか。どうも年号が平成になってから計算が面倒でいかんな」

甲介は細川が勘違いするのも無理はないと思った。〈爺捨て山〉では、オリンピックといえば一九六四年の東京大会のことだったし、話題にのぼる歌手や俳優の半分以上が物故者である。ここだけ昭和のまま、時間が止まっているようなものだ。

「ボケはじめてるんじゃないのか」田沼が目を細め、にやにやしながらいう。

「まだボケとらんよ」細川は老眼鏡を下ろし、机の上に広げた新聞に視線を落とした。

「昔は、社員は全員、株を買わなきゃならなかったんですか」甲介は誰にともなく訊ねた。

「安定株主対策ってやつだな」田沼が答えた。「社員ならそう簡単に株を売らないだろう。うちだけじゃなく、どこでも似たようなことをやってたんだ」

「給料から天引きでね」柴田がつけ加える。「普通、企業の株っていうのは千株単位でしか買えないんだけど、社員持株会なら一株からでも買えたんだ」

「最初は一口五十円じゃなかったっけ」細川が顔を上げていう。

「そうそう」田沼がうなずいた。「昭和三十三年かそこらだったからな。給料が一万円くらいじゃなかったか」

「高校を卒業したばかりのころだな」細川はまた老眼鏡を額の上に上げた。「手取りになると、一万円もなかった。初めて一万円札を手にしたときは、震えが来たもんだ」

「懐かしいねぇ」田沼は細川を振り返る。「おれとあんたは四国の工場にいたんだよな。製品の運搬係だった」

「そうそう。せっかく高校を出てきたっていうのに毎日荷物運びばかりさせられて、腐ってたころだ」

「何だって、今ごろになって社員持株会の話を持ちだしたんだ?」柴田が訊いてきた。

「ちょっと気になったものですから」甲介は曖昧に答えた。

「社員持株会のことなら総務が担当なんだから、お前さんが一番よく知っていなきゃならないんじゃないのか」田沼が甲介の痛いところを突いた。

「勉強不足でして」甲介は苦笑しながら頭を掻いた。「それにここに来て訊けば、何でもわかっちゃうから、つい」

「おだてたって、ダメだよ。何にも出ないよ」田沼が相好を崩しながら手を振った。

「皆さんもうちの株を持ってるわけですか」甲介が切り返す。

「持ってるっていっても」田沼は言葉を切り、細川と柴田を振り返った。「おれたちが持ってる株なんて、たかが知れてるよな」

「そうだ」細川が深くうなずく。「配当にしたって、今じゃ銀行振込だからな。カミさんにがっちり握られてるよ」

「うちもだよ」田沼は腕を組み、首をかしげた。「配当も給料も銀行振込だからな。亭主の権威なんてどこにもありゃしない。昔は給料日というと、かかぁがビールの一本も用意して待ってたもんだけどな」

「月給袋を渡すと、カミさんが両手で押しいただいて、ご苦労様ですなんて頭を下げたこともあった」細川が何度もうなずく。

「あんたのところはどうだった?」田沼が柴田を振り返る。

「うちも似たようなものかな。前の家内の時代だけどね」柴田がおだやかに微笑む。

「ああ、そうだった」田沼が眉を上げ、ばつの悪そうな顔つきになる。「申し訳ない」

「いや、昔の話だから」柴田は笑って答えた。「それに二度目の家内ともうまくいってるから、私は他人の二倍幸せだと思ってるよ」

柴田の先妻はずいぶん以前に病死していた。子供はとっくに結婚して独立しており、柴田は妻が死んだあとずっと独身を通していたが、二、三年前に再婚していた。

〈爺捨て山〉の三人が妻について話しているのを聞いているうちに、甲介の思いは自然と香織へと向かった。そうかといって香織との結婚など考えているわけではなかった。結婚どころか、一年後の自分が何をしているのかを考えるのさえ怖かった。香織には何も話していない。

また、香織との関係を終わりにすることも考えられなかった。香織とつき合う前なら、夜を一人で過ごすのは当たり前のことで、寂しいと感じなかった。ずっと一人でいたので、寂しいという感覚を知らなかったといった方が正確かも知れない。それが今、香織というパートナーを得て、甲介は何よりも彼女を失うことを恐れはじめていた。

ふたたび一人になれば、今度こそ耐えられないような気がする。精神が破綻してしまいそうな予感がする。

「おい」

声をかけられ、甲介は目をしばたたいた。田沼、細川、柴田がそろって甲介の顔を見つめている。誰に声をかけられたのかもわからなかった。

「どうした？　どこか躰の具合でも悪いのか」田沼が心配そうに訊く。「顔色が悪いようだけど」「それとも、あれかな」細川が意味ありげににやっとする。「新しい彼女でもできて、毎晩励んでるんじゃないの。あれもすぎると躰に毒だぜ」

「ご想像にお任せしますよ」甲介は晴れやかな笑みを閃かせ、すっと立ち上がった。

捜し物は、机の一番下の引出しの中、書類の下にまぎれてあった。

インナーイヤタイプのイヤフォンがさし込んだままになっていて、コードが鈍い銀色の本体に巻きつけてある。株主総会の議事録を作るのに沙貴に借りたままますっかり忘れていたヘッドフォンステレオだった。中に入っているカセットテープは株主総会のときのままだ。

テープを別の会議を録音したものに入れ替える。テープの側面に貼ったシールには、仰々しく経営戦略会議と記されているが、実際の中身は企画室と総務部が月例で行なっている実のない雑談にすぎない。ただ、企画室長の牧野と、総務部長の栄前田が形式張った会議を好むので、発表者はそれぞれもっともらしく発言している。

甲介はヘッドフォンステレオを机の下に置いた黒いバッグの中に入れた。

5

社員名簿に記載されている常務取締役　広川忠義《ただよし》という名前をピンク色の蛍光ペンで染め、

広川の名前があるページに黄色の細長い付箋を貼り付けた。数ページめくり、次に取締役業務本部長　粟野茂《しげる》の名前に同じように蛍光ペンで線を引き、付箋を貼る。さらにページをめくり、総務部長　栄前田敬之《たかゆき》、総務課長　持田晋《すすむ》、人事部長　佐伯俊夫《としお》、生産事業本部開発部企画室室長　牧野祐三《ゆうぞう》の名を選んで色をつけていった。

株価を操作し、社員持株会が保有する株式を増やすために仕組まれた抗ガン剤開発に関するニセの情報を流した六人の名前だ。香織から聞いた話をベースにしているが、六人の顔ぶれに確証があるわけではない。だが、真実など、どうでもよかった。社員名簿につけた印は永瀬をごまかすためのものでしかない。

六枚の付箋をつけた社員名簿を閉じ、蛍光ペンにキャップをすると、甲介はコーヒーカップを持ちあげてすっかり冷えた中身をすすった。砂糖とミルクをたっぷりと入れたコーヒーは甘ったるく舌にまとわりつき、不快な後味を残す。

カップを置き、社員名簿を足元においた黒いバッグに入れた。バッグの中には、社員名簿のほか、沙貴が忘れていったヘッドフォンステレオ、タオルにくるまれた拳銃が入っている。タオルはビニールテープで留めてあるだけで、簡単にむしり取れるようにしてあった。拳銃に残っている弾丸は四発、一発は薬室に送りこみ、撃鉄をハーフコックにして安全装置をかけてあった。

バッグのファスナーを閉じ、コーヒーを飲み干すと甲介は立ち上がった。テーブルに伏せて置いてある伝票を取りあげ、レジに向かった。コーヒー代を払い、喫茶店を出る。午後八時、東京駅地下構内にはむんとする熱気がこもっていた。

バッグを右手でぶら下げ、歩き出す。

東京駅の地下構内には、喫茶店、カウンターバー、レストラン、それにブランド物の化粧品を扱う雑貨店や書店が軒を並べている。ほとんどの店がまだ営業中だった。店をのぞきながら、サラリーマンやOLたちがそぞろ歩いている。頭上を覆っている天井には、革靴のかかとがつややかな床を打つ音が重なりあってこだましていた。

地下鉄丸ノ内線につづく地下道に出た甲介は、十台ほど並んだ公衆電話に近づき、端の一台の前に立った。バッグを電話機の上に置き、ズボンの尻ポケットから二つ折りになった財布を取った。中から永瀬の名刺と、テレホンカードを抜いた。

受話器を取りあげて左肩と耳の間に挟み、永瀬の名刺を見ながら事務所の番号を押した。何度かクリック音が聞こえ、電話が接続される。名刺をワイシャツの胸ポケットに入れ、無意識のうちに電話機を指先で叩きはじめた。

呼び出し音が聞こえ、甲介は周囲を目でうかがった。洋和化学の社員に出くわせば、永瀬に電話していることがひと目で知られてしまうような気がした。もちろん、甲介の思いすごしにすぎないのだが、落ち着かない気分に変わりはない。

二度目の呼び出し音が聞こえる。

ウィークデイの夜、午後八時をすぎて、洋和化学の社員が東京駅の地下構内をうろうろしていることは少なかった。何より経費節減が優先事項とされている中、残業はほとんどなかったし、社内の沈滞ムードを反映しているのか、酒を飲みに出る社員の数も減っていた。会社が終わったあとに飲むにしても、栄前田や持田のように酒屋のカウンターで立ち飲みするのがせいぜいだ。

午後八時といえば、大半が帰路につき、千葉や埼玉にある自宅に向かう電車の中で居眠りをしている時間帯だった。

受話器を持ちあげる音に、甲介の気弱な心臓はひくついた。

「はい、永瀬経済研究所です」永瀬が事務的な声でいう。

「洋和化学の山本です」甲介は低い声でいった。

「おう、兄さんか。待っとったんや」永瀬の声が急に人間味を帯びる。「今、どこや？　もううちの近所まで来とるんか」

「まだ、東京駅です。これからそちらに向かいます」

「えらいのんびりやな。タイム・イズ・マネー、いうてな、時は金なりなんや」

同じことをくり返しているだけじゃないか、と思いながらも甲介は平然と言葉をついだ。永瀬の声を聞いたとたん、腹が決まり、動悸もおさまっていた。

「ちょっと持ち出さなきゃならないものがあったんで遅くなりました。部署のほかの連中がいるとまずいものですから」

「ほう、何や」

「ここでは申しあげられません。人が大勢歩いているもので」甲介はわざと受話器を手でかこっていった。

「そうか、ちゃんとした証拠が手に入ったんやな」

「はい、ばっちりですよ」甲介は唇をなめた。「これからそちらに向かいますが、たぶん、一時間くらいでお訪ねできると思います」

「そうか。苦労かけるな。ご足労やが、ほな、早いとこ、こっちへ来たってや」

それから永瀬は最寄り駅から事務所が入っているマンションまでの道順を早口でまくし立てた。

「わかったか」永瀬が訊いた。

「ええ」

「ほな、よろしゅう」

いうが早いか、永瀬は叩きつけるように受話器を置いた。金属音に、甲介は思わず顔をしかめ、腹が強ばるほどの怒りを感じた。それでもそっと受話器をフックに戻した。緑色の電話機から吐きだされてきたテレホンカードを引き抜いた。

カードを戻した財布を尻ポケットに突っ込み、バッグをぶら下げて地下鉄の自動券売機に向かった。永瀬の事務所に行くには、地下鉄丸ノ内線で池袋《いけぶくろ》まで行き、さらに私鉄に乗り換えなければならない。事務所の最寄り駅は、池袋から五つ目だった。

自動改札を抜け、ホームに降りる。誰かとばったりあったら、池袋で友人に会うというつもりだったが、結局、誰の顔も見ずにすんだ。

電車がホームに入ってくる。レールの継ぎ目を拾う電車の音に、ブレーキのかん高いきしみが重なり、トンネルの内側に反響していた。すっかり思考能力をなくしてしまいそうな騒音に耐え、甲介はホームに立っていた。

電車が止まり、扉が開く寸前、ホームと電車の間から灼けたブレーキの熱気が立ちのぼってくる。ため息のような音とともに扉が開き、かたまりになって乗客が降りてくる。車内を埋めていた乗客の大半が降りてしまい、シートががら空きになった。

甲介は背筋を伸ばしてシートに座り、ひざの上に黒いバッグをおいた。

会社を出てから東京駅地下の商店街をぶらぶらして二時間ほどつぶし、その後、喫茶店に入った。食事はとらなかった。まるで食欲がなく、レストランの前を通り、厨房から流れだす油の臭いを嗅いだだけで、喉元に苦い液体がわき上がってくる。咽を灼く苦い液体はシュウを撃ったあとで、激しく嘔吐したことを思いださせた。

電車の扉が閉まり、床の下から重いモーターのうなりが聞こえはじめる。電車は池袋に向けてゆっくりと走り出した。

地下鉄の暗い窓に半透明になった自分の姿が映っている。両足をわずかに開き、腿の上に黒いバッグをのせていた。ワイシャツの襟元が開き、ネクタイは右に曲がっている。頭の後ろを窓にもたれかけさせているので、わずかにあごを突き出し、細めたまぶたの間から力のこもっていない視線で見つめ返していた。

甲介がぼんやりと自分の姿をながめていられたのは、隣りの大手町《おおてまち》駅に到着するまでのわずか二分ほどにすぎなかった。扉が開き、どっと乗客が乗りこんでくる。甲介は足を閉じ、姿勢を正して背中をシートに押しつけた。バッグを引きつける。うすい人工皮革を通して、てのひらに拳銃の硬い感触。タオルでくるんであるというのに、はっきりと撃鉄の形を感じた。

うつむいた甲介の前に立ったのは、女だった。黒のサマースーツ、透明なストッキングはひざの辺りがわずかにゆるんでいる。傷だらけで、ささくれ立っているようなパンプスのつま先を見て、若い女ではない、と思った。身なりに気をまわす余裕もないほどに疲れている女だ。目の前に立っている女の疲労が肌を通し、空気を伝わって、甲介に浸透してくるようだった。ねっとりとして、かすかに熱をもっているような疲れが甲介の皮膚を、筋肉を、骨の髄を侵していく。

男がいないのだろう、と思った。彼女を見、彼女をほめ、彼女を認める男の存在が感じられない。あるいは結婚して何年も経っているのかも知れない。夫は妻がどんな靴をはいているか、知らない。知ろうともしない。

誰かといっしょにいるなど、しょせん幻想にすぎないのかも知れない。甲介の場合は、香織だ。香織と抱き合い、夜を過ごし、言葉ではなく、肉体を通じて思いを確かめあう。確かめあわなければ、すぐにも形を失い、消えてしまいそうな思いでしかないことの証しだ。甲介と香織、香織と甲介、どちらも相手に幻想を押しつけている。同じベッドにいて、それぞれが自分の幻想を抱いているのと同じだ。

何十人もの乗客とひとつの車両という空間を共有していながら、甲介の脳裏に浮かぶのは、また、無数のシャボン玉だった。今にもはじけそうなうすい皮膜を守るために、距離を保ち、ゆらゆらと浮かんでいる。

甲介と香織のシャボン玉は近づいた。隣り合わせになった。だが、それだけだ。皮膜が破れるのを恐れずに触れ合ったわけではない。シャボン玉の内側を共有しているわけでもない。少なくとも甲介に関していえば、香織に何一つ話していないし、これからも話せないことはわかっている。

たまたま目の前に立った女のゆるんだストッキングが甲介を覚醒させた。

これから実行しようとしていることは、決して香織のためではない。甲介は自分が生き残るために永瀬を消去しようとしている。

消去、という言葉が浮かんだとき、思わず微笑みそうになった。消去ではなく、殺しに行くのだ。

永瀬を殺す。射殺する。シュウや森沢と同じように射殺する。

御茶ノ水駅で右隣りに座っていた男が立ち、入れ替わりに目の前に立っていた女が座った。ちらっと横顔を見た。肩にかかるほどに伸ばした髪の毛に二筋白髪が混じっている。頬骨が丸く突きだした、肉付きの良い女だった。女は席に座ると同時に大げさにため息をつき、うつむいて目を閉じた。

女は身じろぎし、甲介にむっちりとした肩を押しつけ、もう一度ため息をついた。サマースーツの生地を通して、女の肌から体温が伝わってくる。

甲介は目をすぼめ、バッグの上から拳銃を握りしめようとした。弾丸は四発。ここでいきなり拳銃を抜き、つづけざまに引き金をひけば、簡単にパニックが起こるだろう。だが、拳銃そのものに馴れていない東京の人間は、銃を向けられても叫ぶだけで、伏せることすらできないかも知れない。

それでも隣りに座って、わざとらしくため息をくり返している女くらいは確実に殺せるだろう。シュウや森沢を撃ったときと同じように、左右に広がった醜い鼻に銃口を押しつけ、引き金をひけばいい。撃鉄が落ち、薬莢の火薬が破裂する。飛びだした弾丸は女の鼻を引き裂き、骨を突き破って、ピンク色に染まった脳をかき混ぜるに違いない。

臭いが蘇った。女の頭蓋が割れ、つややかな窓に飛び散る脳漿を思い浮かべたとたん、シュウを撃ったときにスーツにしみついた臭いの記憶が唐突に浮上してきた。咽がすぼまる。記憶だけでも十分に嘔吐できそうだった。

それにしても、どうして隣りに座った女を憎悪しているのか。

今まで顔を見たこともなく、おそらくは今日を最後に二度と会うこともない女に、殺したいほどの憎悪を抱く理由は何か。

射殺するだけでは飽きたらず、破壊し尽くしたいとさえ願う憎しみはどこからわき出て来るものか。

隣りの女と触れ合っている二の腕の外側に鳥肌が立ち、首筋に冷たい汗が噴きだしていた。

甲介は目を閉じた。何十トンもある電車がレールの継ぎ目で跳ねる鋭い金属音が背中に突き刺さってくる。

女はさらに肩を押しつけてくるようだった。

消えろ、消えてしまえ、と甲介は胸のうちで叫ぶ。

『人を憎むのに理由なんか要らねえよ』

声をかけられ、ぎょっとして顔を上げる。

咽が鳴った。

左隣りに保坂が座っている。白っぽいジャケットに黒いシャツ、髪の毛はリーゼントにまとめてあった。突き出た頬骨もあの夜のままだったし、まだ二人で飲んだときの酒が残っているのか、目元が赤い。

『気にくわねえから憎む。それだけだ』保坂が笑った。前歯が一本、抜けている。『お前のようなインテリは不愉快とでもいうか』

不愉快だから、憎む、それだけ、と甲介は胸のうちでくり返す。

『そうだ』保坂がうなずいた。『埠頭でガキを撃ったのも気に入らなかったからだ。お前、殴ったり、殴られたりするのがものすごく怖いんだろ』

甲介はうなずいた。

『そして憎んでる。暴力そのものも、暴力を振るう奴も憎んでいる。恐怖が憎悪を生むんだ。自分ではどうにもならないことはひたすら憎悪するしかない』

保坂が喋るのを聞きながら、夢を見ているのだと思った。暴力、恐怖、憎悪といった言葉を保坂がさらりと使うとは思えない。

保坂の顔がにじみ、ゆがんだ。次に誰の顔になるか、甲介にはわかっていた。夢は思考を映像化する。

ふたたび隣りに座っている男の顔がはっきりと見えた。シュウだった。

『あんた、おれを撃ちたくて撃った。おれがあんたに蹴りを入れてる間、もっと蹴れ、もっと蹴れって思ってたじゃないか。おれたちがあんたを蹴るのに夢中になってれば、銃を取りだすチャンスができるからな』

甲介は表情を消し、シュウを冷ややかに見つめていた。鼻が顔にめり込み、飛びだした目玉をぶらぶらさせながら話しているシュウの顔はたちの悪いギャグのようにしか見えなかった。

『それにおれたちが蹴りつづければ、あんた、自分を正当化できるもんな。殺されかけたから、殺したんだって』

シュウもまた甲介の脳裏に浮かんだイメージにすぎなかった。学校での成績は悪くなかったと週刊誌にはあったが、正当化という言葉はいかにも不似合いだった。

シュウがにじみ、変形して、ヒロになる。ヒロは相変わらず鼻血を流していた。

『本当のところ、あんたは正当防衛で撃ったんじゃない。おれたちが憎かったんだ。殺したかった。だから撃った。あんた、実は憎悪のかたまりなんだ。熱帯夜も憎いし、昼間の太陽も憎い。座ることのできない電車も、資源の無駄にしか思えない仕事も、鼻毛を抜いてるだけの栄前田も、中身がないくせに偉そうに指図してる持田も、仕事をしている振りだけの小島も、新聞読んでお茶飲んでるだけの萩原も、皆、憎い。でも、撃てなかったんだよな。拳銃はあっても、撃つ理由がないもの。正当化できないもの。消費されない憎悪は腹にたまる一方なんだよ。だから、あんたは憎悪のかたまり、たまたまおれたちみたいなのが目の前に現われたら、はじけるんだ。今度は撃つ理由がある。正当化できる。そしてあんたの手には銃がある』

お前は撃ったんじゃなく、蹴り倒したんだ、と甲介はヒロに向かって念じた。

そしてヒロは森沢に変身する。左目の下にぽつんと穴が開き、黒く、ねばねばした感じがする血を流した森沢に。

『隣りに座った女も同じだよ。あんたを直に不愉快にさせた。おれがゴキブリの脚を食わせたのと同じことだ。あんたは、あんたを直接不愉快にさせるものに我慢ならなくなっている。夜になってもひどく蒸し暑いんで、あんた、溶けかかっていたんだよ。ばらばらになりかかっていたんだ。そこに拳銃がやってきた。顔の見えない相手に電話するような間だるっこしい方法じゃない。もっと簡単で、すっきりする方法だ』

森沢の顔もにじみはじめる。

が、その次には何も現われなかった。闇の向こうから、ただ声が聞こえてくる。闇が甲介を見つめていた。

声には聞き覚えがある。

それは当然だった。自分の声、なのだから。

『女を撃っちまえばいいんだ。電車の中で銃を乱射して、とにかく隣りの醜い女……、顔がまずいくせに、おれの関心を引こうとわざとらしくため息をついて、べたべたする躰を押しつけてくるような女は、撃ち殺してしまえばいいんだ』

目を開けた。

顔を上げ、周囲を見渡す。異様な静けさに、かえってかん高い耳鳴りがする。電車の中にはほとんど乗客はおらず、シートに座っているのは二、三人にすぎなかった。

終点の池袋に到着している。居眠りをしていたのは、十分か、十五分といったところだろう。

視線を下げた。

いつの間にか指の関節が白くなるほどバッグを握りしめていた。

甲介は震える息を吐き、ワイシャツのカラーが汗でべっとり濡れているのを感じながら立ち上がった。いつの間に眠りこんだのか、わからなかった。

ひょっとしたら、髪に二筋の白髪のある女も夢で見ただけなのかも知れない。

6

大人が三人、それだけで躰を押しつけ合いそうな狭いエレベーターだった。ゆっくり、ゆっくりと昇っていく。実際、階段を歩いた方が早そうだ。フロアを通過するごとに思わず背中が強ばるほど震動する。七階でエレベーターが停まり、扉が開いた。甲介はかすかにかび臭い臭いのする、うす暗い廊下に踏みだした。

永瀬の事務所が入っているマンションは、私鉄線駅前の商店街をしばらく歩き、右に折れたところにあった。十階建ての、細長い建物で、古びている。名刺に記されている住所とマンションの名前を確かめ、七〇二号室の郵便受けに〈永瀬経済研究所〉と書かれた紙片がさし込んであることも確認してある。

エレベーターを降りて、すぐ左手にあるのが七〇二号室だった。紺色に塗られた鉄製の扉に永瀬の名刺が貼りつけてある。わきにあるインターフォンをペン先で押した。ドア越しにチャイムの音が聞こえ、インターフォンのスピーカーから永瀬の声が流れてきた。

「はい」

「洋和化学の山本です」甲介は低い声でいった。

「ああ、待っとった。ちょっと待ってな、すぐにドア、開けるさかい」

「はい」

すぐに鍵を外す音がして、ドアが外に押しだされた。ドアチェーンを掛けたまま、細めに開いたドアの間に永瀬が顔を見せる。メガネをかけていない永瀬の顔は、甲介の記憶よりはるかに老けて見える。

「すまんの、ご足労かけて」永瀬がしわだらけの顔をほころばせた。「今、チェーンを外すからな」

ドアが一旦閉まり、金属をこすり合わせる音につづいて大きく開かれた。

永瀬はワイシャツの襟元をはだけ、黒っぽいズボンをはいていた。ネクタイは締めていない。白髪の混じった髪は乱れ、目元が赤らんでいた。吐息に酒の臭いが混じっている。甲介を見て笑いかけようとした永瀬の右目がひくっ、ひくっと痙攣する。

「兄さんがあまりに遅いからな、いっぱいやってたんや。でも、酔うてるわけやない。ちゃんと話はできるから安心してや」永瀬はドアを押さえたまま、躰をずらし、中へ入るようにあごで示した。「ここはわし一人しかいないから、すごくちらかっとるけど、まあ、勘弁な」

「いえ」甲介は小さく頭を下げ、玄関に入った。「お邪魔します」

甲介が狭い玄関に入ると、永瀬はドアをロックし、さらにチェーンをかけた。

永瀬はスリッパスタンドからぼろぼろになった赤い布のスリッパを取りだして、床に並べる。

「これ、使ってな」

「ありがとうございます」甲介は靴を脱ぎ、スリッパにつま先を入れた。

玄関から伸びる廊下の壁際には天井まで届く棚が置かれ、びっしりと雑誌が積み重ねてある。ちらりと背表紙を見た。どれも経済雑誌のバックナンバーのようだった。永瀬は先に立って部屋に入っていった。甲介がつづく。

永瀬の事務所は十二畳ほどの広さがあるワンルームだった。床は板張りで、ソファとテーブルが置かれ、応接セットの後ろ側に大きな机があった。机の後ろには神棚が設けられ、その下に天照大神と大書された掛け軸がかかっている。机の脇にはスタンドに日章旗が立ててあった。

部屋の入口の右側が台所になっていて、大型冷蔵庫が置いてあった。南側一面が窓になっているようだが、床まで届く分厚いカーテンに閉ざされている。窓際のすみにテレビがあり、バラエティ番組が映しだされていた。

左右の壁は廊下と同じように天井まで届くスチール製の棚が設《しつら》えられており、書籍や雑誌、書類を整理しておく紙製のファイリングケースがびっしりと並んでいる。

「まあ、座って」永瀬はソファを指さした。

また、永瀬の右目が痙攣したのを、甲介は見のがさなかった。

甲介は革張りのソファに腰を下ろした。テーブルをはさんで向かい側に永瀬が腰を下ろす。ウィスキーの瓶とグラス、吸殻が盛り上がっているガラス製の大きな灰皿が置いてある。

永瀬は床からリモコンを拾い上げるとテレビを消した。

「最近はどれもこれもお子さま向けの番組で、ちっとも見る気がしないな」永瀬はリモコンを床に放り出しながら照れ笑いを浮かべた。「それでも何にもないよりはましや。わし、こう見えても寂しがり屋でな。しんと静まり返ってるとダメやねん」

甲介は唇を結んで永瀬を見つめていた。

「そんなに緊張しないでも」永瀬の右目が二、三度痙攣する。「別にここに来たからって、兄さんを取って食うわけでもないで」

永瀬はちらっとウィスキーの瓶に目をやり、甲介に視線をもどした。

「それとも景気づけに一杯やろか」

「いえ、結構です」甲介は手を振り、黒いバッグを床に置いた。「先に仕事の話を片づけましょう」

「そやな」

そういいながらも永瀬はふいに眉間にしわを刻み、甲介の顔をのぞき込んだ。甲介のひたいをしげしげと見ている。

甲介は心臓がきゅっと絞られるように感じた。が、表情には出さず、永瀬を見つめ返して訊ねた。

「どうかしましたか」

「兄さん、ケガしてたんと違うか」永瀬はにやっとして、自分のひたいを指さす。「デコや、デコ」

「はあ」甲介は曖昧に返事をした。

「兄さんのことやったら、何でも知ってるで。わし、兄さんを買ってるからな。兄さんの力添えなしには、今度の仕事もちっともうまくいかん」

「別に、ケガは」甲介は背中に汗が浮かぶのを感じた。

ひたいに傷を負ったのは、シュウを撃った夜だ。ヒロに足を引っかけられ、前のめりに倒れたときにアスファルトの路面にひたいをこすった。べろりと皮が剝け、その後、何日か、小豆色のかさぶたを作っていた。

その間に永瀬は甲介を見かけたに違いない。

「気をつけな、あかんで。兄さんも大事な躰や。自分だけの命と思ってもらったら困る。わしと兄さんはな、いわば運命共同体っちゅうやつやから」永瀬はにやにやしながらソファに躰をあずけた。「それにしても兄さんも案外間抜けやな。自転車に乗ってて、コンビニの旗にぶつかったんやて?」

「ええ」甲介はうつむき、笑みを浮かべて頭を搔いた。「本当にお恥ずかしい話で」

なぜ永瀬が甲介に目をつけたか、沙貴の送別会の夜、トイレの前で出くわしたのか、その理由がわかった。

甲介はバッグのファスナーを開けながらいった。

「この間、電話でお話しした通り例の抗ガン剤の話はまったくのでたらめなんです」

「株価を操作するためにお宅の偉いさんが偽情報流したっちゅう話やったな」

「はい」

甲介はうなずき、社員名簿を取りだした。数カ所、黄色の付箋がはみ出している。名簿を永瀬の前に置く。

「一応、その情報を流した連中の名前に印をつけておきました」

「兄さん、そのことをどこから聞いた？」

永瀬がまっすぐに甲介を見つめている。甲介はわずかに目をすぼめ、永瀬の目を見返していた。しわの刻まれたまぶたの下で、茶色がかった瞳が微動だにせず、甲介をにらんでいる。

しばらく二人はにらみ合っていたが、やがて甲介がため息をつき、目を伏せて答えた。

「秘書課の女性主任に聞きました」

「宮下とかいう、女やな」

甲介ははじかれたように顔を上げ、目を大きく開いて見せる。永瀬が勝ち誇ったように笑みを浮かべた。

「いうたやろ。兄さんには注目してるって。秘書課で女の主任といえば、宮下とかいうオールドミスや。こっちは全部調べてる」

　永瀬の口から香織の名前が出てきても驚きはしなかった。秘書課にいる女性主任が一人しかいないことを、本社にいる社員なら誰もが知っている。

「それで？」永瀬がうながした。

　甲介はうつむいたまま言葉をついだ。

「半年くらい前、うちの会社と取引銀行の間でちょっとしたもめ事があったそうです。毎年継続して行なわれていた融資を、次年度から打ちきりたいという話が銀行側から持ち出されました」

「銀行さんはどこも苦しくなってきてるからな。回収できるうちに回収して、業務を縮小しようっちゅうわけや。しかし、銀行から毎年融資を受けて、それで運転資金をまかなっている会社は多い。それが絶たれれば、企業にとっては即刻、死活問題になる。洋和化学さんとしても、事情はそれほど変わりなかったんやな」

　永瀬の言葉に、甲介はあごを引くようにしてうなずいた。永瀬は腕を組み、首をかしげる。

「それでこの連中が動いたっちゅうわけかい」永瀬はテーブルの上に置かれた社員名簿をあごで指した。「手持ちの株が紙屑になったら、わやや。その前に売り抜けたろうと考えたわけやな。考えられんことでもないが」

永瀬はしきりに右目をぱちぱちさせた。心なしか、まばたきの回数が増えているような気がする。

甲介は目を逸らし、バッグの中からヘッドフォンステレオを取りだしてテーブルの上に置いた。

「何や、これ？」永瀬がヘッドフォンステレオと甲介を交互に見る。

「わが社では、月に一度、経営戦略会議が開かれています。主に業務本部、人事とか、経理とか、ぼくのいる総務の部課長クラスが集まって、自由に討議することで新しい経営形態を探ろうというものです」

永瀬が身を乗りだしてきた。

甲介はつづけた。

「社員名簿を見ていただければわかりますが、例の偽情報をながした連中と、経営戦略会議のメンバーとはほぼ一致します。連中の名前がわかってから、このテープを見つけるまでにはそれほど手間はかかりませんでした」

「ほな、このテープに偽情報のことが」

「聞いていただければわかります。テープが始まって七、八分は他愛もない雑談がつづきますけど、そこから聞いていただいた方が肝腎の部分についても理解しやすいと思います。肝腎な部分の話し合いには、隠語も多いですから」

「そうか」

甲介はイヤフォンを取って、永瀬に差し出した。永瀬がインナーイヤタイプのイヤフォンを両耳に押し込み、甲介を見上げてうなずくのを待って、再生スイッチを入れる。テープがまわりだした。ボリュームを調整しながら永瀬の目をのぞき込む。

永瀬は右手の親指と人さし指で環を作って見せた。

次に甲介は社員名簿を永瀬の前に置き、最初に付箋が貼ってあるページを開いた。常務の広川の名前を人さし指で示した。永瀬は社員名簿を両手で引き寄せ、ページをめくりはじめた。

甲介はバッグの中に両手を入れ、拳銃をくるんでいるタオルを外した。右手で銃把を握って、慎重に撃鉄を起こし、安全装置を解除する。

拳銃を抜きながら、永瀬を見やった。白髪まじりの頭頂部はわずかに毛が薄くなっていて地肌が蛍光灯の光を反射していた。

甲介が銃を構えるのと、にやにやしながら永瀬が顔を上げるのが同時だった。

引き金をひいた。笑顔を貼りつけた永瀬のひたいに穴が開く。永瀬の後ろにある机と日章旗に赤黒い血と脳漿が飛び散る。

永瀬がのけぞった。ソファの背にもたれかかるようにしか見えなかった。

まだ、間の抜けた笑みを顔に貼りつけていた。

甲介は立ち上がり、永瀬の顔に銃口を近づけると、目と目の間を狙って、もう一度引き金をひいた。

聞こえているのは、エアコンが冷気を吐きだす低いうなりだけだった。

ソファに腰を下ろした甲介は拳銃から弾倉を出し、遊底を引いて薬室に装填されていた弾丸を抜いた。引き金をひいて、撃鉄を落とす。硬質な金属音が響きわたり、首筋の毛が立つのを感じた。テーブルの上に転がった弾丸を弾倉に戻し、さらに弾倉を銃にさし込むとタオルにくるんでバッグに入れた。

ヘッドフォンステレオの停止ボタンを押し、イヤフォンのコードを引いた。少し力を入れただけでイヤフォンは永瀬の耳から抜けた。たぐり寄せ、コードを本体に巻きつけてヘッドフォンステレオをバッグに入れる。

永瀬が両手で持っている社員名簿を引き抜いた。永瀬が見ていたページには、霧状の血が降ったようで、ごく小さな赤い斑点が散っている。甲介は表情を消したまま、社員名簿を閉じ、バッグに放りこんだ。

バッグのファスナーを閉める。

ソファの背に躰をあずけた永瀬は天井を見上げていた。ひたいに二つ、穴が開いている。穴の周囲がわずかに盛り上がり、黒っぽい血が流れ出していた。両目の間を狙って撃ったのだが、銃口が上がり、二発目もひたいに命中していた。永瀬がもたれかかっているソファは噴きだした血でぬらぬら光っていたものの、黒の革張りなので血の赤は目立たなかった。

目は赤くにごり、ぽつんと小さくなった茶色の瞳が浮かんでいる。コンタクトレンズのようだ、と甲介は思った。

永瀬の目はもう何も見ていない。光も表情も失っていた。それでいて唇の両端はまだ持ち上がったままだった。汚れた歯がのぞいている。顔は血の気を失ってまっ白で、石膏で作られた精巧な仮面に見えた。

部屋の中には薄青い硝煙がただよっている。鼻を動かした。花火の後のような匂いの底からおぼえのある悪臭が立ちのぼってくる。錆びた鉄の臭いは血、吐きだしたばかりの痰のような臭いは脳漿だ。

甲介は背広のポケットから綿製の白い手袋を取りだした。香織に脅迫状を送るときに買ったドライバー用の手袋だ。手袋を両手にはめ、黒いバッグを左手でぶら下げて立ち上がる。

もう一度、永瀬を見おろした。右目の痙攣はなかった。

黒いバッグを左手でぶら下げ、廊下に出るとドアをきちんと閉めた。玄関でスリッパを脱ぐときちんとスタンドに戻した。

靴を履き、ドアを開ける。左右を見渡したが、ほかの部屋のドアは閉ざされたままだった。

鉄製のドアを静かに閉める。鍵はそのままにしておくよりない。

エレベーターの前に立ってボタンを押す。ドアがすぐに開いた。甲介が来たときのまま七階で停まっていたものか、あるいはほかの部屋の住人が使った後なのかはわからなかったが、エレベーターが動く速度を考えれば、待たずに乗り込めたのは運がよかった。

一階に到着し、エレベーターを降りた甲介は振り返ったり、周囲をうかがったりせずに歩き出した。ひざはしっかりしており、いつもの歩調だった。呼吸も乱れていないし、心拍も意識していなかった。

甲介は手袋を脱いで背広のポケットに入れると商店街に向かって歩き出した。熱帯夜だった。歩き出したとたん、汗が噴きだす。首や腕に濡れたワイシャツがはりつく。商店街に出た甲介は駅に向かって歩きながら、最初に目についた公衆電話に近づいた。財布からテレホンカードを抜き出してスリットにさし込む。

すっかり暗記している一連の番号を押す。二度、三度とクリック音が聞こえ、電話がつながる。二度目の呼び出し音の途中で受話器が持ちあげられた。

「もしもし」

香織はかかってきた電話に対して名乗ろうとしない。ひとり暮らしの女にとっては防衛手段の一つなのだろう。

「おれだよ」

「早かったわね」香織が声を弾ませる。「電話をくれるにしてももっと遅い時間だと思ってた」

「思ったより用が早く片づいてね」

甲介はバッグをわきに抱え、背広のポケットに入れておいたタバコを取りだした。一本を抜いてくわえ、ライターで火をつける。ニコチンが血中に流れ出し、かすかにめまいを感じる。

額の汗を指先で拭った。

「これからそっちに行ってもいいかな。三十分くらいで行けると思うけど」

「食事は？」

「まだだ。何かあるかい」

「簡単なものしかないな。スパゲティくらい。ビールは冷やしてあるけど」

「上等だよ」甲介は口許に笑みを浮かべた。「じゃ、あとで」

「三十分くらいね」

「ああ」

甲介は受話器をフックに戻した。テレホンカードが吐きだされ、間の抜けた電子音が間欠的に響いていた。

7

永瀬の死体が発見されたのは射殺から二日後のことだった。

出勤前に見たテレビのニュースによれば、匿名の電話を受けた警察が現場に駆けつけ、死体を発見したという。永瀬のマンションではドアに鍵がかかっておらず、室内も物色された跡がないことから何らかのトラブルに巻き込まれたか、あるいは恨みによる犯行と見られていた。

通勤電車の中で新聞を読んだが、テレビのニュース以上にくわしい内容はなかった。永瀬は死体となって発見される三日前、都内で知人に会っており、殺されたのはそれ以降であり、司法解剖の結果を待って死亡推定時刻を確定すると書かれていた。

新聞を東京駅で捨ててから、甲介はあっさりと永瀬のことを忘れた。シュウ、森沢、永瀬と射殺も三人目となれば、何も感じなくなるのかも知れない。

午後四時すぎになって、秘書課の女性社員が甲介を呼びに来た。役員応接室で接客中の栄前田が呼んでいるという。甲介はチェックしていた社内備品のリストをしまい、立ち上がった。今まで接客中の栄前田に呼ばれたことはなかった。呼ばれた理由をあれこれ考えたが、思いつかない。それに栄前田が誰と会っているのかも知らなかった。

役員応接室のドアをノックして、甲介は声をかけた。

「失礼します」

すぐにドアが内側から開けられた。ドアを開けたのは香織だったが、甲介を見てもまったく表情を変えない。二人の交際は、まだ社内の誰にも知られていなかった。

奥のソファに腰を下ろしていた栄前田が手招きする。手前のソファには背広姿の男が二人、並んで座っていた。

甲介は客に会釈してから栄前田に近づいた。

「確か永瀬さんがわが社を訪ねてきたときに応対したのは、君だったよね」栄前田は甲介を見上げて訊いた。「おぼえているかな、情報誌のことで訪ねてこられた人だ」

「はい。おぼえています」甲介はうなずいた。

「こちらは警視庁からいらっしゃった地神《ぢがみ》さんと田中《たなか》さん」栄前田がテーブルをはさんで向かい側に座っている二人の男を紹介した。

甲介はあらためて二人に向きなおった。

一人は四十代半ばくらい、グレーのスーツを着て、細かい水玉模様の紺色のネクタイを締めている。四角い顔は脂っ気に乏しく、しわが目についた。白髪の目立つ髪はくしゃくしゃで、細い目をしていた。剃り残しの頰の髯まで白くなっていた。

もう一人は若く、おろし立てのような紺色のスーツを着て、臙脂《えんじ》のネクタイを締めていた。短く刈った髪をきちんと整えてある。縁なしのメガネをかけていた。

二人とも隙のない目つきをしている。

「実は永瀬さんが亡くなったんだよ。君、知ってるかい」栄前田が訊ねる。

「いいえ」

「今朝、テレビのニュースに出たらしい。新聞にも載っているということだったけど」栄前田は雲脂《ふけ》の浮いた頭を搔き、地神と田中に向きなおる。「こちらが永瀬さんがいらっしゃったときに応対した総務課の山本です」

「少しお話をお聞かせ願えませんか」中年の刑事が甲介に訊く。

「はあ」甲介は言葉を濁し、栄前田を見やる。

「かまわないよ」栄前田がうなずく。「殺人事件ということだからね、できることなら協力して差し上げて」

「わかりました」

「じゃあ、ここにかけて」栄前田はそういいながら尻をずらした。

甲介は栄前田のとなりに座り、二人の刑事に向かい合った。どのような顔をしていればいいのか、甲介にはわからなかった。たしかに保坂が拳銃を持ち込んだときやシュウを撃ち殺した夜には警察を恐れていたのだが、今となってはどちらも遠い昔の出来事のようだったし、その後、森沢と永瀬を撃ったことで甲介の感覚は削り取られ、鈍麻していた。

実際、刑事が目の前にいるのに、甲介の胸のうちを占めていたのは、いつものうすい皮膜の向こう側にいる誰かという感覚だけだった。

中年の刑事が名刺を差し出した。若い方は身じろぎもしないで甲介を見つめている。

名刺を受けとった甲介は眉間にしわを刻んだ。名刺は左上に〈HP〉と浮印があり、北海道警察本部総務部情報課と記されている。その下に巡査長　地神幹夫《みきお》と印刷されていた。

「実は交換留学のようなものでして」地神は決まり悪そうに笑みを浮かべた。「我々地方の警察官が警視庁の捜査手法を勉強するために一定期間こちらに派遣されるんですよ。田舎じゃ、殺人事件などほとんどありませんから」

甲介は名刺を手にしたまま、地神を見た。

笑みを浮かべているために地神の眼光はゆるんでいた。下がった目尻にしわが寄っており、人の好い、うだつの上がらない教師のように見える。

地神がつづけた。

「名刺では北海道警察本部となっていますが、実は私、もっと田舎の所轄署勤務なんですよ。東京に派遣されるために、形だけ本部付きになってますけど、本当のところは田舎で盗犯を担当してまして」

「そうですか」甲介はテーブルの上に名刺を置いた。

「私の隣りにいる田中さんは、芝南署の刑事課におられましてね」

地神がちらりと目をやると、田中は甲介を見つめたまま、小さく頭を下げた。甲介も会釈を返す。

芝南署といえば、シュウとヒロの事件を担当している警察署だった。そのことに気がついても、甲介は反応を圧し殺した。

「田中さんは、いわば私のインストラクターというわけです」地神は頭を掻いた。「私も今は芝南署の方にお世話になっておりまして、いつも田中さんといっしょなんですよ」

香織が盆に載せた茶を運んできて、甲介の前に置いた。地神、田中、それに栄前田の前にはすでに茶が置かれている。

香織が使っているオーデコロンが鼻先をかすめていく。茶を置いた香織は役員応接室を出ていった。

甲介に運ばれてきた茶を見てはじめて気がついたように地神は目の前にあった湯呑を持ちあげ、音を立ててすすった。湯呑を置き、鼻を二度つまんでから、顔を上げる。

「本当のところ、今度の事件は、私のような田舎者がしゃしゃり出てこられるようなものじゃないんですけどね、何しろ人手が足らなくて」

「大事件なんですか」栄前田が身を乗りだした。

「これはご存じかも知れませんけど、今年の夏に起きている、拳銃による連続射殺事件と今回の永瀬さんの事件とがかかわりありそうなんです」

「連続射殺事件」栄前田が唾を飲み、咽を鳴らした。「永瀬さんも同じ犯人に殺されたということですか」

「その可能性があるというだけです」地神はにっこり微笑んで訂正した。「まだ、鑑定結果が出たわけじゃないんですけど、永瀬さんを殺したと思われる銃弾が現場から発見されまして、それが一連の事件と同じ四十五口径の弾丸なんですよ。それで合同捜査本部から我々が派遣されたような次第で」

「うちの会社に、何か疑いでもお持ちなんですか」栄前田がかすれた、低い声で訊いた。

「まさか」地神は顔の前で両手を振る。「実は永瀬さんは、彼が事務所として使っていたマンションで発見されましてね。発見されたときの様子からその事務所が犯行現場であることは間違いないんですけど、そこで御社の名刺が見つかりましてね」

地神が甲介を見る。

「こちらの山本さんの名刺です」

「山本君」栄前田が甲介のそでを引いた。「君、名刺を渡したのか」

「はい」甲介は栄前田をまっすぐに見てうなずいた。「名刺交換しました。ほかの媒体関係の方にも名刺をお渡しししていますが、何かまずかったですか」

「いや、別に」栄前田はあわてて首を振る。

地神が割り込んでくる。

「まあ、それで永瀬さんがこちらと面識のある人物なら、こちらにお訪ねすれば何かわかるかと思いまして。先ほども申しあげましたように、私はこちらに勉強させてもらいに来ている身でして、犯人を追うというより、周辺の事実を調べるように命じられているんですよ。まあ、犯人を追いかけろといわれても東京じゃ、満足に電車にも乗れないもんですから。それにしても東京の人は電車に乗るときによく迷いませんね」

「と、いわれますと」栄前田が訊き返す。

「地上を走る電車でも山手線に京浜東北線《けいひんとうほく》、そのほかにJR線があって、さらに私鉄でしょう。

そして地下鉄があって、それがまた複雑に入り組んでいる。私の地元じゃ、廃線ばかりでして、列車を利用することなんて札幌に出るときくらいなものですから」

「東京ははじめてですか」

「お恥ずかしい話なんですが、実は高校の修学旅行以来なんですよ。だから面食らうことばかりで」地神は照れ笑いを浮かべる。

田中はまったく話に加わろうとせず、甲介をじっと見つめていた。甲介は地神に目をやったまま、田中の視線を平然と受けていた。

地神は背広のポケットからタバコを取りだし、栄前田と甲介に持ちあげて見せながら訊いた。

「かまいませんか」

「どうぞ」栄前田がすかさず答え、テーブルの上にあったクリスタルの灰皿を地神の前に押しだした。

「すみません。躰に悪いことはわかっていますし、周りの人にも迷惑をかけているんですが、どうにもやめられないんです。ヤクザものにいわせますとね、タバコは覚醒剤よりもたちが悪いそうですよ」

地神はタバコをくわえ、百円ライターで火をつける。顔をしかめて吸いこみ、煙を吐きだした。

ほんの一瞬、田中が地神を見て眉を動かした。

「覚醒剤より、ですか」栄前田が首をかしげる。「信じられませんな」

「まあ、ニコチンが切れたからといって幻覚を見るようなことはありませんが、連中にいわせますとね、覚醒剤をやめるより禁煙の方が難しいというんですな。ニコチン中毒の方が根が深い。それにタバコを喫っても何もいいことがないともいうんですよ」

「たしかに」栄前田があごを引くようにうなずいた。「百害あって一利なしとは、まさしくその通りですね」

「まあ、覚醒剤ならセックスがよくなるとか、怖いものがなくなるとか効能があるようですが」

地神は灰皿の上でタバコを叩いた。

「セックスがよくなるんですか」栄前田は興味を引かれたようだった。

「私も聞いた話で使ったわけじゃありませんけど、何でも快感の時間が長くなるらしいですな。男の場合だと、あれが一リットルも出ているように感じるそうです」

「一リットル」栄前田が素っ頓狂な声をあげる。「そんなに出たら、死んじゃうんじゃありませんか」

「本当にそんなに出るわけじゃありません」地神が苦笑いしながらいった。「そんな感じがするというだけです」

「それにしても一リットルですか」栄前田は腕を組んで首をかしげた。

「地神さん」田中が声をかける。

「こりゃ、失礼しました」地神は灰皿の中でタバコを押しつぶしながらいった。「どうも田舎者はのんびりしてていけません。皆さんもお忙しいのに下らないお喋りをして」

地神はそういうと足下においたクラッチバッグのファスナーを開いた。

「私はどうにもカバンが好きになれませんでね。手がふさがっているととっさのときに対処できないような気がして不安なんですよ」

「対処といわれますと?」栄前田が訊く。

地神はクラッチバッグの中を探りながら言葉をついだ。

「制服を着ているときには、原則として手にものを持ってはいけないことになってます。だから警察官は傘を差せません。手がふさがっている状態で犯人と出会えば、逮捕どころではありませんからね」

「その対処ですか」栄前田は深くうなずいた。「つねに犯人逮捕を心がけていらっしゃるとは、さすが日本の警察が世界一優秀だといわれるわけですな」

栄前田のわざとらしい笑い声が役員応接室の天井に虚ろに響く。

「ありました」地神がバッグから取りだしたのはプラスチックのうすいフォルダーに入った書類だった。「どうも整理が下手くそで、自分でカバンに詰めておきながらすぐに見つけられないんですよ」

地神はフォルダーに挟んだまま、書類を見ていた。目を細め、腕を伸ばして書類を遠ざけている。

地神はフォルダーに挟んだままの書類を甲介に差し出していった。

「これともう一点資料があるんです、ちょっと見ていただけますか」

「はい」

甲介はフォルダーを受けとった。調書と右上に記された書類の上に写真が二枚はさまっている。

「ああ、写真を取りだして結構ですよ」地神がちらりと甲介の手元をみていう。「そこに写っているのが永瀬さんに間違いありませんか」

甲介はいわれたとおりに写真を取りだした。写真は二枚とも俗にサービス判といわれるサイズで、飲食店の中で撮影されたスナップのようだった。写真の永瀬は赤い顔をして、金色のマイクを握っている。一枚は右から、もう一枚は左から撮ったものだった。どちらも同じワイシャツにネクタイで、同じときに撮影されたものだろう。

わきから栄前田がのぞき込む。甲介は栄前田の前に写真を差し出した。

栄前田は写真に手を伸ばそうとせず、甲介を見た。

「この人か」

「はい」

「部長さんは永瀬さんにお会いになっていないんですか」地神が口をはさんだ。

「いえ、お見かけはしているんですが、ちょうど会議の直前に来られたもので、ちょっと離れたところから顔を見ただけなんですよ。それもほんのわずかの間でした」栄前田は甲介に視線を移す。「確か、そうだったよね」

「はい」甲介はうなずき、フォルダーの上に写真を置いた。

「あった、あった」地神はバッグの中から手帳をとりだした。

地神は手帳をめくり、目的のページを見つけた。手帳を遠ざけたり、近づけたりしながら目をしばたたく。一つうなずくと、目を上げて甲介を見た。

「そちらに写っているのが永瀬さんに間違いありませんか」

「はい」甲介はまっすぐに地神を見返して答えた。「そう思います」

「永瀬さんは、どのような用があって御社を訪ねてこられたんですか」

地神の問いに、甲介は栄前田を振り返った。甲介の代わりに栄前田が答える。

「実は永瀬さんは最初、私に会いたいといわれたんです。アポイントもなく、事前に電話の一本もありませんでした。それで突然いらっしゃられて、私に会いたいと」

「栄前田さんに会いたいといわれたんですか、それとも単に総務部長に？」

「総務部長に、ということだったと思いますが」栄前田は宙を見上げた。「私の名前は出なかったように思いますね。はじめていらっしゃる方の大半は総務部長に会いたいとおっしゃられるんです。総務というのは、何でも屋で、渉外窓口でもありますから、永瀬さんに限らず、ああいった方の大半は総務部長に面会を求めてきますから」

「ああいった方、とは？」地神が穏やかに訊いた。

「媒体関係といいますか」栄前田が曖昧に語尾を濁した。

「総会屋？」

「ええ、まあ」栄前田はあわてて言い添えた。「ただうちとしては、何のお付き合いもありません。永瀬さんに限らず、どんな関係の方もお断わりをしています。最近ではちゃんとした経済雑誌にもまったく広告を載せていません。こう景気が悪い、と」

「どうして永瀬さんが総会屋だと思われたんですか。はじめてこちらにいらっしゃったんでしょう？」地神の口許からはいつの間にか笑みが消えていた。

「総務を訪ねてくる媒体関係の方は、業界誌か、経済紙なんです。うちは歴史のある会社ですし、株式も上場しておりますので、そういった関係の方とはお付き合いが多いんですよ。だから、わかります。それに本人が確かそうおっしゃっていた、と」栄前田はふいに甲介を見た。

「確か、そういってたね」

「はい」甲介はきっぱりと答えた。「永瀬さん本人が企業ゴロといってました」

栄前田は甲介の口振りにぎょっとしたようだったが、何もいわなかった。

「企業ゴロ、ですか」地神が眉を上げ、手帳を見やる。「そちらの写真、たしかに永瀬さんですね」

「はい」甲介が答えた。

「そうですか」地神は手帳に目をやったままつづけた。「実は永瀬経済研究所の所長、永瀬幸四郎氏は三年ほど前に亡くなってましてね」

8

最初に動いたのは、地神だった。田中に目配せをする。田中は小さくうなずいて立ち上がった。

栄前田がまばたきして、田中が役員応接室を出ていくまで目で追った。ふたたび地神に視線をもどす。

「永瀬さんは亡くなっている、ということですか」栄前田がかすれた声で訊いた。

「はい」地神がうなずく。

「それじゃ、うちの会社に来た、あの方は？」

「実は我々も今日の昼ごろまでは、事務所で殺されていたのが永瀬幸四郎氏だとばかり思っていました。永瀬氏のご家族に連絡がつかなくて、身元の確認が遅れたんです」地神は苦笑しながら言葉をついだ。「この三年間、事務所に出入りしていたのが殺されたあの男だったんで、マンションの管理人も隣り近所の人も皆、永瀬さんと呼んでましたし」

「永瀬さんのご家族に連絡がついたわけですね」

「ええ、午後になりまして、ようやく。奥さんが山梨でご子息と一緒に暮らしておられるんですが、そちらに連絡がついたら、ご主人は三年前に死んだといわれて。事務所の名義は奥さんに変わっていて、業務は秘書をしていた小野保彦《おのやすひこ》という男に引き継がれているそうです」

「秘書、ですか」

「まあ、秘書といいましてもね。永瀬氏と同様の商売をしていたわけですから」

「永瀬氏と同様、といわれますと?」栄前田が首をかしげる。

「そうですな」地神はメモ帳を閉じた。「そちらの言い方をお借りすれば、媒体関係ということになりますか」

「やっぱり」栄前田はソファの背に躰をあずけた。上目づかいに地神を見る。「それじゃ、殺されていたのは小野とかいう人なんですね」

「先ほどごらんいただいたのが小野さんの写真です」地神は栄前田と甲介を交互に見比べて訊ねた。「それで小野さんなんですが、こちらにはどのような用件でいらっしゃったんでしょうか」

「先ほど申しあげたとおりです。永瀬さんでも小野さんでも、お答えする内容に変わりはありません」栄前田は目の間を揉み、二、三度まばたきする。「小野さんが当社にお越しになられたのは、一度だけです。それも私に、いえ、総務部長に挨拶をしたいと来られただけで、それ以降は二度といらっしゃっていません。そのとき、当社としても小野さんに何もお約束していませんし、もちろん、利益供与などは一切ございません」

地神は甲介に視線を移した。

「その通りですか」

「はい」甲介はうなずいた。「私は部長の代わりに小野さんにお目にかかりましたが、情報誌を買ってもらいたいといわれただけでした。うちが今、経済雑誌への広告出稿を一切見合わせていることをご説明しましたら、それで納得されたようで」

「本当に納得したんでしょうか」地神が甲介をさえぎる。

「納得というか、そのときはそれだけでお引き取りになられました」甲介はちらりと栄前田を振り返った。

「地神さんがおっしゃるとおりですよ」栄前田は両手で顔をこすった。「たぶん、小野さんはそれだけでは納得されていないでしょう」

「また、来るといって帰っていったわけですな」地神はメモ帳の角であごをつついていた。

「しかし、それにしても何だって小野さんはお宅の会社に目をつけたんでしょうね」

栄前田は笑みを浮かべ、両手を広げて見せた。

地神が眉を動かす。

「丸の内ですからね」栄前田は両手で周囲を示した。「ここらあたり一帯、丸の内、日本一のビジネス街です。有名、無名、大小取り混ぜてびっしり会社が並んでいます。ランダムに訪問して歩くとすれば、効率がいいんじゃありませんか」

「なるほど」地神はうなずいた。

栄前田が身を乗りだす。

「もし、うちの会社に近づいた目的が何かあるとすれば、それからも何度か、いらっしゃっているると思います。ですが、訪問は一度だけでした。実はわが社では、総務を訪ねてこられた方については記録を取っているんです。とくに、媒体関係となれば」栄前田がにやっとして見せる。「まあ、うちの会社が独自につけている記録ですから、証拠にならないといわれればそれまでですが」

「とんでもない」地神は首を振った。「もし、よろしければ後で小野氏、記録上は永瀬氏ですか、いずれにせよ彼が訪ねてきたときの記録を拝見できますでしょうか」

「ええ」栄前田はうなずき、甲介を振り返った。「あのときの記録はB書式だっけ」

「はい」甲介が答える。

「何ですか、そのB書式って。もし、差し支えなければお教え願えればありがたいのですが」

地神は二人を交互に見て訊いた。

「かまいませんよ」栄前田がにこやかに応じた。「簡単なことなんです。あまりにしつこく訪問をくり返したり、また、問い合わせの内容が株主の利益に直接かかわるようなことであれば、応対の記録を事細かに取って置くんです。これがA書式。B書式というのは、あまり内容のない訪問の記録で、単に日付と、相手の名前、住所、電話番号、ともうしましてもたいていは名刺を貼りつけて終わりですが、それを応対した者が書類にして残しておくんです」

小野は抗ガン剤に関する噂を聞きつけて会社に来た。甲介は小野との会話をすべて栄前田に報告してあったが、記録は残っていない。たしかに栄前田がいうとおり、甲介が残した書類はB書式で、そこには永瀬名義の名刺が貼ってあるだけだった。抗ガン剤に関する偽情報を流した張本人の一人が栄前田である以上、とぼけ通すつもりでいるのは甲介にもよくわかった。

栄前田は腰を浮かせた。

「何でしたら、今、ここへ持ってこさせましょうか。小野さんの名前はどこにも残っていませんが」

「いいえ、まだ結構です。必要が生じれば、あとで拝見させていただくかも知れませんが」地神はため息をつき、メモ帳を閉じた。

小野の写真を入れたフォルダーとメモ帳をクラッチバッグに入れる。

「いや、お手間をとらせて申し訳ありませんでした」地神は湯呑に手を伸ばした。

「こちらこそ、何のお役にも立てませんで」栄前田が愛想よくいう。

「とんでもない」地神はあわてて手を振った。「我々の仕事はこうして事実を一つひとつ確認していくことなんですよ。小さなことからこつこつと、ですな」

「大変ですね、警察のお仕事も」栄前田は湯呑に手を伸ばしかけた。「私、刑事物のドラマが好きで、よく見るんですよ」

「私も刑事物のドラマには憧れますな」

「ほう。本職の方でもそうですか」

「ええ、ドラマの刑事は一切書類を作ってませんから」地神がにやりとして見せた。

そのとき、ドアが開いて、田中が戻ってきた。地神のとなりに座り、手帳を開いて見せる。

地神はちらりとのぞき込んでうなずいた。

地神と田中がぼそぼそと話をしている間にふたたびドアが開き、今度は香織が顔を見せた。

香織は会釈をして役員応接室に入ってくると、栄前田に近づいてメモを渡した。

「わかった」栄前田が香織に向かってうなずく。「すぐに行くよ」

「失礼します」香織は一礼して、出ていった。

栄前田は躰を起こし、地神と田中を見た。

「申し訳ありませんが、次の会議がもう始まっておりまして、私、そちらに出席しなければなりませんので」

甲介は香織が渡したメモの中身について考えていた。少なくとも栄前田がいうように会議の出席をうながすものでないことはわかっていた。今日の午後に会議の予定は一件もない。

「こちらこそお忙しいところをすっかりお邪魔してしまって」地神が恐縮する。

「ご連絡を下されば、いつでもできるかぎりのご協力はいたします」栄前田は腰を浮かした。

「では、これで」

「ちょっと、ちょっと待ってください」地神が手を上げて栄前田を制した。

「まだ、何か」栄前田の口許から笑みが消える。

「いえ、部長のお話は十分承りました。あとは、直接小野氏に応対された山本さんに二、三、確かめさせていただきたいことがございまして」

「山本に、ですか」栄前田は中途半端に腰を浮かせたまま、ちらりと甲介を見た。

「本当にあと二つ、三つ、簡単なことなんです。お手間は取らせません。五分か、十分で結構なんです」地神がたたみかける。

栄前田は甲介に視線を据えたまま訊ねた。

「君、仕事の方は大丈夫か」

「はあ」甲介は首をかしげた。「色々たて込んでますが」

「いえ、あと五分で結構ですから」地神が食い下がる。「部長、よろしくお願いします」

「そうですか。わかりました」栄前田は甲介を見やっていった。「君も仕事があるだろうけど、何しろ殺人事件の捜査だから、我々としても協力させてもらわないとね。いいね」

甲介はしっかりとうなずいた。

栄前田は地神と田中に愛想笑いを向けると、さっと立ち上がり、部屋を出ていった。

地神はすぐに質問をはじめようとはせず、甲介に断わったあとでタバコに火をつけた。地神が煙を吐きだしても、田中は表情を変えずに甲介を見つめている。

地神は火のついたタバコを指の間に挟み、目を細めて甲介を見た。

「山本さん」地神が呼ぶ。

「はい」甲介が答える。

「山本さんは、駒込にお住まいなんですね」

「はあ」甲介は怪訝な思いを曖昧な笑みに紛らわせた。「そうですが、それが何か」

地神はじっと甲介を見つめているばかりで何も答えようとしない。田中はひざの上に置いた両手の指をからませ、身じろぎもしない。

田中が先ほど見せたメモは甲介の自宅を社員名簿で調べた結果なのだろうか、と思ったが、表情は変えなかった。ただ背筋の毛が立つ感じがして、そればかりはどうにもならなかった。

「いえ」地神は首を振った。「部長さんと、山本さんに関しても一応、確認させていただくのが我々のやり方でして。何でも疑ってかかるのが、我々の仕事なんですよ。ご気分を悪くされたら、勘弁して下さい」

「いえ」甲介は笑みを浮かべた。

「実はさっき申し忘れたんですが、小野なんですけど、永瀬の仕事を引き継いだものの実際にはあまり上手くいっていなかったようです。商法が改正されましてね、連中も簡単には企業に近づけなくなった。こんなことは総務部のあなたにとっては釈迦に説法なんでしょうけどね。まあ、ご存じかも知れないが、かつて総会屋といわれていた連中の動きは、より巧妙になってましてね。そして組織で動いている。ところが、死んだ永瀬は一匹狼だったんですな。徒党を組むのを潔しとしなかった」

地神の口調がわずかに変わっていた。

「はあ」

甲介は生返事をし、ちらりと田中を見た。あごを引き、わずかに上目づかいでにらんでいる田中の視線をまともに見る格好になり、すぐに地神に目を戻した。

地神は灰皿に手を入れ、ていねいにタバコを押しつぶしていた。煙を吐き、口を開く。

「小野は永瀬の仕事を引き継いだものの、取引先までは引き継げなかったらしいんですよ。永瀬のころにつき合いのあった企業にはほとんど出入りできなくなっていた」

地神が何をいおうとしているのか、甲介にはまるで見当がつかなかった。

「小野っていう男はね、元々ライターだったんですよ。フリーランスで経済雑誌に記事を書いているうちに永瀬と知り合った。それで秘書になったんですけど、聞こえはいいけど用は雑用係だったんです。運転手から、電話の応対、それに永瀬名義の原稿なんかを書いていた」

甲介は地神を見つめたまま、動けなくなっていた。

「まあ、小野って男は永瀬の仕事を全部引き継げるようなタマじゃなかったんですな。それで永瀬が死んだあと、永瀬の名前を利用して金を稼ごうとしたようですが、企業の連中にもなめられましてね、相手にはされなかったようです」地神は肩をすぼめた。「フリーライターでしたから、色々なところに原稿を書いて小金を稼いではいたようです。ときどきね、原稿を雑誌社ではなく、取材先に持っていって買ってもらっていた。私がいっている意味、わかりますか」

「はい」

もし、企業側が書かれている内容を公表されたくなければ、小野に原稿料以上の金を払って買い取ることも考えられる。その方が小野にとっても大きな実入りになるだろう。書かれた企業側はそうした原稿が存在していたことすら否定する。小野はまるで税金のかからない金を受け取ることができる。

地神は茶を飲み干し、湯呑を置いた。

「だけど、危険なんです。企業側にしろ、総会屋にしろ、根深いところでは今でもしっかり結びついている。あなた方のいう媒体関係が小野の存在を黙認するのは、小野が動いて、つかんできた情報が結果的には連中にとっても儲けになるからなんです。だけど媒体関係を抜きにして、勝手に企業から金を受けとったんじゃ、示しがつかんわけですよ。企業は連中にとっては金の卵を生む鶏みたいなものですからね。小野は、いわば卵泥棒。放っておけば、真似するやつが出てこないとも限らない」

地神は首を左右に倒した。肩こりが激しいのか、首筋が湿った音を立てた。

「そうなると、連中にとっちゃ死活問題ですからね。見過ごしにできんわけですよ。だから、小野は永瀬の名前を隠れ蓑に使った。小野保彦という人間の存在を消して、永瀬が亡きあとも事務所は前と同じように機能しているように装っていたわけです。もし、からくりがばれれば、これです」地神は自分の首に手刀をあて、舌を出した。

甲介はまばたきすら忘れて地神を見つめていた。

「我々もね、当初はその線で捜査しようとしてたんです。マンションには鍵もかかっていなかったし、死体はそのまま放置されていた。組織が動いたとしたら、死体の始末なんか簡単ですよ。まして小野のようにバックのない男であれば実に簡単に消せる。それをあえて死体を放置したっていう意味、わかりますか」

「見せしめ、ですか」

「はい」地神がうなずく。「我々もそう考えたんです。でも、違った」

三人は沈黙の中で互いににらみ合っていた。甲介が最初に顔をしかめ、身じろぎする。

「何が違うんですか」

「犯行に使われた拳銃です。最初に申しあげたように小野を殺した銃弾は四十五口径、つまり今年の夏に起こっている連続殺人の銃と同じです」

「それで、ですね」甲介はにっこりと微笑んだ。「ようやく意味がわかりました」

「何が?」地神が片方の眉を上げる。「何がわかったとおっしゃられるんですか」

「先ほど、私が駒込に住んでいることを確かめられましたよね。たしか駒込駅の近くで殺された人も連続射殺事件に関わりがあるとか」

「よくご存じですね」

「そりゃ、自分が住んでいる近所で起きた事件ですから、気がつきますよ。テレビで大騒ぎしてますから」

「なるほど」地神は目を伏せ、わずかの間考え込んだ。ふたたび甲介の目を見る。「ただ連続射殺事件だとすると、動機がわからないんですよ。竹芝桟橋の高校生、そば屋の店員、そして今度は総会屋崩れのライター」

「動機、ですか」

「そう。人を殺すにはそれなりに理由があるはずなんです。愉快犯といいましてね、楽しみで人を殺す奴にしても、犯人なりのこだわりがありましてね。それで犯人を絞り込んでいけるんですが、今度のようにあまりにつながりのない人間が被害者になっていると、それが難しい」

甲介は口を閉ざした。

ふいに地神の口許がゆるむ。

「すみません。たまたま山本さんのお住まいが駒込とお聞きしたもので、話が脱線してしまいました」

「いいえ」

地神が立ち上がる。田中がすぐにつづいた。甲介も立ち上がった。

地神は背が低く、異様に肩幅の広い男だった。

「実は小野が殺されたと思われる日の夜、彼の事務所があるマンションから出てくる男性が目撃されてましてね。暗い中だから顔まではっきりわかったわけじゃないんですが、黒っぽいスーツを着ていたようです」

「そうですか」

「いずれにせよ、犯人は必ず捕まえますよ。彼は行き当たりばったりで人を殺しているわけじゃないんです」

「そんなことがわかるんですか」

「そば屋の店員にしろ、小野にしろ、至近距離から撃たれてましてね。まあ、そば屋の店員はガード下で撃ち殺されていたんですから、通りすがりの犯行と考えられなくもないですが、小野の場合はマンションの中ですからね。それも向かい合って座っている。見も知らぬ人間を部屋に入れたりはしないでしょう」

「そうですね」

「きっと近しい人間だったに違いありません」地神は小さく頭を下げた。「色々ありがとうございました。いずれまた、お話をうかがうことがあると思いますが、その節にはよろしくお願いいします」

吐き気、がする。

咽がいがいがして落ち着かない。今にも食道を逆流し、咽を押し開いて、酸っぱい臭いのするかたまりがこみ上げてきそうな気がする。

9

「はい、天玉そば、おまちどうさま」

はち切れそうな白衣を着た、太った女が丼を放り出し、ステンレスを張ったカウンターの五百円硬貨をつまみ上げると八十円の釣り銭を置いた。太った女の真っ白でむっちりした手の甲にはえくぼが並んでいた。

甲介は、朱色をした円筒形の容器を取りあげ、丼の上で振りはじめた。七味トウガラシがそばの上に降りかかる。

地神と名乗った刑事の顔が脳裏をかすめていく。唇の両端を持ちあげ、人の好さそうな笑顔を見せ、ひっきりなしにお喋りをしていたが、それでいて目だけは笑っておらず、抜け目なく甲介を観察していた。北海道警察から警視庁の捜査方法を学ぶために派遣されたということだった。しかし、インストラクター役であるはずの若い刑事は完全に地神の手足として機能していた。腕と足を四本ずつ、目も四つ、それでいて頭は一つという化け物が地神だ。

トウガラシを振りつづける。ほとんど殻ばかりの小エビとタマネギを大量のうどん粉でつなぎ、安物の油で揚げたかき揚げと、だらりと広がった玉子の上に七色のトウガラシが舞い落ちる。丼は内側が白、外側が灰色、縁が群青色だった。醬油色のつゆには、虹色に光る油が浮いている。のれんの内側からただよってくる醬油と鰹節の強烈な匂いに誘われ、つい店の中に入ったものの、太った女が投げやりに注文をくり返すのを聞いたとたん、食欲は失われていた。

ふたたび思いは地神との会話に戻っていく。

永瀬幸四郎は三年前に死んでおり、秘書を務めていた小野保彦が仕事を引き継いでいた。だが、小野は永瀬ほどの力量も度胸もなく、かつて生業としていたライターとして細々と生きていたにすぎない。

そうした中、小野が総会屋として乗りこんでいたのは、ひょっとしたら洋和化学だけだったのかも知れない。小野が洋和化学にやってこられたのは、おそらくは社内にいる内通者に手引きされたからだろう。

甲介の脳裏にまとわりついて離れないのは、ひたいにうがたれた二つの銃創でも、ぽつんと小さくなって光を失っていた瞳でもなく、最後に会った夜、小野の右目がひどく痙攣していたことだった。極度のストレスによって現われる現象の一つという記事を週刊誌で読んだことがある。

小野は態度や口調とは裏腹に甲介に会うことを恐れていたのではないか。張りつめた神経は顔面を震わせ、酒を飲まずにいられなかった。小野の呼気に混じっていたのは、濃密なアルコールの気配だった。

鼻を鳴らす音に思いが中断される。太った女が細い横目で甲介の手元をのぞいている。もう一度鼻を鳴らし、つぶやいた。

「トウガラシだって、ただってわけじゃないのに」

甲介は機械的に手を動かしながら目の細い女を見た。分厚くファンデーションを塗っているので顔と首の色がくっきりと違っている。口紅は重い赤、目の上を青く塗り、頬骨の下には陰が描かれている。ちょっとした衝撃を加えれば、女の化粧はひび割れ、崩れ落ちそうだった。

目の前に立っている女がテレビの前に寝そべり、ポテトチップスを食べて、二リットル入りのペットボトルからコーラを飲んでいる姿が目に浮かんだ。女の腿ほどしかない腰回りの男性タレントが医者を演じるドラマをなめるように見つめている姿だ。

喉元にしつこくまとわりついている吐き気の原因は目の前に立っている、化学物質で毒々しく彩色された歩く脂肪だ。今さらながら森沢が懐かしかった。たった一杯のそばをはさんで張りつめたやり取りをしていた森沢にもう一度会いたかった。目の前にいる女は、ひたすらデブで、吐き気がするほどに醜悪だ。

さっさと死ねばいい、と甲介は思った。

女がじっと見つめる甲介の視線に耐えきれなくなり、顔をそむけ、さらに離れようとした。

しかし、立ち食いそばの厨房はあまりに狭い。洞窟の入口が小さくて頭すら出せなくなった山椒魚に似て、女はその場で躰を反転させただけだった。太りすぎ、自由を失った醜悪な脂肪の塊りだ。

甲介は七味トウガラシの容器を置き、割箸を手にした。汁をひと口飲み、箸の先端でかき揚げを割っていく。虹色の油を切り裂くように、汁の表面に浮いたトウガラシが広がっていく。うまいも不味いもない。感じるのは、唇が腫れ上がりそうなトウガラシの刺激だけだった。そばをたぐり、すする。伸びかけたそばを大量に口に入れて、ぐちゃぐちゃ音を立てて咀嚼しながらふたたび物思いに沈んでいった。

小野が事務所のマンションで射殺されていたことから、警察は顔見知りの犯行と見ていた。たしかに見も知らぬ人間を簡単に部屋に入れるはずはない。甲介と小野は、最初の接触以来連絡を保ち、事件当日は小野に呼ばれて事務所に行っている。警察はいずれそのことも調べ上げるのだろうか。

そもそも小野が洋和化学にやってきたのは、抗ガン剤開発にからんだ偽情報に誘われた結果だった。栄前田は情報を流したメンバーの一人だっただけに、地神と田中に対してそのことを徹底的にとぼけていた。はじめて小野が訪ねてきたときにも抗ガン剤について質問されたことを報告していたが、栄前田は一笑に付したものだ。そのときには持田までいっしょになって甲介を笑ったが、持田も偽情報を流したメンバーの一人だった。

会社の方から甲介と小野の関係が露見することはないだろう、と思った。

汁を吸い、ふやけて、崩れかけたかき揚げを口に運ぶ。いつもの通り、そばを半分食べ終えたところで玉子を割り、汁に溶かした。汁をすする。感じるのは舌のわきに突き刺さるトウガラシばかりだった。

地神は、小野殺しに使われた拳銃が一連の射殺事件に使われている四十五口径であるといった。まだ銃弾の鑑定結果が出ていないので、同じ拳銃から発射されたものかわからないととぼけていたが、とっくに調べはついているのかも知れない。いずれにせよ、時間の問題だろう。間違いなく拳銃はシュウと森沢を殺したものなのだから。

小野の事務所には、甲介の名刺が残っていた。おそらく地神は最初から甲介に会うつもりで洋和化学に来たのだろう。だから田中がすぐに社員名簿で甲介について調べ、甲介の住まいが駒込駅の近くにあることを知った。

地神は、小野と接触した甲介が駒込駅の近くに住んでいることを偶然とは見ないだろう。少なくとも地神は一挺の拳銃による第二の事件と第三の事件の接点を見いだした。地神は愛想のいい、お喋りな男だが、同時に抜け目ない目つきをしていた。

ちょうどそばを食べ終え、一息ついたところで立ち食いそば屋の向かい側にあるコンビニエンスストアから白髪の男が出てくるのが見えた。

甲介は床においた黒いバッグを拾い上げると、店を出る。太った女は何もいわずに甲介を見送った。憎々しげな目をしてにらんでいることは、振り返らなくてもわかる。

甲介はバッグをわきに挟み、歩調をゆるめた。コンビニエンスストアから出てきた白髪の男は駅のわきにある踏切で立ち止まっている。遮断機がおり、警報機が鳴っていた。遮断機の前では三台の車、それに小型のオートバイや自転車、歩行者が待っている。

会社を出たところから男を尾けはじめ、JR京浜東北線蒲田《かまた》駅で私鉄に乗り換え、三つ目の駅で降りた。私鉄に乗り換えたあとは、白髪の男が振り返らないか、そればかりを心配していた。が、男は一度も振り返ることなく電車を降り、駅前のコンビニエンスストアに入った。なかなか出てこない男に苛立った甲介だったが、ついそばつゆの匂いに誘われて立ち食いそば屋に入ったのだった。

コンビニエンスストアを出た男は、両手に店の名前が入った大きなポリ袋を下げていた。甲介のところから袋の中身に見当をつけるのは難しかったが、かさがあるわりに軽いようだった。

白髪の男を尾行しながら、何日もかけて森沢を見張っていたのを思いだしていた。森沢が何時に出勤し、何時に店を出るのか、どのようにして店までやってくるのか、一つひとつ確かめていった。自分が住んでいる地元でさえ、数日かけてようやく撃つチャンスをつかんだのだ。今日、片がつかなくともあわてる必要はない、と甲介は自分にいい聞かせていた。

遮断機が上がり、人も車も同時に動きはじめる。白髪の男は尾行されていることなどまるで疑っていないのだろう。のんびりした足どりで商店街を歩きはじめた。

甲介も動く。左のわきの下に抱えたバッグに右手を添えていた。

一軒家を持つことがステータスといわれた大田区の高級住宅街のはずだが、駅の周辺にはこぢんまりとした商店街がひらけ、マンションやアパート、小さな住宅が密集しており、東京でよく見かける下町の景色とあまり変わらなかった。道路は車がようやくすれ違えるほどの広さしかなく、アスファルトは波打っていて、両側にはずらりと並んだ商店が迫っていた。

白髪の男が魚屋をすぎ、マンションの角を曲がった。姿が見えなくなる。甲介はそぞろ歩く人並みを縫うように走り出した。魚屋の前では、鮮魚の臭いが鼻をついた。マンションの角を曲がる。

たたらを踏んだ。

白髪の男が立ち、まっすぐに甲介を見つめている。

「私を尾けてきたんだね」総務部別室、通称〈爺捨て山〉の一人、柴田が穏やかにいった。

甲介はほおを流れ落ちてきた汗を拭うこともできず、柴田を見つめ返しているばかりだった。

「まあ、いい。実は私の連れ合いがこのすぐ近くでスナックをやっていてね。これからそこへ行くところなんだ」柴田があごをしゃくる。「そこで話をすればいいだろう」

甲介はバッグを握りしめたまま、うなずいた。

「いらっしゃいませ」

ビールを差し出しているのは、豊かな茶色の髪をした女だった。オリーブ色の肌に明るい茶色の目、鼻が高く、口が大きかった。腰は細かったが、グリーンのワンピースからのぞく乳房は丸く、大きかった。

　甲介は小さなグラスを持ちあげ、ビールを受ける。

「お前はもういい」柴田が怒ったような顔つきで手を振る。「この人と二人で話があるんだ。お前はお通しの用意でもしていなさい」

「パパさん、いつも、私を怒ってばかりね」女は婉然と微笑み、目尻にしわを刻んだままちらりと柴田を見やる。

　柴田は唇をへの字に曲げたまま、グラスを口許に運んでビールを一息に飲み干した。女がビールを注ぐ。柴田は上目づかいに女をにらみ、あごをしゃくってカウンターを示した。

「どうぞ、ごゆっくりしていって下さい」

　女はたどたどしい日本語でいい、二人が座っているボックス席から離れていった。

　柴田はグラスを置き、手酌でビールを注ぐと、甲介のグラスにもついだ。テーブルの上には、ピーナッツと柿の種を盛った小皿が一つ、それにガラスの四角い灰皿が置いてあった。灰皿にはウィスキーの名前が印刷されている。

「フィリピンから出稼ぎに来たんだ」柴田は瓶をテーブルの上に置き、小さな声でいった。「知り合ってから、もう三年になる。ジュリーと暮らすようになってから、子供たちは私に連絡をしてこなくなった」

甲介はビールをちびちびと飲んだ。足元においたバッグをつま先でつついている。

「考えてみれば当たり前かも知れない。ジュリーは、私の長女より三つ若いんだから」
十二、三人ほどが座れるカウンターにボックス席が三つ、甲介と柴田が座っているのは店のもっとも奥にあるボックスで、すぐ目の前にトイレのドアがある。店内はうす暗く、客の姿はなかった。
「びっくりしただろう」

そういって柴田はにっこり微笑んだ。邪気のない笑顔につり込まれ、甲介は思わずうなずいた。

「〈爺捨て山〉で、田沼さんや細川さんがいってましたよね、柴田さんが若い奥さんをもらったって。でも、こんなに若いとは思いませんでした」

「あいつら、ヤキモチ灼いてるんだよ」柴田は満足そうな笑みを浮かべていった。「我々くらいの歳になるとね、息子がなかなか役に立ってくれなくなる。最近はいい薬も出ているようだけど血圧だの心臓だの心配してまで使いたくはないね」

「はあ」甲介は曖昧にうなずいた。

「君くらいの歳だと想像もつかないだろうけど、アレができない、おのが息子が役立たないために女性の前で不面目を味わうというのは、そりゃ、プライドが傷つくもんだよ。それが怖いからね、なかなか女性に近づこうとしなくなる」

柴田はカウンターの中で立ち働くジュリーにちらりと目をやり、ふたたび甲介に視線をもどした。目が穏やかに笑っている。

「私もジュリーに会うまで、自分がもう一度男として復活するなんて想像もしなかった。びっくりしたよ」柴田はテーブルにひじをつき、甲介の目をのぞき込んで訊いた。「実際、何が効いたか、知りたいかね」

「そうですね」甲介の口許には自然と苦笑が浮かんだ。

スタイルがよく、整った顔だちのジュリーが柴田を相手に濃密なサービスをしているシーンが脳裏をよぎった。苦笑に紛らわせてしまうよりない。

「愛だよ、愛」柴田は生真面目な顔をして断じ、あごを引くようにしてうなずいて見せた。「ジュリーはね、私を愛してくれた。愛してくれたからこそ、ほかの誰でもなく、この私を男として求め、頼りにしたんだ。お父ちゃん、がんばってという具合にね。それが私を奮い立たせたんだよ」

柴田が目を伏せた。肩をすぼめる。一気に歳をとり、躰が縮んでしまったように見えた。グラスを持ちあげ、唇を湿らせる。

ため息まじりに言葉を継ぐ。

「先妻に先立たれてからね、私は死人だった。子供たちは……」柴田の口許を寂しげな微笑がよぎる。「子供たちといったって、長男はもう三十だし、長女も二十代の後半だ。二人とも結婚していて、子供もいる。どちらも同居は望まなかったな。息子は今、フランクフルトにいるよ。あっちで結婚してね。一生ドイツにいるといってる。娘は埼玉にいるんだけど、さっきもいっただろ、この一年くらい電話も寄こさないよ。妻が死に、息子と娘がそれぞれ家を出ていった。この歳で、一人というのはね、まあ、歩く死人のようなものだな」

ふいに甲介の脳裏に蘇るシーンがあった。駒込駅の近くにあるコンビニエンスストアで見かけた、作業服姿の初老の男。年回りは柴田とほぼ同じくらいだろう。パック入りの白飯を買い、ひじきの煮物を買おうかと考えていた。

柴田はビールをひと口飲み、つづけた。

「子供たちがいなくなってね、しみじみ女房のありがたさがわかったよ。人はね、一人では生きられない。この歳になるとね、よけいにそう思うよ。女房が生きている間はね、そんなふうには考えなかった。仕事、仕事、仕事で、朝早く家を出て、仕事帰りに一杯やって、真夜中に帰宅する。家庭のことなんか考えていられるかって、そんな時代でもあったんだろうな。ないがしろにしたよ。そうやってローンを払ってきた家にね、一人きりになってしまった。女房の仏壇の前で何度も泣いたな。思い出のないのが悔しかった。二人で旅行をしたこともなかったし、外へ飯を食いに行ったことすらなかった。そんなのは、格好悪いと思いこんでいたんだね。だけど、一人になってみると、どうしてそんな簡単なことをしておかなかったのか、と。それが悔しくてね、泣いたよ。何回も泣いた。声をあげて、子供みたいにぽろぽろ涙を流してね。

もちろん仏壇の中の女房は何もいわない。幽霊でも何でもいいから出てこいって怒鳴ったこともあったな。だからね、田沼や細川にもよくいってやるんだよ、奥さんを大事にしなさいって。あとから後悔しても何にもならないぞって。あいつら、鼻で笑ってるけどね」

柴田は重く、長いため息をついた。

甲介がぬるくなりかけたビールを飲み干すと、柴田がまたついでくれた。甲介は柴田が持つ瓶を取り、柴田のグラスに注ぎ返した。

柴田は手の中のグラスをじっと見つめながら、言葉をついだ。

「ジュリーはね、フィリピンに亭主と子供がいるんだ。彼女の両親と、妹夫婦もいる。交通事故で片腕をなくした弟もいっしょで、向こうでは十二人が同じ家に暮らしているんだ。それぞれ仕事もしているんだが、稼ぎは知れてるから、ジュリーの仕送りが頼りでね」

柴田はちらりとカウンターをうかがい、それから一段と声を低くした。

「ジュリーから聞いたんじゃないよ。彼女は独身だって言い張ってる。私が探偵を使って調べたんだ。私立探偵というのはなかなか優秀だよ。ちゃんとフィリピンまで行ってね、写真を撮ってきた。ジュリーの子供たち、三人いるんだけど、彼らの写真を全部持ってるよ。さすがに亭主の写真は破り捨てちゃったけどね」

甲介は身じろぎもせず、柴田の話を聞いていた。

「金が要るんだ。だから、あの男を巻き込んだ」柴田はぽつりとつけ加えた。「それと、君をね」

10

「永瀬は大学時代の同級生でね。つき合い始めたのは、かれこれ四十年以上も前だ。もっとも奴さんが死んじまったんで、四十年のつき合いまで届かなかったな。三十九年か。あともう一息で四十年だったんだが、まあ、四十年という時間に何の意味があるのかといわれれば、何にもないというべきだろうけどね」

柴田はビールを注いだグラスを見つめたまま、ぼそぼそとしゃべりつづけた。甲介が聞いていることなど、念頭になく、ほとんど独り言だった。

「あいつはね、とにかく人と違ったことをやりたがった。一種の目立ちたがり屋とでもいうのかな。我々が大学を卒業したのは、昭和三十六年だった。まだ、高度経済成長がはじまる前だったけどね。今から思えばいい時代だったよ。未来があったからな。働けば働くほどいい暮らしができるといわれていたし、我々も素直に信じたな。そのうち高度経済成長だ。もう戦後は終わったなんていわれてね。一戸建ての家、自家用車、テレビもカラーになるし、クーラーがついたときなんて、そりゃ、びっくりしたよ。とにかく働いた。だけど永瀬の奴だけは、そんな我々を冷ややかにながめていたね。たしかに学校の成績はよかったな。だけど中途半端だったんだ、結局ね。飛び抜けて頭のいい男であれば、それなりの仕事もできたんだろうが、我々が卒業した大学なんて、駅弁大学っていわれてさ、駅弁を売っている駅には必ず大学があるっていわれてたクチなんだ。そんなところで成績がよくたってたかが知れてるだろ。でも、永瀬はダメだったんだな。自分が十把一絡げの一人、その他大勢だとは思えなかった。それでも、永瀬と私はなぜか気が合ってね、ちょくちょく会って、酒を飲んでいたんだよ。永瀬が総会屋のような仕事を始めたのは、ひょっとしたら、私の影響かも知れないな。私は入社したときから一貫して経理畑だったからね」

柴田の目の下には脂肪の袋をぶら下げたようなたるみができていた。テーブルの上に吊り下げられた照明の光を浴びて、白っぽくなった顔に張りはなく、目尻や唇の端にしわが刻まれている。喋るほどに唇の端に泡になった唾がわいていた。

あと三十年で柴田と同じ歳になる、と甲介は思った。三十年とひと口にいっても、生まれてから今日まで甲介が生きてきた時間よりも長い。途方もなく遠大な時間に思える。

しかも、柴田がいうように昭和三十年代から四十年代、働けば働くほどみるみる暮らしぶりが豊かになっていった、少なくとも物の面では豊かになっていった時代、あるいは豊かになると素直に信じられた時代であれば、無我夢中になって働くこともできただろう。だが、今は、〈未来〉が見え透いている。甲介がどれほど働いたところで、小さなマンションを一つ、中古の車一台、定年後に数回の海外旅行がせいぜいだろう。洋和化学の業績が大きく伸びることは期待できず、まして総務部門にいる甲介にしてみれば、目新しい仕事にぶつかるチャンスにも乏しい。昇進したところで、栄前田か持田のように日々をやり過ごしていくのが精一杯で、だからといって会社を飛びだしたところで、三流私大の法学部卒ではまたしても同じような職種にありつければ運のよい方で、それにしたところで給料は今よりも格段に落ちることを覚悟しなければならない。

そこまで思って、はっと気がついた。

甲介に未来はないのだ。拳銃を手に入れてからすでに四人、殺している。逮捕されれば、おそらくは死刑だろう。法学部出身でありながら、法律に関する知識は皆無だったが、死刑はまぬがれないと予測することはできた。北海道警察から派遣されてきたという地神は、甲介に目をつけているに違いない。

むしろ、鬱々とした時間をやり過ごすだけの人生が死刑によって終止符を打たれるなら、それはそれで望むべきことではないか、と思った。少なくとも人とは違った人生を歩むことができる。

いつの間にか柴田が口をつぐみ、じっと甲介を見ていた。

甲介は目をしばたたいて、柴田を見つめ返した。

「事務所で殺されていたのは永瀬ではないんだ」柴田が切り出した。

「知っています。警察が来ました。小野という人だそうです」

「ああ」柴田がうなずく。「気の小さな男でね。永瀬の振りをさせるのに苦労したよ。自分は関西に住んだこともなければ、行ったこともないのに大阪弁を使ってね。永瀬が京都出身だったんだ。死ぬまで関西訛りが抜けなかった。小野はそれを真似ようとしたんだが、京都弁というより大阪弁だな。それもインチキの。テレビで漫才を見ておぼえたような大阪弁だった」

「何もかもインチキだったんですね」

「永瀬経済研究所、所長の永瀬、大阪弁、たしかに皆、インチキだった」

「抗ガン剤の話も」

甲介の言葉に、目を伏せていた柴田の眉がぴくりと反応した。ゆっくりと目を上げる。

「抗ガン剤の話は嘘なのか」

「嘘です。広川常務や栗野本部長、それにうちの部長や課長がいっしょになって流した偽情報でした」

柴田の顔がゆがむ。指の関節が白くなるほどグラスを握りしめた。手が小刻みにふるえている。

甲介は香織から聞いた話を一通り柴田に話した。取引銀行との悶着、株を売り抜けようとした話、偽情報を流したメンバーについて。

「でも、どういうルートで情報を流したのかまではわかりませんが」甲介がいった。

「業界誌紙の記者を通じて、だろう。栄前田や牧野がからんでいるとなれば、奴らにとって手っ取り早いのはその方法だ。マスコミや、証券会社が問い合わせをしてきたときには、否定してみせる。気心の知れた業界誌の記者にだけ、耳打ちするんだ。ここだけの話だ、誰にも話すな、とね。そうすれば噂はどんどん広がっていくよ。噂というのはね、流れている情報について当事者が否定するってことなんだよ。否定すればするほど、信じ込んでいく連中がいる」

柴田は首を振った。

「私は広川に耳打ちされた。会社のトイレでね。実は、あいつは私より一年あとに入ってきたんだよ。あいつが入社したときにそろばんの使い方を教えてやったのは私なんだ。それ以来のつき合いでね。その話をトイレで聞かされたときにも、先輩、ここだけの話なんですがっていっていた。私は警戒すべきだったんだな。あいつが先輩と呼ぶなんて、何か下心があるに違いなかった」

「どうして柴田さんに教える気になったんでしょうね」

「社員の持株会だよ。私は長い間幹事をやっていた。今でも影響力があるよ。それに持株会のメンバーで個人的にもっている株の量では、私がトップじゃないかな。今でも私は毎年買ってるからね」

「でも、信じなかったわけですね。だから小野を使って本当のところを調べさせようとした」

「いや、信じたさ。信じたからこそ、調べさせようと思ったんだ。もし、広川のいっていたことが本当なら、噂がもっと広まる前にできるだけ株を買い集めて、そして発表になった段階で一気に売りに転じようと思った。何しろ、金が要るからね。私はあと一年半で定年だが、退職金だけじゃ足りないんだよ」柴田はカウンターに目をやった。「彼女を引き留めておくにはね」

「もう一つ、お訊きしたいことがあるんです」

「何か」

「どうして小野をぼくのところへ差し向けたんですか」

「株式は総務の職掌事項だろう。総務課の中では、君がもっとも信用できると思ったんだ」

「株関係は持田課長が担当してますし、ぼくよりは小島係長の方がくわしいですよ」

「小島はダメだね」柴田はあっさりといった。「どいつもこいつも欲の皮が突っ張っている。持田は今回の偽情報にからんでいたわけだし、小島にしても信用ならないよ。知ってるかね。小島はギャンブルにはまりこんでてね、一千万以上の借金があるんだ」

「知りませんでした」

「そうだろうな、奴は、洋和化学における私設馬券の胴元なんだ。会社の中だけとはいっても、私設馬券はね、ノミ行為という立派な犯罪だよ」

「どうしてご存じなんですか」

「〈爺捨て山〉は小島にとって得意先だからね。あいつは我々の注文を受けていたんだ。我々だけじゃなく、人事や経理の連中とも同じようなことをやってた。最初は便利屋みたいなものだった。小島はよく場外馬券売場に行っていたから、ほかの連中も自分の馬券を買うのを頼んでいたんだ。そのうち、実際には注文通りには買わないで、自分の思惑だけで金を遣うようになった。当たれば、実際の配当に合わせて金を払ったりしていたんだけど、効率はよかったみたいだな。馬券なんて外れる方が多いからさ」

「それが高じたわけですか」

「まあね。本当のところ、小島は便利屋に徹していれば、小遣いくらい稼げたと思う。〈爺捨て山〉だけでも一レースに十万円くらいつぎ込むんだけど、まずは当たらないんだよ。外れたって、馬券を捨ててきましたっていわれればそれっきりだし、さ。はずれ馬券なんて必要ない。当たったときだけ、ちゃんと配当が来れば文句はないんだ」

午後九時をまわったが、客はまるで来なかった。ジュリーが冷えたビールとポテトチップスの入ったかごをテーブルに置いていく。

BGMには低く歌謡曲が流れていた。しっとりとした演歌ばかりだった。

「その点、山本君はあまり欲がなさそうだからな。抗ガン剤と聞いても一儲けしようと思う前に純粋に好奇心で嗅ぎまわると思った。君は、新聞記事の切り抜きを配って歩いているだろう。それで業務本部だけでなく、生産本部にも出入りしているし、秘書課を通じて役員の動向もさぐれると思った」

「それに保坂のことがある。最初に小野に保坂のことを教えたのは、柴田さんだったんですね」

「それを〈爺捨て山〉で話したのは、君自身だったけどね。あとは小野が調べてきた。調べるといっても、ライターとして出入りしている週刊誌の編集部で情報を仕入れてきたにすぎないが」

柴田が身を乗りだしてきた。まっすぐに甲介の目を見つめる。

「ところで、小野を殺したのは、君か」

「まさか」甲介は笑みを浮かべた。

「そうだろうな」柴田はためていた息を吐き、椅子の背にぐったり躰をあずけた。

「ひょっとしたら小野がつかんできた、君の友達だったヤクザものの話が本当だったんじゃないかって思ったんだ」

「全然」甲介は首を振った。「小野の話は見当違いでした」

「それならどうして私のところに来たんだね」

「純粋な好奇心です」甲介はにやりとして見せる。「最初はびっくりしましたよ。星野君の送別会をやっているところへ小野が顔を見せたり、いきなりぼくの自宅に電話を寄こしたりしましたからね。でも、柴田さんが全部教えていたんだから知っていたとしても不思議はない」

「どうして私と小野がつながっているとわかったんだ？」

「柴田さんは、ぼくを意識しすぎていたんです。おぼえてますか」甲介はそういってひたいを指さした。「ここにケガをしてたのを。前髪を下ろして、傷を隠そうとはしてたんですよね。でも、完全に見えなくなっていたわけじゃない。だけど、誰も気づきませんでした。どうしてケガをしたのかって訊いたのは、柴田さんだけだったんです。そのこと、小野に話したでしょ」

「ああ。君に関することは何でも小野にいっておいた。小野がいかにも君を監視しているように思わせるためにね」

「怖かったですよ。つねに誰かに見張られているなんて、絶対に気分のいいものじゃありませんから」

「そうだろうね」

「でも、やりすぎでした。小野は、どうして私がひたいにケガをしたのかを得意げにしゃべったんですよ。いかにも見ていたぞというみたいに」

「実際に見ていたかも知れないじゃないか」

「嘘なんです。柴田さんにも嘘をつきました。本当のところは、風呂場で滑ってドアのノブにぶつけただけなんですから」甲介は苦笑した。「滅茶苦茶格好悪いですもんね。風呂で滑ったなんて」

まさかシュウを撃った夜、アスファルトでこすったといえるはずもない。

甲介は咽が強ばるのを感じた。身じろぎもしないで、柴田を見ている。柴田は甲介の緊張に気がつくこともなく話しつづけた。

「そうなのか」柴田はがっくりとうなだれた。「君が人を殺しているはずもないな」

「私には兄貴がいてね。私自身は八人兄弟の末っ子で、一番上の兄貴は十歳も年上だった。その兄がね、戦争に行ったんだよ。太平洋戦争。君にとっては、歴史の授業で習ったことにすぎないかも知れないけど、私には現実だった」

甲介はグラスを手に取り、すっかり温くなったビールをひと口飲んだ。

カウンターの端で頬杖をついていたジュリーがあくびをする。

「戦争に行く前の兄はね、明るい若者だったよ。弟の私がいうのも何だけど、勉強も運動もよくできた。学校じゃ、つねに級長でさ。今と違って、昔の級長というのは成績の優秀なものじゃないとなれなかったんだ。クラスのリーダーであり、責任者だったからね。でも、戦争が終わって帰ってきた兄はすっかり変わっていたな。まったく笑わなかった。いつも伏し目がちでね、人と話すときに相手の目を見なくなっていたよ」柴田が目を細め、甲介を見やった。「どうしてか、わかるかね」

「いいえ」甲介は首を振った。

「人を殺したからだ、と兄はいっていたよ」

「でも、戦争なら人を殺しても仕方ないでしょう」

「敵ならね、兄もそれほど苦しまなかったかも知れない。兄が殺したのは、同じ中隊に所属している同僚だった。ひどくのろまな男だったらしいな。何をやるにも皆から一歩も二歩も遅れて、それで中隊全員が迷惑していたらしい。そいつだけが遅くとも上官の叱責を受けるときは一蓮托生ってやつで、全員が殴られる。それでも戦場に送られることになった。だけど、皆心配したんだ。そののろまのせいで中隊全体が危険にさらされるんじゃないかって。一番心配していたのは、隊長だったらしいがね。それで輸送船の上から事故を装って突き落としたんだと」

「まさか」

「上官の命令は絶対だった」柴田はうっすらと笑みを浮かべる。「隊長にしたところで、その男を殺せといったわけじゃなく、自分たちで解決しろといっただけだった」

柴田はビールを飲み干し、つぎ直した。

「それで柴田さんの兄さんは、そのことをずっと気に病んでいたんですか」

「それほど長い間じゃなかったけどね」

「忘れることって、できるんですか」

「戦争から帰ってきて、一年もしないうちに兄貴は死んだ。物置で首を吊ってね。人を殺したことに耐えられなかったんだろうな」柴田は首をかしげた。「宗教にでも救いを求めればよかったのかも知れないが、兄貴は聡明な男だったからね。何でも自分の頭で判断できると思っていた。宗教に頼っている連中を馬鹿にしているところがあった」

「人を殺せば、誰でもお兄さんのようになってしまうんでしょうか」

「わからないね」柴田はあっさりといった。「誰かを殺して、それでも何も感じないような人間がいたら、むしろ哀れむべきじゃないかな」

「哀れむ、ですか」甲介はくり返した。「どうして?」

「そこには倫理も何もないわけだろ。倫理といっていいのか、とにかくいいこと、悪いことを判断するべき基準がない。本能のまま流されているだけじゃないか」

「人を殺すのが本能なんですか」甲介は小さく首をかしげた。

「兄貴は軍隊に入って、わかったといったことがある。戦争から帰ってきて、しばらくしてから話してくれたことだと思うんだ。私はまだ小さかったからね、何でも安心して喋ることができたんじゃないかな。そのときにね、兄がいっていたことは忘れないな。軍隊で訓練するのは、銃を撃つことで、人を殺すことじゃないって。人はね、誰でも簡単に人を殺せるんだ。それが本当の姿なんだ。醜悪だね。それに怖ろしい。もし、本当の姿を見せつけられたら、生きていけないかも知れない。普通ならね。だから、本当の姿をさらけ出さないために、そうならないために秩序だとか、倫理だとか、宗教だとかがあるんだと思う。教育はそのためにあるんだろうな。気にくわないなら殺しちまえばいいという人間のままじゃ、社会は形成できなかっただろう。少しずつ秩序ができて、徐々に人の和が広がっていったんだろうな。だけど、今でもそうした本能を超克できずに剝き出しにしている人間がいる。だから戦争はなくならない。人殺しもね。たぶん、それは人の本能で、今になってもどうしようもない部分が残っているんだ」

柴田は穏やかな笑みを見せて顔を上げた。

「哀れじゃないか。基準のない人間というのは。倫理も法律も届かないよね。たとえ死刑にしたところで、結局、その本人を罰したことにはならない。何にも届かないんだよ。人間が何千万年とかかって築き上げてきたことが何一つ、その人間には届かない。本当の暗闇の中にいるんだ。たった一人、でね。死刑なんて、肉体を滅ぼすだけだ。悔い改めない魂は真っ暗闇の中で孤立しているだけさ」

柴田は、甲介が小野を殺したと察していた可能性はある。さらに小野が殺されていると、警察に匿名の電話を入れたのは柴田かも知れない。

甲介は黙って柴田の話に耳をかたむけていた。

それから三日後、帰宅途中に夕刊紙を目にした甲介は一部を求め、もどかしく社会面を開いた。夕刊の一面に小さな見出しを見つけたからだった。そこには『山中で発見されたヤクザの惨殺体に新事実』とあった。

記事を読んだ甲介は東京駅のホームに呆然と立ちつくした。

保坂を殺し、死体を山中に埋めた犯人が逮捕されたという記事だった。保坂は湖でモーターボートに乗っている最中、誤って船から落ち、スクリューに巻き込まれたのだという。いっしょにモーターボートに乗っていた連中が怖くなり、水中から引き上げた保坂の死体を山の中に埋めたのだ。

埋め方がずさんだったために斜面が雨に洗われただけで保坂の死体が剝き出しになり、ハイカーに発見された。

警察は業務上過失致死と死体遺棄の容疑で、男女一名ずつを逮捕したと書いてあった。

11

毎晩、おだやかに眠れるようになった。理由はわからない。九月も中旬を過ぎ、日が暮れてからはぐっと涼しくなったためかも知れない。細めに開けた窓からやさしい冷気が部屋の中に流れこんできて、マンションの狭い庭ではか細い声で虫が鳴くようになった。目を閉じて、虫の音《ね》を聞いているだけで眠気が忍び寄ってくるようになった。

午後十一時にはベッドに入り、目覚まし時計の力を借りなくとも午前六時に目が覚める。〈早出シフト〉の朝もゆっくりとシャワーを浴びる余裕ができた。

浴室に入り、ざっとシャワーを浴びたあと、全身に石鹸を塗りたくって丹念に洗う。そうすると一日中石鹸の匂いを感じられるようになった。

保坂の死の顚末がわかったことがあるいはおだやかな眠りにつながっているのかも知れない。保坂は身内のリンチで殺されたのでも、敵対する大型組織に殺されたのでもなく、事故で死んだにすぎない。

逮捕された男女のうち、男の方は暴力団の構成員だった。そのことで一部の週刊誌がリンチ殺人説、あるいは洋上でビニール袋に詰められた覚醒剤を引き上げるための訓練をしていたという説を載せていたが、本当のところはわからなかった。

ただ一つわかったのは、保坂の身元確認に手間取った理由だ。顔がスクリューに巻き込まれ、原形をとどめないほどに破壊されていたらしい。

シャワーノズルを手にとって、石鹸を洗い流す。

甲介の思いはめぐる。

あの夜、柴田は洋和化学が抗ガン剤を開発するという情報が意図的に流されたデマと知ったあとも取り乱した様子を見せなかった。それどころか、ジュリーの店を出るとき、株価が上がらなくとも困らない、金の問題は解決したんだとさえいっていた。

さっぱりとした顔つきだった。洗いざらい喋ったことが浄化作用をもたらしたのかも知れない。が、どうして金の問題が解決したのかまでは教えてくれなかった。

シャワーをとめ、浴室を出た甲介は洗濯したてのバスタオルで躰を拭いた。

柴田と話した夜以降、毎晩洗濯をするようになっていた。帰宅し、入浴している間に洗濯をすませる。毎日洗濯すれば、一回の量は少なく、洗うにしても干すにしても簡単だった。

洗濯機のわきには、シュウを撃ち殺した夜に着ていたスーツやワイシャツを詰めたゴミ袋が押し込んであったが、まるで臭わなくなっていた。

居間に入った甲介は下着を着け、ワイシャツを着た。つけっぱなしのテレビからはニュースが流れている。連続射殺事件に関しては捜査に進展がないのか、ほとんど取りあげられることがない。地神と田中も一度顔を見せたきりで洋和化学には来ていなかった。

ネクタイを締め、鏡の前で点検する。規則正しい生活をしているわりには、顔色が冴えず、目もどんよりと曇っていた。夏の疲れが躰の芯にまとわりついている、といった感じだった。

まだ湿っている髪の毛に櫛を通し、形を整える。相変わらず整髪料は使っていない。ひたいの傷は完治し、わずかに白い跡が残っているだけだった。

ズボンをはき、上着を羽織る。財布、定期券、キーホルダー、ハンカチ、小銭入れがそれぞれポケットにおさまっているのを確認する。テレビを消した。留守番電話にちらりと目をやる。メッセージランプが点滅していた。昨日、香織のメッセージが入っていたのを聞き、消去するのを忘れていた。

香織とは時おり電話で話をするだけになっていた。柴田と会った夜に押しかけたきり、香織のマンションには行っていない。会社で会うと目配せをしてきたり、周囲に人がいなければ、今度はいつ来られるかと訊いてくる香織が少し疎ましくなってきた。

一人で眠り、一人で目覚め、一人で食べる。甲介は元の生活を取り戻しつつあった。誰にも干渉されず、誰にも干渉しない。そして思う。柴田がいっていたように、おそらくは死刑でさえも肉体を滅ぼすだけで、甲介を一人であることから救ってはくれない。

黒いバッグを取りあげた。柴田を尾行した日以来、毎日バッグを持ち歩いている。拳銃は小野を射殺したときから手を触れていなかった。薬室の弾丸は抜いてあるので、暴発する心配はない。もし、警察につかまりそうになったら、自分の頭を撃ち抜こうと考えていた。本当に自殺できるのか、正直なところ確信はなかった。が、いつでも死ねる選択肢を持ち歩くことで安堵感が得られる。

甲介は一人だった。

一人であることと引き替えに自由だった。

だから、自分で自分の頭を撃ち抜く自由を手放すつもりはなかった。

留守番電話に手を触れることなく、部屋を出た。ドアに鍵をかけ、左手にバッグをぶら下げて歩きはじめる。〈早出シフト〉にあたっているので、いつもより一時間早く自宅を出ていた。

仕事に関して、やり甲斐を見いだすまでにはいたっていなかったが、それでも退屈は感じなくなっていた。記事を切り抜くとき、枠線をきれいに切り落とすこと、台紙に貼りつけるときに記事が曲がったり、糊がはみ出したり、貼ったあとの記事がでこぼこにならないよう細心の注意を払うようになっていた。コピー用紙をホッチキスで綴じるときにも、ページをそろえ、わずかでも乱れがないように気をつけていた。

いつの間にか甲介は、毎朝配る記事コピーの綴りを一種の工芸品のように見なしていたのである。完璧に記事が貼れ、三十八部の綴りを積み重ねたときに四つの角がそろうのを目にしたとき、深い満足感をおぼえるようになっていた。

誰に認められるわけでもなく、誰もほめたり、感心してくれはしない。他人がどのように見るかなど、甲介にはまったく意味がない。記事を切り抜き、貼りつけ、複写し、ホッチキスで綴じる。一連の作業をいかに完璧にこなすか、問題はそれだけだった。記事コピーが読まれずに捨てられていくことにも何も感じない。

仕事とは、しょせん暇つぶしにすぎない。自己満足が得られるなら、それ以上を求めてもしようがない。

立ち食いそば屋ののれんをくぐり、オレンジ色のパネルを張ったカウンターの前に立つ。バッグはカウンターの下の棚に置いた。

「何にします？」白衣を着た初老の男が訊いた。

「キツネうどん」甲介が答える。

初老の男は返事もせず、うどんを湯がきにかかる。二分としないうちに湯気を上げるキツネうどんが目の前に出される。割箸を取り、七味トウガラシの缶を持ちあげる。二振りしただけで、七味トウガラシを置き、割箸をわった。

汁をひと口すする。醤油と鰹節の味わいが口中に広がる。刺激はない。ただじんわりと舌に沁みてくるだけだ。うどんを嚙む。ぐにゃりとした歯ごたえがあるばかりだ。油揚げをかじる。甘辛いつゆがわき出してくる。うまいとも不味いとも思わず、一つひとつの味を明確に感じている。

汁を一滴残らず飲み干すまでに要した時間は三分ほどだろう。


駅の入口、売店のわきに看板が立っている。幅五十センチほど、高さは甲介の身長より少し高い。ビニールのカバーが被せられていた。白い看板には、駒込駅射殺事件と黒々と書かれている。そのわきに朱色の文字で『目撃情報をお寄せください』とあった。森沢を射殺した直後に立てられたもので、毎朝目にしているうちにすっかり見慣れてしまった。

ちらりと見ただけでも〈八月十六日午前十一時〉、〈駒込駅東口付近〉、〈ガード下〉、〈殺人事件〉の文字が目につく。看板にはそのほか、現場付近の簡単な見取り図が描かれ、森沢の写真が貼ってある。写真といっても不鮮明なコピーだったが、それでも森沢の厚ぼったいまぶたの下からのぞく不機嫌そうな目は見てとれた。

ビニールのカバーが被せてあるにもかかわらず、浸透した雨水によって文字はところどころにじんでいた。

看板の前を通りすぎ、改札口を抜ける。

たった一カ月前のことなのに遠い昔のできごとのような気がする。あの雨の日、ガード下で立っていたのが自分ではないほかの誰かのように思えた。それでいて、傘を持つ左手の指先が冷たかったことだけはリアルにおぼえている。

電車に乗りこんだ甲介は、いつものように扉のわきに立ち、左肩を壁につけて体重をあずけた。扉が閉まる。駒込駅では進行方向に対して左側の扉が開き、それから甲介が降りる東京駅まではずっと右側の扉が開きつづける。

電車が動きだしてすぐに森沢を撃ち殺したガードの上を通りすぎる。甲介が住んでいるマンションの方角にのびる道路を目にするたび、雨に打たれて現場から立ち去ろうとする自分の姿を思い描いた。折れたビニール傘をわきに挟み、黒いバッグをぶら下げて、濡れて歩いている背中を思い浮かべる。

警察が設置した立て看板は何の役にも立たないだろう、と思った。誰も甲介など振り返りはしないからだ。黒いポロシャツを着て、背中を丸めて歩く甲介は、いつか手の甲を這っているのを見た、体長〇・五ミリほどの透き通った躰の虫と同じだ。誰も気に留めはしない。生きていて、蠢《うごめ》いていても、存在していないに等しい。

息を吹きかけただけで躰を丸め、一切の動きを止め、災禍が通りすぎるのを待つ。あまりに強大すぎて、その大きさすら十分に認識できないほどの相手を前にすれば、ただただじっとして相手がいなくなるのを待つしかない。指先をかすかに触れさせるだけで、躰は簡単につぶれ、生命はそこで終わる。

たとえ体長が〇・五ミリにすぎなくとも、頭があり、胸があり、胴があって、さらに六本の脚が生えている。光を感じる目もあり、触角もある。唐突に微細な虫として出現したわけでなく、成虫が産みつけた卵から孵《かえ》り、光と大気の中に這いずりだした過去もある。

虫は自分がしがみついているのが人間の手であることを知らないし、躰を吹き飛ばしそうな暴風が人間の吐息であることも知らない。虫は自分が虫であることを知らないし、生きているとも思ってはいない。

虫は食べ、消化してエネルギーに変え、残滓を排泄して、成長している。やがて成熟すれば、数千、数万の卵を産み、子孫を残すという役割を終えたら、そこで生命が尽きる。誕生してから卵を産むまでの時間は二日か、三日というところか。何のために生まれてきたのかを考えることもなく、本能のままに生き、成長し、子孫を残していく。

おれとどれほどの差があるのだろう、と思わずにいられなかった。

倫理もない人間は哀れだと柴田はいった。だが、その柴田にしたところで甲介の手の甲にしがみついていた虫とどれほどの差があるのか。

おれも虫、柴田も虫と甲介は胸のうちでつぶやき、うっすらと笑みを浮かべた。

シュウもヒロも森沢も小野も皆、虫。

山手線の車両は虫かごで、東京という街はさらに巨大な虫かごだった。いや、仕事から離れられず、都会の生活から離れられない一千万もの人間を引き寄せ、貼りつけていることからすれば、粘着テープを使ったゴキブリ取りとでもいうべきだ。

甲介が夢想にふけっている間に電車は田端駅をすぎ、西日暮里駅にかかっていた。ブレーキがきしみ、減速する。やがて電車が停まり、甲介が立っているのとは反対側の扉が開いた。

何げなく目をやった甲介は、心臓がきゅっと絞られるように感じた。

数人の客といっしょに水色の制服を着た女子高校生が入ってくる。〈早出シフト〉になるたびにそれとなく目で探していたが、彼女の顔を見るのは二カ月ぶりだった。

不躾な視線を向けていると思ったが、彼女から目を逸らすことができない。彼女もまた挑むような目で甲介をまっすぐに見つめていた。

彼女が目の前に立ち、黒目がちの眸で甲介を見つめていた。丸い襟をした白のブラウスに水色のベストをつけている。小さな顔だった。まん中から分けた髪は黒く、肩に触れるくらいの長さだった。

「はじめてじゃないよね」

彼女が口を開いた。白く、きれいにそろった歯をしていた。しっとり落ち着いた、やや低い声だった。考えてみれば、甲介の記憶にある彼女の声は痴漢の手を持ちあげ、車内に響きわたるような大声で怒鳴っているときのものだ。

「ああ」甲介はうなずいた。

「サラリーマン」彼女はつぶやくようにいった。

質問されたようには聞こえなかったが、甲介はうなずいた。

「そうだよ」

化粧っ気はまるでないのに、目鼻立ちがくっきりとしている。肌の白さと血の色の透けた唇のコントラストが見事だった。

「いつもこの電車なの?」彼女が訊いた。

「この時間に乗るのは、一カ月のうち一週間だけ。ちょっとした当番があって、早く会社に行かなくちゃならない。いつもはもう一時間くらいあとの電車に乗ってる」

甲介は言葉を切り、彼女を見つめた。彼女をどう呼んだものか、迷っていた。が、すぐに気がついた。相手が目の前にいて、二人で喋っている以上、あなたにしろ、君にしろ、二人称は必要ない。

「いつもこの電車なのか」

「いや」彼女は首を振り、一瞬、ずるそうな笑みを閃かせた。「色々事情があって、ときどき電車を替えてる」

彼女のいう事情が痴漢の手を取り、大声を張り上げることと関係がありそうに思えたが、詮索するつもりはなかった。

「どうして、おれに話しかけてきたんだ?」甲介は両手を挙げ、開いて見せた。「ほら、何にもしてないよ」

「やっぱり」彼女はそういうと唇を結び、鼻をふくらませた。

「何がやっぱりなんだ?」

「気になってたんだよね、おじさんの目。前にあったとき、私のしていたことをじっと見てたでしょう」

〈おじさん〉と呼ばれたことに抵抗を感じた。しかし、それ以上に目といわれたことが気になった。

「おれの目がどうかしたのか」

「何だかすごく冷《さ》めてて、いやな目だった。自分だけ違うところにいて見物しているって感じ。だから二度目のときは、おじさんを振り返って、おじさんがしっかり見ているのを確かめてからにした」

彼女が一歩踏みだす。髪の毛から甘い香りが立ちのぼってくる。彼女は声を低くしていった。

「見てたでしょ。痴漢が私のお尻を触るのを」

甲介は首をかしげ、窓の外に目をやった。赤茶色に染まった枕木の上でレールだけが白く輝いている。流れ去る枕木や敷石の上で、レールに宿った光が甲介と同じスピードで走っていた。

「ねえ」彼女は焦れたような声を出し、甲介の腕をつかんだ。

甲介は彼女に視線を向けた。長い睫毛に縁取られた眸がきらきら輝いている。まぶたをすぼめた。

「見たよ。でも、おれの目には触られているというより、わざと触らせているように見えたけどね」

「やっぱりね」彼女はもう一度いい、目を細めた。目の光がやわらげられ、邪気のない笑顔になる。「おじさんはね、わかっているような気がしたんだ」

「わかってるって、何の話?」甲介は眉を寄せた。

彼女は素早く車内をうかがい、甲介に顔を寄せてきた。甲介は腰をかがめ、彼女の口許に耳を寄せる。

「あれね、私の商売なんだ」

温かな息が耳に触れただけで、背筋がぞくりとした。ささやき声が甲介をくすぐる。股間の器官がじわりと兆すのを感じた。

「ああやってね、痴漢って叫んだあとに駅のホームに引きずり降ろして話をするんだ。相手にもよるけどね、二、三万にはなるよ」

「ひどいな。それって犯罪じゃないのか」

「私がお金のことをいうわけじゃないもの」彼女は頬をふくらませた。「相手が勝手に払うっていうんだ。何でもお金で解決しようとする方が犯罪だよ」

「そうかも知れない」

甲介の返事に彼女が吹き出した。目を細め、笑いながら甲介の腕を叩く。

「おじさん、いい人すぎるよ」

「どうして？」

「人の話を簡単に信じるでしょ。おじさんをだますのって、たぶんちょろいと思うよ」

「ほっとけよ」甲介は背筋を伸ばした。

「ねえ」彼女が甲介の腕を取った。

「おれはその手は食わないぜ」甲介は両手を挙げて見せる。「ほら」

「手の内さらしといて、商売になるわけないよ」彼女は甲介の腕を引っぱった。「おじさんにはもっとダイレクトにいう」

「ダイレクトって、どういうこと？」

「とりあえず、お茶、しない？」

彼女の眸は相変わらずきらきら輝いていた。

「いいけど」

「おじさん、名前は？」

「甲介」

「コースケ」彼女は口許を押さえて笑った。「ちょっと古くさい名前だね」

「放っといてくれ」

「私は美久《みく》、美しさ久しくで、美久」右眉のあたりに伸ばした指をあてる。敬礼のつもりらしい。「よろしく」

12

御徒町駅のホームに降り、乗ってきた電車が走りだしたとたん、美久が振り返って訊いた。

「会社、さぼっちゃっていいの？」

「大丈夫」甲介は胸を張った。「いいわけは考えてあるから」

「私なんか、遊んでて夜遅くなるとお母さんにいつも怒られるよ。電話の一本くらい入れられるでしょうって」

「お母さんのいうとおりだ。遊んでたって電話ぐらいできる」

「じゃ、甲介の場合はどうなの。私とこうしている間に電話くらいできるでしょ」

「サラリーマンには、会社にたった一本の電話を入れられない緊急事態が生じることもあるのです」

「嘘」美久が上目づかいに甲介を見る。「どんなときだって、その気になれば電話はできるよ。さっきそういったじゃない」

「できない場合もあるんだな」

「どうして」

「二度寝したから」甲介はあっさりと答えた。「ほら、二度寝ってあるだろ。目覚まし時計をとめて、あと五分大丈夫だなと思って、そのまま寝入ってしまうこと。案外ぐっすり寝ちゃうんだよな。気持ちいいよ、あれ」

「それだったら、別にサラリーマンじゃなくたってあるでしょ。高校生だって、目覚まし止めて寝ちゃうことくらいある」

「残念でした。高校生の場合、起きてこなけりゃ、親が起こすだろ。寝てられないよ。この手は独身の、しかもひとり暮らしのサラリーマンにしか通用しません」

甲介が出勤していないと知れば、おそらく香織はすぐにマンションへ電話をしてくるだろう。何度呼び出し音が鳴っても出ない甲介に苛立ちながら受話器を耳にあてているに違いない。甲介の電話は呼び出し音の音量を調整できるタイプだった。一切、音が鳴らないようにしておくこともできる。香織がそのまま信じるかどうかは別にして、電話が鳴らなかったから目が覚めなかったと言い張ることはできる。

「な、これだと高校生にはちょっと無理だろ」甲介は得意になって鼻をふくらませる。

「最近はそうでもないのよ」美久の笑顔が一瞬翳る。「親が子供に遠慮して起こさないこともある」

二人は並んで改札を出た。甲介は定期券を使ったが、美久は自動改札機に切符をさし込んだ。

「さて、どうするかな」甲介は左右を見まわしながらいった。

「私、お腹空いた」美久が甲介の腕を取った。「甲介はちゃんと朝御飯食べる人なの」

「ああ」

二の腕に押しつけられる柔らかな乳房の感触に頭に血が昇るのを感じた。首筋に汗が浮かぶ。甲介は照れ笑いを浮かべながら美久の顔を見、それから腕に視線をやった。

「これって、ちょっとまずくないか。おじさん、どきどきしちゃうよ」

「どうして」美久は生真面目な顔で甲介を見上げる。

「だって、美久ちゃんは制服を着ているわけだし、おれはおれで、どう見たって、サラリーマンって格好だろ」

制服姿の美久といっしょに歩いているだけで後ろめたさに尻が落ち着かないというのに、腕を組んだのではひざの力が抜けて、その場にしゃがみこんでしまいそうだった。

「そんなことか」美久はくっくっくと笑った。

「笑いごとじゃないよ」

「まわりを見てみたら？」

　美久にうながされ、顔を上げる。駅の前を流れていく人波に制服を着た女子高校生たちがたくさん混じっている。ブラウスにチェック模様のスカート、グレーのベストとプリーツスカートの組み合わせ、まだ昼間は蒸し暑い季節だというのに白のニットベストを着ているのもいて、誰もが一様にルーズソックスを穿いている。女子高校生たちは三人、四人のグループもあれば、制服姿の男子学生と連れ立っているのもいたし、中には甲介と美久のように背広姿の男と腕を組んで歩いているカップルもある。

「通学時間だから、高校生が多くても不思議じゃないだろう」甲介はぼそりといった。

「ナンチャッテ女子高生も結構多いんだよね」

「何だ、そりゃ？」

「高校生でもないのに制服着て歩いてるんだよ。それと自分の学校の制服がダセエからほかの学校の可愛い制服をちゃっかり着てる子とか。制服を着てるから高校生とは限りません」

「どうして、そんなことするんだ？」

「女子高生には商品価値があるのよ」美久が甲介の腕を強く引きつけた。「実は、そういう私もナンチャッテ女子高生」

「君、高校生じゃないの」

「もう十九歳なの。あと半年で二十歳、大人の仲間入り」美久は顔をしかめた。「ババァになるってこと」

二十歳でババァなら、香織はどうなるんだ、とちらりと思った。脳裏に浮かんだ香織はまったく笑みを見せず、形のよい眉毛を持ちあげて甲介をにらんでいた。あわてて頭の中から追い払う。

美久はにっこりと微笑んだ。

「だから、もし警察とかに呼び止められても全然大丈夫、免許を見せちゃえばいいから」

「車、運転できるんだ」

「ううん」美久が首を振る。「車じゃなくて、原チャリ」

原チャリが排気量五十cc未満のエンジンをのせたオートバイ、いわゆる原動機付き自転車を指すくらいのことは甲介にもわかる。

「学校で免許とるのが流行ったんだ。そのときに取った。友達とかは馬鹿でさ、馬鹿のくせに試験の勉強しないで、結局、原チャリの免許も取れなかったんだよね」

「だけど君はちゃんと勉強したわけだ」

「当たり前よ」美久はふいに真顔になった。「私、負ける喧嘩はしたくない。どうせやるなら絶対に勝つ」

「厳しいね」

「皆、馬鹿なのよ。ありあまるほど時間があると思ってる。でも、それって勘違いよね。十代なんてあっという間に終わっちゃうわよ。それに人は誰でも死に向かって歩いている。だって時間を逆戻りさせることってできないんだから。そして行き着く果ては、死」

甲介は目をしばたたいた。美久の姿がゆらいで見えたからだ。化粧もせず、制服を着ていると、どう見ても小柄で真面目そうな女子高校生だ。だが、制服の中身はすでに十九歳、偽物である。電車の中で男を誘い、わざと躰に触れさせてから大騒ぎをする。金を巻き上げるためだ。

そして突然、死を口走ったりもする。

「ねえ」美久がぱっと笑みを見せる。ひどく幼い顔になった。「お腹空いたよ。何か食べようよ」

「わかった」甲介はうなずいた。

二人は駅前にあるハンバーガーショップに入った。

美久は横目で、もっとも奥まった一角に陣取っている女子高校生のグループをにらんでいた。六、七人がテーブルを囲み、張り合うように大声で喋り、かん高い笑い声をあげている。

「無様よね」美久はぼそりといった。「それに醜い」

甲介はストローを差した容器からコーラを飲み、女子高校生たちをちらりと見やった。彼女たちの制服はばらばらだった。同じ学校の生徒ではないらしい。あるいは女子高生でない可能性もあった。

「ブスは死ね」美久は吐き捨てるようにいうと、フライドポテトに手を伸ばした。

つい三十分ほど前にキツネうどんを食べたばかりだったが、甲介も美久につき合ってハンバーガーとフライドポテト、コーラを注文した。美久はチーズバーガーにフライドポテト、ガムシロップ抜きのアイスティだった。甲介はハンバーガーもポテトも平らげたが、美久はチーズバーガーを三分の一ほど食べ、フライドポテトを少しずつかじっているだけだった。

美久が甲介に向きなおる。

「ねえ、世の中に認められない奴ほどくしゃみするときに大きな音を立てると思わない」

甲介は首をかしげた。

「私、発見したんだ。第十何番目かの、美久の法則。能力のない奴、頭の悪い奴ほど、くしゃみの音がでかい」

思わず吹き出した。美久の指摘はなるほどその通りだと思わせる部分がある。甲介の頭に浮かんだのは、総務課の萩原主査だった。

甲介はコーラの容器を置いた。

「くしゃみだけじゃなく、あくびとか、ため息も大げさだな」

「まわりにいる人間の関心を少しでも惹こうとしているのよ。私を見て、私を見てって感じがありあり。ほんと、無様よね」美久はちらりと奥の女子高生たちを見る。「ブスも同じ。ブスほど声が大きい」

「ほかにもあるのか」

「何が?」

「美久の法則」

「あるけど、簡単には教えられない。私の十九年の人生をかけた発見だから。安売りするつもりはない」

「十九年の人生か」

「歳を取っているから偉いとは限らない。若い人を見下していると、そのうち足をすくわれるわよ」

「君、本当に十九か」

「どうして?」美久は唇を尖らせ、ついでにストローでアイスティを吸った。

「ときどきしゃべり方が、その何ていったらいいのかな」

「おばさん臭い」美久が顔をしかめた。「友達にもときどきいわれる。美久は変な本ばっかり読んでるからしゃべり方がおかしいって」

「おかしいってことはない」甲介はむきになっていった。「むしろ、おれにとっては自然というか、耳ざわりがいいよね」

「それ、間違い」美久がにっと笑った。「耳障りの障りって、障害の障っていう字なの。いやな音とか、いやなことが聞こえてくることが耳ざわりなのね。だから耳ざわりがいいって言葉は矛盾なの」

「ありがと」甲介は椅子の背に躰をあずけ、背広のポケットを探った。

美久がスカートのポケットからタバコを取りだし、テーブルに置いた。タバコの上にはライターものっている。

「高校生じゃないにしても、十九歳は未成年だろ」甲介は嫌みたらしくいった。

「私、ふだんは喫わないもの」

「喫わないのに、どうして持ってるんだよ」甲介はタバコを抜き、唇ではさむと火をつけた。

煙を吐きながら言葉を継ぐ。「それこそ矛盾じゃないか」

「全然喫わないってわけじゃない。生理のときだけ、たまらなく喫いたくなる。生理のときって、女の躰は変わるのよ。知ってた？」

甲介はあいまいに視線を逸らし、せかせかとタバコを吹かした。タバコはメンソールだった。

口中を満たす煙がひんやりと感じられる。

甲介は小さな灰皿の上で灰を落とすと、目を細めて美久を見やった。

「メンソールタバコを喫うと男はインポテンツになるという説がある。知ってるか」

甲介の問いに答えようともせず、美久はテーブルにひじをついた手であごをささえていた。フライドポテトを口に運び、機械的に噛んでいる。

「でも、それは迷信みたいなもので、つまり間違いなんだ。メンソールの煙は口当たりがいいだろ、だから本人が意識しているより深く吸いこんでしまう。それが躰にとってよくないわけだ。だけどニコチンを大量に摂取したからといって、インポテンツになるとは限らない。そんなデータ、どこにもないいんだ。同じことが最近流行の低ニコチン、低タールのタバコにもいえるんだな。刺激が少ないから一生懸命に喫う。その結果、かえってニコチンの摂取量を増やしてしまう。わかった?」

「それがどうかした?」

甲介はため息をつき、タバコを灰皿に押しつけてつぶした。椅子の背にもたれ、腕を組む。美久が食べ残したチーズバーガーに目をやった。

「腹が減ってたんじゃないのか」

美久がうなずく。

「そのわりに食べないじゃないか」

「元々食が細いの。あまり食べられない。ハンバーガーなら半分でお腹いっぱい。あとはポテトを少し」

「ダイエットでもしてるのか」

「ダイエットを口にする女も醜いよね」美久が目を細めた。冗談めかした口調ではない。「ダイエット、ダイエットって大騒ぎして、ご飯とかを制限している女に限って、陰でこそこそお菓子なんか食べてる。どっちかにしろっていいたくなるよ。食べるならダイエットっていうな。ダイエットしているなら、食うな」

「それも美久の法則か」

「わざわざ私が法則にする必要なんかない。まわりを見てれば、甲介にもわかると思うよ。デブってさ、色々言い訳してるけど、結局、食べてるのよね。それで太ることを気にしてる。食べたら、太るのは当たり前じゃない」

「じゃあ、年齢はどうなんだ？　さっき二十歳はババァだっていってたけど、三十だとどうなる？　四十だと？」甲介は少しばかり意地悪をしてみたくなった。「美久ちゃんだって、いずれは歳を取るんだぜ」

「取らない」美久はきっぱりといった。

「馬鹿な」甲介は思わず苦笑いする。「誰だって歳を取る。死に向かって、後戻りできない途を歩いているんだろう」

「私、二十歳のうちに死ぬもの」

「美人薄命ってやつですか」

「人は、自ら死を選び取ることもできる。そこが動物との違いよね。動物は殺されるだけ。人間や肉食動物とか、にね。病気や老衰にも殺されるわけでしょう」

「病気や老衰は殺されるとはいわないんじゃないの」

「死にたくないって思っているわけでしょ。それでも死んじゃうんだから、病気だって、歳取ったって殺されるのと同じことよ」

「動物は死ぬってことがわかっているのかな。ライオンだって自分がライオンだとは思っていないわけだろ。それは人間が勝手に付けた名前でさ。それに死という言葉にしたって、ライオンは知らないわけだ」

美久がにっこり微笑んだ。甲介を素直に感動させる笑顔だった。美醜は才能と同じだ、と甲介はあらためて思った。電車の中でとなり合わせた女には、その女が美人でないというだけで殺したくなるというのに、美久であればすべてが許せるような気がする。許容できるような気がする。先ほどからの会話にしても、一度も腹立たしさを感じることがなかった。

好悪がすべての判断基準だった。

好ましければ愛情を抱き、許容し、手を差し伸べたいと思うし、嫌悪感を抱けば、破壊し、殺したいと思う。拳銃を手にしたことによって、甲介の奥深くにあった基準が露わになっていた。

「ちょっと見直したな」美久が笑みを浮かべたままいった。

「何が?」

「ライオンは自分をライオンだと思っていないという話。私も考えてみたことがある。ライオンは自分を何だと思っているんだろうって。人間の目から見ればライオンだよね。でも、ライオンの目から見ると、いったい何に見えるんだろうね」

「おれ、外人に欲情したことってないんだ。どんなに美人でも金髪とかはダメなんだよ。ヌードグラビアを見ても、現実味がないっていうか、へえ、そうって感じで」

「何をいいたいの？」美久が眉間にしわを刻んで首をかしげた。

「ライオンだよ。ライオンがライオンを見れば何に見えるかって話。おれの場合、相手が日本人というか、モンゴル系っていうのかな、とにかく同じような顔をしている女じゃないとダメなんだよね。ライオンの場合、ライオンの雌を見れば欲情して、それ以外は餌にしか見えないんじゃないかな」

「動く餌か」美久がうなずく。「子供のライオンにしてみれば、おもちゃかも知れない」

「猫は生まれつきのハンターだからね」

「猫を飼ってたことがあるの」

「いや」甲介はあっさり首を振った。「猫を飼ってる人から聞いたことがあるだけ」

「日本人にしか欲情しない、か」美久はストローをくわえ、微笑みながら先端を動かした。

「私に欲情してる？」

すぐに答えず、甲介は美久の唇からストローを抜いた。美久は口許に笑みを浮かべたまま、甲介を見つめていた。

甲介はにやっとして答えた。

「そうじゃなきゃ、ここにこうして座ってはいない」

「十万円」美久はあごを引き、目をすぼめて甲介を見る。笑みは消えている。「サラリーマンには大金でしょ」

「安いもんだよ、それで……」

美久が人さし指で甲介の唇に触れ、ささやくようにいった。

「そうなるとは限らない。それはあなたの腕次第」

13

十万円、と胸のうちでつぶやいた。給料手取額の半分強に当たる。半月の間、午前八時半から午後五時半まで働いた結果手にすることができる金額が、おそらくは二時間とかからない美久との行為に釣り合うものか。

が、すぐに釣り合うのだ、と結論が出た。

しょせんは甲介が働いて手にした金ではなく、保坂が置いていった金を充てるにすぎない。出来の悪い駄洒落のようにソープランドで泡に消えるか、偽物の女子高校生を抱くことで使ってしまうか、どれほどの差があるというのか。

甲介は耳を打つ水音に聞き入っていた。湯島にあるラブホテルのトイレは、淡いブルーで統一されている。洋式便所の前に立ち、便座を持ちあげて用を足すのがあまり好きではなかった。排水口にたまった水に小便がはね、ズボンにかかる。乾けば臭いそうだ。

用を足した甲介はズボンのチャックを上げ、フラッシュレバーを押し下げた。小気味いい音をたて、便座の中で排水が渦を巻く。

ハンバーガーショップで美久に話を持ちかけられた瞬間、甲介の脳裏に二つのことが浮かんだ。一つは湯島のラブホテル。かつて星野沙貴と二人で入ったホテルの場所はしっかりと頭の中にあった。もう一つは、財布の中に三万円しか入っていないことだ。ホテル代を払えば、二万数千円になる。美久がホテルに入る前に金を要求すれば、銀行に寄り、キャッシュディスペンサーで金を下ろせばいい、と思っていた。事後なら、また二人で御徒町の駅まで歩いてくる間に銀行に寄れる。どのような結果になろうと、金だけは払うつもりだった。が、美久はホテルの前に来ても金のことをいい出さなかったし、門を入るときにも躊躇の色を見せず、かえって甲介は拍子抜けする思いだった。

甲介が選んだのは、沙貴と使った部屋だった。部屋番号を覚えていたし、ホテルはがらがらで、その部屋も空いていた。

部屋に入ると、美久はもの珍しそうにながめまわしていたが、カラオケにもゲーム機にも鼻を鳴らしただけで手を触れようとはしなかった。むしろベッドのヘッドボードについているスイッチ類をながめて、ベッドそのものが回転したり、震動したりしないことにがっかりしたようだった。

スカートがまくれ上がり、黒いパンスト越しに下着がのぞくことも気にしないでベッドに寝ころんでいる美久をそのままにして、甲介はトイレに入った。

クローゼットを出た甲介は洗面台で手を洗った。備えつけの石鹸を使い、丹念に泡立てて指を一本一本洗っていく。会社のトイレで執拗に手を洗っていた田辺を思いだした。田辺はもう会社のトイレでマスターベーションをすることも、病的なしつこさを見せて手を洗うこともないだろう。

洗面台のわきにかかっているタオルで手を拭き、浴室を出た甲介は、ダブルベッドの縁に座り、黒いバッグをのぞき込んでいる美久を目にした。美久が顔を上げる。甲介は浴室のドアにもたれかかった。

美久が拳銃を取りだした。小野を撃って以来、初めて目にする拳銃は、久しぶりに会った友達のように懐かしい。

美久は右手の人さし指と親指で銃把をつまみ、拳銃を持ちあげた。

「どうしてこんなおもちゃを持ち歩いているの？」美久が訊いた。

「おもちゃじゃないよ」

「嘘」美久がきっと目を上げ、甲介をにらんだ。「女だからって、馬鹿にしないで。私だって、男の子がモデルガンを見せびらかしているのを見たことがあるもの。おもちゃなのに、気取って振り回したり、頬ずりしたり、すごく気持ち悪かった」

「おもちゃじゃない」

甲介はくり返し、ベッドに近づくと美久と少し離れたところに腰を下ろした。

「嘘でしょ」美久は拳銃を握りなおした。銃把を両手で持ち、銃口を甲介に向ける。「本当のことをいわないと撃つよ」

甲介は肩をすくめて見せた。

「馬鹿にして。私がピストルのことを知らないと思ってるんでしょう」

美久は目を細め、笑みを閃かせると左手で撃鉄を起こした。さらに右手の親指で安全装置のレバーを押し下げる。

甲介は片方の眉を上げて見せた。

「ほら」美久がうれしそうにいう。「いい年をした大人がおもちゃなんか持ち歩いているのを見られて恥ずかしいんでしょ。白状しなさい。私は朝からおもちゃのピストルを持ち歩いている大人になりきれない男ですって」

「白状か」甲介がうっすらと笑った。

「馬鹿にしてると、本当に撃つわよ」美久は拳銃をつきだした。

銃口の先端にライフリングのエッジがのぞいている。小野を撃ったときから手を触れていないるのだ。

いので、本来ならつややかな輝きを宿しているはずの銃口が曇っていた。火薬の滓が付着して

「白状しちゃいなさい」美久がくり返した。

「最初はシュウだった。本当の名前はシュウじゃない。新聞や週刊誌に名前が出ていたけど忘れた。おれが最初にあったとき、シュウと呼ばれていた。あいつらは、シュウ、ヒロと呼び合っていた」

「何の話をしてるの」美久が眉間にしわを刻む。

甲介は銃口を見つめていた。口径〇・四五インチ、十一・四ミリにすぎない穴がひどく大きく見える。誰かに拳銃を向けられるのは初めてだった。銃口の内側には闇が宿っている。

闇に向かって、話しつづけた。

「親父狩りのつもりだったんだろう。おれは今君が持っているバッグを抱えていたんだ。両手で、いかにも大事そうって感じにね。そりゃ、持ち馴れないものを持ってたんだから、緊張していたからな。バッグの中には、その拳銃と現金で八十九万円、入っていた。保坂が押しつけていったんだよ」

「保坂って」美久は銃を下ろして訊ねた。

「下ろすな」甲介が怒鳴りつける。

部屋の天井にこだまするほど大きな声だった。美久が首をすくめる。甲介は拳銃だけを見つ

めていた。

「銃をおれに向けてろ」

「だって重いよ、これ」

「いいから、おれに向けるんだ。そうしないと取りあげて、君を撃つぞ」

「マジ？」美久が恐る恐る訊いた。

甲介は唇を結び、美久をにらみつけた。腹の底からわき上がる憤怒に手が震えている。美久は両手で拳銃を持ちあげ、甲介の顔を狙った。

銃口を向けられたとたん、憤怒は消え、おだやかな気持ちになる。甲介はふたたび口を開いた。

「保坂というのは、中学のころの同級生だ。ちょっと不良がかっていたけど、根はいい奴なんだよ」甲介は顔をくしゃくしゃにして首を振った。「嘘だな。おれは奴を馬鹿にしてたんだ。あいつよりもちょっとばかり学校の成績がいいというそれだけで、あいつより高級な人間のように思っていたんだ。実際、あいつは中学を卒業する前に脱線した。車を盗んで暴走してね、挙げ句に事故を起こした。そのときに女が死んだんだ。あいつはそれで少年院送りだ。中学のころには席が隣り同士だったのに、あいつが少年院に送られたときには何も感じなかった。当然のことのように受け止めていたんだ。そして、忘れた。保坂という奴がいたことを忘れたんだ。すっかり、ね。三カ月前、いきなり目の前に現われるまで、おれにとって保坂は存在しないも同じだった」

「ちょっと、ちょっと待って」美久は泣き出しそうに顔をゆがめていた。

甲介は息を詰め、美久をにらみつけている。

美久はベッドの上に両足を上げると、ひざを立てた。その上に拳銃を置き、両手で持つ。

「これでいいでしょ」

「ああ」甲介はうなずいた。

「重労働だよね、これって」

美久を無視して、甲介はつづけた。

「その保坂が押しつけていったのが拳銃と金だ。あいつが死体で発見されるまで手をつけなかった」

死体という言葉を聞いて、美久は息を嚥んだが、何もいわなかった。

甲介は唇をなめた。

「怖かったんだ。あいつはヤクザだった。見るからにヤクザって格好をしてたし、本人もそういっていた。だからバッグを開けてみる気になれなかったんだ。持ちあげたときに重いものが入っているな、とは思っていたんだ。保坂は道具っていってたし、何となく想像がついた。だから放っておいたんだよ。だけど、あいつが死体で発見されて、バッグを取り戻しに来ないことがわかって、それで中を見る気になったんだ」

美久が唾を嚥む音がはっきりと聞こえた。

「最初は警察に行こうと思った。拳銃にしろ、八十九万円のキャッシュにしろ、おれの生活には全然必要なかったから」ちらりと苦笑いを浮かべる。「だけど、間が悪くてさ。拳銃を持っていこうと思った交番が取り込み中で、おれ、拳銃を入れたバッグを持ったまま喫茶店でアイスコーヒーを飲んでたんだ。まずいアイスコーヒーだった。腹が立つくらいまずくって。それで急に馬鹿馬鹿しくなったんだよ。正直にいえば、警察がちょっと怖かったこともある。今まで警官と喋ったことなんてないからね。それに面倒くさくなった。わかるかな、人に会ってあれこれ説明したりするのがすごく面倒くさくて、何もかも投げだしてしまいたくなる気持ちって」

「わかるよ」美久はかすれた声でいった。「私も誰と喋るのもうざいって思うこと、ある」

「うざいか」甲介は笑った。「そのときのおれの気持ちに一番ぴったりする言葉かも知れないな」

美久も笑う。銃口がわずかに甲介からそれた。

甲介は素早く手を伸ばし、拳銃をつかんで奪い取ろうとする。反射的に美久が拳銃を握りしめた。銃口は甲介の顔にむいたままで、引き金に掛かった美久の指は白くなっていた。見開かれた美久の眸には明らかに恐怖が浮かんでいる。

ゆがんだ美久の顔を見て、甲介は拳銃から手を放した。

美久から目を逸らし、ふたたび銃口をのぞき込んで話をつづけた。

「それで海に捨てようと思ったんだ。拳銃を海に捨てて、何もなかったことにする。せこい話だけど、金だけはいただこうと思った。正直なところ、おれだって楽な生活をしているわけじゃないからね。八十九万円は大金だよ」

美久の唇は色を失い、拳銃が細かく震えている。甲介がわずかに顔をしかめると、銃口がぴくりと動き、ふたたび顔のまん中に向けられた。

「海といっても、どこに行けばいいのか思いつかなくてね。学生のころもサラリーマンになってからも海に遊びに行った記憶なんてほとんどないからな。おれも君みたいな可愛い女の子と一緒に海に遊びに行ってれば、もっと違った人生が拓けていたかも知れないけどね」

脳裏を田辺の顔がかすめていく。クルーカットにし、日に焼けた田辺だった。

「で、思いついたのが竹芝桟橋だった。その昔、船上お見合いってのに参加したことがあるんだよ。パーティー形式でさ、男と女の出会いを華麗に演出するとか何とかいわれて、結果はさんざんだったけどね。おれみたいな三流私大出はまるで相手にされなかった。おかげで自分のポジションを十分に確認できたよ。おれはパーティー会場の背景と同じだった。そこに立ってるだけでさ、それ以上の意味はなかったよ」

甲介はゆっくりと立ち上がった。美久が顔を上げる。

にっこり微笑んで訊いた。

「咽が渇いたから、何か飲むよ。君は？」

美久は首を振る。

甲介はベッドの足元にある冷蔵庫を開け、中に入っているコーラの缶を取りだした。冷蔵庫の中には、二百五十ミリリットル入りの缶が二つ入っているだけだった。

プルトップを引き、唇をつける。あごを上向かせ、流しこんだ。炭酸の泡が咽に突き刺さり、痛む。噎せそうになるのをこらえて飲み干した。

空の缶をゴミ箱に放り込む。

長く尾を引くげっぷをして、また、ベッドに腰を下ろした。

「まあ、パーティーの話はどうでもいいな。とにかくおれが思いついた海っていうのは、竹芝桟橋だけだった。だからそこで拳銃を捨てようと思ったんだよ。でも、あそこはダメだね。照明が明るすぎて、皆から見られている感じだった。それで暗がりに行こうとしたんだよ。光が届かないところに行って、拳銃だけ捨てて逃げようと思った」

甲介はため息をはさんだ。

「そこへ現われたのがシュウとヒロさ。奴ら、親父狩りをしようとしていた。そしておれを狙った。わかるだろ、おれは拳銃と現金の入ったバッグを抱えてたんだ。両手で胸にさ。ここに大事なものがありますって、宣伝しているようなものだよね、今から考えるとさ」

「竹芝桟橋」美久が考え込みながらつぶやく。

「そう。ニュースで見たんじゃないかな。まだ、梅雨のころだ。竹芝桟橋で高校生が射殺された事件。いっしょにいた、そいつの友達も犯人の暴行を受けて、事件から二、三週間後に死んだ。意識が戻らないまま、病院でね」

「知ってる」美久の顔はますます白くなった。

「真実はこうなんだ。シュウとヒロはおれを親父狩りにしようとした。蹴られたよ。それこそボコボコにされた。殺されるんじゃないかって思った。おれ、泣いたもの。怖くてさ、泣きわめいた。でも、あいつらはやめなかったんだ。そのうちに腹が立ってきてね、どうしておれがこんな目にあわなくちゃならないんだと思ったら、ものすごく腹が立ってきた」

「それで撃った」

「その通り。あいつらがおれに蹴りをいれるのに夢中になっている隙にその拳銃を抜いてね、撃った。ちょうどシュウがうつぶせになっているおれを起こしてさ、バッグを盗ろうとしたんだ。おれが銃を持ちあげたところを、シュウがのぞき込んだわけ」

甲介は右手の人さし指と親指を伸ばし、拳銃の形を作ると美久の顔に向けた。

「バーン」人さし指をはね上げる。

美久は咽を鳴らし、目をしばたたいた。

「ど真ん中のストライク。目の間さ。鼻の上の方が顔にめり込んでて、頭が割れてた。脳が噴きだしてさ。ひどい目にあったよ」

美久が唇をゆがめている。

甲介は笑みを浮かべていた。

「たったの一発でシュウは即死。おれが立ち上がったらさ、ヒロはびびって、小便漏らしてた。腰が抜けちゃって、全然動けないの。おれ、ヒロの顔にも銃を向けたんだけど、どういうわけか引き金がすごく重くて、全然撃てなかったんだよ。それでしようがなくヒロの顔を蹴った。蹴るっていうか、踏みつぶしたような感じ。そうしたらヒロがそのままあお向けに倒れた。打ち所が悪かったんだろうな。脳挫傷になってさ。その場で気を失ったきり、意識不明の重態ってやつ」

誰か別の人間が喋っているような気分だった。口だけが勝手に動いて、言葉をたれ流している。誰に喋っているのかもほとんど意識していなかった。顔が蒼白になった美久を見ながら、〈早出シフト〉のときに見かけた女子高生に似ているな、と感じたほどだ。

それでいて、公園の暗がりで反吐《へど》を吐き、泣きわめき、公衆便所で顔を洗ったくだりはしっかりと端折《はしょ》っている。どこかでみっともない話はやめようという意識が働いている。

「それが最初。二度目はね、森沢というそば屋の店員だった。これもニュースで見なかったかな。駒込駅の近くのガード下で撃ち殺された男のこと」

美久がゆっくりとうなずく。

甲介は言葉をついだ。

「ひどい奴なんだ。立ち食いそば屋の店員のくせして、そばにゴキブリの脚を入れるんだぜ。まあ、本体丸ごと一匹入れないところが良心的といえば良心的なんだけど。あいつは病んでたね。客にゴキブリの脚を食わせて喜んでいたんだからさ。気の弱そうな奴だけを選んでね。それで客が文句をつけようとしたら、居直って脅すんだな。おれ、気が弱そうに思われたんだね。だから、やられたんだ」

美久が顔をしかめ、呻くようにいった。

「吐きそう」

「君が吐くことないじゃないか。ゴキブリの脚を食ったのはおれなんだから」

「食べたって、まさか」

「食ったよ。森沢を見ながら、嚙みつぶして、のみ込んだ。それが森沢のやり方だったから。おれはちゃんと受け止めたよ」

「それで、殺したの？」

「ああ、それで行って来いだろ。森沢のゴキブリ、おれの拳銃」

「何も殺すことはないんじゃない」

「そうかな」甲介は首をかしげた。「おれはものすごく公平なやり方だと思ったけどね」

美久は子供がいやいやをするように首を振っていた。目尻から透明な涙が流れ落ちている。

頰を伝い落ちるしずくを見つめながら、きれいだ、と甲介は思った。

14

「雨が降ってたよ。八月十六日。日付は忘れない。夏休みの最後の日だった。サラリーマンが夏休みというのもおかしいよね。会社では夏期休業っていうんだ。ちょうどお盆の時期。おれが働いているのは化学メーカーでね。そういってもぴんと来ないかも知れないけど、メーカーって、割りと一斉に休みを取るんだよ。生産ラインというのは、一度停めると再稼働させるのに手間がかかるんだ。だから、停めるなら停めるできちんとしないと無駄な金がかかる。うちの会社の場合、材料を溶かす溶解炉というのがあるんだけど、その溶解炉が冷えちゃうと、もう一度温め直すのによけいに燃料が必要になるんだ。それが無駄なんだな。毎日ラインを動かしていれば、温め直す必要がないんだ。それで全社一斉に休みにする。昔からの習慣だね。今年は九日間の休みだった。君にぼやいてもしようがないけど、休みが長いというのはあまりいいことじゃないんだ。その間、会社は残業代とか払わなくてすむだろ。だから経費節減につながる。今年の夏休み、おれはずっと森沢を監視してた。あいつが働いていた立ち食いそば屋は二十四時間営業なんだけど、ひとりの人間が二十四時間ぶっ通しで働くわけはないよね。そんなことしたら、倒れちゃうよ。それで森沢が何時に出勤して何時に仕事を終わって店を出るのか、どんなルートを通って通勤しているのかを調べた。今から考えると、どうしてあんなに熱心に森沢を尾行できたのか不思議だけど、あのときはどうしても森沢だけは殺す必要があるって思いこんでいた。おれだけゴキブリの脚を食わされてたんじゃ、不公平だからね。不公平はまずいよ。バランスが崩れるのはよくない。大げさに聞こえるかも知れないけど、宇宙にだってバランスがあるわけだろ。それがくずれたら、宇宙が崩壊してしまうじゃないか。そうなれば人間なんて、ひとたまりもないよね。まあ、それほど大げさに考えていたわけじゃないけど、それに近いような気持ちはあった。そうやって森沢を監視してたんだよ。あいつ、自転車で通ってた。だから歩道になっているガード下で待ってたんだ。自転車が近づいてきたら、躰をぶつけて倒してやったよ。おれ、毎朝森沢と顔を合わせてたからさ、あいつもおれが誰だかすぐにわかったみたい。考えてみれば、当たり前か。ゴキブリの脚を食わせる奴だって、それくらいの記憶力はあるよね。まあ、それはいいや。とにかく奴の自転車を倒して、そうしたら、あいつは自転車に足を挟まれてさ、動けなくなったんだ。うまい具合だった。おれは自転車を踏みつけてあいつの動きを封じておいて撃った。今度はシュウのときみたいに偶然じゃなかった。ちゃんと狙って撃ったんだよ。銃を向けたときにね、あいつ、おれにいったんだ。あんた、サラリーマンじゃないかって。後から考えて、サラリーマンじゃないかって言葉に頭に来たんだよな。だってサラリーマンは何にもできないっていわれたみたいじゃないか。実際、会社に行ってるとさ、感じることがあるんだよ。養鶏場って、わかるかな。鶏を飼っているところね。躰にぴったりと合った金網に押し込まれて、そこから首だけ出して、餌を食べるんだ。動くのは首だけなんだぜ。金網の中じゃ、鶏は伸び上がることもできない。サラリーマンってさ、そんなものかも知れないね。上司には逆らえないんだよ。別に上司って偉いわけじゃない。だけど、逆らえないんだ。会社をクビになったらさ、ほかに行くところがないんだよ。今、すごく景気が悪いだろ。おれみたいに三流私大の法学部卒っていうのは、つぶしが利くんだけど、それだけが取り柄でね、何の資格もないし、特技もこれといってないからね。ほかの会社いっても今までと同じような事務仕事をするのが精一杯なんだな。それにおれ、営業には向いてないと思うんだ。人と話したりするのがあまり得意じゃないからね。学生のころは自分を案外社交的な奴って見てたけど、全然ダメ。友達と利害関係のない話をするんだったら、別に何とでもできるんだけど、自分の会社の商品を売り込むってのはダメだな。だって、おれ、自分の会社の商品ってまるで魅力がないと思ってるもの。魅力がないと思っているのに、さもそれが素晴らしい商品みたいな顔して売るのって、嘘をつくことだよね。嘘をつくのはダメ。性に合わない。だから営業にはむかない。何だか、話がそれちゃったね。とにかく森沢はサラリーマンのくせにどうしてこんなことするんだみたいなことをいったんだよね。考えてみれば、馬鹿にされてるよな。サラリーマンだってさ、爆発するときはあるよ。ふだん鬱屈してるんだからさ。卑屈になって上司の顔色うかがって生きてるだろ。その分、圧力は高くなってると思うよ。でもね、情けない話かも知れないけど、おれ、拳銃がなかったらずっと黙ったまま暮らしていたと思うんだ」

一気にまくし立てた。ほとばしる言葉を停められなかった。海水を飲んで咽の渇きを癒やそうとしているように、しゃべればしゃべるほど話したいという欲求が募ってくる。

もう、美久の様子もどうでもよかった。

「拳銃を持ってわかったのは、おれは何でも好きか嫌いかで判断してたこと。だから、君がさっきブスな女子高生についていってただろ。死ねって。おれも同じこと、思うよ。今の世の中ね、ブスが偉そうにしすぎてる。もっとね、道の端っこを歩けよって思う。もっと世間に対して申し訳なさそうな顔してろって思う。君はいいよね。君は美人だから。美人は得なんだ。何をしても許されちゃう。会社に入ってもそうだよ。ブスが失敗してもさ、誰もフォローしない。美人は何にもしなくてもそつなく仕事をこなしていける。まわりが放っておかないからね。これって、差別だよ。セクシャルハラスメントだよ。だけど、そんなものなんだ。ふだんは圧し殺しているだけなんだよ。おれみたいに拳銃を持てば、はっきりとわかるし、拳銃なんか持たなくても、さっきいったみたいに、その女がミスしたりすれば、ふだんどう思われているかがわかるよ。おれはね、拳銃を持ってわかった。たとえば電車に乗るだろ。となりにブスが座ったとするじゃない。それだけで撃ち殺したいって思っちゃったもんね。おれの中にある感情って、好きと嫌いだけだった。だってさ、普通人を殺したら、良心の呵責に苦しめられたりするじゃないか。だけど、おれは全然感じなかった。悪いことをしたって感情がないんだ。森沢を殺したことだって、何ていうか、そうするのが当たり前って感じだった。反省してません。居直っちゃうけど、反省してないよ。それに現実感がないんだな。誰かを殺したといっても指を動かしただけだろ。おれ、何にもしてないのと同じなんだよね。今、君もそこで拳銃を撃ってみればいいんだ。そうしたらわかる。おれを撃ち殺してみればわかる。あのね、銃声って聞こえないの。不思議だよね。撃つ瞬間って感覚がぶっ飛んでるのかも知れない。だから聞こえないんじゃないかな。音が聞こえないと、夢見てるみたいだよ。あとで思いだしても怖くもないし、悪いことしたって感覚もない。ただ夢の中の出来事みたいにながめているだけ。ひどい話でしょ。でもね、それがおれの実感。ねえ、撃ってごらんよ」

甲介がにじり寄ると、美久は怯えて後ずさった。拳銃はしっかり構えたままだった。甲介は拳銃の重さを考えていた。美久が銃を握って、どれほどの時間が経っているのかわからなかったが、すでに腕は痺れきっているだろう。握っているのが精一杯で引き金をひく力は残っていない。それを見越して撃てという自分のずるさがやりきれなかった。

「それでも小野を殺したときにはね、ちょっとした工夫をした。実は殺すまでは小野じゃなく、永瀬だと思っていたんだけど、まあ、それは君にはどうでもいいことだ。とにかく小野を殺したときには、ウォークマンを使ったんだよね。小野の耳をふさいでおいて、拳銃を撃つ用意をして、小野が顔を上げたときに撃ったんだ。注意を逸らしておいたからさ、撃つのは簡単だったよ。小野は殺さなくちゃならなかった。おれ、拳銃持ってることがバレたらお終いなんだ。もう、四人殺してるだろ。拳銃を使ったのは三人だけど、間違いなくヒロも殺してるわけだからさ。警察につかまれば死刑だよ。死刑っていわれても実感はわかないんだけど。でも、死刑にはなりたくない。それにね、保坂の拳銃だろう。もともとの持ち主は保坂がいた暴力団なわけ。正当な持ち主って奴ね。だからおれが拳銃持ってることがそっち方面にバレてもまずいでしょ。小野はさ、そっち方面に顔が利くような振りをしていた。全部、嘘だったんだけどね。でも、そのときは知らなかったから、もう追いつめられた気分で、小野を殺すしかないと思ったんだよ。それで撃った。二発ね。頭を撃ったから即死でしょ。弾の当たったところがね、焦げるくらいの至近距離。小野はうちの社員名簿見ててさ、それで耳はウォークマンだろ。おれが何やってるか、まるで気づいていなかったからね。簡単だったな」

甲介の肩から力が抜けた。はじめて銃から目を逸らし、首を振る。

「でもね、笑っちゃうんだ。小野の話が全部嘘っぱちだっただけじゃなく、保坂が死んだ理由もね、おれが想像していたのとはまるで違った。おれはさ、保坂が、あいつがいた組の連中に殺されたと思ってたんだよ。リンチを受けてね。リンチって言葉にびびりまくってたんだな、結局。だけど、リンチなんてどこにもなかった。保坂は事故で死んだだけ。おれの勘違いでね。その事故さえなければ、あいつはおれのところにバッグを取りに来たんだと思う。おれはバッグを開けもしないで保坂に返して、それですべてお終いだった。それだけのことだったんだよ」

あごがだるかった。舌も痺れていた。先ほど飲んだコーラはあらかた蒸発してしまい、また、咽の渇きが耐え難くなっていた。だが、立ち上がるのがひどく億劫で、全身の力が抜けてしまっていた。

それでも口は動きつづけた。

甲介の意志を越えて、何者かに引きずられるように喋りつづけていた。

「どうして、皆、嘘をつくのかな。シュウとヒロはおれを襲ったんだよ。蹴りまくったんだ。だけど、ニュースじゃ、真面目な都立高校生と板前を夢見る青年になってた。中学時代に知り合った、サッカー部の先輩、後輩だとさ。笑わせるよ。森沢はね、客にゴキブリの脚を食わせながら癌になった母親の面倒を見てた。田舎にいた母親を呼び寄せて、東京の病院に入れてたんだって。それで毎日病院に行ってたんだ。おれ、見たんだよね。あいつがさ、一晩中働いたあとに一睡もしないまま、また出かけていくのを。たぶん、お袋さんのところへ行ってたんだろうな。自転車に白い袋をのせてた。着がえが入っていたんじゃないかな。森沢に聞いたわけじゃないから本当のところはわからないけどね。そして小野は嘘のかたまりだろ。名前さえ嘘だった。永瀬なんて名乗ってたんだからね。女も嘘つきだな。お堅いオールドミスだと思ってたら、会社の中の男を次々に渡り歩いてたり、真面目で大人しい女の子だとばかり思ってたら、とんでもない淫乱女でさ。やっちゃったから、文句をいえる筋合いじゃないけど、五年も目の前にいたのに、おれ、彼女の本当の姿にまるで気づいてなかったもんなぁ。そして、君もだ。はじめて見かけたときから、憧れていたんだよね。理想的な女子高校生であるわけだ。古くさい言葉かも知れないけど、清楚で、そして何より美人だろ。電車の中で痴漢の腕をひねり上げて叫んだときには、びっくりもしたけどさ。まさかそれが小遣い稼ぎの方法だとは思わなかったよ。それに本当は高校生でもないんだってね。ナンチャッテ女子高生か、ふざけてるよな。何が二十歳で死にたいだよ。おれ、もう四人殺してるけど、こうやって平気で生きてるよ。生きているのが嫌だなんて、全然思わないもの」

さらに甲介は美久との距離を詰めた。

「来ないで」美久が叫ぶ。

銃口がぶるぶる震えている。

「何を怖がってるのさ」甲介はさらににじり寄った。「拳銃を持ってるのは、君で、おれじゃないんだよ」

どうして美久が震えているのか、何を怖がっているのか、甲介にはまるで理解できなかった。

「来ないでっていってるでしょ。私、本当に撃つわよ」

甲介は黙って手を伸ばした。

美久が両手で拳銃をつきだし、引き金をひいた。撃鉄が落ちる。乾いた金属音が部屋にこだまする。美久は両目がこぼれそうになるほど見開いている。汗にまみれた顔はひどく醜かった。

甲介は美久の手から拳銃をむしり取り、銃把を握った。左手で遊底をいっぱいに引き、手を放す。復座バネの力で前進した遊底が弾倉に残っていた弾丸をくわえ込み、薬室に送りこんで閉じた。

「拳銃はね、こうして弾をこめないと撃てないんだよ。おれも最初は知らなかった。人間は学習する動物であるというけど、本当だね」

すべて喋ったことですっきりした気分だった。美久になら、撃ち殺されてもいい、と思った。どうせ生きていたところで、警察につかまれば死刑だ。その前に死んでしまいたい。自分で自分の頭を撃ち抜ける自信はなかったが、美久に銃を渡せばあっさりと片を付けてくれそうな気がする。

シュウ、ヒロ、森沢、小野と同じ立場に自分を置けば、少しは罪が軽くなるかも知れない。

そこまで思っていた。

拳銃を渡そうとしたそのとき、ふいに美久がベッドから飛び降り、出口に向かって逃げ出そうとした。

「待てよ」甲介はあわてて美久の腕をつかむ。

「いやだ、いやっ」美久は甲介の手を振りほどこうとした。

美久の顔がゆがんでいる。涙と鼻水で顔はぐしゃぐしゃになり、唇からあふれ出したよだれがあごをしたたり甲介の手にかかっていた。

「勘違いするなよ。銃を渡すからさ、これでおれを撃ってくれよ」

「いやよ。放して、放してよ」

美久があまりに激しく動くので、甲介の指が開きかけていた。

不意に恐怖が襲った。美久が逃げようとしている。また、甲介は独りぼっちにされようとしている。

恐怖は簡単に憎悪に変わった。

甲介は美久の腕を強く引きつけた。小さな躰が引き戻される。

拳銃を持ちあげた。美久の後頭部、ぼんのくぼと呼ばれるところに銃口を押しつけた。引き金をひいた。ほとんど条件反射のような指の動きだった。

またしても銃声は聞こえなかった。


受話器の底から呼び出し音が聞こえていた。一度、二度、三度……。甲介は見知らぬ相手にかけていた、真夜中の電話を思いだした。

受話器が持ちあげられ、あわてた様子で女の声が応じた。

「お待たせいたしました。洋和化学工業秘書課でございます」

「よかった。ほかの人が出たら、どうしようかと思ってたんだ」

「甲介？　今、どこにいるの？　自宅《うち》なの？」

「ああ。ちょっと頭痛がしてね。会社に行くのが面倒だなと思ってるうちに二度寝しちゃった」

「心配したわよ。総務課に行ったらあなたは休みだし、自宅に電話しても誰も出ないっていうし。私も電話したんだけど」

「ごめん。呼び出し音を切ってあった。すっかり忘れてた」

「もう、しっかりしてよ。それで体調は？　熱があるの？」

「もう大丈夫。ずる休みみたいなもんだから」

「子供みたいなこといわないでよ」

「ごめん、ごめん」

「ねえ、知ってる？　〈爺捨て山〉の柴田さんも休んでるの」

「いや、知らない」

「癌らしいわ。私、あなたが休んでるから代わりに切り抜きのコピーを届けに行ったのよ。そうしたら柴田さんがいなくて、田沼さんと細川さんが何だかすごく暗い顔してたのね。それで、どうしたんですかって訊いたんだけど」

「癌って、相当悪いのか」

　柴田のあとを尾《つ》け、ジュリーにやらせているスナックで彼と話をしたことは、香織に告げていなかった。

「ダメみたいよ」香織が圧し殺した声でいった。「田沼さんも細川さんも落ち込んでた。癌って、最初は自覚症状がないんだってね。自分の細胞が変異していくだけだから、痛くも痒くもないらしい。それで痛みを感じるようになると、もうお終いなんですって」

「何の癌？」

「肝臓だって。ほかに転移しているかどうかは手術してみないとわからないという話だった」

「まだ、助からないって決まったわけでもないだろ」

「柴田さんがね、生きることを望んでいないんだって。〈爺捨て山〉に電話してきた声が変に明るかったっていうのね。これで奥さんのところへ行けるんだっていったらしいわ。田沼さん、その話をしながら泣いてたの。ぽろぽろ涙をこぼしてね。つらかった」

金の問題は解決した、と柴田はいっていた。生命保険だろう、と甲介は思った。おそらくジュリーを受取人として保険に入っているに違いない。そのことが柴田の子供たちに知れるところとなり、疎遠になったのかも知れない。

「もしもし？　聞こえてる？」

受話器から聞こえる香織の声は怯えているように響いた。

「うん。ちゃんと聞こえてる。ちょっと柴田さんのことを考えてたから。ごめん」

「いいのよ。毎日顔を合わせてる人だもの、ショックなのはわかる」

「そうだね。ありがとう」

「お礼をいわれるのって、何か変ね」

「おれのことをわかってくれてるから」

「当たり前じゃない」

「香織が最初に電話に出てくれて、本当に助かった」

「何となく甲介からの電話じゃないかって予感がしたの。だからさっと取った」

「本当かよ」

香織が低く笑う。

「何ちゃって。本当のところをいうと、今朝は役員会議があるんで私以外の課員は皆会議室に行ってるのよ。お茶とか準備しなくちゃならないから」

香織が平気で甲介の名を口にする理由がわかった。周囲に誰もいないのだ。

「甲介、あのね……」

「何だ?」

「いい。やっぱり会ったときに話す」

「何だよ、思わせぶりだな。気になるじゃないか。話しちゃえよ」

「今日、仕事が終わったら甲介の部屋に行ってもいい?」

「いいよ。場所、わかるのかな」

「最寄り駅は?」

「山手線の駒込。そうだ。会社を出るときに電話をくれれば、駅の改札口まで迎えに行くよ。それなら確実だろ」

「嬉しい」

「いいって。それよりさっきいいかけたことって、何? すごく気になる」

香織はためらった。甲介は受話器を握りしめたまま、ゆっくり息を吸い、吐いていた。心臓の鼓動がすぐ耳元に聞こえる。

それから香織は小さな声で、しかも早口にいった。はっきりと聞き取れたのは、検査薬、陽性反応という二つの言葉だけだった。

妊娠検査薬のコマーシャルならテレビで見たことがある。

声が震えそうになるのを何とか抑えつけ、最大限の努力を注ぎこんで明るい声を出した。

「やったね」

「喜んでくれるの？」

「当たり前じゃないか」

嘘も人殺しも緊張は最初の一瞬だけだった。すでに呼吸は楽になっており、嘘のように動悸もおさまっている。

「病院でちゃんとした診察を受けないとたしかなことはわからないんだけど、たぶん、間違いないと思う。このところ、ちょっと体調が悪かったもんだから、もしかしたらと思って自分で試してみたのね。そうしたら……、あっ、誰か戻ってきた」

ふいに香織の口調が改まった。

「かしこまりました。それでは後ほどということで、よろしくお願いいたします。お電話、ありがとうございました。失礼いたします」

電話が切れると同時に腹の底からため息が漏れた。受話器をそっとフックに戻す。

ベージュの受話器には、赤黒く染まった指紋がいくつもついていた。美久を抱きかかえるようにして射殺した際、たっぷりと返り血を浴びている。

巨大なダブルベッドを見おろした。水色の制服を着た、偽物高校生の美久がうつぶせになっている。後頭部あたりの髪が濡れて、光っており、ベッドの上にも血溜まりが広がっていた。銃弾は美久のぼんのくぼから入り、顔面を吹き飛ばしているに違いない。

何度も夢に出てきたシュウの顔は、鼻が顔にめり込んでいた。顔面を内側から粉砕されると、どのような状態になるのか。しかし、美久を仰向けにする勇気はなかった。

美久の右手のそばに赤いパスケースが転がっていた。スカートのポケットにでも入っていたのだろう。ベッドに片手をつき、パスケースを拾いあげた。

開いてみる。

透明なプラスチックカバーの下に入っていたのは、運転免許証だった。美久の本当の名前は、小森久美子だった。生年月日の欄に目をやる。十九歳のナンチャッテ女子高生といっていたが、美久ないし久美子が十九歳だったのは、今から六年も前のことだ。

だが、甲介の目を奪ったのは、名前や年齢ではなく、顔写真だった。

目鼻立ちはたしかに美久に似ているものの、そこに写っている女の顔は美久の倍もありそうなほど真ん丸に膨れ上がっていた。免許の更新日からすると、一年半ほど前に撮影した写真のようだった。

自分が理想の女子高校生と見ていた美久の姿は、すさまじいダイエットの結果作りあげられたものだった。

パスケースを閉じ、美久の背中に放り投げる。スカートがまくれ、白い下着がのぞいていた。よく見ると白い太腿の裏側は皮膚がたるみ、何百本もの横皺が刻まれていた。見るんじゃなかった、と思った。

美久が逃げ出そうとしたわけが、今にして理解できる。甲介は自分のまわりを取り囲んでいた連中のまやかしにひどく腹を立てていた。甲介が吐きつけたひと言、ひと言はすべて美久に突き刺さったに違いない。しかも甲介は美久の手から拳銃を取りあげ、弾丸を装塡して発射できるようにしたのだ。

殺される、と思ったのも無理はない。

美久の足の間に落ちている拳銃を拾いあげた。銃把がまだぬるぬるしている。シーツで銃全体をていねいに拭った。拳銃はふたたび鉄の深い光沢を取りもどした。

シュウ、森沢、小野、美久と四人を殺してきた拳銃だが、ただの、無愛想な金属の塊にしか見えなかった。ヒロを蹴り倒し、殺したことを考えると、凶器は拳銃ではなく、自分なのかも知れないと思った。

香織は甲介の子を身ごもった。

卵から孵った虫は、ひたすらエネルギーを摂取し、成長し、成熟して子孫を残す。虫は自分が虫であることも知らず、生きているとさえ自覚していない。だから、産まれてくる虫もまた無自覚で、生きる目的も、意味も知らない。知りようがない。ただただ繁殖、増殖するだけだ。たちまちにして無数に蠢く虫のイメージが広がり、脳裏を占めた。微小な触角を震わせ、うようよと湧き出してくる虫の姿に、鳥肌が立ち、吐き気がしてきた。蠢く虫の群れに今まで殺してきた五人の顔があった。癌で死にかけている柴田も、ほかの〈爺捨て山〉のメンバーも、総務課の連中や香織も見えた。皆、虫だった。虫なら指先で簡単に押しつぶせる。虫が一匹や二匹死んだところで、誰も哀しみはしない。おれも虫なのだろうか。ふと疑問が湧く。拳銃にはまだ弾丸が一発残っている。試してみるのは、簡単だ。虫なら、あっさりと死んでしまうだろう。口を大きく開け、銃口をくわえた。舌に、冷たい鉄の味を感じる。拳銃自体の味か、拭き取りきれなかった血なのか、わからなかった。右手の親指を引き金にかける。力をこめた。意外に

（了）

一九九九年九月　カッパ・ノベルス（光文社）刊

解説

大多和伴彦《おおたわともひこ》
（文芸評論家）

「レジへ行こう」

文庫本としても、かなり分厚いこの本を今手に取っているあなたに、まずそう告げたい――「そして、今すぐこの本を自分のものにせよ」と。

『狼の血』というタイトルがあなたの心になにかを響かせたのか、以前に著者・鳴海章氏の既存の作品に触れたことがあったのか、それとも、装丁のデザインがあなたの目を奪ったのか――理由はなんでもいい。

この本を手にしてしまった今、あなたとこの本との接点はもう出来てしまった。

そして、あなたはまだ気づいていないけれど、この出会いは、あなた自身の今後――たとえば日々の暮らしを、あるいは、心のあり方を、劇的に変えてしまうかも知れない。ちょうどこの物語の主人公の人生が一挺の銃によって変わってしまったのと同じように……。

本書が一九九九年九月にカッパ・ノベルスとして刊行されたとき、花村萬月氏はこんな言葉を寄せた。

「あなたが、もし、サラリーマンであるならば、この小説を読むことは断じてお薦《すす》めできない。なぜならば、危険だからだ。あなたは、明日、出社していないかもしれない。そういう力のある強烈な小説だ」

カバーの裏表紙に記載された〝推薦文〟なのに、「お薦めできない」という過激な表現には驚かされたものだ。が、いわずもがなのことだが、これが逆説的な表現であるのは間違いない。本書『狼の血』は〝サラリーマンにこそ読んで欲しい作品〟なのだ。

この国にどれほどの数の給与生活者がいるのだろう。が、ここで問題にしたいのはその実数ではない。その置かれてきた立場、である。

一週間のうちの数日、朝夕の通勤地獄に耐え、おのれの時間を会社という組織に売ることで、月に一度ささやかな、年に二、三度やや多めの金銭を得る。その繰り返しを永年続けていれば、それなりに待遇は改善されていき、リタイヤするときには余生を過ごすに充分な蓄えも得られ、悠々自適の老後を迎えられる。

不安定な生活基盤からの脱却——人の営みの中での最重要課題がクリアできるならば、多少の苦労には目をつぶろう。

多くの親たちは、わが子の行く末を案じて、給与生活者になることこそが進むべき道、と教えた。子供もそれを信じた。

経済によって強固な国づくりを目論む大きな意志は、突出した才能よりも、一定以上のレベルに均《なら》された〝人材〟を作り出すことを教育だとすり替えた。

目標とは、遥か先にあるときには近づくための闘志を燃やせるものだ。今日の一歩は昨日と変わらぬように思えても、しばらく期間がたてば確実に開けていく目の前の景色。その実感さえあれば、人は単調な繰り返しの日々にも耐えられた。

だが、今はどうだ。

この国を動かしてきた無能な者たちは、私利私欲に走り、まつりごとの失敗は応急処置でごまかし続けてきた。

システムはほころびだらけとなり、ストップする経済成長。右肩上がりのベースアップを基準に組んだ個人ローンは破綻の危機に瀕し、将来設計は崩壊の一歩手前——目標は霧の中に消えた。

金のことだけではない。この国の子供たちは、宮仕《みやづか》えのためのパスポートである学歴を得るために、幼いころから暗記教育を強《し》いられ、組織の歯車のひとつとして上の者の指示を的確にこなすことだけを教え込まれてきた。いつしか、常識から逸脱することを極端に恐れ、おのれの個性を殺し組織に迎合することに疑問を持つことすらなくなってしまった。

そのようにして大人になった者たちの心は、とうの昔に殺されかかっていたのかも知れない……。

本書の主人公・山本甲介は、ほどなく三〇歳をむかえようとしているサラリーマンだ。彼が勤めるのは化学工業メーカーの総務部総務課。鳴海氏は、彼の鬱屈した日常生活を、これでもかというぐらい細密に描いていく。

甲介が深夜の無聊《ぶりょう》を慰めるため自分の部屋から、ウイスキーをあおりながら続けるイタズラ電話のシーンに始まり、翌朝の通勤の様子、途中で朝飯として天玉そばを胃袋に流し込む場面（「食べ物と濡れ場は作家の力量を示すバロメーター」といわれるが、ここまで不味《まず》そうに描写される食事シーンも希有《けう》ではなかろうか！）、そして、雑用をそつなくこなすことだけが求められる退屈な職場――あなたは、ちょうど甲介の影のように寄り添いながら、彼の一挙手一投足を見守ることになる。

長い一日を終えて自宅に戻ると、甲介のアパートの部屋の前にひとりの男がしゃがんでいた。保坂明信――中学時代の同級生で卒業以来十三年ぶりの再会だった。

保坂はヤクザとなっていた。ふたりはその夜、旧交を暖め、保坂は甲介の部屋に泊まった。翌朝、甲介が目を醒ますと保坂の姿は消えていた。残されていたのは書き置きと、彼が携えていた黒い鞄。その中身は、百万円に少し欠ける札束と、拳銃だった。

狙いを定め、引き金を引きさえすれば相手の命を奪うことが出来る拳銃――動作は、ほんのわずかに人差し指に力を込めるだけでいい。しかし、ほかのどんな凶器よりも強大な破壊力を持つ、掌に納まる冷たい機械《メカ》。

人を殺《あや》める実感の極度に薄いこの凶器を手に入れたことで、甲介がどのように変貌して行くか。鳴海氏は、その過程をふたたび執拗な描写を重ねることで描いて行く。いつ甲介が実際に引き金を引くことになるのか、極限の緊張感の中でわたしたちは彼の行動を見守ることになる。

作中、甲介が命を奪うのは五人。

中でも印象的なのは、明確な意志を持って出かけていった二番目の相手のときだ。銃口を向けられたその男は、甲介に対してこう言う。


〝冗談だろ。だって、あんた、サラリーマンじゃないか〟


確かに、〝殺人者〟というイメージからもっとも遠いところにいるのがサラリーマンかも知れない。しかし、サラリーマンは殺意すら抱けなくなるほど心の麻痺《まひ》した者なのか。

この一言がきっかけとなり、甲介の行動は変わって行く。人が社会生活を成り立たせる上で、根源の禁忌《きんき》としていた殺人、生き物である以上誰の血の中にも流れている暴力への衝動を目覚めさせてしまうのだ。

顧《かえり》みれば、銃を手にする前に、日常、会社の上司から浴びせかけられていた言葉の数々は、甲介にとっては〝暴力〟と等しいものだったのではないか。時に言葉は、拳よりも酷いダメージを人に与えるものだ。

「仕事だから我慢する」、「若いころはカチンとくることもあったが、最近はうまく聞き流せるようになった」などと思っているうちに、心に出来たささくれは、やがて膿《う》み、ついには血を噴き出す。甲介がまさにそれだった。

銃という〝力〟を手に入れることの出来た甲介に、あなたは危険な羨望を抱くかも知れない。が、その時は、社内では〈爺捨て山〉と呼ばれる社史編纂室に在籍する柴田老人の、終幕近くの言葉を思い出して欲しい。


「人はね、誰でも簡単に人を殺せるんだ。それが本当の姿なんだ。（略）だから、本当の姿をさらけ出さないために、そうならないために秩序だとか、倫理だとか、宗教だとかがあるんだと思う。（略）だけど、今でもそうした本能を超克できずに剝き出しにしている人間がいる。（略）哀れじゃないか。基準のない人間というのは。倫理も法律も届かないよね。たとえ死刑にしたところで、結局、その本人を罰したことにはならない。何にも届かないんだよ。人間が何千万年とかかって築き上げてきたことが何一つ、その人間には届かない。本当の暗闇の中にいるんだ。たった一人、でね。死刑なんて、肉体を滅ぼすだけだ。悔い改めない魂は真っ暗闇の中で孤立しているだけさ」

甲介が、壮絶なる孤独の奈落へ堕ちていったことを忘れてはいけない。本作は暴力衝動を描いてはいるが、暴力を決して讃美しているわけではないのだ。作品のラスト近くで甲介はこう述懐している。

「でもね、情けない話かも知れないけど、おれ、拳銃がなかったらずっと黙ったまま暮らしていたと思うんだ」

そう、甲介はわたしたち自身なのだ。そして彼は、わたしたちの替わりに野性の本能を解放し、そして破滅して行く。

この稿の前半で記したように、この国の行く末に明るい材料は見いだせそうもない。精神的な圧迫感に耐えることをさらに強いられることだろう。その時は、本書を思い出して欲しい。自分にも野性の本能がある。〝狼の血〟が流れている。ただ、それをおのれの意志で、制御しているだけなのだ、と。

一挺の銃と同じ重みと威力を持つ一冊の本。本書『狼の血』は、そういう小説なのだ。

さあ、レジへ行こう——。

光文社文庫

長編小説
狼《おおかみ》の血《ち》
著者 鳴《なる》海《み》章《しょう》

2002年6月20日 初版1刷発行
2008年4月25日 8刷発行

発行者 駒井稔
印刷 公和図書
製本 関川製本

発行所 株式会社 光文社
〒112-8011 東京都文京区音羽1-16-6
電話 (03)5395-8149 編集部
8114 販売部
8125 業務部
振替 00160-3-115347

落丁本・乱丁本は業務部にご連絡くだされば、お取替えいたします。
ISBN978-4-334-73331-5 Printed in Japan

お願い　光文社文庫をお読みになって、いかがでございましたか。「読後の感想」を編集部あてに、ぜひお送りください。

　このほか光文社文庫では、どんな本をお読みになりましたか。これから、どういう本をご希望ですか。

　どの本も、誤植がないようつとめていますが、もしお気づきの点がございましたら、お教えください。ご職業、ご年齢などもお書きそえいただければ幸いです。

光文社文庫編集部

光文社文庫　好評既刊

パリ発殺人列車　西村京太郎
十津川警部の逆襲　西村京太郎
十津川警部、沈黙の壁に挑む　西村京太郎
十津川警部の標的　西村京太郎
十津川警部の抵抗　西村京太郎
十津川警部の試練　西村京太郎
十津川警部の死闘　西村京太郎
十津川警部 長良川に犯人を追う　西村京太郎
十津川警部 ロマンの死、銀山温泉　西村京太郎
宗谷本線殺人事件　西村京太郎
紀勢本線殺人事件　西村京太郎
特急「あさま」が運ぶ殺意　西村京太郎
特急「おき3号」殺人事件　西村京太郎
山形新幹線「つばさ」殺人事件　西村京太郎
九州新特急「つばめ」殺人事件　西村京太郎
伊豆・河津七滝に消えた女　西村京太郎
奥能登に吹く殺意の風　西村京太郎

特急さくら殺人事件　西村京太郎
四国連絡特急殺人事件　西村京太郎
九州特急「ソニックにちりん」殺人事件　西村京太郎
スーパーとかち殺人事件　西村京太郎
高山本線殺人事件　西村京太郎
飛騨高山に消えた女　西村京太郎
伊豆誘拐行　西村京太郎
L特急踊り子号殺人事件　西村京太郎
秋田新幹線「こまち」殺人事件　西村京太郎
尾道に消えた女　西村京太郎
寝台特急あかつき殺人事件　西村京太郎
特急ワイドビューひだ殺人事件　西村京太郎
東京・松島殺人ルート　西村京太郎
寝台特急「北陸」殺人事件　西村京太郎
特急「にちりん」の殺意　西村京太郎
愛の伝説・釧路湿原　西村京太郎
青函特急殺人ルート　西村京太郎

光文社文庫　好評既刊

怒りの北陸本線　西村京太郎
山陽・東海道殺人ルート　西村京太郎
特急「しなの21号」殺人事件　西村京太郎
みちのく殺意の旅　西村京太郎
富士・箱根殺人ルート　西村京太郎
新・寝台特急殺人事件　西村京太郎
津軽・陸中殺人ルート　西村京太郎
寝台特急「ゆうづる」の女　西村京太郎
東北新幹線「はやて」殺人事件　西村京太郎
シベリア鉄道殺人事件　西村京太郎
越後・会津殺人ルート　西村京太郎
特急ゆふいんの森殺人事件　西村京太郎
東京駅殺人事件　西村京太郎
上野駅殺人事件　西村京太郎
函館駅殺人事件　西村京太郎
西鹿児島駅殺人事件　西村京太郎
札幌駅殺人事件　西村京太郎

長崎駅殺人事件　西村京太郎
仙台駅殺人事件　西村京太郎
京都駅殺人事件　西村京太郎
伊豆七島殺人事件　西村京太郎
消えたタンカー　西村京太郎
発信人は死者　西村京太郎
ある朝海に　西村京太郎
赤い帆船　西村京太郎
第二の標的　西村京太郎
マウンドの死　西村京太郎
悪霊の棲む日々　西村寿行
梓弓執りて　西村寿行
牡牛の渓　西村寿行
オロロンの呪縛　西村寿行
月を撃つ男　西村寿行
闇夜の芸術祭　日本推理作家協会編
名探偵で行こう　日本推理作家協会編